△ 1936年4月21日，刚满周岁的金湘（中）和金陵（左）、金秾（右）在湘湖中的压湖山麓

△ 1936年，一家在杭州。左起：姐姐金秾，父亲金海观，金湘，堂姐金缇统，母亲陈秀如，哥哥金陵

△ 1955年2月，全家在湘湖师范借为校舍用的萧山祇园寺合影。前排左起：父亲金海观，外祖母孙偶相，母亲陈秀如；后排：金秾，金湘，金陵

△ 1956年，大学二年级

△ 1952年5月1日，参加治淮劳动

△ 1953年，参加中央音乐学院山西民歌采风队，在河曲和王树一起向民间歌手任淑世采集民歌

△ 1953年，山西河曲，"三天路程两天到"，与赶大车民歌手武焕生

△ 1953年，在河曲参加民歌采集，与民歌手武焕生于河曲县府前

△ 1961年10月1日，在新疆阿克苏文工团，左起第一人为金湘

△ 当天在新疆阿克苏文工团指挥乐队行进

△ 1987年,歌剧《原野》排练后合影:左一曹禺,左二金湘,左三普莱特指挥,左四万方,左五乔治·怀特,系奥尼尔戏剧中心主任

△ 20世纪80年代,金湘于指挥现场

△ 1987年,歌剧《原野》于北京天桥剧场演出剧照

△ 1987年,接受《歌剧艺术》杂志记者采访

△ 1988年3月，拜访巴金

△ 1990年，在美国担任访问学者期间

△ 1991年，指挥剧照

△ 1992年，于美国华盛顿歌剧院《原野》演出海报前，和导演李稻川及编剧万方

△ 1996年，和指挥家严良堃举杯祝贺"金湘民族交响乐作品音乐会"成功举办（北京）

△ 1992年，与华盛顿歌剧院行政院长爱德华·普灵顿

△ 1992年，在纽约谭盾家中，与谭盾、郭文景、瞿小松、赵季平

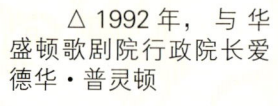

△ 1995年，电影音乐学会理事会聚餐中，与作曲家瞿希贤（右一）、王立平（左一）畅谈

△ 1995年12月，为李昕艳改作品

▷ 1997年，"中国歌剧第一次欧洲巡演"，《原野》剧照中的韩延文、刘克清

△ 1997年，《原野》赴欧洲演出期间，刘克清和金湘在莱茵河旁，科隆教堂

△ 1997年，参加日本作曲家松下功作品音乐会及金湘作品音乐会

△ 1998年，《原野》排练后，李稻川、陈贻鑫、普莱特与金湘合影

△ 1999年,"诗经五首"演出期间和李焕之等人合影

△ 1998年,金湘民族交响乐作品音乐会期间

△ 1998年,歌剧《原野》主创。左起:编剧万方,作曲金湘,导演李稻川

△ 1998年,在纽约朱丽亚音乐学院与美国当代音乐家弥尔顿巴比特交谈

△ 1998年,金湘和纽约东西方文化交流中心副主席安娜

△ 2000年，金湘指挥纽约华人合唱团演出

△ 2003年，中央音乐学院少年班庆50周年，与同学和老师。前排左二，廖辅叔；左三，黄源之

△ 2003年，大阪音乐会，和三條庄八及王煜

△ 2003年，出席大阪音乐会的交响乐《巫》的世界首演，和指挥家李心草同台

△ 2003年，大阪音乐会幕后，和指挥家李心草及音乐总监深见东州

△ 2003年，大阪音乐会期间为观众签名

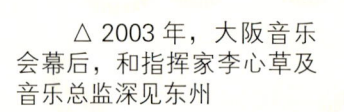

△ 2004年，和日本歌唱家深见东州

△ 2004年，和日本演奏家三桥

△ 2004年4月，和国家交响乐团团长关峡

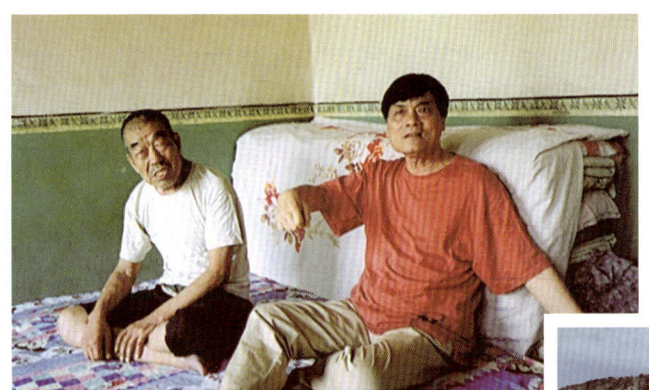

△ 2005年，重返山西河曲与当年老友武焕生合唱"三天路程两天到"

△ 2006年，于日本北海道

△ 2006年，在日本NHK电视台接受采访

△ 在日本NHK电视台外

△ 2007年，接受"奥运会"采访

△ 2007年，为南京大屠杀纪念馆捐赠作品《金陵祭》

△ 2007年5月，"中国当代作曲家曲库"音乐会期间

△ 2007年5月，"中国当代作曲家曲库"音乐会期间与学生合影

▷ 2007年5月，"中国当代作曲家曲库"音乐会期间

△ 2007年5月31日，北京现代音乐节音乐会上，与演奏家杨靖及张丽达教授、秦文琛教授

△ 2007年5月31日，北京现代音乐节音乐会上，与指挥家杨力和杨鸿年教授

△ 2007年6月，中国音乐学院东方新纪元音乐会上

◁ 2007年6月1日，和日本作曲家松下宫在中央音乐学院

2007年9月，金湘"歌剧情"作品音乐会海报照片

2007年9月,金湘"歌剧情"作品音乐会

△和本场音乐会指挥家谭利华、杨幼青合影

2007年9月,金湘"歌剧情"作品音乐会研讨会

△和中国音乐学院院长金铁霖,副院长赵塔里木、杨静茂

△和张丽达教授

△和苏夏先生

△和苏泽池先生

△和杨通八教授

△和与会人员合影

2007年11月30日,"中华情"金湘作品音乐会在天津

△歌唱家曲波和王雅丽演绎金湘作品

△和刘恒岳

△和崔宪、刘克兰、徐文正

△和"中国音乐学院"院长赵塔里木及胡新彦、王雅丽

△和指挥家杨力及歌唱家李瑛、肉孜、阿木提、玛依拉、王雅丽

△ 2007年12月，保利剧院"纪念歌剧《原野》20周年音乐会"（指挥：李心草）

△ 2007年12月，保利剧院"纪念歌剧《原野》20周年音乐会"期间与赵塔里木、崔宪合影

△ 2008年，和广西文化厅领导及朱创伟

△ 2008年，和指挥邵恩及演奏家杨靖对谱子

◁ 2008年，于杭州

△ 2008年，参加母校萧山中学校庆，和宋德清夫妇

△ 2008年，浙江师大讲座

△ 2008年，浙江艺术学院讲座

△ 2008年，浙江艺术学院讲座期间和谢青

▷ 2008年，中国音乐学院成教学院讲座，和马彪

▷ 2008年8月，歌剧《杨贵妃》演出，和居其宏教授

△ 2008年8月，歌剧《杨贵妃》演出，和指挥家高伟春

△ 2008年10月，天津音乐学院讲座

△ 2008年12月，广西艺术学院讲座

◁ 2008年12月，衡水师范学院讲座期间和徐文正（左二）等

△ 2009年，和中国音乐学院副院长景舒展、附中校长沈诚参加附中在东京的音乐会

△ 2009年，为歌剧《楚霸王》去兴山采风（听民间艺人演唱）

△ 2009年，为歌剧《楚霸王》去兴山采风，随同上海歌剧院李瑞祥（右一）

2009年3月金湘交响作品音乐会

△音乐会现场

△指挥家邵恩、演奏家杨靖在现场

△和中国音乐学院党委书记闫拓时

△和中央音乐学院院长王次炤及其夫人

△和段平泰教授、王震亚教授

△和歌唱家刘克清（左二）等

△和肖远——金湘音乐启蒙老师，中国电影音乐学会副会长

△ 大管演奏家刘奇及指挥家邵恩向金湘道贺

△ 和金铁霖先生、赵塔里木先生

△ 和李吉提教授

△ 和作曲家叶小纲教授

△ 和指挥家韩中杰先生

△ 和指挥家俞峰先生

△和作曲家黄飞立教授及其夫人

△和杨通八教授及其夫人张韵璇教授

△和中国音乐学院作曲系主任高佳佳教授、禹永一教授

△和作曲家瞿小松教授

△和研究员崔宪及其家属

△和学生们合影

△ 音乐会合影留念

△ 国家交响乐团团长关峡及中央音乐学院院长王次炤与金湘握手

△ 2009年3月金湘交响作品音乐会

△ 2009年3月金湘交响乐作品研讨会

△ 和黄晓和教授

△ 和王震亚教授

△ 2009年9月，武汉音乐学院讲座

△ 2009年11月，歌剧《楚霸王》在上海演出期间和居其宏教授

△ 2009年11月，歌剧《楚霸王》在上海演出，指挥：张国勇

△ 2009年11月，于广州星海音乐学院讲座期间

2010年2月，香港艺术节

△和指挥家闫惠昌、演奏家杨靖、作曲家老罗、歌唱家龚琳娜同台

△和演奏家杨靖等

△和香港教育学院梁教授等

△和指挥家闫惠昌、演奏家杨靖

△ 2010年2月香港艺术节期间和指挥家阎惠昌

△ 2010年4月，和博士生魏扬、柳进军

△ 2010年4月，于中国文学艺术研究院讲座

△ 2010年6月，参加宋汶怡硕士毕业音乐会，和其导师张牧

△ 2010年6月，上海世博会演出歌剧《楚霸王》

△ 2010年4月，于中国文学艺术研究院讲座，和田青院长同台

2010年8月，赴新疆排练歌剧《热瓦普恋歌》

△ 谢幕现场：指挥家俞峰，导演李稻川，歌唱家迪里拜尔等

△ 与剧组人员共餐

△ 和指挥家阿布都热和曼

◁ 2010年12月，赴台湾参加"合唱无极限"音乐会

2010年12月，赴台湾参加"合唱无极限"音乐会

△ 20世纪90年代，在父母墓前

△ 2000年10月21日，参加父亲教育家金海观铜像落成典礼后与湘湖师范校友合影

△ 2010年，和女儿全家三代

△ 2011年，于美国纽约，和女儿金列

◁ 2014年，全家在医院看望金湘的姐姐金秾

△ 2011年,"文华奖"获奖音乐会期间

△ 2011年,"文华奖"获奖音乐会期间

△ 2011年2月,返乡为诸暨八达公司创作《八达之歌》,与八达杨书记

△ 2011年2月,返乡参加《八达之歌》音乐会与歌唱家雷佳及八达王总

2011年，于美国纽约

△和东西方文化交流会副主席安娜及其朋友爱丽丝

△和叶宁在华盛顿歌剧院

△美国纽约第五大道，和卢泓

△2011年9月回乡，为诸暨小学排练校歌

△ 和全体学生

△ 2011年，与"博、硕、本"众弟子
后排左起：魏晴姣、刘金宁、魏源、陈诺、张媞、郭炎炎、杨金子、景枫
前排左起：任辰、吕欣、金湘、魏扬、柳进军

2011年5月，金湘民族交响乐作品音乐会

△和指挥家彭家鹏

△和作曲家赵季平、刘文金

△和"中国民族管弦乐学会"会长朴东升、黄晓和教授、李吉提教授、汪毓和教授、陈自明教授、王宁教授

△ 2011年9月，香港音乐会

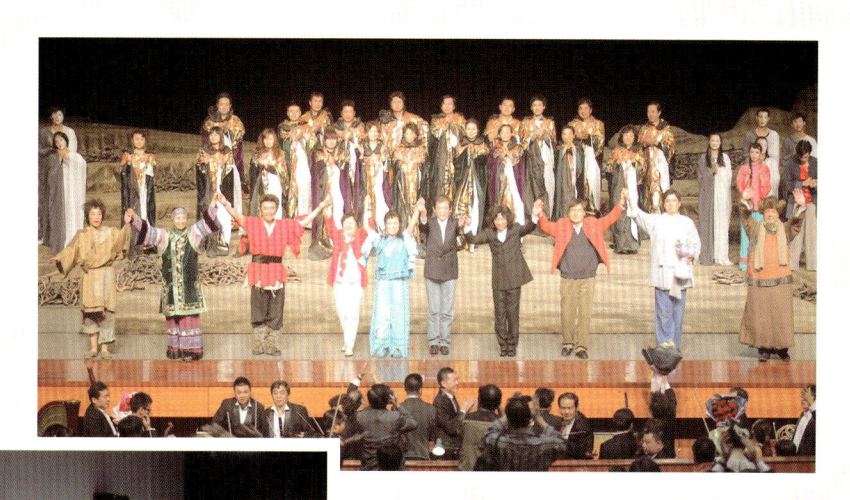

△ 2011年11月，歌剧《原野》再次上演，指挥：彭家鹏

△ 2011年9月，香港演艺学院讲座

△ 2012年5月，中国音乐学院交响音乐周，和指挥家张国勇及琵琶演奏家杨靖

△ 2012年，看望周沉，黄翔鹏先生的遗孀

2012年12月，作品音乐会

△和作曲家吴祖强、杜鸣心、王震亚、徐振明、赵塔里木、杨青、高佳佳

△和作曲家杜鸣心、王立平，中国音乐学院院长赵塔里木教授

△和作曲家杜鸣心教授

◁2013年，福建师范大学讲学期间，和博士生魏扬合影

△ 2012年12月，作品音乐会期间和作曲家杜鸣心、徐振明、王振亚、段平泰、王立平、洪月华、何振京

△ 2013年，英国伦敦，乔治伯爵和约翰·爱德爵士及其夫人王晓芬女士，和金湘女儿、外孙女共餐

△ 2013年，伦敦之旅，剑桥大学留影

▷ 2013年，在英国伦敦，和王晓芬

2013年5月，歌剧《红帮裁缝》演出

△演出现场

△和研究员崔宪，冯广映教授

△和指挥家俞峰、编剧胡绍祥

△和学生

△ 和作曲家王珏

△ 和作曲家杨青教授

△ 2013年9月，上海音乐学院作曲系讲座

△ 2013年9月，上海音乐学院作曲系讲座，和系主任叶国辉教授

△ 2015年2月,歌剧《原野》"民乐版"在新加坡首演,和指挥家叶聪先生同台

△ 2013年9月,上海音乐学院作曲系讲座,和朱世瑞看望朱践耳夫妇

△ 2015年2月,歌剧《原野》"民乐版"在新加坡首演,和指挥家叶聪先生、配器(移植)潘耀田先生

△ 2015年2月,歌剧《原野》"民乐版"在新加坡首演期间,和硕士生费鹏

△ 2015年2月,歌剧《原野》"民乐版"在新加坡首演,和刘克兰及硕士生费鹏

日出 新闻发布会

曲：金湘　编剧：万
挥：吕嘉　导演：李六乙
设计：刘杏林　服装设计：邹
设计：胡耀辉
出：国家大剧院合唱团

2015年6月17
国家大剧院

2014—2015年，歌剧《日出》的创演前后

△ 2月，在家写作歌剧《日出》

△ 5月，和剧组人员

△ 5月，和导演李六乙、编剧万方

△ 歌剧《日出》排练，为歌唱演员辅导

△ 2014年12月，于国家大剧院，陈平院长、指挥家吕嘉、导演李六乙、编剧万方等，试唱歌剧《日出》唱段

△ 5月，和导演李六乙、国家大剧院胡娜在医院谈谱子

△ 5月，和指挥家吕嘉于歌剧《日出》排练现场

△ 5月27日，和指挥家吕嘉

△ 在后台和指挥家吕嘉及导演李六乙先生

△ 5月，高嫚、周强、王雪薇前来看望金老师

△首演谢幕，和大剧院诸同仁

△和作曲家苏夏教授、杨通八教授

△首演谢幕，和指挥家吕嘉及大剧院诸同仁

△和歌唱家迪里拜尔

金湘·纪念文集

刘克兰 吕欣 编

中国文联出版社
http://www.clapnet.cn

JinXiang
Memorial Collection

图书在版编目（CIP）数据

金湘纪念文集 / 刘克兰，吕欣编. — 北京：中国文联出版社，2018.1

ISBN 978-7-5190-3208-1

Ⅰ.①金… Ⅱ.①刘… ②吕… Ⅲ.①金湘（1935-2015）—纪念文集 Ⅳ.①K825.76-53

中国版本图书馆 CIP 数据核字(2018)第 006458 号

金湘纪念文集

作　　者：刘克兰　吕　欣	
出 版 人：朱　庆	
终 审 人：奚耀华	复 审 人：陈若伟
责任编辑：曹军军	责任校对：徐　敏
封面设计：杰瑞设计	责任印制：陈　晨

出版发行：中国文联出版社
地　　址：北京市朝阳区农展馆南里 10 号，100125
电　　话：010-85923056（咨询）85923092（编务）85923020（邮购）
传　　真：010-85923092（总编室），010-85923020（发行部）
网　　址：http://www.clapnet.cn　　http://www.claplus.cn
E - mail：clap@clapnet.cn　　529360500@qq.com
印　　刷：中煤（北京）印务有限公司
装　　订：中煤（北京）印务有限公司
法律顾问：北京天驰君泰律师事务所徐波律师
本书如有破损、缺页、装订错误，请与本社联系调换

开　　本：710×1000	1/16
字　　数：443 千字	印　张：30
版　　次：2018 年 1 月第 1 版	印　次：2018 年 1 月第 1 次印刷
书　　号：ISBN 978-7-5190-3208-1	
定　　价：80.00 元	

版权所有　翻印必究

新疆"老乡",

文艺同行,

想念金湘。

丙申夏 王蒙

金湘同志 纪念文集

坎坷人生路
痴狂作曲情
原野谱日出
诗经荣金陵
宏扬华夏派
天地侠客行

朱践耳 题赠

辛勤耕耘
老当益壮

祝金湘教授八十华诞
作品音乐会圆满成功

松鸣
二〇一五年十一月

金湘老师不愧为一代大师！

《日出》是他献给人们最后的礼物！

斯人已去，但他深厚的艺术造诣、以毕生气血献身艺术创作的崇高境界终将影响着一代代后来人！

我们永远怀念他！

国家大剧院院长 陈平

2016年8月

为人坦荡磊落一身正气，
为师言传身教敬业爱生；
结缘艺术使他成就圆满人生，
精益求精令他创造完美乐章……

　　　　有感于金湘先生不平凡的一生

　　　　　　　　张蕾

　　　　　　　　2016.9

歌剧唱响遍原野
古风新韵迎日出

题献敬重的金湘老师。

姚恒璐
2016.10.

序一

  金湘先生是我国著名作曲家、指挥家、理论家、音乐教育家。他的离世犹如巨星殒落，是乐界无法弥补的损失。在金湘先生逝世将届两周年之时，由中国音乐学院、中国文联出版社共同策划并出版的《金湘纪念文集》将与世人见面。

  金湘先生一生致力于音乐创作，他将音乐视为自己的信仰，是他生命的全部。在他人生的低谷，是音乐支撑着他继续前行。他从不屈服于命途多舛，亦不因功成名就而目空一切。他坚持立足于中国的音乐语境，立足于生活，但不谄媚于世俗。他始终坚持并倡导着属于中国本土的音乐语言，始终坚持用中国的音乐语言讲述中国的故事。也正是他的坚持，让我们拥有了如《原野》《塔克拉玛干掠影》《金陵祭》《日出》等等众多宝贵优秀的音乐作品。承接中国优秀文化精髓但不流于表面，从更深层次探讨中国民间音乐所蕴含的人文关怀。这也造就了他音乐上中国风格与世界语言共存的特色，也正是这种创作理念，让他的歌剧《原野》第一次敲开了西方音乐世界的大门，让西方世界更多地了解和听到来自中国的声音。

  金湘先生除了在音乐创作上获得瞩目的成就，在音乐批评领域也建树丰富。他的文集《困惑与求索——一个作曲家的思考》《探究无垠》等都体现了作为传承者、创作者、授业者的思考与见解。本书第一部分所收录的金湘先生未曾公开发表过的评论文章、采风笔记等文字，对全面了解金湘、了解金湘先生的创作理念都是极宝贵的第一手资料。

　　字里行间中体现出金湘对音乐的坚守、对创作的执着、对学生的关爱，让我们对他的思念无法释怀。唯以此，来纪念逝者，也以此，来勉励后人。

　　是以为序。

中国音乐学院院长　王黎光

2017 年 6 月 29 日

序二：永远的记忆

——送给我最好的朋友金湘

  金湘老师是我的良师益友，当刘克兰老师请我为金湘老师这本纪念文集写篇序时，我才猛然感觉金湘老师已经离开我们许久了。时常还会回忆起跟他彻夜讨论作品的场景，我们聊着、唱着、吵着、笑着，从音乐聊到人生，那种画面已经静止在那里，深深地印刻在我的心里……

  2009年，金湘老师邀请我去听他的作品音乐会，那是我第一次近距离的聆听金老师的音乐，我感受到强烈的冲动和共鸣，音乐会后，我与金老师说，有机会我们合作。那时我还在中央歌剧院担任院长，于是便有了《热瓦普恋歌》的合作，《热瓦普恋歌》的剧本是金湘和李稻川导演共同写的，金湘老师曾因错误的被划为右派被下放到新疆20年，这部作品饱含着他对新疆这片土地和人民浓浓的情感。2010年8月，在经过反复认真的设计和排演后，我指挥中央歌剧院在国家大剧院重新演出了这部经典的作品，由迪里拜尔主演。开演前我特别请到了王蒙先生给观众谈谈新疆、讲讲热瓦普，后来还应邀参加了新疆乌市的贸洽会专场演出，获得很大成功，并荣获了文化部国家艺术院团展演优秀剧目奖。我是宁波人，总有一种家乡情结，于是在2013年我又委约金老师创作了原创歌剧《红帮裁缝》，该剧荣获中宣部"五个一工程"奖，在北京、上海、宁波等地巡演40余场，受到各地观众的喜爱和好评。2014年12月13日，在国家第一个公祭日，我策划了中央歌剧院和中国人民大学联合举办国家公祭日纪念演出金湘老师最具代表性的一部作品《交响大合唱——金陵祭》，中国人民大学艺术团和中央歌剧院共 200 多名演职人员共同参加演出，现场气氛感人至深。这部作品是金湘老师为纪念南京大屠杀 60 周年而创作的，也是我最喜爱的一部作品，分为序歌、屠城、招魂、月光、涅槃、终曲六个部分，包含童声独唱、女声独唱、混声合唱等多种演唱方式，希望年轻人能从中读懂民族的灾难和重生的艰难。

金湘老师的 80 华诞作品音乐会，他专门让我去为这场音乐会担任指挥，那时，金老师已经病重躺在医院。我说我一定要亲自指挥，但我自己竟然也病了住院，而由学生朱曼指挥完成。当晚，金湘老师在病房通过电视台实况转播观看了这场音乐会，那也是他最后一次观看自己的作品音乐会。

金湘老师，其作品有内容、有情感、有生活、有戏剧、有创意、有创作水平，并始终充满了旺盛的创作活力和对音乐艺术的执着追求！他用音乐书写人生，回顾历史；他对国家满怀深情，坚持作曲家的使命感、时代感；他一直倡导音乐创作的民族性，深入挖掘中华民族的优秀传统；他曾多次号召新时代的中国作曲家们形成文化合力，为民族自立于世界有所贡献，并身体力行，为国家培养了大量优秀的作曲人才。金湘老师对中央音乐学院有着深深的母校情怀，他对中央音乐学院少年班充满感情，他常说音乐学院给了他固定音高听觉，并打下了扎实的基本功。他是少年班的杰出人才，也使我了解到很多音乐学院当年的历史。金湘老师脾气大，但实际上他心胸开阔，虚怀若谷且海纳百川。我们对创作都非常较真儿，经常关起门来互相吵着修改，最后大家以艺术追求不断达成修改意见。金湘老师是我最尊敬的前辈之一，亦师亦友，他曾多次对我说："俞峰，你是我最好的朋友，因为你懂我。"他曾当着文化部领导的面要求我指挥歌剧院为他的经典歌剧《原野》做一次模范演出，可见他对我的无比信任。

转眼间，金湘老师已经离开我们快两年了，他的逝世，无疑是中国音乐界的巨大损失，也许是冥冥中早有安排，今天又恰逢国家公祭日，天气格外的寒冷，我耳边回响着《金陵祭》中童声合唱的声音。谨以此文缅怀我最好的朋友——金湘老师。

俞　峰

2017 年 12 月 13 日

书于中央音乐学院

目 录

金湘文稿

1. 我的人生全部寄托于音乐之中 ········· 003
   ——写在 2015 年 11 月 19 日金湘作品音乐会之前
2. 写在歌剧《日出》演出之前 ········· 004
3. 责任与信仰 ········· 006
   ——谈歌剧《日出》
4. 歌剧《日出》音乐解述 ········· 011
5. 音乐：我的经历，我的思考 ········· 014
   ——同孙嘉艺的谈话
6. 对音乐领域中若干现象的再思考 ········· 031
7. 音乐的"懒汉哲学"批判与"主旋律"平反 ········· 036
   ——在第六届京沪闽现代音乐创作研讨会上的发言
8. "越是民族的，就越是世界的"？ ········· 039
9. 做什么样的音乐人全靠你自己选择 ········· 040
10. 井喷与瓶颈 ········· 042
    ——在 2013 中国歌剧论坛的发言提要
11. 关于作曲教学的四大件和其他 ········· 045
    ——在第二届全国音乐分析学学术研讨会上的发言提要
12. 对话甘璧华：关于和声和其他 ········· 048
13. 约翰·凯奇札记一则 ········· 058

14. 我写民族交响音画《塔克拉玛干掠影》 ········· 059
15. 写在金湘民族交响作品音乐会之前 ········· 066
16. 《歌剧情：金湘歌剧、音乐剧作品选段》前言 ········· 068
    ——一点说明与提示
17. 《绿色的歌——金湘合唱作品选》自序 ········· 070
18. 《绿色的歌——金湘合唱作品选》后记 ········· 072
19. 歌剧《长恨歌》创意提要 ········· 074
20. 关于歌剧《长恨歌》剧本框架的设想 ········· 075
    ——致友人信
21. 歌剧《屈原》提要 ········· 077
22. 传统的继承与发展 ········· 078
    ——天津版歌剧《白毛女》观后
23. "福建音乐周"观感 ········· 082
24. 对"福建乐群"的建议 ········· 085
25. 巨大的成就 ········· 087
    ——国家大剧院成立七周年纪念
26. 祝贺罗忠镕九十华诞 ········· 088
27. 刘奇、《幻》和我 ········· 089
28. 《刘奇大管演奏专辑》序 ········· 091
29. 《崔炳元作品选集》跋 ········· 093
30. 魏扬《三首管弦乐作品中的"音程向位"探究》序 ········· 095
31. 让我们永远保持这份"湘师情" ········· 097
    ——致上海湘师校友会《通讯》编辑信
32. 邢叶子——村民歌者典型之一 ········· 100
    ——坪泉村人民音乐生活调查笔记之一
33. 许灵凤——村民歌者典型之二 ········· 104
    ——坪泉村人民音乐生活调查笔记之二
34. 关于山曲的一些问题：群众的看法和认识 ········· 110
    ——坪泉村人民音乐生活调查笔记之三
35. 关于山曲的点滴资料 ········· 113
    ——坪泉村人民音乐生活调查笔记之四

36. 口外地带山曲与此地山曲之关系 ·············· 119
　　——坪泉村人民音乐生活调查笔记之五
37. 山曲、民歌、小调之外的其他音乐 ·············· 123
　　——坪泉村人民音乐生活调查笔记之六
38. 新剧新歌情况 ·············· 127
　　——坪泉村人民音乐生活调查笔记之七

思念之一

1. 艺术家们谈与金湘共事 ·············· 133
2. 我们这样看金湘 ·············· 141
　　——金湘作品研讨会发言集萃
3. 忆金湘 ·············· 樊祖荫 148
4. 崇尚创造得新乐新知，砥砺奋进去人云亦云 ·············· 赵塔里木 152
5. 安息吧！金湘 ·············· 杜亚雄 155
6. 探究无垠 ·············· 高佳佳 160
7. "新世纪中华乐派"之前前后后 ·············· 谢嘉幸 163
8. 金湘：建设"中华乐派"的践行者 ·············· 崔　宪 180
9. 追忆我跟金湘先生的几次交往 ·············· 韩锺恩 188
10. 金湘与建设中华乐派 ·············· 刘恒岳 196
11. 金湘作曲思想与中华乐派 ·············· 宋　瑾 203
　　——写在金湘80华诞研讨会之际
12. 生命与沙漠：双重性的震撼 ·············· 刘再生 216
　　——聆听大型民族管弦乐《塔克拉玛干掠影》有感
13. 至言要旨此书中 ·············· 蔡良玉　梁茂春 227
　　——评金湘的《困惑与求索——一个作曲家的思考》
14. 圣洁之光　崇高之美 ·············· 梁茂春 236
　　——评金湘的钢琴协奏曲《雪莲》
15. 沉痛哀悼金湘好友 ·············· 刘　奇 250
16. 悼念记入世界音乐史册的金湘先生 ·············· 黄远渝 252

3

17. 我是金湘看着成长起来的 ………………………	迪里拜尔	254
18. 《原野》登上欧洲大陆 ………………………………	刘克清	257
19. 从音乐中释读金湘刻骨的爱恨情仇 ………………	万山红	259
20. 人就活一回 ……………………………………………	孙　禹	262
——忆金湘		
21. 纪念离开了人间的金湘先生 ………………………	刘新禹	275
22. 忆作曲家金湘先生 ……………………………………	陈牧声	277
23. 几位重要人物对金湘成长的影响 …………………	温辉明	278
24. 双栖音乐家的求索 ……………………………………	温辉明	292
——读《探究无垠——金湘音乐论文集之二》有感		
25. 路漫漫其修远兮　吾将上下而求索 ……………	伍维曦	303
——金湘的音乐人生		
26. 纪念金湘老师 …………………………………………	伍维曦	315
27. 无限真情望原野　长歌当哭念金师 ……………	满新颖	319
28. 凝望《原野》上那远去的背影 ……………………	紫　茵	330
——作曲家金湘病逝而作		
29. 我记忆中的金湘先生 ………………………………	周　强	337
——纪念金湘先生逝世一周年		
30. 我与金湘老师 …………………………………………	王　珏	342
31. 想念金湘老师 …………………………………………	马学文	345
32. 金湘，永远守望于日出 ………………………………	胡　娜	348
33. 暨志介而不忘 …………………………………………	肖　玛	351
——忆金湘先生		
34. 金湘教我唱翠喜 ………………………………………	张　卓	354
35. 深圳首演歌剧《原野》的感想 ……………………	杨　阳	357
36. 歌剧《原野》的成功，展望中国歌剧的未来 ……	李成柱	359
——纪念中国杰出的作曲家金湘先生		
37. 怀念金老师 ……………………………………………	李建军	363
38. 你永远活在我心中 ……………………………………	刘克兰	366
39. 悼金湘 …………………………………………………	金　陵	370

思念之二

1. 感恩久远 ……………………………………………… 崔炳元 381
    ——缅怀金湘老师
2. 迎着《日出》走向天堂 ………………………………… 徐文正 383
    ——痛悼恩师金湘教授
3. "太阳出来了！" ………………………………………… 刘　青 340
    ——忆恩师金湘先生
4. 恩师播撒桃李爱，孺生感恩涕零情 …………………… 李昕艳 393
5. 戏剧人生　中华交响 …………………………………… 魏　扬 402
6. 民族根　中华情 ………………………………………… 魏　扬 409
    ——《探究无垠·金湘音乐论文集之二》书评
7. 长电话 …………………………………………………… 魏　扬 418
    ——怀念恩师金湘先生
8. 忆恩师金湘教授 ………………………………………… 柳进军 424
9. 我和老师 ………………………………………………… 吕　欣 427
10. 餐桌旁的金老师 ………………………………………… 任　晨 431
11. 故事很长，还有以后 …………………………………… 费　鹏 433
12. 守　望 …………………………………………………… 杨金子 438
13. 行者无疆 ………………………………………………… 陈　诺 443
14. 印象中的金老师 ………………………………………… 周可夫 446
15. 怀念金老师 ……………………………………………… 李　雯 449
16. 怀念金老师 ……………………………………………… 于　洋 451

17. 在金湘遗体告别会上宣读的悼词 ……………………… 王黎光 453

后　记 ………………………………………………………………… 456

金湘文稿

我的人生全部寄托于音乐之中 ①

——写在 2015 年 11 月 19 日金湘作品音乐会之前

音乐是生命的希望，音乐是生命的延续。

对于音乐创作，我一直在努力探索与追求。我的人生全部寄托于音乐之中，这就是我的生活。所有的技法都为我所用——无论古代、现代，无论东方、西方。但是，中华民族的子孙后代，必须突显中华文化的精神，必须建立中华音乐的体系。另外，音乐是情感的艺术，音乐创作既要突出鲜明的个性，又要具有广阔宏大的主题，既要有交响性、专业性，也要好听、易唱、有群众性。音乐创作只要能引导人民向真、向善、向美，只要能打动人心、震撼心灵，就要鼓励和支持。在我79岁创作歌剧《日出》的过程中，我才感觉真正进入了"自由王国"，没有钢琴、没有电脑，只有一支铅笔。一切因"人"而起，一切为"乐"而生！

还是我那句话："有音乐，就有希望。"

最后，我必须向为这次音乐会出资、出力的中国音乐学院、中央歌剧院以及不计报酬友情参演的各位歌剧表演艺术家及演奏家表示我由衷的感谢！

我还要特别感谢为我治病的各位医生和护士。没有你们的关心与支持，就不会有这台音乐会的一切！

谢谢！

2015 年 11 月于北京

---

① 本文原载《砥砺前行——金湘作品音乐会节目册》，收入本书时有若干删节。标题为本书编者另拟。

写在歌剧《日出》演出之前

"太阳出来了!"——我权且将话剧《日出》中曹禺的这一诗句作为歌剧《日出》世界首演的贺词!

我创作歌剧从1979年之后算起,至今已近35年,这期间我先后写了《屋外有热流》Op.31(1980)、《原野》Op.40(1987)、《楚霸王》Op.50(1993)、《土命丫》Op.64(与人合作,1996)、《Beautiful Warrior》Op.80(英语2001)、《杨贵妃》Op.82(2004)、《八女投江》Op.86(2005)、《热瓦普恋歌》Op.100(2001-2009)、《红帮裁缝》Op.108(2013),如果算上70年代在新疆写的一部《戈壁大寨人》Op.9(1972),刚好是十部。如今趁这第十一部歌剧《日出》Op.110推出之际,我还要多说一句:1990年我出国访问前夕,曾由歌剧导演李稻川领衔,加上万方与我,三人合作将话剧《日出》改编为音乐剧,但因行前匆忙,未达理想效果。故在十四年后,与万方商量将此剧拿出重新写作,改为正歌剧;对其从剧本、音乐、舞台等各方面都进行了"颠覆性"的重组与调整,是为正歌剧《日出》诞生之"前奏曲"也!

决定一部音乐作品成败的,并非是作曲家选用了什么样的载体(歌剧、交响乐、室内乐……),重要的是作曲家站在怎样的高度,用一种什么眼光,以一种什么心态,来审视宇宙、社会、历史,是否通过内心真情流出的音乐去讴歌人性的真、善、美,鞭挞人性的假、恶、丑!——在给世人以音乐美的享受的同时也感悟到了生命、宇宙、历史、社会的真谛。一句话,音乐作品本身的质地与品格决定一切!

感谢上苍给人类以最美好的礼物——音乐:心底无言的交融,情感真挚的结晶，灵魂纯净的升华。好的音乐必然是作曲家先感动自己才能感动大众的！褪去华丽的炫技外衣，留存的正是音乐本身最宝贵的质地与品格！我们并非不重视专业技巧，但它毕竟是延伸的、支持性的、第二位的……

面对着纯粹无私的音乐，作曲家只有纯而又纯，真而又真才能写出无愧于社会、无愧于历史，也就必然是无愧于自己、无愧于大众的音乐。

作曲家作为一个社会的人，不管他多么"脱俗"，他成功的每一步都是离不开社会各方面的关注与帮助的。歌剧《日出》正是有了国家大剧院的委约并创造了一系列条件才得以问世！因此我要向国家大剧院表示由衷诚挚的感谢！我还要向首都北京的观众表示感谢！谢谢你们能来看演出，希望你们能喜欢。谢谢！

2015 年 6 月，北京

责任与信仰

——谈歌剧《日出》

2015年初夏,国家大剧院酝酿三年之久的原创歌剧《日出》与观众见面。与这部成功的原创歌剧同样引人注目的,是歌剧的曲作者金湘先生——不仅是因为他高超的创作技艺,而且,这位性格坚毅的老人是在与病魔抗争的过程中创作这部作品的。首演之后,《歌剧》杂志就歌剧《日出》的创作,独家专访了著名作曲家金湘先生。

卜 之

问:感谢您能接受《歌剧》杂志的专访。首先祝贺《日出》的首演非常成功。一直到谢幕时,我们才在播放的视频中得知您在创作过程中被查出身患重病。是什么原因促使您抱病坚持创作歌剧《日出》?

答:对作品的责任。

问:您过去常说,在歌剧创作中应该有"歌剧思维"。那么,在《日出》这部歌剧中您是如何体现您的"歌剧思维"的?

答:从美学上讲,音乐就是要真正写出人的感情,要塑造人性的真善美,鞭挞人性的假恶丑。要感动人,我觉得这是一个总体的思维。要感动别人,首先就要感动自己。按照这样的标准,我的作品首先在技术上要过关,而不是空洞的概念。

什么是歌剧思维?就是用歌剧作为载体,来表现人的情感。比如说旋律要大气。比如和声,我运用五度复合和声。再如结构,一般说来,音乐结构和戏剧结构是同步进行的,而不是逆向的;逆向的结构则是有意识"巧安排"的。有一些编剧不懂歌剧思维,这儿一段"咏叹调",那儿"合唱",那儿"二重唱",以为只要加了几个音乐名词、写了几句诗,就可以作为歌剧剧本用,这还是在玩弄文字游戏,而不是歌剧思维。需不需要合唱?需不需要二重唱?这是由歌剧剧情、音乐同步性的需求决定的,这就是歌剧思维。其实歌剧思维不是简单地定几个唱段,它是一个统一的音乐构思。在旋律、和声、复调上有更广阔的背景。比如这次《日出》,我用了大量板块的复调,而不是仅仅局限在线性的复调。比如"妓女的板块""黑社会的板块"——板块的对立、矛盾的冲突,它适合歌剧的情节发展和音乐发展,这就是歌剧思维。这和话剧思维是不同的。话剧的剧本可以用很多台词。作者如果最初构思时表现的手段主要是"话",那么最后必然没有"音乐—歌剧"的位置,而造成没有音乐的歌剧。

编剧如果没有歌剧思维,创作出来的剧本谱成歌剧,必然是冗长乏味的。我在歌剧创作中也遇到这样的问题,但我还是坚持歌剧思维,否则就是牺牲艺术,把整部歌剧葬送了。结构是决定作品成败的关键。歌剧思维不是一句空洞的话,而是具体贯彻于创作当中的一个指针。

问:创作中您也深度介入了剧本的修改吗?

答:当然如此。我们来回沟通了很多次。后来李六乙导演加入我们的创作团队,他还是很懂歌剧的,也付出很多努力。我起先也担心自己是不是会介入太深,但后来我们觉得既然干,就要干好,将名利置之度外,最后拿结果说话。

问:众所周知,在中国戏剧大师曹禺的"原野三部曲"中,《原野》《日出》的歌剧都是由您创作的,而《原野》更可谓中国原创歌剧的高标杆,是一部可与任何欧美经典歌剧媲美的民族歌剧,一部真正意义上走向世界的中国歌剧。同样是曹禺大师的作品,在创作这部《日出》时,与《原野》最大的不同是什么?

答:主观上,两部戏就不同。我 28 年来一直没停下脚步,一直在写。创作的积累和创作的追求已经不一样了。《原野》里,原发性的东西更多,原始的才华迸发更多,就像穆索尔斯基创作歌剧,更多依靠本色的爆发,才华耀眼。《日出》除了保持原发性的爆发以外,作曲技术和构思上考虑得更精致一点。这是我自己的感觉。

问:潘经理在股票市场的溃败,让人联想到当前股票市场剧烈动荡下的人生百态。《日出》关于夜总会、娼妓、黑社会等现实问题的描写也同样深刻。您怎么看戏剧作品、歌剧作品跨越时空的时代性?《日出》描绘的种种人生场景,您认为在当下有何意义?

答:我在创作时注意到了曹禺戏剧的描绘能力,比如股市场景,众生相一下子就凸显出来了。音乐流露和宣泄了人的情感,塑造出一个个鲜活的人物形象。歌剧人物形象的塑造最终还是依赖于坚实的作曲技术、演唱技术。

问:最后诗人的离去,您理解为丧失希望的终结,还是加入了左翼的斗争?从音乐和舞台的角度看,最后好像更光明一些。

答:应该可以代表光明。曹禺原来的基调是很悲观的,剧本是说"太阳出来了,但是太阳不是我们的"。诗人是非常消极的,陈白露也是非常消极的,但是整体而言,我们赋予剧中的社会一种积极的力量。也并不是具体化的左翼,我的理解是人类对光明的向往的本性。诗人是把两个人糅在一起——知识分子、小资产阶级青年,对光明的朦胧的追求,我觉得还是要给一点希望。原来的结尾是"太阳不是我们的,我们要睡了",这也是一种结尾的办法,可以很有戏剧性,就像《卡门》一样——人死了,幕落了。但我觉得给一点希望也没错。曹禺隐去的一笔,我们给暗示了一下,留给观众自己想象。

问:如果把假声男高音角色删掉,会不会更紧凑一些?

答:我觉得这个角色还是一抹霞光,属于污秽的场景里的一个亮点。角色的戏份也不是很长,如果把他的戏份拿掉,就完全是生活场景了。《原野》里也有类似的角色(白傻子),有点情调。

问:您早已将"纯五度复合和声"手法运用到自己的歌剧作品中,包括歌剧《原野》《楚霸王》《杨贵妃》等,而重唱在您的歌剧中也占了很大篇幅,充满了戏剧性,推动了剧情的发展,比如二声部对唱、男女二重唱、男声三重唱、男女声六重唱等。在《日出》这部歌剧中,您用的是哪种手法来推动戏剧发展?

答：纯五度是中国音乐的基础，用纯五度叠置出来的和声，就是纯五度复合和声，大量的增四度、小二度，但是绝非西洋的增四度、小二度，这是中国的元素，我从20世纪80年代中期写艺术歌曲时就用，到现在游刃有余。拿《日出》排练时举例，戴玉强唱到下行 #G-D 的时候，声乐指导说，是不是错了？是不是 #G-#D？我说没错，就是这样的增四度，后来戴玉强适应了，唱起来很好唱。

《日出》完成了我的两大夙愿：一是写一部观众爱听的歌剧，二是我心目中专业作曲技法的应用、功能体系已经游刃有余地建立起来了。视角、切入、人物关系、主题和细节表现，我觉得从没这么清楚过，但人也老了！

问：《日出》的背景在上海，您的夫人李稻川就是地道的上海人，在创作这部歌剧时，夫人有没有给过您特别的意见和建议？

答：其实曹禺先生的《日出》是以天津为背景，曹禺是天津人。我夫人在上海出生，后来又回到上海上学。她是中央歌剧院导演，创作过程中也曾从歌剧工作者的角度给了我一定的建议与帮助。其实歌剧《日出》中模糊化的背景处理，场景可以理解为上海，也可以比较宽泛地理解为天津劝业场。

问：威尔第晚年都把早年的作品重新修订，您有这方面的考虑吗？

答：《日出》就是啊。早年我写过这个题材的音乐剧，一些乐思还在，当然整剧是一个脱胎换骨的过程，可以说是精益求精。比如一开始的《你是谁》，最早音乐剧中就有。现在歌剧《日出》中的是重新创作的，包括新写的花腔等，都是脱胎换骨的过程。

问：是否还会做"原野三部曲"中的另一部《雷雨》？

答：这不是我一个人能决定的。有很多因素，比如有国家大剧院这样实力雄厚的制作方投资，还需要一个庞大的班子，谈何容易。我倒是觉得也不一定非要三部曲，巴金的《家》就非常好。某种程度上说，风格太雷同也没必要。

问：1987年《原野》首演。28年过去了，您感觉创作歌剧的环境有多大改善？歌剧的生态呢？

答：当然有变化了。我觉得现在中国的歌剧到了一个瓶颈阶段。最近中国歌剧的创作很多,这当然是个好事,但同时新的歌剧纷至沓来,前一部还没总结好,下一部又出来了——这样很难提高。这里最大的问题,就是主创人员的素质。素质包含两方面,美学水平和专业技术水平。这两方面亟待提高,需要作曲家、编剧静下心来,认真地写、想、提高,而不是赶场子一样创作。

问:这也是您觉得中国歌剧创作目前的主要问题?目前中国歌剧的创作可谓百花齐放,多元化是原创歌剧创作现状的代名词。尤其是2014年,全国各院团都在创作新歌剧。中国歌剧未来的发展方向是什么?莎士比亚的戏剧影响了许多歌剧作曲家,如您刚才所说,巴金的《家》就非常棒,曹禺、老舍等文学巨匠的优秀作品是不是歌剧创作的金矿?

答:对,这也是主要问题。这也不能完全怪主创人员,社会大环境就这样,心浮气躁,演员也是赶场子。追溯巴金、曹禺、老舍这几位大文豪的伟大作品,可以说是歌剧创作的路子之一,他们的精神遗产,足够歌剧人挖掘一段时间了。雷同,就没意思了,比如《家》,巴金的四川风格,四川方言的语言韵律,和天津方言的就完全不一样了。

问:中国歌剧从《白毛女》《江姐》到现在,有了很大发展。《江姐》创作时,据说第一稿被刘亚楼否掉,原因就是不好听。后来用旋律优美的《红梅赞》串起了歌剧,广受人民群众喜爱。您赞同这个思路吗?

答:我不完全赞同。诚然,《白毛女》等歌剧最出色的是旋律性,但一部好的中国歌剧,其音乐戏剧的发展手段在主要依赖旋律发展的(平面性)同时,乐队整体有无交响性(立体性)同样重要。好听与不好听,不是主观决定;我不赞同也不喜欢钻到古怪的音乐中,自我风花雪月一番!决定性的因素是最美的音乐要体现最美的感情!这样才能拨动观众心中最美的情感,才能流传。我看这种"普世价值"还是要提倡的!

问:《日出》谢幕的时候,您致辞说"有条件再'干一把'!",观众都异常激动!

答:当时也是一时灵感。如果条件具备,能再"干一把"当然最好。

(原载《歌剧》2015年第8期)

歌剧《日出》音乐解述

一

全剧音乐由 28 首唱段组成（上部 15 首，下部 13 首）。其中包括合唱 8 首，独唱、二重唱、三重唱 20 首。另加以舞蹈为主的歌舞曲 1 首和纯器乐的间奏曲 1 首，共计 30 段音乐。

二

《日出》所表现的是一幅广阔浩大的生活背景，其中展现了我国 20 世纪 30 年代城市生活中各类人物的众生相。社会矛盾错综复杂，人物命运沉浮跌宕。我在音乐表现中抓住人物主线的"点"带动社会各层的"面"。全剧音乐除在序曲及终曲的同一主题合唱中展现广阔宏大的概括性主题之外，基本由四对人物的唱段组成，即陈白露（女主角）与诗人（男主角），潘月亭与李石清，小东西与翠喜，胡四、顾八奶奶与王福生。各对人物的音乐有一个各自的基调，以此突出个性，对比差异。如陈白露／诗人多用正歌剧的大咏叹奠定正歌剧的基本风格；潘月亭／李石清多用依托民族语音的宣叙性与咏叹性的结合，它是正歌剧的另一风格；小东西／翠喜采用民族民间风格，以加强人物纯朴的"农村色彩"；胡四／顾八奶奶则多发挥戏剧说唱风格以加强"城市味"。我的音乐的特点是：（1）人物个性的鲜明刻画与优美流畅易于上口的抒情相结合；（2）叙述事件的发展（宣叙）与人物的内心展现（咏叹）相融合；（3）紧凑短促的节奏律动与长呼吸大起伏的旋律连贯相配合；（4）在坚定发挥专业性技术的同时（例如，以纯五度复合和声为基础的和声框架、板块复调等），尽可能注意多写易于为一般观众接受的易唱、通俗、好听的唱段。

三

全剧主要唱段概述：

1. 陈白露（女主角）的两首咏叹调《你是谁》（上部"曲二"）、《诀别》（下部"曲十二"），分别置于全剧首尾。它们是同一主题的性格变形。前者表现主人公在享受生活安逸与欢乐的同时，又有一丝惶恐与不安；后者则是在"好戏收场"后的凄绝与悲凉。前者多运用节奏顿挫来表现女主角在追求欢乐时的彷徨与不安；后者则多用长呼吸、大乐句来抒发女主角内心的痛苦与绝望。

2. 诗人（男主角）的一首咏叹调《寻找》（上部"曲八"）。这是诗人重回旧地想找回昔日恋人的主题曲，其中急迫的节奏表现了他内心的冲动与想念，而不断呼喊的"竹筠"音调，则是诗人贯穿全剧的主调。

3. 陈白露与诗人的二重唱《爱情三部曲》（《爱的回忆》，上部"曲十"）、（《爱的追求》，上部"曲十一"）、（《爱的咏叹》，上部"曲十二"）。这是诗人返回并与陈白露见面后的碰撞与交融：从对过去的回忆到对新生活的追求而至投入爱河获得新的升华，三首唱段一气呵成。这组重唱是全剧的重头，各种声乐表现技巧在乐队交响性的推动下得到了充分发挥。

4. 陈白露与诗人的另两首二重唱《明天》（下部"曲十"）、《小东西走了》（下部"曲八"）。这是陈白露与诗人在几经生活磨难与思想碰撞之后、面对现实而产生的两种不同的"明天"观的体现，它既反映了诗人对新生活的追求与渴望和陈白露无法挣脱现实桎梏的悲观与消沉，也预示了陈白露的自杀前景。全曲用复调交织、节拍变换，表现了两种不同的心态。

5. 李石清／潘月亭的两组独唱与重唱《等待》（上部"曲五"）、《潘的亮底》（下部"曲五"）、《李的反扑》（下部"曲六"）。这里多用宣叙调与咏叹调在泛调性多调性上交替叠置，以表现人物矛盾复杂的处境与心境，是全剧另一侧面的重点。

6. 潘月亭的咏叹调《毁灭》（下部"曲七"）。这是全剧唯一的男中音咏叹调。它反映了潘月亭临近破产前的挣扎与绝望，除了从一侧面反映了半殖民地中国民族资产阶级的凄惨命运，也还渗透了个人情感——一丝对陈白露的爱恋。

7. 小东西的唱段及与陈白露、诗人的三重唱《我想有个家》（上部曲"十三"）。它是小东西对悲惨身世的自述及与陈白露、诗人的情感交融。旋律平易、质朴，充满了人性的温暖。

8. 翠喜唱段《我的妹子哦》（下部"曲二"）。全剧唯一的一首女中音咏叹调。通过深沉的女中音音色，带着浓厚的乡土气，翠喜这个饱经沧桑的老妓女，在悲苦中向小东西表达了一丝尚未泯灭的人性温暖。

9. 胡四与顾八奶奶的唱段《八哒采之一》（上部"曲四"）、《八哒采之二》（下部"曲九"），以及王福生的唱段《送账单》（上部曲"十四"）、《搬家》（下部曲"十一"）。两组唱段各自突出地方风格，在全剧中均起到连接作用。

10. 混声合唱《序曲——夯歌》（上部"曲一"）、终曲《太阳升起来了》（下部"曲十三"）。它们宏观地概括了全剧主题。音乐气势昂扬，显示了太阳终于要升起！

另外还有《这城市》（上部"曲三"）、《黑三之歌》（上部"曲十五"）、《妓女／黑三之歌》（下部"曲一"）、《生日晚会》（下部"曲四"）等数首男女声合唱，都从各个侧面衬托着剧情的展开。

11. 另有一首间奏曲嵌在上下部之间。它用纯交响乐队演奏。乐曲选用了全剧中的若干主要音调，使用不同乐器来表达人性的真、善、美及其被扭曲与反扭曲的呐喊与呼唤。是为全剧点睛之笔。

2015 年 5 月 10 日于北京

音乐：我的经历，我的思考[①]

——同孙嘉艺的谈话

2006年4月7日上午10时，作为教育部人文社会科学重点研究基地中央音乐学院音乐学研究所重大项目《20世纪80年代以来中国器乐创作研究》（项目批准号：02JAZJD760002）课题组成员，我在北京光华路金茂公寓金湘居所围绕几个与创作思想相关的问题对其进行采访，以下是金湘对这些问题的看法。

孙嘉艺

1. 关于个人文化身份认同

金：我既是世界的，也是中华的。我提出"中华乐派"，有些人不吭声，因为他们既没有勇气和理由来反对，又担心我会扛着"中华乐派"的大旗，就是这种可笑的心态。我提出这个问题，并不是为了我自己要扛大旗，我所考虑的是，在当今世界东西方文化的撞击间，在大欧洲中心主义统治乐坛300年之久的情况下，我们中华民族的文化应该怎样真正地发展，而且我提出了美学理念、哲学理念、技法与传统等等，有一系列的提纲，不是空谈的。无论你认同不认同，我们就是"中华乐派"。有人说我是"乌托邦"，我说："如果我是'乌托邦'，那你就已经生活在'乌托邦'里面了！"

我是根据我的意志来写东西的，我关于"中华乐派"这个思想，也是

[①] 本文原为宋瑾《20世纪80年代以来中国器乐创作研究（下册）》（待出版）的附录《金湘访谈录》。现题是本书编者另拟的。

根深蒂固的。因为这是我在国际交流中体会到的问题。这个问题必须要谈，就算你不认同，只要你在世界上是带有中华炎黄子孙的血脉，你就是"中华乐派"的一份子；就算你不认同，你的中华文化素养、哲学观念、美学观念、传统等等都存在于你身上。我并不想扛"中华乐派"大旗，但我觉得世界需要"中华乐派"这股力量，对世界音乐需要，对我们自己也需要，所以我才提出"中华乐派"的问题。

2. 关于技法

金：我决不拘泥于一种技法。80年代中期，"新潮"兴起的时候，我就谈了我的看法，我是在《作曲家的困惑》里谈到的。我说技法没有什么新与旧，老的技法也可以有好的作品，新的技法也可以有好的作品；新的技法用不好可以出坏的作品，老的技法也可以出坏的作品。没有什么新旧，关键在于作曲家的运用，作曲家如何运用才是真正的技法的能量。作曲家运用技法，不可能只在一部作品里面把所有的技法都用出来，但也不可能在一部作品里只用一种技法。作曲家在不同的作品可以用不同的技法，作曲家也可以在一部作品里面同时用几种技法。大家都是这样的，我在实践中也常遇到这些情况。

我写一部作品就必须要有一定的想法，至于这种想法和技法的关系问题，我也早在80年代、90年代初期，也就是人们追求技法的时候，就已经谈过："玩弄技术必被技术所玩弄，玩弄观念必被观念所玩弄，舞耍技术必被技术所舞耍。"这是我的观点，它也写在《作曲家的求索》这本书里。我是有所针对、有所指的，谭盾就是过多地玩弄观念。但是谭盾也有很多好东西，我不去否定他，我是肯定他好的东西的。我是抽象地指出问题，因为这个问题是整体作曲界的问题，我不是单独专门讲他。技术也是这样。我现在对待技术问题，不是不重视，而是非常重视。没有技术就没有发言权，没有技术就没有音乐发言权，那就会沦为一种空谈文字。

孙：艺术的特性就在于它的技术，这也就是为什么绘画和音乐都能表达同样的东西，而音乐和绘画却不是同一件事情。

金：对，没有技术就没有音乐，但只有技术也不见得就是音乐，只有技术的人是匠人，这就是技术和音乐的关系。所以我现在写作品，都是技术和思想同时出现，音响出来了，自己应该怎样配合？我觉得这是一个作曲家的必备素质，应该怎样评论一个没有技术的作曲家？现在都讲"国家的整体国力"，对于一个作曲家，也应该去看他的整体实力。就是说他既要会写旋律，又要有很好的配器，能够很好地掌握技法，而且还有很深的内涵。有了整体实力，才能成为一个真正的作曲家。有些人只会写旋律，那不是作曲家；因为作曲本身并不是只有旋律，但没有旋律，只是乱耍技术也不行。创作是一个整体，就像国力也讲究整体国力一样。

孙：现在很多学生写的作品都貌似现代味道，真正的技术水准和内涵就很难说了。

金：其实很肤浅的，但对于学生，我不去要求他们，也不去责备他们，不过他们应该认识到这一点。我对学生的要求是这样：第一，一定要写出自己真正的想法；第二，要有现代感；第三，一定要有自己的传统。把这三个方面结合在一块，我认为这是必须的。

孙：您写了很多歌剧，您是否认为歌剧其实与器乐技术创作一样，只是意思更加明确了？因为它有歌词和剧本的引导，所以意思更加明确。可能纯器乐创作的空间更宽泛一些，自由度更高一些。

金：对，纯器乐与音乐和文学的结合是不一样的，但是在有些问题上，它们是一致的。比如：要表现一种观念、一种思想、一种情绪，这都是一样的，只不过歌剧要更介于声乐和文学来表演，而器乐是用自己单独的手段。我写过一篇文章叫做《歌剧思维》，我在里面已经总结了这个问题，歌剧创作有歌剧的思维，它不同于交响乐的思维。歌剧是音乐的戏剧，也是戏剧的音乐，这是它的特点。再深一步来讲，歌剧思维有三个方面的问题。首先，戏剧的音乐是什么音乐？它是器乐跟声乐的结合，声乐里有着器乐里所没有的大块的咏叹调和宣叙调。其次，歌剧是戏剧和音乐的结合。最后就是结构，歌剧的结构是由音乐结构和戏剧结构总体构成的。而在交响乐的创作中，没有戏剧舞台本身的要求，它是一种纯音乐，所以，交响乐思维与歌剧思维、室内乐思维与交响乐思维都是不一样的。但是有些人写的室内乐作品具有交响乐思维的影响，这样是可以的。歌剧思维、交响乐思维、室内乐思维、合唱思维，都是不一样的，而且合唱的思维也不等于歌剧思维，歌剧运用合唱，但是不等于合唱。从美学角度讲，它们都有一个具体的界定，尤其是具体的技术上的界定。

孙：说到歌剧，就想到艺术歌曲，同样是唱，又有不同。那么艺术歌曲的思维是怎样的呢？

金：艺术歌曲的思维跟歌剧思维又是不一样的，可以说歌剧思维的戏剧性是强于艺术歌曲的，但是艺术歌曲也可以受歌剧的影响，这是没问题的。特别是要因人而异，我的艺术歌曲就受到歌剧影响。

所以关于音乐创作思维的问题，也是可以详谈的。但主要就是要区别各种体裁，否则都一样了，都变成一种音乐了，不行。

孙：您在早期的时候，就开始尝试写多种体裁，你在这方面一定有更多心得。

金：我在写不同体裁时，是用民族音调和民族传统来写的。

3. 关于当前作曲界一些问题的看法

金：现在音乐界谈"主旋律"，怎么样理解？"主旋律"是不是就是一个简单的政治标签，贴个政治标签，比如像郭文景的《英雄》那样，行吗？不是这样的做法。真正的主旋律就是要写出人类前进的进程。巴托克有什么主旋律？贝多芬有什么主旋律？没有人说它是主旋律，但它就是主旋律，它推动了世界前进的进程。我的《金陵祭》就是主旋律。主旋律就是要表现在历史进程中人类的希望、人类进取的东西、人类追求的理想，并不是贴一个标签，如"东方红"什么的。当然也可以贴标签，但是最后标签都是外在的，真正的音乐本身究竟表现什么？音乐本身如果能够表现出这种东西，不贴标签也没有关系；音乐本身没有什么东西，乱帖标签，贴一万个标签也没用。这就是主旋律的概念。我认为，任何一个作曲家，如果他有责任感、历史使命感，那不需要谁来提出这个概念，他也必然会写主旋律。为什么不写主旋律？一天到晚躲在家里"风花雪月"，行吗？我们都是非常具有使命感的，我们50年代成长的这些人，我们被打成"右派"，我们还是继续为自己的民族、为自己的国家写，我们计较了什么？所以说这个才叫做"主旋律"。

现在音乐界还有一个问题——空谈理论，脱离开音乐本体来空谈理论，咬文嚼字，这样形容呀那样形容呀，这是在干什么？"本体"恰恰没有人去写作。另一些写作的人一天到晚做 Midi 赚钱，另一类人谈得天花乱坠，这是音乐界吗？中国现在的音乐界就有这个严重的问题。有些人谈音乐理论，他们对技术问题的掌握就不要说了，连皮毛都不知道，就已经开始在那里大谈理论。我说这就叫做外行看他是内行，内行看他实际是外行，这些人太厉害。写作的人把做 Midi 作为一个谋生手段，我不反对，因为现在人人要谋生。但是音乐要怎么样往前走？这就谈到"中华乐派"的问题。作为真正的音乐，应该怎么样往前走？在前人包括世界各方面的传统之下，音乐要往前走。现在这个样子不行。评奖满天飞，评出来的东西评完了就一下子完了，并没有深入到人民群众心中，音乐的品质极其低下。其实音乐的质地才决定音乐的生命力，就好像一个人一样，你的体质很健康，才能不断地生长，如果你的体质很糟糕，你怎么能够前进？

另外，现在 80 年代出生的这些小孩，必须要在视唱练耳方面赶上我们。我们是 40 年代开始学习的，现在这些 80—90 年代的年轻人与我们之间隔了将近 50 年，这 50 年间，有 95% 的音乐界人士缺少严格的基本功训练。说这话显得我很骄傲，实际上就是这样的。曾经有首调与固定调之争等等。绝对要有固定调感，这是第一个概念，没有固定调感的人是没法作曲的。什么 do=G 或者 do=B，绕来绕去的干什么？所谓不用首调概念不能把握调感，只听到支离的音，这么说正是因为他自己没有固定调感。我这句话没说完：一定要有固定感；反过来，首调有它的作用，我们不是反对首调。这是什么意思？比如，在搞中国民间的东西时，我 50 年代下去采风，民歌是很难用固定调的，我们要在固定调的基础上把首调加进来，然后在固定调和首调上做更高层次的轮回，这就是一个作曲家。但可怕的是这些搞首调的人，根本没有固定感，还抱着首调当宝贝，搞出一套理论来否定固定调，这是错误的。我在美国时，看到很多中学生都是固定调感。他们没有首调感，调感却很好。调感不是在 do=G、do=D 上才能建立起来的，do、re、mi、fa、sol、la、si、do、re、mi、#fa、sol、la、si、#do、 re，这就是调感，把 re、#fa、la、si、#do、si、la、#fa、re 唱成 do、mi、sol、la、si、la、sol、mi、do 是不对的，它的音色、音高、音域都不一样，为什么要变成一样的？没有固定感的人，作曲很费劲，在前面写了很多调号，最后还原再还原，干什么呢？就是不会，中国有一大批搞民乐和首调的人，没有这个功夫，还制造一些理论来误人子弟。说穿了，固定调和首调是一种工具，不是最后音乐出现的形态。如果认为 do=D，最后还是 re、mi、#fa、sol、la、xi、#do、re，还是这样的音高和技法，只不过那样叫而已，那何必要绕来绕去？何必要去搞那些烦琐的东西？以最简化的道路达到一个目的，这是最科学的，绝不要认为绕了很多圈子达到才能表现出你的深奥。就好像写文章一样，简洁明了是最好的文章。有些人玩弄词藻，搞得云山雾罩，人家也看不懂，这样的文章好吗？同样的，视唱练耳中的调也是一样的。所以我觉得这也是中国音乐界存在的问题。

中国音乐界的现状是很可悲的。一方面技术还没有搞好，就让西方人侵入了，根还没有扎好，又开始搞市场了，去追求经济效益，搞那些天花乱坠的评奖。这样一来，年轻人被搅得晕头转向，哪有心思去学基本功？所以我跟我的学生说，你必须要学基本功。另外，现在搞西方音乐这一批人，就算是在技术方面把基本功学得很好的人，他也缺乏中国的人文修养。这个也很重要，没有文化修养怎么能够写出真正好的艺术品？问题很多很多，我觉得我只能走我自己的路。还有一批人，拉帮结伙、说假话、走官场，以为钻到官堆里面去就可以怎么样了！一个人的精力是有限的，心思没有花在创作上，音乐创作怎么能搞好呢？所以中国的音乐界现在就存在这些问题，没有一个人敢解决，也不可能解决，因为这牵扯到个人利益。解决了这个问题，他这辈子的耳朵也不可能变成固定调的，他也不可能变成一个真正的既懂西洋又懂东方的人。他只能抱着他那一点，并且不但不解决，还为此制造理论。所以我现在也不管别人怎么样了，我就按照我的方式来做。

国家是好的，国家机器是由具体的人来操纵的，最后体现在人上。国家纳税人的钱拿到他手里，他用在那个上面，不用在你这里，他就有这个权力。所以如果不解决"拉帮结派、肆意封杀作品"的问题，其它的话都是空说。他们自己暴露的是他们那种狼子野心和他们自己那种卑鄙的人格。

4. 关于审美理想，对理想作品的看法

我的审美理想就是我的作品要引导群众的审美情趣，绝对不能迎合落后的情趣，但我又不能让人觉得高不可攀。于是我用桃子作比，摘桃子的人跳一跳就能够摘到，让观众跳一跳就能够欣赏到，但又不是天上的月亮永远摘不到，这就是我的观点，我的审美理性很清楚，我一直都是这样做的。

孙：具体怎么把握呢？

金：要在不同的作品、不同的类型、不同的场合中，有不同的写法，决不是一种标准到头。儿童歌曲我也写，大交响乐也写，不是光写大交响乐。要尽量考虑当代观众的需求，并且这一点是作曲家不能不考虑的。如果说一个作曲家不能考虑当代性，一旦考虑就不能创新，这种观点我不同意。创新是基于对传统的理解和基于对当代的关注！

传统也绝不是墨守成规的传统。黄翔鹏先生提出"传统是一条河"，我在《作曲家的困惑》中说，它是一条立体的河，有三个层面。我们要用立体的视角看传统。上层是形态学，就是指音乐中各种各样的元素、各种各样的形态。中层是结构学，是创作思想和思维方式。底层是哲学美学。这三种层面都要看见，才构成一个整体的传统。过去，很多人仅在上层继承传统，只研究乐器和调式，或者即便谈到创作思维，用的都是西方体系的"模进、下行"，而对于很多中国乐器发展的那种特有的思维方式，我们都没有研究。然后就更不要谈哲学美学了。

我的传统观就是对传统的继承和发展观，有了对传统的继承和发展观以后，再考虑当代群众的的审美意识，作曲家的历史使命，这就是我在创作《原野》中得到的经验，记录在《〈原野〉创作札记》中。要把握住这种结构，再来写你的作品，这样就会达到应有的效果。我谈的理论都是经过实践的，我不是空谈理论，要通过音乐本体的实践来探索理论、总结理论、发展理论，这才是我们应该走的理论道路。

孙：您刚才谈到的传统中的第二层，也就是对中国音乐结构的研究还不够，是否可以进一步谈一谈呢？

金：比如说，西方音乐的模进、ABA 三段体、回旋曲结构，这些都是西方的东西，但我们中国人如果这样写，出来的东西肯定是不行的。为什么？因为东方的音乐思维的展开方式有它特定的民族感觉。比如中国的鱼咬尾，它是一环套一环的，阿炳的《二泉映月》的结构绝对不是那种动机的模进，也不是 ABA 那种结构。我总结了很多中国的曲式结构，所谓曲式，就是乐思发展的逻辑，音乐思维发展的逻辑就是曲式。

现在的作曲教学存在很大的问题。作曲教学是作品分析的练习，作品分析课上学习 ABA 的内容，我们一年级就写 ABA，作品分析课学到作品 9，我们就写作品 9，这是干什么？关注本体就关注到这个层面而已？作曲应该是把几大件、中国传统、西方传统都融会到一起，单独出来教是可以的，但是作曲课程不能这样搞，这是教学过程的问题。

我刚才谈到的中国音乐结构的问题，除了鱼咬尾，我还提出过很多名字，中国的太极拳中有云手、倒撵猴，我们作曲的曲式为什么非得 ABA、非得回旋、非得奏鸣曲呢？其实有很多东方式的东西，就好像国外有阿斯匹林，中国有地黄、牛黄解毒丸的道理一样，而且往往中国这种曲式发展的名字更具东方神韵，更意境化，而不像西方那种机械地割离化，这是完全不一样的感觉。我根据鱼咬尾说凤点头，我有一些这样的作品，"凤点头""凤摆尾""蛇头翘"，这些都是非常生动的词，蕴涵我们东方的感觉，所谓歌腔延续不断地发展等等。有这些东西，为什么不建设我们自己的东西？这就是"中华乐派"，这就是真正的传统的第二个层面上的"中华乐派"。第三层面上的哲学美学就更不用说了。我提出来东方美学在传统音乐中的空、虚、散、含、离，这就是我当时的一种感觉，到现在我更清楚了；哲学层面的东西很多，包括中国传统的《文心雕龙》等中的美学观念、孔子和孟子的思想等等。我觉得有太多的东西可以谈，我们也可以很好地研究这些问题，而且每个问题都是一本大书，这些都是我经常考虑的。

5. 关于个人创作思想的历史变化，回顾与反思

对于这个问题，我可以谈很多。

我一直不是随风倒的人。直到80年代"新潮"进来，中国音乐发展共有三次音乐大输入。第一次是20—30年代的德奥体系，第二次是50年代的苏俄体系，再下来是80年代，这三次大输入对中国长期封建主义桎梏下的传统音乐的封闭是一个大冲击，而且这些大冲击进来的时候，中国还没有做好准备去与外界交流，中国的音乐创作还处于弱势状态，于是就被打得稀里哗啦，所以整个中国音乐界被这三次交流所统治，却认为这才是真正的科学，实际上很大的一个"中华乐派"并没有开发出来。另外，这三次交流中间也确实存在一些好的东西，我们不能否认，确实是有先进的东西进来。但问题是，现在又走到了另一个极端，把这些输入变成了"唯一"，而另一面，中国自己的"中华乐派"也没有真正根本地从传统的三个层面来搞，只是单独地从表层上搞点民乐或者其它什么的，就认为是很传统了。这样当然打不过西方，西方就认为你是不行的。我们创作不是为了打过对方而创作，我们应该展示自己有的东西，而且我觉得西方以及全世界也需要东方的音乐。我们的音乐也是很大的一块，我们的创作也会反过来影响到西方音乐，这才是真正的我们人类的音乐。

关于我个人创作的回顾，我最早的时候就是在幼年班读书，可以说这时的童子功把西方音乐学得最扎实，对西方的东西了解得很透彻。到了民族音乐研究所，我对东方自己的传统有着深厚感情。我是在中央音乐学院二年级时被打成"右派"的，后来去新疆二十年，我对人生经历和社会有很多的体验，我现在怎么做？我很清楚。我认为不能一天到晚总是把苦挂在嘴上，像"小寡妇哭坟"。真正痛苦的人不是一天到晚在那里说："我痛苦啊！苦难啊！"这样叫的人不够深刻，真正苦难的人把悲痛含在心里，追求他应该追求的理想，这就是我。我从不哭给别人看，拿苦难作为一种炫耀是很肤浅的，是一种虚荣心。要把它变成自己的一种经历，在你的作品中间写出人类的苦难，这才是成功的，这才是真正的苦难。我说我的音乐是含着眼泪的微笑，我的音乐是一种苦涩的微笑、苦涩的美，而不是那种甜蜜蜜的美。我在政治上被打成右派时很痛苦，后来我自己解脱了，我不再把我的好与坏寄托在别人的评说上，我按照我的目的去做。到了现在，晚年了，我也还是这样。我的音乐不能寄托在别人的评说和评奖上。这是我的人生观、艺术观、宇宙观的一个全面的宣言！

到现在为止，我创作各种类型的作品，我的创作风格也在不断变化，但是这个变化始终要围绕一条主线，这条主线就是我在前面提到过的——作曲家的历史使命感、社会责任感、美学观，这些都不会变。但具体的手法、风格的变化是决定于具体的需要，也许这部作品需要这样，比如我写儿童歌曲，我不能去写无调性吧？或者你不写儿童歌曲也可以的。共青团团委来征求我的意见，问我："您是大师，能不能写儿童歌曲？"我就一口气写了七个，后来都被评上了，他们又问了："你还写不写？"我想，这没有什么我还写不写的问题。我关心儿童音乐，我想的不是我自己的荣辱，即使我写了，也没有什么丢份的！更何况我们应该关心他们。但我并不满足我只会写儿童歌曲，我的创作是所有的音乐领域我都要写，包括歌剧、交响乐、大合唱、钢琴、协奏曲、民乐、电影、电视。如果一个作曲家只会写民乐，那他就只偏于一方，眼光有问题。应该任何东西都会写。但写任何东西不是只用一种方法来写，有各种各样的方法。比如写民乐就有配器的问题，民乐配器跟西洋配器绝对不一样，因为西洋配器是基于西方十二平均律的律制，它要求你的做法能使音色抱团，民乐能够抱团吗？民乐是一个分离的律制，纯律的，五度相声律，它的音色也是分离的，比如竹笛和唢呐吹一个和弦，能够抱在一块吗？既然它是分离的，就应该用分离的原则来写它，这样你的民乐才写得好。但我们过去的民乐是用西洋的配器法来写的，这就没有从根本上认识两者的区别，怎么能够写得好？有些原则是可以考虑的，比如说配器上的混合音色、功能分组、音色对比等等，这些原则都是可以考虑的，从西洋配器和民族配器角度都可以考虑。但这个原则怎么运用下来？如果没有一个总的概念，怎么写得好？所以技术的运用又离不开作曲家的思想高度。我认为一个作曲家必须是一个思想家，如果这个作曲家不是思想家，他就变成一个作曲的工匠。搬一个西方作品来说一通，这些事情不需要作曲家去做，谁都可以去查资料。这就是为什么作曲家应该是思想家，因为思想家面临着社会、面临着传统、面临着当代群众、面临着技法、面临着文化，无论何时，你都要有一个基本的态度，不能含糊。

如果把我的创作分成几个阶段，最早的阶段就是西方传统了。80年代大家都学西方现代技法，我反而开始加强学习民族的东西，因为那时候，我刚从新疆回来，我要恢复西洋技术的基本功并且加强对民族传统的学习。80年代后期开始对西方现代音乐进行研究。90年代我到美国去，主要是了解西方现代音乐创作。落实到作品中，主要体现在一些室内乐和交响乐中。90年代中期回国以后，我又投入到对民族传统的进一步研究中。现在就是融会贯通，2000年到现在，我的作品基本上是融合出来的，有西方的、有东方的、有现代的、有传统的，我不局限于任何一种形式。这是我创作的一个基本历程，但事实上，谈"创作历程"要用作品来谈。

6. 关于听众和雅俗关系的思考

金："雅俗"的问题，应该说在客观上是有的。为什么？因为有的东西是搞专业的人，喜欢阳春白雪的人能够欣赏的，但大部分老百姓不能欣赏；有些东西是大部分老百姓能欣赏的，专业人士不欣赏；也有一些是双方都能欣赏的——确实是有这样三种类型。作为一个作曲家，你在写的时候你是怎么想的，比如这个作品不考虑大众的口味，但那个作品就要专门考虑，我写儿童歌曲就是这样的。或者这个作品既要让人们熟悉，能够欣赏，又要有"雅"的品质。我觉得"雅俗"不是人为的风格，也不能人为地抹杀，现实中的确存在这个问题。但到底怎么做，就取决于作曲家了。我们不能提倡"雅"，不要"俗"；或者说提倡"俗"，不要"雅"；或者一定要"雅俗共赏"，我觉得也没有必要。这是个多元的世界，作曲家怎么能有必须要每个作品都"雅俗共赏"的观念呢？作曲家应该有专门实验的作品，也应该有到大众中去的类似于奥运歌曲或儿童歌曲的作品，他也应该有让专业人士和老百姓都去听的作品，西方古典音乐中就有很多这类作品，比如《献给爱丽丝》，你说它是雅还是俗？莫扎特的《调皮进行曲》是雅还是俗？《梦幻曲》（金湘讲到这里，一边哼唱其音调）是雅还是俗？这些东西它也是有的，是几种类型。我觉得我自己创作也是要分清场合的，有些这样，有些那样，还有的是探究性的。比如歌剧《原野》，我就力求在雅俗共赏中间找它的平衡。我有一篇文章叫做《坐标的选择》，里面就谈到这些。

7. 关于风格

我觉得我自己倒不是固定在哪一种上面，比如说，我写新疆的、写江南的、写东北的都可以，我没有依据哪一个地域。但总体上我离不开一个中华文化。包括我那个小交响曲《巫》，那就是一种中华"巫文化"在我脑子里的印象。"巫文化"是一种半宗教，它有一种神秘的宗教感觉，但又不像佛教或者伊斯兰教那样纯粹，它介乎宗教与民俗之间。我写下的是它给我的感觉，这是东方的，绝对不是西方的《圣经》。

我在新疆20多年，写了很多关于新疆题材的，比如民族交响音画《塔克拉玛干掠影》、交响叙事诗《塔西瓦依》、交响组曲《大漠英雄》、钢琴协奏曲《雪莲》、歌剧《热瓦普恋歌》、艺术歌曲《啊，故乡的伊犁河》等等，这些都是新疆的，但我永远不局限在新疆。从我的感觉来说是比较"泛"，没有太多的局限。但有时候，新疆的东西会成为无形的。现在刀郎很红，其实就是"刀郎木卡姆"。我当时就在那个地区生活采风，那里的东西已经影响到我，我在我的《诗经五首》大合唱里就运用了，比如刀郎木卡姆里面那种"坳坳坳坳"的呼唤，这种东西在我的声乐作品里也有。所以这种东西对你的影响不是在于具体的哪个音调，而是思维层面上的。

8. 关于未来的设想

金：现在的年轻人要补的东西太多，一个是要把西方的东西学透。我们过去在幼年班的时候学的是西方古典的，最多到浪漫派，现代的东西是到80年代以后才学的。现在看来，从西方古典到现代都应该学。另外一方面是中国的传统，特别是音乐这一大块。音乐在哪里？然后要学习中华文化的哲学、美学。最后就是要经历，到实际生活中去经历民间音乐，经历社会的人文变化。这才是一个真正的作曲家。作曲家生活在人里边，生活在社会里边，这些东西都是要不断地补充的。

我到现在还在学，所谓的"学到老，活到老"，我也没想到我已经活到现在这么老了，但我还是要不断地学习，知识面前是没有办法伪装的，不够，就要去学。因为年轻时没学英文，到了五十几岁我就去外语学院补英文，我去上课时，同班同学比我女儿还小，那有什么关系？不是我丢脸，而是这个社会让我丢脸，社会不让我学。人家说："金湘，你是大器晚成呀！"我说："不是我大器晚成，我是被迫大器晚成！"我早就有很多想法了，只不过是历史的车子把我耽误了，开晚了一点，我现在还在往上赶嘛！我有一篇文章叫《赶末班车》，我一直喊，我在赶末班车，老是在往前赶，因为我被耽误了二十年！1979年我再回到北京，已经四十几岁了，既要干中年的事，还要干青年的事，都挤在一块。人家到了五六十岁以后就可以享清福了，我还拼命奔忙于中年的事，那怎么办？人生已经这样，有什么可怨天尤人的？怨天尤人不是徒然浪费光阴吗？光阴已经浪费完了，所以我根本就没有怨天尤人，只是不断地往前赶。去年，日本连演了我的两部作品，一部是歌剧《杨贵妃》，一部是小交响曲《巫》，引起很大的震动。时间也很巧合，10月19日在东京，10月27日在大阪。日本广播公司的国际部来采访，我完全用英语跟他们讲。我的音乐是童子功，但我的英文是"半路出家"。半路出家我也要把它学好，我不学好我干嘛要学？很多人一开始学就学了丢、丢了学，那不是徒然浪费时间？我既然开始学了，我就一定要把它学透，读、写、听、说都能干，这才是学英语。我觉得人的能量是可以达到的。学习是只要你有心就可以学成，包括平时讲话、听广播，就是总觉得自己是在那里学英语，不是说坐在老师面前了才开始学。当然还要语言能力强，不过我的语言能力也不见得很强，关键是学习要认真，像海绵一样不断地浸透，它就来了。海绵吸收水不是到某一天的早晨开始吸，它永远在吸。

我最近在为"中央乐团建团五十周年"写一首大管协奏曲。我觉得我自己现在写东西比较清楚自己该怎么写，我也不用钢琴，音响就在我脑子里。所以在这种情况下，我也有时间去想音乐以外的事情，或者去跟世面上的人争论。我是非常有激情的，民族感情非常澎湃。我到西方去这么久，有很多记者来找我，没用的。虽然我不是共产党员，但我是爱国的。有人说："你在新疆劳改了20年，对你的创作有什么摧残？你有什么看法？"我说："这种人生经历对我的创作有好处，所谓的'劳其筋骨、苦其心志'，对我的音乐的深度有好处。"当然业务是耽误了，并不是每个人都需要这样的经历，但是我既然有了这样的经历，反过来，我把它作为一笔财富，我的音乐就比较深刻，我的音乐就是一种苦涩的美，不可能是甜蜜的美，而苦涩的美有着更深一层的意思，我就是这个看法。

我坚持自己的写法，我在音乐上的追求就是这样了，一步一步地往前走。原来的一个阶段，也就是从1979年回北京以后，开始按照体裁逐个地写，包括大合唱等等。最后要写交响乐的时候，因为剧院搞歌剧，他们来找我，所以我也就写了。其实原来我是准备把歌剧作为最后一个体裁来写的。写完一部歌剧以后，就又连续写了几部歌剧，之后就开始写民族交响乐。现在我又回到交响乐，我要认认真真地写几部交响乐。现在写交响乐有一些好处，我在技术和思想上都成熟了，心态也比较稳定，这样就可以写几部真正的交响乐，因为交响乐在各种音乐体裁里面是最高度地集中了人类智慧和深度的，所以我准备写几部。

这也就是我在未来创作上的想法。我认为作曲家就应该写作品，不必跟世面上的人去争论。有些评论家只会写文章，根本不懂音乐，我和他们没有什么可以争论的！音乐界的悲剧就是这种评论家在舞文弄墨，他们不是为了音乐事业，而是为了他自己出名，目的不一样就没有办法了。在美国，我跟周文中谈话，他也很讨厌那种评论家，他说气得要命，我说："这没有什么好气的，他们的目就是出名，所以跟他们有什么好争论的？他对于音乐的基本和弦都不懂，你怎么跟他谈呢？根本就是两类人！"我自己就是要边写作品、边研究，不断地探索。

因为我虽然在80年代后期到90年代去美国学了很多东西，但由于当时那个环境下也不是学得很细致，其实很粗糙，所以我现在回过头来，一步一步地变成熟。比如《金陵祭》，它是在1997年写的，写完后在美国卡内基音乐厅由我自己指挥演出过，效果也很好，但我自己心里知道，因为那个时候雇不起乐队，我就没有写乐队，就只有一架钢琴、几件打击乐，那么现在回过头来，把乐队写上，然后再用合唱来调整一下，这才算完成了。我还有好几部作品，也是这样完成的。比如我最近正在写的大管协奏曲《幻》，也是我在1983年就写了初稿的（金湘展示出《幻》的第一份手稿），那时正是我从新疆回来的恢复期，你看这种颜色的纸都是当时的稿纸，我现在又把它整理一下。

孙：您在恢复期是一种什么样的思维？

金：就是民族与西方相融合的思维。

孙：整理以后，是否加入新的内容？

金：当然有新的内容。比如在前面加了音块，它们是一些低音块；另外还加了一个 cadenza（华彩乐段）和其它的东西。有些手法变化了，变得融合在一起了。

孙：请问金湘老师，是什么和什么融合在一起了？

金：我感觉原来的全音阶多了一些，就把它削淡一些，因为那个时候刚刚开始用新技法，对全音阶感觉挺新鲜，现在觉得太老了。

这是我一部一部的作品（金湘指着他的作品手稿集），《幻》的编号是36，还是挺早的，是1983年8月写的，现在再重新改写。

孙：那您现在写到几号了？

金：现在写到作品86号。

孙：这部作品是因为"中央乐团建团五十周年"的委约，才一定要写成大管协奏曲吗？

金：这部作品不是委约的，我的作品有很多都不是人家委约的，我感觉想写什么就写什么，自己有冲动才写。委约的优点是给作曲家钱，而且保证有演出，但你不一定有灵感。我创作这部作品的主要原因是，中央乐团木管组资深首席刘奇和我是幼年班的同学，我们50年前就认识，在1983年，我从新疆回来的时候，他就约我写一部作品，于是我就为他写了这部《幻》，当时写完以后，他就吹奏了，大管协会还把我这部作品作为比赛的规定曲目。我没考虑它已经是规定曲目的问题，我就想如果把它变成协奏曲该是怎么样的呢？他们说他们已经把那个曲子发给全世界了，选手都拿到谱子了，怎么还改呢？我说改了也没有关系，原来的作品还可以做比赛曲目，而我还是要做一个改动，所以我要把它变成一个大管协奏曲。

孙：那个时候是独奏？

金：是独奏和钢琴伴奏。刘奇作为中央乐团的资深大管演奏家，在中央乐团建团50周年时吹这个作品很有意义，所以现在中央乐团很重视这个曲目，我就为他们重新写了。

这个重新写的作品，在开始时用音块出现，最后再现的时候又有音块的下降，这都是新的手法，最后又有一个小的弦乐音块上去，然后结束。

孙：那么原来大管在钢琴伴奏下有它自己的特性音色，现在加上乐队以后，是一种什么样的变化？

金：我写钢琴也是一种乐队思维，你可以去看我写的艺术歌曲，比如《古典歌曲三首》、《海边的歌》《呼唤》等等，那完全是真正的艺术歌曲，那些艺术歌曲的钢琴很不容易弹，就艺术歌曲本身来说，它也比歌剧更精致。

孙：您是否想过，除去创作，您也写一些作曲法之类的教科书？

金：我已经写了《音乐创作学导论》，刊登在《中国音乐学》上，不过它只是文章。教科书的写作还没有开始，我虽然可以在艺术研究院带博士，但他们也常常因为英语不及格而落选。我很想招一些作曲和美学专业的学生，因为我的研究领域很广，特别是美学领域，我早就开始研究了。但是有很多事情是来不及做的，我要写作品的时候，就什么都顾不上了。

对于作曲理论方面，我现在这样想，一方面，创作导论的角度比较重要；另一方面，作曲基础理论也很重要。现在各大学校学习和声，基本上都用斯波索宾的《和声学》，它在一定时期有积极意义，但那是洋人的东西，我们不能一代一代地总是啃书本，那样根本不行。另外有些学术观点也不准确，民族音乐不一定就是五声的，半音也有很多五声性的，这也就是我在前面讲的中高层次上的问题。我认为，能够把东西方的东西结合得比较好，就必须把那些东西完全化成自己的东西，这样出来的结果才是结合得比较好的，而且完全不是表面上的东西。

孙：结合得好，又怎么能够体现您所提出的"中华乐派"的特点呢？

金：那也必然是中华乐派的，因为你的思想的表达方式包括乐思都是这样的，你写一个东西绝对不是"模进式"的，绝对不是那种ABA的三段体，它就是一种流淌的、散文式的、"貌似无形，实为有意"的东西，而这种东西就是东方的，它跟西方的完全不一样，就像国画跟油画不一样，工笔画跟水墨画也不一样。也就像我们不是从小长在英国或者美国，我们讲的英语也是中国味的,这个是没有办法的,改变不了的。

你们课题组提的这些问题都很好、很内行,也是点子上的问题,但是每一问题都可以写一大本书,而且每一个问题我都有很多自己的看法,但是现在社会根本就不是这么个气氛,而且我也不能为这种现状去浪费时间。

对音乐领域中若干现象的再思考

尊敬的蔡武部长、王文章副部长、各位专家：

大家好！

很高兴来参加这个座谈会，能有机会向领导汇报并和专家们交流切磋文艺（特别是音乐）创作中的一些问题。

我先自我介绍一下。

我是专业作曲出身，主要写歌剧、交响乐、大合唱、室内乐、民族交响乐等。一般地，专业作曲家易专注于作曲技法的锤炼、探索，而忽略对哲学、美学的关注与研究，犹如一般地，音乐理论家易脱离音乐本体空谈理论一样。个中弊端明显，两者皆不可取。我则通过作曲实践研究理论（包括美学理论与专业基础理论），通过理论指导创作实践；长此以往，持之以恒，铸就了我的"双栖"身份。

因此主办方不必担心我会空谈理论，我的发言必然会通过作品来谈理论，通过理论来剖析作品。

基于我个人的特殊情况（1957年在中央音乐学院作曲系学习期间被错划为"右派"，下放新疆二十年，1979年"四人帮"粉碎后，返回北京），我的音乐创作真正始于20世纪70年代末。三十年来，借着国家改革开放、社会飞速发展的大好机遇，我经历了恢复技术、出国考察、潜心创作、认真教学……写出了一批作品，教出了一批学生，也遇到了（思考了）不少问题。今天，我想选其一二，做一简要阐述。

一、传统与现代

我国当代作曲家面临一个音乐史上最活跃的时期：一方面，西方音乐文化大量传入①；另一方面，在政府大力扶持倡导下，我国民族、民间固有的传统音乐文化得以空前地被发掘、发扬［注：尤其在有了"非物质文化遗产"这一冠名之后］。在这样繁荣纷纭的音乐现象前，作为一个以发展中国音乐而使之自立于当代世界音乐之林为己任的中国作曲家，应该选择什么？"越是民族的，就越是世界的"？！否！这看似挺激进，实是最简单的懒汉哲学。［省略了学习、比较、融合、发展等必不可少的阶段！］"跟着自己的感觉写，管它是什么"。这是满足于作曲家主观的自为存在，而放弃了自觉选择。［也可能有一些灵气一闪的小品，但决难写出有深度、大气的作品。］一切当代有出息的作曲家应是：依托历史悠久、博大精深的民族音乐遗产，认真地学习西方音乐的各方面，有选择地取其精华为我所用，写出具有时代感的、民族特性的、经得起历史检验的作品。这不仅仅是一个愿望，更是要我们对我们要研究的对象艰苦学习掌握、认真研究比较。今天来看，东西方音乐有同有异，但在根本上，我们从战略上要掌握三点：即，比之西方三四百年的专业发展，东方，在专业技术上，确实落后于西方；但我们又必须看到，由于历史社会原因、民族心理因素等，在音乐表现形态上，东西方本又互相有别；最后，我们还应该看到，创作资源犹如一座矿山，西方几百年来开发殆尽，东方还刚开始，许多元素有待开发，因而，在"资源"方面，东方有优于西方的一面。基于这种认识，1993年，我在美国波士顿国际音乐研讨会上，提出了《空、虚、散、含、离——东方美学传统在音乐创作中的体现与运用》。我在2001年提出了民族传统的三个层面，对传统进行了较细致的剖析；并进而在2002年与其他

---

① 在我国近代音乐史上，西方专业音乐有三次大输入：一次是20世纪20—30年代，以德奥音乐体系为主；一次是20世纪50年代，以苏俄音乐为主；一次是20世纪80年代以来，以西方现代音乐为主。

几位音乐家提出"中华乐派"理念。[注：关于建设"中华乐派"理念，自提出后，十年来在全国召开过三次论坛，引起乐界普遍关注。此处从略。]同时，我在创作上写出一批传统与现代结合得较好、经受过历史与社会检验的作品。如民族交响合唱《诗经五首》（1984）、民族交响音画《塔克拉玛干掠影》（1985）、歌剧《原野》（1986）、音诗《曹雪芹》（1989）、小交响曲《巫》（1996）、钢琴协奏曲《雪莲——木卡姆的春天》（2011）等。

二、关于"主旋律"

"主旋律"是一个创作上的口号。它是一个艺术家社会责任感和历史使命感的凝聚。就我理解，提倡"主旋律"，就是号召作品要写出社会前进的方向，推动社会前进！鞭挞黑暗，歌颂光明！它对于那些成天沉湎于风花雪月中、亭台楼阁里的朋友（例如，绝非危言耸听，在中国乐坛上，有人用交响乐写《女人的情欲》），无疑是一种善意的提醒！我对此从内心完全拥护支持。但在社会实践中，遇到了左右思潮两方面的干扰。左的思潮表现为，在作品中动辄运用《东方红》《三大纪律，八项注意》等音调，以示"革命"。这种毫无创作激情，不从作品本身出发，到处贴标签式地滥用"音调"的作品，尤在某些"献礼"创作中为甚。严格说来，是一种投机（不管是什么动机）在文艺创作上的反映！它最终将毁掉作品本身。显然，这不是提倡"主旋律"的初衷。当然，并不是说在音乐作品中不能运用某些现成音调（西方古典音乐作品亦常有运用现成音调的例子），关键在于作者的"真诚"！右的思潮则表现为，对提倡"主旋律"极其反感。某君故意以专家口吻，从音乐基础理论的角度审视发问："此处所谓'主旋律'，是否指它在作品中比和声、对位等其他因素更'主'要？"（大意）更有甚者，同是此公，竟在国外大谈反对个人崇拜时，反复将音乐中提倡"主旋律"与个人崇拜挂钩。先是举例歌曲《交河的山交河的水》《春天的故事》，接着就直指钢琴协奏曲《黄河》及其原型《黄河大合唱》，大谈其充满"个人崇拜"因素而予以彻底否定，并进而引申出，《黄河大合唱》是"突出了共产党领导了抗日，歪曲了历史""星海只去了七天黄河"，等等。我这里且不研究"星海去了几天黄河",或是《黄河》是否"突出了共产党领导了抗日"。倒是必须提醒一个历史事实,《黄河大合唱》反映的是中华儿女在日寇侵略下的奋起,中华民族在生死存亡关头的民族大觉醒,"怒吼吧,黄河"!千百万群众前赴后继浴血奋战,"生死已到最后关头"!这是一首中国音乐史上极为难得、极为珍贵的,只有那个时代才能产生的浩气长存的作品。全球华人普遍传唱《黄河大合唱》,经久不衰,就是最好的说明。难道因为钢协《黄河》在结尾处用了一下《东方红》音调,就连同它的原型《黄河大合唱》也一并被斥为"个人崇拜"的产物而予以否定吗?太狂妄了!不,已经不是一般的狂妄了!当然,我并不是鼓吹作品中一定要用《东方红》音调。而且虽然西方古典音乐中也有运用现成音调的手法,我们也不一定要这样。问题的一个方面是,我们要看见在那个特定时代,这种人民群众在生死斗争中对自己理想的感情和他们认定领导自己为实现这一理想而共同斗争的领袖的感情是天然浑为一体的,是无法分的——甚至在有些情况下是不可理喻的。所以才会有"从来也没有什么救世主"和"大救星"长期共存的这种概念混乱现象的出现!问题是,对于这种历史留下的错位,我们是冷眼旁观、百般挑剔、"三年早知道"呢(其实,当年你不也是一样混混沌沌生活在同样一个社会中吗),还是一方面十分爱护、尊重人民群众的热情,一方面又十分谨慎地剥去夹杂在其中渣滓?可以这样说,一个严肃的艺术家应该是,通过自己的劳动拂去蒙在"主旋律"身上"个人崇拜"的灰尘,使其更加崇高、光辉,这是历史交给我们这一代艺术家的重要使命!其实,"主旋律"并非钦定,也并非今朝才有,西方古典诸如贝多芬的《命运交响乐》、肖斯塔科维奇的《列宁格勒(第七)交响乐》、巴尔扎克的《在人间》、托尔斯泰的《战争与和平》等这些站在他们那个时代的前列、引导人民前进的千古名作,难道不是"主旋律"吗?当然是,而且当之无愧!那些一首首真正具有"主旋律"品质的作品,它们必将而且已经在人类文化历史长河中永存!

多年来,我身体力行地践行"主旋律"这一理念,写出了交响大合唱《金陵祭》(1997)、歌剧《八女投江》(2005)、交响三部曲之一《天》(2008)等。

三、其他

当前音乐领域内存在的问题，还可举一大堆，如评奖、委约、专业音乐教育、拜金主义等，每个专题都可以谈一个下午。限于时间，今天先简单谈一下教育问题。

当前音乐教育大发展，学习作曲的学生空前增多。今天的学生，正是明天社会的栋梁。用不了一二十年，他们将担起我们的事业。在学生一开始接触他的专业时，给以正确的引导，是十分必要的，它会影响我们未来的事业，也会影响这些未来的栋梁的一生！在以后正式展开这方面的话题之前，我只想强调一点：学生在校绝不是只学技术，而是必须在学习四大件技术的同时，对其全面引导。上述一、二节所谈种种（当然还有其他），应放在学生们的教育中，贯穿于学习之始终。

以上讲话，纯属我个人感言，是否妥当，敬请批评！

谢谢！

2012 年 9 月 1 日于北京

音乐的"懒汉哲学"批判与"主旋律"平反

——在第六届京沪闽现代音乐创作研讨会上的发言

一、"越是民族的,就越是世界的"是一个"懒汉哲学"口号

"越是民族的,就越是世界的。"这一句似是而非的"名言",也不知其出自何处,也不管其对错与否,多年流传于乐坛,在业界、圈内、媒体,以讹传讹,不胫而走。是该对它有一个清楚的、客观的分析与认识了。

就事物本体认识而言,"越是民族的,就越是世界的"这句话对了一半。是民族的,当然就是世界的,这自不必多说。但"越是"民族的,绝不会自动地"越是"世界的。我们知道,音乐虽无国界,但由于其生态环境、文化传统、人群心理素养等的不同,人们对包含各种迥然不同元素的音乐的欣赏与接受的程度在总体上显然是不同的。对于异域音乐,人们会因其完全的陌生而与之格格不入,可以将其作为古玩来欣赏,它不会自动成为心灵的自然流露、生活的不可或缺的一部分。只有经过本民族音乐家们辛勤的劳动——对本民族音乐发掘,向他民族音乐认真学习,在实践中相互比较融合,才会创造出为世界其他民族所共同接受的音乐。从"越是"民族的,到"越是"世界的,其间如缺少这一必不可少的阶段,其效果是,顶多将这种带着"越是"的民族音乐搬到世界上作为"出土文物"展览一下,而绝不会自动变为"越是"的世界音乐。

如进一步探寻本体认识后面的意识,这实际上是一种"懒汉哲学",它

取消了人们为发展各民族音乐并与世界交融所要付出的极为艰巨的劳动的整个阶段,而直接从"越是民族的"跳入"越是世界的"。如果认同并提倡这种简单的"搬运工"做法,我看首先要关门的是各个音乐专业院校!

二、要拂去"个人崇拜"灰尘为"主旋律"平反

"主旋律"是一个创作上的口号。它是一个艺术家社会责任感和历史使命感的凝聚。就我理解,提倡"主旋律",就是号召作品要写出社会前进的方向,推动社会前进!鞭挞黑暗,歌颂光明!它对于那些成天沉湎于风花雪月中、亭台楼阁里的朋友(例如,绝非危言耸听,在中国乐坛上,有人用交响乐写《女人的情欲》),无疑是一种善意的提醒!我对此从内心完全拥护支持。但在社会实践中,遇到了左右思潮两方面的干扰。左的思潮表现为,在作品中动辄运用《东方红》《三大纪律,八项注意》等音调,以示"革命"。这种毫无创作激情,不从作品本身出发,到处贴标签式地滥用"音调"的作品,尤在某些"献礼"创作中为甚。严格说来,是一种投机(不管是什么动机)在文艺创作上的反映!它最终将毁掉作品本身。显然,这不是提倡"主旋律"的初衷。当然,并不是说在音乐作品中不能运用某些现成音调(西方古典音乐作品亦常有运用现成音调的例子),关键在于作者的"真诚"!右的思潮则表现为,对提倡"主旋律"极其反感。某君故意以专家口吻,从音乐基础理论的角度审视发问:"此处所谓'主旋律',是否指它在作品中比和声、对位等其他因素更'主'要?"(大意)更有甚者,同是此公,竟在国外大谈反对个人崇拜时,反复将音乐中提倡"主旋律"与个人崇拜挂钩。先是举例歌曲《交河的山交河的水》《春天的故事》,接着就直指钢琴协奏曲《黄河》及其原型《黄河大合唱》,大谈其充满"个人崇拜"因素而予以彻底否定,并进而引申出,《黄河大合唱》是"突出了共产党领导了抗日,歪曲了历史""星海只去了七天黄河",等等。我这里且不研究"星海去了几天黄河",或是《黄河》是否"突出了共产党领导了抗日"。倒是必须提醒一个历史事实,《黄河大合唱》反映的是中华儿女在日寇侵略下的奋起,中华民族在生死存亡关头的民族大觉醒,"怒吼吧,黄

河"！千百万群众前赴后继浴血奋战，"生死已到最后关头"！这是一首中国音乐史上极为难得、极为珍贵的，只有那个时代才能产生的浩气长存的作品。全球华人普遍传唱《黄河大合唱》，经久不衰，就是最好的说明。难道因为钢协《黄河》在结尾处用了一下《东方红》音调，就连同它的原型《黄河大合唱》也一并被斥为"个人崇拜"的产物而予以否定吗？太狂妄了！不，已经不是一般的狂妄了！当然，我并不是鼓吹作品中一定要用《东方红》音调。而且虽然西方古典音乐中也有运用现成音调的手法，我们也不一定要这样。问题的一个方面是，我们要看见在那个特定时代，这种人民群众在生死斗争中对自己理想的感情和他们认定领导自己为实现这一理想而共同斗争的领袖的感情是天然浑为一体的，是无法分的——甚至在有些情况下是不可理喻的。所以才会有"从来也没有什么救世主"和"大救星"长期共存的这种概念混乱现象的出现！问题是，对于这种历史留下的错位，我们是冷眼旁观、百般挑剔、"三年早知道"呢（其实，当年你不也是一样混混沌沌生活在同样一个社会中吗），还是一方面十分爱护、尊重人民群众的热情，一方面又十分谨慎地剥去夹杂在其中渣滓？可以这样说，一个严肃的艺术家应该是，通过自己的劳动拂去蒙在"主旋律"身上"个人崇拜"的灰尘，使其更加崇高、光辉，这是历史交给我们这一代艺术家的重要使命！其实，"主旋律"并非钦定，也并非今朝才有，西方古典诸如贝多芬的《命运交响乐》、肖斯塔科维奇的《列宁格勒（第七）交响乐》、巴尔扎克的《在人间》、托尔斯泰的《战争与和平》等这些站在他们那个时代的前列、引导人民前进的千古名作，难道不是"主旋律"吗？当然是，而且当之无愧！那些一首首真正具有"主旋律"品质的作品，它们必将而且已经在人类文化历史长河中永存！

多年来，我身体力行地践行"主旋律"这一理念，写出了交响大合唱《金陵祭》（1997）、歌剧《八女投江》（2005）、交响三部曲之一《天》（2008）等。

（原载《福建艺术》2013年第6期）

"越是民族的，就越是世界的"？

"越是民族的，就越是世界的"不知其出自何处，多年流传。在此我想谈一下我对这句话的认识。

就事物本体认识而言，"越是民族的，就越是世界的"这句话对了一半。因为就物质而言，是民族的，当然就是世界的（民族之物体必定自然地存在于世界之一隅），这自不必多说！但就精神层面来说，"越是"民族的，绝不会自动地摇身一变成为"越是"世界的。我们知道，音乐虽无国界，但由于其生态环境、文化传统、人群心理素养、语音体系等的不同，人们对包含各种迥然不同元素的音乐的总体欣赏与接受的程度显然是不同的。对于异域音乐，人们会因其完全陌生而与之格格不入，可以将其作为古玩来欣赏，它不会自动成为心灵自然流露、生活不可或缺的一部分。只有经过对本民族音乐发掘，向其他民族音乐认真学习，在实践中相互比较融合，才会创造出为世界其他民族所共同接受的音乐。远的不说，如在我国汉族地区流行的大量雅俗共赏的新疆各少数民族的歌曲，如果没有经过像王洛宾这样的作曲家从歌词编译到音调调整等细致入微的再创作，那就仅仅只能以其色彩绚丽的原汁原味放在那里供人把玩，而无法真正沁人心脾、深入人心！因此，从"越是"民族的，到"越是"世界的，其间如跨越了再创造这一必不可少的阶段，其效果势必是将这种带着"越是"的民族音乐搬到世界上作为"出土文物"展览一下，它绝不会自动地变为"越是"世界的音乐。

应该说，"这一必不可少的阶段"是一个极为艰巨的阶段，它需要花去我们毕生的精力：认真学习本民族音乐的传统，掌握其精髓；同样认真地学习西方音乐的传统，借鉴其手法，不断试验、创造，使其在更高、更精的远端更好地结合,这才能真正从"越是民族的"这一端,走向"越是世界的"那一端。当然,从"这一端"到"那一端"是个漫长的过程,无法截然分断;"民族的"与"世界的"常常你中有我,我中有你;这是事物发展的正常规律,不必细究。它与那种取消了人们为发展民族音乐而与世界交融所要付出极为艰巨劳动的整个阶段而直接从"越是民族的"跳入"越是世界的",是完全不同的。老实说,如果对这种简单的"搬运工"做法认同并提倡,我看各个音乐专业院校可以"关门大吉"了!

(原载《艺术评论》2013年第10期)

做什么样的音乐人全靠你自己选择

2006年10月13日,中国著名作曲家、中国音乐学院教授金湘做客乐网会客厅。

记者:"新世纪中华乐派研讨会"于10月11日结束,作为倡导人员之一的您可否向我们的网友们介绍下此次会议的盛况。

金湘:此次会议成功之处不仅有很多专家的参与,更多是他们之间有着激烈的碰撞。虽然整件事的倡导者是赵宋光、我、乔建中、谢嘉幸,但我们的目的并不是要定什么条条框框,干"拉大旗,作虎皮"的事,而是希望在更多人精神的碰撞下,为新世纪中华音乐调试出更佳的状态。……明年,"新世纪中华乐派研讨会"将拉到上海去开。

记者:"文革"出来的一代作曲家譬如郭文景、谭盾等都在为中国音乐走向世界做出贡献,他们的民间音乐的深厚底蕴为他们的创作提供了丰富营养。那么"文革"后出生的新一代,吃着汉堡包,听着hiphop长大的年轻作曲家呢？在市场经济压力下，他们会给我们带来什么样的音乐？

金湘：在这里我不会对年轻人进行说教的，因为历史背景不一样，生活方式不一样，想法也不一样。做一个什么样的音乐人全靠你自己选择。……要说经济压力，谁都要赚钱呀，你可以调试。有种说法，作曲家有三个频道：政治频道——审时度势，写中国政治形势需要的歌曲，弘扬主旋律；经济频道——做做MIDI，写写小曲，赚点钱；艺术频道——做自己的音乐。不过，我想对年轻人说的是，你为艺术留的时间多一些，以后将走得更远一些！

记者：最近媒体曾报道"专家就外国歌剧中国人是否该用原文演唱进行激烈争论"，请问您的看法。

金湘：各有利弊。中国人唱外国歌剧用原文，语言对上了，但对剧情表现上会有出入。反之，演员对剧情的表现能更充分，只是语感被改变，而且翻译工作会增加整个演出运作的投资费用。

井喷与瓶颈

——在 2013 中国歌剧论坛的发言提要

这次有幸被邀请参会，和老友新朋见面相叙，十分荣幸和高兴。我的发言不想写八股论文，也不高谈阔论，只就歌剧界当前的一些现象谈点看法。

一、"井喷"

当前，上至国家大剧院，下至各企业院团，纷纷创演歌剧，究其原因不外乎财力大大增加、人文建设需要、评奖层层推行，等等。对此现象，我们既应欢呼，又有忧思。

二、"瓶颈"

1. 理论上：这些年我们论文也写了不少，歌剧也写作了不少。在理论上我提出了"歌剧思维"（1987 年泉州歌剧研讨会上初步提出，2003 年哈尔滨歌剧研讨会上正式提出），"歌剧思维"的本质是从整体上对组成歌剧的音乐和戏剧两大元素各自独立的内部架构和相互之间关系之原则的确立。简言之，即"音乐的戏剧，戏剧的音乐"，具体可落实到在结构上、音乐上、风格上等一一予以细谈。首先，结构上，戏剧结构与音乐结构的同步、反向、高潮点设计，等等。其次，音乐上，立体的、交响的、戏剧的，等等。最后，风格上的多元（正歌剧、轻歌剧、室内歌剧、音乐剧，等等）。

这些年理论上的铺垫与探究已经够多的了，我看是时候研究一下"瓶颈"了（什么样的"瓶颈"，为何有"瓶颈"，如何解决"瓶颈"？等等）。

2. 实践上：歌剧出作品，是目的，也是检验歌剧史的唯一标准，在这些年的实践中，我感觉凡是"歌剧思维"理顺了的都能出好作品或较好的作品，可惜"歌剧思维"总不能贯穿到歌剧创作进程的方方面面。歌剧创作常受到各种制约。例如：

（1）委约方由于给了钱，常对主题、结构、音乐材料等多方面"理直气壮"地横加干涉。

（2）各级领导急功近利，醉心获奖，制作"地方名片"，主题先行。

（3）编剧缺少歌剧思维，剧情、唱段中文字堆积，比比皆是。一个歌剧剧本甚至比电视连续剧还长。

（4）导演缺乏音乐感觉与想象，排练中不从音乐出发，满脑子话剧思维，对戏剧情节东补西删，乱贴条子，破坏音乐（我就遇到过一次，一首咏叹调只唱了一句引子，后面主体全部被删掉，让人"哭笑不得"）。

（5）作曲，光写单旋律，由他人配器，歌剧音乐完全失去整体感、戏剧动力感。还美其名曰"我们中国人就爱听旋律"！

（6）演员心气浮躁，不愿花工夫下大力气认真演唱有深度、有难度的段子。

（7）舞台美术大而臃肿，缺乏抽象感。花大钱"买笨重"！

（8）人际关系左右剧目生死。跑关系，拉选票，外加"羡慕嫉妒恨"。（歌剧《原野》两次被拒于"精品工程"之外！）

凡此种种，造成了歌剧发展的"瓶颈"现象。原因多种，有社会心态，有不懂规律，有人际关系，等等；"冰冻三尺非一日之寒"，造成此种现象的有历史因素，亦有社会原因；对于中国歌剧界而言，应群策群力，综合治理，非一人、一家、一时、一地而能有所为也。

三、出路

就全国而论，走出"瓶颈"，势在必行！其道路不外乎二：

1. 人才的发现与培养。一个作曲家难得，一个歌剧作曲家更难得：他要具有动人的旋律感，特有的结构感，强烈的戏剧感；要有经过长期艰苦扎实磨炼才能掌握的作曲行当里的全面的技术基本功力，要具备对综合艺术整体融合美的全面敏感；既要有对大型作品的宏观掌控功力，亦要有对细微情节、情感"入木三分"、淋漓尽致的微观表现力；等等。总之，在他的笔下，要"看得见音乐、听得见戏剧"！要知道人才难得，我们必须花大力气去发现培养人才，才能冲破"瓶颈"。（在这方面，不失时机地开办一些真正有权威的"歌剧创作人才培训班 / 学校，也许是可行的）

2. 剧目的选择。除了继续安于目前各地分散的"各选各的"现状之外，是否可以试验做一下：设一个机构或平台（如"北大歌剧院"），它要安下心来收集各种歌剧剧本进行"舞台阅读"（Reading forum）实践：从歌剧胚胎形成直至最终成长为一部可以上演的歌剧的整个过程，对每个环节进行检验、裁剪、修改、丰富，以保证其成活率和成功率，并最终给各院团推荐、提供优秀剧目。（其实，美国"奥尼尔戏剧中心"在这方面早已有不少经验了！）

我们不能开几次会，搞几次论坛，空谈一番，就此了事。必须落到实处、持之以恒才能真正做出成果。

谢谢！

2013 年 6 月 8 日于福州

关于作曲教学的四大件和其他

——在第二届全国音乐分析学学术研讨会上的发言提要

这次被邀请来参会，我感到荣幸、兴奋、忐忑。

荣幸的是，还算能被大家认可。

兴奋的是，总算有机会和同行们交流、切磋，向同行们学习。

忐忑的是，我有许多想法、观念还没有经完全系统的梳理，不妥之处，还望批评指正。

因此，今天的发言只是一个梗概——给我的时间只有十分钟。

今天的会议主题有两个：一是音乐分析学科的教学与研究，二是中国当代音乐创作研究。为了不跑题，我只分别就这两个主题涉及的某些问题谈谈我的看法。

一、关于音乐院校作曲教学中的"四大件"问题

按一般习惯，四大件（和声、复调、曲式、配器）的教学似乎天经地义。这种从苏俄引进的教学思想体系从20世纪50年代起（甚至更早）一直垄断着音乐学院的作曲教学。不可否认，它对作曲学生的专业功底的培养，有着极为重要的作用（我们都是受益于这种系统培养的"过来人"）。但经过这些年的实践，它的弊端亦明显可见。

首先，从宏观上看，这是以形而上观念对待音乐创作这一客体的产物。它既没有全面反映作曲专业（包括作品本身）所包含的音乐学（美学、哲学）观点，也割裂了组成作曲专业技术基础各部分内在的联系。因而在微

观上的各种"精益求精"就可能走上"死钻牛角"、舍本求末的道路。

例如,和声与复调实际上是一个组成音乐本体的不可或缺的两个方面,因其内容既庞杂又重要,故将其仔细分别讲授是十分必要的,但又必须在教学中不失时机、贯穿于章节始终地指出其相互的联系(从整体直至细微的"末梢神经")。又如,原有的"曲式学"是将产生音乐作品的丰富的人文、历史背景几乎全部抽掉,只留下一些对乐曲形式(而且仅局限于西方)的僵化的技术图解。(当然,这些年来有很大改进——仅从名称上,从"曲式学"到"作品分析"到"音乐分析"的转变,就是证明)

我的观点是,应从美学观点来梳理作曲专业基础的教学,它们至少应该包括五个方面:

1. 旋律学。广义的,狭义的。这是长期以来被忽视的领域。
2. 多声部学。包括当下教学体系中的和声与复调。
3. 结构学。包括当下教学体系的曲式与作品分析。(还可包含横向艺术的结构比较)
4. 载体学。包括当下教学体系的配器与管弦乐法。(还应包含人声,电声以及民族乐队)
5. 织体学。这是现代音乐创作中急速发展起来的一门学科,亟待研究。

总之,音乐学要与作曲专业技术理论密切联系(它们本来就是不可分的),而不是各行其是,"鸡犬之声相闻,老死不相往来"。

我的这一观点是从我的学习与创作实践中长期思考酝酿而成的,并于我的一篇文章《音乐创作学导论》中(发表于《中国音乐学》2005年第4期)正式提出。但遗憾的是学界毫无反应。(这是最尴尬的一种局面!)我知道这里面会涉及方方面面各种问题(教材、师资、教改,等等),不是一下子能理得清,不是一下子能做得到,更不是一个人或几个人能完成的事。但"急不得",也"慢不得"!

因此,今天我趁这个机会,再次郑重提出,我愿与大家共同探讨,至少比毫无反应的"说了等于白说"好。

二、关于中国当代音乐创作中的一些问题

对不起,大会只给我十分钟,这个问题今天就没时间展开了,但我在这里还想提出几个问题。

1. 对于一个作曲家而言,作曲技术的刻苦训练是否能为哲学、美学的高谈阔论所取代?

2. 对于一个民族的音乐事业而言,是否永远就停留在"我写旋律你配器"的音乐创作状态?

3. "越是民族的,就越是世界的"吗?这种理论竟在我国乐坛长期充斥着,不胫而走!其本质是什么?其危害是什么?

4. 音乐创作中的"主旋律",是作曲家发自内心的社会责任感与历史使命感的一种必然产物。(不能靠"提倡"、赶"时髦",更不应以此作为达到目的的一种"手段"!)如何自觉地除去"主旋律"身上"个人崇拜"的灰尘、阴影?(它实际上是对作曲家社会责任感与历史使命感的一种检验!)

希望以后有时间再与大家探讨。

谢谢!

2013 年 5 月于北京

对话甘璧华：关于和声和其他

时间：2011年6月26日下午4:15

地点：中国音乐学院

2011年10月18—20日，上海音乐学院举办"中国当代音乐作品和声论坛"。论坛上我将作《音粒子、音线、音块及其对位效应》的学术报告。为论文写作的资料收集，6月我专程到北京采访了金湘教授。虽然我们是初次见面，当我简要地说明来意及论文的基本构思后，金湘教授不只是无保留地拿出了自己的乐谱、音响，还畅开心怀地谈了写作中他是如何感受和声的。这次访谈无疑是很珍贵的，它使我不知不觉地走进了作曲家金湘的和声世界，现整理于下，与各位分享。相信与他的谈话无论对作曲家还是理论家都会有启示的。

甘璧华

金：这是我的钢琴独奏曲《黑与红》的乐谱与最新录音。《黑与红》2007年由邹翔首演。他现在在中央音乐学院，是你们上音附中出去的。

甘：这首曲子您选用的素材是《兰花花》？

金：不，素材是我自己。想写钢琴曲，想写一组用音乐描绘颜色的钢琴曲。黑就是黎明前，红就是黎明。这里看到织体是音块、音层。不同的（音块、音层）叠起来。总长度不长，有七八分钟。

……主要想法是用"五度和声"。即不同的五度重叠在一起，CGDAEB……$^\#$F、$^\#$C、$^\#$G、$^\#$D、$^\#$A、$^\#$E……形成的是紧张度，而不是纯净的五声音阶，这是我音响上的一种追求。远距离的五度C、G与$^\#$C、$^\#$G，可以一起下去，实际上是远距离的五度拉近了。具体到色彩上是描写浓的、阴郁的、黑暗的。暗的色彩与明亮的结合，所以就叫《黑与红》，司汤达的小说叫《红与黑》，我的叫《黑与红》。

这首作品的织体是浓的块状。基于这种和声还可以写成散的、点的……即在同样基础上可以用不同的织体。原想写一组钢琴曲，后来没继续写下去，写了一首就停下来了。停下来就先叫邹翔去演奏了。拿来给你看看，你是第一个听众（第一个供你听）。

金：这是我的《诗经五首》。

甘：《诗经五首》什么时候写的？

金：是'85年。

甘：当时您已经在做传统和声迈向现代和声的尝试？

金：是起步，当时是第一步，还没有像后面的步子迈得那样大。

甘：能不能谈一下您的和声？

金：我想从创作角度谈我的和声。

一定要有和声感觉，不是纸上谈兵，内心要有一种和声追求。这感觉到的和声是什么，追求的是什么？写的时候我不知道。这和声是写出来后出现的，然后我再知道它是什么。我主要是从我自己的创作中总结出来的。没有很多这个理论那个理论，什么"集合"啊，等等。在自己的创作中发现五度和声，然后逐渐走到这一步，即逐渐条理化。这里有复合的五度：纯五度的复合、纯五度与减五度复合。C、G、B、#F复合，就出现增四度C、#F、小二度#F、G。

谱例1

这增音程的出现，加强了紧张度。这种紧张度又不同于三度为基础的和声——功能和声——的紧张度。我的基础是五度，从五度开始，逐渐发展。到现在，是否成为一个非常完整的理论体系，我不知道，我只是从我创作的角度来说。

这是我的《大交响曲》，用的是民间小调。表现的是阎王殿里大鬼小鬼在跳：

谱例 2

用了纯五度叠置。

D 下面的 ^{b}A，是一个增四度。① 这个增四度是两个纯五度"远距离拉近"。如 C、G 和 B、$^\#$F 两个远距离的五度，拉近后形成 C、$^\#$F 增四度音程（见谱例 1）。既保留了原旋律的律动……（又有了个性化的和声）这类和声也用于歌剧创作。

《琴瑟破》写于'07 年。20 世纪 90 年代后半叶，我为琵琶、笛子、二胡三大件每件各写了一首与乐队的曲子。琵琶与乐队的曲名为《瑟》。我把琵琶的这首曲子抽出来，扩大成《琴瑟破》。那个"瑟"是'96 年写的，这个"琴瑟破"是'07 年写的。《琴瑟破》完全是另外一种，对它的欣赏与解析采用的不同于前面谈的那种和声感受方法，不是先从和声上找感觉，而是先从民间古色古香（乡）的调式、旋法上找、感觉形成后写的。

甘：这是您第二种感受和声的方式：在调式、旋法中感受和声。

……

金：我脑子里经常会出现和声效果——色块（色彩性的音块）。你刚才说的很对，是几层的（是有"对位效应"的）。底层可以是纯五度，高层是……自由开放的，中层是减音程，整体成为一块。理论家是可以分析的，

---

① 编者按：此处意指，在谱例 2 的旋律型的基础之上有同样的旋律轮廓，并构成增四度关系。

作曲家管不到了。这种叠置的方法常常在我脑子里。你刚才讲的线状、颗粒状……实际上是织体。上面（高声部）是一条很美的旋律（线），"哐"的一下，低音一团（块），是浑浊的微分音 C#C、C#C（间）的四分之一音……"哐"地成了一片。这很漂亮，内有强烈的反差，音区上的反差，和那个织体的对比。

……

金：我自己感觉，你出面研究和声，太好了，太需要。我现在来不及研究了。

甘：惭愧，我是第一次搞"中国作曲家"的和声。20世纪90年代初，我开始研究现代和声，但研究的是外国作曲家的和声。

金：中国作曲家的和声研究，这很有必要，因为这么多年大家都在写，但没有比较系统的研究……也没有像你这样资深的教授来作研究。

金：现在很多理论，像"音级集合"啊、十二音啊……这当然也是很需要的。但是自己的传统，应该得到重视。我们提出"中华乐派"，这可能你还不太关心，我们还提出"在对中华音乐元素继承之下发展"。我提出民族传统的三个层面，不是平面的，是立体的：表层、中层、底层。咱们都在做这个事，"中华乐人"应该做的事。西方音乐是有很多理论，但我们首先应该找到"中华元素"的感觉，先把它实践出来……（变成音响），再让理论跟上。慢慢成为完整的、坚实的理论。光有理论，不行的，因为没有音响依据；光是朝前冲，后面没有理论，也不行。

甘：是的，没有总结，就没有提高。

金：甘老师的理论研究工作是重要的。

甘：我试试看。有您的支持，会有信心的。

金：上海音乐学院有一位陈牧生啊！我知道他，是因为我在网上看到他一首钢琴作品在维也纳获得了个大奖。他是浙江金华人，我是诸暨。我们曾聊过一次。最近他给我发了个邀请函，也邀请我出席你们学院的《中国当代音乐作品和声论坛》，并发言。我在想，和声会议我到底讲什么？我没有像甘老师你一样全面研究和声，我只能从作曲谈和声。

甘：这是最有价值的！

金：我特别要讲的是，首先作曲家一定要有和声的"内心听觉"——"心耳"。你这样的追求才会得到各种各样的音响，出现音响后，慢慢才会形成和声。

甘：您的这种出自"内心听觉"的"音响追求"，所"想象到的和声音响"是自然、自由、有生命力的。因为您不是先建立自己枯燥的和声理论体系，不是为证明自己的理论而"人为"地罗列各种无生命的"和声音响"，您的方法，在作曲领域中是很需要的。

金：我就想讲这个。怎么讲，具体还没想好，还有好几个月。

……

甘：作曲系的学生们会很期待的。他们想写现代作品，可是不知道怎么写，他们也很痛苦。"现代音响"在我们这里并不缺，有很多。说实在的，有些音响不敢恭维。我班上有几位上音附中升上来的学生，由于从小经过严格的听觉训练，即在学音乐的"敏感期"时，就打下了较好的基础，曾直言不讳地对我讲"我不喜欢！"。在我班上，这种"真话"，只有附中升上来的学生敢讲……他（们）还自信地对我说："我相信我的耳朵，我的耳朵告诉我，这种音响不好，我不会这么写。"可是应该怎么找到好的音响，应该怎么写？他（们）也在摸索中。所以您刚才讲的，正是他们所需要的，比理论家讲的更有说服力。

金：鲜活的音乐，活生生的音乐首先要被把握住，因为这是音乐的本体。不能脱离了音乐去讲。

……

金：甘老师，你是哪一年去苏联的？

当这个问题提出时，凭我的直觉，访谈已经结束，闲聊开始了。可是万万没有想到的是，闲聊中金湘教授谈到一个更有价值，更为直观、形象的和声感受方法。这方法与20世纪先锋派的图示谱有相似之处。

甘：'90年出国。应该'91年回国，因为写副博士论文延期了，'92年回来，'96年又去了。

……

金：你是专门研究现代和声的？

甘：因为我出去的身份是和声教师。出国前（1989年）我已经把赫罗波夫的《现代和声教程》翻译完了，是带着译本到俄罗斯去的。我出国的目的很明确，是为研究现代和声而去的。

金：那你是'90年出国的？

甘：是的，'90年，也就是说20年前了。

金：俄文在国内学的？

甘：附中高中学的，很喜欢。在上海有一位俄罗斯的医生，我出国前自费向她私人求学。所以我在俄罗斯出的四本专著全是用俄语写的。

金：那很好。

甘：《音粒子、音线、音块及其对位效应》的想法是从那个时候开始的。在我的专著里，有很多分析谱和分析图，就是点、线（层）、面（块）。用这样的方法，把古拜杜丽娜的作品一音不少地分析下来。今天忘了带来给您看一下，我想您会感兴趣的。

金：非常感兴趣。

甘：因为我听的时候，脑子里反应出来的就是这些形状，没有反应出123456789……的数字。（而是）这一块上去，那一条线下来了。我认为作曲家在内心听觉、内心视觉上是能听到和看到这些东西的。

金：我也是90年代在国外，不过不在莫斯科，而在美国西雅图。当时我写小交响曲（《交响幻想曲〈问天〉》），实际上我没写总谱，只是画图，完全在画图。这是个三角，这里是……画完图后，我就根据这个图，来写我的总谱。画的底稿还没扔。我的学生吕欣看到，问："金老师这是什么？"我说："这是我的缩谱"。

甘：您的图还在吗？

金：我这个图，现在我要找一找，也可能找到。

甘：您找到后，赶快给周强，叫他寄给我，因为这太有说服力了。

金：这图就是我的缩谱，缩谱写完后，然后写总谱，看了这个图，写总谱。

甘：对了，就是这个感觉……证明感觉找对了。因为我听这个作品时（古拜杜丽娜的小提琴协奏曲《奉献》），也是这样：这一条线持续着，那一块下来了，形成一个扩展性的三角；又一层一层逐渐消逝……

金：殊途同归。我这个图再找一找，应该有的，夹在哪里了？作曲家脑子出现的和声是块状、线状和声，点状和声，网状……只能用图来表达。所以你这样研究挺好。

他们现在这种做理论的，和我们走不到一块，计算啊……我们不属于这种类型……甘老师的倒是和我的很像。

甘：这是作曲家的感觉，这些图再现了作曲家灵感爆发时的真实状态。

金：我这次到上海就讲这个。

甘：你讲，我来听，说不定听完后，我又能充实我的报告。您小交响曲（《交响幻想曲〈问天〉》）的图、谱、音响一定要找给我。

金：我找一找，就怕丢了。

甘：找不到，那您再画一次。

金：再画就不灵了。当时的激动是不可抑制的，只能用画来表现。自己看了图后才知道是什么东西。那个图有好处，第一个是音区，第二个是织体形态。第一个音是什么音，我写了。我记得画、画、画、画，画了五根线，写上音块的第一个音……

甘：……可以肯定地说，这种（作曲和研究的）方法是科学的……（当然不是唯一的）因为它能把作曲家当时的和声音响感觉敏捷地捕捉到，并快速、形象、准确地记录下来。

金：到时候我去找一找这个图，记得夹在什么总谱里了。

甘：收获很大，没白来。您的报告是18日，我的是20日，上海见！

附件1

半个月后,金湘教授找到了20世纪90年代初在美国西雅图写小交响曲(《交响幻想曲〈问天〉》)时画的草图,并托中国音乐学院青年教师周强寄到上海音乐学院:

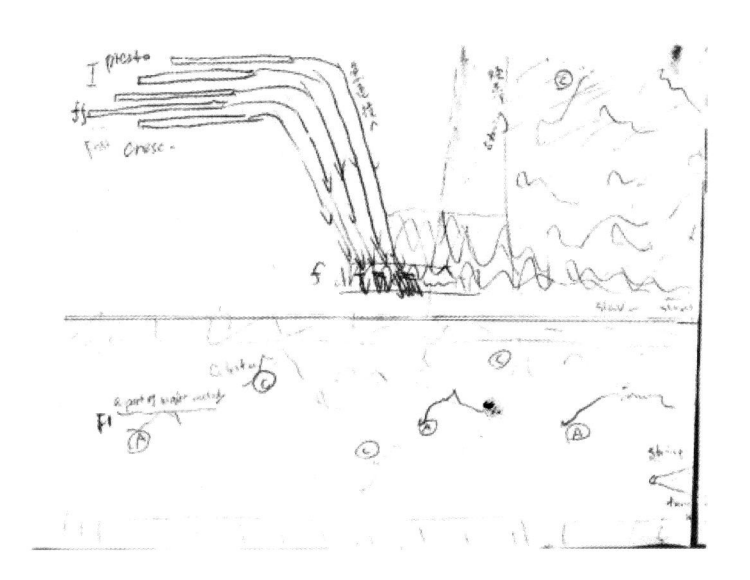

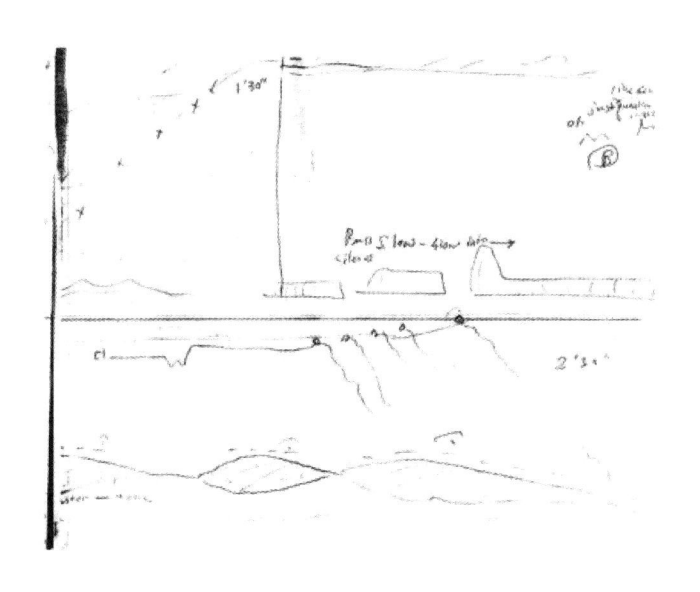

附件 2

上世纪 90 年代初，甘璧华在莫斯科柴可夫斯基音乐学院研究古柏杜琳娜小提琴协奏曲《奉献》时的分析图（局部）：

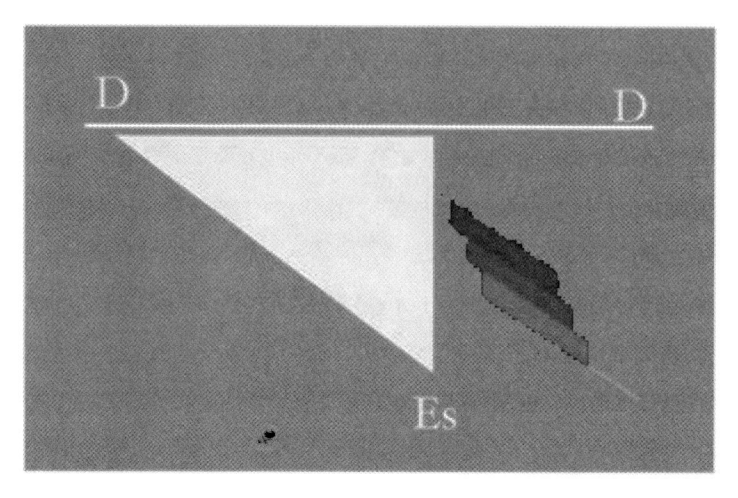

（学术报告中多媒体课件的截图）

附件 3

2011 年 10 月作曲家、指挥家金湘教授在上海《中国当代音乐作品和声论坛》上：

1) 10 月 18 日金湘教授做专题报告《我的和声语言》：

（原照片选自四川音乐学院官网）

2) 10 月 20 日当甘璧华作《音粒子、音线、音块及其对位效应》的报告，分析到金湘教授《金陵祭》时，就该作品的和声音响，与金湘教授展开了5分钟的"微讨论"，金湘教授的语言幽默、睿智，使全场气氛活跃、热烈：

（摄影：卢象太）

约翰·凯奇札记一则[①]

约翰·凯奇（John Cage）是一个开拓者，他打破了音乐的常规（旧）观念，用实践建立了一代全新的观念。例如，静止（silence）。让人们在静止中凭其内心听觉去"听见"各种不同的声响（力度、高度、噪音、乐音各异）。显然，这种关于silence的全新观念完全不同于古典主义的休止符。但，某些前卫作曲家，在乐队的静止段落中用渐强、渐弱的记号示意指挥用手势来强制统一听众本来完全各不相同的内心听觉，夺回了约翰·凯奇赋予他们的愉快的自由！这一个"画蛇添足"，说浅了是丢弃了约翰·凯奇的核心又返回到"旧"的观念上去；说深点，则也许是从根本上还未理解约翰·凯奇的观念就急忙做些"生怕别人不知自己之深奥与新奇"之表演。（我实无意厚非任何人，但严肃的思想只能得出严肃的结论！）其实，我倒认为，东方的作曲家何不从东方的传统形式（例如，打禅、气功）中去寻求并建立东方自己对silence更为有趣的、更为"新"的观念呢？（当然，我从不否认，借鉴是必要的。）

[①] 这是在作者遗物中发现的残页，前后文均不见，写作日期不明。标题是本书编者代拟的。

我写民族交响音画《塔克拉玛干掠影》

前　言

民族交响音画《塔克拉玛干掠影》No.38（1985—2010）（以下简称"塔"曲）。

塔克拉玛干位于新疆天山南麓塔里木盆地腹地，面积达37万平方公里，是全国第一大、世界第二大沙漠。塔克拉玛干，维语意为"进得去出不来"！境内沙海茫茫，沙丘起伏，极为干旱、荒凉。我长期居住于新疆的南疆，曾数次到达塔克拉玛干大沙漠北部、西部、南部边缘生活、采风，对该地区风土人情、自然景观知之甚详、颇有感情。1979年回北京恢复创作权利后，我自然就想到这一题材，正值中央民族乐团欲委约我写一首大型管弦乐曲，于是一拍即合，此曲应运而生！

此曲最初完成于1985年5月，并于是年秋由我自己指挥中央民族乐团民族管弦乐队首演于北京。二十余年来，先后由中央音乐学院青年民族乐团（1996）、上海民族乐团（1998）、台湾市立国乐团（1999）、新加坡华乐团（2000）、中央广播民族乐团（2011）多次演出，经久不衰。是一首受到专业内外各界欢迎认可的、经受了历史检验的乐曲。25年后重新翻出，经反复酝酿思考，决定在突出《漠原》《漠楼》《漠舟》《漠洲》四个主体乐章的基础上，加写［影1］、［影2］、［影3］、［影4］四段，既赋以序奏、连接、尾声的功能，又突出"掠影"之写意意境；至此，全曲更为完整、一气呵成，也更具抽象、浪漫之神韵。全曲最终完成于2010年10月（为保持完整性与连续性，乐曲编号不变）。

一、"塔"曲的美学理念与创作思想

从 1985 年初稿完成至本世纪初再修改,其间历经近 25 年,不可否认,在创作理念和实践上我有了更多的积累与突破,尤其在民族交响音乐写作方面,我在自己的《空、虚、散、含、离——东方美学在音乐创作中的运用》及《传统的三个层面》等已总结的若干带普遍规律性的美学论点指导下,在创作实践中有了全面的探索与验证,为了厘清来龙去脉,请允许我将"2002 全国当代民乐作品研讨会"上的发言择其主要部分介绍于此。

关于"民族传统的继承与发展"的若干意见

关于民族传统的继承与发展,我在自己的一篇文章《作曲家的求索》(发表于 2001 年《中央音乐学院学报》第四期)中有较清楚的论述。兹摘抄有关段落于下,提供"2002 全国当代民乐作品研讨会"研讨。谢谢!

"立体的'传统之河'"——再议传统的继承与发展

此题似嫌陈旧,不合时宜。有人认为是老生常谈,有人认为根本无须去谈;我则认为再谈谈亦无不可!

1993 年春,我在美国波士顿"第二届国际中国音乐研讨会"上发表的一篇题为《空、虚、散、含、离》的论文中,对东方美学传统在音乐创作中的体现与运用,做了初步的探讨(此文亦曾在国内《人民音乐》1994 年 2 月号上发表过),得到了国内外同行们的赞同与肯定。在这篇概括了从自己多年实践(创作、研究)中感受到并予以理性归纳的短文中,我从五个方面提出了"东方美学传统在音乐创作中的体现与运用"。节录于下:

(1)"空。中国艺术非常讲究'空'。""这种留出足够空间的观念，不仅是物质的，而且还是心理的。""给观（听）众一个欣赏心理空间。""……具体到音乐创作上，主要体现在结构层和音响层的合理布局，横向安排与纵向安排的疏密相宜。"

（2）"虚。抽象、概括，这是中国艺术中，另一种优秀美学传统。""其实，音乐原本就以抽象见长，太多具象描绘，反易流于浅俗。""……一个时期在音乐创作中各种具象描绘大量兴起，排除一些急于服务于某种目的者外，更多的还是对于'虚'这一东方美学的优秀传统从根本上缺乏了解与研究。"

（3）"散。更多是指结构。音乐是时间的艺术；这种在横向走动上藕断丝连、动静相宜的韵律感，抽刀断水、此起彼伏的流动感，是中国艺术所特有的。在许多中国传统乐曲中那种貌似无意追求，实则有心精琢的散文式结构，显然完全有别于诸如'动机、模进、连接部'等典型西方古典音乐的美学观。"

（4）"含。东方艺术特别注重内含，非常内向。""……这种朝着音的内部多方挖掘，进行分子—核子式的裂变，是东方美学在音乐创作中的绝妙体现。""中国民间音乐中的滑音、揉音、颤音，以及在同音内部的微分音进行等，都是这一观念的体现。"

（5）"离。在中国音乐中，'离'是非常重要的一条美学原则。""在律制方面，五度相生就基于'离'。""在音色方面，中国的民族乐器独立性极强，很少如西方配器法所要求的那样融合、'抱团'。"

显然，由于是出自我自己多年音乐创作的切身感受以及对当代音乐（包括东西方各种流派）的认真分析比较，文中的一些主要观点，是经得起检验的。经过这些年来的思考，我想再提出如下三点，以作为对此一命题经纬观的补正。

第一，多层面的传统之河。"传统是一条河！"已故著名音乐理论家黄翔鹏先生这句名言，形象地揭示了传统的本质。然而，一般人多易从平面视角来看这条"河"——滚滚自远古流来，又滚滚流向远方！而如果用立体的纵向视角，剖析它的横断面我们就会发现这条河流竟有上、中、下三层。居于上层（或称之为"表层、浅层"）的是一些最表象、最易感受的诸如调式、音色、节奏等元素，以及与之相应的旋律、律动直至乐器，姑且称之为"技术层面"，属于"形态学"范畴。居于中层的是一些固有的音乐思维模式，习惯性的乐思发展逻辑和表现方式，姑且称之为"创作方法层面"，属于"逻辑学"范畴。处于下层（或称"深层、底层"）的是美学观和哲学基础，可称之为"美学层面"，属于"美学、哲学"范畴。三者各自既统一又独立、既作用又反作用地存在于这条河中：中层控制上层（创作方法决定对技术的运用），上层又反过来影响中层（不同技术的运用又影响创作方法的变化），底层则左右着中、上层的一切变化（哲学基础无疑具有决定作用）！

第二，全方位的继承与发展。立体式的多向发展，单向多向发展相结合，这种全方位的继承发展观，是上述观念的逻辑必然。对传统的继承与发展，可以在一个层面上进行，亦可在几个层面上同时进行；可以在不动底层的前提下，上两层互动，亦可反过来从底层动，从而影响上两层。总之，这种全方位、多层面的观点可使我们在继承发展上，既能三个层面同时并举，亦可分别行之；既不无视于全方位，也不拒绝单层面；在发展单层面的同时要有全方位之局，在关注全方位的同时不忽略单层面之势。兼容并蓄，多种可能。如果用这种观点来看待乐坛上多年的争论不休，许多问题就会迎刃而解、豁然开朗。例如，对民间音调的选用：有的认为可以用，即使是不用原型，也应模拟；有的则坚决拒绝，认为如此"创作"，不能"入流"。又如，写不写旋律：有的认为音乐不能没有旋律，尤其是对我们"民族习惯"而言；有的又是坚决拒绝，认为一写旋律就不"现代"，不"专业"。其实争论的"点"，都还不高；如果我们只看一点，就事论事，争论还会继续，而且永无休止；反之，如果我们全方位、多层面地看待这些争论，就会发现争论双方并不在一个层面（请注意：这里没有正确与谬误、上下与高低之分，只有差异之别）。因此各人尽可在各自不同的层面上，对传统的继承与发展进行不同的运作。可以兴致勃勃地编选民间音调，也可以理直气壮地写作旋律；可以采用西方"音色音乐"手段大做文章，也可以基于"书不过语""大音希声"的东方美学观运运底气。

第三，多层面与全方位的辩证统一。当然，是为了方便起见，我们才在这里对传统做分层叙述；而在实际音乐中，它们永远是既各自独立，又相互制约于一个统一体中的。因此，当着手对传统继承与发展的时候，真正的高手，必然会在纵观全局的基础上，去进行每个局部的运作；充分认清局部与全局的关系：把握总体，调整局部，牵一发以动全局。

其实，在生机盎然的当代音乐生活中，许多作曲家早已自觉或不自觉地在其作品中，对此有过不同程度的实践。说实在的，在中国音乐已发展到二十一世纪的今天，在"技术层面"已被众多作曲家过多地挖掘、翻腾的情况下，我认为，是到了稳下心来，把注意力更多地集中到"美学—哲学层面"、集中到对"三个层面"的总体把握与"统筹兼顾"（而非"单打一"）的时候了！而如果我们能在传统的继承与发展的根基方面／总体方面有所突破，那将肯定会有一片非常新颖、灿烂的天地。当然，天地很广，道路也长，许多不可预测的"新颖、灿烂"还有待我们去创造！我们着实还须花大力气去做才行呢！

这篇发言中提出的两个论点，浓缩了我多年创作实践的经验与体会，也融汇了我对当代音乐创作现象的分析与思考；实践—理论—再实践—再理论，贯穿于我的各个创作过程，涵盖我音乐创作的各个领域；我在创作"塔"曲时，当然也不例外。例如，"空"，在第一乐章《漠原》、第二乐章《漠楼》之尾部、第四乐章《漠洲》的织体安排中均有体现；又如，"散"，在第四乐章《漠洲》的结构上，有明显的痕迹；再有"离"，通篇配器是建立在音色分离的原则基础上；如此等等。

二、"塔"曲的人文背景与时代风貌

如前所述,我在新疆生活二十年,其中大部分时间是在塔克拉玛干边缘(阿瓦提、麦盖提等地),那里的风土人情、气候地貌、风俗文化,甚至语言、艺术等无一不熏陶着我的灵魂,而且渗透到我的血液里;尤其是在那个中国历史上特殊的扭曲的 20 世纪 50、60、70 年代,我常常在极度苦闷之时,面对沙海独自沉思。与之对话,"每当我一个人面对塔克拉玛干,灵魂总是受到强烈的震撼,它使我直面人生、宇宙、历史、民族——沙海茫茫,壮观而绚丽,奇异深沉,一种无以名状的情感在我心中升起:炽烈中含着几分悲怆,纯情中又带一点哲理。"(这段摘自我"创作札记"中的话,忠实地记载了我当时的心态)。当然,一旦在夏日的夜晚投身到火热的"麦西来普"时,那激越的、带吼叫的"多郎木卡姆"歌声,挟裹着那铿锵有力、错落交替的手鼓节奏,伴随着从沙漠吹来的阵阵暖风,又让人陶醉得竟然能暂时忘掉这世上的一切肮脏、卑鄙与龌龊!我想,这种深切的伴有这一时代特征的人文感受,只有真正沉到生活的底层,无所求地、忘我长期地深入,灵魂才能受到震撼!——它是任何从书本上纯理性地搜索翻阅所无法获得的。

三、"塔"曲的民间元素与现代技法

20 世纪 80 年代初,我在新疆沉寂多年后一旦回京重新提笔,真有万事开头难之感!记得在写作"塔"曲之初,脑子竟然一片空白!然而一旦进入酝酿构思,伴随着遥远清晰的记忆,许多音程奇特、绚丽动听的音调飘忽而来;参差不齐、桀骜不驯的节拍节奏执拗而急促地奔来;那些高得近乎尖叫、低得又似闷雷、夹带着不规律的撕裂声的"音团",将我又带回"沙海"边缘。我在疏理清旋律、音程、节奏、结构、音色等基本元素的基础上,突然发现最原始的民间和最狂野的现代,它们竟然在更高的远端如此美妙地融合,时而泾渭分明、各走极端,时而你中有我、我中有你——基于这一认识,我在写作"塔"曲时,对民间元素和现代技法同样重视,放手大胆借鉴吸取，一切为我所用！它们大致体现为：

民间元素：(1) 以带有两个小二度（两端）、一个增二度（中间）的四音列为基本的乐汇；(2) 具有升高四分之三音程的旋律走向的特殊使用（多为上行，间或亦有下行）；(3) 5/8、7/8 等奇数复合节拍的多种结合（3+2、2+2+3、3+4）；(4) 多种不同类型的优美动听的旋律，充满活力的节奏，奇突不俗的结构；等等。

现代技法：(1) 音块、音团（条形单群、多层叠置、雾态的、颗粒状的）的多种使用；(2) 非常规性演奏（音色、音区的各种变化）的使用；(3) 泛音层的非常规使用（吸取泛音层的共鸣性，抽走其内声部，形成"中空"效果等）；(4) 音色语言（绚烂的、粗野的、透明的、浓烈的）的使用；等等。

四、结语

此曲是我的第一首大型民族交响乐曲，第一首反映新疆生活的大型乐曲，第一首运用现代技法与民间元素结合的乐曲。正是这三个"第一首"，既有创造性，亦有不足之处。如何以历史唯物的观点（这是我们对一切作品的评定的标准），客观地、历史地来评价、总结，无论对我自己创作的提高，还是对中国民族音乐事业的发展，都是极有价值的！

这，就是我写这篇短文的目的。

谢谢！

2012 年 4 月 21 日于北京
（原载《艺术评论》2013 年第 7 期）

写在金湘民族交响作品音乐会之前

民族交响（管弦）乐。这是一种从20世纪50年代兴起的音乐形式。它是随着中华大地上各种条件（政治、经济、文化）的迅速具备而最终诞生的一种音乐形式。它以各种中华传统民族乐器组成的具有交响性表现力的乐队为载体，后者是当今世界上唯一的生存发展在华人地区的大型乐队。它具有其独特的音色、律制，具有迥异于西方交响乐的美学标准、配器原则、写作技法。为这一体裁的写作，对华人作曲家而言，既是历史的责任、技术的挑战，也是独家"专利"（至少到目前为止）！

我接触这一体裁，始于1985年中央民族乐团委约的民族交响组歌《诗经五首》。从那以后至今二十六年，我陆续写作了一大批作品：民族交响组歌《诗经五首》Op.37(1985)、民族交响音画《塔克拉玛干掠影》Op.38(1987)、音诗《曹雪芹》Op.41(1989)、音诗《红楼浮想》Op.42(1989)、音诗《女娲》Op.43(1990)、笛子与民族交响乐队《冥》Op.51(1994)、琵琶与民族交响乐队《瑟》Op.52(1994)、二胡与民族交响乐《索》Op.55(1995)、民族室内乐《冷月》Op.53(1995)、民族交响序曲《新大起板》Op.60(1996)、中胡与民族交响乐《花季之一》Op.59, No.1(1996)、民乐九重奏《幽兰散》Op.72(2000)、笛子与打击乐《杜鹃啼血之一》Op.73, No.1(1999)、民族双管协奏曲《龙凤缘》Op.74(2000)、民族管弦乐《离骚》Op.83(2004)、民族打击乐与弓弦乐《花季之二》Op.59, No.2(2005)、琵琶协奏曲《琴瑟破》（民乐版）Op.87, No.2(2007)，等等。

20世纪末，我曾从上述作品中，选择了一批作品，前后在北京（1996）、上海（1998）、台北（1999）、新加坡（2000）开过我的民族交响乐作品专场音乐会,是为首轮。

这次,事隔十年,我应中央广播民族乐团之邀,再选一批民族交响乐作品亮相于我的个人专场作品音乐会中,是为次轮。

感谢中央广播民族乐团艾立群团长及全团同人,感谢中国音乐学院赵塔里木院长。他们的关心与支持使这场音乐会得以顺利推出。

谢谢!

2011 年 5 月于北京

《歌剧情：金湘歌剧、音乐剧作品选段》前言

—— 一点说明与提示

收在这本曲集中的乐曲，是我的一些歌剧/音乐剧中的选段，它们曾集中展示于2007年9月在北京举行的《歌剧情——金湘歌剧/音乐剧作品音乐会》上。为便于读者阅读使用，现在趁其编辑出版之时，将每部歌剧/音乐剧写作时间、首演时间、首演单位等作一说明，并对每部作品故事情节作一简要提示。

1.《八女投江》Op.86（歌剧）。孔远编剧。作曲始于2005年春，两月后完稿。2005年8月由中国歌剧舞剧院首演于北京。该剧以20世纪40年代，活跃于我国东北抗日游击队英雄的事迹为背景，描绘刻画了一群英勇战斗、壮烈殉国的抗日女战士的生动形象。全剧音乐创作风格抒情、通俗、优美，具有音乐诗剧的特点。特别是对"八女"，分别用三种唱法（美声、民族、通俗）体现，富有创意。

2.《杨贵妃》Op.82（歌剧）。冀福记、李稻川编剧。作曲始于2003年夏，完成于2003年冬。2004年春，由中国歌剧舞剧院首演于北京。该剧以我国家喻户晓的杨贵妃和唐明皇的爱情主线为基础，结合流传于民间的"贵妃东渡"传说，以另一视角刻画了我国历史上四大美女之一——杨贵妃。全剧音乐风格既古朴、优雅，又浓烈、现代。

3.《Beautiful Warrior》Op.80（音乐剧）。Barbara Zinn krigeri编剧。作曲始于2000年冬，完成于2001年春。2001年秋，由美国Vineyard Theatre剧院首演于美国纽约外百老汇。该剧以两个天真的姑娘学习少林功夫、一路扬善除恶的经历，表现了人性的真、善、美。全剧用英语演唱，

混合乐队（中国民族乐器与西洋室内乐队）伴奏。

4.《日出》Op.44（音乐剧）。曹禺原著，万方改编。写作于1990年春。1991年由中央歌剧院首演于北京。该剧表现一个女子在20世纪二三十年代旧中国污秽、混浊的社会中追求、挣扎、沉沦，最后自杀——以死解脱，展示了人类社会光明与黑暗斗争进程的一个侧面。

5.《原野》Op.40（歌剧）。曹禺原著，万方改编。作曲始于1986年夏，完成于1987年春。1987年9月由中国歌剧舞剧院首演于第一届中国艺术节（北京）。该剧以20世纪初叶发生在中国北方原野的一对男女（仇虎、金子）恋情故事为主线，表现了在封建主义长期桎梏下，人性的扭曲与反扭曲、压抑与复苏。全剧以正歌剧手法写成，音乐具有强烈的戏剧性、交响性、抒情性，写作上融汇了多种民族音乐传统元素以及现代技法。

6.《热瓦普恋歌》Op.84（歌剧）。金湘、李稻川编剧。作曲始于2000年，中断数年后，于2010年春完成。2010年7月由中央歌剧院首演于北京国家大剧院。该剧以流传于新疆喀什地区维吾尔民间艺人塔西瓦依的故事为依据，表现了（苦难的）人生、（纯洁的）爱情、（崇高的）艺术的永恒主题。该剧音乐依据于、又不囿于丰富的维吾尔民间音乐，寓民族性、个性于一体，熔调性、多调性、泛调性于一炉，多姿多彩，灿烂绚丽！

7.《楚霸王》Op.50（歌剧）。黄维若、李稻川编剧。作曲始于1992年，完成于1993年夏。1994年3月，由上海歌剧院首演。该剧依托流传于中国家喻户晓的楚汉之争历史故事为背景，以项羽"大胜刘邦"起至"自刎乌江"的人物事件线和从"刚愎自用"到"人性复归"的人格脉络线之错综复杂起伏交织，描绘了一代悲剧英雄项羽的人生、爱情、事业，构成了一幅壮美的悲剧史诗……全剧音乐具有正歌剧风格，既有紧张、跌宕的交响（如混声合唱《乌江》），又有古朴、流畅的抒情（如二重唱《别姬》）。

2013年7月22日于北京

《绿色的歌——金湘合唱作品选》自序

我与合唱的接触，虽略晚于交响乐，但屈指算来也快六十年了。

应该说 20 世纪 50 年代初（当时我在天津中央音乐学院少年班学习），从指挥天津市中学生合唱团起，就开始了我与合唱的不解之缘。以后（跳过了二十年新疆生活），改革开放之初，虽有各种影视配音与歌剧演出使我再次与合唱接触，但较为集中的一段时间还是 20 世纪 90 年代在美国纽约、华盛顿、新泽西等地与当地华人合唱团的合作。在将近十年期间，我既指挥各种演出也写作了不少合唱作品（从最简单的民歌编创《阿瓦尔古丽》，到大型的交响大合唱《金陵祭》）。

合唱，不论在西方还是东方，都是人类音乐生活中最为普遍的一种活动方式。人声既是最易携带的"乐器"，也是最富人性的"乐声"。它要求各声部演唱者互相团结、配合、协调、平衡；因而，即使从他律论最为功利的角度而言，它也是熏陶人类和平共处，达到社会和谐稳定的最好工具！当然，如果从自律论角度出发，人声的统一与变化，人性的狂野与温和，灵与肉、人与自然的融合与超脱等，正是合唱本体美的真谛。因此不论以何种价值观评价，"合唱"永远是最"值"的！它不仅是一种既通俗又崇高的群众社会活动方式，而且是一门既普及又专业的艺术创造形式。

我从我的各个时期的合唱作品中选择了一批有代表性的辑于此集中。它们在形式上有齐唱、男女二部合唱、混声四部／八部合唱、童声合唱直到无伴奏合唱等；在体裁上有原创歌曲、民歌编创、古诗词编配直至歌剧选段；从创作手法上有最为单纯的民歌配置、最为常规的群众合唱、戏剧性最为强烈的歌剧选段，也有最为抽象的现代人声表现手法——我将它们提供出来，并分别在各篇章后附以创作手记，对各首合唱产生的背景、过程和对演唱的要求，分别做出必要的提示。希望有不同偏好的不同人们都能找到各自"所爱"。

最后，我请严良堃先生为这本选集作序。严先生是我国优秀的老一代指挥家，合唱界的元老，业务精、人品高。能请到他为我的歌集作序，无疑对我是一种鼓励，也是我的骄傲，我愿借此向他致以最崇高的敬意与最深的谢意！

2011年8月2日于北京

《绿色的歌——金湘合唱作品选》后记

在编校完这本曲集、终于可以松一口气,还想再多说一两句。

我的音乐创作涉及音乐领域中的各种体裁。合唱音乐是其中之一。

我的合唱作品,大都为当时当地群众合唱活动需求而作。如,20世纪80年代,为北京歌舞团合唱队("原创歌曲类"中的《原野上的小花》《运杨柳的骆驼》等),20世纪90年代,为纽约、新泽西华人合唱团("民歌/当代歌曲编创类"中的《阿瓦尔古丽》《松花江上》等)。新世纪以来,除为某些电视晚会委约而作外("原创歌曲类"中《节日的礼花》),基本上是"自由"作曲("原创歌曲类"中的《声音的造型与色彩》)。另外还有两类:一是我为了恢复被迫中断音乐创作二十年而至荒疏的音乐创作技术,也为了进一步从写作中学习民族传统,于20世纪80年代早、中期自行命题、写作的"习作"("古诗词歌曲编创类"中的《子夜四时歌》《小阳关三叠》等);二是贯穿这三十年来我的歌剧中的各种合唱选段("歌剧选曲类"中的《啊,乌江!》等)。

这本以《绿色的歌》命名的上下两册合唱歌集,共选载了我三十年来各种合唱歌曲四十首。可以说,除了一首写于1997年的《交响大合唱〈金陵祭〉》因已有单行本出版而未搜集在内外,它基本包括了我的合唱作品的全貌。全集共分四个部分:"民歌/当代歌曲编创类""古诗词歌曲编创类""原创歌曲类""歌剧选曲类"。

我国当代合唱界泰斗、著名指挥家严良堃先生为此集作序,人民音乐出版社责编严镝女士及此集主要制谱者崔宪先生为此集出版付出巨大劳动,在此,我一并表示诚挚的感谢!

但愿这本合唱歌曲选集能让业内外、圈内外、国内外的人士满意!
谢谢!

        2012 年 12 月 21 日于北京

歌剧《长恨歌》创意提要

本剧是以我国唐代白居易名诗《琵琶行》为蓝本的一部抒情浪漫历史剧。

全剧以杨贵妃与唐明皇的爱情线为主干，以当时的若干史实为背景，在一场爱情、战争、权力、兵变的激烈交织中，让人性的爱与恨、善良与阴险、单纯与忌妒、愚昧与残忍得到了淋漓尽致、无一遮拦的描绘与表现，在正反双方的反复较量与搏斗及至最后的高潮中，人性中的最真、最善、最美，得到了最终的升华！

全剧结构分为四大块：《情》《乱》《别》《恨》。沿着这条主线可分为若干章（幕）节（场）。

全剧以中华音乐传统元素为基础，结合当代各种表现技法，构成一部传统与现代高度结合，既有优美古朴的抒情旋律、又有紧张强烈的戏剧冲突的歌剧音乐。

全剧以交响乐队为基础，间或加入民族乐器（如琵琶）。

全剧以美声唱法为基础，间或加入原生态唱腔（如秦语土腔）。

全剧舞美以古朴、抽象、流动为主。灯光要用四种色块以象征（表现）四大块章节。

本剧创作期为一年左右（四个月完成文学台本，四个月完成声乐钢琴谱，四个月完成乐队总谱）。

关于歌剧《长恨歌》剧本框架的设想

——致友人信

……

我想再谈一下关于剧本框架方面的一些想法。

1. 结构方面,最好按《长恨歌》原著梳理出一条主线,戏剧与音乐同步安排。我有一个初步构想,供参考:

(1)第一幕

《春寒赐浴华清池,温泉水滑洗凝脂》

《春宵苦短日高起,从此君王不早期》

[包括《霓裳羽衣舞曲》《沐浴华清池》等,

基调是:开场的华丽、热烈、秀美、动听。]

(2)第二幕

《渔阳鼙鼓动地来,惊破霓裳羽衣曲》

《三军不发无奈何,宛转娥眉马前死》

[包括《马嵬坡前》《贵妃之死》等,

基调是:紧张、强烈、悲壮、震撼。]

(3)第三幕

《夕殿萤飞思悄然,孤灯挑尽未成眠》

《鸳鸯瓦冷霜华重,翡翠衾寒谁与共》

[重点是唐明皇的大段咏叹、咏叙,

基调是:大喜大悲后的失落、带有哲理性的沉思。]

（4）第四幕

《升天入地求之遍，上穷碧落下黄泉》

《忽闻海上有仙山，山在虚无缥缈间》

［浪漫、抽象、虚实相间，音乐与舞台美术发挥至极致。］

（5）尾声

《在天愿作比翼鸟，在地愿为连理枝》

《天长地久有尽时，此恨绵绵无绝期》

［实为全剧之终曲。］

2. 人物方面，还可再减少几个，可有可无的、无碍主线进展的都可删去。如李白、太子等。

3. 情节方面，已在结构安排一节说过。只想强调，大框架之中可有一些色彩性小段，但勿过碎。

我想这部歌剧的音乐应是既跌宕起伏，又一气呵成，既细致动听，又浑然大气。这是我的追求，希望得到你的理解与配合！

2012 年 1 月 15 日

歌剧《屈原》提要

本剧将一反传统概念，以全新手法来表现这一为中国乃至世界大众所熟知的题材。

全剧以屈原为中心，以屈原与其作品中的人物在各个不同的特定场景的对话、交流为基调；以动人曲折的故事、极富幻想的场景、古韵新风的音乐、特色鲜明的舞蹈，充分抒发爱国主义豪情，视听结合，全面展示楚文化（音乐）的魅力——一句话，将以非常浪漫的手法，让观众在"好听""好看"的过程中，在艺术享受得到充分满足的同时，思想情操得到全面升华。

全剧共分四场：

    （1）天问
    （2）招魂
   ——休息——
    （3）离骚
    （4）九歌

本剧作为正歌剧：声乐，以美声唱法为主，间或用某些特殊音色以扩张戏剧张力；乐队，以西洋管弦乐队为基础，适当运用一些民族乐器，以加强古韵楚风。

本剧舞美将以抽象为主，具象为辅；灯光为主，实景为辅。

本剧创作期约为九个月（三个月完成文学台本，三个月完成声乐钢琴谱，三个月完成总谱）。

           本提要提交人金湘（作曲）
              黄奇石（编剧）
            2003年3月5日于北京

传统的继承与发展

——天津版歌剧《白毛女》观后

"传统的继承与发展",是一个老生常谈的话题,提起来,易僵且空!我想就最近在北京由文化部主办的《2012年全国优秀剧目展演》上演出的天津版歌剧《白毛女》来谈谈,也许能更生动、具体。

众所周知,《白毛女》这部七十年前诞生的歌剧,是一部开山之作,回首它在中国歌剧史上的里程碑地位,虽相去已久,但今天来看,仍能给我们无比的新鲜、亲切和震撼!传统的魅力就在于此!

一、传统的学习与继承

现代艺术有一个很大的"成就"或曰"起家本领",就是"反传统"!实际上,在一切艺术中,"传统"是与生俱来、与史俱来的!你想"反"也"反"不掉,想脱也脱不开!犹如婴儿非要离开母亲的乳汁独自成长,好汉非要揪着自己的头发拔地而起!虚也!狂也!

传统是什么?我在一篇文章《传统的三个层面》中曾有较清晰的论述,我就著名已故音乐理论家黄翔鹏先生关于"传统是一条河,从远古缓缓流来,又缓缓流向远去"的名言,做了如下补充与延伸:"传统是一条河,但是一条立体的河!"处于它的上层(或曰"表层")的是组成音乐的各种表面元素(如音阶、音色、调式等),属于形态学范畴;处于中层(或曰"内层")的是乐思发展的逻辑思维(如乐曲结构、展开手法等),属于逻辑学范畴;处于底层的则是美学、哲学。我们对传统的学习与继承,既应有一个总体的、全方位的视角做基础，亦可分层别类、各个进取（这一理论是针对音乐领域而言，当然也适用于其他姐妹艺术）。我们可以看到，天津版《白毛女》在学习与继承传统上，在二度创作领域中进行了大量的实践与突破（对经典作品的舞台诠释，往往是在二度创作上做文章），给了我们许多有益的启示。

1. 美学上，牢牢根植于艺术源于生活、高于生活的美学观，表现社会、引导社会。在"表、导、演"上，舞台调度上，舞美设计上，都有不少闪亮点。如全剧运用几块外景、内景，高度概括了北方农村的典型环境，简洁、朴实、清新；镶有"白毛女"字样的面幕的运用，兼顾具象与抽象双重效果；细节如一幕二场交租过场的增加，简练一笔，增添了历史厚度；喜儿孝带的设计，虽轻轻一笔，却贯穿全剧，带出了悲剧氛围。表演上，从生活出发，从人物出发，从音乐出发。（这三个"出发"对歌剧"表、导、演"来说极为重要！）喜儿的饰演者李瑛和杨白劳的饰演者张承喜都有精彩的表演，没有故意的煽情，毫不矫揉造作，纯朴自然，感人至深！其他如饰演穆仁智的张凯，饰演赵大叔的王来，也都有上乘表演。

2. 结构上，既尊重原著将故事从头至尾叙述清楚的、具有相当明显的话剧加唱的时代印迹与习惯，又在不伤筋动骨的前提下，对某些场次做了删节（如后半部浓缩了群众盼解放，减租减息、斗争黄世仁的情节），使得全剧在"歌剧思维"（关于"歌剧思维"，可参见我的有关此一理念的一系列文章）贯穿下更集中、紧凑、干净、洗练。

3. 音乐上，歌剧的成败，关键在于音乐。《白毛女》的音乐早已深入人心，"北风吹、雪花飘"几乎人人会唱，但过去业界似乎更多地看见它根植于民族民间的旋律（此曲源自河北民歌"小白菜"）的可听性、通俗性，而一定程度上忽略了它内在的戏剧张力和潜在的可塑性！这次，饰演喜儿的女高音歌唱家李瑛，用不同的情绪演唱了同一首旋律及其变形，用不同音色、唱法，极为恰当地表现了喜儿的各个不同侧面：从第一幕出场的明亮、甜美，第二幕在黄母家的清纯、忧伤，到被强奸后悲愤欲绝、逃出黄家后的呐喊；从第三幕三年野洞生活、变成白毛女后的野性、刚强，到第四幕冲出山洞后悲剧性的"恨似高山仇似海"……几个不同的侧面，使得人物更为丰满，也更为感人！应该说，这是典型的歌剧演员在用声音塑造人物，具有极高的示范价值！

上述几点，挂一漏万。就这样我们也能看到天津版《白毛女》在学习继承传统上的可喜成就。

二、传统的发展与创新

众所周知，对传统的学习与继承必然导致对传统的发展与创新，而对传统的发展与创新又离不开对传统的学习与继承。单纯地重复传统是既不可取也不可能的！任何一部艺术品，一旦经作者完成，它就自然地融入历史文化的长河中（犹如婴儿之离开母体一般）不断发展。在这一进程中，必然会受到社会各方各种影响，不断修改，逐步完善。这种现象在我国传统戏曲剧目中尤为明显。那种认为自己的作品"一个字都不能改"的形而上学的观点，显然是不妥的。只有全面地坚持这一辩证的传统发展观，才能在历史的进程中有所作为、做出贡献——特别是在社会日新月异急速发展的时代！天津版《白毛女》，为何散发出传统的浓浓的泥土气息，又有新鲜而富有激情的时代感？他们在这方面有益的实践很值得我们深思。

1. 引进"老腔"加盟，夹叙夹议，生动活泼。既增强了历史厚重感，又有鲜明的风格感，令看惯了千篇一律歌伴舞的舞台演绎效果的观众，精神为之一振，耳目为之一新。应该说，这种对传统歌剧演出形式上的大胆突破，是该剧导演李稻川的神来之笔，值得肯定！其实并非因为"老腔"有了"非遗"的外衣就都能让人说好，关键还是它与《白毛女》的音乐同脉同宗，加在一起相得益彰，非常贴切。再往深一层说，艺术上各种形式相互影响、渗透、甚或拼贴，这已是现代艺术的一大特点，问题是在于如何做，做得如何？严格说，这是艺术家的一种第六感觉，很难用语言和文字来规范、指示。

2. 导演的美学观，决定了该剧的风格与品味。相对于充斥当前影视、剧场的"快餐文化""晚会艺术"之浮华、臃肿，天津版《白毛女》舞台朴素、简练，犹如一股清泉、一丝清风，给人很大满足，回味无穷。它又一次向人们展示了一条真理：艺术作品的生命力不在于外加的"假、大、空"，一切多余的手段不仅弥补不了艺术本体的苍白，反而只能淹没本已十分苍白的艺术本体。

3. 用纯民族乐队伴奏一部大歌剧，体现了风格上的完整。问题是要精致、准确地展开矛盾、推动剧情、刻画人物，就要求乐队配器上尽量突出民族乐器的音色表现力，织体上多运用线形进行，突出音色分离，多用有性格的独奏，少用大轰大嗡的大齐奏，等等。天津版《白毛女》在这方面做了可喜的尝试。

4. 原著限于历史条件，几乎不分声部地一律女高音、男高音。天津版《白毛女》对声部的安排根据角色重做调整：喜儿为女高音，黄母为女中音，杨白劳为男高音，黄世仁为男中音，穆仁智为特色男高音，赵大叔为较高的男中音；这样一台比较合理的声部搭配，为戏剧矛盾之展开、角色人物之塑造，提供了较好的声乐基础。

总的来说，天津版《白毛女》的成功演出，像其他优秀剧目一样，既给了我们极大的艺术享受，也给了我们许多关于"传统的继承与发展"方面的有益启示。

感谢天津的歌剧艺术家们！

2012 年 8 月 30 日于北京

"福建音乐周"观感

谢谢福建方面给我票看演出,今天又来这里听专家的发言。作曲家郭祖荣先生在北京的音乐会,以前都是阴差阳错地没赶上,所以今天无论如何要赶过来祝贺。官样文章我又不会做,说真话又不太好听,所以,我听了交响音乐会,看了《土楼》,没看其他那两场。

我先谈一谈"交响音乐会"。我觉得郭祖荣先生的"第八交响乐"很好,很感人,从里头我听到一种福建南音的风格,也许他自己并没有真正想写什么南音,但是音乐里有南音那种内涵的、细腻的和配器上的那种细微的东西。虽然演奏员拉得不错,但俗话说"巧妇难为无米之炊",很可惜就是她那把小提琴琴次、琴差,拉得那个音色根本不行,所以是不是将来要换个乐器?

章绍同先生描写鼓浪屿的《钢琴协奏曲》,我觉得很风趣,给我感觉很有点"skituo"样,很有一点章绍同先生这个外貌所不能代替的内心,他有这么精巧的一个东西。但我感觉到气派还可以稍微再大一点。

吴少雄是年轻力壮的后起之秀,他的那个作品也是相当的现代。所遗憾的是我感觉就好像现在我们处在这样的时代,听说潘德列斯基回归了,某某某又回归了,我倒不是说人家回归了我也回归,而是我们到底该怎么样搞现代?这一点还是大家可以探讨的。但是少雄你不要有拘束,你还是大胆写。我个人建议在这里面可以再细致一些,就是让有些音响再出来一点。我自己也有这个问题,在我还没有回归的时候,就是一写到现代音乐,音响总是很噪很闹,我觉得好像很现代很值得写的。现在我倒觉得有点烦,觉得不是很好。但是怎么搞?当然也不是要回到那个单旋律上去。你们第一首曲子叫什么名字,谁写的呢?(《猎归》,葛礼道)我觉得干干净净的很好，值得我们学，作为一种雅俗共赏的东西，现在我倒觉得也是需要的。

所以，以郭祖荣先生这棵老榕树为代表的福建作曲家，创作了这么多风格的作品，我表示由衷的祝贺。郭先生当时在北京开交响音乐会，在研讨会上我曾经发过言，我当时有一个观点就是，你不要老写，一、二、三、四、五、六、七、八——直到二十一、二十二，你停下安稳一点，然后再想一想再写，但现在我倒觉得我那个时候说错了，向郭先生道歉。我觉得你这样老写，而且一直在没有音响的情况之下写得这么多，非常令我敬佩。在90年代末期那个座谈会上的发言我要收回，我觉得你还是可以继续这样写，这部作品真的不错，这里面听得出很有东西。当然是不是要停一停脚步那是你自己的事。我认为，每个作曲家都有他自我调整的时候，其他人不必多干预，也不必指手画脚。我那个时候很幼稚啊，这几年稍微狡猾了一点，那个时候还有点太不合适。

关于这个歌剧，我看孙砾在里面演那个阿勇，田青刚才将其中规中矩作为优点来说的，我觉得这恰恰是它的问题。任何一部作品，如果艺术家都是中规中矩的话，那就像刚才卞祖善先生说的"情不够狠"，我觉得就是要有那种真正能把你的血都插出来的东西。建议莫凡在你的整个创作中间有所呈现。莫凡这个人很温和，说话很秀气，跟人吵架，人家都以为是说好话。当你已经建立你自己的风格以后，那么在每一部作品中间要有它高潮的安排，要有它自己的叙述的安排，而不是永远娓娓道来，慢慢地，这样观众就会走了，观众就不陪着了。这是我的个人看法，供莫凡在今后的创作中间参考。我从《五姑娘》的时候就看你的歌剧直到现在，中间的《雷雨》我没看，可以看出你基本功很扎实的。你年纪比我小，而且这样孜孜不倦搞歌剧，我很佩服。但是我觉得你在创作中间，在每一部作品中间，不能满足于你的中规中矩，不要满足。

至于《土楼》剧本，我很同意刚才卞祖善先生的话。我个人认为问题比较大，虽然得了七项奖八项奖，那个没有用，那个是虚的，我们今天来开研讨会是来看这个剧本怎么样。我所说的最大问题是，这个人物的喜怒不是靠嘴上唱出来的，事件的发展不是从唱词里表现出来的，而是要有人物在中间行动。所以我感觉这个剧本最大的问题就是在告诉你这么件事儿，而不是在你面前展现这些人怎么行动。在行动中间有各种各样的个性，这才是真正的活灵活现，这个问题将来是不是可以考虑一下？土楼文化和客家文化是宏大的中华传统的一个支脉，或一部分，如果在这里面展现，我觉得不够。这部《赵氏孤儿》把自己的孩子换成别人的孩子，《土楼》又是一部，先人后己、舍己为人是中华文化的一个共同点，或者说是中国的传统道德的共同点。但是，这个故事本身如果都是通过说出来的话，一点看不出来它的区别，所以我倒希望编剧考虑考虑，怎样把这样一个事情区别开来。第二，从世界角度也好，从宏观角度也好，这个客家的文化到底是怎么回事，还仅仅是这么一个小小的故事里头的一个小孩的事吗？仅仅是舍己为人的事吗？那么舍己为人在"赵氏孤儿"里也是这样啊！客家的特点我是太希望看到了，但是我渴望看到的这个东西没有得到满足，所以这个剧本是很值得斟酌的。这个题目是非常吸引人的，很多人是冲着土楼去的，但是土楼的本身怎么样？从历史上下来表现得不够，只能说不够。当然它现在得七个奖，我祝贺，因为如刚才卞祖善先生说的那样我们现在歌剧事业的发展很弱，你不能对这部歌剧横加指责。我没有横加指责，我们就大家一块儿来共同地往前走。但是千万不要满足于这七个奖，我觉得这个剧本还是有很大的提升空间！

我谢谢福建！

（原载《福建艺术》2012 年第 3 期）

对"福建乐群"的建议

福建郭祖荣先生及诸位同人：

感谢你们的邀请，使我得有此机会赴闽参加"郭祖荣交响乐作品及福建乐群"研讨会。此次活动收益良多，感触颇深；兹写一二，以作建议，仅供参考。

第一，"福建乐群"之提出及研讨，意义深远，不管如何挂牌，都代表音乐家（主要是作曲家、理论家）在深层次上的觉醒！正如"草原乐派"的提出一样，它当然是"中华乐派"总体的一个组成部分，我坚决予以支持！

第二，现在需要的不仅是理论上的总的探讨（当然也需要），而是需要一件件具体事实的实践与积累。

第三，据上考虑，我建议：

1. 明年京沪闽交响乐作品研讨会，应以"福建乐群"为主体进行各项活动。

2. 举行一场交响乐作品演奏会，作品以"福建乐群"为主；例如可考虑：郭祖荣一首，章绍同、吴少雄等中年作曲家一二首，刘瑗、温德青各一首，青年作曲家待选一首。

3. 一年内要出一至三篇理论文章，诸如：章绍同一篇"郭祖荣音乐现象"、檀革胜一篇关于"郭祖荣交响乐的美学基础与技法分析"、宋谨一篇自选题目。

4. 外地作曲家及理论家主要在京沪作声援宣传，并赴会作点评、立论。例如，于庆新可在《人民音乐》上作报道。

5. 具体落实操作由福建艺术研究院张建国等三人（"三剑客"）操作。

以上建议是否可行，或多余？请定夺！

谢谢！

金　湘

2012 年 7 月 22 日于北京

巨大的成就

——国家大剧院成立七周年纪念

时间过得真快,转眼间国家大剧院已诞生七周年了。

作为当代的音乐家,我们始终关心中国音乐事业之发展,自然就更关心国家大剧院的建设。记得在本世纪初,有关是否组建国家大剧院的议题争论得沸沸扬扬。其中有积极赞成者,也不乏反对者(甚至某些著名学者、社会人士亦在其列)。当时吴祖强先生在九届二次政协会上曾为此大声呼吁:我作为一名作曲家,虽人微言轻,但"位卑未敢忘忧国",也积极著文:《千呼万唤始出来——欢呼国家大剧院破土动工》(发表在2000年4月《音乐周报》上)。如今一晃十几年,国家大剧院也已茁壮成长七个年头,它早已在全面地推动中国音乐事业的发展(艺术表演、国际文化交流、艺术普及讲座、青年作曲家培养,特别是推动了中国乃至世界歌剧事业的传承、发展与创新)中做出了非常显著巨大的贡献!

特别应该指出的是国家大剧院七年以来取得的这一系列巨大的成功,除了根本的原因在于党和政府的领导与支持之外,是与一支以院长陈平先生为首的高素质、高水平、高效率的团队分不开的。他们以对艺术高度热爱的忘我奉献,以对工作极端负责的精益求精,以对观众满腔热忱的赤子之心,点点滴滴汇入这七年的日常平凡之中,造就了国家大剧院这七年的巨大成就!

我由衷感谢他们,并向他们致敬!

2014年12月

写在国家大剧院诞辰七周年之际

祝贺罗忠镕九十华诞

罗忠镕先生九十华诞暨中国当代音乐创作学术研讨会，请转罗忠镕先生：

值此罗先生九十华诞之际，我谨向罗先生致以最热烈、最亲切的祝贺！

罗先生在艺术上不断自我超越、不断创新，一生淡泊名利、与世无争，待人平易、诲人不倦的高尚人品，是我努力学习的榜样。

遗憾的是我今天不能亲自前来祝贺。特托人送上我最近出版的几本作品集（1.《金湘歌剧、音乐剧作品选集——"歌剧情"》，2.《金湘室内乐作品选集》，3.《交响乐"天"》），以表祝贺！

谢谢！

金湘

2014 年 12 月 12 日于北京

刘奇、《幻》和我

我和刘奇相识，已近六十年！

那是在1947年的初春，我们这群乳毛未蜕，才学打鸣的"小公鸡"，被冥冥之中的音乐之神所召唤，汇聚到江苏常州国立音乐院幼年班，开始了一去不回头的人生音乐之旅！记得那是一个兵荒马乱、民不聊生的年代。我们这群顽童，披的是一色的蓝布棉袄，剃的是一样的光头，住的是风灌雨漏的破旧寺庙，吃的是八人一桌的大锅饭，然而却痴迷于心中神圣的巴赫、贝多芬（对不起，那时还不知道有什么现代派）！没有人驱使，也不为作秀给人看，每天除了吃饭睡觉和定点的自我"放风"（下午去踢足球，晚饭后"斗鸡"）之外，全部时间都在音乐这块圣土里跌打滚爬。说起"斗鸡"，我倒想多说一句：这是一种男孩爱玩的游戏，一群男孩在一起，单腿盘膝互相撞击，弱者纷纷落马，只剩最后一对，决个高低。我和刘奇，从小个高腿长，因而占尽便宜，总是战到最后，想不到这倒结下了我俩的友谊——一挥就是六十年！

刘奇生性憨厚平和，与世、与人无争。然而一旦钻到音乐里，却是有一股使不完的劲，这个劲既猛且韧，因此才会一干六十年，而成为至今当之无愧的中国的"大管之父"！

严格地说，我和刘奇真正同窗共学是在幼年班/少年班时期。自1951年后，我和刘奇就各奔东西，天各一方。他在幼年班从拉小提琴改学大管后，业务突飞猛进，1951年被选拔出国参加世界青年联欢节，回国后即留在中央歌舞团交响乐队/中央乐团，直至后来的样板团。其人生道路可谓一帆风顺，风光之至！而我则恰恰相反，自从在少年班决定改学作曲之后，去了民族音乐研究所下乡采风，与底层老乡共处两年，尔后被保送至中央音乐学院作曲系就读，而至 1957 年被打成"右派"，发去新疆，更在底层二十年。

  我俩人生道路虽不相同，但当 1979 年我被平反回北京与刘奇再次相遇时，我们仍是情同当初！只不过三十年光景一晃而过，我俩都已"人到中年"了！这时的我，正是"百废待兴"！荒疏了二十年的原有技术要恢复，世界上日新月异的新技法要学习，然而退路是没有的，要想还能自如地写作，唯一的出路就是下大苦功磨炼技术！这时，在幼年班练就的扎实的童子功和养成的"既猛且韧"的劲头，使我在短短五年里终于恢复了一切，又进入了自如的写作状态。这时，也正是在这时，刘奇约我为他，也为我们这珍贵又单纯的友谊写一首曲子。我毫不犹豫地就答应了。这不仅是为我们早就有的情谊所驱动，而且也为我已重新建立的写作信心所鼓舞。记得那是一个初春的深夜，我在朦胧的激情中完成了这首曲子。在刘奇来拿走这首曲子的前一分钟，我才给它定名为《幻》。其实，这是一首无标题乐曲。给它取个什么名字并不重要。但，如果一定要有一个名字，那倒也只有用这个"幻"字最为合适！乐曲建立在一个下行的小二度核心音程上，它像心灵的叹息？不，它更是一种渴望——对生命的热爱！一种呼唤——面向浩瀚宇宙的寻问！在经过了紧张激烈的节奏交错和大幅度的线条起伏后，这种"渴望"与"呼唤"达到了一个新的高度，终于以大二度的喷薄而出达到了新的平衡！然而，小二度的影子依然存在，即使是到乐曲最后！它是过去的痕迹，还是未来的预示？——音乐嘛，既然为文字所不能代替，何必再勉强地去舞文弄墨呢！听音乐吧！

  我和刘奇几乎同龄，是自幼同窗，又有幼年班练就的童子功底，还都有幼年班造就的一身"毛病"（对音乐的执着痴迷和对人际关系的幼稚无能）。同时，又把一切都献给了音乐。真是天赐我俩成为挚友也！值此老友刘奇迈进古稀之年并隆重举办音乐会之际，我能给点什么祝贺呢？我看俗套废话都不必了，还是回到《幻》的音乐里去吧。

2004 年 3 月 25 日

《刘奇大管演奏专辑》序

刘奇，1936年生，1947年考入国立音乐院幼年班开始音乐生涯，至今已六十余载。人称"中国大管之父""中国大管的奠基人"，我看这不是客套的吹捧，而是"货真价实"的客观事实。

一、精湛扎实的大管演奏技术

刘奇在其本身的专业大管演奏技术上可谓掌握全面，炉火纯青！

我们来看：

1. 他的大管音域突破可至一般大管高音极限 d^2 以上纯四度的 g^2，甚至可达 c^3（high c）。

2. 他演奏大管，可从单吐而至双吐甚至三吐。

3. 他改革的乐器突破了大管演奏任何颤音的局限。

4. 他借鉴中国传统管乐演奏技能在大管演奏上游刃有余地使用循环换气技术。

5. 他独创了大管和弦演奏法（双音、三音、四音）。

二、才华横溢的指挥作曲

刘奇从小在幼年班练就的专业基础童子功——所谓"功底"，加之其本身对音乐的敏感和悟性——所谓"乐感"，再加之成年后得天独厚地一直在中国最好的交响乐团发展——所谓"实践"，使其音乐创作、音乐指挥等方面的才华得以顺势喷发而出。除了为他人多部音乐作品［如歌剧《西施》、交响组曲《神雕侠侣》（台湾版）等］配器以外，还写作了多部作品（如大合唱《富士山的风暴》等），并为多部电视剧、电影配乐录音。

三、胸怀博爱的教书育人

刘奇在其演奏创作之余，坚持教学并为教学编写大量教材，如《高级大管练习曲》《大管演奏法》《大管高级教程》等著作。经刘奇培养的我国大管演奏家不计其数，可以从第一代、第二代、第三代一直数到第四代，他们遍布全国乃至全球各地，绝大多数都是大管界的精英。真可谓英才代代出，桃李满天下。

四、宽厚无私的人格魅力

刘奇是一个真正意义上人们俗称为"好人"的"人"！一个艺术家为人称道，受人尊重，除了业务过硬、卓有贡献之外，更主要的是作为一个"社会的人"的为人品格。刘奇对待朋友热情相助、谦虚平易；对待事业废寝忘食、执着痴迷；对待名利淡泊清心、不争不妒；对待人际不矫不饰、平和自然——故事太多，恕不赘述。我想凡接触过他的人，无一不会同意我的这一评价：刘奇是一个真正的"中国好人"！

基于上述认识，我在刘奇专辑出版之际，特写此文，以志祝贺。

2014年10月27日于北京

《崔炳元作品选集》跋

欣喜和祝贺《崔炳元作品选集》的出版。

三十年前，崔炳元跟我学作曲。

六年前，山西的同志找我写一部音乐剧《娘啊娘》，我向他们推荐了崔炳元，他写得不错，在全国歌剧音乐剧观摩比赛中获奖。

在我的学生中，崔炳元是比较优秀的一位，他通过多年的努力，已成为年富力强、创作颇丰的一位作曲家。

说说《选集》中的第一首，钢琴组曲《西藏素描》。

当年，崔炳元从西藏采风回学校后，向我谈起采风收获与心得，想写点什么。后来他接受了我的建议与指导，写出了钢琴组曲《西藏素描》。这部作品的想法很好，技法也较为新颖，这是崔炳元在进行了大量的多声思维训练后的结果。在写作过程中，崔炳元不厌其烦地多次修改与调整，使其趋于成熟。除了在第四届全国音乐评奖中获奖之外，这部作品也作为鲍蕙荞、李民铎、陈崇学等钢琴家们的保留曲目经常上演，亦成为许多钢琴学子毕业音乐会上的曲目。近期得知，有湖北、河南、陕西的三位硕士研究生将这部作品作为研究对象，写出了毕业论文……

崔炳元离开学校后，我们交往不多，但总能从各种渠道知道他的情况，比如他写了交响组曲《轩辕黄帝》，为西安大雁塔北广场写了交响组曲《大唐》，当了陕西乐团的团长，带领乐团到国家大剧院来举办音乐会……

在我的歌剧音乐会和民族交响音乐会举办时，他都应邀而来，并在听完音乐会后给我发来真挚而又热情的短信，一如当学生时的崔炳元。

作曲家出版自己的作品集是大事，也是喜事。随着音乐教育的普及与提升，相信会有越来越多的人能阅读总谱，阅读中国作曲家的总谱，包括崔炳元的。

2012 年 1 月 20 日

魏扬《三首管弦乐作品中的"音程向位"探究》序

魏扬是我很器重的学生之一。

他1992年起在彭志敏教授门下受到了现代作曲技法的启蒙，大学本科阶段师从冯广映教授接受了传统作曲技法的严格训练。硕士研究生阶段师从冯广映教授，出色地完成了长号协奏曲、古琴协奏曲等乐队作品的创作和公演。同时受童忠良教授、彭志敏教授、刘永平教授的现代音乐作品分析训练指导，随钟信民教授学习乐队指挥，随刘正维教授学习民族音乐，随丁承运教授学习古琴音乐，随郑荣达教授学习律学，随汪申申教授、田可文教授学习音乐史等，在武汉音乐学院作曲系进行了全面扎实的知识结构和作曲技能的筑造与训练。

他2008年考上我的博士研究生，学习极为认真刻苦，创作实践不断，理论研究踏实。除了我传授给他作曲技术和美学理念之外，他还认真学习昆曲等民族音乐。三年学习期间，一方面我带他大量看、听音乐会——每周总有数场交响乐或歌剧音乐会，极大地开阔了他的音乐视野，丰富了鲜活的音响想象，并落到作品的写作中，从而作品的素质品格及技术含金量均有大幅度提高；另一方面我鼓励和帮助他进行创新性的"音程向位"分析法研究。"音程向位"是一种微观分析法，需要研究总谱上的每一个音、每一处细节，工作量巨大，研究一首交响乐作品至少要三个月时间，但对于作曲学习者来说则是一个沉下心来细微地、全面地享受音乐的过程；它可以通过对音乐本体细致入微的解析，"触摸"到作曲家创作的真实意图和具体写作过程，得出具有创新价值和充分说服力的宏观结论。事实证明，这一研究对魏扬的创作水平和美学理念提高均极为有益。例如，其作品获

2010年刘天华奖中国民乐作品比赛三等奖，其《第一交响曲》2011年在北京音乐厅成功首演。其论文在《人民音乐》《中国音乐》《音乐研究》等刊物发表，并荣获2010"人音社杯"中国音乐评论协会学会奖二等奖、2011中国当代作品和声论坛论文比赛二等奖。我认为，"音程向位"可能是对当代作曲家作品最适合的研究方法之一。在"音程向位"研究的基础上，魏扬对我的音乐创作也有了深入理解，他对我在多年创作实践中形成的"纯五度复合和声体系"进行了系统研究，获得国家课题，此课题可能成为中华乐派的理论研究成果之一。希望魏扬再接再厉、努力奋斗，成为一个新生代"抒写人性、震撼心灵"的优秀作曲家，一个熔现代作曲研究与民族音乐创作研究于一炉的开拓型的优秀理论家。

　　谨以此一期待，写在魏扬新著之前。

　　是为序。

2013年11月6日于北京中国音乐学院

让我们永远保持这份"湘师情"

——致上海湘师校友会《通讯》编辑信

今日接北京家中转来《通讯》第19期(1992年8月30日出版),一口气读完。思绪万千,激动不已……因而,顾不得手头再多的工作,也得先放下一切,给你们写上几句再说。

我自1990年夏离开北京,离开我任教的中国音乐学院,来到美国进行访问交流。先以访问学者身份在美国西部西雅图市华盛顿大学音乐学院讲学、访问一年。之后,转到美国东部,以驻院作曲家身份在华盛顿歌剧院将由我作曲的中国当代歌剧《原野》推出,在美国首都华府肯尼迪艺术中心上演。今年夏天,在结束华歌工作之后,又转到纽约茱莉亚音乐学院继续访问、进修、创作。两年多来,我的一切工作都是围绕着宣扬中华优秀音乐文化,开展国际音乐文化交流这一中心进行的。工作相当紧张,生活也很清苦,但取得了相当的成绩,也得到了国际上相应的评价与荣誉。例如,美国最有权威的报纸《纽约时报》,评论歌剧《原野》"立足于当今美国占主导地位的新浪漫主义的主流中","是高水平的,极有个性的作品"。《华盛顿邮报》欢呼歌剧《原野》在美国的演出"创造了历史","是本季度中最佳的作品"。《今日美国》指出:"歌剧《原野》的成功演出,标志着中国音乐家进入世界歌剧乐坛的时代已经到来。"在整个演出期间,被这部歌剧所震撼的美国观众,几乎每天都用各种方式(拥抱、问候、写明信片、发电传……)向我及剧组全体中国演员表达他们的热爱与感动。侨胞们则更是激动地奔走相告,乘飞机、火车或是自己开着汽车从美国各地赶来观剧,当他们听到中国的歌唱家用中国的语言歌唱中国的旋律时,几乎无一例外地流下了热泪……这是因为他们和我们一样，都有一颗炎黄子孙的心。我，作为这部歌剧的作曲者，先后被英国剑桥国际名人传记中心收入《国际杰出人物录》第14版，评为"1991—1992年度世界名人"。

　　面对这些欢呼、鲜花、荣誉，我当然也很激动。但当我站在这世界乐坛的舞台上时，内心却总是那样平静，有时甚至有点伤感……许多的人，许多的事，在我的脑海中由模糊变为清晰。奇怪的是，年代越久远，图像越清晰，而在那记忆的终端，就是我的童年，父亲、母亲、古市、道化、湘师的老师、工友、同学（当年我还太小，尤其只不过是一个天天跟在许多湘师学生后面的"跟屁虫"，还没资格称别人为"同学"呢），以及我们那一代的"导师家属子女"……

　　多遥远啊！几十年过去了，真是人生一瞬间。我们每一个人随祖国的各种变化，都有各自不同的经历。但不论环境怎么变换，我们每个人都没有放弃做人的根本目的——扎扎实实地用自己的艰辛劳动为人类做点有益的事。这也许就是所谓的"湘师精神"之根本吧！没有人教过我，但从我那正直的父母亲的身教中，从湘师师生所共同创造的环境中，我却受到了熏陶，这种"精神"深深地渗入我幼小的心灵，以至决定了我的一生！这就是，为什么我面对过去那二十年不公平的待遇从未气馁，而现在，在这世界性的荣誉面前也根本不会"昏昏然"！我深知我追求的是什么。一旦我有了自己真正的人生追求，什么冷眼、歧视，什么欢呼、荣誉……都不会真正对我有什么作用。倒是一旦想起，在古市的小溪上，我们幼小的伴侣在风雨中相互搀扶着走过那独木桥；在道化的早晨，父亲带着我给菜锄草、浇水，有时还能幸运地捡上一两个落在地上的早熟的柿子……在广因寺的广场上，汽灯下，李小玉老师用风琴为我伴奏我的童声独唱《四月大麦遍地黄》；在祇园寺的琴房里，屠咸若老师冒着酷暑为我上钢琴课……每当想起这些，我总无法控制地潸然泪下。这也就是为什么当我在这远离祖国的、世界上最繁华喧闹的城市之一——纽约——一旦读到《通讯》，看到那么多能勾起我亲切回忆的熟悉的名字时，竟不能自已地要立刻提笔给你们写上这些了。确实，我非常思念你们，我希望，有一天我们能重逢，我的"作品音乐会"会在湘师、杭州、上海举行，我能重返古市、道化……

谢谢《通讯》编委们给了我们互相联系的窗口。我相信,人的情感是最宝贵的,不论天涯海角,不论岁月飞逝,让我们永远保存着这份"湘师情"!

1992 年 11 月 3 日于美国纽约

(原载《通讯》,上海湘湖师范校友会编,第 21 期,1992 年 12 月 20 日)

邢叶子——村民歌者典型之一

——坪泉村人民音乐生活调查笔记^①之一

1953年11月12日第一次访问记录^②

邢叶子——女，56岁，有夫之妇

我去的时候，她正在缝衣服（是给别人缝的）。

话是从孙继栓卖老婆的问题说起的，孙继栓在卖老婆。

"那时候哪能像如今这样离婚？""咋□^③也忽脱不出。""人家□了，也要把老婆卖给别人。"

卖老婆是因为两口子不和，才卖掉，等于现在的离婚！（也有一种情况，是因为家贫）

她又说："要是现在我还年轻，我早要离婚了！"邢大娘的话似乎说，现在年纪大了，离不离也就罢了。而当时，自己对婚姻不自由的不满却一直无法反抗！

我问："你为什么要离呢？"

大娘唱起来了：

---

① 这是金湘参加中央音乐学院中国音乐研究所1953年河曲民间歌曲调查研究时所做的笔记。这次调查研究形成的文字资料中包括《坪泉村音乐生活调查报告》，这里的笔记则据手稿刊印。标题中的"笔记"字样为本书编者所加，七篇笔记的排序和注释也由本书编者完成。坪泉村，属山西省河曲县，全村四百余户。

② 笔记中只有一次记录，没有发现第二次或以后的记录。

③ □表示笔记字迹不清。下同。

娶到的老婆，买到的马，
由人家骑来由人家打！

听到这样的"序曲"，我预感到这位大娘的过去一定是不幸的！难怪她现在唱这许多对婚姻不满的，眼泪里泡出来的"难活"的歌词。

一、她的身世

家有四人，父、母、姐姐、她。十六岁嫁到坪泉村刘家，丈夫比她要大七八岁，婆家有父、母、小姑子。

当时出嫁是互相不见面的，一定要到结婚时才能见面。

丈夫是跑口外的，后改为制香匠。

先养下大闺女，接着又养下二闺女（不多久即死）。往后十余年未生一子，于是请城里的先生来"抚育"（医一医），终于生下一子！后又生一女。

但是，大闺女在出嫁后死了，唯一的儿子也在去年得肺病死了，其时正23岁。这对她是很大一个打击！现仅有其最小的女儿，嫁在口外准噶尔旗。

过去，和丈夫"说好也不好，说赖也不赖"，就是平平常常，光景过得也平常。"谷子饭能吃上，烂补衣服能穿上"，"他穿上件新衣，我穿上件补过的衣裳：总还可以过过"。

如今，就不行了。以前无地，土改时分得三亩溜地（旱地）一亩余园子地（水地），儿子本在包头做香，前年腊月得病，去年六月病亡！"正把他抚养大了，要指望他，他倒老了（死了）。"因此现在家中的三亩溜地租给别人种，一亩园子地与人家伴种（四、六分，她得四股）。现在"穷得要甚没甚，今年春天政府救济了小米50斤。可好吃到收秋，要不然要饿死了！"

由于她家中现在没有劳动力（其丈夫已60余，今年春去口外女婿家中），故什么东西都得求人："托人家把分来的糜子碾一碾，就给人家缝了三个小袄。""托人家把糜子担回来，又给人家缝一件布衫。""如今给别人罩一条棉裤，不要人家给钱，帮我挑一冬天水算了吧！"日子活得不痛快！

同时，对这位老大娘最大的打击——儿子的死，使她心情老是压抑。大娘详细叙述了儿子病死的过程："眼睛都看不见，吃饭都是我用嘴喂他的，就是生的个刮锅病，甚方都找遍了也治不好。头天死了，第二天一早还没米烧饭。"讲到这些地方，她眼泪不禁流出来了！"长得高高个，我没一天不想，一没事就慢慢盘算他。""你们这两天来了，把我唱唱倒不想了。一年365天，只有睡在枕头上睡着了才不想他！"

这位大娘的晚景是非常不好的。

二、她唱山曲的情形

1. 怎样学来的：小时姐妹们一边做针线，一起唱——就这样学会了无数山曲。吸收了许多不同种类型、反映各种不同心情的山曲。

2. 年轻时与现在的喜爱情况，以及山曲与她的关系：年轻时不知道难活，唱的尽是红火的曲子！"如今还红火？老声雅气的，真也没心思唱红火的了。"

的确是这样，邢大娘现在唱的曲子尽是一些反映了"难活"的心情的曲子！她唱了咒骂媒人的，埋怨二老爹娘的！反正是一些压抑难受的曲子。她也唱"红火"的，那是当她心情较好时。可是很明显的，她唱那些曲子是情绪不够的，只是哼哼那些山曲！而一唱起悲怨的歌来，则情绪十分自然地引起了共鸣，眼泪也要出来了！经常地叹气。

现在可看看邢大娘的歌词：

骂媒人的：

> 走起那笼井盖定锅，黑鬼媒人害了我。
> 人家的媒人要银启，咱的媒人死断气！

一出罗门①花椒树,谁给咱管媒狼咬住。
一出罗门上了轿,我给媒人戴上孝。
大榆树,二八杈,谁给咱管媒跌折胯。
大榆树,□榆根,谁给咱管媒坏了心。
三枝杨树并摆摆,咱给那媒人买棺材。

埋怨爹娘的:

妈妈老子爱银钱,可给咱寻了个灰人家。
二老爹娘银钱上站,可给咱寻得个死老汉!

她甚至于立刻编了个反映自己心情的曲子:

头发发那不好大拉(疑为"奔拉"之误——编者)梳小,没寻上个好男人穷ua②了!
拿住个手巾巾不梳头,回他家姓刘的家没探头。

这些词直接反映了她的心情:"回他家姓刘的家没探头。"这是反映她现在心情的话!当然这许多词也并非她创作,可是与她的心情吻合的,而且有的甚至用到她本身的具体事情上了(姓刘的)。

正如邢大娘说:"唱曲是难活时才唱。"

手撒黑豆篓种谷,嘴里唱曲心里哭!
□□一边唱曲,肚里在哭!

---

① 笔记中作"骡门",据金湘《河曲民歌与河曲人民的爱情生活》改,指大门或院落中的门。
② 笔记中原用注音字母,这里的汉语拼音由注音字母转换而来。

许灵凤——村民歌者典型之二

——坪泉村人民音乐生活调查笔记之二

综合在坪泉多次接触的访问记录

许灵凤——女，58岁，寡妇

一、本人身世

她是第一个女儿，自从她生下，父母就一直没有再能养活过女儿、儿子。于是认为她是△△①父母，就把她早早许给人家，算是外人了，这样来避免儿子女儿的养不活。因此，她于九岁即许给别人，十七岁出嫁。

她的丈夫是一个能识字的造纸工人。在以前，家庭境况一直是中等水平，既不宽裕，也不太贫困。在她40余岁时，她们全家均患斑疹伤寒病。家里大人均卧病昏迷不醒，家产被其小叔子偷光。待病好后，纸坊也不行了。于是其男人只好弄点小本钱，上口外去做买卖，十天二十天回来一次，后来因贪图口外的生意很好，于是就一去三年，哪知道竟病死于后套。

她自己自从丈夫死后（其年46岁），先是买卖鸦片（这是从侧面——武焕生处——了解的），后又做纸牌、糊裱等营生。这些副业均是消极、迷信的东西，因此近年来无法再做下去了。

她有两个儿子，一个女儿。大儿子是过继人家的，二儿子去年参军赴朝了。女儿聘给本村郭二仓（农民）家中。现在她算是靠二儿子过活。（大

---

① 原稿空格。

儿子已娶老婆，另立一家，但又与老婆离婚了！）二儿子参军后，土地是给人家种，给她租子。

许灵凤是一个比较灵活、俏皮的女人。她以前是十分爱闹红火的（可看后面其音乐生活一节），现在由于晚景不佳，有时心情比较不好。对她最大的问题是儿子参军了，她时常想念他。但她还是比较宽心的，因为她有大儿子，有女儿、女婿，等等。

这样一个女人，壮年死了丈夫，她是不甘心守寡的！她反映，守寡如何不好不好。我们从侧面了解，这也正是她搭伙计[①]之原因。武焕生说，她与一个姓韩的男人就在其丈夫死后搭了十余年的伙计，直到男方死后才罢。

二、音乐在她的生活中的作用

整个说来，她是酷爱音乐生活的，音乐成了她生活中不可缺少的一部分。当她年轻心情较愉快时，她要闹红火的。当她年老时有某些不愉快时，她就要唱难活的。而当她现在心情高兴时（如儿子从朝鲜捎钱回家时），她就要唱高兴的。

1. 二人班及其他艺术形式

她童年时无忧无虑。她们七八个姐妹（均是十三四岁，十五六岁的少女）常常在家中关起房门来唱二人班小调！她说："叔伯姐妹七八个人，在家里唱！""我头发短，丢丑。唱《走西口》时，还给我梳头。""一等爹娘不在，就把门一关，几个姐妹可把家闹翻了。"——这种生活，直到现在也还是给她留下极深的印象。许多古调、古曲都是她那时学会的。

一到做了媳妇，可就不敢再闹了。做闺女时也不出外唱，"出外唱，人家就没人要了！"在这样的情形下，还可以看出人民多么热爱音乐，二人班，在家中偷偷闹。

[①] 笔记中作"打伙计"，据金湘《河曲民歌与河曲人民的爱情生活》改。

2. 山曲

可以说，正像山曲在每个人生活中的地位一样，许灵凤也是这样。山曲在她的生活中，占了相当重要的地位。

小时，她们是偷偷听男人们唱，自己也就学会了。等渐渐大了，"自己也慢慢盘算盘算，会编得圆溜了。"这样，就自己也创作一些。

唱山曲也如唱其他曲子一样，不可能在婆家大声唱，只有回娘家时才敢唱。这是因为："父母心疼自己的儿女！"但是，要像男人到野地里去唱，那是不可能的。她们唱山曲的方式经常是在家中几个妇女边做针线边哼。这样，就互相教、互相学，学会了不少山曲。

她在年轻时唱了许多红火的山曲，到现在年老了，就有时唱些难活的山曲。她不但像其他人们一样用现成的山曲来表达自己内心的情感，而且，更可贵的是，她还随时编一些自己想说的话。只要看一看她创作的情形以及她本人当时的情绪，我们就可以知道，音乐是怎样在人民生活中起作用的。

她说守寡的苦处：

坐在椅子上扇扇子，□□□□□□□□
什么人留下死汉子，世上没男人谁可怜。

一出大门种的苗树，说起我难来真是难。
世界上没男人谁知苦，十冬腊月坐上水船。

河里头漂上顺水水船，河里头的鱼儿顺水水游。
称称我二游问问几头难，称称我二油问问几头愁。

千里马上了三夹□，红糜糜酸粥□角角菜，
我走不能走来站不能站，我走不能走来站不能站。

大雁回家张不开嘴， 你闪^①得我男不男来女不女。
你走阴曹你管你，要我在世上活受罪。

她思念儿子：

你们要我唱来你们听
把我这个曲子收□北京

把我这曲子收□北京
全为转交朝鲜叫我儿子听

我的曲子到了朝鲜唱
□如我的儿子见了他的娘

叫一声我的儿子你听妈妈唱
□蛋蛋搁在脸蛋蛋上

我想我的儿子□□音唱
忘了他的脸□□□一像

野雀雀落在雁门关
捎书书容易见面难

叫一声我的儿子李善堂
妈妈想你好□长

野雀雀落在电线线上

---

① 含有抛弃的意思。

捎书书捎给李善堂

而当她的儿子捎信捎钱回来时，她又编出了自己的话：

麻阴阴天气大天晴（音 qing，二声①），
我给金同志②说光荣（音 ying）。
抬头看见一朵朵花，
我儿子捎钱叫我花。
云彩散开太阳红，
不是我的儿子不能光荣。
东山畔阳□西山畔红，
不是这毛主席我还不能光荣。
先说苦难后光荣，
我儿子从小就揽长工。
满天的云彩通散开，
盼我的儿子快回来。

当她心情较愉快（大家围坐谈天、唱曲）时，她就要编一些笑话别人的或其他开玩笑的曲子。

下面是她对一个男人的取笑：

脸皮上有疤身短小
头上还戴的狐皮帽
看你两眼还想看
再看两眼离不转
看你两眼本来好

---

① 笔记中原用注音字母，这里的汉语拼音由注意字母转换而来。下同。
② 指金湘。

再看两眼离不了
左看右看不大大
烂袄包的个黄叉叉

这是她取笑一个刚自口外后山回来的身材矮小脸上带麻子的光棍。当她一听见说我们工作队快要走时，她又顺口编出一句：

山羊皮袄扫就地，
金同志下地穿上鞋。
金同志走了好哨气，
这一遭走了甚会儿来？

从这一系列的歌词中可以看出，当她的心情怎样、自己想说什么话时，她的歌声就代替她这样说了：音乐成了她生活的一部分——表达了她的感情。

关于山曲的一些问题：群众的看法和认识

——坪泉村人民音乐生活调查笔记之三

1953 年 11 月 12 日

一、为什么要唱山曲

年轻人
出去地里：

"忧闷了要唱。"
"太阳晒得头皮难活了要唱。"
"心里高兴了，红火一阵也要唱！"

赶车：

"一个人，孤哨了，要唱。"
"怕丢盹车，车板夹住腿，要唱。"
"提精神。"

老太婆（在年轻时就是一般妇女）：

"做针线没事要唱。"

"心上难活要唱。"

总之，大致可分为：（1）心上不痛快"难活""忧闷""孤哨"时唱；（2）心上高兴"红火"时也要唱。

二、什么情形下唱什么

总的讲，没有一个人会闲着两只手、空口去唱山曲，必定是做"营生"时就唱起山曲了。但不同情形下（心情、地域……）则有不同的内容。

1. 难活

光棍想老婆，就唱一些光棍可怜的曲子：如郭虎仁、孙二人。
老太婆就唱……

2. 红火

这多半是青年男子在野外，大家一口干工时。
张继栓说："那时在口外，一戈搭搭受苦出去地里，没事尽唱逗笑的。这时往往容易唱酸的曲子，什么乱七八糟、十分露骨的调子就出来了。"

叫一声妹扒开腿，让哥哥的红雀喝口凉水。
白面烙饼烙了个圆，咱和妹子蹬炕沿！

这种曲子为什么要唱呢？据他们说，其目的就在于"逗笑"，而这种曲调多半出于年轻男子之口，妇女中是不太唱的！

三、对山曲的各种看法

1. 在曲调方面，大家都一致认为，唱山曲是要有会唱的人才唱得好，不会唱的人"一辈子也不唱""调子总得不将来"。

"咱这里的人，唱得像干断磨。"

"蒙古人唱的尖音是尖音，塌音是塌音。""嗓子亮。"

"唱曲老少音要隔（和），要尖音是尖音，要塌音是塌音，要平音就是平音。"

可看出，群众还是十分会欣赏音乐的，而这要求人们把音唱准。当一个人未得出或未理好一个调子时，大家就会说你的"后音未挑起"，"后音要落下去"。

2. 在歌词方面，老太婆一般不同意唱那些酸曲。"要唱就唱个正经的。谁还不知道男人有个屌，老婆有个屄，还要拿出来唱？"许灵凤说。

而且，还认为现在年轻人唱曲，没有一套套的，不好，唱得东一句、西一句，这样是"不圆溜"。但她们自己唱也没有真正一大套，不过比年轻人是要更连贯一些。

年轻人则就是完全"东一句，西一句"，"想起甚就唱甚"。

四、对山曲与二人班、秧歌的看法[①]

[①] 笔记到此中断。

关于山曲的点滴资料

——坪泉村人民音乐生活调查笔记之四

怎样情形下产生"酸曲"

张继栓,29岁,时常在口外揽长工。据他说:"受苦人,一伙到地里去,要闹红火了,就你一句,我一句逗呗。"

唱"酸曲",这也是有一定条件的。最多的时候是当长工们在一起唱时,迎面走来几个媳妇儿或闺女——这时,长工们就随想随编,往往在这种情形下,十分露骨的"酸曲"就产生了!它在这时的作用就是:调戏一下妇女,同时,解长工们的"忧闷"!

要是在平常,没有媳妇儿、闺女走过时,那就唱一些"哥哥长,妹妹短"一般普通的山曲!

1953年11月13日—14日

唱山曲后的心情

许灵凤,女,58岁;刘二善,男,19岁;郭二人,男,30岁。在与他们一次谈话中,他们一致的看法是:"心里忧闷了要唱,红火了更不用说。"心里难活了,"唱唱就把它忘了!""一心去想唱曲咋见圆溜",这样就"解忧闷了"。

1953年11月14日于河曲坪泉

两种类型，两种看法

邢叶子，女，56岁。

刘二善，男，19岁。

他们两个人是两种类型，一种是年老的妇女，一种是年轻的血气方刚的男人。下面就是他们对于一个问题起的争执。

唱起曲来兜起音，直起尾巴夅起鬃！

这是刘二善唱的一个曲子，并且是他自己编的（上句是曾有的，下句是他自己编的）。他说："这好比唱曲有劲，把尾巴也直起，鬃也夅起了！"当时被邢叶子认为"人哪能像个牲畜"，"唱得没样子！"，而刘二善则说："这是个比方！""唱曲好比这样有劲！"

接着邢叶子接上了许灵凤（女，58岁）唱的一句"一对对鸳鸯房檐上吼"的曲子说："唉！就是要唱这些好的。""咱要把鸳鸯、百灵子、白鸽子……都排完！"她又曾说："唱曲要有个起头，要有个缘由，哪像年轻人这样瞎唱。"

从这个问题中，可以看出老年妇女要求一全口唱老调，正正规规地唱，而年轻人一则是不会老调，二则也与过去的曲调心情不一样。我想，一个现在的青年农民他们怎样会与过去的老年妇女有同样的心情？他们对唱曲有自己的观点："要有劲！"上面刘二善的一句话中是充满着血气朝气的！感情是火热猛烈的！

而另一方面，老年人那些老调，老年人热爱，那当然也是有自己的道理的，因为它符合她们的心情——不管这种心情是不是最先进的。

1953年11月14日于河曲坪泉

"搭伙计"：群众的看法

许灵凤、孙二人（男，49岁，光棍）等人。

孙二人跑口外，揽长工，有点钱了。因以前常爱赌钱，输光了，又加上自己长得不好看，故一直无法娶老婆。怎么办呢？"只好零娶（搭伙计）。"这种生活同样在另外一个当时在场的人身上发生，那个农民今年51岁了，家里过得不错。"按他家的样子娶得起老婆，但没娶上。"据许灵凤说："过去老两口子为怕花钱不给他娶！"——这大概不是真实理由，可是不娶老婆终归是事实——就这样"一辈子零娶过活！"

那么这样的生活究竟怎样呢？

孙二人说："总不如自己有个老婆。""人家不定哪天就不要你了，要是有个病，那就更不要了。""自己有个老婆，能做菜，能做饭，好歹也是个老婆。"

究竟现在是怎样呢？

孙二人说："如今老了，心里麻乱乱的，要是人家还对得来的，就说上两句，要是对不来的，说话也不想说。""一天不知要干些甚。""心不在肚里了！"

许灵凤说："看人家这样搭伙计，如今得下这个下场！"

在旁边还有些年轻人，对此事也抱着玩笑态度，说："自己老婆不如人家老婆香。"可以看出过去青年因无法娶老婆搭伙计，到大了，总是觉得搭伙计没甚好下场！

1953年11月15日于河曲坪泉

酸曲的产生

武焕生，男，21岁，农民。

在16日由坪泉回巡镇的路上与武焕生说了不少话。其中有关酸曲产生的问题，与张继栓在 13 号说的一些内容基本相同，可作为它的补充：

酸的曲子平时不多唱，一般都是青年人，在野地里锄地时，为了解忧闷、逗笑，就编许多露骨的山曲！这种编山曲的情况多半是产生在有妇女走过时。有这样一个具体事实。有一次武焕生与另一农民李善堂，他们一起在锄地，迎面过来两个闺女，李善堂即编了：

二茬韭菜叶叶宽，
大闺女板溜子□□干。

当时所起的作用就是发泄一下感情，逗逗笑！
一般看来酸曲是青年男子在性生活得不到满足时，为发泄感情而唱。

1953 年 11 月 19 日于河曲巡镇

山曲怎样在青年人的心中引起共鸣

武焕生又说了一些，主要是关于青年人怎样唱山曲，怎样用最能表达他们心情的山曲来表达感情。

1. 青年们在野地里锄草、锄地，多数的时候唱的是"难活"、"为朋友"[①]的调子、曲子。常常是两个人对唱，一个人唱的是男曲，另一个人则唱的是女曲。要对起来"为朋友"了，就你一句我一句，把"为朋友"说个痛快。

甲唱：仙桃好吃树难栽，朋友好为口难开。
乙唱：要吃仙桃拿钱买，要为朋友慢慢来。

---

① 即"交朋友"，谈恋爱。

"要唱'难活'就唱'难活'。"

甲唱:斗大西瓜解不下 ze① 渴,谁能解了我心上的难活?
乙唱:心上难活脸脸上笑,嘴里不说谁知道。

这样边做营生,边唱山曲,是非常自然的,在这种情况下唱出来的山曲多半是最真挚的。农民的感情无法言说时就非常自然在这种情形下别样地流露出来了。封建社会不准男女对白,表达爱情,农民就男的对男的唱。虽然具体人物不是女的,但都是一样叙述了他们内心的情绪!

2. 过去这种唱曲较多的是男的与男的对,直到如今,也还是这样。但是现在也有男的与女的对唱了。这里面有一种是男女用来开玩笑的(这多半是"黑了惯熟"的人,而且男女均已结过婚的),如武焕生曾与钟明女对唱过。

钟明女唱:红鞋上趴的一个绿蛤蟆,爱的那些灰小子们可□爬。
武焕生唱:红石榴树结石榴,没见过你们这些烂匪人。

——这种情形,虽然是开玩笑,但也可看出如今社会的进步:男女互相开玩笑!而且也可看出这一类山曲之作用。

另外有一种情形,那就是现在的青年男女互相表白爱情以及对对方的爱慕。这里有一个具体的事情。

1953 年春天,坪泉村一个 18 岁的姑娘叫陈子女,爱上了一个 18 岁的青年张耀武。他们一起扫盲,在扫盲班中学唱。有一天,他俩在家中一起学唱,两个人就表达起爱情了(这件事是武焕生亲耳听见的)。

---

① 笔记中原用注音字母,这里的汉语拼音由注音字母转换而来。

张耀武唱：三十里沙滩一马平，瞭不见小妹妹后影影。

陈子女唱：大榆树上结李子，我在那背弯弯等你着。

这里可以看见，山曲是如何真实地表达人们的感情。因此，也可以这样引起人们的共鸣！过去人们由于受封建观念压抑，不能互相表白男女之间的爱情（这当然也就是其所以产生了这样多的含满眼泪的或者变态发展的淫秽的东西之原因）。一旦把封建制度打垮，男女婚姻自由了，他们就大胆地表达了自己的爱情！而过去表达这类感情的民歌——对爱情的大胆，就很自然地在这些青年中引起了共鸣！

3. 在赶车的人（他们有一部分是职业的运输业的，而有一部分则是农民冬天的副业）的行列中，武焕生说："唱酸曲的少！"他们远离家乡，走在沙漠上（这是指沙墚一带的赶车夫），经常孤哨，就爱唱曲，多半是在黑夜。"天黑下来了，怕丢盹，"于是就唱起曲子来，"一个人是一个调，想唱甚就唱甚！这时，唱'酸'的是没有的，多半是唱一些'难活'的东西。"

——可以看出，在这种情景下为什么不会唱"酸"的，因为他们没有这种心情。这时多半是唱一些感情极其真挚的，真正表现他们内心的东西！

1953 年 11 月 19 日于河曲巡镇

口外地带山曲与此地山曲之关系[①]

——坪泉村人民音乐生活调查笔记之五

一、十一月十一日、十二日的访问记录

刘三财,男,51岁,农民

(一)本人身世

从小家中无地,自十五六岁起即跑口外,当时是跑中滩一带(包头过去,珊瑚河与黄河之间的平川上)一直到□才回来娶老婆,以后就没有再出口外,而在家中以制香为生。直到土改后,才分得土地。

在口外为时共有十余年,差不多每年都是春出秋回!

他本人不爱唱,就是爱听山曲,因此肚子里记住了许多曲子、调子。

(二)口外蒙汉杂居的关系——包括音乐上的关系

准噶尔旗,达拉特旗一带蒙汉杂居地带,有许多的蒙古族人都汉化了,年轻的蒙古族人,甚至已不会说汉话(疑为"蒙话"之笔误——编者)!一般蒙古族人都会说汉话。这一带居住的蒙古族人仅及汉族人的十分之一!大都是从事耕地工作——农业!

后山一带(安理县一带,大青山,乌拉山麓),蒙汉基本上是分居的。蒙古族人居住于珊瑚河以北"山底下",而汉族人则居住于珊瑚河以南。那

[①] 主要指曲调。——作者原注。

地方蒙古族人是以畜牧为生,"三里路一家,五里路一家",汉族人与蒙古族人接近的机会不多。刘三财说:"那时我们7月到山底下去割麻,才与蒙古族人居住一两个月",就是说蒙古族人与汉族人接近不多!"他们说话翻起来的,一点也不懂!"这就更影响了汉族人与蒙古族人的接近。

这个情况是刘三财三十余年前的情况,现在的则不知道!

那时候蒙古族人与汉族人的音乐关系已经较密切了。

二人班的艺人"一句蛮子话,一句鞑子话""连得蒙古族人也笑,蛮子也笑"。这说明,当时在音乐生活方面蒙人、汉族人在杂居地的关系还是极密切的!

蒙古族女人很爱唱,两个女人手拉手一出去唱起来很好听,唱的甚意思不能懂,可是她们"声音清脆","拉长了嗓子",比口里唱得要好听。

(三)口里音乐(主要是山曲)与口外的关系

此地会唱蒙古调的人并不算很多,即使有,也是在蒙古族人那儿住了多年的人,要他们才可能会唱。蒙古音调有两句的(上下句),也有不是上下句的(由于他们的语言与我们的语言完全不同)。因此,有些曲调汉族人拿来后可以配上自己原有的流传于民间的歌词,而有的则不行。至今仍只能哼哼其曲调,而无法配词!

学会的人回来,为什么又不能将这些藏在他们肚里的蒙古调流传在此地群众之中呢?"我不爱唱。"刘三财说。他又说:"教他们,他们也不会。""这要看人家心灵不心灵。""蒙古调子难得!"可以看出,主要还是此地人没有多学蒙古调,也可能是有一定距离!因此,此地人学的地道的蒙古调是不多的。

口外除了蒙古族人的蒙古调以外,尚有后套的曲调(从已记到的曲子中,风格也和蒙古调相近)以及沙壖调,而以沙壖调对河曲这带曲调的影响为最大。

沙壖是指绥远省达拉特旗中之沙漠地带,那一带地方,黄沙有"房子那样高",但"把沙去掉,底下尽是好土"!沙漠地带蒙汉是杂居的,那一带地方人们唱曲子是"拖着嗓子",曲调也是悠远、悠长的多,这是由沙漠的自然环境造成的。

刘三财以及许多在场的青年、老年人都说:"我们这地方,一张口,就是沙壩里的调子!"可见沙壩里的调子与此地关系十分密切,在此地也流传了。

二、十三日补充访问

(一)口外山曲情况

口外大致有:

①沙壩调(达拉特旗)——那儿是一片平地,沙漠中人少,因此唱的山曲多半是非常悠长、嘹亮的!(当刘三财唱一个调子,群众说:"喊得骨zan也拿不起来了,还不是沙壩?")可见得沙壩调有其特有的风格。

②准噶尔一带的调子——这一带是准噶尔旗,山地高,因此群众反映"数准噶地人唱得尖!",因为"山高,要吼亮!"。

③后套、后山——这是在五原(后套)、安北(后山)一带的调子。

口外的调子在此地较多听见的就是这三种,而以前两种为多。

沙壩调多半是指汉族人唱的调,对此地影响最大。"蒙古族人不大唱咱们的沙壩调。"沙壩中的蒙古族人唱的调子,刘三财说:"我没大听见过。"

准噶尔调是蒙汉均唱。

后套、后山的调在此地的就较少,而后套唱沙壩调的也不多。

(二)流传进来后的变化

沙壩调回来唱得倒还与沙壩地方差不多,没有差别多少。

但总的是一个:"走在一个地方,就得有一个地方的调子,走晚了就又忘了。""走在山弯里唱的和蒙古族女人一样样的,回来就忘了。"

正因为这样,许多曲调回来唱后就走样了,变成了"二混子"。有几个曲调经我给刘三财唱后,他说:"哪里也不像,有点准噶尔味,但后音没挑起!"

所以有一部分音乐是传过来了，有的是传正确了，有的则失误了！

至于如何适应此地语调，以及其本身如何自己融化，这个问题不是能问出来的！——也许刘三财本人也就已把蒙古调后山调汉化了！（虽然他自己未感到）

1953 年 11 月 11 日—12 日

山曲、民歌、小调之外的其他音乐

——坪泉村人民音乐生活调查笔记之六

1953 年 11 月 10 日—15 日访问
1953 年 11 年 29 日整理

一、宗教音乐

在坪泉村，我们所接触到的宗教音乐有两种：一种是祈雨时唱的，吹的祈雨调；一种是神婆（巫婆）在看病时唱的神婆调。

（一）祈雨调

1. 祈雨的今昔概况

据于大（今年 63 岁，男，过去曾主持过祈雨）说，坪泉村祈雨已有五百多年的历史了。据说，古时黄河上游流下一棵大树，其梢在唐家会（离坪泉六七里），腰在坪泉，头在大俞（离坪泉五里），顺河淌下时并高呼"救命"！人们前去一看，原来是一棵大树，于是知道它是龙王爷的化身，就取其木材制成龙王爷摆在本村，以后逢天旱就祈雨。

祈雨的情况大致是如此的。当地上实在干得不行时，人们就不得不求助于龙王爷。据说是派三四个人到离坪泉不远的一个山里，有泉水的地方，把一个空瓶拿在手中，悬于泉上。若泉水自己进入瓶中，那就表示神仙显灵了；若是泉水一直不进瓶中，那就表示仍无希望。当泉水进入瓶子后，那就回村中，由一个人摇签，签上写有三种字样："出马""游川""唱戏"，看龙王爷要哪一种。

如逢到"出马",就动员全村200余人(每家有规定人员参加),前面抬着龙王爷,并有鼓匠、和尚,后面跟着群众。这样由坪泉出发,绕城关,唐家会直到楼子营再回坪泉。这样绕三十余里的山地、平川,走三天三夜,沿路高吼、吹奏。

若逢"游川",基本上还是出动群众,不过只是在川地(沿黄河的平地)中走走,一天即可回村,走五六里,形式与"出马"相同。

若逢"唱戏",就问龙王爷要看何戏,就在本村戏台上唱三天三夜的戏,有人跪着,手里抬着龙王爷在戏台前看戏。

据于大说,坪泉村三年五年求一次雨不定。历来除了一次不灵外(据说那一次去泉上拿瓶子的人在泉旁耽了十八天,瓶内未进一点水),其余各次均灵。

民国29年(1940年)曾要求雨,但那时村政府怕大家一大批人"出马"在田里走,可能会被日机扫射,因此不准。最后群众告到县里,才准了。但是近年来,这种迷信业已完全被打倒了,群众再也不相信了,一提起这个来,就说:"那是迷信!"而且龙王爷也被劈掉、"烧掉了"!

2. 祈雨中的音乐

在"出马"或"游川"时,就用上音乐了。有两个手执龙王爷官印的人负责领唱。次序大概是这样:先是长号(用铁做成的极长的号角)吹,其声音宏大而低沉。等长号吹过后,就由唢呐吹起"祈雨调"。吹了几遍,那两个人就唱起这个调子了,基本是唱"那摩阿弥陀佛",也有许多各种各样的唱词,那都是一些神、怪、天将等,再就是雷电风雨雪等自然气候,或者就是一些历史上的情节。唱的调子还是乐队吹的那个调,唱时并有唢呐伴奏。唱完后,人群大吼,以助其威!祈雨中的调子只有一个,唱的也大致如此。

祈雨调

$1 = F \frac{2}{4}$

$\quad = 66$

| 1. 2 3 6 | 5 2 3 5 3 2 | 1 5 6 1 | 3 5 2 3 2 1 | 6 5 2 | 3. 2 1 2 1 |

哎 嗨 哎 嗨 那摩 弥 陀 哎 嗨 佛 哎 嗨 那摩 弥 陀 佛 哎 嗨 那摩

$$6\ \underline{\dot5}\ |\ \underline{2\ \underline{323}}\ |\ \dot5\ -\ |\ \underline{\dot6\cdot\ \underline{\dot6}\dot2}\ |\ \underline{\dot3\cdot\ \underline{\dot2}}\ \underline{1\ \underline{2\dot1}}\ |\ \underline{6\cdot\ \underline{5}}\ \underline{2323}\ |\ \dot5\ -\ 2\ \|$$
弥陀　哎嗨哎嗨佛　　哎　嗨嗨　哎嗨那摩　弥陀　哎嗨哎嗨佛

注：第九小节的地方，当唢呐鼓演奏时，提高八度吹。

$$\underline{6\ 5\ \dot2}\ |\ \underline{\dot3\cdot\ \underline{\dot2}}\ \underline{1\ \dot2\ \dot1}\ |\ \underline{6\ 5}\ \underline{2323}\ |\ \dot5\ -\ \|$$

（二）神婆调

据刘三财（男，51岁）及其老婆说，本村过去有七个神婆，假如有人家中有病人，她们就到别人家中去，要一碗米，插一把香，端端正正地坐在桌前面。这时，神婆一拍木头，表示神已附在她身上了，口中乱七八糟说了一通，又乱七八糟地唱。过一阵表示神又走了，于是又"清醒"过来，问别人说："神刚才来说了一些什么？"别人隐口地听懂了几句。就这样瞎医病！

现在这种迷信早就已经被推翻了，群众编了歌来骂神婆！

音乐怎样在神婆的医病中存在呢？那就是当神婆装作有神附身时，就瞎唱，这时唱的就是神婆调。

曲调是一个神婆有一个神婆的调（基本上风格相同），每个神婆有自己专用的神婆调。

歌词则是胡七八糟的"神话"，"咱一点也听不懂。"这次人们唱都是用山曲的歌词唱的。

现在神婆调唱的人很少。在演《小二黑结婚》时，曾经也配用过一个神婆调子（是王仙姑唱的）。

神婆调

$$\underline{3\ 6}\ \underline{5\underline{35}}\ |\ 2\cdot\ \ 5\ |\ \underline{6\underline{5}}\ \underline{3\ 1}\ |\ 2\ -\ |\ \underline{2\ 2\ 5}\ |\ \underline{\underline{6}\ \underline{5}}\ \underline{\underline{2}}\ |\ \underline{2\cdot\ \underline{1}}\ \underline{6\underline{5\ 4}}\ |\ 5\ -\ \|$$

$$\underline{3\cdot\ \underline{5}}\ \underline{6\ 6}\ |\ \underline{\dot1\cdot\ \underline{3}}\ 2\ |\ \underline{1\ 1\ 6}\ \underline{2\ 3}\ |\ 2\ -\ |\ \underline{2\cdot\ \underline{3}}\ \underline{5\ 6}\ |\ \underline{\dot1}\ \underline{6\ \underline{5}}\ |\ \underline{2\ 5}\ \underline{3\ 6}\ |\ 5\ -\ \|$$

二、碾场曲

这次我们在坪泉收到的除了造纸工人的劳动号子外,直接与劳动结合的就是一个碾场曲。

据造纸工人张二桐(男,55岁)说,碾场曲的由来是这样的:在古时,秦始皇要修长城,抓了许多男子去,于是有许多妇女在家中哭!如今的碾场曲,即那时妇女哭男人之哭声。其时正值秋收,因此,就变成后人碾场时唱的曲调了。

据武焕生说,他们在场上碾场时,手执牛鞭赶牛"忧闷"了,没事,就一边赶牛碾场,一边就哼这个碾场曲!据说碾场曲是自古传下来的(究竟是否从秦始皇时候传下来,尚不得而知,但确实可以知道,这种碾场曲是来历很久的了!),而且是只在碾场时才唱。

碾场曲由于其劳动较松缓,因此节奏缓慢,平稳,安静,曲调悠远,富有农村风光。

碾场曲

新剧新歌情况

——坪泉村人民音乐生活调查笔记之七

1953 年 11 月 13 日访问
1953 年 11 月 20 日整理
于河曲巡镇

关于坪泉村的新剧、新歌曲的一些情况，是从 1953 年 11 月 13 日和武焕生的谈话中了解的，资料是极不全面的。

一、关于新歌剧

（一）剧团的情况

在武焕生十一岁时，坪泉村曾有剧团成立，那时八路军刚刚进来（1943 年）。剧团搞了有二三年，后即没有了，规模也不太大。在武焕生十七岁上（1949 年），坪泉村又成立了剧团。这时的规模是较大的，有四十余人之多。

他们把自己到外村的演出所得，全部归公，购置道具、服装，因此剧团日益扩大。

直到去年，因剧团内主要演员离开坪泉，故无法演出了。

原剧团中有女演□[①]人。

[①] 笔记原有空格。

（二）演出的情况

1. 内容：他们曾演过许多大剧，如《白毛女》《刘胡兰》《刘巧告状》《二黑子结婚》《小女婿》，等等。

2. 曲调：基本上是用剧本上的原曲调，实在有困难时，才将一些山曲配上，这里有几个具体例子：刘胡兰中的主题 5 5 6̲5̲|4̲3̲ 2̲5̲|5̲3̲ 2̲5̲|1 - ‖，即是照剧本上学下来的，而且武焕生还唱得很准确！而那个调是这样的：

3 6 5̲3̲5̲|2. 5̲|6̲5̲ 3̲1̲|2 - |2̲2̲5̲ 6̲5̲ 6̲|2. 1̲ 6̲5̲4̲|5 - ‖

总的说，他们既用剧本的调，又用本地山曲——这是要看具体情况而定的。

3. 排练情况：他们自己的导演就是柳三（剧团团长）及其他几个剧团中的主要人物。

以前县文化馆也曾下来辅导他们，有一个本村的小学生也来帮助他们——多半是帮助他们"唱剧本上的调子"和认识剧本上的字。这些同志给他们帮助不少。

每次排一个剧是先学下调子，然后各自抄下自己的台词，回家去念。一般排一个剧，要是好好地排，五六天即可排出来了！

在整个剧团的演出上，村剧团是受县剧团的影响的，"调子总都是县剧团唱开来的"。然后，村剧团就跟着学。剧本也是这样，是县剧团演出来的，县剧团对村剧团起了一个示范、启示的作用。

4. 演出时间、地点、形式：多半是正月或七月农闲时，村剧团就活动了。因为，大部分演员均是农夫，或小手工业者，要是在农忙时演出，那是要耽误生产的。他们也多半是在晚上演出。

演出的地点，多半是在本村。在本村演出时，有外村（如郊外村等地）的群众赶来看；也曾到城关及其他村去演过。

演出的形式，是在戏台上演。

（三）群众反映

一般群众均反映喜欢看新戏，因为"热闹""新鲜""红火"，也有说新戏里"有道理，有宣传的作用"。

二、关于新歌曲

（一）新歌曲流传的情况

1. 歌曲的来源：坪泉村唱的新歌不多。老乡们不识谱，不能从歌本上学谱。他们会唱的歌不外乎两种来源。

一种是干部下乡工作时教他们唱的。如去年冬天忻专的搞民兵工作的人来，就教给他们一个《太阳出来》。

$$0\underline{3}\ \underline{2}\underline{3}\underline{2}\dot{1}\ |\ \underline{2}5\ 0\underline{5}\underline{3}\ |\ \underline{2}\underline{3}\underline{5}\ 2\ |\ 0\underline{5}\ \underline{2}\underline{5}\underline{3}\underline{2}\ |\ \underline{5}\underline{3}\underline{2}\dot{1}\ |\ \underline{2}5\ \underline{2}\dot{1}\underline{7}\underline{6}\ |\ 5\ -\ \|$$

另一种是从"小学里唱出来"。由小学教员教给小学生，小学生唱开来，其他人也就听会了！

2. 唱新歌曲的情况：现在全村一般是在青年中会唱一些新歌曲，而在老年人中则不会唱！在群众（主要是青年）中曾经唱过的歌有：《国歌》《全世界人民心一条》《东方红》《志愿军战歌》《太阳出来》……其中《国歌》可以"唱全"（从头唱到尾），其他歌曲有的只会唱前半节，有的只会哼几句，多半是唱不全的。总之，唱的新歌少，而且即使唱的几个也是仍然不够熟练。

其他尚有新歌剧中的一部分歌曲也有流传的。

（二）群众对新歌曲的反映

一般反映都是喜欢新歌曲的，而且学唱新歌的热情也是很高的（这主要是指年轻人）。但是都说"新歌的调子难学"，要学一个调子不简单，没有山曲好得调,因此,影响他们学唱的热情。反映的另一个问题是:"新歌子要唱'cao'[①]"(赋),而"山曲子唱不'cao'"。就是说,新歌子还没有山曲这样真正地完完全全成为农民自己的东西!

从群众的反映中,可看出新歌是满足不了农民的要求的。

[①] 笔记中原用注音字母,这里的汉语拼音由注音字母转换而来。下同。

思念之一

艺术家们谈与金湘共事

金湘去世，媒体在报道中刊载了曾与金湘共事的艺术家们的谈话。这里辑录若干如下。

李稻川，导演，金湘的夫人和事业上的伴侣：

生命的最后阶段：瘦成皮包骨还在想着创作。

金湘在生命的最后阶段仍然心系创作。他有很多想法还没有完成。比如他曾设想写一部《天·地·人》的大型交响乐，但只完成了《天》。

2014年5月金湘被查出胰腺癌，当时医生判断他最多能活三到六个月。但是他很顽强。在2015年3月完成歌剧《日出》总谱写作后，他还去了趟三亚。从三亚回来，他十分着急，希望能快快好起来，好回去继续创作。就在最后的两三个月，他已经不能进食，却依然想着创作。

在决定创作《日出》时，金湘的身体已经很虚弱，但还没有查出癌症，直到写完作品主要部分，被查出癌症而住院。在医院，他委托自己指导的博士生帮助他写完配器，然后他还亲自修改。排练过程中，他忍着胃部疼痛修改、听试唱。《日出》写完了，首演了，我跟他讲，不要再写了。他说，他还有很多的遗憾，现在什么都明白了，但已经不行了。李六乙到医院来看他，跟他说："老爷子，咱们还约定写歌剧《雷雨》呢。"他听说写《雷雨》，就坐了起来，说："我要回家，我要工作。"他是个情绪化的人，对艺术总是念念不忘。

（摘自伦兵的报道，《北京青年报》，2015年12月25日）

李六乙，导演，执导歌剧《原野》和《日出》：
创作中他没有自我，只有艺术。

在金湘老师的最后时光，音乐的力量是如此的巨大和神奇。我觉得对于他来讲，这一年多的时间就是靠着精神的念想支撑下来的，精神的作用太大。在《日出》5月17日首演之前的一个星期，他住在医院里。医生说："他绝对不可能参加首演。两三天以后，人肯定就走了。"我们最担心的就是他等不到歌剧的首演。结果《日出》联排之后，大剧院把录像给他一看，他特别兴奋，第二天就出院了。然后就在饭店里跟所有的主要演员一起住着，每天做细小的音乐调整。我觉得人的精神力量太重要了，一个人的精神寄托能够让他延续生命，所以那个时候我就想到了让他写《雷雨》。首演的时候，指挥吕嘉、金湘和我三个人一起拍了一张照片，相约：下一部戏——《雷雨》，金湘写，吕嘉指挥，我来导演。金湘说："没问题，咱们接着再干一场！"那天首演谢幕时他也说——想要再干一场！

金湘有很多东西还没写，很多事情还想做。12月初，我去医院看他，他说了两句话，一句是："我要回家！"第二句是："不要讲空话！我要工作！"他想活啊！他要活的愿望非常强烈，有许多计划和设想还没有实现。他从《原野》开始就对时间的概念非常重视：抓紧时间！抓紧时间！！我从一开始就对他说："这是我们合作的第二部作品，《雷雨》是第三部作品。"我们合作的第一部作品是《原野》，是三年前在北京国际音乐节上演出的，金湘认为那次是最好的一个《原野》版本，是他想要的，所以也才有了这个第二次合作，关于《日出》，他坚决要求我来导演。这几年当中，他也还有好几个题材在考虑，比如《李慧娘》，但最终实现的是《日出》。我觉得荣幸的是，老头子完全信任我，不计较年龄辈分、名望高低。他很单纯，很纯洁。创作当中没有自我，只有艺术。

万方，歌剧《原野》《日出》的编剧：
　　让《原野》色彩丰富，感染力强。

　　我和金湘先生合作《原野》是在 20 多年前。那时候西洋歌剧很少，了解的人也少，所以《原野》排练完，很多人有不同意见，提出把宣叙调改成说话，就是让歌剧有说有唱。当时我爸爸曹禺还活着，他看了排练说"非常好"，《原野》才保持了现在大家看到的样子。金湘先生写的《原野》音乐感染力强。因为歌剧的剧本非常简单，就一个大体的框架，但是在《原野》中，金湘先生赋予剧本丰富的色彩、力量和情感，使整个作品呈现出来非常美丽和生动。

　　这次再合作《日出》的时候，听说金湘先生已经生病了，但他一直坚持创作，所以我觉得他真的是将音乐视为全部的生命在做。

（摘自《京华时报》，2015 年 12 月 25 日）

吕嘉，指挥家，执棒歌剧《日出》：
　　要找机会演奏金湘全部作品。

　　12 月 23 日是音乐界沉痛的一天，中国失去了一位伟大的作曲家，金湘先生是有跨时代意义的作曲家。六七年前我和他认识，特别投缘。这次排练《日出》时，他天天和我们在一起，带病坚持了两个礼拜。虽然每次我们排练完他都会非常累，但是他会说自己非常开心。

　　虽然我们非常悲痛，但是金湘先生为我们留下了那么多作品，我会找机会做一次金湘先生所有作品的音乐会。他对于歌剧语言的运用非常确切，对歌剧的理解甚至比现在很多知名作曲家还要透彻，而且旋律非常优美。另外他对戏剧冲突的理解非常准确，这也是很多人所不具备的。尽管他在配器的运用上可能比较传统，但是他对音乐的执着、视音乐为生命的精神境界是很多人无法达到的。

（摘自《京华时报》，2015 年 12 月 25 日）

黄屹，指挥家，执棒歌剧《原野》：

还希望指挥金老师的《原野》。

2012年，歌剧《原野》首演25周年，被再次搬上舞台，我担任了指挥。在我眼中，金湘是一位很伟大的作曲家。金湘老师对年轻一辈的信任和给予我们的信心，让我对他特别尊敬。他对音乐的执着，以及他后来带病完成《日出》的创作演出，值得我们学习。以前我也没有接触过整部的《原野》歌剧，接触后你就能够感受到中国歌剧经典的魅力。未来如果有机会，还希望指挥金老师的《原野》。

（摘自伦兵的报道，《北京青年报》，2015年12月25日）

戴玉强，歌唱家，参与演出歌剧《日出》：

《日出》后约我演《雷雨》。

我与金湘先生合作过多次，并在《日出》中演出诗人。今年6月17日国家大剧院首演《日出》，21日演出最后一场后我请大家吃饭，当时知道老爷子身体不太好了，所以跟他说有这么个小聚会希望他能来，当天他还真就来了，我们还喝了点酒。老爷子状态特别好，还和我约定接下来要写《雷雨》，让我唱大少爷，当时我还信誓旦旦地说一定演，没想到半年后老先生就驾鹤西去了。

金湘先生的歌剧创作毕其一生的功力，歌剧《原野》具有划时代的意义，而这部《日出》又是他呕心沥血创作完成的。《日出》的男高音写得很难，我也下了很多功夫，但离金湘先生的要求还差得很远。老爷子厉害到什么程度？他写的那些复杂的伴奏、和声，在排练时钢琴伴奏一不留神弹错了一个音，他立马就能听出来，这些细节都让我们感动。金湘先生一直有个愿望，让我演《原野》里的焦大星，我比较犹豫，因为焦大星比较窝囊，我那时候还和他开玩笑说我要演焦大星，谁来演仇虎呢。我非常尊敬金湘先生，他对我也非常好，现在就这么走了，我只有沉痛地悼念了。

（摘自《京华时报》，2015年12月25日）

宋元明，歌唱家，参与演出歌剧《日出》：
　　用《诀别》告别非常难过。

　　《日出》这个作品给了我很大的历练。金湘老师把陈白露的音乐写得非常扭曲，跨度大，技术上也有很大难度，就像人物性格一样。所以我在演唱时，常觉得不用再有动作，单是音乐就能很好地表现人物了。金湘老师非常直接、正直，把音乐当生命。我们做音乐作业的时候，金湘老师经常一上午、一下午地陪着，所以我也觉得要演好这个作品，才对得起他老人家。

　　就在11月，我还参加了中国音乐学院举办的金湘作品音乐会。当时金湘老师已经病重了，没能来现场，他是通过电视屏幕观看这场音乐会的。音乐会的节目单是和金湘老师商量过的，我本来以为老师会让我唱陈白露的咏叹调《你是谁》，但没想到金湘老师让我演唱的是陈白露临死前的咏叹调《诀别》。我真的非常不想用这种方式和他老人家告别，所以心里非常难过。

（摘自《京华时报》，2015年12月25日）

薛皓垠，歌唱家，参与演出歌剧《原野》《日出》：
　　悦耳与"拧巴"并存。

　　我在三个不同版本的歌剧《原野》中饰演过焦大星，还在歌剧《日出》中饰演过"诗人"一角。对于这两部歌剧作品的体会，可以用一个字来形容："难"。金湘的作品写得很难，在音乐上，这两部戏倾注了金湘毕生的心血。焦大星在《原野》中不是第一主角，难度要比第一主角仇虎稍小一些。《日出》中的诗人是第一主角，唱段难度很大。金湘作品演唱的张力很大，高音的地方很高，对歌剧演员来说是很大的挑战。在音乐性上，金湘作品有两个明显的特点：人物的咏叹调音乐旋律悦耳动听，大多充满柔情，比如《原野》里仇虎、金子、焦大星的咏叹调，都非常好听。宣叙调在一些表现"较劲儿"的地方，非常挣扎，人性表现上、作曲手法上、调性上、演唱张力和难度上，都给人非常"拧巴"的感觉，这给歌剧演员的表演提出了"张弛有度"的要求。

我自己的经验是，演唱金湘的歌剧作品，演出之前"谱面"工作一定要细。因为他的歌剧谱子里有很多独到的手法，如果注意不到是很容易唱错的。在排练《日出》时，尽管在现场听排练的金湘已经病重，身体很虚弱，但神智非常清晰，演员们有些小音符、"小处理"没唱出来或唱错，他都会一一指出。唱他的歌剧，体力上要有很好的储备，声音要有很好的方法，对于歌剧演员来说，没有体力与好的声音则无法驾驭他的作品。

金湘的《原野》，树立了国内原创歌剧的一座丰碑。他也一直在突破自己，特别是生前最后一部歌剧作品《日出》，音乐性上非常接近西洋歌剧，尤其是陈白露和诗人的咏叹调，非常西化。在商场上摸爬滚打的李石清、潘月亭等人的唱段多使用宣叙手法写作。身份卑贱却心地单纯的小东西、翠喜，她们的旋律多运用中国民族民间的音调，并使用偏民族的唱法，音乐富有风土性，人物也更具"泥土味"。附着封建社会影子的胡四、顾八奶奶，他们的唱段使用了中国戏曲、说唱音乐的写法。这使得《日出》既借鉴西洋歌剧的优点，同时又具有本土化的音乐性、可听性。对于国内的歌剧演员，金湘的作品是一定要学习的"必修课"。

（摘自陈苗苗:《金湘歌剧：也柔情似水，亦惊天动地》,《音乐周报》）

宋飞，二胡演奏家，中国音乐学院副院长：

特别极致的音乐人。

金湘是一个极致的音乐人，他的音乐和他的性格是极致的，应该说他是一个非常本真的音乐家。我记得在一次活动上，他特别直接地说："你还能想到我们作曲家、还能让我们作曲家说话。"他表达感情就是这样的，越是熟悉，越是直接。他对艺术有很高追求。他生病的时候，刚刚完成歌剧

《日出》的钢琴谱。我去看他时，他说："你看，我刚完成钢琴谱，就生病了。"当时我们鼓励他战胜病魔，他果真完成了《日出》，直到首演。音乐给了金老师生命的全部。我觉得他是一直到生命最后都是用音乐去诉说、去耕耘的一个音乐人。

高佳佳，中国音乐学院作曲系主任：

他的音乐从开始就和人的情感联在一起。

金湘老师的作品涉猎很广，但他最重要的创作是歌剧，他的歌剧《原野》是开创了中国歌剧里程碑式的一部作品。其人和音乐一样，是率真的，有什么就说什么。他对学生是一片的爱心，没有学生怕他、不喜欢他。他的真诚跟他的音乐一样。有这种真诚，他写出来的音乐也就是很真诚的。一个作曲家，尤其是在高校，很容易忽视大众。但金湘的音乐从一开始就和人的情感紧紧联系在一起。所以他是感动着自己，再去感动别人。他的音乐给大家带来了很多的美感。所以，他在音乐会节目册上写的致辞说："音乐是生命的希望，音乐是生命的延续。"这两句话大家都在传，他说得非常的美，对音乐的评价非常的神圣，也是他发自内心的感受。

刘青，中国音乐学院教授：

中国音乐学院传承金湘衣钵。

昨天凌晨得知金老师去世的消息，非常伤心。上上周我还去医院看过他，那个时候他的状态已经不好了。他在创作上和理论上都具有极高的造诣，是一位双栖音乐大师。他既有那么多的大部头作品，也有很多专著以阐述他的思想。他一直把建立中华乐派当作最高理想。在教学中，他也特别注重学生的文化底蕴。他认为作曲不仅仅是一种技术，而且要有深厚的文化功底做支撑。所以我们在跟他学习的时候，他会让我们看很多中国的哲学、美学等方面的理论书籍，他把中国音乐家的文化素质与底蕴看成一个标签。可以说他不光是一个音乐家，也是一个思想家。金湘老师的这些思想和教学理念至今一直被中国音乐学院传承。我现在自己作为一个老师，也在传承他这样的教学理念。金湘老师的精神就像灯塔照耀着中国音乐学院，让所有的老师砥砺前行。

（摘自《京华时报》，2015年12月25日）

我们这样看金湘

——金湘作品研讨会发言集萃

2015年11月20日,中国音乐学院作曲系和科研处主持举行了金湘作品研讨会。这次研讨会的举行,恰逢金湘八十华诞,因此带有某种庆贺的意味。与此同时,与会者获悉,此时作曲家身患绝症,已不久于人世。研讨会上又多怀有某种不愿明说的送别之意。寄语临终者,语多出自肺腑。这里选录若干,由整理者加了标题。已由发言者事后敷衍成文者,不再重复收录。发言由杨金子根据录音整理。

杜鸣心贺词:
辛勤耕耘,老当益壮
祝金湘教授八十华诞作品音乐会圆满成功

朱践耳贺词:
敬祝金湘先生八十寿辰
精神可嘉,成就喜人

闫拓时：金湘是我们学校、我们国家、我们音乐界的骄傲

各位专家、各位前辈、各位来宾：

今天我们这个研讨会的主题是金湘作品研讨会。金先生身体不佳，所以不能够亲临他的作品研讨会，不能感受在座的各位对他的那一份尊重。但是现代技术很高明，尽管金老师在病房里，我们却可以联连在一起（通过网络直播）沟通，也让他间接地感受到我们这场会议带给金老师的问候和尊重。既然金老师不在场，又仍然如同与我们在一起，所以，我首先要代表学校说，尊敬的金湘教授：

学校向你表示敬意，向你作品音乐会的成功举办表示衷心的祝贺。祝你身体健康，艺术之树常青！

其次，我要代表学校，感谢各位前辈、各位同人、各位朋友，在百忙之中光临今天的金湘作品研讨会，欢迎你们的到来，有你们的支持，我们这个会议将会开得更好。

金湘教授是中国著名的作曲家、音乐教育家和音乐评论家，也是我们中国音乐学院一位德高望重的老教授。他的音乐理论水平深厚；他的音乐实践广泛而丰富；他的音乐作品影响力很大，堪称杰出。金湘教授在作品、指挥、评论、教育等多个领域都很有建树。金先生的音乐创作包括歌剧《原野》、琵琶协奏曲《琴瑟破》、交响合唱《金陵祭》、民族交响乐《塔克拉玛干掠影》、音诗《曹雪芹》等多种形式，继承着中华民族优秀的文化传统和民族精神，有着澎湃的激情和音乐感染力。作为中国歌剧创作的探索者，他取得了卓越成就，为推动中国歌剧事业发展做出了突出贡献。

金湘教授还是一位具有强烈民族责任感的学者，其主要著作有《作曲家的困惑》《困惑与求索——一个作曲家的思考》《探索无垠》文集。收录了金湘从20世纪80年代至今撰写的百余篇文章。这些文章关注着中国歌剧的创作、中华乐派的理论建设，以及对中国当代作曲家创作的思考等诸多话题。金湘教授自1984年任教于中国音乐学院作曲系以来，长期坚守在教学第一线，有着高度的责任感和始终如一的热情。他对教学一丝不苟，对学生强调既要有全面扎实的基本功，又要坚持对中华优秀文化传统的继承。他提出"功底扎实,思维活跃,根系中华,面向世界"的观念并与学生共勉。三十多年来,培养了一大批活跃在国内外乐坛上的优秀作曲家。我们都知道,金湘先生的最新作品歌剧《日出》在国家大剧院上演,他在首演之前说过:"决定一部音乐作品成败的,并非作曲家选用了什么样的载体,重要的是作曲家站在怎样的高度,用一种什么样的眼光,以一种什么心态,来审视宇宙、社会、历史,是通过内心真情流出的音乐去讴歌人性的真、善、美。"这就是他几十年来的坚守,用一种超乎常人的顽强毅力和执着不变的精神坚守着他挚爱的音乐事业。让我们再一次用热烈的掌声,表达我们心中的深情,向金湘先生致敬!您是我们学校,我们国家,我们音乐界的骄傲,我们的榜样!

赵宋光:金湘知难而上,迎潮而进

尊敬的各位学者:

今天是金湘先生八十华诞的喜庆日子,很抱歉我不能前来亲贺,只能从遥远的岭南寄来一份恭敬的心意。不能忘记金湘先生是新世纪中华乐派的举旗人,这举动曾惹来了嘲笑,把中华乐派的构想与20世纪60年代的"狂想"相提并论。金湘先生知难而上,迎潮而进。不同于欧洲诸多民族乐派的崛起,中华乐派的兴起不局限于作曲一隅,而是首先郑重确认自己的土壤——传统音乐表演,在声乐、器乐领域里的存在。呼唤以此存在为基点的音乐教育体制构建,为构建这一教育体制而从事独立自主的音乐学理论建设。令人欣慰的是,自20世纪90年代以来,即五大集成问世之后,各民族精神文化遗产的保护与弘扬,已成为国际思潮的热浪。20世纪80年代挖掘曾侯乙编钟及其铭文,恰是中华乐派悄然兴起的先兆。铭文宣告了例礼相合之不可违抗,突出了羽徵乃合的观念。面对欧洲当代音乐文化是何为基,新世纪中华乐派勇于担当起重建和谐的重任。音乐文化领域重建和谐,恰恰象征着国际事务中的中国形象,中华民族多元一体的和谐存在、昭示着族群共促经济政治和谐的生存艺术。在当今恐怖主义甚嚣尘上,法西斯主义在死灰复燃的严峻形势面前,中国形象给世界带来了永久和煦的春风。中华乐派奋力建设的业绩,正是对这片春风在精神文化保护领域

里的呼应。新世纪中华乐派的举旗人金湘先生，请接受我诚挚的叩拜。（谢嘉幸代为宣读）

秦文琛：金湘是这一代作曲家的杰出代表

首先祝贺金老师作品音乐会和研讨会能顺利召开。我跟金老师相识于20年前，在认识金老师之前，我看过金老师的一篇文章，这篇文章是发表在1994年《人民音乐》第二期的，他的《空虚散含离》。这篇文章让我有很多感触，因为我看过很多中国古代的文论、画论，也看过一些乐论，但是我觉得那些乐论相比文论和画论还是稍显逊色。但看过这篇文章后，我眼前一亮。我之所以会对这篇文章印象深刻，是因为我把整篇文章抄下来了，字数不多，一页左右，我全部抄下来了！他讲到"空"，不仅仅是物质上的概念，也是听众心理上的一个概念。我觉得这些都讲得非常好。"离"是举重若轻，由近及远。金老师是这一代作曲家的杰出代表，这一代音乐家有一个共同的特点：他们在改革开放中，受到西方现代技术和文艺思潮冲击的时候正值壮年，四十几岁，已经有丰富的社会阅历，对中国传统艺术又有深厚的了解，所以他们对西方技术的选择和吸收是有选择性的，不是盲目的。所以他们这一代人在艺术上也取得了非常高的成就，金老师就是这些艺术家里面最杰出的代表之一。

叶国辉（上海音乐学院）：金湘指导我院学生作业

2013年上海音乐学院做过一个室内歌剧论坛，我们邀请了金老师。因为金老师的歌剧音乐具有非常高的高度，除了纯音乐之外，从文学的选材来看，作为一个作曲家，他对歌词文本、对于整个剧情的掌控，以及在对音乐和戏剧剧情的高度融合上是有非常高的水平的。所以，在这个活动中我们也同金老师商量，要求我们作曲系的学生把金老师歌剧中一些很著名的唱段改编成室内乐。一方面从歌词，一方面从旋律，另一方面是从配器的样本上把它抽象成室内乐的版本。演出非常有意思，当时金湘老师在场。尽管有同学在操作上有不成熟的地方，但是金老师都给了他们每个人非常详细的指导。我觉得这就是一位作曲家、教育家、理论家对我们年青一代的关爱，非常值得我们学习。

另外一点，从"砥砺前行——金湘作品音乐会"的角度讲，我个人认为音乐会节目单上面金先生写的那一段话，本身就是一部作品。他的这段话高度浓缩了一位作曲家面对音乐、面对人生、面对社会、面对中国音乐文化的一种博大精深的情怀，至真、至诚，对音乐的一种高度认同。所以我在这里表示对金湘先生由衷的敬意。

刘娟娟（武汉音乐学院）：从金湘的文字中感受到对音乐的赤子之心

金老师的作品不论从题材、形式、语言都洋溢着他对中华文化的热爱。他不但是一位有个性有技术的作曲家，而且也是一位有担当精神的作曲家。他像瓦格纳、梅西安那样用有思想、有风采的文字表达他自己的创作观念、他的审美情趣。所以我们都可以从他的文字里感受到他对音乐的赤子之心。从我个人来讲，我是真正从金老师的这些文字中得到过启迪的，让我认识到我们的理论研究不能够仅仅停留在技术层面上，而应该在此基础之上去探索作曲家本身的人文精神和价值取向。从"砥砺前行——金湘作品音乐会"的节目单上引用金老师这样一句话："音乐是生命的希望，音乐是生命的延续。"这让我感到金老师的精神是充满力量的，这不仅让我感动，也让我觉得特别震撼。

李吉提：金湘促进了作曲家和理论家的相互交流和支持的作风

金湘先生是享誉中外的著名作曲家，能参加这次研讨会我表示很荣幸，我希望他可以早日恢复健康。他给我的第一个印象就是作品多，体裁广泛，个性鲜明。

交响类作品：叙事诗《塔西瓦依》、交响音画《塔克拉玛干掠影》、交响音诗《曹雪芹》、《女娲》、小交响曲《巫》；琵琶协奏曲《琴瑟破》、钢琴协奏曲《雪莲》、交响大合唱《金陵祭》、民族交响组歌《诗经五首》、交响组曲《国画集——松竹梅》；歌剧《楚霸王》《杨贵妃》《热瓦普恋歌》《日出》；电影音乐：《今夜星光灿烂》《月光下的小屋》等，还有很多艺术歌曲。

他在理论上也很有建树，出版了《困惑与求索——一个作曲家的思考》等，限于我手中只有他两份乐谱，我简单讲一下我对这两首作品的印象。《诗经五首》和《原野》，对这两首作品的分析已经被我纳入2004年出版的《中国音乐结构分析概论》这本书中。同时这两部作品也纳入我为作曲系、音乐学系研究生开设的必修课《中国音乐分析》的教学中，可使更多的同学对金湘先生有所了解。我简单说一下民族交响诗《诗经五首》的特点：第一首《天作》（选自诗经"周颂"）表现周成王祭天，是一首凝重的序曲；第二首是《十亩之间》（选自诗经"魏风"）描写采桑女劳动归来的愉悦心情，充满了山野之气；第三首《采薇》（选自诗经"小雅"》）是古代的军歌，悲壮，富有戏剧性；第四首《葛生》（选自诗经"唐风"）表现妇女为战死疆场的丈夫所唱的悼歌；第五首《良耜》（选自诗经"周颂"）表现一年来农事换来的丰收的喜悦，祭祖、祈福等活动。作曲家用今天艺术家的眼光描述了我们中华民族三千年前历史生活的各个方面，既注重传统，又具现代意识，具有很高的艺术价值。因为既有历史的厚重感，又有现代人回望历史的艺术感受。

我觉得歌剧《原野》的主要特点是以音乐为主导，戏剧的主要情节、内容和矛盾冲突都是通过音乐手段来表现的。由于音乐使用了主要人物的核心音调变形贯穿技术，随着剧情变化而不断发展，并调动了声乐、器乐等不同的技术手段，音乐的戏剧性突出、结构完整。这部歌剧不同于某些借助于戏曲手段所写的中国歌剧，它保留了比较多的西方表现手法，他创立了西体中用的歌剧类型，将西方的体裁民族化。由于该剧创作于中国改革开放初期，所以音乐也借鉴了某些西方现代作曲技术。因此，在中国歌剧的发展史中具有里程碑式的意义。

感谢金湘先生对我研究工作的友好支持和帮助。更重要的一方面是，我也看到金湘先生一生坎坷的经历，还为祖国的音乐做了那么多的工作，取得了那么大的成就，我想表达对金湘先生崇高的敬意和由衷祝贺。

杨通八：金湘心怀壮志，从不退缩，不断进取，给青年人以向上的力量

《日出》有话剧，有电影，后来金湘先生将它改编成了歌剧，歌剧《日

出》尽管是在金湘先生身体状况非常不好的状态下完成的,仍然是他自《原野》之后写作上的一个新台阶。这部歌剧从音乐语言的处理上仍然保持了将现代技术和中国传统音乐元素相结合的特点,而且他写作的表现能力有了大大的突破。我觉得在80岁高龄的人,还在不断地探索,精神是非常可嘉且成绩是可喜的。

我结识金湘几十年,他最鼓舞人的地方在于他的生命力是非常有张力的,心怀壮志。永远想着民族文化复兴的大业,而且从不退缩。与自己的命运抗争,很有性格,不断进取、学习。金湘老师在中国音乐学院期间,不论老专家还是青年才俊的讲座和音乐会他都会到场,这种学习精神令人感动,所以我觉得他生命的张力给了我们非常强烈的印象。他的艺术成就和他不断学习的精神和倔强的性格是分不开的,给予青年人一种向上的力量。应该将金湘的这种对事业、专业的态度,上升到在高校中匡正学风,恢复高校良好精神建设的高度上来,作为一种精神力量,贯彻到教学中去。

朱世瑞:金湘音乐中华魂

金湘一生爱乐、喜乐、挥乐、品乐、评乐、读乐、奋乐、教乐、鉴乐,故用金湘其名、其业、十二部作品之曲名和两部文集之书名作诗,以贺湘老八十寿辰。

2015年11月20日凌晨于北京西藏大厦:

金陵祭天天迸裂
幻湘湖情情悲泄
原野音花花烂漫
日出韶乐破琴瑟
红楼浮想中天灿
西楚霸王啸华月
诗经雪琴玉环魂
困惑求索究无垠

忆金湘

樊祖荫

记得金湘是 2015 年 12 月 23 日离开我们的，一转眼，已过了一年半的时间。但他的音容笑貌仍历历在目，恍如昨日。他与我之间曾有数次长谈，给我留下了深刻的印象，下面仅追忆一二，以表达我对老友的怀念之情。

一

我与金湘相识，始于 1984 年他从北京歌舞团调入我院之后，他是名作曲家，我听过他的许多作品，留有很好的印象，但平时交往不多。第一次正式的交谈大概是在 1994 年初夏的一天，那时我正担任中国音乐学院院长，他刚从美国访学四年后回来。一进我的办公室他就大声嚷嚷："樊祖荫！我这次是带着振兴中国音乐的许多想法回来的，一心想报效国家，但听说学校不要我了，是这样吗？"事前我已听说有的部门因某些原因对他返校工作持有异议，但院班子尚未讨论。因此，我告诉他，学校没做这个决定，想先听听他本人的意见和想法。于是他大致讲述了这几年在美国的西雅图华盛顿大学、首都华盛顿歌剧院、纽约茱莉亚音乐院等地考察、访问、讲学、创作、指挥、演出等的学术经历，最后说："我之所以在美国多待了些时候，不是为了吃喝玩乐，而是想对美国及西方的音乐创作、音乐教育等方面做一个较为深入的了解，看看人家到底发展到什么程度，对比我们自己，好在哪里、差在哪里，以便回来能为发展中国音乐做点实事。我也不是没有其他单位可去，但我一直把中国音乐学院当成自己的家，尽管它还有许多不尽如人意之处，可在我的心目中它是目前从事中国音乐创作、研究、教学最好的地方。我把自己的情况和想法都告诉你了，要不要我回来，你们看着办。"说毕，扬长而去。

对于金湘的率真而外向的性格，过去已有所闻，这次是当面感受，印象颇深。但他给我留下的最为深刻的印象是，在张扬、傲气、咄咄逼人之语的表层之下，明白无误地显现出一颗为发展中国音乐事业而奋斗的赤子之心！对于这样一位有成就、有大志、原本就是中国音乐学院骨干教师的作曲家，理应热忱欢迎他归来。我的想法得到了院领导班子的支持，对他的工作进行了妥善安排。

二

自金湘返校工作之后，我们之间的交往渐渐多了起来。1999 年，我申报的哲学社科艺术学国家课题《五声性调式和声研究》获批，对这个课题的研究思路，我定下了以下三条：其一，学习既有的对五声性调式的研究成果，弄通五声性调式的基本特征；其二，归纳、总结中国传统多声部音乐的和声特点；其三，学习既有的和声理论成果，研究、总结中外作曲家构筑、运用五声性调式和声的方法与经验，使之系统化，并上升到理论。第三条是我的工作重点，拟定了有代表性的作曲家的长串名单，其中，有不少是中国音乐学院的作曲家，如老志诚、罗忠镕、黎英海、金湘、施万春、高为杰、王宁、杨青等，我对他们中的大多数人进行了拜访和交谈。为此，我也曾到金湘家拜访两次，所谈内容主要是介绍我对课题的研究思路，请他谈谈对"五声性调式和声"论题的看法和主张。

金湘认为，对五声性调式和声进行深入的研究很有必要。他说，黎英海先生的《汉族调式及其和声》影响很大，为研究五声性调式和声打下了扎实的基础，但它是在 1959 年出版的，至今已过去了三十多年。后来虽然也见到过几本与五声性调式有关的和声著作，但所论内容似乎突破不多，理论研究远远赶不上创作实践。他肯定了我的研究思路，认为这三条都很重要，同时又指出，中国传统乐学中虽然没有和声理论，但许多乐学和美学思想至今对音乐创作、音乐研究仍有着重要的指导意义，这方面不妨多予以关注。他主张：对五声性调式和声的研究，应在现有基础上加以拓宽，不能就五声论五声，而要通过调性的纵横向拓展，运用复合和声、线性和声、变和弦等方法和手段，将各种近现代和声技法都囊括到五声性调式的体系中来，使其既能在总体上保持五声性调式的风格特点，又能增强和声的张力，这样才能扩大和声的表现力。

他对五声性调式和声的看法与主张，总体上与我不谋而合；同时，又在具体的研究方法和着眼点上给我以很大的启示。我们的交谈甚欢，在不知不觉中度过了整整两个下午。原本我还想让他讲在创作中对五声性调式和声运用的具体情况，他却说："对作品的和声分析，那是你们理论家的事情，我会把我的主要作品都送你一套，请你批评指正，你写完之后也不必给我看，只要书出版之后送我一本就行，我会认真学习。"在我临走时，他将已准备好的包括《原野》《诗经五首》《子夜四时歌》等作品的总谱或钢琴谱或合唱谱都送给了我，让我在感到温暖的同时，也顿觉信心倍增。

通过长时间的交谈，我对金湘的了解又进了一步：以前感觉金湘是一个感性的人，一个富有才气、富有激情的感性的作曲家；未承想他对中国传统乐学和作曲技术理论等方面也有那么深层的理论思考，真可称得上是一位"学者式的作曲家"（后来，在阅读了他的《困惑与求索——一个作曲家的思考》的文集之后，更加深了这种感觉）。

三

《五声性调式和声研究》课题于2001年年底结项，2003年年底由上海音乐出版社以《中国五声性调式和声的理论与方法》为名出版发行。样书拿到之后，我立即分送给相关的作曲家们，为此，我又一次专程拜访了金湘。

他在浏览了这本书的目录、绪论之后问我："在书中你用了我的哪些作品？"我逐一将所用他作品的谱例及所在章节告诉了他，在仔细阅读了我的分析文字之后，他说："你将《杏花天影》的旋律与钢琴部分合在一起，归类在'互补'式的纵合性结构是我原本没有想到的，但说得很有道理。""我认同你对《原野》序幕音乐的分析，特别是'中国现代歌剧《原野》整个序幕《合唱与乐队》的和声就以二度为基础构筑而成，各种不同结构、不同组合方式的二度和声，以其强烈、刺激、程度不等的不协和音响，预示着剧中不同营垒各种人物之间的激烈冲突和社会矛盾的不可调和性，预示着歌剧音乐将是高度戏剧化的'这段话写得颇具理论光彩，后面的几段谱例分析也很到位。迄今为止，这是我第一次见到对《原野》音乐进行具体分析的文字，很有说服力。谢谢你！"随后，他指着第二章《中国民间多声部音乐的和声特点》说："听说你从 60 年代开始就关注这个课题了，我没有接触，但很感兴趣，以后有时间的话想请你专门给我讲一次，听听你收集的音响，说说你到各民族地区采风的故事。"一说到采风，他就情不自禁地回忆起他生活中难忘的两段经历：一段是 1952 年 9 月他到中央音乐学院民族音乐研究所担任了两年的见习研究员，另一段就是从 1959 年开始长达 20 年的下放新疆阿克苏的生活。他说，尽管这两段经历中的政治待遇和生活待遇完全不同，但对我来说有一点是一样的，那就是让我有机会学习和收集到各地的民间音乐，有机会直接了解到各地各民族的风土人情，洞悉了社会百态，为后来的音乐创作，奠定了坚实的生活基础。假如没有这种经历，恐怕就不会有我今天的作品。

在我起身向他告别时，他说："今天好多话还没说完，等我看完你的书再约时间谈吧，记得下次来时一定带上你采风来的音响啊！"但自此之后，由于我俩各自忙着创作和研究，竟未能抽出一个共同的时间来续谈约定的话题。我已应承的要给他介绍中国传统多声部音乐的情况、要给他听的各种多声部音乐的音响，也均未能兑现，至今仍遗憾不已。

金湘虽然走了，但其作品永在，精神永在，并将会鼓励后学者继续为振兴中国音乐而勇往直前！

2017 年 6 月 14 日于
北京华盛乐章

崇尚创造得新乐新知,砥砺奋进去人云亦云

赵塔里木

金湘先生去世,是中国音乐界的重大损失,我个人也失去了一位多年的师长、同事和挚友。对于他的为人和为文,六年前我写过一文,表达我的景仰。在他去世一年半之际,我愿重新抚出此文,作为对他的深切怀念。

金湘先生的音乐与文字、言谈与行为乃至其形容与性格,皆有高度统一的特征。这样说,是因为我与金湘先生之间除了有师生之分、同事之缘以及朋友之情以外,共同拥有数十年的新疆生活背景,还使我们多了一份乡缘。因此,自忖是比较了解他的。多年的交往,我深深体会到他做人的坦诚直爽、做事的一往无前,其性格的率真、洞察的敏锐与见解的精辟,都已烙印在他的人生通行证之上。这种鲜明的特征,投射在他的音乐创作中,体现为勇往直前的开拓创新;折射在他的学术文章中,体现为旗帜鲜明的求真求实。八年前的《困惑与求索》,体现了一个作曲家在艺术道路中上下求索的信念与勇气,其中既有针砭时弊的感言,也有语重心长的劝勉,还有独具匠心的创见与灵感;而如今这本文集,则更多地体现了先生厚积而得的思想升华,其朴直的文字引领,让人感到这是对艺术、对人生的俯瞰,更多了深邃与厚重。不变的,依然是掷地有声的铿锵、赤子之心的殷切。

一个优秀的作曲家也应该是一个优秀的理论家。实际上，作曲家在某种程度上可以被视为是推动音乐小宇宙运行的那只"上帝之手"，他们是整个社会性音乐行为过程的启动者。位于起始端的优势位置，使得他们可以将目光探及该链条上的任何一个环节。每一位作曲家都应该手持两笔左右开弓：一支笔用来谱写音乐音符，另一支笔用来书写音乐春秋。因此，无论于体系音乐学、历史音乐学以及民族音乐学，作曲家都具有毋庸置疑的话语权，他们的声音应该响彻在音乐评论、音乐教育、音乐研究的各个领域。

令人欣慰的是，金湘先生正是这样一位优秀的作曲家兼思想者，"双栖"于音乐创作与音乐理论的世界中。一支笔，谱写数十部音乐作品，生命不息、创作不止，用多元化的创作技法奏响华夏民族的乐章；另一支笔，书写洋洋万言，探索不息、笔耕不辍，数十年的思考与探索凝结为其音乐思想的理论体系。以乐为舟，以文为桨，在其跌宕起伏的人生海洋中徜徉、巡游，于波谷处蓄势，于波峰处飞舟，经历了暴风雨的洗礼与岁月的磨砺，始终从容地交出一份份令人惊叹的答卷，而这本文集，即是这八年来的答卷之一。文中对音乐创作中"五类学科"的归纳、对歌剧思维"四方面体现"的阐述、对东方美学的"空、虚、散、含、离"的五字诠释、对民族传统"三个层面"的剖析等，令人看到他的音乐思想正在向一个体系集合。在其宏大的构思与缜密的论证过程中，体现出的独到见解，值得每个音乐家与学子们去研读与领会。

作为一个在国际乐坛有重要影响力的华人音乐家，金湘始终将继承与弘扬民族音乐传统视为己任。2003年8月，以金湘、赵宋光、乔建中、谢嘉幸四位教授为核心，提出了建设"新世纪中华乐派"的倡议，向世界"展示了中华乐人的真正觉醒"，标志着国人将以自信的心态、自觉的意识开始中华民族"乐派战略"的建设。在"新世纪中华乐派提纲"中，从历史的角度论证了"新世纪中华乐派兴起的历史必然与时代需要"，从现时的环境与人才队伍的结构中论证了其"发展壮大的可能性"，并对乐派的涵盖范围、立足基点以及创作理念、内容与技法等重要命题进行了高瞻远瞩的阐述，明确提出了"新世纪中华乐派"的建设目标是"既区别于'大欧洲中心主义'又区别于'大中华主义';既是当代世界文化生态多元共存中的一支独具鲜明中华文化元素的乐派,又是在认同世界丰富的全球音乐文化景观的基础上,不断融入,吸收世界其他音乐流派的一支生动鲜活的乐派"。这一系统的纲领与明确的建设目标,使我备感鼓舞!诚然,正如金湘所言:"中国音乐学院理应成为发展《乐派》的龙头阵地。"学院的办学方向是以传承与弘扬中国民族音乐为己任,有了建设"新世纪中华乐派"的重要支撑,将会进一步推进弘扬中华民族音乐文化的进程。

当然,如金湘所言:"《新世纪中华乐派》需要一代甚至几代中华乐人的奉献与奋斗,我们既要有一个明确的纲领与目标,又要脚踏实地百折不挠地一步一步地去实干。"我想,还要依靠金湘教授等中华乐派的倡导者以及其他诸位有着共识的音乐家们,从内容上对中华民族音乐的传统依次从"上层、中层、底层"进行层层剖析,从手段上对中华民族音乐传统进行心理、物理、生理的系统研究,以工笔勾勒出民族音乐的"形",以写意描画出民族音乐的"神"。

祝贺金湘先生音乐研究文集出版。

2011 年 12 月 7 日于中国音乐学院

安息吧！金湘

杜亚雄

2015年12月24日早上，我正在广州讲学，学生打电话告诉我金湘先生于昨晚23点30分逝世。上个月21日到北京友谊医院去看他时，他已十分虚弱，还是叫人把自己搀扶起来和我拍了一张照片，并约好以后再见。想不到才过了不到一个月他就走了，那次再见竟成永别！

我与金湘先生认识已有四十多年了，当时他刚从阿克苏调到新疆自治区歌舞团工作，我们在乌鲁木齐一起讨论过哈萨克族的传统音乐。1981年我到中国音乐学院工作后，1984年他也调来了，我们便成为同事，在一起工作过二十多年，直到我退休后去浙江。

金湘比我年长10岁，他是我的朋友也是我的师长。他的人生和音乐创作及理论文章给过我许多启发。他顽强拼搏的精神更是我学习的榜样，给我以力量。

他在作曲、音乐理论、指挥和教学等各个方面都取得了辉煌的成就，是具有世界影响的作曲家、音乐理论家、指挥家和教育家。作为一位作曲家，他写过一百多部作品，体裁涉猎很广，有歌剧、交响乐、协奏曲、大合唱、各种室内乐与影视音乐，其中歌剧《原野》《日出》、交响合唱《金陵祭》、交响组歌《诗经五首》、交响叙事曲《塔西瓦依》、琵琶协奏曲《琴瑟破》等在国内外获得了很高的评价。作为一位音乐评论家，他先后发表过八十余篇论文，出版了《作曲家的困惑》（1990）、《困惑与求索——一个作曲家的思考》（2003）、《探究无垠——金湘音乐论文集之一》（2014）三本论文集。其犀利的文辞、独到的观点直指当代乐坛症结，给过我许多启示。作为一位杰出的指挥家，从20世纪70年代起他就在新疆、北京、广州、上海等地与各交响乐团、歌剧院、电影乐团、歌舞团合作，指挥过大量音乐作品。从20世纪90年代起他还多次出国指挥，在国际乐坛上获得了一致好评。金湘调到中国音乐学院后，一直在从事教学工作，培养了一大批优秀的作曲人才。20世纪80年代，我曾经给他推荐过一个从来没有学过作曲的学生，经过短短两年的学习，这个学生的作品便在全国比赛中得了奖，后来也成为一名优秀的作曲家和指挥家，可见金湘的教学水平之高。金湘提出"功底扎实，思维活跃，根系中华，视野开阔"十六个字与学生共勉，多年来，他的许多学生学有所成，活跃在国内外乐坛上。

金湘之所以能在多方面取得如此巨大的成就，我以为其主要原因有三点：一是他具有强烈的家国情怀，二是他努力继承民族传统，三是他刻苦学习外来技法。

金湘强烈的家国情怀，这是所有接触过他、认识他的人都能感觉到的。20世纪80年代末到90年代初，歌剧《原野》曾在美国康涅狄格州尤金奥尼尔戏剧中心以"舞台阅读"形式演出获得成功，后来又在华盛顿演出。美国音乐界给了他高度评价，称歌剧《原野》震撼了美国乐坛，是"第一部叩开西方歌剧宫殿大门的东方歌剧"。金湘本人亦被美国媒体誉为"东方的普契尼"。1989年12月，《原野》在德国举办的"第三届国际音乐戏剧研讨会"上获奖，为金湘赢得了国际声誉。这些成就和名誉足以让金湘在国外得到一个优越的工作和生活条件。事实也确实如此，他曾在美国华盛顿歌剧院当过驻院作曲家，在华盛顿州立大学做过访问学者，也在茱莉亚音乐学院访问过。当时，我国有一些音乐家到欧、美后便不愿意回祖国来，为了能留在那里，想尽了一切办法。他们中的不少人情愿改行去超市打工，到餐馆送外卖、当服务员。金湘在美国时，我也在美国印第安纳大学做访问学者。许多人以为金湘不会回来了，然而1994年，金湘毅然放弃了国外优越的工作和生活条件，回国工作。为什么他要回来？因为他热爱祖国，有强烈的家国情怀。他曾经对我说过："没有祖国和民族，就没有我的音乐，我绝不会忘掉、丢掉自己的'民族魂'。"他认为对于一个作曲家而言，没有家国情怀，所写的音乐就没有"灵魂"。他是这样说的，也是这样做的。他对"家国"的眷恋之情使他具有强烈的责任感。强烈的家国情怀不仅使金湘在创作内容、创作技法、创作指向等方面做出自己的选择，也让他的作品更加贴合时代、贴合人民、贴合艺术的本质。

金湘的作品也说明他具有强烈的"家国情怀"，其中最能说明问题的是《热瓦普恋歌》。它是金湘继《原野》《楚霸王》等歌剧之后的又一部力作，由中央歌剧院于2010年8月14日首演于国家大剧院。金湘在这部歌剧中写了塔西瓦依的爱情、艺术以及对故土的依恋，塑造了塔西瓦依鲜明的人物形象，具有浓郁的维吾尔族风格，同时又有强烈的时代气息。塔西瓦依是生活在19世纪末20世纪初的一位维吾尔族民间音乐家，他出生在新疆喀什，后为生活所迫离开祖国到乌兹别克斯坦去卖艺，最后对祖国和亲人的思念促使他回到新疆，创作了许多动听的乐曲。这部歌剧以一个并不著名的"小人物"塔西瓦依的一生为题材，为其树碑立传，本身就说明金湘具有强烈的家国情怀。塔西瓦依那些动人的唱段更是金湘家国情怀的写照。

2014年5月金湘被查出胰腺癌晚期，当时医生判断他最多能活半年。但是他很顽强，在完成歌剧《日出》后，他还希望能尽快恢复健康，创作歌剧《雷雨》。我听学生们说金湘在生命的最后阶段还想写一部《天·地·人》的大型交响乐，但只完成了《天问》。因为他的家国情怀，纵使他在病中瘦成了皮包骨头，还在想着创作！

金湘提出建设"新世纪中华乐派"则是他"家国情怀"的另一个表现。1992年，歌剧《原野》在台湾首演之后，金湘在纽约《世界日报》上撰文提出了"华夏乐派"。2003年他又与赵宋光、乔建中、谢嘉幸等共同提出要建设"新世纪中华乐派"。他不仅提出建立"中华乐派"，而且为发展中华民族的音乐事业不懈努力，难能可贵。金湘数十年如一日、不遗余力地为建设这一乐派奋斗，甚至在他重病住院期间，心里还是惦记着"中华乐派"的事情。

千百年来依靠"口传心授"传承至今的中国传统音乐，凝聚了先民的智慧，表现了民族的精神，是我们发展和创造中华民族新音乐的基础。纵观世界音乐的发展历史,没有一位成功的作曲家不曾下功夫努力学习本民族的传统音乐。格林卡是这样,巴托克是这样,聂耳、冼星海也是这样。金湘成功的第二个原因是他努力继承中华民族的音乐传统。1953年,金湘随中央音乐学院民族音乐研究所河曲民歌采集队展开对河曲地区民歌的调查,半年时间搜集了两千余首民歌。并以该内容为依据进行分类,撰写了《河曲民歌与河曲人民的爱情生活》一文。对于那时的情况,他曾经回忆道:"我们不仅简单地记录民歌音调,更下到边远的黄河之滨、太行山下,到浩瀚的民歌海洋中调查产生这些民歌的劳苦人民生活的各个不同侧面……应该说,"民研所"的两年,不仅使我熟悉了大量民歌,更主要的是在我的血肉、情感中,深深扎下了民族的根!"[①]

20世纪60年代初,因被错划为"右派",金湘被发配到新疆阿克苏文工团,边工作、边劳动改造。但他热爱民族音乐的本性未改,哪怕有一点可能,他仍然千方百计想尽办法去接触、搜集民间音乐。1962年,他去阿瓦提记录了9首《刀郎木卡姆》,从1961年到1965年他利用在阿克苏文工团巡回演出的机会,记录了《库车赛乃木》,并撰写了《"库车赛乃木"调查报告》一文。这些民间音乐后来成了他创作交响音画《塔克拉玛干掠影》、钢琴协奏曲《雪莲》以及民族交响组歌《诗经五首》等作品的重要素材。

和金湘先生相比较,我觉得现在许多作曲家在学习民族传统音乐方面下的功夫很不够。1953年,金湘只有18岁,就记录了两千多首民歌,现在音乐学院里的青年作曲学生,不要说记录过两千多首民歌,其中有多少人记过200首甚至20首民歌?其中又有多少人会唱2000首民歌?有不少人知道的民歌都不会超过20首。脱离民族传统音乐的滋养,忽视传统音乐的积累,音乐创作便成了无本之木。目前有许多学生在象牙塔中一味追求"先进"的作曲技法,对中华民族的传统音乐不懂、不熟、不爱。我以为这样的学生将来很难写出受到欢迎的作品,也很难成为优秀的作曲家。

---

① 金湘:《困惑与求索——一个作曲家的思考》,上海音乐出版社2003年版,上海,p.306。

中国传统音乐固然是我们民族的宝贵遗产,但我们的祖先并没有给我们留下成系统的音乐创作理论和作曲技法。要想创作新的音乐,必须学习和借鉴西方音乐创作理论和作曲技法。金湘成功的第三个原因是刻苦学习外来技法、借鉴西方成果。1954年,金湘被保送进了中央音乐学院作曲系,随肖淑娴、陈培勋学习复调、配器,随刘烈武、杨儒怀、赵行道学习和声、曲式,从而打下了扎实的西方作曲"四大件"基础。后来,金湘即被打成"右派",剥夺了学习作曲主课的权利。但他利用图书馆劳动的机会大量阅读总谱、听唱片。1979年,当结束了长达20年的边疆生活,重新回到北京时。金湘没有为20年来"蹉跎在命运捉弄中的岁月"而怨天尤人,他抓紧时间,在恢复已被荒废的传统作曲技术的同时,努力学习各种西方现代技术。这对于他来说是很不容易的,但是金湘做到了。不仅如此,他还在借鉴西方的基础上,努力探索民族化的作曲技法,以求从实践上建立新的具有中华特质的音乐体系。

2015年11月,金湘在中国音乐学院为他举行的作品音乐会前写了一篇短文,文中写道:"决定一部作品成败的,并非仅是作曲家选用了什么样的载体(歌剧、交响乐、室内乐等),重要的是作曲家站在怎样的高度,用一种什么眼光,以一种什么心态,来审视宇宙、社会、历史,通过内心真情流露出的音乐去讴歌人性的真、善、美,鞭挞人性的假、丑、恶!在给世人以美的享受的同时也感悟到了生命、宇宙、历史、社会的真谛。"金湘通过音乐讴歌真、善、美,他去了,但他那些讴歌真、善、美的音乐永在人间。

金湘,你的朋友和学生们会以你为榜样,和你一样具有强烈的家国情怀,和你一样努力继承民族传统,和你一样刻苦学习外来技法。只要我们像你一样不懈努力,你所期待的"新世纪中华乐派"就一定能建立起来。

安息吧!金湘。

(原载《人民音乐》2016年第3期)

探究无垠

高佳佳

中国音乐学院作曲系与学院一起始建于1964年，50多年来她的发展壮大离不开那些闪光的名字：刘雪庵、张肖虎、马可、黎英海、金湘、罗忠镕、李重光、施万春、李西安、高为杰、樊祖荫……他们不仅创造了中国音乐学院和中国音乐学院作曲系的辉煌历史，也以各自的成就在中国现当代音乐史中留下重要的一页！

金湘教授作为这些闪光名字中的一员，也许由于他过强的个性，他的名字更加耀眼。金湘老师曾被下放新疆生活了二十个春秋，不但沉积了岁月的步履，也丰富了他创作的源泉。年过半百，重拾作曲，他的《诗经五首》一经推出便反响热烈，而歌剧《原野》的问世，更是引起巨大轰动，成为在国际上产生重要影响的第一部中国歌剧。

2015年6月，由国家大剧院倾力打造的原创歌剧《日出》特邀金湘先生担任作曲。就在创作这部歌剧的过程中，金湘先生被查出身患重病，亟待手术。然而，为了保证《日出》的顺利完成，他坚持保守治疗。即使躺在病床上他也一刻没有停止对音乐的构思，坚持按计划完成了这部巨作。金湘教授在高龄之年，忍着病痛最终呈现给大家一部高品质、新视角的名著。虽然与《原野》时隔28年，但作曲家探索的脚步却也没有停止，在《日出》中我们随处可听到作曲家的创新手法，戏曲、说唱、摇滚等不同风格与剧情巧妙结合，新颖独特。

《日出》首演之后，金老师激动地说："看到大家这样热情，我当之有愧，我从来没像今天晚上这样感到自己是一个作曲家。以后还有机会的话，希望再干它一票！"这是个音乐家面对艺术、面对人生的呐喊，也燃起了我们对这位老艺术家更加深厚的崇敬与爱戴之情！

　　金湘先生的创作不苛求技术，不盲目崇尚某种风格流派，他坚持"以人为本"，继承本民族传统，纵览西方音乐为我所用。他独创纯五度复合和声体系，不断寻求建立在中国传统文化与音乐血液基础上的东方音乐语言与民族和声体系，为探索中国音乐珍宝和唤起中国音乐灵韵、推动中国音乐发展做出了不懈的努力。

　　金湘先生举办过多次作品音乐会，都取得了很好的反响，如1998年在上海举办的"'塔克拉玛干掠影'——作曲家金湘（民族交响乐）作品音乐会"，2005年在广州举办的"金湘艺术歌曲、歌剧选曲音乐会"，2007年在北京举办的歌剧情——金湘歌剧、音乐剧作品音乐会，2009年的"龙声华韵——金湘交响作品音乐会"等，为我们留下了大量宝贵的音响资料。

　　人们常说，一个作曲家首先应该是一个思想家。金湘先生另一支写字的笔绝不逊色于写音符的笔，他的文风犀利，观点鲜明，是"两支笔"都挥洒自如的作曲家。金湘先生先后出版了《作曲家的困惑》《困惑与求索——一个作曲家的思考》《探究无垠》等，发表了大量学术论文与评论文章，记述了自己在音乐道路上的种种学习、思考和感悟。他提出在创作中探索、在理性中思考，并强调一个好的作曲家一定是个好的思想家，音乐要有思想、有魂，有要表达和诉说的要求。

　　作为一名教师，金湘老师有自己的一套教学理念，他视每一个学生为珍宝，细心发现学生身上不同的特点与闪光点。他鼓励学生大胆创作，强调技术与基础的重要性，但又不能被技术捆绑。他特别关心学生，虽然有时很严厉，却是满怀着对同学们的爱。即使在病重期间只要身体好转，他就会让学生去上课。他很享受与学生交谈的过程，同学们都说金老师上课充满激情，说到动容之处，彼此都激动不已，被音乐深深地感染。

　　他性格直率，敢说敢言，有时犀利逆耳，却是饱含了对音乐、对艺术的天真与执着，闪动着执拗的可爱！他的真诚跟他的音乐一样。有这种真诚，他写出来的音乐也就是很真诚的。一些作曲家，尤其是在高校，很容易忽视大众。但金湘的音乐从一开始就和人的情感紧紧联系在一起。所以他是感动着自己，再去感动别人。他的音乐给大家带来了很多的美感，所以，他在《砥砺前行——金湘作品音乐会》节目册上写的致辞说："音乐是生命的希望，音乐是生命的延续。"这两句话大家都在传，他说得非常的美，对音乐的评价非常的神圣，也是他发自内心的感受。

  金湘先生走了，但他为我们留下了一部部作品、一篇篇文章、一个个声音、一幕幕画面，这一切都那么真实，那么弥足珍贵。这些不仅是今天的瑰宝，也是为后人留下的一笔宝贵财富。金湘先生离开我们已经近一年的时间了，但他在艺术上的成就和影响却没有丝毫消退，他的精神永存。

  金湘先生千古！

"新世纪中华乐派"之前前后后

谢嘉幸

应金湘老师之约,第四届"新世纪中华乐派"论坛终于于 2015 年 11 月 19 日在北京西藏大厦召开了。会议由中国音乐学院主办。此次论坛距离 2003 年"'新世纪中华乐派'四人谈"的发表,恰好过去 12 年。12 在中国传统年历中是个大数,俗称"一轮"。在这生肖轮回的 12 年中,"新世纪中华乐派四人谈"从发表到引起关注、讨论、支持、批评乃至拥护,其间举办了数届论坛和研讨会,近百位学者参与讨论,五十余篇论文的发表,可谓纷纷扬扬。作为当事人之一,还说些什么?该怎么说?出席论坛,我想到了这个题目:"新世纪中华乐派"之前前后后。

其实"前前后后"只是一种说法,本意在于对发起"乐派"讨论的始末有个交代和反思,以期进一步的对话。不过,如果究竟于"前前后后"之时间概念,其坐标则是《"新世纪中华乐派"四人谈》的发表。由此,"新世纪中华乐派"之"前前",是"新世纪中华乐派"概念的历史渊源;之"前",是"新世纪中华乐派"肇始者的思想理路;之"后",是文章发表后的学界讨论与笔墨官司,包含论坛、研讨会和所发表的论文;而之"后后",则是对"新世纪中华乐派"的反思。

一、"新世纪中华乐派"之"前前"

"新世纪中华乐派"的提出是有历史渊源的。在一个世纪的中西音乐文化交流史中,不少中华乐人纷纷提出建立中国自己"乐派"的理想。正如《20世纪中国专业音乐教育》一书指出:"创造伟大的、足可与世界发达国家之专业音乐文化并驾齐驱的中国民族乐派的宏伟理想,自萧友梅、刘天华等人在世纪初叶提出之时,近百年来一直是几代中国音乐家用全部创造生命和热血苦苦追求的目标。"[1]王光祈在《东西乐制之研究》一书中谈到"希望中国将来产生一种可以代表中华民族性的国乐,而且这种国乐是要建筑在吾国古代音乐与现今民间谣曲上面的。因为这是我们的民族之声"[2];黄自在《怎样才可产生吾国民族音乐》一文中宣称,要"跻于国际乐界而无愧……(发展)民族文化的新音乐……建立中国的民族乐派"[3];萧友梅在《关于我国新音乐运动》一书中更是明确提出"必须创造出一种新作风,足以代表中华民族的特色而与其他各民族音乐有分别的,方可以成为一个'民族乐派'"[4];等等。这些,都说明建设"新世纪中华乐派"的历史承接性。那么,中华乐派肇始者如何承接历史,又如何"标新立异",乃至引起争鸣的?

二、"新世纪中华乐派"之"前"

正如赵宋光所言:"把'乐派'的兴起放在经历了一个世纪的中西音乐

---

[1] 乔建中主编:《20世纪中国专业音乐·结束语》,转引自谢嘉幸《中华乐人的百年梦想》,《音乐周报》2009年。
[2] 王光祈:《东西乐制之研究》,中华书局民国15年1月。
[3] 黄自:《怎样才可产生吾国民族音乐》,1934年。
[4] 萧友梅:《关于我国新音乐运动》,齐毓怡等编:《萧友梅音乐文集》,上海音乐出版社1990年版,上海,p.466—467。

文化交流和眼前新旧世纪转接这个大背景下,就立即会感受到它可能产生的冲击力;如果我们再进一步深入阐明它的内涵与外延,相信一定会在音乐界引起巨大的震撼和反响。"[1]那么,什么是"新世纪中华乐派"的内涵和外延呢?"'新世纪中华乐派'提纲"对此有所表述:(1)历史必然与时代需要,(2)发展壮大的可能性,(3)所涵盖的(理论、创作、表演、教育)部分,(4)两个立足点(全面地继承、发展传统,批判地学习、借鉴西方),(5)各具体领域建设所需要的哲学基础(社会功能论、艺术本体论、工艺技能论)、美学特征、传统渊源和技术构成。[2]而具体剖析这五个部分之"新""异"之处,则体现在以下方面。

1. 反思历史,重树文化的自觉意识

如果说,对20世纪的四次西乐东渐的基本事实判断,大家不会有什么分歧,那么以下的表述则为后来的论辩埋下导火索。对于历史的反思,在充分肯定了西乐东渐对中国音乐文化发展的积极意义的同时,"中华乐派"肇始者们提出了这般看法:"中西音乐百年交流的历史……无论是音乐创作、音乐表演,还是音乐教育及理论研究,我们都是一边倒——倒向西方专业音乐。虽然,不少同行在努力探讨中国传统音乐的价值体系、评价体系,但这个体系至今未能建立起来,反倒使20世纪成为中国'走进西方'的世纪"(谢嘉幸语),"我们在理论上要下大功夫,20世纪中西音乐文化交流中之所以没有建立起自己的系统,我认为很大程度上是理论准备不足,还没有想清楚就仓促行事,结果做出的总是'夹生饭'"(乔建中语),"对于中华乐人,20世纪基本上是个'走进西方音乐'而走不出来的世纪……随着这一过程(四次大输入)的进展,西方音乐不仅长时期地全面统治着中国音乐生活的各个方面——舞台、课堂、电视、广播等,更可怕的是,人们的心理也早被'大欧洲中心主义'征服了,长期沉溺于民族自卑和盲目崇外而仍麻木不仁!长期疏忽早已被淡漠的对中华母语音乐文化的继承、

---

[1] 金湘、赵宋光、乔建中、谢嘉幸:《"新世纪中华乐派"四人谈》,《人民音乐》2003年第8期。

[2] 赵宋光:《中华乐派的新世纪共建》,《人民音乐》2007年第1期。

研究（更谈何发展）而毫无紧迫感！"（金湘语）他们认为："应该摸索出一条如何'走出西方'的路子。'走出西方'不是否定西方，也不是要简单地否定20世纪。而是为了对20世纪中国人学西方音乐进行再认识，以便更有文化自觉意识地走进21世纪。在走出西方的重要步骤中，仍然还应同时包含向西方学习，但这种学习是应该有自己的立足点的。"（谢嘉幸）[1] 这里的"新异"之处在于，用"走出西方"来表述文化的自觉意识，强调应有自己的立足点。

2. 拓展"乐派"概念，寻求体系性构建

肇始者们认为："新世纪中华乐派在成长过程中将陆续涌现出代表人物、代表作品、代表论著。然而中华乐派立足的基本点在于整合，整合是一个持续的过程。从宏观视角来看，中华乐派包含四大支柱：理论、教育、表演、作曲，整合的持续过程也就是四大支柱相互之间联结交融的过程。"（赵宋光）毫无疑问，这是基于对中国音乐自身体系性构建缺失的思考而生发出的对"乐派"概念的拓展性理解。不仅如此，他们还提出"教育是关键""理论是先导""表演实践中的鲜活存在与传承动势是生命源头""创作是发挥众多个体的创造性开拓"（赵宋光）。这里的"新异"之处是，拓展了"乐派"约定俗成的概念内涵。[2]

那么，这些标新立异是否会引起轩然大波呢？

三、"新世纪中华乐派"之"后"

果不其然，正如有学者所言，《"新世纪中华乐派"四人谈》的发表，堪称一石激起千层浪，在专业音乐界激起巨大反响。以下简略道来。

1. 首届新世纪中华乐派论坛

---

[1] 金湘、赵宋光、乔建中、谢嘉幸：《"新世纪中华乐派"四人谈》，《人民音乐》2003年第8期。

[2] 赵宋光：《中华乐派的新世纪共建》，《人民音乐》2007年第1期。

首届论坛的名称叫"'新世纪中华乐派'大家谈",2003年9月26日在中国艺术研究院"音研所"召开,张振涛主持。除"四人谈"主之外,刘德海、杨青、韩钟恩、张弦、于庆新、金兆钧、石惟正、唐建平、杨立梅、李岩等人参加了会议。大多数与会代表对新世纪中华乐派的倡议是认可的,感到"亲切",认为"想法非常好"(刘德海、石惟正等);也有的持"基本否定态度"(杨青等)。[①] 其中具有代表性观点的如下:

一是以文参会的朱践耳的"致金湘"来信:"建立'新世纪中华乐派'我衷心拥护!这是一个百年大计的雄心壮志啊!……"开篇之后,他一方面"同意谢嘉幸的意见,将'民族'二字删去了(指原提议的'中华民族乐派',这一表述后来在发表时略去'民族'二字),避免'民族化'(概念)的片面、偏激所造成的负面效应……并突出了'新世纪',这样就合适了",全面肯定了"新世纪中华乐派"的提法;另一方面又指出:"(新世纪中华乐派)是十分复杂、艰巨而庞大的工程。故要:(1)做长期打算,(2)立足于中华民族音乐的本质特征,(3)先当学生、徒弟,拜老艺人、行家为师,(4)百花齐放,各显其能,(5)先实践,干实事再挂牌,(6)不强求一律。"[②]

二是储望华著文的批评,储先生远在澳大利亚,但乐于参加讨论。他称《"新世纪中华乐派"四人谈》"或许是迄今为止中国音乐史上最具雄心挑战的一份宣言书",但对"中华乐派"表示质疑,"对于那种'欧洲中心主义作祟'的评论,压根就不认同,无法接受……(认为)是自设樊笼,自我限定"[③],基本持否定态度。首届论坛虽然没有形成激烈的对话,但交锋已经在酝酿当中。

[①] 李岩:《"新世纪中华乐派"大家谈》,《天籁:天津音乐学院学报》2003年第4期。

[②] 朱践耳:《致金湘》,《人民音乐》2004年第1期。

[③] [澳]储望华:《读"新世纪中华乐派四人谈"之杂感》,《人民音乐》2004年第2期。

2. "笔墨官司"的第一个回合与匠哲雅集

堪称真正的"笔墨官司"是从居其宏发文《新世纪音乐创作思潮的激情碰撞》中对"走出西方"之说持反对意见开始的。居文"对作为一种创作追求的'新世纪中华乐派'及其理念和基本价值取向,表达了支持和鼓励的立场,而对作为'新世纪中华乐派'重要理念和前提的'走出西方'之说,则持反对的态度,认为那不过是一种'乌托邦式的空想'"。①随后赵宋光接过"乌托邦"之概念,以其自身五十年探求"走出西方"之路的酸甜苦辣著文《邦境邦语五十冬》予以回应。他说:"要'走出西方',是难得立锥之地的,但在方寸之上,我建了一个楼阁,这在音乐史家来看,是子虚乌有,而在形而上的层面,我看到'乌有'背后的'数之理,律之轨',并以我的律学与和声学的研究,作为对西方'走出'的基点,所以'走出'是一个'超越'的概念!"②

2006年8月8日晚在北京九华山庄举行的"匠哲雅集",可以看成是这场"笔墨官司"的延续。围绕"中华乐派",除了"四人谈"的赵宋光、金湘、谢嘉幸外,居其宏、黄旭东、周勤如、周世斌、王勇、冯效刚、戴嘉枋、马小龙、张丽达等人参加了研讨。对话聚焦于"走出西方"和乐派概念的界定上。居赵二人自然笔话面提。居肯定"'中华乐派'有其积极意义",但批评"走出西方"这一说法。赵则认为"走出西方"不仅必要而且任务艰巨,他说:"我们要做好思想准备,因大地之上有人对'满院之内莫非西土'还不满足,还在躬身匍匐向西方乞灵。学术生态既是如此,我们恐怕还要准备在高处不胜寒的乌托之邦熬着邦境,编着邦语,再度五十冬。"③金湘则说:"关于'走出西方',我是同意走出的,我当时提出'走出现代',这与'走出西方'并不矛盾,要走得进去,还要走得出来,方显真正作曲家英雄本色。"

---

① 居其宏:《新世纪创作思潮的激情碰撞——对作曲界三场论辩的回顾与思考》,《人民音乐》2005年第4期。
② 赵宋光:《邦境邦语五十冬》,《黄钟(武汉音乐学院学报)》2006年第01期。
③ 李岩:《走出西方?超越西方!——大家再谈"新世纪中华乐派"》,《南京艺术学院学报·音乐与表演版》2006年第4期。

居其宏同样不同意乐派概念的拓展。他说"乐派的概念不管可否实证，但约定俗成，是指创作！"，金湘插话："这个约定俗成要打破，它太陈旧了……"赵宋光接着说："欧洲所流行的那种'乐派'概念，是由作曲家撑起来的，我们今天不能走这条路，如果不能从西方式教育枢纽的束缚、捆绑中冲出来，想让几个作曲家出来撑起'中华乐派'，是个梦及空想！我明确地讲教育是枢纽，而教育的更新，理论是先导，我们现在民族音乐学科研的财富，被封锁起来，没有进入教育生产力的领域。"①

3. 第二届"新世纪中华乐派论坛"与"笔墨官司"的第二个回合②

第二届"新世纪中华乐派论坛"于2006年10月10日—11日在中国音乐学院举办。来自全国各地（含香港）的专家、学者、媒体代表80余人出席论坛。论坛先后由谢嘉幸、赵宋光主持。论坛围绕着"新世纪中华乐派"的背景和意义、概念界定、如何建设，以及"走出西方"等议题展开了热烈的研讨。谢嘉幸将其在香港"华人作曲家音乐节研讨会"上发表的论文《走出西方——一种华人作曲家的创作语境》提交论坛作为争鸣文章，③并邀请居其宏先生撰文批评及出席会议。居先后以《"宏大叙事"何以遭遇风险——关于"新世纪中华乐派"的思考与批评》《"宏大叙事"需要科学精神——"新世纪中华乐派论坛"归来谈》两篇长文进行质疑和反驳。④

---

① 李岩：《走出西方？超越西方！——大家再谈"新世纪中华乐派"》，《南京艺术学院学报·音乐与表演版》2006年第4期。

② 这里需要更正，由于种种原因造成的错误，有两篇关于该论坛的综述将这一届（2006年）论坛称为首届论坛。徐天翔：《新世纪中华乐派：理念与路向——首届"新世纪中华乐派论坛"侧记》《人民音乐》2007年第1期；李小戈、马力：《二十一世纪中国音乐发展的乐派论争——首届"新世纪中华乐派论坛"综述》《南京艺术学院学报》2007年第1期。

③ 谢嘉幸：《走出西方：一种新世纪华人作曲家音乐创作语境的探究》《南京艺术学院学报·音乐与表演版》2007年第1期。

④ 居其宏：《"宏大叙事"何以遭遇风险——关于"新世纪中华乐派"的思考与批评》，《中国音乐学》2007第2期；居其宏：《"宏大叙事"需要科学精神："新世纪中华乐派论坛"归来谈》，《人民音乐》2007年第1期。

而后,谢嘉幸又在第五届北京文艺论坛上,以《横看成岭侧成峰,远近高低各不同——从"新世纪中华乐派"争鸣之"走出西方"争论始末谈起》予以回应,① 并再次邀请居先生作为嘉宾出席该论坛。

居其宏批判走出西方的主要观点延伸是:"既要提'走出西方',也要提'走出传统',两者不可偏废",并进一步阐述三个传统平行并置:"西方专业音乐传统、中国古代及民间音乐传统,中国新音乐传统。"② 赵宋光"不赞同将中国音乐传统和西方音乐传统平行放置,认为前者是主体,后者是旁体,欧洲文化作为旁体不能代替主体。我们的归属是千年来一脉相承的主体音乐文化,民族文化主体自觉意识应加强";③ 金湘不同意"走出传统":"母体不是走进走出的问题,我们背靠传统,无所谓走进走出";④ 刘靖之认为:"'走出西方'可以理解为抛弃西方的影响和控制,也可以作为在学习西方之后自立门户,与西方鼎足而立";⑤ 谢嘉幸则再次强调:"'走出西方'并不是要抛弃西方回到古人,而是代表了一种文化自觉意识。任何民族文化的成熟都要寻找自己的主体意识。退一万步讲,即便我们是在西方文化的怀里长大的,也还应该有要求生下来的权利,'走出西方'正是这个意思。"⑥

---

① 谢嘉幸:《横看成岭侧成峰,远近高低各不同——从"新世纪中华乐派"争鸣之"走出西方"争论始末谈起》,索谦主编:《批评与文艺——2007北京文艺论坛》,人民文学出版社2007年版,北京。

② 居其宏:《"宏大叙事"何以遭遇风险——关于"新世纪中华乐派"的思考与批评》,《中国音乐学》2007第2期;居其宏:《"宏大叙事"需要科学精神:"新世纪中华乐派论坛"归来谈》,《人民音乐》2007年第1期。

③ 徐天祥:《新世纪中华乐派:理念与路向——首届"新世纪中华乐派论坛"侧记》,《人民音乐》2007年第1期。

④ 徐天祥:《新世纪中华乐派:理念与路向——首届"新世纪中华乐派论坛"侧记》,《人民音乐》2007年第1期。

⑤ 刘靖之:《音乐作品、乐派之本——有关"新世纪中华乐派"之历史思考》,《人民音乐》2007年第2期。

⑥ 谢嘉幸:《横看成岭侧成峰,远近高低各不同——从"新世纪中华乐派"争鸣之"走出西方"争论始末谈起》,索谦主编:《批评与文艺——2007北京文艺论坛》,人民文学出版社2007年版,北京。

4. 第三届"新世纪中华乐派"论坛

第三届"新世纪中华乐派"论坛于 2010 年 12 月 11 日—12 日在天津举办,来自全国各地的作曲家、音乐学家、艺术史学家、美学家莅临会议。论坛由中国音乐学院、天津音乐学院、天津市美学学会、天津市音乐家协会共同主办,上海音乐学院、中国音乐美学会、中国传统音乐学会、天津市历史学会艺术史专业委员会协办。有评论认为"此次论坛最大的亮点,是中华某些乐人已意识到:以西方标准为'标准',及单线进化论,是'危途'",①"'中华乐派'被美学界认定为'当代中国中华民族第二次文化自觉运动的一个组成部分,其文化立场与艺术理想对当代中国音乐具有普遍的启示意义'"。②……这次论坛,虽然没再展开具体概念的争执,但美学界音乐界专家的论述仍可看成是对上届争鸣的回应:"整个 20 世纪,对东方国家来说,就是一个西学东渐的时代,一个西方强势文化全面进入东方的时代。100 年之后,东方文化向西方文化亦步亦趋的学徒时代应当结束了,新的世纪应当是东方学者们开始自主思考、自主研究、自主创造的时代"(薛富兴);"我们不能仅参照欧美一个参照系,世界文化是多重的,有多种参照系……欧洲的标准绝不是我们的唯一标准"(陈自明);"'新世纪中华乐派'是文化方面军中率先觉醒的梯队,愿以中华文化的新世纪复兴为己任,并在音乐文化的当代建设中,贯穿本位自觉意识"(赵宋光)。③

此次会议是历届论坛中参会专业范围最广的一次盛会,而会议形成的焦点、热点也比往届更为深入,在此次会议形成的众多热议中,对"中华

---

① 李岩:《"先验""鲜艳"的存在——第三届"中华乐派论坛"述评》,《人民音乐》2011 年第 7 期。"两次文化自觉运动"指:五四以来代表"西学东渐"的"五四"新文化运动;及 20 世纪 90 年代学术界对 20 世纪中国学术的大盘点。
② 薛富兴:《"中华乐派"与中华民族的第二次文化自觉》,天津市美学学会、天津市音乐家协会、天津历史学学会艺术史委员会编:《传承华夏文明建设中华乐派》提交"第三届'中华乐派'论坛"论文集(铅印本)2010 年 12 月 10 日。
③ 李岩:《准则·方向·愿景——第三届"中华乐派论坛"(天津)述评》,《南京艺术学院学报(音乐与表演版)》2011 年第 02 期。

乐派"的历史、使命、职责,及典型"中华乐派"作品的风格、样貌、品格均有涉及。比如朱世瑞等人的作品探析、对用美声改造传统唱法的批评……深入"中华乐派"构建的创作、表演、理论、教育等方方面面。对于建设"中华乐派"意义的认识也更加深入。正如鲍元恺所言:"'中华乐派'是一个永久的话题,是一个永久的理想及我们永远要做的事情。"①

5. 三届之后的"乐派"行动:"两会一节"与"中华情"系列音乐会

第三届"新世纪中华乐派"论坛举办至今又过去了五个年头。这五个年头里"中华乐派"的肇始者和热衷者们又在忙些什么?早在第二届研讨会举办之后,有人就抱有忧虑:"'中华乐派'不需要了吗?在第二届论坛……那场轩然大波平息之后,音乐理论界恢复了往日的平静与祥和……'中华乐派'带着耀眼的光芒出世,如今似乎沦为一个'弃婴'……"②那么第三届之后呢?在第三届论坛上大家形成了两点共识,一是确立以中国音乐学院为主导的多音乐院校、科研机构学术互动平台,二是举办"中华情"系列音乐会。金湘在第四届"新世纪中华乐派"论坛委托发言中有这么一段话:"在这(第三届论坛)之后,以'传承华夏文明,建设中华乐派'为宗旨的'中华情'系列音乐会留在了天津,在天津'落地生根',至今已举办了数十场音乐会,(而在北京)谢嘉幸老师主办了上百场民族音乐的会议与音乐会。"③

(1) 中国音乐学院的"两会一节"

金湘所说的,就是 2009 年开始由北京市教委主办,中国音乐学院承办的"北京传统音乐节""全国高校少数民族音乐传承学术研讨会"与"全国高校区域音乐文化学术研讨会",俗称"两会一节"。(但金老师说得不准

---

① 李岩:《准则·方向·愿景——第三届"中华乐派论坛"(天津)述评》,《南京艺术学院学报(音乐与表演版)》2011 年第 02 期。
② 此处将原文的"首届"改为"第二届","第二届"改为"第三届",参见文后参考文献【16】。原文引自刁燕:《"中华乐派"乐人说梦?》,《音乐周报》2009 年。
③ 金湘:第四届"新世纪中华乐派"论坛委托发言稿,魏扬记录,2015 年 11 月 19 日。

确。"两会一节"是在赵宋光、李西安、樊祖荫、乔建中、沈洽、刘德海等人的带领下，在学院的大力支持下，一路坚持开展下来的。我只是创意的参与者和具体的执行者）从2009年起至今，"两会一节"项目已举办了七届北京传统音乐节、四届"高校少数民族音乐传承"研讨会和四届"高校区域音乐文化"学术研讨会，共举办音乐会173场，研讨会（论坛）145场，大师培训班117场，国内外参演人员6500余名；接受培训人员6100余名；累计有超过70个国家和地区的音乐家参与了该项活动。2012年，北京传统音乐节作为唯一一项由高校承办的节庆活动，还获得"2012年全国最具国际影响力的民族节庆"奖项。[①]2004年，金湘提出"'中华乐派'近中期建设，可以学院为阵地，举办诸如'中国音乐节'或'中华音乐节'之类的活动，向世人展示体现"新世纪中华乐派"理念的各种体裁音乐作品（作品发表会），研究探讨有关包括'新世纪中华乐派'在内的当代世界各种音乐思潮流派（理论研讨会）"。[②]"两会一节"虽然没打出"中华乐派"的旗号，却正是在这一理念下推行与实践着，在"中华乐派"的理论、表演、教育与创作诸方面身体力行着。

(2) "中华情"音乐会

"中华情"音乐会是在刘恒岳老师的多方联系促成下，在举办了第三届"新世纪中华乐派"学术研讨会之后创建的，由天津音乐界、教育界、学术界联合创办，全称为"中华情——中国作曲家作品系列音乐会"。音乐会以举办我国作曲家作品专场的形式，为建设中华乐派做些更加实在的努力，为中华音乐人认同和关注的重大主题——中华乐派的建设助威。"自2007年以来，中华情——中国作曲家作品系列音乐会"已经连续举办多场，不仅成为天津交响乐团的名片，也成为"中华乐派论坛"会议的重要"实践成果"。[③]

---

① 谢嘉幸:《第七届北京传统音乐节报告》。
② 金湘:《"新世纪中华乐派"与中国音乐学院》,《中国音乐》（季刊）2004年第4期。
③ 刘恒岳:《金湘与建设中华乐派》,文津艺坛博客2015-12-28, http://blog.sina.com.cn/s/blog_48cf136a0102wbvv.html。

6. 第四届"新世纪中华乐派"论坛

第四届"新世纪中华乐派"论坛,先后由赵为民和谢嘉幸主持、赵塔里木致辞。高佳佳、梁茂春、韩锺恩、宋瑾、黄晓和、朱世瑞、于庆新、舒泽池、王萃、薛罗军、宋克宾、傅利民、戴俊超、魏扬等出席了会议,金湘在医院通过视频和大家打了招呼,并由他的学生魏阳转述了他的口头发言。舒泽池以"实践'新世纪中华乐派'正当其时"为题回顾了历史,称:"'新世纪中华乐派'的提出,真正是中国音乐界中振聋发聩的一声惊雷!尽管当时在音乐理论界只是有所触动、对其价值和意义还没有达到应有之认识……但是,毕竟金湘带领我们拨开迷雾,抛弃彷徨,掀起了'潮流',举起了'旗帜',亮明了'纲领','向世人展示了中华乐人的真正觉醒!'(以上引语均为金湘原话)从这些……话语中,和我们听到的金湘的音乐一样,展现出'(金湘)响当当一条汉子,硬朗朗汉子一条'的气概!"[1] 梁茂春的"再听金湘,重议乐派"、刘恒岳的"金湘与建设中华乐派"、韩锺恩的"金湘的期待与诉求"、宋瑾的"金湘的创作与其美学思想"……论坛诸位发言无不将"中华乐派"的理论思考、建设实施的必要性和紧迫性以及对中国音乐风格的再认识与金湘先生的人格、情操与贡献相结合。尽管有关报道称"整个会场学术气氛热烈……"[2],论坛所充满的凝重气氛是每一个人都感受得到的。会议36天后,金湘离开了人世。

四、"新世纪中华乐派"之"后后"

十二年时间弹指一挥!斯人有知,应可告慰——"一次师友间的'中华乐派'之议,一场属于'私人式'的、纯民间性质的'清谈',竟引起如此广泛、如此久长的讨论,无论各位持哪种观点,都已无可怀疑地证明……(这是)值得大家关注、深究的一件事。如此而已,岂有它哉!"

---

[1] 舒泽池:《实践"新世纪中华乐派"正当其时》,第四届"新世纪中华乐派"论坛参会论文2015年11月19日。

[2]《在下午第四届"新世纪中华乐派"论坛的两个单元中》,中国调律网,2015年11月26日,http://www.51tiaolv.cn/haluodegangqin/15149.html。

乔建中从《位卑未敢忘忧国》一文开篇的这番感慨，引出了他所总结的"'新世纪中华乐派'四人谈"的四字坦言："忧""盼""兴""建"——忧"由于我们自身的盲目性而在学习西方音乐过程中出现的诸多失当之处"，盼"主体性、自觉性、本土意识之日益强化"，兴"中国气派、中国品质、中国风格、中国思维的优秀之作、之唱、之奏、之论"，建"中国音乐事业……为了践行当代中国音乐家的历史使命"[1]。如果说乔老这四个字，是对"四人谈"初衷的归纳，本文也用"疑""辩""明""践"这四个字来展开对"新世纪中华乐派"这12年发展四阶段的反思。

反思之一：疑在何处？——是非判断掩盖了价值争执

"新世纪中华乐派"发起阶段，虽然支持者众，但疑问也不少。以居文为例，其发问一疑再疑，而且"愈益深重"。[2]那么疑在何处？从表层的是非之辨上看，这疑，疑在"走出西方"肇始者们之"乌托邦"、之"宏大叙事科学精神缺乏"、之"（论述的）不具逻辑同一性，内涵也相互矛盾"……但从内层的价值争执上看，则是忧（"中华乐派"肇始者们）对"包含提倡'中西结合'的萧友梅和刘天华们，乃至力主'复兴国乐'的郑觐文诸君的'一棍子扫倒'"。因此，"如果我们同样陷入是非之辩，而不细察居先生强烈价值倾向的内在冲动，就会读不懂居先生在维护'新音乐'传统时的良苦用心，而遗失了从内心深处感悟这位音乐批评家赤子之心的难得机遇。"[3]同样的忧虑也存在于朱践耳的"似曾相识"之问以及对"老跟在西方后面没有出路"之议论的批评之中。我的看法则是："要学会听不同的声音，锣

---

[1] 乔建中：《位卑未敢忘忧国：关于"四人谈"的杂忆与自解》（写于杭州玉皇山麓），中华乐派论坛组委会编：《第三届中华乐派论坛论文汇编》铅印版2010年12月。

[2] 居其宏：《"宏大叙事"何以遭遇风险——关于"新世纪中华乐派"的思考与批评》，《中国音乐学》2007第2期；居其宏：《"宏大叙事"需要科学精神："新世纪中华乐派论坛"归来谈》，《人民音乐》2007年第1期。

[3] 谢嘉幸：《横看成岭侧成峰，远近高低各不同——从"新世纪中华乐派"争鸣之"走出西方"争论始末起》，索谦主编：《批评与文艺——2007北京文艺论坛》，人民文学出版社2007年版，北京。

鼓听声，听话听音，不同的观点，往往代表了不同历史时期不同的社会体验，储望华……那一代知识分子的特殊遭遇，令他们对政治语境下的'民族化'声音有特殊的敏感性。珍惜这种不同的观点，也就是珍惜了特定历史时期的特定社会体验，珍惜了我们社会一笔沉重而非常宝贵的遗产。"①

反思之二：辩为何求？——领略"横看成岭侧成峰，远近高低各不同"之大千世界

从匠哲雅集之"火药味"到第二届论坛之"唇枪舌剑"，"新世纪中华乐派"第二阶段之辩达到了高峰。"……有的学者在论坛上当场进行了激烈的交锋，接连向谢嘉幸发问，言辞之犀利、态度之鲜明、咄咄逼人穷追猛打之势完全不似国内其他音乐论坛惯常的温婉与沉默……"②那怎一个"惨"字了得！然而，看官也许很难相信，这场挨批竟是"乞"来的。有信为证：

> 居兄其宏先生：寄上拙文《走出西方——一种新世纪华人作曲家音乐创作语境的探究》，如有价值，望不吝赐批。久仰先生文风学品，更珍多年之谊。然学术之争鸣，实不为争一高下，亦不仅为"吾爱吾兄，更爱真理"乃尔（此言大具唯我独真之势）。窃以为，如果音乐文化是一座大山，那音乐批评应该出现"横看成岭侧成峰，远近高低各不同"的局面才属健康。每个人都在有限的时空中运转，因此每个人的表达又是有限时空的有限表达，这一认识足以令我辈期盼的是真正的倾听，而不是目空一切的妄自尊大。
>
> 弟敬上

---

① 谢嘉幸：《横看成岭侧成峰，远近高低各不同——从"新世纪中华乐派"争鸣之"走出西方"争论始末谈起》，索谦主编：《批评与文艺——2007 北京文艺论坛》，人民文学出版社 2007 年版，北京。

② 此处将原文的"首届"改为"第二届"，"第二届"改为"第三届"，参见【16】。原文引自刁燕《"中华乐派"乐人说梦？》，《音乐周报》2009 年。

这是2006年8月谢嘉幸给居先生写的信。此后，才有了居文的一批再批以及后来的故事。何以如此？莫非本人有受虐之癖？非也。那么，辩为何求？以愚之见，从是非之辩拓展为是非判断与价值争执之辩，世人所求的不是辩胜者之骄狂，所惧的不是辩败者之沮丧，而是领略"横看成岭侧成峰，远近高低各不同"之大千世界。

反思之三：明在哪里？——求同存异显风采

客观而言，一方面应该看到，"新世纪中华乐派"肇始者们的理念也是经历这场辩论才愈加明晰的，即"重树自身的文化自觉意识"与"推进'中华乐派'的体系性构建"；另一方面也应该看到，尽管在概念的界定上诸家确有分歧，但在许多理念和价值追求上又都是一致的。比如，伍国栋撰文《岂一个"乐派"了得——传统音乐流派与"中华乐派"刍议》认为："代表一个国家、一个民族整体文化形象的某一文化（艺术）领域的整体内容，一般都不宜将其'统'而论之为'流派'或'乐派'。"却又对中华乐派倡导者"所涉及创立具有中华民族文化特色和民族文化内涵的整体音乐建设思路……十分支持和赞同。……在'中华乐派'论者的'四大支柱'整合构思中……认为音乐教育应当是第一位、基础性和关键性的。……对其进行创新改革的设想，笔者表示完全支持并全力声援"。① 激烈如居文，亦有大量关于"'新世纪中华乐派'的积极意义"，以及对"'没有民族文化背景的个性，只能是苍白的个性'，但只要它们确实是严肃的和负责任的创作，就没有权利限制乃至取消它们的生存与发展。正是在这一点上，我与谢文所持的立场是一致的"等等的表述，② 同中有异，异中有同，诸位辩家风采各异，不胜枚举……那么，明在哪里？明在求同存异尽显风采。如上所述，到了第三届"新世纪中华乐派"论坛，也即论辩的第三阶段，以求

---

① 伍国栋：《岂一个"乐派"了得——传统音乐流派与"中华乐派"刍议》，《人民音乐》2007年第02期。

② 居其宏：《"宏大叙事"何以遭遇风险——关于"新世纪中华乐派"的思考与批评》，《中国音乐学》2007第2期；居其宏：《"宏大叙事"需要科学精神："新世纪中华乐派论坛"归来谈》，《人民音乐》2007年第1期。

同存异之气魄,尽显各家风采,才有了把"乐派"建设之论辩纵深推进的大好局面。

反思之四:践行何方?——实现中华乐人的百年梦想

"'新世纪中华乐派'的推进,要依靠的不仅是喧嚣的争论,更是脚踏实地的'践行'。"(谢嘉幸)① 在"新世纪中华乐派"的这一理念,在第四阶段,也即是三届论坛之后的践行活动显现出来了。然而,回顾一下2006年第二届论坛上的"'口号'之辩"还是饶有兴味的。"(当有人)认为'中华乐派'仅是一个口号时,赵宋光明确反对,他认为'新世纪中华乐派'肯定不只是口号。谢嘉幸补充说:'新世纪中华乐派应当不仅仅是一个口号。'赵志扬也不认同将'新世纪中华乐派'当作口号……这一讨论最后以于庆新的'是口号又怎么了?是不是口号的争论毫无意义,关键在于内容本身'而终结。"② 然而,这种诘难是有价值的,以下的批评永远是一剂清醒药:"在'新世纪中华乐派'提出之初,我是赞同应以理论为先导的……然而他们近三年来对于'新世纪中华乐派'相关理论命题的研究和阐发仍然在'四人谈'水平上原地打转,该展开的未展开,该细化的未细化……正因为其叙事之宏大、目标之高远,四位倡导者此前所做的理论思考和阐述仍不够扎实、不够深入、不够细致、不够全面……"(居其宏)③

确实,在居文发问后的这近十年,肇始者们谨记教诲,丝毫不敢怠慢,仅以2009年开始的"两会一节"为例,数百场的研讨会(论坛)、音乐会和大师班,在中华传统和当代音乐文化的理论、表演、教育和创作方面苦苦探索(篇幅所限,恕此处无法展开详细汇报)……这些,是否能证明肇

---

① 谢嘉幸:《践行中华乐人的百年梦想》,《音乐周报》2009年。

② 这里需要更正,由于种种原因造成的错误,有两篇该论坛综述将这一届(2006年)论坛称为首届论坛。徐天翔:《新世纪中华乐派:理念与路向——首届"新世纪中华乐派论坛"侧记》,《人民音乐》2007年第01期;李小戈、马力:《二十一世纪中国音乐发展的乐派论争——首届"新世纪中华乐派论坛"综述》,《南京艺术学院学报》2007年第1期。

③ 居其宏:《"宏大叙事"需要科学精神:"新世纪中华乐派论坛"归来谈》,《人民音乐》2007年第1期。

始者们的努力？不得而知。但至少有一点是可以确认的，为实现萧友梅们百年来的"乐派"梦想，在理论、创作、表演、教育诸方面（再次强调），其实，"中华乐派"的今人与其先辈一样，其践行一刻也没停止过。①

滚滚长江东逝水，"新世纪中华乐派"这十二春秋之短暂一瞬，就像一朵浪花，锣鼓未散，"硝烟"未了，但那些曾给予"乐派"鼎力支持的鲜活脸庞分明还在眼前！有的，却真真切切走了，于老、汪老、冯老……然而，浪花淘不尽中华乐人之底色，2015年11月27日在医院见金湘老师，其实是答应他的：继续……我告诉了刘恒岳这个秘密，"中华乐派"就是金老师临走前耿耿于怀的底色。12月29日我改签了机票去送金老师……代赵宋光、乔建中和我献上了花圈："中华乐派居功伟，歌剧原野照人间"……

（原载《中国音乐》2016年第2期）

---

① 谢嘉幸：《践行中华乐人的百年梦想》，《音乐周报》2009年。

金湘：建设"中华乐派"的践行者

崔 宪

金湘先生2015年12月23日晚上走了，走得无声，走得安详。了解金湘的人都知道，他一定是带着遗憾，带着他建设"中华乐派"的夙愿走的……他一定感觉自己走得太早，走得太快，甚至觉得走得太突然，因为他说还有好几部交响乐要创作，还有很多梦想要去实现！他为自己热爱并为之献身的音乐事业耗尽了生命，把最后一点创作之力献给了歌剧《日出》，在《日出》成功首演的舞台上，永远留下了他开怀微笑的消瘦身影！

金湘1935年4月20日出生于南京。7岁开始学习钢琴。1947年入南京"国立音乐学院"幼年班，1952年毕业于天津中央音乐学院少年班，主修大提琴和钢琴。1952年转入中央音乐学院民族音乐研究所任见习研究员，开始收集、整理和研究中国传统音乐。1954年被保送升入中央音乐学院作曲系，1959年毕业。却因1957年被错划"右派"，毕业后即下放新疆20年。1979年平反后任北京歌舞团交响乐队指挥。1984年任中国音乐学院作曲系副教授兼作曲教研室主任。1990年赴美国西雅图华盛顿大学做访问学者，1991年至美国首都华盛顿歌剧院任驻院作曲，1992年转至美国纽约茱莉亚音乐学院考察访问。1994年起任中国音乐学院作曲教授。2004年、2006年起分别任中国艺术研究院、中国音乐学院博士生导师。

金湘一生勤于思考、努力创作，写下了包括11部歌剧、8部交响曲、两部协奏曲以及合唱、室内乐、影视音乐等各种体裁的音乐作品百余部，也写下了大量的学术论文与音乐评论,出版了《艺术歌曲集》和《绿色的歌·金湘合唱歌曲选》,音乐评论集《困惑与求索》和《探究无垠》。他在音乐创作与音乐理论研究、音乐评论和歌剧剧本创作间游走,不但得心应手还游刃有余。

一、有理想、有追求,才有建设"中华乐派"的设想

金湘是有理想、有目标,也有实现目标的能力的作曲家。建设"中华乐派"的设想,是 2003 年由他与赵宋光、乔建中、谢嘉幸提出的。[①] 但是,奠定这一设想的基础却是金湘 1952 年进入"民族音乐研究所"工作两年间在深入收集、整理和研究民间音乐时打下的。黄翔鹏先生曾这样评价金湘:"他是颇历磨难而至今不改其稚气和天真的'新中国的儿子'。他十多岁的时候,就把亲身从河套地区采录回来的民歌唱给我听:'那不大大的小青马,多喂上二升料;三天的路,我两天要到!'一种野性的、执拗的、无论条件怎样,都要加倍奉献的决心和力量,从那时起就在他的血液中奔流着。"[②] 金湘自己说:"我至今记得,当我听到《三天路程两天走》这首山曲时,它那对生活充满激情的昂奋与高亢,又带有沙漠行程中的几分孤独与悲凉,是如此的震撼着我的灵魂。"金湘曾多次提到,那两年间到民间采集民歌的经历对他后来审美观形成所产生的巨大作用。建设"中华乐派"的设想提出后,不同意见一直不绝于耳。有的认为,"乐派"的形成应当是结果,而不应是初衷;有的认为,"乐派"不过是几个人的"小团体",提"中华"不恰当;甚至还有人认为这里面有个人的目的;等等。实际上,建设"中华乐派"并不是狭隘的设想,而是一个从"大我"出发并具有建设意义的口号。这既是金湘自己的追求,也是有志者来共同完成的历史使命。1988 年在谈到歌剧《原野》的创作时,他是这样说的:"在民族传统面前,在西方技法面前,不能做一个盲目的'搬运工',要做一个善于分析思考、

[①]《新世纪中华乐派"四人谈》,《人民音乐》2003 年第 8 期。
[②] 金湘:《困惑与求索———一个作曲家的思考》,序,上海音乐出版社 2003 年版,上海。以下简称《困惑》。

有自我选择的作曲家。"①"音乐的民族性是一个民族特有的心理特征、思维方式、表现方法、审美情趣在音乐上的综合反映,从作品的总体结构直到一个单音的律动,它们无不深入渗透其间。(作品的个性)就是作曲家特有的性格、气质、爱好、情趣、审视生活的独特角度、表达乐思的特有方式,等等。"②这些表述诠释了"中华乐派"的内涵。金湘说:"一个人一生要有一个伟大的理想,而自己每一点实践都是与之相连,因而会有很大的动力!"③他要"立足中华音乐传统,为建设中华乐派添砖加瓦"!这是从20世纪20年代开始学习欧洲音乐后,中国几代作曲家的共同愿望——金湘不过是以理直气壮、旗帜鲜明的态度提出的,并将其作为自己为之奋斗的人生目标而已。正因如此,对待作曲家同行的成功之作,他也不惜笔墨加以赞赏:杨立青的"交响叙事诗《乌江恨》是我国近年来交响乐作品的佳作之一。它无论在民族性、交响性、叙事性的总体风格把握上,还是在结构、和声、配器等具体技法方面鲜明的个性体现上,都是一部真正的中国乐派的交响乐"。④在他的评论中,还提过陈其钢、朱世瑞、何训田、谭盾、陈怡、周龙、叶小钢、秦文琛等后辈作曲家的名字。他提携后生,奖掖后学。在赞扬这一代作曲家"功底好,视野广,思路活,框框少"等优点时,也指出他们"对民族传统了解少""对作品的社会性考虑较少""对各种美学观念的追求,自发多于自觉"等不足。但是他最后说,他们"将会飞得更高,走得更远!和中国作曲家群体一起迎接中国民族乐派'百鸟齐飞翔'的春天!"。

---

① 金湘:《坐标的选择及其他——歌剧〈原野〉作曲随记之一》,《困惑》,p.95。
② 金湘:《作曲家的困惑》,《困惑》,p.9。
③ 金湘:《探究无垠——金湘音乐论文集之二》,人民音乐出版社2014年版,p.278。以下简称《探究》。
④ 金湘:《〈乌江恨〉、杨立青及其他》,《困惑》,p.53。

二、有技术、有情感，才有音乐的厚度

金湘歌剧中的唱腔，往往越有水平的演唱越好听。因为音乐的深度与厚度得以挖掘，音乐的空间得以拓展，音乐的内涵永远有再阐释的空间。所以有耐听、耐唱，更耐有情感深度的再创作的特点！他的作品给二度创作留下了巨大的空间。音乐创作之所以能达到这样的境界，是因为金湘不但有扎实的作曲技术功底，还有饱满的创作热情。"当年音乐学院有两个人对我的影响巨大，一个是吕骥，一个是马思聪。吕骥强调传统，要我去采风，马思聪则更看重技术……对我技术上的严格要求还是为我后来的创作打下了坚实的基础。"① 但是，当下放新疆20年，1979年金湘平反回到北京后，发现自己"有机会写作品但却写不出来了"。"我夜以继日地恢复已经荒疏的基本功，如饥似渴地学习当代各种新技法，同时又不断地写作了大量各种体裁的作品。在"恢复—学习—写作"这一良性循环中，我度过了整整五年……也许，这童年的基本功，20年的生活积累，再加上这5年的拼搏，正是我写作歌剧《原野》的思想准备和技术准备？"② 对《原野》的创作，他说："《原》剧的主题是反封建！几千年来，封建主义对生活在中国广袤'原野'上的广大人民灵与肉的全面桎梏与扭曲，及其与善良的人们对封建主义的反桎梏、反扭曲，是构成《原》剧矛盾之根本！""我正是在分析并把握了这一主题的深刻内涵的基础上，产生了巨大的冲动与遐想：我设计了两个主题，'爱情'与'原野'，前者温暖、柔和、充满人性美！后者广袤（横向原野感）、深远（纵向历史感），蕴含着野性与被扭曲的美——两个主题（在乐队与人声中）交响冲突，贯穿发展，奠定了全剧的基调。"③ 剧本中深含的文化含义，在音乐的创作中更显深刻，戏剧性的矛盾冲突也深化了《原野》的主题。在不同的作品中，金湘追求不同的艺术品质。"这次写《杨贵妃》……就是要写旋律！我写了爱情升华的主题歌

---

① 李澄、金湘：《音乐是歌剧的灵魂，旋律是音乐的灵魂——歌剧〈杨贵妃〉公演前访作曲家金湘》，《探究》，p.150。

② 金湘：《总谱之外的音符——歌剧〈原野〉创作小记》，《困惑》，p.88。

③ 金湘：《我写歌剧〈原野〉》（2008年），《困惑》，p.267。

'在天愿为比翼鸟,在地愿为连理枝',写了杨贵妃的、唐明皇的……各具个性的咏叹调,写了马嵬坡的士兵合唱,写了霓裳羽衣舞的宫女合唱,还有唐歌等,真可以说是写得酣畅痛快、淋漓尽致!"[①]对歌剧《八女投江》,他希望有"新的突破","从剧中人物不同的身份和个性出发,设计了美声、民族、通俗三种唱法同时在剧中使用。它们时而分开(各自的唱段),时而合成(二重唱,四重唱)。""努力写出既动情又动听的旋律,力争做到句句上口、首首好听,声情并茂、雅俗共赏。"实践证明,这些追求是有效的,也是成功的。在其他主要代表作中,金湘都在极力追求新的突破。如歌剧《楚霸王》,他说:"我考虑要在总体结构上严谨、紧凑,而在具体发展过程中则一定要自由、洒脱。例如,我用四个音……作为一组固定音型。它古朴、凝重的风格,具有深厚的历史纵深感;它落地铮铮的力度,又象征霸王的'力拔山兮气盖世'(的气质)。我将这组音型在全剧中的开始、结尾以及几个关键点处毫无变化地予以重复出现,既含有深刻的哲理意义,又具有非常重要的结构意义。"在歌剧《热瓦普恋歌》中,凝结了他在新疆20年的生活经历和对维吾尔族音乐的艺术感受。从剧本的创作,到人物的安排和唱腔设计,到全剧的和声语言,再到七人木卡姆乐队与交响乐队的同台竞艺,更是彻底地抒发了金湘对新疆大地,对维吾尔族人民,对木卡姆音乐的挚爱之情。金湘曾说:"在真正过了技术关之后,作曲家比的就是观念了。"他要比的"观念"不是无病呻吟的矫情,更不是哗众取宠的噱头,而是作品的思想深度和音乐厚度。在交响组歌《诗经五首》中,他试图"既继承了民族传统,又大胆创新突破,写成这部既有古韵又有新意,既有浓郁的民族风格又有鲜明个性和现代审美意识"的作品;交响大合唱《金陵祭》,是为纪念抗日战争胜利60周年而作,他表达了"在这样重大

[①] 金湘:《有备而来,无备而去——我写歌剧〈杨贵妃〉》(2004年),《困惑》,p.275。金湘:《歌剧〈八女投江〉创作随笔》(2005年),《困惑》,p.272。金湘:《我是这样写的——歌剧〈楚霸王〉创作札记之一》(1994年),《困惑》,p.329。金湘:《"这一个"及其他——歌剧〈楚霸王〉创作札记之二》(1994年),《困惑》,p.334。金湘:《繁荣发展中国歌剧之我见》(1988年),《困惑》,p.34。金湘:《有备而来,无备而去——我写歌剧〈杨贵妃〉》,《探究》,p.278。

的人类社会历史事件面前，一个中国作曲家，理应有他鲜明的态度"；在小交响曲《巫》中，他"既对'巫'乐的形态做了粗略的整体描绘，又着眼于它在我内心引发的冲动与遐想"；其他如交响叙事曲《塔西瓦依》、第一钢琴协奏曲《雪莲》、琵琶协奏曲《琴瑟破》、交响音画《塔克拉玛干掠影》、《弦乐队与竖琴·湘湖情》、音诗《曹雪芹》等，都以不同形式与不同音乐语言抒发了作曲家的胸襟。随着时间的推移，金湘的音乐作品将会越来越放异彩！

三、有思想、有目标，才有作品的深度

由金湘与万方合作创作、李稻川导演的歌剧《原野》，是中国歌剧史上具有里程碑意义的作品。1987年9月，歌剧《原野》在北京第一届中国艺术节上首演即获得成功；1988年8月在美国康涅狄格州尤金奥尼尔戏剧中心以"舞台阅读"形式演出再获成功；1989年12月，又在慕尼黑第三届国际音乐戏剧研讨会上获"特别荣誉证书"奖。1992年1月至2月在美国首都华盛顿肯尼迪艺术中心，由华盛顿歌剧院进行美国首演，1993年2月至3月在台湾公演，1997年8月在德国、瑞士演出，更获得了一致好评。美国媒体评价说："歌剧《原野》震撼了美国乐坛，是第一部叩开西方歌剧宫殿大门的东方歌剧"；"歌剧《原野》的诞生与登上世界舞台，是20世纪末歌剧史上最重大的事件之一"。金湘也因《原野》而得获"一代旋律大师""东方的普契尼""当代东方新浪漫主义的代表"等美誉。1993年《原野》被评为"二十世纪华人经典"，1999年获文化部"文华奖"。《原野》是金湘代表作之一，他因歌剧《原野》成名，也因《原野》开始了他追寻"中华乐派"的理想之梦。歌剧《原野》的成功并不是偶然的，它来自金湘对"歌剧艺术自身特点"的认识："以目前中国的情况而言，在创作之始，作曲家、编剧家、导演最好能三位一体、共同构想。这既能使音乐、戏剧、文学三种不同类型的形象思维整合于胚胎之中，互相丰富、互为补充；又能使一度创作（案头的）与二度创作（舞台的）渗透，互为因果。这种思维的一致性、创作的连续性，能保证歌剧这种综合性极强的艺术作品较高

的成功率……在写一部歌剧时，要处理好三对关系，一是音乐与戏剧的关系……二是声乐与器乐的关系……声乐为主导，器乐为基础，交响性、立体性、整体性的统一。三是咏叹调与宣叙调、吟诵、韵白以至说白的关系。一般地讲，咏叹调构成音乐的大框架，宜于情感的升华，宣叙调及其他则是各个框架之间的链环，宜于交代情节，展开矛盾。"后来，这些表述被他概括为"歌剧思维"："凡在歌剧创作（一度创作与二度创作）中具备了'歌剧思维'，并贯穿于始终，成功率就会高，反之则多半失败。""音乐是歌剧的灵魂；歌剧中戏剧是基础，音乐为主导；一度创作中音乐结构与戏剧结构同步构思；在推动戏剧情节展开与抒写人物内心情感时，声乐与器乐并重，歌唱性与交响性辉映；歌剧的音乐是戏剧的音乐，歌剧的戏剧是音乐戏剧，等等。"有了成熟的创作技巧，有了完整的歌剧创作理念，再有了歌剧的创作条件，才可能产生成熟的歌剧作品。歌剧《原野》和其他歌剧作品的成功无一例外。

四、理想崇高、目标远大，未圆之梦有待来者

金湘为人正直、做人坦荡、待人坦诚；他对师长尊重可嘉，对朋友真诚至极，对学生关爱弥深；他有理想、有追求，有在困境中仍然求索的人生态度，还有不达目的誓不罢休的奋斗精神。他的作品创作技术娴熟，创作手法取舍得当；他的作品饱含真情而流露自然，深藏大爱而宣泄自如。他不是专业音乐理论家，却用理论家的眼光、理论家的思考对待自己的创作，将理论的研究成果融入自己的作品中，努力使作品提升思想高度和加深情感厚度；他不是专业音乐评论家，却时刻关注同行们的创作动向，并用自己的笔端为同行助力。他是作曲家，在坚持自己的创作理念、创作风格和音乐语言的同时，他在不断地寻求突破自我的新思想、新理念和新技术、新手法，写出超越自我的新作品。这些都是他追求并践行"中华乐派"建设所做的努力，更是他对祖国的赤诚之心，对事业的忠信之情，在音乐创作中崇高的精神追求。为更好地实现自己的创作与教学理念，金湘提出了"音乐创作学"的设想与教学内容安排，并从哲学基础、美学理念、体

裁种类、技术构成、中国传统技法等9个方面将中西音乐及其相关的历史文化背景列入课堂。这个设想表明，金湘以几十年的创作体会和成功经验为基础，希望拓展学生的创作视野、创作观念，培养更全面、更扎实的音乐创作技艺及站得更高、看得更远的作曲人才，实现"中华乐派"的建设后继有人的教育目标！建设"中华乐派"是金湘的未圆之梦，也是来者的共同心愿！实现中华儿女百年的崇高理想！实现中华传统音乐的复兴！希望在来者，希望在未来！

（原载《人民音乐》2016年第3期）

追忆我跟金湘先生的几次交往

韩锺恩

我跟金湘先生的交往不算太多,前前后后加起来也就是十来次,但值得说的是,这样一些有限的交往都有一定的深度,其中,有一些完全超越了我跟他之间的个人关系,几乎事关当代音乐的发展。在纪念先生辞世周年之际,特此笔录,以示怀念。

《中国音乐年鉴》1988 卷人物专访

1988 年年初,当时,我刚从上海音乐学院音乐学系本科毕业去北京中国艺术研究院音乐研究所工作,还不到半年。其时,我除了在音乐理论研究室专事音乐美学研究之外,还兼任了《中国音乐年鉴》的编辑工作,时任主编田青在编撰 1988 卷(总第 2 卷)时,提出一个人物专访的创意,我作为编辑部记者承担了这一年的大部分采访工作,金湘先生因其创作歌剧《原野》在当时获得很好的艺术声誉和社会反响而被列入第一批被采访对象,经过电话联络,他爽快地答应了我的采访。1988 年 1 月 25 日中午,我前往地处北京朝阳门附近当年金湘先生的寓所与他见面,这是我第一次见他,在他家的客厅里我们进行了一个多小时愉快、融洽的交谈,并应主人的盛情邀请在家里与他共进工作午餐。这次采访,经过我整理并由金湘先生审阅后,以《〈原野〉——中国歌剧发展的契机——与中国音乐学院作曲系作曲教研室主任金湘副教授的对话录》结题,发表在《中国音乐年鉴》

1988 卷①。

采访过程中，我们围绕歌剧以及各类音乐创作问题、歌剧《原野》的创作特点等问题进行了比较深入的交谈，其中，金湘先生的一些真知灼见，在今天看来，依然有十分重要的意义。就歌剧以及音乐创作而言，他认为最重要的还是如何理解并认识民族性、整体性的问题，进而，还提出了建立中国自己的民族乐派的问题。关于歌剧创作的特殊性问题，他认为主要是处理好音乐与戏剧、声乐与器乐、咏叹调与宣叙调的关系。除此之外，他还特别强调了如何在音乐创作中突出作曲家个性的问题。

采访录全文，已收入金湘《困惑与求索》（上海音乐出版社 2003 年版）。

1998 年音乐会批评

1998 年 6 月 11 日，北京音乐厅举行了一次中国管弦乐作品音乐会，金湘先生的交响诗《塔西瓦依》与鲍元恺、杨立青、金复载以及马晓辉的作品同台演出，引起京城乐界人士的广泛关注与强烈反响。我作为当时《音乐爱好者》"临响经验"的专栏作家，专门撰文对此作予以评论，事后，在该刊 1999 年第 1 期以《在两个"国"字合体之后的临响——以此综合国交并中国管弦乐作品音乐会》②命题发表。文中的评价是这样的：在整场音乐会当中，要论题材之巨（一个真实的民间艺人）、体裁之厚（完整的交响诗）、气势之宏（自然与人文的交融）、沧桑之悠（具史诗性质），当首推此作。然而，要论材料之多、编织之杂、语言之贫、高潮之过，也以此为先。文章发表之后，金湘先生跟我有过一个很长时间的电话交流，除了就具体问题进行讨论之外，我感觉他对我的评价不太满意。这当然已经是"过去时"的事情了。现在回想起来，也许，还是因为我和他之间处于不同时代、遭遇不同经历而产生不同的诉求，由此引发冲突。

---

① 文化艺术出版社 1989 年版，北京，pp.279—284。

② 总第 102 期，上海音乐出版社 1999 年 2 月版，上海，pp.26—28；后收入韩锺恩《临响乐品——韩锺恩音乐学研究文集》，山东文艺出版社 2002 年 11 月版，济南，pp.374—384。

音乐会批评牵扯金湘先生作品的部分，详见附录一。

2003 年之后持续 11 年的中华乐派问题

2003 年，金湘先生与赵宋光、乔建中、谢嘉幸一起撰文，发表《"新世纪中华乐派"四人谈》（载《人民音乐》2003 年第 8 期，总第 448 期，中国音乐家协会杂志社 2003 年 8 月 12 日版，北京，pp.2—6）。从此引发 10 余年之久的相关讨论。

我个人亲历了之后举行的四次学术研讨会，在基本态度不变的情况下，所持立场也有不同的表现。

第一次，是 2003 年 9 月 26 日，参加在中国艺术研究院音乐研究所举行的"新世纪中华乐派"大家谈，我的立场基本上是"和稀泥"的，即抽象肯定其积极性，具体否定其可行性。

第二次，是 2006 年 10 月 10 日—11 日，参加在中国音乐学院举行的"新世纪中华乐派论坛"①，我的发言以《笔画与拼音——区域性、地方性与全球性、世界性关系问题及其文化自觉问题》命题，虽然，就发言主题而言，看上去像一个宏大叙事，但实际上还是有非常明确的针对性的，尤其对"四人谈"来说，我更倾向于把这样的看法限定在一种同人间的对话之中，至少，在当时的语境中，基本上缺乏公开诉诸公众的良好条件。

第三次，是 2010 年 12 月 11 日—12 日，参加在天津举行的第三届中华乐派论坛②，我的发言以《自主自立，自足自强，自觉自新——就中华乐派合式表述建言》③命题，其中，有一句话是口头表达的，意思是：中华乐派是一个先验存在，不管你是说还是不说，不管你是说得对还是不对，它

---

① 该论坛由中国音乐学院音乐研究所主办。
② 该论坛由中国音乐学院、天津音乐学院、天津市美学学会、天津市音乐家协会主办，上海音乐学院、中国音乐美学学会、中国传统音乐学会、天津市历史学学会艺术史专业委员会、天津市中华民族文化促进会协办。
③ 转引自韩锺恩《声音经验的先验表述——韩锺恩音乐美学与艺术批评文论》，上海音乐学院出版社 2012 年 9 月版，上海，pp.199—200。

都是一个存在。发言之后，金湘先生认为，这也正是倡议者们想要表达的意见，他对我说："你来把这个问题接下去做吧。"我呢？当时有点不识抬举，竟当面谢绝了他的盛情邀请，对他说："我和你们的看法不同，别跟我来精神绑架。"

第四次，是2015月11月20日，参加在北京举行的"金湘教授八十华诞学术活动——第四届'新世纪中华乐派'论坛"[①]，我的发言以《金湘的等待与诉求》命题，除了其他内容之外，充分肯定了金湘先生关于新世纪中华乐派的诉求，并再一次表达：中华乐派是一个本有的存在，尽管它无须创造，但毕竟可以通过深情的仰望去不断地发现它。

发言提纲，详见附录二。

之前，在上午举行的"金湘教授八十华诞学术活动·金湘作品研讨会"上[②]，先应邀做即席发言，据回忆，基本意思是：金湘的两次遭遇，第一次遭遇有些尴尬，即在中壮年时期遇袭"西风"（西方现代音乐及其相应的观念思潮与技术理论），但他还是凭借其深厚的阅历来抵抗超常的技术，并依靠其现实苦难来换取某种具有中国人文知识分子特色的悲情理念；第二次遭遇有些窘态，即在晚年时期遭惑"华雨"（因新世纪中华乐派引起诸多反对意见），但他依然怀有人文知识分子的良知坚守与守护自己的理想。由此给我的启示是，作为具有独立人格的人文知识分子，究竟敢不敢讲话？如果敢不敢讲话是一个衡量你独立与否的标准的话，那么，要不要讲话甚至于会不会讲话则将是对你人格的一种终极判定。

2017年1月3日—12日，初稿并修订
写在汾阳路上音新教学楼北605写字间

[①] 该活动由中国音乐学院主办，北京民族音乐研究与传播基地、中国音乐学院科研处、中国音乐学院作曲系、中国音乐学院音乐研究所承办。

[②] 该活动由中国音乐学院主办，中国音乐学院作曲系、中国音乐学院科研处承办。

【附录一】

韩锺恩：《在两个"国"字合体之后的临响——以此综合国交并中国管弦乐作品音乐会》

作为压轴之作，金湘（北京）的交响诗《塔西瓦依》（以维吾尔族人／事／乐为素材），是动静最大的一个。不仅在于尺寸——篇幅最大，占时最长，而且，作为音乐会唯一一个北京籍作者，当地媒体的关照，也是最直接的。除此之外，足以引起人们关注的是，作者曾经在新疆生活了20年，可谓熟悉当地的风土人情，这就又为作品的自重加上了一个砝码。进而，也完全有理由相信，界内人士有这样的心理预备或者价值期待：并非采风之作，乃饱含生命之品。在此之前，听过金湘不少的音乐作品，其气度与功力，借时下流行术语，可定位在"大腕"。听了这场音乐会之后，基本感觉没错，在整场音乐会当中，要论题材之巨（一个真实的民间艺人），体裁之厚（完整的交响诗），气势之宏（自然与人文的交融），沧桑之悠（具史诗性质），当首推此作。然而，要论材料之多，编织之杂，语态之贫，高潮之过，也以此作为先。听完之后，我感到有些不满足，还总有些许遗憾。是期待与没对实际效果的僭越？好像并不尽然。过后，我与作者有一个电话交流，作为"忘年交"，我直率地谈了我的看法，言下之意，我也不愿意用"这是20年以前的作品"来开脱解嘲，甚至为"自欺"而辩护。虽然是电话交流，但我依然注意到他十分重视我的意见，并对我的批评逐一予以解释。关于"材料之多"，其实只有一个，只不过用了不同的方式予以变形，诸如"顺行""逆动"等，很显然，这是我光凭借临响感受的一个失误。关于"编织之杂"，虽然，他没有做正面解答，但我从他其他方面的叙述当中感觉到，他须要有一个足以容纳饱满情感的结构容器。关于"语态之贫"，我的意思是，音响结构长时间处于紧张状态，缺少必要的弹性和有序的张弛度，针对于此，则有一个情节是我不了解的，他说因受到音乐会时限之约束，作品原先所有的28分钟有了压缩，之所以给我造成如是印象，一种可能性就在于，被裁剪掉的一个段落，恰恰是类似安魂曲式的哀悼主人公的葬礼进行曲，尽管我仍然没有听到这段被裁剪掉的音响，但此刻在我音响记忆的"缺憾"当中，则已然将这一被裁剪之段落自觉地予以补白。关于"高潮之过"，显然是我们的分歧所在，或者说，直接相关两个不同的历史文化断代，抽象地说，高潮处在哪里，持续多时，甚至出现一个高潮群，都不是问题之关键，然而，在具体的"上下文"当中，则明显就会有可"计较"的余地，之所以这一个高潮可"计较"，从我的临响立场出发，至少，有两个评点：一个是基本样式不断重复的持续，进而，直接影响到下一个，即高潮的所在位置必然不会清晰，至于说，是否真的与不同历史文化断代相关？在没有进一步交流的前提下，只能说有一个肯定，那就是面对具体"事／情"的人文姿态是截然不同的，因此，严格说，这一点其实根本谈不上是什么分歧，或者说，这是一个合理的存在。

【附录二】

韩锺恩：《金湘的等待与诉求》

（一）

1998年，金湘先生在纽约—北京撰写评论：《谭盾，我在〈牡丹亭〉等到了你》，后发表于《人民音乐》。这个标题当时就吸引了我，吸引我的原因，无疑，是通过如是文字修辞的那个：等，究其文章——那么，他究竟要等什么？到底又等到了什么？是被谭盾音乐化了的戏曲，还是谭盾回归的姿态，或者是传统精神映射下的谭盾？

很显然，这里，分别牵扯到了这样一些问题：音乐创作中的技术问题、艺术问题、学术问题；相关音乐作品的艺术学问题、美学问题、哲学问题。

依金湘先生所问——关键的问题应该是：观念如何融入创作之中？概念性理念如何变成组织化的音响？之所以组织化的结构驱动仅仅来自戏剧与音乐的双重张力？这里，请特别关注阿德勒所言（《音乐学的范畴、方法和目的》，1885年）给出的重要启示：音乐学与组织化的音响艺术同时产生。只有当人们思考几个音之间的关系以及由它们组合成的整体，并且基于原始的美学规范想象组织起音响产品。

10多年后，2011年6月5日，又在北京居庸书院举办的"再续兰亭琴书诗会雅集"活动中，亲历金湘先生对东方美学在音乐创作中的体现做进一步阐述：空满（织体），虚实（主题），散紧（结构），含露（意境），离合（音色律制）。

当即，我便笔记下来并做如是设问：这些"类美学"理念以及具体的体现，难道仅仅归属于区域文化范畴吗？依此做进一步的设问：地缘、血缘、物缘（主要指文化）究竟在艺术以及艺术作品的成就过程中充当什么样的角色？

（二）

出现代的可能性究竟有没有？出西方的可能性究竟在哪里？尤其在当代中国已经逐渐进入国际并融入世界的时候。针对《中国可以说不》的焦虑与焦灼，那时候，中国可能说不吗？这时候，中国还须要说不吗？尤其在向国际接轨的喧哗之后，有没有看到向中国接轨的某种趋势？

新世纪中华乐派：理论、创作、表演教育四位一体。也许，与"一带一路"的国家战略不同，它更多是近代以降中国人文知识分子的一个梦，就金湘先生作为这一动议的主要当事人而言，姑且也可以称之为：金湘梦！纯真的理想，可嘉的精神，执着的信念，崇高的境界……

当然，我想金湘先生一定不会仅满足于这样一些无边无际且不伦不类的"点赞"。

回想起2010年12月11日—12日，我在天津举行的第三届中华乐派论坛上，以《自主自立，自足自强，自觉自新——就中华乐派合式表述建言》命题发表演讲，提出了四点意见：(1) 现代性理念与中国在场，(2) 核心竞争力与中国学统，(3) 寻求支点嫁接文化异端，(4) 四位一体协同结构驱动。最后，有这样一个比较重要的观点是通过口头表述的：中华乐派是一个先验存在，后人可以讨论的，无非是怎么诠释和如何表述的问题。

此说，得到与会者的积极反响，尤其是中华乐派主要倡议者之一金湘先生认为这也是倡议者们想要表达的，他对我说："你来把这个问题接下去做吧。"我呢？有点不识抬举，当面戏绝了他的盛情邀请，对他说："我和你们的看法不同，别跟我来精神绑架。"

现在仔细想想，金湘先生与赵宋光、乔建中、谢嘉幸四位老师之所以孜孜以求这样一个梦，其精神应该得到充分的尊重与肯定。为此，我由衷钦佩！因此，今天还得说：中华乐派是一个本有的存在，尽管它无须创造，但毕竟可以通过深情的仰望去不断地发现它。

那么，这个本有的存在究竟又是什么？俗话说：像样、得体、合度、合理、合式。

问题是：新世纪中华乐派究竟像什么样？得什么体？合什么度？合什么理？合什么式？

无论是艺术音乐，还是文化音声，在效仿文化与师法自然永远且绝对不对称的前提下，真正能够做的，无非是——自有，原在，本是。

与生俱有的存在，唯其不可的存在，独一无二的存在，仅其自有的存在，自然而然的存在，无缘无故的存在，无须解释的存在，不由自主的存在，始终如一的存在，无中生有的存在，之所以是的是。一种以其存在自身名义存在着的存在。

（三）

金湘等什么？

自有的中国精神？

金湘求什么？

本是的中国声音？

金湘与建设中华乐派

刘恒岳

如诗般,八十岁高龄畅想《日出》。似梦幻,离春天不远的日子奔向《原野》。

金湘,一代作曲家、指挥家、音乐评论家,为世界留下了歌剧、交响乐、协奏曲、合唱、室内乐、影视音乐等百余部作品与多部艺术评论著作、文章。

金湘与天津

金湘曾于20世纪50年代在津求学,作为中央音乐学院学员和工作人员,在天津度过了一段难忘的岁月,正是那一段岁月形成了金湘的中华传统美学观。金湘对天津有着深厚的感情,十分关心支持天津的艺术事业,十余年来与我保持着密切的联系。

与金湘相识于2004年10月,我在天津发起并担任会议主席的首届《中国歌剧艺术发展论坛》,金湘是看到上海歌剧院《歌剧》杂志刊发的会议通知时第一个报名参会的作曲家。时至今天,随着关心与出席论坛的钱仁康、周巍峙、李刚、楼乾贵、冯文慈、张越男与田川、王莘、孙从音、陈贻鑫、胡士平、高介云、石夫、焦杰等先贤的远去,现在看来那确实是一次不可复制的"中国歌剧艺术发展道路"的盛会,具有重要历史意义和学术价值。毕竟那时还没有高雅艺术复兴的号角,在那样的时间点,一批著名艺术家出席论坛,是怎样的一种歌剧情怀啊!其作为第一次以中国歌剧艺术发展历史为主题的会议,以"中国歌剧艺术创作历程、歌剧演出历史、中国歌剧艺术发展走向"为宗旨，对中国歌剧艺术走过的岁月作了富有激情的回顾和充满理性的思考，从艺术史学的角度全面回顾了中国歌剧艺术的辉煌成就，客观地勾勒出中国歌剧艺术的发展脉络。

从歌剧作为综合艺术考虑，论坛广泛地邀请了理论家、指挥家、作曲家、歌唱家、翻译家、编剧家及演出管理家、编辑家、舞台美术家等众多名家出席。所以，当我邀请时年69岁的金湘在主席台就座时，金湘真心地与我谦让了一番，他说："李晋纬、荆蓝、李光羲、茅沅、孙从音、高介云、石夫、焦杰、戴鹏海、李执恭等都比我年长，你让我坐在上面，我坐不住啊。"其实，作为会议主席，我考虑的是各界别都要有代表，何况作为民间发起的论坛，我还是有"权力"的。所以，论坛开幕式上，当我介绍到金湘的时候，还特意加上了一句，"这位是我崇拜的作曲家金湘"，与会的学者、艺术家都笑了。我想，参加此次论坛的上海音乐学院副院长杨燕迪教授、北京大学歌剧研究院院长金曼教授、人民音乐出版社总编辑赵易山教授一定都还记得论坛那个温馨的瞬间吧。会后，李稻川老师还惊奇，我怎么对几十名与会者的介绍与作品倒背如流、了如指掌。正是从那时起，我与金湘的真诚友谊与坦诚交往开始了。

我与金湘一样，喜欢上海歌剧院的《歌剧》杂志，我也多次看到金湘老师发表在《歌剧》杂志上的谈中国歌剧美学问题的文章，受益匪浅。2006年10月我主持操办"东方美学国际学术会议"，受到国内外的广泛关注，季羡林先生还为会议题词。我邀请金湘作为中国歌剧界的专家专程到天津出席"东方美学国际学术会议"，金湘作为一个具有多年实践经验的艺术家，一位关注美学研究前沿的作曲家，在南开大学东方艺术大楼的发言语惊四座，备受瞩目。作为一名关心民族艺术的志愿者，我为能有这样"跨界专家"的朋友而觉得神气十足。

2007年天津交响乐团、天津歌舞剧院分别推出了他的交响乐专场音乐会与歌剧《原野》，那一段时间里金湘与李稻川更是多次往返京津。我曾约请王莘的夫人天津歌剧团老团长王慧芬与歌剧《原野》天津版的导演、声乐指导"金湘的夫人李稻川、沈湘的夫人李晋玮"一起欢聚叙旧，谱写了一段"歌剧情"的佳话。2009年4月卞祖善老师与我联手在天津推出《中国舞剧名曲交响音乐会》,并套开了舞剧音乐创作座谈会,作曲家奚其明、杨青等专程来津出席。作为长期倡导、支持中国气派音乐作品的领军人物,金湘闻听座谈会的消息又专程来津。

十余年的交往、交流,我与金湘有太多的一致,也有不少不同的看法。但金湘对青少年时期居住过的这座城市却从没有忘记与淡漠,有着想忘也忘不掉的情怀。

金湘与民族

我不是作曲界人,但我对金湘作品的评价也有自己的不同看法,但金湘自觉地将创作根植于关注中国民间音乐,根植于中华传统美学观,确实难能可贵,令人尊重。

大家知道,2003年《人民音乐》发表了《"新世纪中华乐派"四人谈》一文,在这个四人谈中,金湘、赵宋光、乔建中、谢嘉幸提出了"中华乐派"的问题,得到学术界和艺术界的关注。为此,2006年10月中国音乐学院在京主持召开了"新世纪中华乐派论坛",50余人出席盛会。我与著名声乐教育家、天津音乐学院前院长石惟正应邀出席会议,有幸又再次当面聆听金湘老师对"中华乐派"的阐释。

这次会议收获很大,对我的影响也是巨大的。"中华乐派"的提出恰与我不久前提出的"艺术自觉社会和谐"不谋而合,我陷入了深深的思考。我以为,"中华乐派"的提出是当代中国乐坛的重要文化事件,标志着当代中华乐人作为一个文化群体自我意识的醒觉。这种自觉将对当代中国音乐的创作、表演、研究与教育产生广泛而深刻的影响。音乐界的文化意识觉醒也以独特、有力的形式强化了更广泛意义上的中华文化整体自觉,成为中华文化复兴的重要组成部分。所以会后,我联合天津音乐界、教育界、学术界联合创办了"中华情——中国作曲家作品系列音乐会",以举办我国作曲家作品专场的形式,为建设中华乐派做些更加实在的努力与弘扬,为中华音乐人认同和关注的重大主题——中华乐派的建设——助威。以"传承华夏文明,建设中华乐派"为宗旨的"中华情——中国作曲家作品系列音乐会",不仅成为国内最早推出的中国作品系列专场音乐会之一,也成为"中华乐派论坛"会议的重要"实践成果"在天津"落地生根"(金湘语)。自2007年以来,该音乐会已经连续举办多场,成为天津交响乐团的名片。

2007年11月在天津举行"中华情——中国作曲家作品系列音乐会"首场演出期间,针对原定2007年在某地再次举行中华乐派会议未能实现的情况,我再次向金湘先生倡议,将中华乐派论坛办成永久性论坛,并表示天津音乐界、教育界、学术界愿意为建设中华乐派做些具体的工作。此举得到金湘、谢嘉幸等各地学者的响应与支持,经过中国音乐学院、天津市美学学会等单位近一年时间的筹备,"中华乐派学术论坛"得以2010年12月再次与大家见面。

由中国音乐学院、天津音乐学院、天津市美学学会、天津市音乐家协会主办,上海音乐学院、中国音乐美学会、中国传统音乐学会、天津市历史学学会艺术史专业委员会协办的"中华乐派学术论坛"2010年12月10日—13日在天津举行。来自北京、天津、呼和浩特、哈尔滨、上海、杭州、西安、广州、成都、武汉、南京等地的60余名专家莅临会议做精彩演讲。

为迎接论坛的召开,作为天津方面的会议负责人,决定编发文集献给会议,文集前面"想说的话"由我执笔写道:我们认为,"中华乐派"并非要成立一个音乐圈子,所表达的也并非少数音乐家的艺术诉求,而是中华乐人提出一种普遍的文化立场与艺术理想,反映了中华乐人文化意识的自觉,即通过回归本民族音乐传统,呈现本民族音乐风格,实现中华乐人在文化人格上的自我确认、自我独立的精神诉求,对当代中国音乐界具有普遍的启示作用。换句话说,建设中华乐派的意义,并不在于成就一个由有限音乐家群体组成的音乐流派,"中华乐派"应由全体中华乐人组成,其音乐风格的独特性也是相对于西方音乐的整体面貌而言,是一种族群文化特征与民族艺术精神的体现。

这个册子集中刊印天津市美学学会会长、南开大学哲学院薛富兴教授和天津市美学学会副会长、天津师范大学文学院刘顺利教授撰写的文章,表达天津学界对"中华乐派学术论坛"的祝贺与支持,建设中华乐派需要社会各界的关注与重视,建设中华乐派需要社会各界的呐喊与助威。这个小册子印发前，我征求金湘老师的意见。金湘老师认真看后，用特有的口音说："坦白地告诉你，写文字还得您这帮人。"他又说："中华乐派不是金湘个人的，金湘也不是中华乐派的唯一代表。"

由于价值观的认同，我为金湘一生钟情的"中华乐派"建设不遗余力，奔走呼号。"中华乐派学术论坛"成为永久论坛是我们忘年交友谊的见证与结晶。

金湘与未来

金湘去世后，我翻阅了与金湘交往的部分资料。在邮箱中发现了2014年1月金湘发给我的邮件，我心生感慨。2015年12月25日我在微信朋友圈发了"金湘与我最后一次邮件"的文字，天津市美学学会会长、南开大学哲学院薛富兴教授评论道："甚惊，本人与先生结识有限，激赏其中华乐派之理念""睹字思境，岂不伤感！愿金先生后，中华乐派犹存，不要再玩换帜游戏。愚以为，当以赞助传承此理念之作品为突破口，累积作品，方可成派，徒议概念无益"。

……

2014年1月，距离2010年12月的天津"中华乐派学术论坛"四周年不久，我曾主动与金湘老师电话、短信以交换应于2014年12月举行的下一届论坛的意见。上面说的邮件就是电脑里保留着的2014年金老师与我交换意见的最后邮件。2014年1月14日21:50他写道：

恒岳：

此信接着上午短信：

在具体措施上，根据目前具体情况（在主客观各方面与前几年均已大不相同），我有几点想法供你考虑：

（1）去年，我在上海见到韩锺恩（他现在是上音音乐学系主任），他建议下次论坛可放到广州（因赵宋光年事已高，行动不便），赵在星海音乐学院，就近在他处开为好！但须有人与星海去谈，促他们主办；

（2）上海的韩锺恩，还有洛秦（上音音乐研究所所长）均表示过愿积极参与；

（3）我因年事已高，而且今年有一部大剧院歌剧委约，压力极大，实无力奔波，但我推荐谢嘉幸。他活动能力极强，又正当年，是"四人谈"中的最合适的人选。我可去对他说。你亦可找他一谈！

（4）如放在天津，包括"圈内外"，此意亦甚佳！

（5）我一直会关注，也会参与，只是无精力全程参与矣！

好，先谈到此。可再随时联系！

顺致节安！

金 湘

如今，金老师驾鹤西去，我将此信不加删改，公布于此。见证一位八十岁作曲家对推动、建设中华乐派的情怀。遗憾，原来的手机短信都没有保留下来。金湘远去，邮件依存。

而当时，我很快就给金湘老师回复了邮件，表示同意并非常理解他的分析。我提出还有一个问题也必须引起注意，近年来音乐界办会奢华之风弥漫不散，"高端""高层"论坛层出不穷。当然，"十八大"后多少有些收敛。不管在哪里举办，唯愿坚持。当第一届时，尚是探索；当第二届时，也许还在争议；当第三届时，也许尚在迷茫……但是，当坚持到第五届时，我相信自有收获。我在想，我们建设中华乐派，可究竟要建设什么，谁最希望建设，建设的目的意义是什么？建设就是开几个会，出几个文集？就是少数学者继续"写作"？还有多少人会像杨荫浏、李元庆、曹安和那样注意挖掘？还有谁会像缪天瑞、马革顺一样，尽一生的年华修订一部学术专著或系统整理中国作曲家作品史料？

我不客气地说，真正上心建设"中华乐派"的人还不够多，上心会议、有策划、有思考、按计划思考会议的人也很少。有些人看着像"学者"，实际上是在"赶集""赶文化大集"。"学者们"远没有形成对文化的自觉，对此我并不乐观。我建议，高调办会、低调会务。所谓高调是指会议一定管用，"产生一个或几个成果""推动一个或几个项目"，减少"书生误国"的"清议"。会议可以集结成册，但结集不是目的，中华乐派会议是改观念、推工作，不是为了开会而开会。

……

随后金老师全身心投入歌剧《日出》的创作，我也忙于杂务。

金湘去世后，我没有送花圈，也没有送香纸钱。我选择改签出差的航班，带着爱金湘的一颗心，与亦师亦友的金湘做最后的告别。2015年12月29日一早来到八宝山革命公墓兰厅，当我与闫拓时、赵塔里木、杨通八、谢嘉幸等为建设中华乐派积极奔走呼号的同人握手的时候，我又说起了"弘扬华夏文明，建设中华乐派"才是金湘先生一生追求的梦想。谢嘉幸老师告诉我，他2015年11月27日去医院见金湘老师，金老师依旧说的是——继续……

中华民族有着悠久的历史和灿烂的文明，也孕育了丰富的音乐文化，在构建和谐社会的今天，在中华民族充满生机、屹立于世界的今天，弘扬中国音乐文化，是中华民族复兴的需要，也是对全人类音乐文化的贡献。弘扬中国音乐文化，需要中华乐人本体意识更为觉醒。金湘西去，中华乐派的建设仍须继续，只有继续高举"弘扬华夏文明，建设中华乐派"的旗帜，踏实地做好实际工作才更符合务实的"金湘作风"。

我想，论艺术作品，没有人否认，金湘以歌剧《原野》闻名，金湘以歌剧《日出》收官。我想，谈艺术生涯没有人否认，金湘生命中，在中央音乐学院的"49—59"时代，正是"中央院"在曹禺家乡天津的辉煌期。所以，天津市历史学学会艺术史专业委员会、天津市音乐家协会、天津市美学学会、天津市艺术学会在丙申花开的春日联手天津歌舞剧院、天津交响乐团，在天津曹禺故居纪念馆"原野厅""日出厅"同时推出了"生命的原野""日出的永恒"雅集，献给金湘先生的81岁冥辰，表达我们由衷的思念。

（原载《歌剧》2016年第2期）

金湘作曲思想与中华乐派

——写在金湘80华诞研讨会之际

宋 瑾

2015年金湘年届八十。11月19日和20日相继举行了"砥砺前行——金湘作品音乐会"和"金湘作品研讨会"、第四届"中华乐派论坛"。研讨会期间，金湘病重躺在医院。音乐会当晚，金湘在病房通过电视台实况转播观看自己的作品演出（谁想到，那是他观看自己的最后一场音乐会）。圈子里分享的照片中，有一张给笔者留下深刻印象：金湘瘦骨嶙峋，高昂着头高度专注于演出。带有仰角的侧面，如雕塑一般棱角分明，令笔者联想到古时候以松竹梅菊为写照的士人。借庆贺与专题研讨会之机，笔者厘清思路做了如下探讨。学界已有很丰富的相关探讨，本文无论在举例上还是在学理概括上都没有穷尽所有，谨以此文纪念当代中国有思想、有追求、有成就的作曲家金湘。

一、金湘的作曲思想

20世纪90年代，笔者参与了中国艺术研究院音乐研究所与福建省艺术研究所合作项目"20世纪中国音乐美学志述"中的"作曲家创作思想采集"子课题①。课题组设计了一些问题,请作曲家们思考应答。金湘作了回应。在历届"京沪闽现代音乐创作研讨会"上,金湘多次发言,提供了他自己关于现代音乐创作的美学思想和作曲理念。在作曲家中,金湘善于理论写作,他不仅写音符,也写文字,例如《困惑与求索——一个作曲家的思考》等专著。这些文论较为充分地展现了金湘的创作思想。21世纪,中央音乐学院音乐学研究所作为教育部人文社会科学重点研究基地,规划了"20世纪80年代中国器乐创作研究"重大项目,笔者负责作曲家创作思想梳理,请学生采访作曲家,其中包括金湘,进一步获得他的创作言论②。

"作曲到最后拼的是观念",金湘的这句话给笔者留下深刻印象。他的意思是:技法可以学习掌握,技法对作曲而言很重要;但技法毕竟只是手段,关键还在创作观念。观念决定技法的应用水平。新时期以来的现代音乐创作,如果以"南朱北罗"——南方的朱践耳和北方的罗忠镕为第一代作曲家的代表,那么金湘等就是第二代作曲家代表,谭盾等就是第三代作曲家代表。如此后推,成熟的作曲家至少可以推至第四代。作曲家通常不写文字而以音符表达自己的思想情感,但是在福建艺术研究所主办的《现代乐风》内部期刊上,受创办者中的灵魂人物、迄今全球华人创作最多交响音乐作品的作曲家郭祖荣先生的人格魅力之感召,许多第一、二代及一些第三代现代音乐作曲家乐于在该刊物上表达自己的作曲思想,也包括金湘。所有相关作曲会议的发言纪要都在《现代乐风》中刊出。《现代乐风》于20世纪末因故停刊,并于2000年结集出版③。据笔者梳理比较,虽然作曲家们都重视作曲观念,但是金湘关于"作曲拼的是观念"的提法鲜明度最高。当然,各作曲家都或多或少也在其他各类刊物发表自己的创作思想。

---

① 郑长铃:《20世纪中国音乐美学志述/创作卷(一)》,中国文联出版社2005年版,北京。

② 宋瑾:《20世纪80年代以来中国器乐创作研究(下册)》,教育部人文社会科学重点研究基地中央音乐学院音乐学研究所2002—2003年度重大规划项目,批准号02JAZJD760002。待出版。参见附录,孙琦(嘉艺)的金湘访谈录(即本书前文,《音乐:我的经历,我的思考——同孙嘉艺的谈话》)。

③ 该出版物即郭祖荣、袁荣昌:《现代乐风》,厦门大学出版社2000年版,厦门。

金湘勤于笔耕，还出版了若干专著。

金湘要拼的"观念"是什么？从笔者掌握的资料看，可以做如下梳理：

其一，"使命感"。金湘认为作曲家应该创作表达人类愿望、鞭挞社会黑暗、促进历史前进的作品，这样创作出来的作品才真正有价值[①]。有好的观念，再加上好的技术，就能够写出好作品。他并不反对写"主旋律"，但是他对"主旋律"有自己的看法。在他看来，凡是能推动历史前进的音乐，能够表现人类的希望、追求、理想的音乐，就是主旋律，例如贝多芬的音乐。并非简单地"贴标签"就能写出主旋律。因此作曲家要有责任感，要有历史使命感。金湘认为自己的《金陵祭》就属于主旋律类型的作品。他谈到，50后作曲家，指出他们尽管曾经被打成"右派"，受到迫害，但是心中依然有民族、有国家，依然有责任感和使命感，而没有抱怨，没有计较个人得失，不断创作有利于民族、国家、历史进程的音乐作品，这就是写主旋律的精神。金湘反对以下四种态度和行为，或者不良现象：经历磨难之后，脱离社会，"躲进小楼成一统"，写风花雪月的音乐；为了拿奖而创作，投设评者所好写主题先行的音乐；为了挣钱或谋生而创作，投投资者所好或大众口味，用MIDI写作没有品质的音乐；没有真知灼见，没有深厚的创作实践，空谈作曲理论[②]。笔者认可金湘的使命观念，也赞赏他超越个人苦难的创作态度。另有一些作曲家如王西麟则对国耻家恨耿耿于怀，用作品一再鞭挞历史黑暗。从"个人事务"（罗蒂语，见后述）角度看，笔者认为也无可厚非。在对真善美和光明未来的追求上，二者殊途同归。参见下文关于个性问题的讨论。

其二，作曲技术。金湘指出，技法选择完全取决于作曲家自己的审美趣味、个性、爱好和每首作品的特殊要求。任何技法都可以拿来"为我所

[①] 郑长铃：《20世纪中国音乐美学志述/创作卷（一）》，中国文联出版社2005年版，北京，p.170。

[②] 宋瑾：《20世纪80年代以来中国器乐创作研究（下册）》，教育部人文社会科学重点研究基地中央音乐学院音乐学研究所2002—2003年度重大规划项目，批准号02JAZJD760002。待出版。参见前文，《音乐：我的经历，我的思考——同孙嘉艺的谈话》。

用",但不能被技法所束缚,现成技法的借用必须有所创新。作曲家可以选择常用技法,也可以根据作品需要选择不同技法,或二者兼而有之[①]。一部作品可以用一种技术,也可用多种技术,但通常不会用到所有技术。技术新旧与作品好坏没有必然联系。也就是说,用新技法或老技法都可以写出好的作品或差的作品。这也是笔者的看法。改革开放初期,西方现代作曲技术涌入中国大陆,引起新的中西碰撞,也一度造成"追新"现象和困惑,甚至招致批判。大约经过10年的实验和思考,作曲界才重新取得理论与实践的平衡。金湘的看法是,拥有技术才拥有音乐发言权,但是技术需要思想,没有思想玩技术是音乐工匠的作为。金湘在20世纪末明确指出:"玩弄技术必被技术所玩弄,玩弄观念必被观念所玩弄,舞耍技术必被技术所舞耍。"[②] 对作曲学生而言,金湘认为他们应该抓住三个东西,即作曲要有想法,要有现代感,要有民族传统。从技术上讲,歌剧、交响乐、室内乐、合唱、艺术歌曲等都有各自的思维。就歌剧而言,它是音乐的戏剧、戏剧的音乐。歌剧思维有三:第一,歌剧音乐是器乐和声乐的结合,声乐里的咏叹调和宣叙调是器乐里所没有的。第二,歌剧是音乐和戏剧的结合。第三,歌剧结构是由音乐结构和戏剧结构共同构成的。金湘非常强调固定调唱法对作曲的重要性,认为首调唱法转换过于繁杂[③]。对唱名法问题,也许有不同看法。陈怡曾经在某次回中央音乐学院的讲学中,谈及自己作曲教学遇到的情况:有一美国学生说他正在创作一个作品,觉得用简谱更方便。陈怡立刻说,那就用简谱吧。通常跟简谱对应的是首调唱名法。笔者个人的经验是两种唱名法并用。金湘否定"使用固定唱名法的人乐感不佳"的看法,笔者也大致认可,并保留"比较之下固定唱名法乐感不佳"的个案

---

① 郑长铃:《20世纪中国音乐美学志述/创作卷(一)》,中国文联出版社2005年版,北京,pp.172-173。

② 金湘:《困惑与求索——一个作曲家的思考》,上海音乐出版社2003年版,上海。

③ 宋瑾:《20世纪80年代以来中国器乐创作研究(下册)》,教育部人文社会科学重点研究基地中央音乐学院音乐学研究所2002—2003年度重大规划项目,批准号02JAZJD760002。待出版。参见前文,《音乐:我的经历,我的思考——同孙嘉艺的谈话》。

记忆。

其三，听众。金湘明确指出，作品应让多数人欣赏，认为这是他个人毫不含糊的美学观。他在谈自己创作歌剧《原野》的感言中，曾把对听众接受的尺度的把握比拟为"让人们跳一下子就能摘到这个桃子"。歌剧上演的成功，进一步坚定了他的这一信念[1]。在谈到自己的审美理想时，金湘进一步解释"摘桃子"理论：要引导群众培养良好的审美情趣；音乐作品一方面不能迎合低级趣味，另一方面不能高不可攀，应让群众"跳一下就能摘到桃子"。"跳一下"这个朴素的表达蕴含着深刻的道理。心理学研究成果中就有适合于音乐审美心理的原理，如"难度阈限"：难度太大或太小，都不易引起审美兴趣。作曲家应该把握好一定的难度，让听众"跳一下"就能品尝到音乐美。笔者认为搞创新的作曲家，如果像金湘那样想让自己的作品拥有多数听众，就须要把握难度阈限。新颖超过一定限度就会变成怪异[2]（第四章之"新颖性"原则）。听众问题涉及"雅俗"。金湘概括了三种类型，即"雅""俗"和"雅俗共赏"，前者听众少，中者听众多，后者听众也较多。他认为作曲家应秉持多元观念，不要偏执于一端。他自己就是这样做的。但是就自己"雅"的作品而言，他还是希望能够做到雅俗共赏，除了完全为了实验的作品。许多作曲家都希望自己的作品能被多数听众喜爱，这符合社会心理学概括的个人价值实现原理。笔者认为"听众"具有不同群体，都有满足音乐审美需要的权利。作曲家可以选择其中一个群体，也可以选择多个群体。就后者而言，需要创作不同的音乐作品，以满足不同的审美需要。如果创作是一种诉说，那么创作就是某种倾听者在场的行为。当然，自言自语，或向天而歌，具有高度纯粹性，也许只有少数知音。所谓曲高和寡，自古有之，如今亦然。就像高科技少人问津却独具价值一样，寡众高曲亦可独树一帜存在于社会。近来，笔者注意到金湘非常推崇的作曲家郭祖荣在听众问题上的变化——"听众"概念从笼统到

---

[1] 郑长铃：《20世纪中国音乐美学志述／创作卷（一）》，中国文联出版社2005年版，北京，p.170。

[2] 张前：《音乐美学教程》，上海音乐出版社2002年版，第四章之"新颖性"原则。

具体。在跟笔者电话交谈时，他的表述是：我的作品是写给知识分子中的音乐耳朵听的。

其四，个性与民族性。金湘认为个性体现了民族性，民族性寓于个性之中。他说，强调个性并不意味着不顾民族性，强调民族性也不意味着抹杀个性。但是我国现代历史曾经将二者割裂开来，过分强调民族共性，抹杀作曲家个性，造成千人一面的局面，历史教训应铭记在心[①]。他在新疆"劳改"20年，因此非常熟悉新疆地区的民族音乐，自己也创作过不少新疆风格的作品。但是，这些作品都明显带有金湘个人印记。如前文所述，金湘回忆漫长的苦难，虽然与其他受迫害者有相同的感受，但是他表示，苦难不应流露在表面，而应该隐忍，并化作生活的动力，追求理想，将升华后的思想情感表现在音乐作品中。他说："真正苦难的人把悲痛藏在心里，追求他应该追求的理想。这就是我，我从不哭给别人看。拿苦难作为一种炫耀是很肤浅的，是一种虚荣心。要把它变成自己的一种经历，在你的作品中写出人类的苦难，这才是成功的，这才是真正的苦难。我说我的音乐是含着眼泪的微笑，我的音乐是一种苦涩的微笑、苦涩的美，而不是那种甜蜜蜜的美。"[②]这种"苦涩的微笑""苦涩的美"就是金湘作品的个性，是在民族性基础上的个性。其实，同一代作曲家的作品呈现出不同的特点，无论在民族性还是在个性上都如此。例如，金湘一个时期的作品的民族性由新疆风味体现，而王西麟则由上党梆子体现；二人都要表现"苦难"，但表现出了不同个性的苦难感受。第三代作曲家亦然。民族性由不同地域不同民族音乐素材或风味体现在作品中，有的是四川特点（如郭文景的一些作品），有的是湘西特点（如谭盾的一些作品），有的则是"中原"五声特点。另有作品体现古代文人气质（如瞿小松的一些作品）。在个性上也如

[①] 郑长铃：《20世纪中国音乐美学志述／创作卷（一）》，中国文联出版社2005年版，p.172。

[②] 宋瑾：《20世纪80年代以来中国器乐创作研究（下册）》，教育部人文社会科学重点研究基地中央音乐学院音乐学研究所2002—2003年度重大规划项目，批准号02JAZJD760002。待出版。参见前文，《音乐：我的经历，我的思考——同孙嘉艺的谈话》。

此，各人的作品表现出各人的气质，音乐耳朵通常不难分辨他们。在"个性重于民族性"问题上，不少西方作曲家也有相同的看法，笔者在国内外不同学术交流现场就听到过这样的言论。笔者赞成金湘"多元"的观点，认为可以依照不同的创作目的，表现不同的特点——民族性重于个性，或二者比重相等，或个性重于民族性，甚至在原始民族性模糊乃至消失的"中性"①中体现个性。当然，金湘追求的是在民族性基础上的个性表现。学界在这方面的探讨持续了多年，有很多成果，此文不赘述。以上谈到的观点和特点，都在金湘最后的音乐会上得到体现。笔者的听后感是：中西古今融合，民族气质鲜明，声乐器乐并茂，旋律和声新异，音色织体丰富，整体不断出彩，另论。

二、关于"中华乐派"

金湘认为，我们至今还没有找到自己的音乐语言。为此，金湘参与"中华乐派"的呼吁与建构，体现出中华民族音乐代言者的历史感和责任感。联系上文，可以说金湘的"中华乐派"思想是他"拼观念"的结晶。

其一，关于个人文化身份认同。金湘说：我既是世界的，也是中华的。我提出"中华乐派"，但是别人不吭声，因为他们既没有勇气和理论来反对，又担心"中华乐派"的大旗由我来扛。这是一种可笑的心态。我提出这个问题，并不是为了我自己要扛大旗，我所考虑的是，在当今世界东西方文化的撞击间，在欧洲中心主义统治乐坛300年之下，我们中华民族的文化应该怎样真正地发展？而且我提出了哲学理念、美学理念、技法与传统的关系等，都有一系列的思路，不是空谈。无论你认同不认同，我们就是"中华乐派"。有人说我是"乌托邦"，我说："如果我是'乌托邦'，那

---

① 宋瑾:《中性化：后西方化时代的趋势（引论）/多元音乐文化新样态的预测》,《交响》2006年第3期, pp.45—58。

你就已经生活在'乌托邦'里面了!"①"文化身份认同"是后殖民批评理论的一个关键词,在全球化时代运用在政治、经济、文化等众多领域。这个理论关注殖民者撤退之后,原殖民地依然存在的欧洲中心主义现象及其产生的结果和影响。如果将音乐民族性问题的探讨算在内,中国作曲家自觉关注文化身份问题者人数众多,但明确而直接探讨这个问题的人却不多。以高为杰为代表的"地球村"派采取的是世界公民的身份立场;以陈其钢为代表的"个性派"采取的是中性人的身份立场;以金湘为代表的"中华乐派"显然采取的是本民族的身份立场②。20世纪上半叶的中国,西方派、国粹派和结合派的争论,也显示出不同的文化身份认同情况。笔者认为可以参考美国新实用主义代表理查德·罗蒂的观点,划分"公共事务"和"个人事务",哲学、艺术都属于后者。如此,就看作曲家选择什么样的立足点,站在哪里写音乐。一个人可以有一个立足点,也可以有多个立足点。这意味着一个作曲家可以认同一种文化身份,也可以认同多种文化身份。就"中华乐派"而言,显然认同的是中华民族的文化身份。这是一种选择。以往"民族性"几乎是一种政治要求的学术制度,如今可以是自觉选择。金湘做出了自己的选择。

其二,关于提倡"中华乐派"的缘由。金湘明确指出:我是根据我的意志来写东西的,我所想的"中华乐派"这个问题,也是根深蒂固的,因为这是我在世界交流中体会到的问题,这个问题必须要谈。在世界上,就算你不认同,只要你带有中华炎黄子孙的血脉,你就是"中华乐派"的一分子;就算你不认同,中华文化素养如传统哲学观念、美学观念、思维习惯等仍然都存在你身上。我并不想扛"中华乐派"大旗,但我觉得世界需要"中华乐派"这股力量;对世界音乐,对我们自己,都需要,所以我才

---

① 宋瑾:《20世纪80年代以来中国器乐创作研究(下册)》,教育部人文社会科学重点研究基地中央音乐学院音乐学研究所2002—2003年度重大规划项目,批准号02JAZJD760002。待出版。参见前文,《音乐:我的经历,我的思考——同孙嘉艺的谈话》。

② 宋瑾:《民族性与文化身份认同/当今中国作曲家思想焦点研究之二》,《中央音乐学院学报》,2010年第1期,pp.62—68。

提出"中华乐派"的问题。在金湘看来，中国音乐界的历史和现状都很可悲：自己的技术还没有搞好，就让西方人侵入了；根还没有扎好，又开始搞市场了，去追求经济效益……①从以上言论可以看出，金湘具有国际视野，因此也具有比较的视野；恰恰因其具有这样的视野，才更强调民族性。笔者认为，多元音乐文化生态的建构，目的在于资源共享。首先要维护好每"一元"，才可能有"多元"，否则走向趋同，合并同类项，就不可能有多元文化生态。在这个意义上，"中华乐派"具有全球多元音乐文化生态的价值。

其三，关于"中华乐派"的构想。以黄翔鹏"传统是一条河"为观念基础，金湘进一步具体化，指出传统是一条立体的河：上层是形态学，就是指音乐中各种各样的元素、各种各样的形态；中层是结构学，是创作思想和音乐思维方式；底层是哲学美学。这三种层面都具备，才构成一个整体的传统。具体说来，前者包括声腔、调式之类，中者包括曲体结构、句式及其连接方式，如鱼咬尾等，后者如"空、虚、散、含、离"，体现了中国哲学美学观念。他指出不少人只是在第一层采用了五声调式或民族音乐素材，以为那样就可以有中华音乐特征，实际上在中层采用的是西方作曲思维，底层更无中国传统哲学美学可言，这样是不足以构建"中华乐派"的。例如写民乐就有配器的问题。金湘指出，民乐配器跟西洋配器绝对不一样，因为西洋配器是基于西方的律制，它要求你的做法能使音色抱团。而民乐采用的是分离的律制，它的音色也是分离的。比如竹笛和唢呐吹一个和弦，能够抱在一块吗？既然它是分离的，就应该用分离的原则来写它，这样你的民乐才能写好。但我们过去的民乐是用西洋的配器法来写的，这就没有从根本上认识两者的区别。怎么能够写好？有些原则是可以考虑的，比如说配器上的混合音色、功能分组、音色对比，等等。这些原则从西洋配器和民族配器角度都可以考虑，关键在于怎么运用。如果没有一个总的

---

① 宋瑾：《20世纪80年代以来中国器乐创作研究（下册）》，教育部人文社会科学重点研究基地中央音乐学院音乐学研究所2002—2003年度重大规划项目，批准号02JAZJD760002。待出版。参见前文，《音乐：我的经历，我的思考——同孙嘉艺的谈话》。

概念，怎么写得好？所以技术的运用又离不开作曲家的思想高度[①]。金湘的"抱团"指的是音响学中声音的"融合度"。一个三和弦，各个音同时发声，只有具备相应的融合度才能产生一个和弦（一个声音）的效果。西方音乐采用固定音高、确定节拍，才有和声、复调。经过多年的选择，确定了分组乐器，才能符合和声的融合度要求。从创作实践看，不少大型民乐存在音响学问题，即造势的时候出现音的遮蔽现象，特别是胡琴的声音，在全奏高潮被其他声音尤其是打击乐的声音所淹没。记得在香港一次华人现代音乐创作研讨会上，朱践耳对笔者说：西方的"交响"思维不适合民乐；模仿西方管弦乐队写民乐，民族乐器的优点显示不出来，缺点反而暴露出来。因此他自己从不写大型民乐。笔者曾听过金湘民乐专场音乐会，觉得他在民乐创作上有自己的想法和实践。给笔者留下深刻印象的是以《诗经》为素材创作的几首"室内乐"作品等。

其四，"中华乐派"并不排斥吸收外来营养。金湘以自己的音乐创作经历为例，表明对中西关系的看法。如上所述，中国近现代历史呈现出三种倾向，即所谓"西洋派""国粹派"和"结合派"。金湘通过学习西方古典音乐来为创作打基础，通过学习西方现代音乐来吸收新技法，通过研究中国本土民族音乐文化来把握上述"立体的传统"，由此可见他倾向于融合。他的"中华乐派"思想并不排斥吸收西方技法，这跟上述"拼观念"中的"现代感"有关。当然，学习、了解西方至少有两种意义：一是学习作曲技术，为我所用，体现音乐作品的现代感；二是了解西方音乐文化，获得他者参照，从而弄清本土音乐文化的独特之处，有利于确定民族性和个性。15年前的世纪之交，在回顾百年历史、前瞻发展道路的语境中，音乐的中西关系的讨论再度升温。撇开"国粹派"和"西方派"，就"结合派"而言，以往的体用之争依然延续下来，但有新的表达方式。多年来在政治家提出的"古为今用，洋为中用"方针指导下，"借鉴西方作曲技术，创作中

[①] 宋瑾：《20世纪80年代以来中国器乐创作研究（下册）》，教育部人文社会科学重点研究基地中央音乐学院音乐学研究所2002—2003年度重大规划项目，批准号02JAZJD760002。待出版。参见前文，《音乐：我的经历，我的思考——同孙嘉艺的谈话》。

国风格的作品"成为音乐创作的主流思想。随后,全球化讨论中的"同质化""异质化"等概念或多或少也渗入音乐界,"多元化""文化差异"等观念被普遍接受。这种研究现状一方面支持"中华乐派"的口号,一方面也提出新的问题,主要是借鉴西方作曲技术何以确实能做到"穿西装还是中国人"之类的问题。美学关心感性层面,势必提出民族性的感性效果问题。全球化讨论中还有一个重要概念即"文化气质"。这种气质何以有效地感性显现?从"族性"(ethnicity)讨论视角看,"中华乐派"的"族性"在借鉴西方音乐文化养分而体现现代感的同时,何以在感性上落实金湘所说的"立体传统"?这些问题都需要进一步具体而深入的探究。

三、余论

其一,共同的呼声。老一辈音乐家中有提"中国音乐体系"者,除了百年来的中西关系、古今关系探讨中的众多发言者之外,还比如蔡继琨,30年前就再三提出。20世纪40年代后期,蔡继琨离开大陆到台湾,后来又移居菲律宾。他经常参加国际音乐活动,具有国际视野。改革开放初期他回国参加学术会议,最后毅然回国办学,一再提倡建立"中国音乐体系"。沈洽、杜亚雄、王耀华、罗艺峰等众多学者也在这个领域著书立说,提出或概括出"中国基本乐理""腔韵体系""中国音乐思想史"等。"越是民族的,就越是世界的",这句话的意思是,民族性越明显,就越有世界意义。也就是说,只有本民族的"一元"非常鲜明,才有真正的"多元"。

其二,笔者的发言。笔者参加了第三届"中华乐派研讨会"(天津),做如下发言:中国音乐文化与哲学美学密切相关,形而下是形而上的具体显示,但是很难单纯通过器来抵达道,因此古人强调实践体验,就是李泽厚所说的"实践哲学"。曾田力在山水间搞小众传播,意在让有缘人到自然中开放身心,体验传统。古琴的复兴,如果它超越世俗的精神没有被继承,那么即便全民学古琴,古琴也不能"活态"复兴。很高兴现在我们音乐界已经有人在体验、实践中国哲学美学思想,例如曾田力、瞿小松、谢嘉幸等。笔者的意思是,中国传统音乐哲学美学具有独特性,体现在音乐中,就出现各种独特的音乐文化现象。因此"中华乐派"自古有之,今天的提倡,具有全球多元音乐文化生态的意义。中国古人的"音乐"体现"做的哲学""藉琴求道""天地人乐相通"等观念。近年笔者还提出"虚实体在论""超感性""超主体性""自况""归一返道"的行为方式等中国传统哲学美学范畴,旨在为中国音乐哲学美学体系的建构提供个人思路和一砖一瓦。

其三,新的增长点。"中华乐派"之后,又有地域乐派的提出,如"岭南乐派""福建乐派""燕赵乐派"等。理论领域也如此,如近期出现的"音乐北京学"等。不同意见认为,"乐派"不应由自己提出来,而应由历史来确定;不应先提口号,而应先有大批具有相同或相似特征的作品。无论存在怎样的争议,这些"地方学"的出现,有望成为"中华乐派"新的增长点。

其四,新的重大意义。在当下中国社会大语境中,"中华乐派"又有新的重大意义——中华复兴,中国梦,软实力,话语权。一个民族不能忘记自己的历史,中国特色就是中国历史产生的。30年的改革开放,中国初步奠定了经济发展的基础,如今须要提升软实力,一方面实现经济转型,一方面增加话语权。提倡"中华乐派"显然符合这样的发展需要。

其五,具体建构思路。参考包括金湘在内的众人意见,也许可以概括出一句话——吸纳现代,重构传统。具体有三个层面的思考:第一,传统是一条河,我们要延续中华音乐文化血脉;第二,我们回不到过去,"中华乐派"不是复古;第三,近现代历史形成了一个棋局,我们无法悔棋,只能从既有局面往前走。需要继续探讨的问题不少,比如"传统文化"和"文化传统",前者的"肉体"被继承的同时,"灵魂"何以同时被引渡到现代,后者的非物质性如何有效地感性显现。再如"继承中的变异"与"发展中的变异",前者指传统音乐文化基因在遗传中的自然变异,后者涉及不同文化的混合,如中西结合的"新音乐""新潮音乐",古今雅俗混合的"新民乐",等等。前者是驴的遗传与变异,后者是驴马杂交出现的新品种,即骡子。这只是生物学的比喻,重要的是"中华乐派"的包容度。笔者曾经概括为三种,即原形和新原形、各原形的变形、各种杂交形。后者在全球化的今天需要专门研究,对"中华乐派"的建构也有参考意义。国外对混生音乐(hybridmusic)的研究已经有不少成果,笔者的相关课题也获得文化部立项,另文再叙。

最后,谨以1987年诺贝尔文学奖获得者约瑟夫·布罗茨基(1940—1996)题为《表情独特的脸庞》获奖演讲词中的一句话结束本文,纪念具有"表情独特的脸庞"的金湘(当然,二人的美学观念并不相同,个性却有相通之处):"一个个体的美学经验愈丰富,他的趣味愈坚定,他的道德选择就愈准确,他也就愈自由,尽管他有可能愈是不幸。"①

[原载《中国音乐》(季刊)2016年第2期)]

---

① [美]约瑟夫·布罗茨基:《悲伤与理智》,刘文飞译,上海译文出版社2015年版,上海。

生命与沙漠：双重性的震撼

——聆听大型民族管弦乐《塔克拉玛干掠影》有感

刘再生

音乐创作经典作品之问世，始终是人们追寻破解的谜团。人类智慧的极限何以能创作出具有永恒的、不朽的音乐，震撼着超越国界的不同地域民族、不同政治信仰、不同审美观念的人们，其中，规律性现象之一，是人生和音乐密不可分的因果关系。

金湘1985年开始创作的《塔克拉玛干掠影》，是我国大型民族管弦乐作品中的一部经典之作。

一、先言其人

半个多世纪以前，中国发生一场以数百万计知识分子精英被"右派"的运动。笔者曾说："1957年开始的'反右'运动，文艺界属于'重灾区'，一大批文化精英式的文学家、艺术家、音乐家被戴上'右派分子'帽子，或消失于人间，或劳改于监狱，或下放于农村，或监督于单位。'阶级斗争为纲'成为我国文艺方针的基石与理论依据。知识分子斯文扫地，文化事业大伤元气。"① 这些被"右派"者,其心态与命运大致可分五类:(1)郁郁不得志,或英年早逝,或含恨而死,家破人亡,呜呼哀哉!此为大多数;(2)少数假以天年之幸存者又有:被打成"右派"而又被"平反"后,感激涕零,痴心不改:"妈妈打错了孩子,孩子是不会也不应该记仇的";(3)满腹牢骚,愤世嫉俗,在文艺(音乐)作品中尽情发泄怀才不遇、世道不公之怨愤;(4)有的功成名就者,竭力追回失去之青春年华,恣意享受人生与人性之欢乐;(5)面对人生,奋力拼搏,"以自觉的历史使命感为己任。无论条件怎样,血液中奔流着一种野性的、执拗的决心与力量。"② 其中,金湘则是属于最后一种曾被打成"右派"而又厚积薄发、大器晚成的大师级作曲家。

孟子云:"天将降大任于斯人也,必先苦其心志,劳其筋骨,饿其体肤,空乏其身,行拂乱其所为,所以动心忍性,曾益其所不能。"孟子名言为后世历尽人生磨难又以天下为己任者以永恒的激励。金湘也属如是乎?像他这样一种命运多舛而成就非凡的生命现象在音乐界之存在,如果不是唯一,也属凤毛麟角。金湘祖籍浙江诸暨,出生于江苏南京。自幼年到青年学习音乐17年,下放新疆20年,重返音乐界时45岁,又用近5年时间"充电",对被迫荒疏的音乐"温故知新",此时已是知天命之年。自此,他的音乐创作能量犹如火山般喷发,在30年时间中精品迭出,震惊乐坛,声誉遍及海内外。这样一种被长期压抑、肆意践踏的人生而又自强不息且有大成就者,他的生命本身不就是一种震撼吗?

二、再言其曲

金湘的音乐作品所体现的历史感、厚重感、沧桑感与人生经历所形成的理性思考、哲学观念、技术功底具有前因后果关系,本在意料之中。但

---

① 刘再生:《导向作用与实践检验——"编者按"作为批评方式之存在》,《音乐研究》2009年第3期。

② 金湘:《困惑与求索—— 一个作曲家的思考》,据黄翔鹏《序》(1990年4月)原文整合,上海音乐出版社2003年版,上海,p.3。

是，那种非凡的人性力量，缤纷的音响色彩，动人的音乐魅力，却只有热爱人类、热爱民族、热爱生活，同时具有创新意识和丰富想象力的作曲家才会在人声和各种乐器中调动出达于极致的音响美感，给人以深刻的哲理思考和高度的音乐美感享受。这是金湘的音乐个性风格不同冷暖色调两种极端对比之统一。笔者在聆听《塔克拉玛干掠影》（以下简称《掠影》）后，留下了十分难忘的印象。

位于新疆天山南麓塔里木盆地腹部的塔克拉玛干是仅次于横盘非洲北部的撒哈拉大沙漠（面积为920万平方公里）的世界第二大沙漠，又是世界最大的流动性沙漠，面积近34万平方公里。在人们的印象中，它和中东地区盛产石油的沙漠国家中那种人造绿洲、世界第一高楼、城市繁华、生活富裕的景象完全不同，塔克拉玛干的维吾尔语意即为"进得去出不来"的死亡沙漠。沙海茫茫，沙丘起伏，一片空旷、死寂、荒凉。在这部长达35分钟的大型民族管弦乐作品《掠影》中，作曲家究竟想以什么样的美学观念与技法表达一种什么样的哲学理念呢？笔者以为，有这样一些闪光点是值得人们重视和思考的。

（一）以客体为对象的宏观构思

人的生命和沙漠景象属于主体与客体两个范畴。金湘在新疆20年，大部分时间是生活在塔克拉玛干边缘的阿瓦提、麦盖提一带。"独在异乡为异客"，而且是失去自由的被劳教管制之"客"。他曾有一段令人心碎的"独白"："每当我一个人面对塔克拉玛干，灵魂总是受到强烈的震撼，它使我直面人生、宇宙、历史、民族……沙海茫茫，壮观而绚丽，奇异深沉，一种无以名状的情感在我心中升起：炽烈中含着几分悲怆，纯情中又带一点哲理……"[①]因此，他在恢复创作自由后写作题材的选择完全可以像屈原《离骚》一样，采用大型民族交响诗的形式，以主体感受构思一部遭遇离别的痛苦反映人间失意的时代悲哀与荒谬。然而，作曲家恰恰以客体塔克拉玛干沙漠为陈述对象。这样一种作品题材的宏观构思，或许有着更高的立

---

① 金湘：《民族交响乐作品创作札记》，《困惑与求索——一个作曲家的思考》，上海音乐出版社2003年版，上海，p.327。

意和境界。人是世间匆匆来去的过客，塔克拉玛干是屹立于天地之间的永恒存在物。这一思想观念转折，与笔者交谈中，他谈到内心最为痛苦不堪的地方，无论怎样卖力"劳动改造"，总被人们认为是"假积极"，矛盾心理达于极点无法解决时，恰遇1962年新疆大地震，在地震掀起的阵阵巨浪面前，人无高低贵贱之分，都被冲击得东倒西歪、命不保夕。他突然醒悟了，在宇宙间，人是一律平等的，他要坚挺着生活下去！这是金湘思想观念的一次"飞跃"和"升华"，他领悟到人的生命价值和尊严。于是，笔者也理解了《掠影》的宏观构思，塔克拉玛干是他的生命中一个不可分割的重要组成部分，人的生活环境不论如何艰难和险恶，都是人生的宝贵财富，何况这是他热爱的兄弟民族善良百姓世世代代生活的土地！因此，《掠影》的创作将主体感受融于客体叙事之中，有着更为宽广的创作思路和自由陈述，体现了超越时代深度的创作思维。

（二）标题音乐传统现代的有机契合

标题音乐是中国传统音乐的鲜明特色，以乐曲标题和段落标题相结合，又是乐曲结构展开之中音乐思维和文学元素互动追逐的重要手段。在中国源远流长的器乐曲中，无论是琴曲《广陵散》《离骚》，还是琵琶曲《十面埋伏》、合奏曲《春江花月夜》（根据琵琶曲《浔阳夜月》改编），都是典型的具有我国传统特色的标题音乐作品。其长处在于或叙事、或抒情、或描绘意境，均有着诗情画意的浓郁色调，不足则是段落小标题过于具体烦琐，将音乐内涵和文学思维紧紧捆于一体，约束了听众的音乐想象力。《掠影》则在继承传统基础上"去粗存菁"，以《漠原》《漠楼》《漠舟》《漠洲》四个小标题作为四个主体乐章，犹如四颗卫星围绕着行星一般，突出了塔克拉玛干沙漠的神奇色彩。在2010年的新整理版中，四个小标题前后又分别加进【影1】、【影2】、【影3】、【影4】四段，强化了"掠影"主题，具有序奏、连接和尾声作用，将作曲家主观感受和客体描述紧密融合于一体，写意意境更为浓郁，乐曲更加完整，全曲一气呵成。这样的中国现代标题音乐作品，既继承传统，又超越传统，有着鲜明的现代风格和时代特色。音乐形象、意境塑造之"形似"和"神似"，是区分作曲家创作功力的重要标准。《掠影》则显示了金湘驾驭标题音乐作品的高超能力,将作曲家创作意图和留给听众的想象空间有机地结合,赋予标题音乐以具有中国现代音乐作品特色之生命。

(三)高度美感民乐音色的新颖魅力

20世纪的中国音乐,进入以"借鉴西方高度声乐化和高度器乐化的形式为代表的专业音乐创作阶段。"① 所谓"高度声乐化"和"高度器乐化",是指无论作曲、演唱、演奏都具有现代审美观念支配下的高度技巧、立体质感、多元形式和纯净音色。中国传统乐器的音色,多具独特个性而欠缺于共性的黏合。金湘在民族管弦乐作品音色处理方面,扬其长而避其短,具有调动民乐音色美感的奇异独特的高超手法。在《掠影》总谱上,我们很少看到密密麻麻"全奏式"的音符记写。中国传统音乐常有的"鼓乐齐鸣",声势固然浩大,一定程度上却失之于与现代听觉审美相悖的"嘈杂"。金湘调配的音色,或者突出高音笙、笛和浓重的低音革胡、低胡两种极端音色,给人以雄鹰在天空翱翔鸟瞰式地俯视沙漠荒原的想象;或者强调某一种乐器及其声部独有的音色美特征;或者以固定的节奏音型用板鼓、定音鼓、排鼓敲击鼓边给人留下难以磨灭的特殊节奏音色印象;他的音色处理,即便是声音最微弱的"箫"的吹奏,也不会淹没在群体的音响之中;乐队编制中高音、低音管子和巴乌的运用,在吹管乐器声部中发挥了调和色彩的作用;音色掌控的由淡至浓或由浓趋淡,对于体现作曲家的乐思逻辑与张力变化,给予人们一种"变幻无穷"的印象。在乐队几个全奏段落,各声部音色清晰度也异常鲜明。正如他自己所说:"民族器乐最大的特点在于融合性差,分离感强……我们如果能从民族器乐特性本身出发,充分运用音色分离、线感分层等手段,可以肯定,民族管弦乐队的色彩是会十分丰富的。"② 因此,金湘的有高度美感的音色处理,对于我国民族管弦乐队在配器手法上如何调配出中国器乐最佳的音色效果,有着值得民乐界加以

---

① 刘再生:《论中国音乐的历史形态》,《音乐研究》2000 年第 2 期。
② 金湘:《振兴与反思——听中央民族乐团音乐会有感》,《困惑与求索——一个作曲家的思考》,上海音乐出版社 2003 年版,上海,p.30。

研究与借鉴的价值。

(四)技法运用不拘一格的神来之笔

"神来之笔"是金湘音乐创作的一个显著特征,其根源在于不拘一格的技法运用。他曾说过:"技法只是一种手段,无所谓好、坏、高、低,只有用它组成一首艺术品时,才会被赋予美学上的意义。……没有不好的技法,只有未能被运用好的技法;正如没有不受制约的艺术,只有未能艺术地去制约的艺术。"① 因此,技法是为了体现作品的美学观念而被取舍利用的。金湘的创作理念和创作实践,证明了技法运用不拘一格的重要意义。在《掠影》中,无论是横向旋律、节奏的风格及其扩展、收缩,或者是纵向和声织体的现代作曲技法运用,都是为艺术地表现作品意境需要而选择的一种手段。金湘在新疆期间,曾利用去塔里木拉棉花的机会,到塔克拉玛干沙漠参加库尔班节的"麦西热普"狂欢活动,和维吾尔老乡同吃同住、共同放声歌唱;又数次去阿瓦提记录过近十部"多朗木卡姆";还对龟兹乐嫡传遗存的"库车赛乃木"进行采访,写了《"库车赛乃木"调查报告》。因此,这些异乡情调的音乐能够信手拈来,烂熟于心。《掠影》中或带有历史沧桑感的忧郁色彩,或表现现实生活中人们热烈奔放的情调,动听旋律和多变节奏就像在心河中流淌出来一样淳朴自然,没有一丝一毫故意雕琢的痕迹。这是音乐创作中运用民间素材进行"原创"的最可宝贵,也是最为不易之处。乐曲中和声技法、扩展调性、转换调式、丰富变音等手法的运用,正如舒泽池的评价:"一切'呼之即来、挥之即去','浓妆素抹总相宜',随心所欲,收放自如,这就是大手笔,再天才的音乐学生,也不可能一蹴而就的。"② 笔者十分赞同,此处无须赘述。

《塔克拉玛干掠影》在我国大型民族管弦乐作品中是一部个性鲜明、风格独特、结构奇崛之作,其表现了沙漠的无垠辽阔、荒凉寂静,沙漠中特

---

① 金湘:《困惑与求索——一个作曲家的思考》,据黄翔鹏《序》(1990年4月)原文整合,上海音乐出版社2003年版,上海,pp.12—13。

② 舒泽池:《金湘的音乐——音乐的金湘——写于〈歌剧情·金湘歌剧/音乐剧作品音乐会〉之后》,《人民音乐》2008年第1期。

有的"海市蜃楼"那种奇幻壮丽景象引起的遐想,沙漠之舟骆驼缓缓地行进步伐犹如人生的苦难之旅,沙漠绿洲中维吾尔兄弟民族热爱生活的风土人情……形式和内容的完美统一及其所达到的时代高度,给人以极高的艺术享受和深沉的哲理思考。笔者反复聆听后依然有意犹未尽之感,心灵受到极大的冲击,音乐听觉艺术抽象性的魅力能够达到这样一种震撼人心的境界,只能用"匪夷所思"四字加以形容了。

三、总言其本

笔者曾想,如果金湘只是创作出一部歌剧《原野》,足以奠定他在中国现代音乐史上作曲大师的地位,载入史册,传诸后世。以命运对他的不公和他对时代的回报,已可问心无愧可昭明。但是,金湘超越了自我,也超越了时代。据金湘创作年表统计:歌剧9部,音乐剧2部;交响乐、协奏曲 12 部;大型民族管弦乐作品 10 部;室内乐(包括中、西两种形式)和钢琴音乐 18 部;大合唱和交响组歌 5 部;影视音乐 40 余部;合唱、无伴奏合唱歌曲、艺术歌曲数十首,作品的绝大多数集中于 20 世纪 80 年代至今的 30 年岁月,全部作品编号则在一百部(首)以上。这些作品数量之众多、题材之广泛、形式之多样、标题之新颖、立意之开阔、技法之创新、质量之上乘,可以看出金湘在音乐创作上是一个勤于劳作,悉心投入,思如泉涌,不拘一格,笔耕不辍,将生命和音乐糅为一体的人。

诚然,作曲家的创作,由于时代观念之促进或制约,指挥家、演奏家二度创造之高下,演出场合的版本差异,不同审美意识冲撞之不同评价,个人创作的历史成因等主客观因素,金湘的音乐作品(尤其是早期作品)亦并非十全十美,也有"随大流"和"赶潮流"之作。即便是他近三十年来音乐创作高峰时期,在音乐界也能听到不同的声音,有的评论家对他交响乐作品音乐会提出了一些较为尖锐的批评意见,[①]这是学术批评的正常现象。同时,每一位优秀作曲家的音乐创作,皆有神品、极品、上品、中品、

[①] 卞祖善:《建设"中华乐派"任重道远——写在金湘交响乐作品音乐会之后》,《人民音乐》2010 年第 4 期。

下品之分，金湘也不例外。但是，衡量作曲家的创作，任何时代总是以其整体创作达到或超越时代高度以及每部作品的突破性成就作为衡量的主要指标和评价的客观依据，既不能以偏概全，又不可一笔抹杀。在这样的基点上，评价金湘的音乐创作，"究其根本"——亦即探究他的音乐创作精神和创作成就之根本成因，尤其有着重要的现实意义。

金湘音乐创作成就本质性成因，笔者认为有如下：（1）音乐天赋。人类从不否认艺术天赋之存在。1990年，黄翔鹏先生还记得 近四十年前金湘读中央音乐学院少年班时（1953年，18岁），唱给他听从河套地区采集回来的"山曲"《三天路程两天到》："那不大大的小青马多喂上二升料；三天路程两天到；大青山高来乌拉山低，马鞭子一甩我回口里。"那是音乐血液在少年金湘身上翻滚与奔流的投影。黄翔鹏说："这首民歌的音乐，有一种精力无尽的气魄，至今回旋脑际之时，还能同样震撼我的心灵。"① 这种音乐气质才华贯穿着金湘的一生。（2）辩证吸收养料。金湘在中央音乐学院时，马思聪院长教他要狠抓技术训练，吕骥副院长告诉他要走向民间。在一般人看来，这是两种对立的观念，但是，金湘将之辩证统一地牢记于心，因此，他既有扎实的技巧功底，又大量接触民间音乐，铸成了他日后能够在音乐天地中尽情飞翔的两只坚硬的"翅膀"。（3）经历人生磨难。正当他学业有成，能够报效社会时，却被打成"右派"，发配新疆，遭遇了"我想写，不让我写"的厄运。音乐是作曲家独特的语言，当"命运扼住咽喉"之时，他懂得了"路漫漫其修远兮"求索之道，能够直面人生、宇宙、历史、民族……正如苏夏所说："你过去的经历，既是不幸，又是一笔财富，希望你很好地利用这笔来之不易、饱含血泪的财富。"② 事物相反相成的规律，使他奠定了淡定从容、自强不息的哲学观和人生观。（4）面临创作困惑。孔子曰："四十而不惑。"金湘1979年调回北京，终于可以拿起笔来进行创作时，已过不惑之年却又有"让我写，写不出来了"的困惑，改

---

① 金湘：《困惑与求索——一个作曲家的思考》，据黄翔鹏《序》（1990年4月）原文整合，上海音乐出版社2003年版，上海，p.3。

② 金湘：《困惑与求索——一个作曲家的思考》，据黄翔鹏《序》（1990年4月）原文整合，上海音乐出版社2003年版，上海，p.476。

革开放的时代潮流中，使他却陷入了"失去了技术"的痛苦，他须要调整自己的航向。（5）走出困境之路。金湘为夺回失去的二十年宝贵光阴，用五年时间"拼命"参加各种学术活动，学习能够学习的一切：多调性、自由无调性、序列音乐、点描音乐、偶然音乐……包括到外语学院短期英语强化班"死记硬背"地啃下了这门课程（1990年到美国演出《原野》时，他能够自如地应付各种交流，其努力可见一斑）。1985年，他似乎踏入音乐创作高原。《塔克拉玛干掠影》创作始于这一年，而1987年谱写歌剧《原野》……他的人生和音乐创作更峰回路转，豁然开朗。（6）进入"自由王国"。恩格斯说："人们自己的社会结合一直是作为自然界和历史强加于他们的东西而同他们对立的，现在则变成他们自己的自由行动了。……只是从这时起，人们才完全自觉地自己创造自己的历史。……这是人类从必然王国进入自由王国的飞跃。"① 金湘音乐创作进入了属于自己的"自由王国"世界。他在歌剧、交响乐、民族管弦乐三个主要领域的创作成就，分别集中在2007年9月在北京音乐厅上演的"歌剧情——金湘歌剧·音乐剧作品音乐会"，2009年3月在北京音乐厅演出由中国国家交响乐团主办的"龙声华韵——金湘交响乐作品音乐会"（著名指挥家邵恩执棒）和2011年5月由中国音乐学院和中央广播民族乐团在北京音乐厅联合主办的"金湘民族交响乐作品音乐会"三场具有标志性的音乐会之中，好评如潮，誉满京城。"交响乐作品音乐会"四部作品中有三部为"世界首演"。在"研讨会"上，指挥家张国勇致信说："作为一个颇有成就的老一辈作曲家，没有揣着过去的成绩簿，停步不前，你坚持不懈、孜孜以求地探索，成为后辈的榜样。'宠辱不惊，看庭前花开花落；去留无意，望天上云卷云舒'，无论风云如何变幻，都矢志不渝坚持自己的艺术理念，保持旺盛的创作激情和超然的人生态度。"武汉音乐学院作曲系来信说："金湘是一位具有强烈社会意识和人文精神的作曲家，他的交响乐作品体裁多样、个性鲜明，在国际上享有很高声誉，此音乐会对推动中国当代交响乐的创作与研究具有

---

① 恩格斯：《反杜林论》，《马克思恩格斯选集》（第三卷），人民出版社1975年版，北京，p.323。

非常积极的意义。"① 在"民族交响乐作品音乐会"研讨会上，与会者一致认为，金湘的作品有如下四个特点：（1）深切的人文关怀（如《曹雪芹》《花季》），（2）传统的继承与创新（如《琴瑟破》），（3）博大的中华情怀（如《塔克拉玛干掠影》），（4）精湛的技术功底。"歌剧情"音乐会或许是三场音乐会中最为精彩纷呈、高潮迭出之一场。这不仅是由于人声和器乐追逐交响是最为动人心魄的音乐形式，还因为音乐会融汇了我国顶尖级歌唱家不同个性的抒情气息和戏剧性张力的特点，同时，优秀指挥家谭利华、杨又青和金湘本人登台的出色指挥，更是出于声乐和管弦乐的大型立体型形式是金湘最为得心应手、在他的音乐调色板上极具宏伟辉煌、最具人性色彩的暖色调板块。犹如他喜欢穿的鲜红色上衣一样充满着青春活力，张扬着鲜明的个性。正如舒泽池所说："无论是现实的金湘，还是音乐的金湘，给我的一个最为突出的印象是他那始终如一的惊人的、强劲的张力。这首先是精神的张力，也就是人的张力。"② 又如王祖皆所说："金湘是大歌剧方面的成功实践者，其音乐交响、立体，是民族的，也是世界的；是音乐的，也是戏剧的；充满着激情和掌控力。"③ 一位作曲家五年内举办不同体裁与形式的经典性作品音乐会，以"罕见"二字加以形容，毫不过分。美国媒体高度评价："歌剧《原野》震撼了美国乐坛，是第一部叩开西方歌剧宫殿大门的东方歌剧"；"歌剧《原野》的诞生与登上世界舞台，是20世纪末叶歌剧史上最重大的事件之一。"金湘本人也被冠之以"跨文化事业的先锋""一代旋律大师""东方的普契尼""当代东方新浪漫主义的代表"等名誉，为我国音乐文化事业的繁荣发展赢得广泛的国际声誉。同时，金湘又是一位富有音乐理论修养和独立思考精神的作曲家，他的第一部论文集《困惑与求索》于 2003 年由上海音乐出版社出版，第二部论文集《探究无

---

① 魏扬：《饱含真情 品质高洁 成熟自信——记著名作曲家金湘2009 交响作品音乐会暨研讨会》，《人民音乐》2010 年第 4 期。

② 金湘：《困惑与求索—— 一个作曲家的思考》，据黄翔鹏《序》（1990 年 4 月）原文整合，上海音乐出版社 2003 年版，p.476。

③ 曹桦:《呕心沥血三十载 魂牵梦绕歌剧情——"歌剧情"金湘歌剧 / 音乐剧作品音乐会、研讨会述评》，《人民音乐》2008 年第 1 期。

垠》将由人民音乐出版社于近期出版。所有这一切,源于金湘无论是在逆境或顺境中,都具有一种"以有限时间转换为无限空间"(金湘语)的人文精神和人格力量,何况,他在音乐中燃烧的生命火焰将永不熄灭。一言以蔽之,将人生命运由"黑暗"转化为"光明",是金湘大半生所走过的最令人感悟的道路。

笔者想以这样一句话作为本文"结语":金湘的人生尽管遭遇了苦难与坎坷,但是,在中国音乐的历史上,金湘的名字不会是"悲剧"的代名词,他的生命和音乐只有一个符号——"震撼"!

(原载《人民音乐》2012年第12期)

至言要旨此书中

——评金湘的《困惑与求索——一个作曲家的思考》

蔡良玉　梁茂春

金湘是我们的学长，也是我们非常敬佩的一位作曲家，还是我们的知心朋友。最近金湘赠送给我们一本他新出版的著作《困惑与求索——一个作曲家的思考》（上海音乐出版社2003年版），读后使我们深受震动。这是一本厚厚的近500页的、充满了惊叹号的书。作曲家在里面向读者敞开了他的心扉，直言不讳地吐露出他对艺术、对人生的思考，写出了他创作中的困惑与求索。这些思考来自生活的磨难和体验，来自创作的实践和甘苦，来自内心深处强烈的社会责任感和对美的追求。书中常有警句让我们感叹：至言要旨此书中！

因此，我们迫不及待地想写一篇文章来推介这本书，希望有更多的音乐界朋友来阅读这本书，并和金湘一起思考。

"我在创作的痛苦与欢乐中，用生命去同时间赛跑"

金湘出生于浙南小山村一个师范学校校长的家庭，他的童年是在清贫和抗日时期艰苦的日子中度过的。11岁时，他到常州入国立音乐院的幼年班，与那里的师生一起"自救自济，一天两餐稀粥，三人共条棉被"，在简陋的条件下学习音乐，不仅打下了坚实的"童子功"基础，更培养了坚韧不拔的性格。

解放后他随幼年班到天津并入中央音乐学院少年班。毕业后到民族音乐研究所参加搜集、采访、整理中国民间音乐的工作。三年后，被保送入中央音乐学院作曲系，不幸于1957年被错打成"右派"，毕业后被下放到新疆长达二十年。在新疆他经历了"人生的冷酷，社会的无情，肉体的劳累和精神的痛苦"，接着又有"文革"的残酷折磨，但他没有倒下，却在思考中坚定了自己的信念，经受了炼狱般的锻炼。

1979年金湘获得"平反"，回到了北京。面对改革开放后扑面而来的国外各种艺术思潮和国内涌动着的青年一代音乐创作的潮流，他又通过思考抛开了失落感，迎接新的挑战。他说："我深知，在艺术面前人人平等。人们对你的坎坷遭遇会寄予同情，但历史衡量作品的标尺，却永远是一样无情的。'失落感'不是强者的情感……'紧迫感'催我迅速重新起步，撵上时代干，我要抓紧一分一秒赶紧干！"因此，他"夜以继日地恢复荒疏的基本功，如饥似渴地学习当代各种新技法"，还不断写作了大量各种音乐体裁的作品。就这样，他于1987年完成了他的重要代表作——歌剧《原野》。

随后，国家的形势越来越好，歌剧《原野》不仅在国内受到了欢迎，而且在美国也得到了演出。金湘在国内外也开始成名。连续几年，他被邀请出访世界许多国家进行演出、讲学、交流、创作。有时，他在国外生活很清苦，但是他依然故我，处之泰然。他说："我已经遇到而且也还可能不断遇到各种势力贬谪……我决不会因这些浮沉而放弃我艺术上的追求——人生的追求！"这种倔强、执着的精神，让我们联想起贝多芬和他的名言："我要扼住命运的咽喉，它休想使我屈服！"

金湘夜以继日地写作，连续谱写出了一部又一部新的作品，如民族交响组歌《诗经五首》《古诗词歌曲集》《艺术歌曲集》、交响狂想曲《天问》《第一弦乐四重奏》《冥——笛子与民族交响乐队》《瑟——琵琶与民族交响乐队》……他拼命地写，其写作的用心不是简单用"刻苦""勤奋"几个字所能反映的。他是"以自己的全部生命在准备一部作品",是"在创作的痛苦与欢乐中,用生命去同时间赛跑"![1]

"我的创作只能对历史负责,只为人类奉献"

人们都说"文如其人",金湘的这本书就像他的音乐一样充满了激情。其字里行间流露出强烈的社会责任感和历史使命感。1985年他在与《中国文化报》特约记者吕丁的谈话中说:"中国当代音乐家的历史任务就是要通过自己的奋斗,建立起新的、当代的华夏(包括大陆、港台以及在世界各地的华人)音乐文化。"[2] 这是他的理想和誓言,是他克服困难、坚持独立人格、抵制不良影响的座右铭,也是他化解矛盾团结同人的良方。

金湘认为:"如果我们少一点闭关自守,少一点急功近利,少一点迎合照搬,多想想在我们肩上担负着建立一代华夏音乐文化的历史重任,多想想在我们眼前已经失去了太多宝贵的时间,那么,我们这一代中国的作曲家也许能更紧密地团结、更有紧迫感地奋斗,从而能更早地迎来中国音乐文化全面复兴的高潮!"金湘所指出的"闭关自守""急功近利"和"迎合照搬"等,都是指陈当时中国音乐实际存在的问题,他迫切地希望能够改变这种状况。他说:"我想,每个作曲家……都应该有一个总的战略目标:即为建立民族的、时代的音乐文化而奋斗。"

"民族的、时代的音乐文化""当代的华夏音乐文化",这就是金湘的梦,是他的理想,这个理想远大而具体。金湘是在把他的理想放在世界多元音乐文化的视野中来思考的。他说:"观念必须明确,即:(1)要承认,在作曲和表演专业技术上……西方远远超过东方;(2)要认识到,由于哲学思想、美学观念等多方面的差异,东方大大有别于西方。……在这里,

---

[1] 我们文中所引述的金湘的话,全部引自金湘《困惑与求索——一个作曲家的思考》一书,上海音乐出版社2003年出版。下同。

[2] 金湘:《东西方音乐交流与华夏新音乐文化的建设——与〈中国文化报〉特约记者吕丁的谈话》,《困惑与求索——一个作曲家的思考》,上海音乐出版社2003年版,p.83。

有的只是差异,而并无高低。(3)要肯定……不少领域,东方优于西方。"他还强调:"上述三点是一个不可分割的整体观念,只有完整掌握并指导自己,才能自由游弋于当今世界多元音乐文化的海洋中!"

在探索音乐创作的民族特性方面,金湘是下过一番苦功的。除了亲自收集、学习民间音乐以外,他还从多方面研究和思索,并根据自己的体会做了一定理论总结和归纳。比如,他认为东方美学的传统在音乐创作中体现为"空、虚、散、含、离"五个方面。1993年5月,金湘和梁茂春同时应邀参加了在美国波士顿举行的"第二届国际中国音乐研讨会"(The Second International Conference on Chinese Music),金湘在这次研讨会上发表了《空、虚、散、含、离——东方美学传统在音乐创作中的体现与运用》这篇重要的文章,受到会场内外的普遍重视。金湘认为,对于中国的音乐美学传统,"我们不仅要研究它、学习它、继承它,更要在东西方音乐文化生机勃勃的交流中,对其消化、融合、发扬、更新!这正是历史给予我们这一代作曲家的光荣使命。"

金湘是一位对民族管弦乐创作十分重视的作曲家,他有丰富的创作实践成果:早在1963年就谱写过热瓦普与新疆民族乐队的《青年协奏曲》;1987年创作了民族交响音画《塔克拉玛干掠影》;1989年谱写过民族管弦乐音诗《红楼浮想》;90年代又创作了为笛子与民族交响乐队的《冥》,为二胡与民族交响乐队的《索》,为中胡与民族交响乐队的《花季》等具有广泛影响的作品。而他对民族管弦乐队创作的深入思考,则有许多令人信服的想法。例如,对于广有争议的"民族乐队交响化"问题,金湘就多次发表过一针见血的言论,他说过:当沸腾火热的现实生活"反映到作曲家的头脑里汇成了作曲家心中涌动的交响性乐思,当作曲家的目光选中了民族乐队作为这种乐思的载体时,民族乐队交响化就不是谁允许与否的问题,而是势在必行了"。① 金湘的话痛快而直接,他认为这个问题不是讨论的问题,直接实践就是了,正如他说的"结论不言而喻,民族乐队肯定能交响化"。

---

① 金湘:《东西方音乐交流与华夏新音乐文化的建设——与〈中国文化报〉特约记者吕丁的谈话》,《困惑与求索——一个作曲家的思考》,上海音乐出版社2003年版,p.205。

至于具体到如何处理"民族乐队交响化"这个问题，他认为重要的是处理好作品中的"虚与实""空与满""散与死板""分离与抱团""常规演奏与特性演奏"的关系。他的这些观点都是经过创作实践后提出来的真知灼见，很值得注意。

"新潮的崛起是历史的必然和时代进步的体现"

针对从20世纪80年代后期开始在中国崛起的"新潮音乐"及其引发的十多年来未间断的讨论和争论，金湘对"新潮音乐"的态度始终是既比较冷静，又非常热情。这仍然是因为他不断学习不断思考的缘故。他写过许多评论新潮作曲家作品的文章，这些文章按陈怡的话说，"既有观点鲜明、入木三分的专业分析，又有精练、犀利的文笔"[1]。

对于"新潮音乐"这一批青年作曲家，金湘是怀着尊重与宽容的心态来理解他们，认认真真地向他们学习，就像一个小学生一样分析他们的作品，了解他们的思路。他对青年作曲家如陈其钢、谭盾、何训田、周龙、叶小刚、陈怡、秦文琛等人，都做过深入的了解，写过评论文章。他说："了解他们的人生经历，熟悉他们的美学追求，分析他们的主要作品，不仅是理论界、评论界应做的事，而且对我们每一个音乐人也有极大的益处。"[2] 他又说："我就是从一次次对这一代当年的'新潮'、如今已成长为优秀的作曲家们的评述中学习到不少我所欠缺的东西。"正是由于有这种谦逊、好学的精神和严肃缜密的思考，他才能从历史的、文化的视野中认识"新潮"现象的本质，又能对其中一些作曲家的创作做出中肯的分析和评述。像对谭盾这样争议较多的代表人物，金湘真诚地说："谭盾作品中最有价值的应是蕴藏其间的巨大开创性与惊人的冲破力。"这句话一针见血地指

---

[1] 陈怡的话转引自金湘：《谈谈陈怡》一文。载金湘：《困惑与求索——一个作曲家的思考》，上海音乐出版社2003年出版，p.249。

[2] 金湘：《〈蝶恋花〉开，香飘中外铿锵〈五行〉，声透古今——陈其钢其人其乐纵横谈》，《困惑与求索——一个作曲家的思考》，上海音乐出版社2003年版，p.241。

出了谭盾创作的意义。他把周龙的音乐创作形象地比喻为"摒弃了'表皮移植',选择了'基因转换'",从而充分肯定了周龙在作品中"不仅要抓住传统根本、深入骨髓,还要去创造新的'神韵'"。[①]对像陈其钢他们这样在国外学习并继续发展的作曲家,金湘充分理解他们那种"走出现代和对西方现代的叛逆的艰难",对他们在"既要顶住西方'现代'的傲慢与偏见这强大压力,还要不怕被东方'民粹'视为异端"的情况下取得的成绩给予了热情的支持和肯定,赞扬他们可贵的"觉醒意识"。

金湘的热情更体现在他对新潮作曲家作品的缺点的关注和坦诚的批评。他很早就敏锐地指出他们普遍存在的不足,如掌握传统的功底不深,运用新技法的目的性不够明确,对所谓"超前"的看法有偏颇,等等。他指出作曲家的"超前"应该包括两个方面:思想的超前与技法的超前。其中思想的超前主要指代表了社会进步前进的方向,技法的超前指在前人创造的技法基础上有所突破、创新。他强调两者互为因果的关系,并且不能模糊其层次,不能忘记或不愿承认音乐的社会作用和作曲家的社会责任。他中肯地说:"孤立地夸大技法的作用,一头钻在技法堆里,势必形成技法大堆砌。要知道,一旦完全为技法而技法,把音乐作品变成'时装展览',作品也就失去生命力了。"[②]

金湘对待"新潮音乐"的态度是始终一贯的,这就是:"热情地肯定其应该肯定的,坦率而又诚恳地指出其某些不足,通过讨论(甚至是争论)求得共同的进步。"他希望大家能够为发展中国的现代音乐,为建立中国当代的民族乐派的共同理想和目标一起大步向前走。

[①] 金湘:《〈迭响〉的"叠想"——周龙创作浅议》。载金湘:《困惑与求索——一个作曲家的思考》,上海音乐出版社2003年版,p.244。

[②] 金湘:《浅议新潮——在中央音乐学院学报编辑部召开的创作问题座谈会上的书面发言》,《困惑与求索——一个作曲家的思考》,上海音乐出版社2003年版,p.19。

"我愿将歌剧《原野》奉献给我的祖国,我的人民"

歌剧《原野》是金湘最优秀的代表作。这部作品在反映人性与反人性之间的尖锐矛盾中,通过比较成熟完美的音乐技巧烘托气氛、刻画内心、反映强烈的戏剧冲突等方面,成功地体现了歌剧的主题,给人以心灵的震撼。凡是听过它的人,无不留下深刻的印象。

从金湘的书中,我们可以看出他是通过严肃认真的思考,用尽心血创作这部歌剧的。他的思考首先是对曹禺名作话剧《原野》内容的深刻理解。他在总结这部歌剧的创作时写道:"长期停滞的封建社会,几乎扼杀了人类一切美好的情感。扼杀——反扼杀,扭曲——反扭曲,人性的呼唤,野性的反抗,构成了强烈的戏剧性,巨大的悲剧性。打破那长期桎梏灵与肉的封建传统文化,建立真正的现代型文化,是觉醒了的中国艺术家的历史责任。它不仅需要我们,而且从我们上一代鲁迅、郭沫若等大师起就已经开始了,甚至还要继续几代人去为之奋斗。正是从这一高度,俯瞰历史,揭示人生,我找到了《原野》的真谛。"因此,在谱写音乐时,金湘"试图用压抑在底层(社会的底层、历史的底层、心灵的底层)的纯真的人性之美、野性之美,与被扭曲的外象(阴霾的原野,怪诞的幻觉,丑恶的心灵)的怪异之美构成巨大反差,选择吸取古今中外的一切作曲技法,在对比中寻求美、表现美、达到美"。[①]金湘在被错划为"右派"的二十年间,就对人性问题有了铭心刻骨的体验。他切身感受到人性的各个侧面:真、善、美,假、恶、丑……这段生活,是形成和锻炼金湘的人生观和艺术观的最坚实的基础。

关于歌剧《原野》的音乐风格问题,金湘也思考了追求创新与作曲家坐标的选择等诸多问题。他认定:"不顾当代人民的欣赏要求,一味追求所谓的'超前意识'固然不行,迎合群众落后的欣赏习惯也同样不行!……

---

① 以上引自金湘《总谱之外的音符——歌剧〈原野〉创作小记》,《困惑与求索——一个作曲家的思考》,上海音乐出版社2003年版,pp.89—90。

应当把坐标定在'让当代观众跳一下才能摘到这个桃子'的水准上。"正是由于有了这些深入的思考——人生的、美学的、理论的——《原野》这部歌剧才得以在深层次上展开其内涵，就艺术技巧性而言，其能在吸收和借鉴西方现代技法的同时，又充分体现中华民族的神韵，因而受到了国内外观众的欢迎、承认和肯定。歌剧《原野》成为20世纪80年代一部标志性的作品。它是金湘真正的成名作。

金湘满腔热情地写道："毫无疑义，背向着历史，面对着世界，当代有志气的中国音乐家有责任在歌剧这广阔的领域里开拓自己的未来！"[1]《原野》的巨大成功，也促使金湘继续在歌剧创作方面做着不倦的探索。

"一切真正有作为的作曲家，首先应是一个思想家"

"一切真正有作为的作曲家，首先应是一个思想家。"金湘在此书中多次如是说。正因为他深入思考了，才会产生众多的"困惑"，才会去不断地"求索"；也是因为有了思考，才孕育出他的独立人格。正如他说的："真正有出息的作曲家，应该坚决排除妨碍自己严肃'求索'的各种羁绊，把功名利禄看得淡些、再淡些！"有了思考，才明确了他堂堂正正的人生追求："努力写出自己心中最好的作品；把作品交还给人民，交给历史！"金湘强调了作曲家保持独立人格的重要性，他告诫作曲家们："不要唯得奖是图，唯'钦指'是从！作曲家一旦失去了自己的独立人格，还谈什么不断求索？！又怎能写出真正好的作品？！"[2]

金湘反复强调作曲家应有的历史担当，他说："一个当代的作曲家，他考虑的应是如何对全人类做出贡献，他应该根植于自己的民族，同时又面向世界；他应该自觉地意识到自己的历史使命：用自己的作品去讴歌人类

---

[1] 参看金湘《繁荣发展中国歌剧之我见》，《困惑与求索——一个作曲家的思考》，上海音乐出版社2003年版，pp.32—35。

[2] 参看金湘《作曲家的求索》。载金湘：《困惑与求索——一个作曲家的思考》，上海音乐出版社2003年版，p.156。

的真善美，去感召人们为人类的进步而奋斗！"[①]

我们感到：金湘的这本书深刻反映了一个时代——它是20世纪最后二十年间一位作曲家的真实的思考和探索，是他对自己作品的剖析和对同时代其他作曲家作品的评论。向人们展现了中国音乐在艰难中奋起的全过程。

金湘的这本书提供给我们许多信息，他诚实地向读者全部打开了他的胸怀。从书中我们可以感受到他无穷的困惑和上下的求索。无论是音乐界的专家、学者、表演艺术家，还是热爱音乐的朋友，乃至攻读作曲或其他专业的未来音乐家，都能够从中得到深刻的启示。它告诉我们，应该怎样做人——一个大写的人，它给我们讲述了一个中国的当代作曲家是如何为着一个光辉的理想而奋斗不息的故事。

如果有人要研究或了解20世纪最后二十年中国音乐的发展之路，就不可回避金湘的这本书。

（原载《天津音乐学院学报》2016年第4期）

[①] 金湘：《我的音乐创作历程》。载金湘：《困惑与求索——一个作曲家的思考》，上海音乐出版社2003年版，p.302。

圣洁之光　崇高之美

——评金湘的钢琴协奏曲《雪莲》

梁茂春

2015年11月19日，为纪念金湘八十诞辰的专场音乐会——"砥砺前行——金湘作品音乐会"在中国音乐学院国音堂音乐厅举行。在这个音乐会上，我第一次听到了金湘谱写的第一钢琴协奏曲《雪莲——木卡姆的春天》（作品34号）。听后我五内沸然，热泪盈眶。这种欣赏音乐的体验，在我一生中是鲜见的，因为我从音乐中"看"到了圣洁之光，感受到崇高之美。

这当然是与这场音乐会的时间和安排有关，与金湘的生命历程有关，更与我的心情有关。整场音乐会，我是在极其沉重、压抑的情绪中听完的。

当时的金湘正处在重病的折磨之中。他患绝症已经年余。音乐会举行之前，我们听说金湘恢复得不错，他甚至还打算亲自出席这次音乐会。于是我们征得金湘的同意，在2015年11月11日上午到他住的医院——友谊医院的医疗保健中心四楼——去看望他。不巧的是：当我和蔡良玉进入他的病房时，他的腹部正在剧烈疼痛，非常难受，竟无法和我们谈话。

我告诉他：我昨天刚刚和朱践耳先生通了电话，朱践耳先生夫妇非常关心你的病情，他们希望你能够到上海治疗，因为上海有国际最先进的治疗方法。金湘听后，使劲地竖起大拇指，说："谢谢！谢谢！"表示了他对朱践耳先生真诚关怀的感谢。

金湘是我们一位通透的朋友，和他交流，能够直来直去，无话不谈。而这一次，看到他是那样的痛苦，我们只能无言地告别，挥手对视离去。——这竟是我们最后的一面！

一方面，我们坚信金湘的生命力，他的意志是那样坚强，一生都在与无数的痛苦抗争，每次都取得了胜利；另一方面，我们陷入了不尽的担忧之中，因为他的身体毕竟已经极度虚弱。

我是在这样的情况下听他的音乐会、欣赏他的《钢琴协奏曲》的。简直是怀着一种生离死别的悲壮情怀。

一、生命的赞歌

单乐章的钢琴协奏曲《雪莲》是金湘在1982年完成的作品，已经是三十多年前的旧作了。当时金湘刚刚结束了在新疆长达二十年的劳动锻炼，"右派"问题得到彻底改正，调回北京任北京歌舞团乐队指挥。这时美国指挥家赫伯特·齐佩尔应邀来访，他约请金湘谱写一部钢琴协奏曲以便演奏。金湘借此机会谱写了这部标题为《雪莲》的钢琴协奏曲，这是他对生命的赞歌，也是他对新的生活的理想和期待。也应该感谢传奇的指挥家赫伯特·齐佩尔，是他的委约促使了这部优秀作品的产生。

但是这部作品谱写完毕之后，却一直因故未能首演。直到2012年，金湘又应中国文化部和新疆文化厅之约，为"木卡姆交响音乐会"重整此曲，并冠以新的标题——《木卡姆的春天》。在当年的6月7日，由中国国家交响乐团演奏，青年钢琴家邹翔独奏，进行了世界首演。《雪莲》首演之后，不知道是什么原因而并没有引起音乐评论界的任何关注，我也因故未能听到这次首演。而现在这一次，在"砥砺前行——金湘作品音乐会"上，又由中央歌剧院交响乐团协奏，青年钢琴家于美娜独奏，青年指挥家朱曼指挥，再次演奏了钢琴协奏曲《雪莲》。这个作品被安排在音乐会下半场的第一个节目，却引起了我特别的感受。

协奏曲《雪莲》的"序奏"，即在乐队全奏的和声衬托下，独奏钢琴以三个八度的音域奏出"雪莲"的核心主题：

谱例1：（开始5小节）

注：第5小节和弦与琶音疑为增三和弦，即通过#b音实现。待考。

本文的谱例选自钢琴协奏曲《雪莲》的双钢琴谱，钢琴Ⅰ代表独奏钢琴，钢琴Ⅱ是管弦乐队的缩写谱。序奏是一个"散板式"的自由速度段落，主题停留在角音的长音上，并以"角"音上的大三和弦来配置和声，音乐显得宽广而辉煌，它好像让我们置身于高高的雪山之上，迎着空旷的天际，让我们感受到了雪莲花的高洁和美丽。

在钢琴快速、流动的音型织体之上，弦乐组的小提琴和中提琴以坚毅、刚强的音调奏出主部主题：

谱例2：（总谱6页，1—7小节）

主部音乐具有沉雄的内在力量。它经过了多次的变奏、发展，加进了木管、铜管乐器，进行复调性的交织展开，显示了倔强的、百折不挠的斗争精神。钢琴始终做快速的流动音型，衬托着乐队的长气息的宽广旋律。主部主题在呈示过程中就获得了交响性的展开。

经过一个情绪转换的连接段落，引出了副部主题，它由独奏钢琴完整地呈现，音乐缓慢、忧伤，像是内心悲哀的歌唱：

谱例3：（总谱27，后3小节加转页2小节）

注：上图第6小节为 $\frac{6}{4}$ 拍。

副部主题的音乐静谧，流畅，在极其优美的旋律背后，蕴含着深刻的痛苦和牵挂，还有万般的无奈。这样凄美动人的旋律，只有深刻掌握了维吾尔族民间音乐灵魂的音乐家才能谱写出来。从副部主题中我们可以感受到雪莲花的典雅、清丽，朗朗一抹异彩，幽幽一段暗香，深深一股哀婉。

经过副部动人肺腑的主题，进入了呈示部的结束部，这里，作曲家将主部主题和副部主题做复调的结合，钢琴则以流动的三连音做连绵的延伸，将抒情、伤感的音乐引向协奏曲的插部。

金湘采用一个"插部"段落，替代了传统协奏曲的"展开部"。这个插部是一个大的歌舞性段落，情绪与呈示部产生了鲜明的艺术对比。

插部中出现了两个新的音乐主题——主题A和主题B。主题A是一个5/8特殊节拍的典型维吾尔族民间音乐风格的旋律，具有特别的舞蹈性韵律，速度极快，是充满了生命力的音乐。主旋律由长笛奏出，弦乐组以拨弦伴衬。

谱例4：（总谱39）

主题B是6/8节拍的短小乐段，是由重复乐句不断变化、模仿构成，它先经由弦乐组演奏：

谱例5：（总谱43）

整个"插部"的音乐，就是在这两个音乐主题的"循环变奏"中组成的。5/8节拍和6/8节拍的交替自然而流畅，共同构成了一个群众欢舞的热闹场面：主题A像是姑娘小伙热烈的舞蹈，而主题B却像是老人们持重的舞步。两个主题分别得到巨大的变化发展和展开。音乐从民俗性的画面，发展到交响性的变化。当主题A第四次出现时，音乐形象发生了质的变化。主题A的节奏和音型变得果断而暴烈，具有向上的冲击性力量，音乐具有了奋斗、抗争的形象。强烈的音响后面，是人的生命力的高扬。这里是钢琴协奏曲的矛盾和冲突的戏剧性高潮。

音乐在高潮处进入了协奏曲的"再现部"：主部主题是"动力性"的再现，它的音乐形象比之"呈示部"的主部显得更加高昂和辽阔，也更加具有活力。主部主题再现时由钢琴和铜管乐器同时奏出，嘹亮而坚定，具有勇往直前的精神气概。

然后出现钢琴的"华彩乐段"，这个乐段先是在"雪莲花"核心主题的素材上的炫技性发挥，然后就变化再现了"副部主题"的材料。这也是这部协奏曲的一个创新点——再现部副部主题的出现，是在钢琴的华彩乐段中出现的。副部主题经过变化和发展，增加了钢琴的琶音装饰，使得这一主题带有了幻想和缥缈的色彩。

华彩乐段直接过渡到协奏曲的结尾部。结尾部是一个宽广壮丽的音乐段落，旋律是从主部主题发展变化而来的，变化的主要手段是调式转换——由原来的角调式转变为徵调式，旋律在弦乐组、木管乐器组演奏，全乐队作全奏性的陪衬，钢琴以宽广嘹亮的琶音做配合（见谱例6）。这是全曲的总高潮，这个高潮一直保持到乐曲的结束。《雪莲》就在辉煌壮丽的音响中结束，生命的光辉在此展现无遗，因为这里有作曲家生命的切入。

二、人性的绽放

钢琴协奏曲《雪莲》给我最深刻的印象，是它的一段段勾人心魄的动人旋律，这些源自维吾尔族十二木卡姆的原生态曲调，都是自然人性的美丽绽放，它们都经过了金湘的消化、吸收和创造，再以个性化的面貌呈现在我们面前，能够让我们耳目一新。例如，呈示部主部主题（见谱例2）的音调，具有长长的气息，具有深沉的力量，就像天山一样高耸，像戈壁一样辽阔宽广。其中蕴含着、闪烁着维吾尔族和其他少数民族特有的人性的光彩。

这个主部主题在呈示部和再现部中出现的时候，都是角调式的旋律，而当它在结尾部出现时，音乐放宽了速度，旋律突然转入了D徵调式。这一调式的突变带来了音乐形象的巨大变化，加上作曲家在配器、和声和复调方面的处理，其音乐得到了高度的升华。

谱例6：（总谱90页，30号）

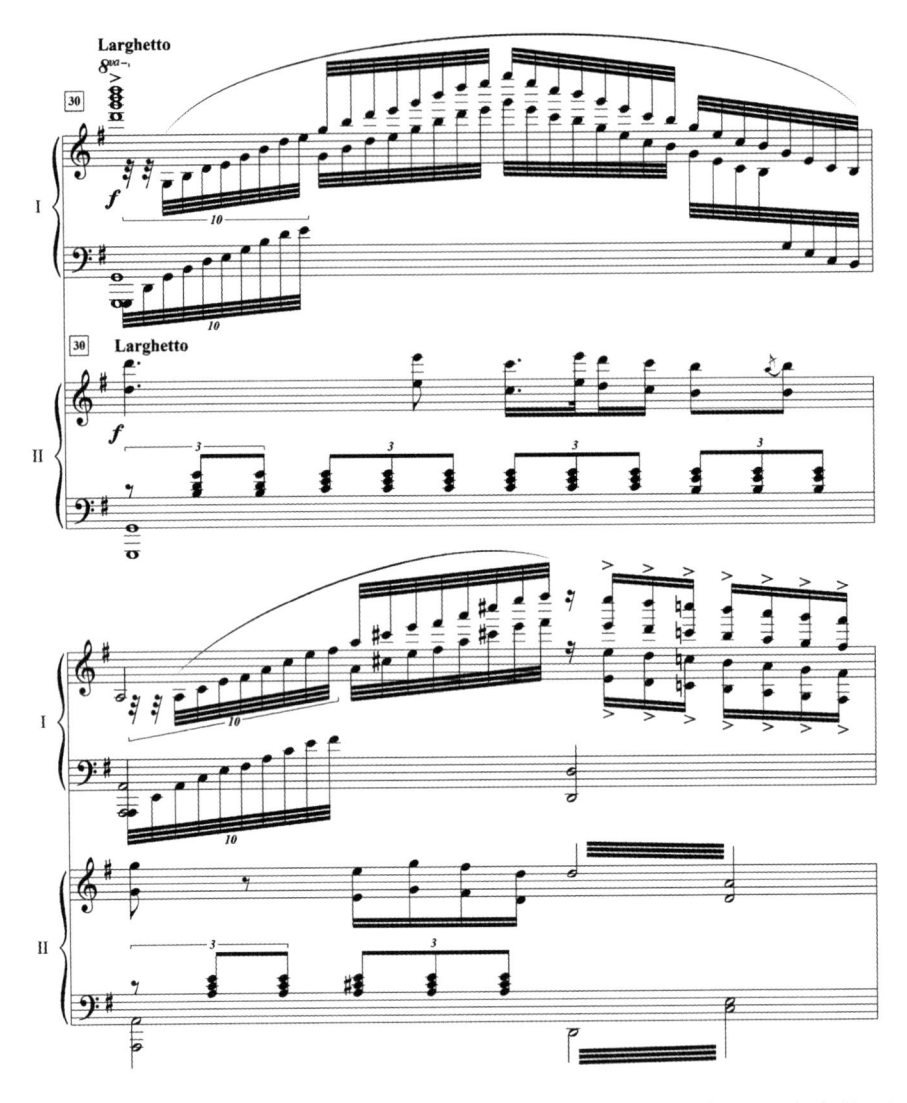

钢琴协奏曲《雪莲》结尾部的音乐因此而显得情致高远,崇高壮丽。它因而给人以极其深刻的崇高美的享受!这里音乐的力度并不是全曲最强的地方,却具有内在的感人力量,它是全曲真正的高潮——内在的高潮。结尾部的音乐,将全曲推向了崇高而圣洁的精神境界,就像是人性的光辉绽放。这种音乐的境界,在中国音乐作品中实在是难得遇到的。这也是钢琴协奏曲《雪莲》最为感动我的原因。

钢琴协奏曲《雪莲》的音乐材料是非常凝练而集中的。全曲总共只采用了四个音乐主题，就是我在前文中所提及并分析的：主部主题、副部主题、插部的主题A和主题B。这四个主题，各有各的音乐性格和形象，艺术对比非常强烈。尤其是插部的主题A（见谱例4），它那5/8的节奏，几乎是维吾尔族民间音乐所独有的韵律，具有独特的舞蹈性节律。一听到它的律动，就能够联想到维吾尔族的民间歌舞。如果我们仔细地分析，这四个互不相同的旋律，却有一个共同的特点：它们全都结束在"角音"上，各个乐段结尾的旋律和句式几乎是共同的。就是说：金湘在创作上采用了民间音乐"换头合尾"的手法，即"头部"的旋律是各不相同的，而"尾部"的曲调是大体相同的。而这个"大体相同"的部分，实际上就是我在文章开头处所说的"雪莲花"核心主题（参看谱例1）。正是这个洋溢着维吾尔族民间音乐特征的主题，是贯穿钢琴协奏曲《雪莲》的主要音乐材料。它饱含着民间音乐顽强的生命力，就像是一朵迎着初春解冻的冰雪绽放的雪莲花，圣洁而美丽。这个核心主题就像一条红线一样，串起了钢琴协奏曲《雪莲》的总体音乐结构。正是由于作曲家这样精心的安排，钢琴协奏曲《雪莲》全曲"笔底深含雪山意，键上浮动莲花香"。

钢琴协奏曲《雪莲》是一部标题音乐作品，它的标题《雪莲》可以给听众以无穷的艺术想象。但是这部作品也具有无标题音乐特点，更准确地说：这是一部有标题的无标题音乐。因为你既可以将音乐想象为圣洁的雪莲，也可以想象为神奇的天山，纯朴的少数民族人民。更可以将其理解为金湘自己的精神刻画及理想追求。仰天傲对风彻骨，俯首笑迎雪围身。这是金湘以雪莲自况的深情表白。

朱践耳先生在评论金湘的作品时曾给他写过一段话：听你的作品，"使我联想到你在五六十年代的坎坷生活，那是特殊年代强加于你的不幸。但是，你并未被命运所击倒，而是顽强地站了起来，以极大的勤奋和毅力，赶上新时代的步伐；将苦难转化为创作激情，把炼狱升华为创作财富。"用朱践耳的话来理解钢琴协奏曲《雪莲》是再贴切不过的。《雪莲》正是在苦难的炼狱中绽开的人性之花！

三、创作的突破

金湘的钢琴协奏曲《雪莲》是 1982 年完成的。它属于我国改革开放之后的最早的钢琴协奏曲作品之一。我想特别指出的是：它是我国第一部新疆音乐风格的大型钢琴协奏曲。

提到新疆风格的钢琴曲，从 50 年代开始，已经产生过许多广受欢迎的作品了，如丁善德的《第一新疆舞曲》（1950）和《第二新疆舞曲》（1955），郭志鸿的《新疆舞曲》（1958），石夫的《喀什噶尔舞曲》（1957）、《塔吉克鼓舞》（1959），郭志鸿的《伊犁民歌二首》（1963）。"文革"十年中虽然没有产生过许多新疆风格的钢琴作品，但是也有田联韬的《塔吉克舞曲》（1972）等延续了新疆风格的钢琴曲创作。"文革"结束之后，又相继涌现了储望华的《新疆随想曲》（1978），孙以强的《春舞》（1980），石夫的《第二新疆组曲》（1981）和《第三新疆舞曲》（1982），于京军《塔吉克民歌主题小品四首》（1982），等等。可以说，中国钢琴作品中的"新疆风格"已经蔚然成风。从体裁方面看，也从钢琴小曲逐步发展到稍大型的"随想曲"和多乐章的"组曲"，其音乐表现的内涵越来越丰富。正在这个时候，金湘的新疆音乐风格的钢琴协奏曲《雪莲》出现了。这是时代发展的需要，也是时代的产物。这部钢琴协奏曲的出现，正好填补了这一空白。

如果我们从中国钢琴协奏曲体裁的发展历史来看，20 世纪七八十年代是初步趋向繁荣的年代，这一时期新产生的中国钢琴协奏曲作品大致有：

1979 年刘敦南的钢琴协奏曲《山林》；

1980 年郭祖荣的《第七钢琴协奏曲》；

1983 年黄安伦的《g 小调第一钢琴协奏曲》；

1986 年丁善德的《降 B 大调钢琴协奏曲》；

1988 年杜鸣心的钢琴协奏曲《春之采》；

1988 年郭祖荣的《降 D 调钢琴与乐队》。

在上面提到的七部钢琴协奏曲作品中，以刘敦南和杜鸣心的两部钢琴协奏曲最为知名，影响最大。而我则认为：金湘的钢琴协奏曲《雪莲》是可以列入80年代最优秀的钢琴协奏曲之列的。这部钢琴协奏曲的新疆音乐风格，正是它能够自立于各式钢琴协奏曲之中的根本原因。

行笔至此，我想到了我和金湘曾经在台湾高雄的一次偶然聚会和一段对话，那是一次我对金湘的"突击式采访"，时在2000年11月下旬，我们应高雄市国乐团的邀请，同时来到高雄参加"两岸国乐交响化研讨会——观照现代国乐的文化面相"。组织方安排我们住在75层高的地标性建筑"晶华大酒店"。早晨的自助餐是在四十多层的餐厅里就餐。那天我们两人很早就到了餐厅，吃早餐的人还非常少，我们坐在临海的窗前，看着高雄港的美景，吃着丰盛的早饭。我看他吃得非常少，问他原因，他告诉我："我的血糖已经过高，患糖尿病了，吃东西不能随便了。"

然后我就请他谈谈他在新疆"劳动改造"的那段岁月，他告诉我说："我下放的地点，是在南疆离库车西南约三百公里的阿克苏地区，边远而穷困，但是民间音乐却特别的丰富。那个地方在塔克拉玛干沙漠的北部边缘，是维吾尔族十二木卡姆的发源地之一。离我们阿克苏一百来公里有个阿瓦提，更是'刀郎木卡姆'最为活跃的地方，维族老乡都会唱会跳。我对这些本真的民间音乐有一种不可抗拒的喜爱，就寻找各种机会去采集。当时没有交通工具。在棉花成熟、收获的时候，有汽车从阿克苏出发去阿瓦提拉棉花，我就想法搭他们的便车去。这样我去了多次，吃住在维吾尔族老乡的家里。我用微薄的工资买一点酒，买一点羊肉，老乡们一喝酒、一吃肉，就高兴地唱了起来，弹了起来，吼了起来，非常的粗犷和豪放。我在那里记录了好几套'刀郎木卡姆'的音乐，它们成为我最珍贵的宝贝，成为我音乐创作的源泉。回来的时候最危险，因为汽车去的时候是空车，回来的时候装满了棉花，我得坐在高高的棉花垛上面，道路又是坑坑洼洼的，司机的技术又差，弄不好就会从棉花垛上摔下来，随时都有摔死摔伤的可能，每次都要冒着生命的危险！不过我那时'右派'的问题还没有解决，每次去都要受到批判，说我'个人主义严重，不老实改造思想'。"说到这里，金湘摇头、苦笑，一脸无奈。

金湘所说的只是他到新疆民间去采风的几次经历，但这次谈话给我的印象却极其深刻，因为他是用生命去学习民间音乐的，因此他能够获得民间音乐的生命。他是用生命来谱写他的音乐作品的，因此作品中必定有生命的灵光荡漾。

《雪莲》就是这样一部荡漾着生命灵光的作品。它自然而然地成了我国第一部新疆音乐风格的钢琴协奏曲，从中我们感受得到金湘二十年的风雪驿路，感受得到民间旋律中悲悯的人生色泽，它又是对民间音乐的超越和升华。《雪莲》中的钢琴独奏，就像是维吾尔族"麦西来普"中的领歌者和领舞者；而副部主题就像是钢琴的"独唱"，这个主题忧郁、柔情，具有十分罕见的抒情性，这是人性的充分展露。

《雪莲》的管弦乐队部分是一种充分交响化的展开，是一种戏剧性的表现，刻画了雪莲与冰雪的搏斗，表现了人与命运的抗争。最后，高浑郁勃的音乐表现了英雄性的崇高之美。这就是音乐作品的深度，即作曲家灵魂的深度。

《雪莲》是金湘的"第一钢琴协奏曲"，看来金湘是有着谱写"第二""第三"钢琴协奏曲的创作打算的。他的第一钢琴协奏曲就有了这样高的艺术境界，我们本来可以期待他的"第二钢琴协奏曲"和"第三钢琴协奏曲"的……可惜今天这已经是永远的奢望了。

我的这篇文字，既是评论《雪莲》，又是悼念金湘，最后写成了这样既不是乐评，又不属悼文的"不伦不类"的东西。金湘就是雪莲，雪莲就是金湘。金湘有雪莲的风骨，雪莲有金湘的精神。他们无法分开了。最后就以下面这首小诗来结束吧：

聆《雪莲》
——悼金湘

巍峨绝壁绽雪莲，
正是寒凝风冷天。
欲与梅魂同高洁，
冰霜愈浓色愈鲜。

戈壁岁月苦熬煎，
天山远览心界宽。
一往痴情丹心炽，
今日重听生命篇。

2015年12月23日金湘去世。我反复听金湘的钢琴协奏曲《雪莲》，哭悼金湘。小诗写于2016年1月8日。

（原载《人民音乐》2017年第4期）

沉痛哀悼金湘好友

刘 奇

亲爱的金湘,我尊重的金湘,我的挚友,你走了,我十分悲痛!要知道你是我们这一代音乐人的骄傲,是国立音乐院幼年班的骄傲,你是我们的榜样,特别要说的是,你我之间似兄弟般的友谊,每当在我不论取得成绩还是遇到困难时,你都给予我无私的、热情的、真挚的鼓励和帮助,令我终生难忘!而最令我感动的是在你病重期间、手无敲击键盘之力时,还为我出版的"专辑"写"序"。

两星期前我到医院看望你,并一起合影后,我答应你,我外出回来后和丛雅峰一起再来看你,可万万没想到你会这么快就离开了我们,我怎能不遗憾、不悲痛。回想十年前,我们已步入老年,你为我写了大管协奏曲《幻》,又为此写下了饱含友情和抒发壮烈情怀的诗句:

  音旅人生,少年苦读,同窗手足情意深;
  劫后余生,中年相逢,一曲《幻》音融心声;
  夕阳互勉,老骥伏枥,挥洒人间舞乾坤。

那年我们都七十岁,演出很成功,为了庆祝我们一起去吃了夜宵,并说好十年后,我们八十岁时,再度联手——你指挥我来演奏《幻》。

多么美好!可万万没想到,你会这么快就离开我们,我怎么能不悲痛！我不想离开你，没办法……金湘，我真的很爱你，只好愿你一路走好！！

永远怀念你的刘奇痛悼

2015 年 12 月 24 日

2015 年 12 月 29 日举行告别金湘仪式，我含泪写下挽联。

飞泪悲泣痛悼一生挚友凤骨卓立傲然驾鹤
顿足捶胸哀思同门师兄大吕黄钟激越山河

2017 年 3 月补记

悼念记入世界音乐史册的金湘先生

黄远渝

惊闻金湘辞世，一个音乐天才的陨落，使我备感悲痛。

金湘早年考入常州国立音乐院幼年班，因为名字里有一个湘字，我父亲黄源澧又是湖南人，自然有亲切感。加上他耳朵好，手又大，于是被收入门下，随父亲学习大提琴，我就认识了他，他给我留下很深的印象，这已经是近七十年前的事情了。

幼年班注重学生的听力训练，在饭堂常常互相测试听力，打碎一个碗，都要听出音高来。金湘练就了极其敏锐的耳朵，既有对横向旋律的超常敏感，又有对纵向和声的准确判别。后来幼年班并入中央音乐学院，改为少年班。我父亲对金湘在作曲方面所表现出来的才华极其欣赏，鼓励他转为作曲专业，于是，金湘到大学后，就学习作曲了。

但是，由于孤傲不羁的气质，以及直言不讳的耿直性格，他在1957年被划为"右派"，发配到新疆，一去二十多年。他尝尽人间的酸甜苦辣，人世沧桑。悲剧的人生锤炼出他百折不挠的性格，促进其对音乐高峰的执着追求。这二十多年，对金湘来说，他经历了新疆民族音乐的洗礼，得到了新疆丰富的民族音乐的熏陶，完成了音乐创作的丰厚积累。1979年调入北京歌舞团后，便有了他佳作连连井喷式推出的辉煌。我们一直关注他的每一个成就。

1988年歌剧《原野》的成功，使他赢得了世界的认可，这是第一部敲开西方歌剧宫殿大门的东方歌剧,国际音乐界更把金湘称为"东方普契尼",他被誉为"当代东方新浪漫主义的杰出代表"。迄今为止,《原野》仍然是我国最杰出的歌剧之一,将作为歌剧经典记入世界音乐史册,金湘也作为一个不朽的作曲家列入世界音乐巨人名册。

我为有这样一个师兄而骄傲,为我国有这样一个伟大的作曲家而骄傲。

金湘先生安息吧。

2015年12月24日

我是金湘看着成长起来的

迪里拜尔

2016年9月4日京城初秋,著名花腔女高音歌唱家迪里拜尔接受刘克兰、费鹏采访,讲述她同金湘交往中那些感人的故事。谈话由费鹏整理。

金湘老师像父亲,他爱憎分明、直爽得又让人觉得像个孩子。

我是金老师看着成长起来的。那是20世纪70年代在新疆歌舞团,我在乐队,金老师从阿克苏调来,为乐队排练。他认为我在乐队里的刻苦是维吾尔族人少有的,所以我常会得到他的赞赏。他住的房子在排练厅旁边,所以总能看到他拿着开水瓶在走道里。

金老师给人最初的印象是严肃的,甚至严肃得有些让人觉得有距离。他的眼神总像是在犀利地审视你,给人一种压迫感。但接触久了,会觉得他其实很亲切和蔼,善良直率。他爱才如渴,他又是看着我长大的,我们之间有对新疆共同的那份情,所以他对我来说,更多的像是一位父亲般的存在。

金老师曲折的人生带给了他无尽的财富,对于在新疆二十年的磨砺,他始终甘之如饴。他的作品中融入了饱尝人间冷暖,洞悉社会百态后的深刻。通过他的作品我们可以感受到他对生活的热爱和对生命的渴望。他的音乐里有《原野》那样极致的爱恨情仇,对人性的揭示;也有《热瓦普恋歌》里那种非对新疆有刻骨情感而不得的对于祖国、故土的赞歌。

《热瓦普恋歌》是金老师在新疆二十年生活的缩影。它不是像其他作曲家凭一两次采风后就写出来的那种作品，而是金老师在这片土地淬炼了二十年孕育所得。这部歌剧既有交响性，又段段好听。

说起来，这部新疆题材的歌剧还是金老师为我量身打造的。我们在新疆歌舞团本来彼此就有接触和了解。他后来到北京听了我的音乐会，被我演唱的花腔音色所打动（大家都叫我"中国夜莺"），他也知道我渴望演唱表现自己家乡的原创歌剧作品，便为我量体裁衣，塑造了阿娜尔古丽这个人物。

唱金老师的作品难度很大，不论是音乐的表现力还是纯技术层面的要求都很严苛，这也就要求演员张弛有度、收放自如。要演唱好金老师的作品，必须先要做足谱面功课，因为他的谱子很注重细节，有很多独到的手法，如果注意不到很容易唱错或出现遗漏。我总是在下面认真做功课，深入体会理解人物，融入人物。

金老师经常到排练现场，亲自辅导演员功课（我们在排练过程中也会有争执）。他会指出演员们在排练中一些细节可以进一步完善的问题，不论是谱面上的音符问题，还是对人物的整体把握上的问题。金老师能充分调动起演员的情绪，带领演员走进人物。他要求歌者用声音来表现人物的戏剧情感。金老师常说，作品的二度创作很重要，通过演员们精湛的演绎，才能将纸上的音符变为优美灵动有血有肉的生命。当然，金老师的音乐本身带有强烈的感染力。《热瓦普恋歌》中的每一段都很唯美，段段好听，哑巴的唱段很好听，尤其是《妈妈要死了》的唱段，真是升华的美、超脱的美！我在国内外演出多部歌剧，很少有唱这些唱段才能获得的满足感。对于演唱者来说，也不过如此了！这部歌剧经过十年，经各方努力不断打磨，终于在 2010 年 8 月 14 日首演成功。

2015 年 6 月 20 日，我回到北京，赶上了歌剧《日出》首演的第四场演出。我记忆中那天金老师穿着一身红衣，虽然消瘦，但依然因为他作品的上演而显得神采奕奕。演出结束后，舞台的灯光都收起来了，我俩坐在偌大的国家大剧院的观众席里聊天：我们已经多时不见，不免回忆过往。

金老师突然对我说:"拜尔,你说咱们多幸福,赶上了想做事儿能做事儿的时候。这么好的剧院,这么好的陈平,他信任我,你能唱,我能写,这么多人支持我们做事情。没有这些人,我们就跟没有灯光的舞台一样,啥也不是。我就是老了,如果还行,我真得再干一场。"这是他和我的最后一次对话。

金老师就是用这样的赤子之心守护着他的事业,他的音乐,热爱着他所处的年代,热爱着他的生活;也正是这份赤子之心,让他对音符有着极其敏锐的感觉,对所写的音乐有着几近严苛的要求。他用这颗炽烈的心,守护着创作过程中的自己,也守护着演绎他作品的艺术家们。

金老师已经离开我们近一年了,但他的音乐还在各地不同的场合上演着,这也是对金老师最好的感恩和怀念。我很荣幸,也很感谢金湘老师为我打造了阿娜尔古丽这个角色。《热瓦普恋歌》在我的艺术生涯中留下了浓墨重彩的一笔。同样,金湘老师其人其事也在我的人生记忆里留下了不可磨灭的印象,产生了深远的影响。斯人已逝,我会尽己所能将金湘老师感人肺腑的音乐传播下去,让更多的人听到。

《原野》登上欧洲大陆

刘克清

歌剧在西方已经发展了400多年，在我国只有几十年的历史。1997年金湘作曲的中国歌剧《原野》第一次登上了歌剧的故乡欧洲大陆并进行了巡演，这也是中国歌剧在历史上第一次于欧洲上演。当时担任此歌剧指挥的是中国著名指挥家林友声，担任导演的是中国著名歌剧导演李稻川。我是男主角仇虎的扮演者，女主角金子的扮演者是中国国家歌剧院著名女高音韩延文，男主角焦大星的扮演者是上海歌剧院著名男高音迟黎明，焦母的扮演者为上海歌剧院女中音歌唱家王晓姗，常伍的扮演者为上海歌剧院男中音歌唱家张峰，白傻子的扮演者为上海歌剧院男中音歌唱家杨小勇。担任伴奏的是德国萨尔州国家剧院交响乐团。当时的演出非常轰动，德国国家电视一台及很多家报纸都做了广泛的报道，并给予了极高的评价。歌剧几乎是集所有的艺术为一体，可以凸显一个国家的综合艺术实力，而令他们非常惊奇的是，歌剧《原野》无论在作曲、编剧、舞美及演员演唱方面都有非常高的实力，令他们刮目相看。德国报纸称金湘为"东方的普契尼"！

从1989年开始，我在瑞士、奥地利、德国歌剧院担任驻团独唱演员，一直到1997年都是在外国歌剧院演外国歌剧。在这期间我到美国演出的时候，看到华盛顿市歌剧院上演中国作曲家金湘先生的歌剧《原野》的广告时特别的震惊，因为我知道西方人把歌剧推崇为最高级的综合性艺术，能在美国首都华盛顿上演中国歌剧，那可真是了不起的事情。特别是作为我这样一个在欧洲歌剧院工作的中国歌剧演员来说，感到特别的欣慰和骄傲。那天座无虚席，金湘先生的音乐打动了在场的所有观众，令我感到无比的震撼！我是一名专业的歌剧演员，我曾演过很多外国歌剧，但是那天的《原野》让我意识到那是一部我们中国划时代的巨作！

演出刚一结束，我就迫不及待地冲到了后台，尽管许多人围着金湘老师祝贺，我还是挤过人群紧紧地握着金老师的手大声喊着："太棒啦金老师，我要把《原野》介绍到我们歌剧院去，到欧洲去演。"金老师高兴地对我说："好啊！完全支持！"

回到德国后，我找到我所工作的萨尔州国家剧院的院长席特·可耐希特先生，我告诉他我们中国上演了一部特别高水平的歌剧，无论在剧本的戏剧结构上，还是在音乐的作曲手法上都是上乘之作，希望他能帮助在我们剧院上演这部歌剧，他愉快地答应了我的请求。随后我又找到了我曾经参演过的瑞士索洛图恩歌剧节主席迪诺·阿里奇先生及德国波恩贝多芬音乐节的秘书苏珊女士，请求他们帮助上演中国作曲家金湘先生作曲的《原野》，令人非常欣慰的是，他们都答应了我的请求，决定上演中国歌剧《原野》。此项目得到了上海歌剧院何兆华院长的大力支持，他向上海文化局做了汇报以后，马上得到了上海文化局的支持和批准。这样，以上海歌剧院为班底的歌剧《原野》1997年顺利巡演欧洲并取得了历史性的成功！

2015年秋天的一个傍晚，我请金老师吃饭，会谈有关在"《原野》欧洲巡演20周年"之际再次巡演欧洲一事，他迟到了一个多小时，他的助手告诉我说金老师那天胃疼得厉害，他吃了止疼药休息了一下后就坚持来见我，他听了我的意愿后，回答的话和20年前在华盛顿歌剧院后台时对我说的一样："完全支持！"

2017年7月25日、26日我将再次组织《原野》在中国上演，然后准备再次巡演欧洲！金老师："你是我，我是你……"

2017年4月15日凌晨于北京

从音乐中释读金湘刻骨的爱恨情仇

万山红

我在歌剧《原野》中饰演金子的时候27岁,也正是因为出演这个角色让我结识了作曲家金湘老师。他平时很严肃,有时候严肃得让我感到惧怕。他有一双很犀利的眼睛,眼神中永远带着审视,不知道他眼神背后隐藏着什么。他一直看着你的时候,你会觉得瘆得慌,有一种压迫感。但与他接触时间长了以后,会觉得他很和蔼善良,其实他的内心很脆弱,有时甚至像个老小孩。

金湘这位伟大作曲家的一生布满荆棘。他被错划为"右派"下放新疆的20年里,创作一度被迫停止。这段经历为他中年的音乐创作奠定了坚实的精神基础。曲折的人生道路令他饱尝人间冷暖,洞悉社会百态,也更善于用音乐语言深刻地谱写不同价值观激烈交锋的社会现实。通过品味他的音乐,我能感觉到,他对生命的那种渴望,对人性的那种揭示,对爱情的那种奋不顾身,所以《原野》第二幕中的《啊!我的虎子哥》,以及仇虎的那种复仇音乐,这些都跟他的个人生活及其中的遭遇有着紧密关系——如果你血液里没有那种仇恨,你是写不出仇恨的,试想在鲜花簇拥下成长的人怎能写出仇恨来?我不相信。然而,金湘的音乐里面有着刻骨铭心的仇恨,所以他能够把仇虎的那种恨,那种爱憎分明,对生命、对爱情的渴望写得如此极致。

金湘是很渴望得到爱的,所以他能够把爱写得那么柔情似水、那么惊天动地。我不敢去解剖他,只能解剖他的音乐。过去我不断地揣摩他音乐里面的内涵,之所以大家后来觉得我演得好,也是出于我从他音乐的深处去触摸人性。有的时候我会和我的学生们说,你们一定要去体会爱,然而有些爱是可遇而不可求的,也不是你想有就有的,一定是经历过、积累过,然后才能够把它借代过来去演绎的。

金湘说"金子"唱碎了他的心

1987年排演《原野》的时候,就是在领导审查的那一次,记得原著作者曹禺和当时的文化部副部长英若诚、我们当时的院长乔羽,以及一些主创人员都坐在台下。第一次审查后,不知是因为我的扮相,还是声音或表演,让金湘改变了他脑子里固有的想法,他原来是一定要让中央音乐学院毕业的学生来诠释"金子"这个角色的。后来听说,当时我一出场金湘就愣住了,不禁赞叹说:"太漂亮了,平时没觉得万山红好看啊!怎么突然就光芒四射了呢?"实际上我知道,这个漂亮的意义是什么,并不是我万山红漂亮,是金子漂亮,那一刻已经没有万山红的存在了,我认为我就是金子,我所有的举止、动态、眼神,所有的一切一切此时都化成了金子。当时的导演是金湘的爱人李稻川,她也是意外惊喜,称赞身旁的乔羽院长:"感谢你为我推荐了万山红这样有舞台经验的好演员,不愧是院长,眼力独到,姜还是老的辣啊!"我非常感谢之前演过的那十几部戏,如果没有之前的积淀不可能有"金子"的成功。审查结束后,原著作者曹禺先生握着我的手说:"万山红你把金子演活了。"在这之前我并不清楚自己的对与错,好与坏,完全凭着直觉去演;当时的我如释重负,因为我是他心目中的"金子",这就足够了。

金湘交付给"金子"的音乐太美好了,虽然唱段不多,但每一段音乐都是精品,都是极致。值得回忆的是,我和金湘老师提出,是否能在《啊!我的虎子哥》唱段后面加一段唱?因为我还没唱够,我觉得人物的情感还在燃烧着,还没烧尽。当然,他还是很乐意地接受了我的这个建议,后来专门为我写了一段,就是《虎子哥,我不能没有你》的二重唱。当时,我还以为他会把二重唱写得轰轰烈烈，因为情感还在燃烧，在《啊！我的虎子哥》后面继续爆发，然而他却反其道而行之，写了金子柔情似水的另一面，我疑惑不解，他却说："万山红啊！如果你能把这段唱好，金子就更加可爱了！"的确，我唱过之后，他说："一个真正的好女人，她不仅仅要有爆发力、火辣火热的一面。你今天唱的这个，把我的心都揉碎了，我告诉你，所有男人的心都会被你揉碎的。"李稻川导演后来看我演这段戏时说："有了这段歌唱后，你的金子才是一个完美的金子。"每个人都是多层面的，包括金子这样的一个人物。

金湘留给我"日出"时的背影

今年年中，金湘的又一部大型歌剧《日出》在国家大剧院上演，他的秘书在大剧院门口出来给我送了一张票，并说："大剧院的票特别紧张，但是金湘老师知道您来，特意给您买了这张票。"走进歌剧厅后，当时金湘老师在池座里面，我在外面，那一次我从头到尾就只看到他的一个背影，他穿了一件中式白色的汗衫，没想到那成了我与他的最后一次见面。

得知他去世的消息，我悲痛万分。金湘老师是一位真正的艺术家。虽然最后一别我并没有看到他的脸，但我想他的心一定是安然的，留给我"日出"时的背影，刻在心里永远不会走远……

人就活一回

——忆金湘

孙 禹

一

　　如果说死亡的困惑，是一切哲学的源头，那么，民族歌剧的里程碑，第一部叩开西方歌剧宫殿大门的《原野》的作曲者金湘之殁，或将重启中国歌剧界对其"歌剧思维"的深入探究，所倡"中华乐派"的审美界定，艺术人格的形成，硕果累累的创作心路历程；自人生低谷走向艺术峰巅的全新解读，甚至对他生平所有原创歌剧的回顾与展演、研讨与解析等诸方面的厚重之门。他的一种"蜡炬成灰泪始干"的生命语境，"吾将上下而求索"的拼搏精神，将给后世一种既形而上又后而知的哲学启迪。在此，笔者无意于对金湘先生的艺术成就，多作妙语惊人的评价。因为，每一个深刻的思想家，较为害怕的是被人理解，而不是被误解。更因为赞扬有时比责备有更多强加于人的成分！如果说塞尚的名画并不旨在苹果，而是谋于苹果上方的重量，那么，金湘在《原野》中的着力，自然绝不仅仅是表现人性的扭曲与反扭曲，而真正想告诉人们的却是：要想真正体验生命与死亡，你必须站在死亡与生命之上。故，笔者只想通过金湘的几件鲜为人知的事迹，眼中几个不同时代的金湘，说些有关他的事件，讣告他的至亲好友,慰藉他的在天之灵,抚恤他的未亡嫡亲,呈现一个有血有肉的性情中人,还原一个终生焚膏继晷的金湘!一如金湘的夫人李稻川如是说:直到金湘驾鹤西去,人们似这才真正认清了他的贡献与价值,人品与操守。一切诋毁诽谤,误解与歪曲,甚至是妖魔化不攻自破!金湘时代的到来,竟始于他的身后——我坚信!

故,金湘没有白活。

他的哀荣一如其《原野》中金子和大星的双重绝唱《人就活一回》,即:"我是野地里生,野地里长,有一天我会在野地里躺下……"既有一种"一道残阳铺水中,半江瑟瑟半江红"的生命旷达,又有一种"黄鹤一去不复返,白云千载空悠悠"的对生命苦短的仰天长叹!

二

世上只有一种英雄主义,就是在认清了生活不易的本质之后,依旧热爱生活。1957年,金湘作为常州国立音乐院幼年的"神童"而被保送到中央音乐学院少年班后,又免试升入作曲系,却在大二时被打成"右派",时年只有二十二岁。据说金湘在去找组织谈话前,竟在屋里面壁一天,便怀揣写满意见的笔记本"谋"定而动。而"右派"是什么?在笔者对所有书写"右派"心灵史的文学作品阅读的记忆中,安徽作家肖马的小说《纸铐》最为令人觳觫:一位看管牛棚里的专家学者的专政队员,因要外出公干,又怕看押的这几个"牛鬼蛇神"乘机逃跑,就用废报纸逐一为他们剪成"纸铐"戴上,使他们画地为牢……但在金湘长达20年的新疆流放中,岂是这种闻所未闻的"纸铐"就能使他束手就擒?!那种"人就活一回"的对生命的紧迫感,被剥夺了写作权利的朝夕煎熬,正是真正锁住他精神家园的一副副梦中消去,醒来勒骨的无形纸铐。说来奇怪,在笔者与金湘长达近30年的交往、合作,甚至是彼此的欣赏中,我们的灵魂共舞和神交从未绝缘。更奇怪的是,有关他在被发配大漠南疆20余载的种种炼狱和膏火自煎的经历与体验,竟都是出自其夫人——《原野》原创导演李稻川之口。

三

世间最痛苦的事，是目标太伟大，而没有勇气去完成。

而金湘却以全部的生命，证明了他对此哲言的"二律背反"。

28年前，一个秋高气爽的日子，阳光明媚得令人悬疑重重。上午，已经作业了一个多月的《原野》剧组，忽地看到一个目光犀利、颧骨高耸、神色冷峻的中年男人，从排演场那扇半掩的门中挤进身来，神情恍惚地疾步走向钢琴旁的一张椅子，坐下后，沉默不语。导演李稻川旋即介绍，此人就是《原野》的作曲金湘。少顷，演员们都用眼睛上下"刐"着他细看。这时，我看到——这位后来名满中国歌剧界的作曲家脚上的袜子，竟长短不一，颜色各异。当然，后来从那扇半掩的门里，又多次走进过曹禺、乔羽、王蒙、殷若诚、乔治·怀特、波莱、赫伯特、万方和李刚等……

那时，笔者的心里一诧，眼前这个桀骜不驯、一脸悲情的人，虽不修边幅，却有一种说不出来的气度和力量。他，就是那个在新疆阿克苏的大漠沙原，经历扭曲强暴的大地震蹂躏之后，面对着满目沙浪与龟裂的深沟大壑，而突发对生命的贵贱与渺小、蝼蚁与伟岸皆可毁于一旦的拷问的金湘吗？笔者凝视着这个在一次新疆阿克苏文工团演出时舍身救火而被全身灼伤，竟在病床上仍被"左撇子"诘问："老实交代你纵火与救火的真实目的"的金湘，目睹着眼前这个曾被发配西域旷日持久的当代音乐"苏武"其时仍暗中笔耕不辍，曾有一次，怀抱"节鞭"似的心血之作《塔西瓦依》和两个哈密瓜，硬是坐了几个星期的火车硬座之后，将其双手呈在时任中央乐团的大指挥家眼前，其后不久，一个让他肝胆欲裂的声音："就凭两个哈密瓜，也想让我演奏他的作品？"……

现在，历经多重磨难和羞辱，已从新疆调回北京市歌舞团任作曲和指挥，并已有歌剧《屋外有热流》公演的金湘，此刻就在我眼前？其个性肯定一颗"铜豌豆"，外表绝对一个"铁核桃"，脾气无疑一个"煤气蛋"！然，一个多月的《原野》音乐作业下来，金湘的绕指柔情，万端悲楚，浩荡的激情，金色的旋律，柔似西溪湿地，烈如黄河瀑布。那一连串金子的咏叹调《啊，我的虎子哥》《天又黑了》，大星的《哦，女人》，焦母的咏叹调《黑色摇篮曲》，金子与大星的二重绝唱《人就活一回》，连同仇虎、金子那首《原野》中经典中的经典二重唱《你是我，我是你》，势如井喷，状如锦绣，叫人百听不厌欲罢不能！如此的抒情壮美的乐思，旷达的音乐张力，拨新领异的才情，似有神助的旋律书写，寻遍人类歌剧史，也只有威尔第、普契尼、马斯卡尼，抑或德彪西和比才或曾所及！然，就在纽约的一次全美歌剧协会主办的歌剧研讨会上，金湘只对格什温情有独钟的发言让人匪夷所思！可见金湘灵魂深层的美学品味及作曲品像，至今让人扑朔迷离。

四

《原野》音乐作业完毕，我走近金湘提问："您将最美的旋律和歌唱性，都给了金子和大星，甚至是焦母和常五，而我这个悲剧英雄咋办？"那时尚未成名的金湘面色铁青，劈头就是一句："你的谱子唱熟了吗？唱对唱熟后再说不迟！"笔者那时年轻气盛，当即反唇相讥："您写的仇虎就是你自己。但你并不爱他，不然，你不会把他的音乐写得佶屈聱牙！"金湘顿时大怒，脱口而出："你可以不唱嘛，换人就是！"我即刻热血冲顶："不唱就不唱！能唱演仇虎的人，除了我，别的还没出生！"说完，摔谱而去。

这样的事，后来在排演场上也有类似的。那天，李稻川导演说戏把我说急了，我又怒摔谱子，一声大吼："老子不干了！"说完，冲破那扇半掩的门。过后，一种难言的忐忑袭来，我从做话剧演员开始，在最高音乐学府歌剧专业有过五年学习，毕业后又是五年的歌剧之盼，如今有了机会，仅凭一时冲动便自毁前程，这不是匹夫之勇又是何为？于是，我觍着个脸，弓着个腰，又重回导演桌前，但还不道歉，只是嗫嗫嚅嚅地说道："我……我爱《原野》！"于是，李导勃然大笑，全体演员哄然喷口。

多少年过去，每当耄耋之年的李导重提此事，依旧忍俊不禁，而我却卑以自牧，又羞愧难当，既为当年的青涩孟浪汗颜，又为再也没有机会重唱全剧《原野》而深深抱憾。而今金湘的驾鹤西去，也许终将我的这种剥肤锥髓的遗恨永远地化在了对他的哀恸之中！然，金湘就是金湘，率性无忌，语锋犀利。去年年初，当他将洋洋洒洒四十多万字的理论文集《探究无限》寄给我后，我随即回复短信："尝鼎一脔，超轶绝尘！"他答："看完再说，马屁太疾！"顿时，我的千般火炮，万仞冷器，哑然失声，沉戈断戟！

五

其人之所以伟大，因为他是一座桥梁！

其实，1987年《原野》天桥剧场的中国首演，并未像后来人们所测那样"一炮走红"。更无法与1992年冬在美国首都世界首演时的那种连演11场且场场座无虚席、一票难求的气象相提并论。《原野》一路走来，在笔者的切身体验中，无疑荜路蓝缕。先是《原野》北京首演后学术界的众说纷纭，后是一拨秧歌剧的老太太高呼，民族歌剧院从此可以摘牌换匾了。她们继而去文化部告状，有人竟似痛心疾首，说到动情处如丧考妣。更有甚者，导演李稻川由两个团级领导左右"挟持"，竟在此戏停排的现场，将该戏的第三幕所有的对白和喧叙调，逐一改成"话剧加唱"。若不是后来曹禺本人在排演场上气出丹田，时任文化部部长的王蒙字正腔圆，副部长英若诚的妙语连珠，时任院长乔羽的披荆斩棘，后来的《原野》势必胎死腹中，岂能从一而终，守身如玉？可见，那个时代弄原创歌剧，不过民族歌剧"土洋之争"这道"鬼门关"，必死无疑！比照今天的原创歌剧，那时的精品，虽历尽坎坷，却接地气、重音乐、多旋律，拒绝荒诞和扭曲！故，因《原野》声名鹊起后的金湘，似并未被始料未及又胸有成竹的收获绊倒与迷失。因为他劫后余生的整个生命要义，就是要"赶上末班车"多写东西。他反复吟唱的陕西华阴民歌《三天路程两天到》的所有含意，就是要与生命抢时间，多出作品而决不辜负自己！

在笔者后来与金湘、李稻川夫妇近30年的交往中，在每次来去他们的居所"金茂公寓"的记忆中，金湘与我交谈很少，且面色灰暗一脸严峻，偶尔从他那间写作的小屋出进，也只是冲我点点下颌算是招呼。这时，稻川老师便小声说道："别招他，他在写东西……"但每到饭点，厨房里便会传来一阵玻璃瓶子的碰撞声，金湘就会突然消失。我即问李导："都饭点了，他还到哪里去？"李导答："金湘知道你爱喝啤酒，就用旧瓶换买啤酒去了。"我心里暗忖：金湘讲究，即深谙待客之道，又抠得要紧！李导敏感，似一下读懂我的潜台词，幽幽说道："金湘节俭贯了，是抠。但他对自己的学生大方，常常拿钱接济贫困学生，却从不跟我商量！"……我听完之后半信半疑。直到如今，金湘驾鹤西去，我在微信中不时读到其学生悼念他的文字，不仅证实了这一点，更让我感动的是，他们对恩师的仙逝无比的沉痛。

六

好的艺术家模仿皮毛，伟大的艺术家窃取灵魂！

当年，金湘在新疆阿克苏广袤的大漠深处，在幽暗的人生迷途中困惑、苦思、踯躅之间，压根也不会想到他的人生竟在天命之年，歌剧《原野》竟在美国首都，让一个"星条旗永不落"民族，在中美文化交流的历史峰巅上，彻头彻尾地经历一次对中国歌剧的俯仰无愧。

自笔者当年赴美留学，行囊中半箱生活用品半箱《原野》总分谱，再加上经历的一切有关《原野》的体验，不能不说留下刻骨铭心的记忆。如果说中美冷战数十载，凭借周恩来的"乒乓外交"实现了"小球转动大球"，那么加上中国歌剧《原野》在美国华盛顿首演后美国各大主流媒体的众口一词"普契尼来自东方的回声"，就不能不说二者前后共同促成中美建交史上的两座"体育与文化"的高峰。然，世人只知我在《原野》北京某场演出后，竟被一对拉斯卡拉歌剧院的导演夫妇，拦道激赞《原野》为中国的《乡村骑士》。世界著名的尤金奥尼尔戏剧中心主任乔治·怀特，仅在《原野》连排之后就血脉贲张，数月后竟力邀全剧原班人马首次赴美做"舞台阅读"演出等，却浑然不知《原野》竟在肯尼迪艺术中心世界首演前夕，因乐队罢工险遇"滑铁卢"之灾？那时的美国国家歌剧院的主持者们，面对罢工束手无策。前面已有经典歌剧《唐璜》以双钢琴伴奏演出了，《原野》若是再如法炮制，11场演出的窘迫将何以为继？而歌剧失却了交响乐团的伴奏，无疑于"皇帝的新衣"。无奈之下，歌剧院的法人马丁·法因斯坦指定金湘携《原野》的总分谱，亲赴匈牙利国家交响乐团将其录制成伴奏碟，准备以"卡拉OK"伴奏的形式公演这部后来轰动世界的中国歌剧。当时金湘是何心境？我无法猜度，但我这个从北京、大连、郑州连同美国尤金奥尼尔戏剧中心一路演下来的"仇虎"，可谓度日如年。

多少年后，我已"海归"，虽已不再被人唤去演歌剧，但在文学和歌剧评论上仍笔耕不辍。突一日，竟由李稻川导演力荐去了"文化部第二届中国武汉歌剧节"评论组。面对天津歌剧院的《八女投江》"抗联"大戏，是否应该用卡拉OK伴奏的"喋喋不休"，一夜之间写出评论《争论无意义》，既旁征博引了欧美各大歌剧院，一俟没辙也如法炮制，又鞭辟入里地写透了"体制之殇"的时弊。然，这样的文字，除了金湘、韩万斋等人读完后大呼过瘾，谁还真把这样的书写当成探骊得珠，群蚁附膻？

七

乐队罢工，在《原野》首演前的一个星期前平息。金湘与李稻川，在自愿接待他们住宿的美国"粉丝"阿黛尔和笛克夫妇家里相拥蹦跳，开香槟庆贺！而那个总是暗示李稻川包上海大馄饨的家庭主妇，竟然一时喜极而泣。那时的金湘，在肯尼迪艺术中心的两个大门前，大红地毯的起端，一人多高的"演出季"的海报板上，以一个东方人的面孔，其照片与歌剧泰斗——莫扎特、威尔第、普契尼、瓦格纳和穆索尔斯基等人的肖像赫然并列……

那时的金湘是何等的风光！在我眼里，可谓中国作曲家世界的第一人。然，就在美国首都的"金湘热"，在《原野》的票房亦加升温之前，谁又能想到这位"普契尼来自东方的回声"的发声者，竟仍驾驶着一辆白色的二手车，疾驶在贯通全美的495号的公路上，穿行在波托马克大河两岸的马里兰州和弗吉尼亚州的林间小道上，在散落有致的别墅群中，投递着当天最早的《华盛顿邮报》，仅是为了多挣"几文"日后去纽约生存，进入茱莉亚音乐学院拜学大师们的课资？

如果说，中国歌剧《原野》在全美产生的东方歌剧文化震撼和"金湘热"对于美国人了解中国改革开放后的文化生态，起到了一个不可替代的作用，那倒更不如说，《原野》在美国的广大侨胞中，在中国两岸三地的关系中，在华裔持不同政见者中，竟带来了一种血浓于水的共识，寻根热与怀旧的集体记忆。这种民族认同感的文化冲击力，即便是在今天，都是难以用文字表述的。那时，包括金湘夫妇，连同歌剧编剧万方与我都始料未及，一部真正意义上走向世界的中国歌剧，除了其艺术本身的魅力之外，竟还会有这么大的民族的凝聚力？

那时在我视野里的金湘，岂止是"春风得意马蹄疾"！更是"十年寒窗无人问，一举成名天下知"！大有一种"文必秦汉，诗必唐宋，民族歌剧势必《原野》"的气象万千。于是，先有原"飞虎队"陈纳德将军的遗孀、美国共和党亚裔领袖陈香梅连看三次《原野》之后，在其寓所高调宴请金湘夫妇及全体剧组演员，后有时任中国驻美大使朱启桢在看前接见全体演员，翌日，在大使官邸以国宴规格款待《原野》全体人员。然，最让人感动的竟是云南王龙云将军的孙子，几次三番地在其华盛顿城中心的餐馆"北宫"内，尽其所有地让大家大快朵颐。再后来，台湾国民党驻美机构"北美事务协调处"，香港等驻美的官方机构也"不甘寂寞"，或大摆宴席，或私下联系赴港台演出者不乏其人！直至某一个日场，几位身着FBI警服，手牵警犬的联邦探员，在演员的化妆间和后台一番巡视之后，我们这才得知那场演出，前任美国总统的"老布什"要来观剧。后来，老布什来没来看戏我不得而知，但当年《原野》在美国的大红大紫，可谓登峰造极！

但在后来的日子里，我屡屡再见已作为华盛顿签约作曲家的金湘，他那铁核桃似的脸上仍并无几丝笑意，竟每每从他的只语片言中，我仍能听出他的焦虑：自己的技术还嫌不够，美国歌剧作曲家的"灵魂"不在"DC"，他要去纽约深造学习。而纽约是什么地方？天堂和地狱，打个喷嚏都要钱的膏腴之地，李安眼中"名丐同流、鱼龙混杂的神奇的土地！"

八

要想成为艺术贵族，必须逃离上流社会。

1992年，如果因《原野》在美国大出风头的金湘怀揣着美国大名鼎鼎的移民律师——他的发烧友舒尔茨——为其一路免费、只用了三个月便拿下的美国绿卡，审时度势，以一个民族文化传播者的英雄姿态荣归故里，不过才50出头，即便再水土不服，权贵小人又怎奈他几何？教教弟子，谈谈《原野》的中外春秋，再冷不防闹它个"出镜率"不俗，岂不财源滚滚，活得快哉？况且金湘又极少向人控诉其"右派"的往事。对那句虽调侃却意味深长的话"资本主义不管饭，也不管自由。社会主义管饭，也管自由！"更是三缄其口。多少次，当他接受美国新闻媒体采访时竟被问到：你在中国是否有创作自由？他的回答一如赤子："当然有自由！我想写什么就写什么，就是时间不够！"金湘就是金湘，前世早已被"缪斯"点化，且有点类似凡·高："我把心灵与魂魄融入了绘画，结果我丧失了理智！"然，金湘远比凡·高幸运，凡·高生前半张画也没卖掉，身后竟一画价值连城。金湘生前的十几部歌剧音乐剧无一落空，最后的稿酬高得令人咋舌。金湘在生命的任何时段都从未丧失过理智，除了他对物质享受和身外之物漫不经心，只对自己的作品傲睨自若，精益求精。试问，活在当下的中国作曲家，还剩几个像他一样纯粹？然，后来从朋友处传来有关金湘在纽约的消息，竟让我感慨万千。不知不觉之间，已在茱莉亚音乐学院作曲系深造的金湘，已用英文写作谱曲了两部音乐剧，即《曼哈顿二重唱》和《坚强战士》，前者因故无疾而终，后者竟在纽约的一家剧院公演。再后来，他应当地华侨之邀写的交响合唱《金陵祭》，竟然登台"卡内基"大厅，据说演出场面热烈劲爆。那时，我因学业演出繁重，已对纽约时代的金湘无暇关注了。突一日，竟在《世界日报》读到一则消息："《原野》之作曲家金湘偕夫人李稻川，与《原野》台北首演当晚，自美国及香港一路转机抵桃园机场后闯关，省交指挥家陈澄雄即赴海关为其夫妇办理入台落地签证……"

读完此消息,我忍俊不禁。这不是金湘又是何人?而素以淡定温婉著称的李稻川,竟与其一同并肩闯关,直叫我跌破眼镜。

九

要想成为不朽,其代价就是生命。

海归后的我,因去了一家国字号的文艺团体,为报团长的知遇之恩,我逢演必到,忙得连母亲去世竟也不在她身边,更无暇关注金湘的子丑寅卯了。但常与李稻川导演通话时问起金湘。李导告之,已在中国音乐学院作为终身教授的金湘,虽近古稀之年,身体健康每况愈下,但仍笔耕不辍。我们在电话中的交谈,有时也议金湘的人格操守。比如金湘在新疆阿克苏的"右派"时代,曾因当地组织经常要冀京调演,不得不将其与另一位"明星右派"王蒙弄在一个屋里,一个作曲,一个作文,强强联手,并在专政队的"纸铐"之下戴罪立功。我想金湘的第一部歌剧《戈壁大寨人》,正是那时的产物。但世事难料,20年之后"右派"平反昭雪,金湘以其多产享誉京城,而文坛"老枪"王蒙,忽一日竟当上了文化部长。试想,那时的金湘要想向这昔日的难友谋个"顶子",岂不易如反掌。但他却生性痴顽,只是带着个作曲同道李某去见部长。后来李某如愿当上中国音乐学院院长,部长再问金湘有何要求时,金湘却摇头不语,无欲则刚。王蒙也够意思,若干年后金湘的又一出原创歌剧《热瓦普恋歌》在国家大剧院首演时,他款步上台,以一口流利的"维语"力挺金湘。当乐池里传来此歌剧序曲的天籁之声时,我顿觉金湘的乐队歌剧意识,作曲的歌剧技巧,歌剧配器的老到圆熟,歌剧思维的气场已足够壮大,炉火纯青。但廉颇老矣,尚能饭否?此话不幸被我言中。在我后来多次去探望李导的交谈中,她下意识地重复着金湘的身体虽日渐虚弱,意志却亦加强烈的语言:"现在我可以游刃有余地去写歌剧了,但已力不从心。"那时我很清楚,他在住院,却已开始了歌剧《日出》的总谱写作。

十

　　金湘古怪。他后来的作品上演，如《红帮裁缝》《日出》等，竟从不请我到场观剧。但对于他夫人导演的作品，如天津版的《原野》《白毛女》和《八女投江》，他曾一天两三次电话催我看戏。他深知李导对我有知遇之恩，我绝不会白去。于是，我写李导《白毛女》的评论《美学高度，救戏招魂》，见《中国戏剧》2012年第10期；写《八女投江》的文章《抗联女神》，见2014年中国武汉第二届歌剧节"论坛文集"；写我对李稻川导演《原野》的体验，《歌剧思维下的导演行为》，入选金湘的论文集《探究无限》，发表于《艺术评论》2015年第2期等——就是没有写过论金湘创作成就的独立篇。因金湘不好写，写不好，会被"铜豌豆"硌一下，被"铁核桃"砸一下，实在不受用。但，作为他人生峰巅之作《原野》的首任仇虎，别人都写了，我岂能按捺得住，只是灵感未至，时间未到罢了。直到金湘走了，我才幡然猛醒，这是一种怎样的遗憾，世上再无金湘，空有我的文字又有何用？尽管如此，我仍将这些无愧他的文字，化作只只纸鸢，散作串串纸钱，弥补我终生的遗憾，以飨我对大师无尽的思念：

　　　　不是逢人苦誉君，
　　　　亦狂亦侠亦温文。
　　　　照人胆似秦时月，
　　　　送我情如岭山云。

十一

　　那日我去看李稻川，巧遇从医院回家小住的金湘。已瘦骨嶙峋的金湘，躺在床上看电视里的足球比赛，我走上前去仔细瞧他，离他很近。他对我粲然一笑，使我顿然觉得眼前的这颗"铜豌豆"，瞬间化作一道道温情的柔光，融化了我心灵深处的薄冰。那张"铁核桃"似的面颊上，道道沟壑似深刻而弥坚的纹路中，升腾起许多摄人心魄而慈祥的言犹未尽。那时，我已知道他生命中最后的《日出》，即将从他守候了近30年的《原野》上冉冉东升。再后来，我在朋友发我的微信视频中看到，他在国家大剧院《日出》首演后的舞台上，颤颤巍巍地由人牢牢扶紧，白发飘逸如仙，风骨峻峭如昨，披肝沥胆地说出一句："直到现在，我才真正感到我是一个作曲家了！"气若游丝，却掷地有声；淡泊平静，却豪迈激情！

十二

如果说生命的潜能，是一切哲学的发轫。那么金湘之薨，不仅是中国的歌剧之殇，更是一个中国作曲家的良心和他作品的轮回转世。在邪恶与善良、无耻和高尚、肮脏与洁净、人性的扭曲和反扭曲的终极较量中，倘若失却了纯粹与公正，那么人类的繁衍和进化必将异化和质变。一个民族，若是放弃了对自身文明传统和文化高峰的仰慕，放弃了对艺术大师的公认，那么这个民族终将沦为劣等。而金湘对中国歌剧的贡献，不仅只是他的著作等身，"中华乐派"的美学界定，"歌剧思维"的理论创建等，更重要的是，他以他生命的整个历程，证明了一个作为艺术家的普世价值，回答了一个人类对生命观的终极命题，那就是：天道酬勤！

让不论认识金湘还是不认识他的人，都来送一送这位伟大的中国作曲家吧，你喜欢和不喜欢他这个人，听懂听不懂他的音乐，这都没关系，毕竟这个明知身患绝症后会死，也要"往死里写"的人，给后人留下了一笔无价的精神遗产，那就是："人就活一回"的精神不死！让我们为"金湘精神"再唱一曲吧，唱什么？当然是他的最爱陕西民歌《三天的路程两天到》：

> 大青山高来乌拉山低
> 马鞭子一甩回口里
> 不大大的小青马

多喂上两升料

三天的路程两天到

水流千里归大海

走西口的人儿归回来

（原载《艺术评论》2016年第2期）

纪念离开了人间的金湘先生

刘新禹

在中国，要作为一个严肃的作曲家，那就一定是要为这个国家和大众承受痛苦和思想之重的。生活中的欢乐，在这些思想家哲学家般的作曲家的作品中几乎总是以理想、希望的样子出现的。他们好像是偏爱诉说痛苦和磨难，偏爱揭示矛盾和不合理，偏爱告诉人们其然背后的所以然，偏爱描述前世或未来……为什么？

我以为，他们是在用大爱、大善，在为人民追求崇高的文明。

2013年，我在国家大剧院带领珠江交响乐团演的一场音乐会上，选了刘敦南的《山林》钢琴协奏曲、马思聪的《第一交响乐》、唐建平的《青春之歌》的序曲和咏叹调以及我特别挑选的金湘先生的《原野》的序曲和咏叹调。这几位作曲大家的作品都在为中国的土地、中国的人民讴歌和哭泣。

那是我第三次指挥金湘先生的作品。其中一次是和天津交响乐团演全本的《原野》，著名导演李稻川先生——金湘先生的夫人，亲自导演了这部戏。

其中两次金先生都到场支持了我们。他老人家接受了乐团和全场观众的起立致敬和雷鸣般的掌声。今天想起那情景，心中些许安慰，我做了一点点支持这位了不起的中国作曲家的事。

"你这野地里的鬼！""这十天的日子里！""心里是阵阵欢喜！""哪能丢了你！""你是我，我是你！"那深刻的音乐，大气、复杂、端庄，句句是千锤百炼的精品。就像是穿心透骨的呼喊！乐队里的织体声部，如同听者的每根神经在那时刻的感受和反应！金先生把中国人的内心意识和声音用完全的交响乐和人声演绎出来。使得我们全然感觉到这的确是中国土地上的声音，没有一点距离感！这是大作曲家的特征，就像柴可夫斯基、巴托克、格什温、维拉罗勃斯……

金先生的大部分作品是真实描绘社会及时代的，而不是粉饰。这是他特有的独立气质和性格使然。他给我很多次的印象是忧心忡忡又深沉淡然。在一次聚会交谈中，他和我谈了很多，其中作曲家听觉的真实状态和作曲的关系，使我听得入迷……我们还计划着他的专场音乐会……

他是个大善人，是大知识分子，是我们这个国家的大作曲家。

他的去世是作曲界的大损失，是我们这个需要真音乐的社会的大损失。

忆作曲家金湘先生

陈牧声

追忆起前辈作曲家金湘先生，我是心有愧疚的。最后一次见到先生是在2013年9月上海音乐学院作曲系举办的"歌剧论坛"期间，先生面容略显疲倦。当日晚宴时，先生谈起正在创作的歌剧《日出》，告别时先生提到希望我能提供一些我的作品乐谱和录音，我随即答允先生待整好后会尽快寄给他。此后由于各种主客观原因，这件事被搁置了下来，心里想，日后到北京登门拜访，再把资料一并呈上当面请教更好。然，世事难料：2015年12月24日清晨惊悉金湘先生去世的消息，悲痛之余对自己不知敬畏"时光之险"而心有愧疚、深深自责——从此再无可能履行约定，也再无机会当面聆听金先生的教诲和建议。

金湘先生作为杰出的作曲家，他的歌剧《原野》《楚霸王》等独具匠心、自成一体，已然彪炳音乐史册。先生具"魏晋贤人"之风范，为人旷达、真率、深情，虽为长辈却与我一见如故而无丝毫尊卑之距。与先生相处交谈，如畅饮其故乡（先生是浙江绍兴诸暨人）陈年"绍兴老酒"——质朴、醇厚、浓郁，恰如他的音乐，随着时光流去，越发香醇，回味久远……

2017年2月28日写于上海

几位重要人物对金湘成长的影响

温辉明

金湘是中国民族音乐创作最成功的作曲家之一,他的成功主要在于:既注重技术的实践,又强调理论的修为;既注重传统的继承,又强调以传统为基础的创新;既能以作曲家的实践为视角看待问题,又能以理论家的抽象思维解决问题。金湘以上创作品质的形成,一方面与他聪明勤奋的天性与喜欢思考、喜欢探索的精神等"内因"有关;另一方面,与他成长时的"人文环境"——"外因"——的影响也紧密相连,其中金海观、马思聪、吕骥、黄翔鹏、周沉等几位重要人物,对他音乐创作思想的形成与作曲事业的发展都起着至关重要的作用。

一、金海观对金湘的影响

金湘的父亲——金海观(1897—1971),中国著名的乡村教育家。1932年,立志于乡村教育的他,放弃了成都大学的工作以及去美国留学的机会,来到"浙江省立乡村师范学校"任校长,一任二十五年(1931—1956)。这所学校是陶行知先生于1928年直接参与创办的第二所乡村师范学校。金海观接任校长后,让学校在陶行知教育思想办学的基础上进一步向前发展。

1. 金海观其人

金海观生活俭朴，一心为公；品格高尚，平易近人。据金湘回忆，经常裁下别人来信的空白部分写信，公家信笺从不做私用；夜晚家中点煤油灯，一公一私从不混用，公私分明。有一次，一位新生走水路来报到，金海观去码头迎接，二话没说，挑着学生的行李，走了好几里路才到学校，当时学生还以为他是学校的工友。抗战八年，金海观以极大的爱国热情、坚韧的毅力克服种种困难，使流亡办学不但能以延续，其规模反而得到了扩大。解放战争时期，他开明民主办校，多次冒着生命危险掩护共产党员的学生躲避反动派的抓捕，鼓励并输送学生去解放区。解放后，金海观先后兼任萧山县人代常委会副主席、民进省筹委秘书长、省政协常委、浙江省政府文教委员会委员等职。金海观还著书立说，为中国基础教育作出了较大贡献。

1958年，由于金海观如实汇报下农村调研的情况而被打为"右派"，受尽人格侮辱，直到1979年——逝世八年后——才平反。据家人回忆，在他患绝症的最后一个月还坚持上班，逝世前几天，当他的老师郑晓沧来看望他时，平生第一次听到他痛哭，说自己贡献太少，对不住老师，对不住国家。这是怎样的思想境界？把一辈子都奉献给了中国的教育事业，被人冤枉、折磨十几年后仍无怨无悔！这不正如金湘在为纪念其父金海观而创作的《湘湖情》演出扉页所题"布衣一身，清风两袖，赤胆报国，呕心育人！"，金海观就是这样一位品格高尚的人。

2. 金海观对金湘品格的影响

金湘于1935年4月20日出生，他的童年是在跟随其父——金海观流亡办学中度过的，虽然生活艰苦，但他父亲的言传身教，却是影响他一辈子用于克服困难获得成功的关键因素。金海观先生对金湘各方面的要求都很严格，尤其是道德品质，更是容不得半点瑕疵。据金湘回忆，在他六七岁时，跟随其父流亡办学到浙江景宁县道化村，那年秋天，其父习惯一大早就到屋旁的菜地劳动，而金湘一听到父亲起床，就总是毫不犹豫地起来跟随父亲一块去菜地，因为那里有夜间掉下的柿子吸引着他。父亲对他有严格规定，掉下的柿子可以捡，但绝不能用枝干或石头去击落树上的柿子，因为那是"老百姓的财物"。有一次，地上掉的柿子很少，年幼的金湘只能眼巴巴看着树上诱人的柿子，最后他实在经不起诱惑，就用弱小的身体去撞树，结果柿子没撞下，身体却撞伤了，但此时，父亲并没同情他，反而狠狠地教训了他。抗日战争时期，食物匮乏，饿殍遍野，金湘的父亲虽为校长，但家人还是免不了挨饿受冻，这时金湘的妈妈经常会拿些家里的物品和当地老百姓换土豆，一次，老乡的竹篮有个洞，掉出来两个大土豆，金湘捡起来后，毫不犹豫地跑了近200米给老乡送了回去，回来后，妈妈表扬他说："像你爸爸。"金湘听了特别自豪，因为从小他以像他爸为荣。这样，在他父亲的教育与影响下，金湘从小就形成了正直诚实、朴素为民、坚韧不拔的优秀品格。

3. 金海观对金湘音乐人生的影响

金海观虽然对金湘各方面的要求都很严格，但同时又具有非常开明的思想，当他发现金湘有很好的音乐天分时，就有意识地让他的个性、兴趣自由发展，鼓励金湘8岁多时跟随学校的音乐老师屠咸若学钢琴，这也为金湘的音乐之路打下了一个良好的基础。

1946年，年仅11岁的金湘离开了家，经过严格的专业测试，他考入了国立音乐院幼年班。进入幼年班后，学校每半年进行一次专业上的优胜劣汰，几年后，幼年班从入学时的500人淘汰到只剩下最后的50人。由于竞争十分激烈，幼年班的学习十分紧张，不论酷暑、严冬，金湘每天学习专业都在10小时以上，在那里，他主要学习的大提琴、钢琴、试唱练耳等受到了近乎"严酷"的专业训练。但年少的金湘并没退缩，这反而激发了他更大的学习热情。据金湘回忆，甚至去食堂吃饭时，在等上菜前，他都在听敲击空碗发出的音高是什么，连饭碗不小心"啪"地掉在地上打碎后的第一反应都是先辨别它的音高是多少。从以上表述我们可以看出，少年时的金湘在学习上就已表现出坚韧的毅力与惊人的专注！这与他父亲的教育与潜移默化的影响有着莫大的关系，并且这种影响已融入金湘的血液中，成为一种积极向上的精神力量，它影响了金湘的整个音乐人生。

1954年，19岁的金湘被保送中央音乐学院作曲系，师生的评价是"有才华、有想象力、听觉好、是班里的学习尖子等"。但好景不长，1956年国家提出了"双百方针"，提倡在文学艺术工作和科学研究工作中有独立思考、辩论、创作、批评、发表意见、坚持意见等方面的自由。在这种背景下，1957年，年轻、正直的金湘怀着满腔热情，为了追求真理，向组织递交了一份《向党交心书》，其中许多方面已涉及了当时连他的政治老师——周沉（后来她也被打为"右派"）也无法回答的政治敏感问题：如我们国家是否存在个人崇拜，"反右"政策是否科学、合理等。《向党交心书》的递交，使金湘被学校定性为"以向党交心为由，实际是向党进攻"，再加上办墙报时，金湘翻译了俄文斯特拉文斯基的个人资料，这也成了他向同学们介绍资产阶级反动没落文化代表的"罪证"。这一场突如其来的"反右"运动，将正在如饥似渴地"好好学习，天天向上"的金湘一下子"打入了十八层地狱"，一夜间他莫名其妙地变成了"人民的敌人"。最后，他以"肄业"的身份被"发配"到新疆（他的音院毕业证，直至1978年平反后才予以补发！），从此开始了他人生的另一个艰苦历程！

在那一场政治浩劫中，虽然金湘和他父亲都被打为"右派"，受尽屈辱，但历史最终证明了他们"赤胆为国、无私为民"的高尚品格。金湘在他父亲的影响下所形成的坚韧不拔之精神，不仅让他度过了"被划清界限"的艰难岁月，顶住了"文革"中的残酷迫害，成为五十五万多"右派分子"中，能活到沉冤昭雪的十多万"幸运者"之一，而且那一段难得的人生经历，为他以后音乐创作事业的成功，奠定了坚实的生活基础。

4. 金湘父亲对金湘音乐创作思想的影响

金湘音乐创作思想的核心观念之一是："作曲家应有强烈的历史责任感，应有为服务民众而创作的觉悟。"这种音乐创作观正是其父——金海观办学理念的翻版。金海观本可以在大城市当大学教授，也可以去美国留学，但他偏偏追随陶行知的思想去办乡村教育，没有强烈的历史责任感，没有无私为民的奉献精神，是不会选择一条如此艰辛的人生之路的。

金湘在他父亲影响下所形成的音乐创作思想，也表现在言行方面。1995年，在纽约的一个讨论会上，台湾的一位作曲家说："作曲就是为了个人兴趣，即所谓'玩作曲'。其实就人类而言，少你一个不嫌少，多你一个不嫌多，何必那样认真。"对此，金湘明确表示了他的不同观点，他认为真正有价值的音乐应该是"表达人类的愿望、鞭挞社会的黑暗面、呼唤社会的进步。作曲家应力求自觉具有这种使命感，并在完成这一明显是推动人类发展进程的过程中，为人类的音乐文化宝库奉献自己的力与光。"正是拥有这种使命感，他才能充满激情地面对生活、呕心沥血地去创作。他说："我不能想象，一旦我失去了这种使命感（或称之为'责任感'），我的艺术生命还会持久存在吗？"

金湘有一个伟大理想，就是推动建设我国的民族乐派，使中国的民族音乐真正走向世界。或许有人认为这是"民粹主义"，又或者认为这只是一句"假大空"的"台词"。但金湘确实一直在通过自己的创作，通过自己的社会活动，踏踏实实地、一步一个脚印地朝着这个目标而努力。说到这里，我们不得不提及有关金湘所推动的"建设中华乐派"的学术争鸣。其实许多"反对声音"均来自对活动宗旨的不理解。金湘的活动宗旨并不是抵御或排斥西方音乐文化，而只是要摆正"华乐"在世界多元音乐文化中的正确位置，使华乐同欧洲音乐、美洲音乐及非洲音乐一样，成为世界多元音乐文化的重要部分，使它们一起构成一个互补互融、共存共荣的多元音乐文化世界。这当然也是世界乐坛健康发展之根本。

金海观既是金湘的父亲，又是金湘人生的第一位导师。金湘那艰苦奋斗、不屈不挠的向上精神，那勤俭朴素、与劳动人民同甘共苦的生活作风，那做人应有的正直诚实、与人为善的高尚品德，那对知识锲而不舍的执着追求，那对事物爱憎分明的态度以及对音乐的无比热爱等无一不与他父亲的影响有着紧密的联系，而这些影响为金湘的人生打下了坚实的基础。

二、两位音乐前辈——马思聪与吕骥对金湘的影响

金湘是幸运的，在音乐的学习道路上能同时得到中国的两位音乐巨

人——马思聪与吕骥——的亲自指点，这为他以后实现音乐创作上的中西合璧，打下了坚实的技术与理论基础。

1. 马思聪与吕骥对金湘学习与生活的影响

金湘能与马思聪和吕骥进行深层次的交往，其实都是一种机缘。解放后，1950年1月，按照上级的部署，幼年班北上天津，与其他几所兄弟院校合并成立中央音乐学院，幼年班更名为少年班。而金湘在少年班的钢琴老师刚好是马思聪（当时中央音乐学院院长）的夫人——王慕理，由于经常去她家上课，所以金湘有较多的机会接触到马思聪。在经过较长时间的交往后，马思聪发现金湘有很好的音乐天赋，且勤奋好学，就对金湘说："大提琴和小提琴运弓原理是一样的，我可以教你右手运弓，你最好多拉拉Bach，对你运弓会大有好处。"他多次给金湘示范，还提醒金湘，钢琴对作曲家十分重要。这样在金湘所仰慕的老师的鼓励与指点下，他以更大的热情与动力去学好"西洋音乐"的多门技术。

在少年班时，另一位对金湘有重要影响的音乐家是吕骥（当时中央音乐学院副院长），他强调"要走向民间（深入群众——作曲家创作的最好的源泉）"，所以少年班毕业后，基于对革命前辈吕骥的信任，1952年，他放弃了立即考大学的机会，毅然走上了向民间传统、民间音乐学习的道路——选择去中央音乐学院研究部（现在中国艺术研究院音乐研究所的前身）的"民间音乐研究室"（简称"民研室"）从事整理民间音乐的工作。当时"民研室"的副主任——关立人（吕骥的夫人）是金湘的直接领导，所以金湘才有更多的机会与吕骥进行交流。"学习民歌，不光是记谱，更要学会唱，而且一定要背下来，才能理解民歌的精髓，"吕骥还教他们采集民歌的方法，"采集民歌时要注意对产生民歌的社会背景、人民生活状态、地理风貌等进行社会调查。"并在1953年，亲自为金湘等人去山西河曲采风制订采风提纲与手册。在与吕骥长期的交往中，好学的金湘除学到许多有关民族音乐的理论知识，扩大了视野外，更重要的是，他在思想情感上对发展民族音乐的重要性有了更深刻的感性与理性认识。

在"民研室"时，和他一起工作的还有张鲁（民研室主任）、李元庆、杨荫浏、黄翔鹏、简其华、赵宽仁、晓星、王树、苏琴、李明辉、李一鸣等。这些同事大多是非常有学问的理论家和作曲家，和他们相比，金湘的年龄最小（当时才十七岁），所以许多同事其实就是他的前辈和师长。和这些人共事，金湘学到了许多前所未遇的专业与理论知识。刚开始时，由于每天要整理大量的笨重的录音钢丝（当时的录音设备是钢丝录音机），劳动强度大，且枯燥乏味，所以年轻的金湘对这一工作并不太感兴趣，但随着深入民间、采集民歌的机会增多，他越来越喜欢上了这份工作，并且也愈益认识到这一份工作对中国音乐发展的巨大价值。在民研所的两年，他下乡采风记录下了近千首民歌，其中主要是山西河曲县的"山曲"以及晋中祁县与太谷的"祁太秧歌"。他还深入边远的晋、陕、内蒙古河套地区，到孕育民歌的沃土中，调查创造这些民歌的劳苦人民的生活，访问、结交一个个朴实诚实、多才多艺的民间歌手。这种生活对他来说是非常幸福与快乐的。在金湘采集的民歌中，《三天路程两天到》这首山曲对他的影响最大，这首山歌采集于山西河曲县河会村的一位民间艺人——武焕生，当金湘第一次听到这首山曲时，就被它独特的音乐魅力深深感动，"那对生活充满激情的昂奋与高亢，又带有沙漠行程中的几分孤独与悲凉，是如此强烈地震撼着我的心灵"，金湘不仅记录了它，而且还学会了演唱，并在民研所建所典礼上引吭高歌，感染了许多在场的音乐家，这也成了他终生难忘的一次美学历程。

吕骥不但直接促成了金湘去"民研室"工作，他还间接影响了金湘去新疆后的采风生活。金湘被打为"右派"、"发配"到新疆后，虽然生活在一个连生存都得不到基本保障的险恶环境中，但"民研室"培养起来的"本性"常常驱使他想尽一切办法地去接触、收集民间音乐，所以他经常偷偷地、冒着被"批斗"的危险自费去采风。或许这也是"因祸得福"吧，新疆的二十年生活，除了磨砺他的意志，当地丰富的民族音乐也为他以后创作的成功产生了重要影响。1962年，他利用"库尔班节"（宰牲节）假期，来到《多郎木卡姆》"产地"之一的阿瓦提，参加老乡的"麦西力普"（农闲时的一种广场歌舞娱乐聚会），记录了九首《多郎木卡姆》。"当时人民群众豪迈、粗犷，甚至带点野性喊叫的浓烈的生活氛围，以及《多郎木卡姆》那高亢的歌声、嘶哑的多郎热瓦普和猛烈的鼓点,都令我终生难忘。"1961—1965 年,他利用在阿克苏文工团在当地巡回演出之际,多次接触、采访、记录《库车赛乃木》,"它那铿锵有力的节奏、豪迈粗壮的舞步、独特魅力的调式、滚滚有层次的曲式发展,都给我留下了深刻的记忆"。这些民族民间音乐的熏陶与滋润,较大地影响了他以后的音乐创作:在他的钢琴协奏曲《雪莲》、民族交响音画《塔克拉玛干掠影》、民族交响组曲《诗经五首》、交响序曲《新疆》,特别是歌剧《热瓦普恋歌》中均留有明显的痕迹与影子。

两位前辈一"洋"一"中",从不同的角度给金湘提出了专业学习要求。对于前者,经过几年幼年班和少年班的训练,他不仅打下了坚实的技术基础,而且也自觉地意识到它的重要性;而后者,对于当时正在刻苦训练技术的金湘来说,虽是一个新的观念与要求,但经过与吕骥的进一步交往以及在民研室的两年工作经历后,他也深刻地认识到,发展中国的民族音乐是自己的一种历史责任与历史使命。所有这些都成了他以后创作事业上的宝贵财富。

2. 马思聪与吕骥共同影响下的金湘的中西融合之音乐创作思想

在两位音乐前辈——马思聪与吕冀的亲自指点下,再加上金湘本身的刻苦好学与善于思考的品质,金湘形成了中西融合的创作思想,这一创作思想主要包含以下内容:

(1) 立足于中华民族,吸收世界所有优秀成果为我所用。1996 年,金湘在自己的民族交响乐作品音乐会上说道:"根子要牢牢扎在本民族,同时要坚决面向世界。"在谈到华夏音乐文化建设时,他也说道:"第一,要承认我们有落后西方的一面,并认真学习西方专业作曲家不断积累起来的技法经验;第二,也应看到我们在审美、文化观念等有别于西方的一面;第三,更要看到我们也有优越于西方的一面。"从以上金湘的论述中可以看出,他虽然主张音乐创作要立足于民族,但同时也强调要吸收、消化外国的优秀音乐文化成果。

(2) 反对"欧洲中心主义",但同时也反对"民粹主义"。中国音乐经过"西乐东渐"的"四次大输入"后,我们的音乐教育,特别是音乐创作教育,已形成了以西方音乐理论体系为基础的不平衡局面,而我们自己的民族理论体系在又没有完全建立起来的情况下,在音乐专业中,特别是作曲专业中,崇拜"西方"的现象就很普遍。金湘认识到这一问题的严重性——"哀莫大于心死"!如果我们在心理上已被彻底征服,还何谈中国民族音乐的发展?所以在许多论文中,金湘多次提到反对"欧洲中心主义"。但是反对"欧洲中心主义"并不等于否定欧洲音乐的优秀成果!他说道:"以往将它视为'唯一''一元',当然不对,而全盘否定,也不对。它应该是人类文化的'多元之一元',也是中华文化多元结构中的一元(当然是经过了吸收、提炼和再创造),这才是正常的。"他还说道:"我们说'华乐'之长,并非指'西乐'尽短。"所以金湘同样也是反对"民粹主义"的。

(3)挖掘与发展中国民族音乐的优秀传统。既然要反对"欧洲中心主义",光嘴上说"反对"恐怕还不能让人信服,那就必须证明我们本民族也有优秀的传统可以学习、继承与发展。所以,金湘开始系统研究中国的传统音乐文化,并取得了骄人的成绩:首先,在1993年5月参加波士顿第二届国际中国音乐研讨会上,他发表了题为《空、虚、散、含、离——东方美学传统在音乐创作中的体现与应用》的论文,这篇文章他为中国音乐美学传统在音乐创作的实际运用中开辟了一片新天地,既继承与发展了中国传统音乐文化,同时也为世界音乐创作的多元化做出了重要贡献。其次,在谈到对传统的继承方面,金湘在2001年《作曲家的求索》一文中提出要对黄翔鹏的名言"传统是一条河"进行补充,即要立体地认识"这条河"。并进一步提出"传统的三个层面"论。即上层(表层)属于形态学范畴,中层(内层)属于逻辑学范畴,下层(底层)属于哲学、美学范畴。此文一出,由于其观点新颖、立论准确,受到了业内外广泛关注与赞誉。再次,在谈到民族音乐的具体创作技法时,提出:(1)运用音色分离、线感分层的配器手法,(2)充分发挥民族打击乐的丰富表现力,(3)多用线性或线点结合的织体,(4)以及结构上采用"凤点头""龙摆尾""蛇脱壳""鱼咬尾"(前三个名词,是金湘在对我国古典乐曲研究的基础上自创而成)等民族乐思发展手法;等等。最后,在和声上,他创造并运用了"纯五度复合

和声体系",写作了大批极富东方和声色彩的交响乐作品。(如琵琶协奏曲《琴瑟破》,交响三部曲之一《天》等)

从以上阐述我们可以看到,两位音乐前辈——马思聪与吕冀对金湘的学业、思想甚至整个音乐人生都产生了积极的影响。

三、黄翔鹏夫妇对金湘音乐人生的影响

1. 金湘与黄翔鹏夫妇的交往历程

1951年,黄翔鹏毕业于中央音乐学院作曲系,按"辈分",他应是金湘(1959年毕业)的师兄。其实金湘早在1950年5月,在庆祝中央音乐学院成立的联欢大会上就已和黄翔鹏认识,当时金湘15岁,还在少年班学习,黄翔鹏23岁,是本科作曲系的学生。金湘对黄翔鹏的进一步认识是在1951年的中央音乐学院元旦团拜会上,以金湘所在的少年班为主体的学院管弦乐团演奏了黄翔鹏创作的作品——《1951年序曲》,当演奏完作品时,金湘十分激动,非常叹服黄翔鹏的作曲才华,以至到90年代后还念念不忘找黄翔鹏要这首作品的总谱。再后来,金湘去了"民间音乐研究室"工作,这时黄翔鹏正好也被借调在那里,所以他们有机会"一起生活,一起锻炼、一起为民族音乐事业之继承与开拓而奋斗,工作虽很忙碌,但感情十分融洽。"也许在这个小集体中,因为他们之间的年龄差距相对较小,所以金湘十分喜欢与黄翔鹏交流。在这段时间里,热爱作曲但还未受过正规音乐创作教育的金湘也把黄翔鹏当成自己作曲的"非正式启蒙老师",同样,黄翔鹏也十分关照这位比自己小8岁的"小弟"。

金湘上本科时,刚好他的政治老师是黄翔鹏的夫人——周沉,而金湘又是一位"从小就很严肃地思考"的"学生",所以他非常喜欢上周沉所教的这门思辨性强又十分晦涩难懂的课。面对金湘这位好学的学生,周沉自然是另眼相看,再加上金湘与黄翔鹏之间的关系,所以金湘与他们夫妇之间的交往就更紧密了。金湘被打为"右派"后,他们之间的联系中断了二十年,直到金湘平反后回北京,他们才恢复以前的交往。在金湘平反后

的事业发展期,黄翔鹏也给予了金湘较大的帮助,并在金湘的人生中"留下了珍贵的两笔":一是金湘出版专著《作曲家的困惑》时,黄翔鹏除了为他的书写序外,还针对书的有关内容,给他提出了很多中肯的建议;二是1996年年末,他第一次筹办个人民族交响作品音乐会时,虽然黄翔鹏生命已快走到尽头,在连握笔都很困难的情况下,用颤抖的手为金湘写下了250字的贺词。金湘心里十分清楚这篇贺词的分量,这不是应付一般"人情关系"的文字,而是黄翔鹏用自己生命中最后的一点精力所给予他的鼓励与期望。

2. 黄翔鹏对金湘音乐创作与音乐思想的影响

一直以来,黄翔鹏夫妇在金湘的心中都具有十分崇高的地位。金湘曾在《九死不悔——怀念挚友翔鹏师兄》一文中写道:"读着它,我知道它的分量,这既是鼓励,也是鞭策,我只能用毕生精力去实践。"这些话语完全是金湘的肺腑之言,他也一直在用自己的实际行动实践着他的承诺,不敢有丝毫懈怠。黄翔鹏生前经常说的一句话是:"中国的许多音乐家,是捧着金碗要饭吃。"这句话,即是他对中国现实音乐环境中存在严重的"崇外贬内"现象的一种嘲讽,同时也反映了他对这种现实的无奈与深深的忧虑。而金湘要做的,就是要继承他的遗志,把中国传统音乐文化这只金碗"擦光""擦亮",不但要让中国的音乐家们看到它的巨大价值,而且也要让全世界的同行们看到它存在的巨大价值。如果说,是"吕骥"使金湘认识到发展中国的民族音乐是一种历史责任与历史使命,那黄翔鹏对他的影响,便是使这种认识更加深入血液、深入骨髓。自平反后,金湘夜以继日地为此奋斗,努力与拼搏,终于取得了令音乐界瞩目的可喜成绩:

(1)金湘在音乐创作上所取得的成绩。除了早期的歌剧《原野》、民族交响组歌《诗经五首》,民族交响音画《塔克拉玛干掠影》等在国内外引起较大反响的作品外,最近二十年金湘所创作的优秀作品还有:歌剧《楚霸王》《杨贵妃》《八女投江》《热瓦普恋歌》,交响合唱《金陵祭》,琵琶与交响乐队《琴瑟破》,弦乐与竖琴《湘湖情》,交响曲《天》《原野组曲》;以及《金湘艺术歌曲集》《金湘合唱歌曲选集》,等等。以上作品都有一个共同的特点：在吸收欧美音乐优秀成果的基础上，着重挖掘与宏扬中华音乐文化传统。

（2）金湘在音乐思想与理论上所取得的成绩。在完成紧张的创作及教学任务的同时，金湘始终没有停止用手中的笔对有关音乐创作的理论以及当今乐坛的敏感问题进行论述与评论，他那富有见地与智慧的音乐思想主要被收集在两本著作中，一本为《困惑与求索——一个作曲家的思考》，另一本为《探索无垠》。在这两本书中，他就中华传统音乐理论的研究与运用以及其创作观、美学观等进行了深入的探讨。金湘是一位非常重视音乐理论研究的作曲家，2006年圣诞节，他为自己写了一首"励志"诗：虽已老骥，仍未伏枥；"双栖"前行，壮心不已。从这首诗我们可以看出，他要求自己成为一位"双栖"（作曲与音乐学）音乐家，不仅他自己身体力行，他还认识到，音乐事业、理想的发展必须代代相传，前程方能更加辉煌！所以，他还准备在音乐学院招作曲与音乐学"双料博士"。这些理想与愿望，并不是他头脑一时发热的结果，而是在长期的音乐创作、理论研究实践中，他深刻地认识到：如果没有较强的理论思维，没有扎实的理论基础，很难成为一位杰出的作曲家。

金湘作为一位在国内外拥有较大影响的作曲家，在音乐理论不太受重视的今天，他还能如此关注音乐理论的研究与发展，这应该与黄翔鹏和吕骥的影响有着莫大关系。

3. 周沉对金湘音乐创作思想的影响

或许有人会产生疑惑，周沉，作为中央音乐学院的一名政治老师，怎会对作曲系学生的音乐人生产生重要影响？金湘曾说过："一位优秀的作曲家，必须是一位思想家。"而成为一位思想家的"关键因素"却是其拥有正确的思维方式和方法。对于金湘的创作思想或创作理念，周沉就是影响这个"关键因素"的"最关键人物"。

金湘是音乐学院为数不多的对哲学感兴趣的学生，周沉经常有意识地用辩证唯物主义世界观与方法论来训练他正确的思维和思考，（哲学同样是政治的重要内容）这直接影响了后来金湘音乐创作思想的形成。我们从以下有关金湘的音乐创作思想与观念的例证中，能清晰地看到这种影响的存在：

（1）金湘在谈民族性与个性的关系时说道："民族性寓于个性之中，个性体现民族性。"金湘的这一观点是在20世纪80年代针对当时作曲界存在的一种现象——"孤立地"甚至是"对立地"来看待民族性与个性的关系——提出来的。金湘的这一观点其实就是运用了"对立统一"的辩证观来分析这二者之间的关系。

（2）金湘在谈对传统的继承与创新的关系时说道"不可能有任何脱离传统的创新，同样创新与超前也只有汲取传统的精髓才有真正的价值"，并用"让观众跳一下才能摘到桃子"来形象地比喻把握继承与创新的"度"。金湘的这一观点，是我目前所见到的有关论述音乐创作的继承与创新的关系中最具科学性、最富哲理性的论断，他采用了"世界是螺旋式上升发展"的辩证观来看待这二者之间的关系。

（3）金湘在谈技法与艺术的关系时说道："音乐中没有不好的技法，只有未能被用好的技法；音乐中没有不受制约的艺术，只有未能艺术地去制约的艺术。"金湘的这一理论，创造性地运用了"辩证决定论"的观点，深刻地揭示了两者的本质特征。

（4）金湘在谈理性作曲与感性作曲的关系时说道："不能绝对化地以为理性作曲就是代表高级而给予重视，感性作曲就是代表低级而予以轻视，其实两者都是作曲发展史上的重要一环，它们应该是互为丰富、互为补充的关系。"以上观点是运用"历史发展观"与"否定之否定"的方法论来看待这二者之间的关系的。

（5）金湘"歌剧思维"所体现出的哲理性。或许金湘并不是提到"歌剧思维"这个名词的第一人，但就真正从歌剧创作的实践出发，具体阐述"歌剧思维"的含义与重要性来说，音乐界基本认可金湘就是"歌剧思维"的首位倡导者。金湘"歌剧思维"的含义，其实就是强调歌剧各个要素之间的相互协调、相互促进，共同构成一部优秀的歌剧。金湘对"歌剧思维"的一系列论述，体现了"系统论"理论的运用。

从以上分析我们可以看出，金湘的许多音乐创作思想，其实是辩证唯物主义世界观与方法论在音乐创作实践中的一种体现,它贯穿于金湘音乐创作的始终,也是金湘音乐创作事业成功的重要因素之一,而"周沉"就是这个"重要因素"的"最关键人物"。

小 结

金湘,一位冲刺在中国民族音乐创作战线上的"急先锋",一位在国内外享有较高声誉的作曲家,他的成就,虽已受到了音乐界的较大关注,但音乐界关注最多的是他的音乐作品,且音乐作品中关注最多的是其作曲技术的运用,而其作品中所体现的创作思想与创作理念却没有引起我们足够的认识,至于他创作思想与创作理念的形成原因,就更少有人研究了,其实研究这些是有必要的,它不但对更准确地了解金湘的作品、金湘的音乐创作思想,甚至对推动中国民族音乐的发展都有着十分重要的意义。

[原载《中国音乐学》(季刊),2014年第1期]

双栖音乐家的求索

——读《探究无垠——金湘音乐论文集之二》有感

温辉明

金湘——一位在国内外享有较高声誉的多产作曲家,在理论不太受重视的今天,他还能如此执著于理论的追求,如此重视理论的发展,真令我等敬佩之情油然而生。在当今社会分工越来越细的今天,理论与技术实践似乎已成了两个不同的"行当"而彼此越走越远,金湘又一本论文集的出版,使我们联想到了舒曼、欣德米特、勋伯格等大师的优良传统。做一个勤奋的有思想的作曲家已难能可贵,而当一个勤奋的有思想的作曲家并能以开放的态度吸收各门学科的精华来提高本专业的发展,这实在是作曲界的一大幸事。读《探究无垠——金湘音乐论文集之二》之前,我在想是否这本集子也和《困惑与求索》一样能给我惊喜呢?读完后,我的感受不只是惊喜,还有感动:一位作曲家到了近50岁才真正有资格从事自己喜爱的创作,到现在近80岁的他,除了创作9部歌剧(音乐剧)、二十几部交响乐(民族管弦乐)、二十几部室内乐、几十首合唱、几十部电影电视剧音乐外,还在为中国音乐事业的发展冥思苦想,东奔西走。是什么力量在支撑着他?用他自己的话说:"从大处讲这是一种历史责任感,从小处讲,是自己喜欢。"原来原因如此简单!只因自己喜欢作曲,喜欢思考,喜欢承担责任而已!那从小处讲,他主要求索了什么,又探究了什么?从这本书的论述中，我以为主要体现在以下几方面：

一、推动"建设中华乐派"的"领倡者"

"让国乐与世界音乐并驾齐驱"，这是音乐前辈们的理想，也是所有华夏音乐家共同追求的宏伟目标。金湘推动的"建设新世纪中华乐派"的活动只是继承了这一伟大理想而已。金湘从20世纪80年代恢复创作权利以来就一直致力于这方面的工作。1988年1月25日，金湘接受《中国音乐年鉴》编辑部记者采访时说道："我认为应当建立我们自己的民族乐派，融合中西一切优秀传统，既不拒绝也不拜倒，它的音乐应该最终要对人民有所奉献，对历史对社会有一定的责任，其坐标应定在既高于欣赏和表演水平，又为他们的能力所能承受。"[①]1992年，金湘在歌剧《原野》台湾首演时提出"华夏乐派"，后来又提出"中华民族乐派"。回国后，他将自己的主张付诸行动，通过各种机会宣传自己的主张，并为团结一大批志同道合的作曲家与音乐理论家共同努力而不辞辛劳。

（一）关于"建设中华乐派"的主要活动

2003年春节刚过，金湘邀请了赵宋光、乔建中及谢嘉幸来家中聚会，畅谈了"建设新世纪中华乐派"的感想，将"中华乐派"涵盖为哲学基础、美学特征、传统渊源、技术构成四个部分，并从理论上、实践上论证了它的科学性及可行性。后来，这次聚会的内容以《"新世纪中华乐派"四人谈》为题在《人民音乐》2003年第8期上发表，引起了音乐界人士的较大关注，作曲家朱践耳特意给金湘写信，对此表示支持，并提出了自己的意见和建议，在信中，这位年逾古稀的作曲家饱含深情地写道："建设'新世纪中华乐派'，我衷心拥护！这是一个百年大计的雄心壮志啊！中华文化博大精深，内涵极其丰富，有着几千年的积淀，在世界上独树一帜，自成体

---

① 金湘：《困惑与求索——一个作曲家的思考》，上海音乐出版社2003年版，上海，p.76。

系,与众不同,因此是足够形成一个乐派的。"① 到目前为止,"'新世纪中华乐派'大家谈"已召开三次座谈会:第一次于 2003 年 9 月,由中国艺术研究院音乐研究所主持召开工作会议,就统一中华乐派这个提法的认识进行研讨;第二次是 2006 年 8 月,由赵宋光、金湘、谢嘉幸等学者在北京九华山庄举行了"匠哲雅集",对"新世纪中华乐派"的发展和建设又进行了热烈的讨论;第三次是 2010 年 12 月 11 日,由中国音乐学院、天津音乐学院、天津市美学学会、天津市音乐家协会主办,上海音乐学院、中国音乐美学学会、中国传统音乐学会、天津市历史学学会艺术史专业委员会协办的"第三届'中华乐派'论坛"在天津举行。关于"建设新世纪中华乐派"的活动,学界也已发表近四十篇理论文章,并已搭建起中国交响乐团"龙声华韵"演出平台,还有多种学术期刊、报纸与网络媒体都加入这一讨论中。甚至有美学家认为此活动为"当代中华民族第二次文化自觉运动的一个组成部分"②。

（二）"建设中华乐派"的必要性

对于"建设中华乐派"的活动,音乐界基本持肯定态度,他们认为这一活动的意义在于:（1）有利于国家文化战略;（2）有利于世界多元文化格局的建设;（3）有利于加强中国传统音乐建设与教育等。对于这次活动,也存在许多反对的声音,其主要理由有:（1）违背科学,是"民族主义的狭隘情绪";（2）违背音乐史上先有作品、研究者事后追认的路线;（3）代表面太广,很难成为一个真正的音乐流派;（4）违背历史唯物主义,自我制约并制约他人,也是自我否定等。如果从我的认识来看,"建设中华乐派"的活动对中国音乐的发展有着积极的意义,其主要理由为:

1. 推动"建设中华乐派"是继承与发展我国文化传统的需要

近代以来西方发达国家从未放弃对落后国家的文化扩张与同化,只不过最近几十年来这种文化的扩张与同化,由于其"先进性""科学性""现

---

① 引自于金湘所提供的材料。
② 薛富兴:《"中华乐派"与 20 世纪中华民族第二次文化自觉》,《艺术学界》2011 年第 02 期,p.28。

代化"等亮丽的"光环"而存在较强的"隐蔽性"与"欺骗性",致使落后国家的民众以"仰视"的态度对待西方文化,至于本国文化,就像本国的经济一样被冠以"落后"的帽子而遭到歧视。虽然"中国传统音乐"自改革开放以来也得到较大发展,但以往"欧美音乐"在中国的发展,由于享受了"超国民"待遇而飞速前进。一方面我们有必要警惕"文化大革命"时的盲目排外,但另一方面我们也不能走入另一个极端,举双手欢迎"外强们"对"中华音乐文化"加以蚕食,漠视音乐中"媚外必然"现象(尽管在对待商品上已是普遍现象)。如果从"学习"的角度来说,"崇洋"有其正面意义,但"学习"结果不应该是"媚外",而应该是"越外"(在影响上超越),最后才是"伴(伙伴)外"。如果没有"越外"的实力,你想"伴外",那还要看人家是否愿意。我们怎样才能做到"崇洋'越'外","师夷长技以'越'夷","师夷长技以'伴'夷"?我想以金、赵、乔、谢四位先生为代表的推动"建设中华乐派"的举动有助于这一结果的实现。虽然有理论家说,"建设中华乐派"的提法并不是金湘首创,但我认为"老调重弹"还是非常有意义的,对于没有做好而又应该做好的事,"重弹"意味着"关注",意味着"强调",意味着能团结更多的音乐界人士自觉地加入"重弹"的队伍,使这一观念成为"国人"的一种普遍自觉。

2. "建设中华乐派"的科学性

虽然当前音乐学院的教学中,中国传统音乐的课程已明显增多,但以"欧美音乐"为主的课程设置并没有得到根本性改变,这一现象在作曲专业中尤为明显。而建设"中华乐派"的主要目标是加强对中国传统音乐资源的挖掘、整理与运用,并使之成体系,这有利于当前这一教育问题的解决。"建设中华乐派"无疑也会促进世界音乐的"多元化"发展,真正的"科学主义"是为全人类的音乐做出自己的贡献,而不是做别人的忠实"跟班",更不能以做"跟班"为荣,美其名曰"国际视野",并以"国际视野"的高姿态鄙视"中华乐派"的"民粹主义"们。金湘多次重申,建设"中华乐派"的宗旨是:"立足于中华民族,吸收世界所有能够为我所用的东西",它是一个有中国民族特色的、开放的"大集体",而不是"排外的"小团体,甚至它都不是有形的,只是一个"思潮"。关于它"先挂牌后营业"是否科学，其实仔细想想，这不是一个学术问题，因为这个牌在百年前曾志忞提出"吾国将来音乐，岂不欲与欧美齐驱。吾国将来音乐家，岂不欲与欧美人竞技"时，就已"悄悄挂上并开始营业"。

或许建设"中华乐派"这种"大手笔"应是官方的"口号"，如果真是官方的"口号"，我想会有更多的人士旗帜鲜明地"冲刺"在最前面，为建设"中华乐派""死而后已"。但正因为是民间自发才难能可贵。或许现在是一个"各行其是，事不关己高高挂起"的年月，但对待一腔热血为中华民族伟大复兴而东奔西走的人应给予鼓励和支持。"重弹""中华乐派"的意义不能忽视，它是我们音乐界的"中国梦"。

3. 推动建设"中华乐派"的任务与方法

建设"中华乐派"是所有中华乐人应该共同承担的一项艰巨任务，它的征途必然是困难重重的。"继承"不易，"发展"更难，"既要学好传统，又不能身陷其中不能自拔；既要努力掌握国内外传统与当代的一切有益的作曲技法，又不能被其所束缚，更不能简单地做'搬运工'。""根子牢牢扎于本民族，同时坚决面向世界；艺术上大胆探索求新，但不能脱离同时代人民的审美；技术上要博采众家、精益求精，但不能盲目照搬，生吞活剥；思想上要力求豁达、宏伟、深刻，但不能装腔作势、故弄玄虚。"[①] 正是有了些明确的目标，金湘才能在艺术探索的道路上，坚持走自己的路，不懈追求，勇于探索。

二、构建音乐创作学框架

音乐创作已有几千年的历史，创作了无数鼓舞人类奋进的经典作品，是人类宝贵的精神财富，但令人惊奇的是，时至今日，音乐创作还不能称之为"学"，似乎它还只是一门"奇巧淫技"，上不了大场面。这或许是由于作曲家们专心从事创作无心关注学科建设，也或许是由于作曲家们不图此"学"的虚名。而此时，金湘"一马当先"，在《音乐创作学导论》中为

---

① 根据金湘《困惑与求索——一个作曲家的思考》的内容所做的总结与梳理。

"音乐创作学"制定了"宏伟蓝图"。从他相关十个方面的论述中我们可以看出，他对音乐创作学的构架做出了较为科学的设计，既符合一般学科的发展规律，同时也符合音乐创作独有的艺术特点；既注重技术的实践，同时也强调理论的修养。在"导论"中，他主要从以下几个方面进行了研究：

（1）在论述有关美学理念与作曲家的关系时，他说道："美学理念对每个作曲家而言，不存在有无之分，只存在自觉与不自觉之别。对于一个有追求、有抱负的当代作曲家来说，当以'自觉'为好！诚然，眼高未必手高，但手高必须眼高！同样，眼高可能手还低，但眼低必然手低！"这一段论述虽然朴实无华，但非常形象地说明了"自觉的美学理念"对作曲家的重要性。

（2）在论述传统与创新时，他写道："优秀的作曲家，总是能在传统的继承—发展—创新之间找到自己的坐标，以自己特有的实践融入这条大河。"此处的论述，金湘其实强调的是一位作曲家把握继承与创新的"度"的重要性。关于这个"度"的把握，金湘曾给了一个形象的比喻，"让观众跳一下才能摘到桃子"。的确是这样：随手能摘到的桃子，观众不喜欢吃，太费劲才能摘到的桃子，观众很可能会放弃，跳一下能摘到的桃子味道最好。这个比喻很富有哲理性，形象地说明了创作时创新的尺度与分寸。

（3）在论述音乐创作的形态分类时，他说道："和声，复调，曲体，配器，俗称四大件，这其实只是从练习音乐写作技术角度的表层分类。如果我们从音乐创作整体构成的角度来探寻其形态类别，它应包含五类：旋律学，多声部学，结构学，织体学，载体学。"此处的分类，我认为金湘并不是要就此完全推翻传统，而是在传统的基础上再次分类。传统分类适合初学者，而新的分类是搭起传统学习与实际创作的桥梁，有了这座桥梁，学生就能很顺利地从理论的学习到达实际创作的"彼岸"。其实这一分类不仅有利于音乐创作，而且是解决作曲教学法问题的"一剂良药"。

（4）在论述东西方不同时期流派、作品与技法介绍时，他把《诗经》《乐府》《相和大曲》《唐代大曲》《琴曲》《琴歌》《白石道人歌曲》等经典中国音乐纳入这个介绍范畴，并强调加强中国民族传统作曲技法的挖掘整理与学习。我认为这一点对中国音乐创作来说十分重要，它是将来更多的中国作曲家能创作更多优秀民族作品的基本保障，对中国作曲事业的发展具有历史性意义。

三、作曲家视野下的"音乐批评"研究

音乐批评的发展对整个音乐事业的发展有着不可或缺的作用，但由于音乐批评在我国还是一门十分年轻的学科，各方面都还处在探索阶段，所以急需一批高素质的音乐家加入其队伍，以推进我国"音评"事业的快速发展。而金湘是一位十分推崇"双栖"（理论作曲与音乐学）修养的音乐家，他的加盟，自然对音乐批评的发展有着十分积极的意义，尤其对音乐创作的批评，许多观念与研究对"行规"的"竖立"有着指导性意义。他先后发表了对中国当代作曲家谭盾、杨立青、何训田、周龙、陈怡、陈其钢、叶小纲、朱世瑞、秦文琛等人的评论文章，还针对当前音乐界的热点问题坦言己见。其有关音乐批评的研究成果主要体现在以下几方面：

（1）金湘对音乐创作批评的范畴给予明确的界定。

他把作品本体解析、美学分析、哲学分析等作为批评的主要对象，这不但有利于批评的"有的放矢"，同时对音乐创作批评家所具备的基本素质也提出了明确要求。当前有些音评家言辞凿凿，其实对专业技术基本不懂，或对各个时期的风格、技法特点知之甚少，以偏概全十分常见。

（2）金湘对音乐创作批评家的作用与实践方法也进行了概述。

首先，音乐创作批评家或评论家对自身的作用和地位要有深刻认识，如果说"音乐创作者是'斗士'，那音乐批评家就是'护花神'"。这一比喻非常恰当，从分工的角度形象地说明了"批评家"与作曲家之间的关系，给音乐创作批评家的奋斗目标给予了明确定位：那就是使作曲家"斗士"的战斗力更强，所以音乐批评家既不能当音乐作品的"审判官"，更不能是音乐作品的"刽子手"；其次，"音评家""心境"的高低也决定其音评质量的高低，批评既能切中要害，又能给予作曲家足够的关心与爱护，他们是作曲家的良师益友，所以从情感上来说，批评家与作曲家是一对为社会创作更多优秀音乐作品而"并肩作战"的"孪生兄弟"，他们的最终目标都

是为社会产生更多更好的优秀作品。所以，他们既不是狭隘的利益共同体，又不是对立的关系。

（3）视野开阔，不受个人好恶与社会的影响，尽量站在历史发展的高度上通盘考虑，真正使评论"不偏不倚"。

这也是当前"音评"中存在问题最多的地方，甚至音乐界几次大的"音评事件"中，古典美学与现代美学的对立是产生摩擦的主要原因，在这一点上金湘从哲学的角度进行了反思，他认为两者不应对立，而是相互补充与融合，这一思想，我认为对所有音乐工作者都十分重要，它能使我们客观地看待不同时期、不同风格的音乐作品。

（4）金湘对中国当前音乐批评的现状也进行了深入剖析。

金湘对目前音评中"莠多良少"的状况表现出忧虑。同时也揭露了音评中存在的"捧杀""棒杀""灭名标新""双重标准"、玩弄辞藻等不良评风。

从以上阐述可以看出，金湘对"音乐批评"的研究也颇有见地，他建立了一套完整的"音评"实践体系，这是一位"双栖"音乐家几十年来对"音评"实践与理论的总结，虽然朴实无华，却是解决当前"音评"问题的一剂"良药"，如果这一研究能在"音评"界引起足够重视，我想中国的"音评"水平应该会有较大提升。

四、"歌剧思维"的创造者

或许金湘并不是提到"歌剧思维"这个名词的第一人，但就真正从歌剧创作的实践出发具体阐述"歌剧思维"含义与重要性来说，音乐界基本认可金湘就是"歌剧思维"的"创始者"。由于金湘对"歌剧思维"没有进行十分系统的论述，所以对许多人来说它还是一个比较抽象的概念。但也有歌剧理论家根据金湘自己的表述和他歌剧创作的特点，对"歌剧思维"进行了归纳总结，如居其宏在《"歌剧思维"及其在〈原野〉中的实践》一文中写道，"'歌剧思维'是指艺术家对歌剧艺术及其表现规律的一种高度自觉的音乐戏剧意识、整体性把握方式和全面化驾驭能力。它所倡导的是从事歌剧创作的各专业艺术家自觉按照歌剧艺术高度综合性特点,充分调动各种艺术手段,对所有参与舞台的诸元素进行有机综合和整体化合,从而使歌剧艺术综合美在舞台演绎中得到尽可能完善的体现",并在此基础上进一步得出"歌剧思维"实际是一个实践命题的论断。从居的论述中我们也大致了解了什么是"歌剧思维",但仔细一想似乎又没有完全明白。一般人之所以会似懂非懂,主要因为不了解金湘在歌剧创作中,"歌剧思维"是如何得到具体"实践"的。其实"歌剧思维"在实践中主要体现在两大方面。

（一）"歌剧思维"在"一度创作"中的实践

1."歌剧思维"在剧本创作中的实践

金湘经常说"戏剧是歌剧的基础,音乐为歌剧的主导",所以他十分重视剧本的创作。而好的歌剧剧本并不等同于好的戏剧剧本,它们之间最本质的区别在于是否贯穿了"歌剧思维"。我认为这里的"歌剧思维"更多的是指戏剧是否符合音乐（包含咏叹调、宣叙调、合唱、管弦乐等的内在统一）的表现规律,所以金湘主张剧作家、作曲家、导演共同参与剧本的创作,这种三位一体的剧本创作方法也是"歌剧思维"的一部分。

2."歌剧思维"在音乐创作中的实践

首先,是结构的安排。这里的结构不仅仅指安排哪一段是合唱、重唱,哪一段是咏叹调,而更多的是指怎样做到音乐的展开与故事情节和人物性格之发展统筹兼顾,这种统筹兼顾的方式有多种多样,如"同向进行"（最常用）、"反向进行""游离""停顿"等。

其次,是处理好各种音乐形式之间的关系。如在声乐与器乐的关系中,应以声乐为主导,器乐为基础,交响性、立体性、整体性相统一；在咏叹调、宣叙调、吟诵、韵白等的关系中一般以咏叹调为框架,宣叙调等其他为链接,等等；这里需要补充说明的是,金湘在论述旋律与其他音乐表现手段的关系中,虽然多次提到'音乐是歌剧的灵魂,旋律是音乐的灵魂',但这里强调旋律的重要性时,并没有否定其他表现手段的作用,它们之间应该是以旋律为主导,以和声、复调、配器等其他音乐表现手段为基础的关系。

再次，是技法的运用与音乐风格的选择。在歌剧音乐中，几乎每一种技法（乐器色彩的设计、织体形态的变换、旋律幅度的展开、节奏律动的安排等）与音乐风格（民族、西洋、古典、现代等）的选择都应与戏剧情节、人物个性紧密相连。

最后是处理好"多元观"与"统一观"、继承与创新之间的关系。"多元观"是指每部歌剧必须有它自身的个性特色，"统一观"是指每部歌剧又必须是内部各种因素的完美统一。继承与创新的关系中，最主要的是把握继承与创新的"度"，既不能是"大路货"也不能是"外星货"。

（二）"歌剧思维"在"二度创作"中的实践

参与二度创作的主要成员有导演、指挥、演员、舞美等，"歌剧思维"对他们的实践主要表现在：

1. "歌剧思维"在导演中的实践

歌剧导演与话剧导演最本质的区别在于是否对音乐形象与情绪有着深刻的理解，他既要把剧作家所写的故事情节与矛盾冲突惟妙惟肖地表现出来，同时也要十分清楚作曲家的创作意图与情感表达，也就是说他应该是音乐的"内行"，这样歌剧艺术的综合美才得以完整体现。

2. "歌剧思维"在指挥中的实践

歌剧指挥家除了具有交响乐指挥家的音乐修养外，应该对剧情"了如指掌"，能真正自如地随着剧情的发展，把握好演员的气口、人声与乐队的比例平衡、戏剧节奏的松紧张弛等。

3. "歌剧思维"在演员中的实践

歌剧演员除了具有歌唱家的素质外，也应是戏剧、舞蹈等表演的"行家"。

4. "歌剧思维"在"舞美"中的实践

"舞美"应在更广阔的现代化背景上去想象、设计，使声光、时空等方面的结合更适合音乐与剧情的发展。

(三)"歌剧思维"在歌剧生产管理中的实践

金湘曾与美国和欧洲多个国家的歌剧院合作演出,非常了解这些国家的先进管理体制,深知我国歌剧的落后管理体制严重阻碍了我国歌剧事业的发展。"歌剧思维"在歌剧生产管理中的实践主要表现在:

(1)"建立一支精明强干的懂歌剧的管理队伍。这支队伍从资金的筹集、宣传公关、票房推销、演出成本等各个环节应有精心的计划与预算,并且他们都要有强烈的市场经营意识,真正成为一个能"开源节流、自力更生"的现代企业式管理团队。

(2)建立先进的歌剧"生产方式"。首先,在全国征集优秀的歌剧剧本,并进行"舞台阅读"。选择剧目时既要考虑艺术水准,又要考虑制作成本与票房价值。其次,引入竞争机制,对导演、演员、指挥、舞美等艺术人员应面向全国全世界公开招聘与选拔。

金湘认为"歌剧思维"是一个"形式问题",而居其宏认为"歌剧思维"是一个"实践问题",但我认为它是一个以实践为基础的理论体系,它不但对中国乃至世界歌剧的发展起着实践的指导作用,而且是歌剧创作史上一套很有意义的理论体系。

结　语

《探究无垠——金湘音乐论文集之二》是金先生近十来年在创作、理论、思想与活动方面的求索与探究的成果,是他人生中长期实践所积累的智慧结晶。他那大量闪光的思想是值得我们音乐界重视的宝贵财富。金先生坚忍不拔的学习与研究精神、强烈的历史责任感、技术与理论并重的"双栖"意识,在这诸多方面都是深受我等敬重的楷模。

[原载《中国音乐》(季刊),2015年第3期]

路漫漫其修远兮　吾将上下而求索

——金湘的音乐人生

伍维曦

在现今老一辈的中国学院派作曲家中，金湘教授无疑是最具国际知名度、成就最为卓著而又个性最为鲜明的之一；而在20世纪后半叶至今的中国专业音乐发展进程中，金湘这一代作曲家则无疑是具有承前启后重要意义的群体，他们的创作与人生，很大程度上折射着在伟大、艰辛而曲折的时代波澜中，一代中国知识分子以音乐创作的方式建设祖国、叩问人性、上下求索的历程。

"路漫漫其修远兮，吾将上下而求索"，作曲家曾在20世纪80年代末期以《离骚》中的这句话总结和展望自己的创作与生活历程。彼时，他已经完成了《诗经五首》《塔克拉玛干掠影》和《原野》等一批在当时就为世人所公认、现已载入史册的经典之作，而从那以后的二十多年间，苦苦的思索与努力的创作一刻也没有停止过。随着大量不同题材与形式的音乐戏剧、交响音乐、室内乐作品相继问世，对这些作品的品读、分析、研究和思考也不停地冲击和拷问着音乐理论家、评论家和音乐学家们的头脑，作曲家本人也贡献了许多极具理论价值和思辨性的文论，并为了中国音乐的未来而饱含激情地奔走呼号。围绕金湘的创作、理论与观念，不仅产生了许多有影响力的批评、音乐理论和音乐学成果，也引起过一些"误读"和有建设性的争鸣与讨论,凡此种种,已经铸成了当代中国音乐中独特的"金湘现象"。

优秀的艺术家对于世间万象具有超越常人的观察与思考能力,首先在于自己也具有常人(尤其是知识分子)的生活经历——"作曲家毕竟也是人,一个鲜活地生活于社会中的人";艺术作品因其动人的感性形式和透过这种感性形式而揭示或唤起的普遍意义而成为不朽的经典,也离不开对于所产生的时代环境高度凝练地反映与艺术真实地刻画。在此意义上,"金湘现象"的产生,既是作曲家在自身创作技术与能力之上不畏艰难的超人毅力和坚韧不拔的理想信念所致,也是极为复杂而多彩的中国当代社会进程中各种元素合力的结晶以及 20 世纪中国专业音乐创作和学院派音乐的现状的产物。在我们当下,这个音乐家们依然在巨大的困惑中不断奋力求索的机遇与危险、希望与绝望并存的境遇中,去感受和体会作为作曲家和音乐活动家的金湘的音乐人生,无疑会给予我们许多有价值的启示和动人心魄的意味;这些从 20 世纪后半叶中国社会的巨大变迁中挣扎而出的音乐心声,实际也曾回响在每一个有良知和理想的知识分子和艺术家的灵魂深处。

一、艰难困苦,玉汝于成:政治运动中磨砺的青年时代

和许多出生于 20 世纪 30 年代,成长于新中国成立之际的中国知识分子和艺术家一样,金湘的人生道路打上了鲜明的时代印记。旧中国动乱纷争不止、外侮内斗相寻的黑暗现实和父辈为教育救国的理想奋斗不息的冰雪志节成为他生活中最初的记忆;而 20 世纪 50 年代在中央音乐学院少年班、民族音乐研究所和作曲系接受系统严格的学院派技术训练和进行传统音乐的搜集研究工作,则使他在掌握了扎实的专业音乐创作技巧的同时,也对中国民族民间音乐产生了深切的热爱与深入的认识。在他 1959 年从中央音乐学院作曲系毕业之际,展现在这一代音乐家面前的本该是大有可为的光明前景,但由于中国特殊的政治环境,作曲家的创作盛期却被推迟了整整二十年。

"由于年轻时被错划'右派',在专业创作领域,几乎空白了 20 年;一

旦重新起步，真有'山中方数日，世上已千年'之感"，"50年代初，我也像中国大地上的一切知识分子一样，投身到思想改造的热浪中，如痴如狂地否定着自己"，透过作曲家的只言片语，可以想象政治运动的酷烈和成为"右派"后的境遇（"'罪状'之一是'向同学介绍资产阶级反动没落文化的代表斯特拉文斯基'"）。这种今天的音乐家难以想象的环境，却是金湘这一辈人的普遍经历，这对他的创作风格与观念的形成产生了不可估量的影响，也是审视中国当代专业音乐发展历程中无法回避、不能遗忘的阶段。"西出阳关无故人，一进新疆20年。"从1959年被下放，直至1979年平反后回到北京，金湘在大漠戈壁度过了常人难以忍受的漫长时光。他曾在极为艰苦的条件下从事体力劳动（"深秋下湖割苇秆，冰凌划破大腿，睾丸冻得剧痛而至麻木"），长期遭受不公正的待遇（一次次在下农村劳动中'老实改造'时，又总被批为'假积极''另有图谋'）。他努力坚持热爱的作曲事业（创作了《青年协奏曲》《天山大寨情》《戈壁大寨人》等歌剧、乐队作品），矢志不渝，但这二十年的遭遇对于作曲家金湘最大的收获显然不是作品本身，而是在一个敏感深思的内心中留下的人生印迹。多次深入维吾尔乡间采风，不仅使"人民群众豪迈、粗犷甚至带点野性的喊叫的浓烈的生活场景……给我以终身难忘的印象"，更让作曲家从细微的缝隙中发现了生活与人性的真相：

> 说来倒好，这最底层的生活，最卑微的地位，使我看到了那一张张在我面前不假掩饰的面孔。（因为他们无求于我，看不到我有任何希望，因而他们在我面前也无须伪装）：落井下石者，投机应变者，默默同情者，真诚关心者……我看见了，并且是和着泪与血用心感受到了人性的各个侧面：真、善、美、假、恶、丑……这段生活是锻炼、形成我的艺术观的最坚实的基础！

对于艺术创作而言，对生活与人性的近距离观察思考与高超的创作技巧同样重要，兼备两种素质，是使金湘日后创作出众多动人的音乐艺术形象并提出有关中国音乐前进之路的个人创见的重要前提——尽管这种人生阅历是一个扭曲而疯狂的社会实验场般的时代产物，是以一位作曲家美好的青春年华为代价取得的！

二、融雪的季节：20世纪最后20年的厚积薄发

艰难困苦，固然可以铸成巨匠，但大多数人只是在巨大的痛苦和平庸的琐事之间被消磨掉理想和生命力，最终沉沦。而金湘自青年时代起就拥有一种信念（"一种野性的、执拗的，无论条件怎样都要加倍奉献的决心和力量，从那时起就在他的血液中奔流着"），经过对生活的顿悟，这种信念未曾消泯，反而历久弥坚（"在天山南麓的阿克苏地区，你又经历了超乎常人忍受限度的炼狱，锻造了你具有出众判断力、选择力、自制力的独立人格"）。正如他在纪念挚友黄翔鹏教授的文章中所说："是的，我们这一代知识分子是强者！"而金湘在20世纪80年代以后的创作成就，表明，自己无疑是强者中的强者。

经过数年"才白阶前，又绿窗外"的艰苦摸索与思考，1985年春，作曲家完成并指挥首演了民族交响合唱组歌——《诗经五首》。这部取材于中国最早的诗歌总集中五首代表性篇章的体裁新颖的作品，不仅在当时立即取得了轰动性的成功，而且标志着作曲家在经历了20年的蹉跎岁月后，终于凭借自身顽强的毅力和天才的创造力，重新出现在中国当代音乐创作的主流之中（或者说，实际上是以他为代表的一批经历了"反右"和"文革"的音乐家在重新塑造一度中断的主流）。这部优美而又感人至深的作品，包含了许多在那个时代非常新颖，在今天看来也堪称经典的技术和语汇，将西方古典音乐中交响化的风格元素与中国传统文化和民间音乐的素材完美地融汇：中国民间调式和戏曲唱腔的音高素材与作曲家独创的"纯五度复合和声语汇"水乳交融，创造性地将支声复调手法和模仿及对比对位相结合，在同一中国民间音乐的调式中容纳不同的调性，大量使用极具中国风味的打击乐器（甚至纳入了编钟等古代重器），但又赋予民乐队（包括合唱声部的人声）丰富的交响性色彩感。通过作曲家的提炼与塑形，这些丰富多彩的素材与技术被赋予了全新的生命，营造出具有鲜明时代性的杰作；

而金湘的内心情怀与生命感悟，也深深地熔铸在了作品的每一个音符之间，《采薇》中"昔我往矣，杨柳依依，今我来思，雨雪霏霏"一句中跌宕起伏的感叹，仿佛将古代征夫的戍边之苦和作曲家本人长年远在边疆的感受连接在了一起，感人至深！

从《诗经五首》开始，作曲家金湘开始了他以音乐创作的方式探索与反思民族命运和文化前进道路的漫漫征程。而1987年问世的歌剧《原野》无疑代表了作曲家力图使这种西方经典音乐戏剧形式中国化的重要尝试；作为中国歌剧史上的里程碑，《原野》在中外批评界都获得了极高的评价，并引起了普遍而深入的有关中国歌剧创作道路的思考与争论。在25年后的今天重看这部作品，一些具有明显时代印记和历史意义的剧本与音乐上的特征已经有些模糊汗漫了，但是歌剧中具有永恒艺术价值的元素依然使人无法忘怀，那便是对人性的深刻揭示。那些通过剧中人物折射出的在复杂而扭曲的境遇中被极端放大的仇恨与爱情、欲望与疯狂、绝望与放弃以及不甘沉沦的希望之力，绝不仅仅是建立在精湛的技巧之上，而是源自艺术家的生命感悟和人生际遇。也许只有经历了长年的侮辱、伤害和误解，尝尽了世态炎凉，在冰湖中劳作从致"睾丸冻得剧痛而至麻木"，才能体会到仇虎的深仇大恨和焦母内心的险毒，将其化作剧中让人不寒而栗而洞悉幽微的咏叹，并且沉积在心间，久久不能散去。

《诗经五首》和歌剧《原野》不仅激发了金湘此后在民族管弦乐和民族歌剧两个重要创作领域的长期探索，并取得了丰硕的成果，也确立了作曲家在20世纪80年代到90年代中期的基本风格，即建立在经典题材之上和以表现复杂人性为创作立意的融传统性与现代感为一体，兼具厚重的史诗性和神秘的原始性的宏大音乐叙事。但作曲家的创作求索之路总是在不断推进，从《第一弦乐四重奏》（作品45，1991年）开始，金湘开始在室内乐领域进行"中体西用"的尝试，力图对传统和民间音乐的素材和西方现代的室内乐观念兼收并蓄，创造出极有中国气质，又极具现代感的纯音乐的艺术形象。 由此，具有深厚的传统文化积淀与现代性反思的优秀室内乐作品［包括木管八重奏《形与神》（作品48，1991年）、民族室内乐《冷月》（作品53，1995年）、扬琴独奏《思》（作品54，1995年）、古琴独奏《楼兰散》（作品57，1996年）、打击乐三重奏《中国书法》（作品71，1999年），等等］成为金湘音乐创作中的又一重要类型。或许正是主要通过室内乐这一对作曲家而言最为内省、凝练和纯粹，同时也更具实验性与探索性的创作形式，作曲家提出了中国音乐的特殊审美特征——"空、虚、散、含、离"这一极富学理价值和美学意蕴的创作观念。尽管有的学者不赞成以这五个审美范畴去概括中国传统音乐和文学艺术的全部形态，但这一观念系统无疑是对中国（乃至包括韩半岛和日本在内的整个东亚文化）的传统思想与古典文化中最为独特、精致和本真的审美表现形式的高度概括，其对于中国当代学院派音乐创作的潜在影响是无可低估的，在一定程度上，此审美之道也正是意欲采用现代作曲技法创作出具有典型的中国品格而不与西方先锋派作品雷同的优秀作品的必由之路。

然而，"空、虚、散、含、离"的审美诉求并未将金湘局限在精英化的象牙塔中（这种蹲在象牙塔的姿态，在现今的学院派作曲家中并不鲜见）。在提倡向中国传统文化中的经典元素汲取精华的同时，金湘的创作也并不回避现实题材。这也使得他成为当代学院派作曲家中较为少见的、以严肃认真的态度创作"主旋律"作品的大师。写于1996年的《交响序曲一九九七》（为香港回归而作）、1997年的交响大合唱《金陵祭》（纪念南京大屠杀六十周年）和2008年的交响序曲《汶川大地震》都体现了他对国家民族现实境遇的深切关怀，这种现实主义的创作态度其实源于作曲家自青年时代以来就深植于心的爱国情怀。他对笔者说道：

"其实，对我们这一代人来说，一种民族复兴的关怀、爱国报国的情愫是很强烈的，这才决定了我的'关照当代，引领当代'的创作理念，这与当前提出的'为中华民族的伟大复兴'而奋斗是不谋而合的。我并非赶时髦、图功利，而是一直在身体力行一种理念。这种理念与情愫，自然会反映到创作上。实际上这就是一个作曲家出自内心的社会责任感、历史使命感的体现。"

传统与当代，由此构成作曲家音乐世界的两大精神来源，正是通过长期以来类型丰富的创作以及在此基础上不断思考提炼而形成的艺术思想，金湘复杂多变而独树一帜的音乐语言体系和创作风格以及立足传统、借鉴西方、面向当代的音乐观念在 20 世纪的最后十年最终形成了。作为一系列重大事件的经历者和这一代学院派音乐家中成就卓著的代表，金湘的作品与思想对中国艺术音乐的进程无疑具有重要的历史和现实意义。

三、白首青云之志："中华乐派"和新世纪的展望

1."中华乐派"缘起

金湘不仅是当代我国乐坛重要的作曲家、理论家和评论家，也是一位关心中国音乐文化（尤其是学院派专业创作）整体形势和发展动向的音乐活动家。早在 20 世纪 80 年代，他就在不同场合多次奔走呼号，希望新时代的中国作曲家能够以自己的努力形成一种文化上的合力，通过音乐创作中体现的具有典型中国气质和品味的技法、内涵与观念，为我国民族文化自立于世界作贡献。在 1988 年年初与《中国文化报》特约记者的谈话中，作曲家充满深情地说：

"中国当代音乐家的历史任务就是要通过自己的奋斗，建立起新的、当代的华夏（包括大陆、港台以及在世界各地的华人）音乐文化。如何建立，简言之，既要继承，又要借鉴。既认真继承自己民族的优秀传统，又努力借鉴外国的优秀经验。在此基础上，才能谈到大胆创新、勇于探索，建立自己的民族学派。"

这或许是日后"中华乐派"提法的萌芽。而在 2003 年第 8 期的《人民音乐》上《"新世纪中华乐派"四人谈》一文正式发表后，也引起了海内外华人音乐界的热烈反响（其中不乏一些激烈的争鸣，虽可能有一些"误读"，但也包含不少诚挚的意见与建议）。应该说，包括赵宋光和乔建中在内的一批德高望重的音乐学家，是抱着对新世纪中国音乐文化事业的赤诚和对祖国音乐艺术发展的深厚感情来提倡和拥护这一"乐派"的，而朱践耳、储望华和居其宏等著名作曲家和批评家也是抱着同样的情感，从善意的角度提出了自己的更具学理性或者多维视角的意见与建议。在倡导学院派音乐家走出一条属于自己的路子，为中国音乐事业注入真正持久的健康

生命力的初衷上,他们并无任何分歧。

2. 金湘对"中华乐派"的看法

而作为事件中心人物的金湘,在近十年来也不断反思、探索和讨论这一宏大命题,对于一些误解他力求澄清,而对于善意的建设性批评则认真对待和分析、吸收,其思想和认识在不断地发展与完善。他对笔者说:

"我们的初衷,都是出自一腔热情。现在不断反思,《'中华乐派'四人谈》的起始,也确无任何私心;我们只是起了一个头,'振臂一呼'!但确也带有某些文人的随意性、狂放性,以至于现在看来,某些立论还不够全面准确,逻辑还不够严谨,这些都可在以后不断的讨论中予以充实、修正、完善;但我想,我们'中华乐人'总的大方向应是一致的。"

"就立论本身而言,由于某些原因,'中华乐派'的提法也引起了一些误解(尤其是对所谓'走出西方'的问题,其实绝非我们的本意)。在当时,确实存在一些学院派作曲家盲目崇拜西方的误区,但我们也不赞成'越是民族的,就越是世界的'的'民粹'提法。我们只是想提倡一种健康的、既立足本身又面向世界的创作观。从'四人谈'发表到现在,已经过去十年,'四人谈'早已发展成'大家谈'了;出现了许多有益的争鸣,进一步统一和坚定了大家的认识和基本信念,应该说,其中积极和正面的因素已经沉淀下来了。

"对于中国当代作曲家来说,如何面对传统是无法回避的重要问题,也是能否建构起真正具有华夏文化核心内涵的艺术音乐传统和音乐文化的关键。在我看来,传统并不是单一、线性或平面的现象,而包含着立体的三个维度,或者说是层面,即形态学的近景(表层)、逻辑学的中景(内层)和哲学、美学的远景(底层)。中国作曲家对待传统的态度也应该分别从这三个角度切入。而在处理传统与西方的关系上,应该承认:我们的传统中有落后于西方的因素,但也有优越于西方的因素,更有不同于西方的因素。一位背靠传统、立足当代、面向世界的中国音乐家,应该通过吸取西方音乐文化中先进的成分,再将我们自身音乐文化中优越于和有异于西方的元素加以发扬和表现,从而创造出真正中国的优秀作品。"

由此，我们不难发现，金湘有关"中华乐派"的看法，与他长期以来坚持的既要有文化本位意识但又要努力地、有选择性地学习西方的观念是一脉相承的，在这一点上，与朱践耳、居其宏等学者的见解并无二致。而对我们今天面临多种选择、常常陷于迷惘和困顿的中国作曲家（尤其是青年一代）而言，这种"二分的辩证思维"无疑是一条重要的认识自身创作意义及关于如何平衡中国与西方、传统与现代复杂关系的思路。在此，我们可以略做辩证。

3. 我们如何看待"中华乐派"

"中华乐派"既是一种理论层面的建构和对中国学院派音乐创作未来发展的期许，也是对近百年来中国艺术音乐历史与现状的总结和思考。相对于西方先锋派音乐而言，"中华乐派"是一个开放概念，但并不笼统等于"华人音乐"，而应特指立足于中国大陆的当代实际的学院派作曲家。从来源上看，新时期"中华乐派"既立足于中国古典文学艺术传统与中国民间音乐文化，又与西方古典音乐与现代音乐的观念和技法有着密切的关联，而其现实的土壤却只有一个：就是反映当今中国社会的现状以及普通中国人的生活状态，并且主要在中国文化的语境中被传播、接受与解读。对于"中华乐派"的作曲家而言，他们的创作必须立足中国传统，紧扣中国现实，反映大多数中国人的内心情绪与感受。

在此意义上，从上世纪伊始直至本世纪初，中国作曲家借鉴西方创作技法，结合本国因素所创作的优秀学院派作品，均可视为"中华乐派"的宝贵精神财富。尤其在新中国成立之后，接受过系统的学院派技术训练，又饱经忧患的作曲家（朱践耳和金湘均是他们的杰出代表），其创作（尤其是改革开放后的具有重大历史意义的作品）更是构成了"中华乐派"向未来前进的坚实基础。

如果说，相对于与西方音乐文化交流频繁的今日以及中国学院派作曲家普遍的、不同程度地受到西方文化影响的现状，"中华乐派"在当下华人音乐中的特殊性或者说区别于广义的华人音乐的特质，显然在于其自身强烈的文化本位意识。尽管在技法和某些创作观念上受到西方古典音乐和先锋派音乐的影响，但"中华乐派"就其文化属性而言，却并非"泛西方音乐文化"的组成部分或者补充，而是根植于中国古老的文化传统（包括古典文化与民间文化）在今日的现实境遇，并对中国当下的音乐生活具有重要的现实意义。

但在处理与中国传统与同时代的大众文化的关系上，"中华乐派"的文化本位意识却并不意味着"民粹"或自发的"草根"状态。对于当今的中国作曲家而言，中国传统音乐的原初生存样态与近代环境格格不入，而且难以在工业文明时代延续，"学院派音乐"从本质上看是一种舶来的、已经被"华化"了的"西学"；而就更为广阔的中国固有文明而言，在面临西方文明的冲击时，其不少成分亦趋于消解，当代中国人已经很难不以带有西方色彩的视角来审视自身的传统了；所谓"走出西方"的想法，不仅无助于中国音乐话语权的建立，而且只是某种不切实际的迷幻。

我们必须看到，包括金湘在内的老一辈中国学院派作曲家，已经用他们理想主义信念和里程碑式的作品为这种具有中国气质和品位的专业音乐文化注入了强大的生命力，浇灌出了"中华乐派"的第一批硕果。20世纪50—80年代的音乐生活（或可称之为"前新潮音乐"）意义十分重大（犹如19世纪欧洲音乐之于20世纪西方音乐），这不仅因为老一辈作曲家在较为成熟的学院派体系内，结合西方音乐技法、审美观念和作品意识，对中国传统音乐的素材进行了吸收利用和改造，还因为特殊的社会形势，使这一代作曲家比现今的学院派音乐家更接近那个时代的普通中国人的心理状态。闭关锁国的政策固然在一定程度上限制了他们的眼界，但也使他们不盲目崇拜西方，不以西方批评家的认可为作品成功的标准，反而更加注重其音乐的可听性、公众性与严肃的思想性。

对于未来的中国学院派音乐而言，希望并不缺失。积极学习老一辈作曲家的理想信念和创作经验，对我们而言至少有两点启示：首先，尽管经过百年来的剧变沧桑，中国传统文化中的精华（尤其是积极入世、心系天下的士品以及独特的美学观念）依然没有泯灭，反而通过优秀的艺术作品的传扬在世界范围内得到了承认（金湘的歌剧《原野》和朱践耳的交响曲是突出的例证）；文化上的中国并不仅限于今日的中国大陆，许多传统文化的精髓在整个东亚文化圈中依然是有效的，并且被不断继承和推进着。其次，中国民间音乐的生命力也并未失去，只是随着社会转型的巨浪，换用了不同的表现形式，要使学院派创作具有当下的中国性，就不能把目光只投给传统音乐教科书上的"中国民间音乐"，而必须立足中国的现实，面向包括流行、摇滚、民谣音乐在内的活生生的音乐事物，根据音乐家的审美观念和思想立场，进行选择和取舍。

有关"中华乐派"的讨论和反思也许还将继续下去，但透过对金湘这位在20世纪后半叶的中国有着典型意味的知识分子和艺术家的音乐人生的感悟，我们不难获得这样的启示：作曲家在坚持自身本位的前提下学习西方，进而将对"我"有用之物"华化"，那么在文化纷繁芜杂的今天，中国学院派音乐家也能在对中华传统文化精髓的沉醉与颖悟和对中国当下现实题材的运用的平衡中走出一条真正属于自己、也只适合于自己的道路。这，也许就是代表着中国音乐文化复兴的"中华乐派"吧。

参考文献（以作者姓氏汉语拼音首字母为序）

曹桦：《金湘的艺术歌曲创作》，《人民音乐》2007年第9期。

储望华：《读〈"新世纪中华乐派"四人谈〉之杂感》，《人民音乐》2004年第2期。

冯广映：《论金湘音乐语言》，《黄钟》2011年第4期。

金湘：《困惑与求索——一个作曲家的思考》，上海音乐出版社，2003年。

金湘：《有备而来 无备而去》，《人民音乐》2004年第11期。

金湘：《音乐创作学导论》，《中国音乐学》2005年第4期。

居其宏：《新世纪创作思潮的激情碰撞——对作曲界三场论辩的回顾与思考》，《人民音乐》2005年第4期。

居其宏：《"宏大叙事"需要科学精神——"新世纪中华乐派"论坛归来谈》，《人民音乐》2007年第1期。

居其宏：《"宏大叙事"何以遭遇风险——关于"新世纪中华乐派"的思考与批评》，《中国音乐学》2007年第2期。

居其宏：《戏剧动作与歌剧音乐的戏剧性展开——评歌剧〈楚霸王〉的一度创作》，《歌剧》2010年第2期。

居其宏：《"歌剧思维"及其在〈原野〉中的实践》，《中国音乐学》2010年第3期。

李小戈、马力:《二十一世纪中国音乐发展的乐派论争——首届"新世纪中华乐派论坛"综述》,《南京艺术学院学报(音乐与表演版)》2007年第1期。

李岩:《"新世纪中华乐派"大家谈》,《天津音乐学院学报》(天籁)2003年第4期。

李岩:《准则·方向·愿景——第三届"中华乐派论坛"(天津)述评》,《南京艺术学院学报(音乐与表演版)》2011年第2期。

刘麟:《源头览胜,新潮逐浪——浅评金湘的民族交响合唱组歌〈诗经五首〉》,1986年第9期。

刘蓉:《在音乐中探寻戏剧的"原野"——歌剧〈原野〉的音乐解读》,《交响(西安音乐学院学报)》2009年第1期。

满新颖:《金湘"歌剧思维"论观产生的背景、实质及其价值》,《黄钟》2009年第4期。

施万春:《〈原野〉的启示》,《人民音乐》1987年第9期。

魏扬:《论金湘琵琶协奏曲〈琴瑟破〉"旋律音程向位"的结构力》,《中国音乐》2010年第1期。

魏扬:《金湘民族交响乐作品的文化思考》,《人民音乐》2011年第11期。

伍维曦:《历史与未来的交汇——略谈中国当代学院派音乐的文化处境》,《上海音乐学院建系三十周年纪念文集》,上海音乐学院出版社,2012年。

徐文正:《古韵新风——浅析民族交响合唱组曲〈诗经五首〉》,《音乐研究》2000年第4期。

徐文正:《划破时空的生命韵律——金湘打击乐三重奏〈中国书法〉评析》,《人民音乐》2003年第3期。

徐文正:《金湘〈第一弦乐四重奏〉分析》,《中国音乐》2004年第1期。

徐文正:《生命与尊严的呼唤——金湘交响合唱〈金陵祭〉》,《人民音乐》2005年第12期。

赵宋光、金湘、乔建中、谢嘉幸:《"新世纪中华乐派"四人谈》,《人民音乐》2003年第8期。

周靖波:《重述与转写——歌剧〈原野〉叙事片论》,《艺苑》2011年第1期。

周勤如:《重振阳刚 直虑血性——听看金湘的合唱〈金陵祭〉》,《人民音乐》2008年第6期。

朱践耳:《致金湘》,《人民音乐》2004年第1期。

(原载《音乐创作》2013年第3期)

纪念金湘老师

伍维曦

我初识金湘老师,是在2011年上海音乐学院召开的"中国当代音乐作品和声论坛"上,当时作为特约记者采访了金老师,聆听了他对我国当代学院派作曲事业的看法和他对自己创作观的表述,很受感动。金老师执着的精神在第一时间就打动了我,使我终生难忘。临别,金老师赠我他的音乐评论集和作品唱片,更使我感到前辈大师对晚辈后生的期许与激励。

之后,我仔细阅读了金老师的文集,为其中深邃的洞见和充沛的热情所深深打动,尤其是他早年不幸的经历和后来的奋发图强所形成的比照,真是古训"天行健,君子以自强不息"的体现。由此,我再去审视金老师的作品,除了他独创性的技巧和个性化的风格外,又感受到作曲家置于其中的纯净生命冲动和对生活的沧桑感悟。金老师之于我,成了一个活在当下、近在身边的传奇,在他的身后,是丰富多彩的历史画卷与在动荡激越的时代旋涡中始终屹立的人的心灵。

后来,承中国音乐学院作曲系王萃教授的好意,《音乐创作》编辑部约我写一篇有关金湘老师创作与思想的文章,金老师本人也对这一委约表示同意。在搜集和阅读了有关金老师的作品、技法、创作观念和音乐思想的主要文论之后,我还想专门请教一下大师本人,尤其是就他十分重视的有关"中华乐派"的问题再听取他的想法。2012年秋,我趁去北京出差之机,在中国音乐学院和金老师做了一次长谈:除了就许多理论问题深入交换了意见之外，还对金老师的理想信念与坚定意志有了更为真切直观的体认。金老师严谨认真的态度也让我惭愧莫名：我将文章初稿写好发给他指正后，他多次提出修改意见，甚至在凌晨四点还给我发来电子邮件！这篇文章后来以《路漫漫其修远兮，吾将上下而求索——金湘的音乐人生》为题发表在《音乐创作》2013年第3期。我为能传播金老师作为一个热爱祖国的知识分子和艺术家的理想而略尽微力，感到无比高兴。

再后来，我和金老师也不时有信息往还。在紧张烦琐的工作闲暇，我经常会一遍一遍地聆听他的作品（特别是《诗经五首》），细读他的文字（后来，他又赠我新出版的文集），犹如面对一束被静谧所包裹的火焰。他严肃又慈祥的面容，经常浮现在我的眼前；我也会遐想到他曾经被放逐的边疆的荒凉，想到让他饥饿、寒冷、绝望但却真正认识了人性与社会的环境；想到他如火的青春和那个一度"青绿纯白"的时代，金老师年轻时是个英俊而充满幻想的人，就像无数在这片土地上有过梦想的青年一样。这样，金老师于我，已经成为一个载入史册般的人了；尽管我想不到他有一天也会离开这个世界，从感觉上说，他好像是会一直活下去，一直写作、创作和思考。

金老师最后一次给我发短信，是在2015年4月12日，他鼓励我参加一次音乐评论比赛，我回信表示非常感谢。但后来由于太忙作罢。仅仅过了两个月，当我在国家大剧院看到歌剧《日出》的首演和演出结束后颤巍巍地登上舞台、满头白发的金老师时，我也知道了这是他的最后一部作品——尽管这部歌剧的确充满了青年人才有的色彩感和张力。我在为作品感动的同时，心里蓦然生出了持久的哀伤与挥之不去的空虚。这也是我最后一次看见他本人，虽说是远远的。我怀着对他的敬爱，凝视他缓缓离开了这座方才还被热烈的音声充满的舞台。

去年11月，中国音乐学院作曲系为已经疾笃的金老师举行了八十岁生日的庆典和研讨会。大约人们想以这种方式向即将离开的大师致敬；当然也希望出现奇迹，使他能再多看看这个世界。我怀着复杂而急切的心情坐上了北去的列车，一路上的风景里似乎都有他的面容，列车飞快驰过长江、淮河、黄河，和无数不知名的山川河流，这些，都仿佛他的大大小小、各种体裁的作品，那里面，有他一生的斗争与足迹。

在会议上，我们通过远程视频看到了躺在病床上的金老师。他很平静地注视着这些为他而来的门生故旧。在听完大家对他的祝寿之词后，他也说了话，语调很自然而平稳，竟然有一种如释重负的悠然。我记得他话里的最后一句是："同志们要把工作搞上去！"

这次会议后不久，我们听到了他去世的消息。虽然是意料之中，但却比突然到来还让人悲伤难过。这时，我的耳畔响起了他的这句话："要把工作搞上去。"

这句再简单朴实不过的语言，却让人联想起许多，上下数十年，纵横几万里。想起那个苦难深重而激情磅礴的中国，想起支撑起金老师的那种咬牙苦干的精神之所以产生的内因与外因，想起这种精神力量古老的源泉和就在昨天所焕发出的精彩。"要把工作搞上去。"那个时代尽管有许多错误，但却不应苛责，因为它毕竟被纯真的理想浸透过，而且有无数优秀的青年为它献身。我们应该将更美好的希望投向未来，就像金湘老师一贯所做的那样。

最后，我附上那次参加金老师八十寿辰研讨会时急就的一首小诗，以表达我对这位伟大的音乐家和他的人格的深切敬意，同时感谢他对于我的成长所给予的可贵帮助与不灭的影响：

贺金湘教授八秩华诞

伶伦虽未到青冥，冉冉孤竹生剡溪。
弱冠抗言雁党锢，青春奉使戍西垂。
瀚海苦寒坠发肤，流沙如火利坚贞。
人情冷暖皆亲见，世态炎凉乃自知。
多士从来尽蹉跎，干城靡不历艰辛。
一旦故国风物改，八月新槎京华回。
寒灯夜夜照尺素，越甲铮铮吞吴钩。
长安间气久沉沦，邺下风流欲纵横。

收拾彩笔干气象，俯仰长啸惊群伦。
征圣述明敷典谟，原道属文辟夷氛。
经营古今幽微情，风骚中外月旦评。
海内弈棋颇纷繁，世上波澜总忧心。
宗匠面壁方剖玉，英雄伏枥犹卧薪。
日出光华熄爝火，月入轻云照太清。
池生春草尽苍翠，树发新花满眼明。
均天已奏传百代，应有雏凤继鸾鸣。

无限真情望原野　长歌当哭念金师

满新颖

是好汉，必有一身铁骨，还有一挂柔肠！金湘，绝无例外。

对我而言，2015年最后两个月是将永难抹去悲伤的记忆，我们当代最杰出的作曲家之一，"拼命三郎"一样最借光阴的音乐巨人金湘先生走了，走进了他的和我们大家的"原野"之中。他的身后，将是以一个时代的乐音不断汇成的重唱、交响及各种文论和故事，来表达后人对这位不知疲倦的、夸父般的作曲家的无比眷念、感伤、理解与热爱。

金湘，这个曾经把戈壁大漠踏得惊天响、直到临终前思路都依然清晰异常的硬汉，在弥留之际交代过身边的人：告别会上，可播放他的歌剧《杨贵妃》第二幕杨玉环入浴华清池的那段女声合唱："在天愿作比翼鸟，在地愿为连理枝。"当此乐于2015年12月29日在八宝山的兰厅响起，参加遗体告别仪式的人们无不为之动容！

去原野啊，送金湘！而他，却在那里用自己如沐春风的曲调雍容华贵地告别了他所爱的一切世人。

"船到江心不拢岸"

就在2015年10月，我接到了中国音乐学院"金湘作品研讨会"的邀请，一开始我还很是欣然，因为好久都没有金老师的消息了。会能开，说明我肯定能见到这位"老帅哥",其健康定是大有好转!中国音乐学院也真给力,这才是大好事啊!每想至此,他那动辄就来电询问"小满,你在忙什么啊?"的亲切感如在昨昔,他对各种学术争论、各种歌剧音乐剧批评的简短而令人难忘的言论如萦耳畔。2015年11月19日晚的北京下起了冬雨,国内外的音乐家同行和北京的"金粉"们仍是兴致勃勃地赶到了中国音乐学院,济济一堂地聆听他的这场"砥砺前行——金湘作品音乐会"。飒爽又干练的女指挥家朱曼挥棒的中央歌剧院交响乐团与合唱团,或许是当今中国最重视金湘作品的团队之一,艺术家们严肃而认真的诠释赢得了所有听众的尊重。

虽然我对金湘的大多数歌剧并不陌生,但当晚无论是听现场,还是体会音乐厅外中场休息时人们的神情和话语中所透露出的庄重感,都足以让我的切身感受与往日迥异。我期待的是金老师能够登台亮相,并接受我们这些千里外赶来的爱好者的致礼和祝福。而令我更欣喜的是,音乐会的下半场,金、李夫妇常向我提起却一直没能听到的第一钢琴协奏曲《雪莲·木卡姆的春天》[①]带着我神游到了西北大漠。从没有如此清晰、明确地体会到金湘的音乐仿佛让我飞升在他的世界里,他经常向我讲起的巍峨天山的壮美仿佛历历在目,好像能嗅到天山雪莲的芳香与高洁,感受到她催启着人们对春天的眷恋和对爱的勇气。

在天山的汩汩春潮流过之后,最后的那曲琵琶协奏曲《琴瑟破》(OP•87,2007,杨靖演奏)开头的几个音,就像裂帛一样,一下子撞开了我泪水的闸门。乐分两"破",前浓后淡,又似英雄壮丽的人生复归向了原野的天然。这曲子诉说着传说中白居易《琵琶行》才有的境界,可无论哪一声,都不再属于一件有着东方多民族文化传统的古乐器,这琵琶和乐队的和鸣与对抗,分明是一个无所不能的现代诗人,在铮铮然、硬朗朗、层层叠叠地抒发着自己的人生慨叹!这已完全不再是之前我听过的作曲家任何一部歌剧或交响乐所能涵盖的了。听得出来,早在2007年年前,金湘就

[①] 此单乐章钢琴协奏曲《雪莲》于1982年完成,当时金湘正在北京交响乐团做指挥,该乐本来应美国指挥齐佩尔之约而作,后直到2011年应文化部和新疆文化厅之约,才重新得以改为加了副标题的此曲。

在奋力地与时间赛跑,他要用尽自己最后的一束光来照亮他深爱的后来者,他着实这样做着,亦是对他"晚期风格"的阐述和自我总结。从琵琶语里我仿佛听出了他那一生所经历过的种种曲折与坎坷,想到了他在人间苦行的路途上的那些随想随吟,看到了他在困惑中不断求索的身影,听到了他的叹息:

"缘何此生来世上?踩踏戈壁去问谁?!"①
"梦里依稀捧龙井,茶香催人泪……"②

乐如其人!其乐又如民之呼喊,如泣如诉,声声喃喃……此刻听众席上的我,完全是惊喜中又伴着惊恐,感慨里又充满了痛楚,欣悲交集!

我是多喜欢这首曲子啊,可我又不忍再次重温,因为在那些流淌的音符里,不仅有他个人的困惑和求索,还翻滚激荡着我们整个中华民族所经历的种种苦难历史与文化之殇。它似乎也在暗示着我,作曲家虽然思接千载,但此处的奏响却透露出一种不祥的、有似庄严告别的悲剧感:此曲在这场音乐会中演奏,应不是主办方中国音乐学院拿定的主意,而是金湘自己的要求——这是"天鹅之歌"啊!

音乐会结束后,由于没能见到老友金湘,我第一时间拨通了金夫人李稻川导演的手机。不等寒暄,也没等对方是否准备要听下去,我就迫不及待地表示自己是怎样看待这场音乐会和对这最后一曲的感受。可是到了这时我才明白,电话那头重病于北京友谊医院的亦师亦友的金湘已无力接我的电话了!随后我又看到了好友薛罗军教授在金湘老师病床前发来的照片,金湘虽然深情面对镜头,但已然形容枯槁,不忍直视!

次日早上在西藏大厦会议室里我参加了"金湘作品研讨会"。北京电视

---

① 引自金湘"三自歌"之一《自问》。因被错划为"右派",金湘被"发配"至新疆改造,于1969年冬在阿克苏冰天雪地里所作的诗《自问》,前两句是"朝垒土坯夜掏灰,忙七忙八为张嘴"。

② 引自金湘"三自歌"之一《自慰》。为其1991年本在美国西雅图所作。"龙井",即龙井茶,金湘的祖籍在浙江诸暨。

台和中国音乐学院合作，史无前例地使用了网络电视同步对话系统，我和与会的音乐界同行们如愿以偿地看到了病榻上的金湘老师，他向与会的学者们挥着手说："大家好，谢谢大家！"但已力不从心除了这两句话之外，他似乎欲言又止，热切盼望着、凝望着我们在场的所有人。显然，这位歌剧界最了不起的"虎子哥"在与病魔进行着艰难的拉锯战。我发言时，非常想鼓励一下这位英雄般的老友。我对着金湘说："金老师，您好！我们的'虎子哥'，我和大家都希望您赶紧好起来，很想再次到您的金茂公寓与您喝喝葡萄酒……"

"船到江心不拢岸"啊，我虽身在那医院的斜对面，却无法相见。因我还有一场学术会议在身，在几句发自肺腑的感言后，我不得不匆匆赶往武汉。出门没多久，北京的天空就飘起了漫天大雪。滞留在寒冷的西客站候车室的那三个多小时里，我一直看着手机中金湘老师的照片，不住地用厚厚的围巾掩饰着婆娑泪眼，也根本不去管周围的旅客如何看我这个"爷们"的脆弱形象。我心里感慨：老人家怎么会病得如此之重啊？过去的他，是多硬朗潇洒的人啊！

即便当时我的内心异常纠结，武汉去还是不去？留在北京看他也确有困难。我依然固执地相信，凭着金师以往的那股顽强的生命力，他一定能挺过这一关，这一坎他定能迈过。我心里不住地念叨：等这最忙的一学期课程和学术活动全部结束，我立马动身来好好陪陪他老人家，再跟金老师一起拉东扯西，长点见识。可谁知道，这才是我追悔莫及的长痛所在！

一个月后的12月23日深夜12点，我突然在微信上看到金湘病逝的消息。我几乎不敢相信自己的眼睛，随后立即拨通了李稻川老师的电话，这才知道老人真的已驾鹤西去，走了半个多小时了。

这一夜，我无法合眼，点燃了蜡烛，摆上了他的书。第二天一大早，我就赶往机场，直飞北京。我知道我错过了看望他的最后机会，不可原谅！而作为他的忘年之交，我唯一能做和补救的是，立即过去，陪陪我们尊敬的李稻川老师，陪她渡过难关。我之所以每次谈及金湘教授和李稻川老师都是如此的动情，甚至是喋喋不休，绝不仅仅是因为他们夫妻二人对我个人走向歌剧音乐剧研究的十多年里有过真诚的关心、爱护和帮助。更重要的是，我越走进他的音乐戏剧作品，便越能感受到金湘老师的伟岸与坦荡，更为他深刻的思想和艺术家的情怀由衷地震撼和敬佩。他这代人身上，有太多我辈应该继承的高贵品质。

金湘先生对我个人学术成长的影响

最早知道金湘老师是 20 世纪 80 年代末上大学一年级那会儿。对当时学唱歌的我来说，歌剧《原野》所表现的主题无疑是深刻的，戏剧冲突极强。也许是受周围环境和歌剧旧观念的影响，习惯了各种"美旋律""好声音"和"高音大于一切"的我，对这部作品中一些用现代化技法写就的唱段、对他戏剧音乐的张力，有很大的偏见和排斥心理，至少是觉得变化音太多，有点拗口。可随后的二十多年中，我越听就越喜欢这部歌剧，它让我由衷地感受体会到，歌剧音乐必须要依靠戏剧性的结构张力来展现丰富的人性，这是歌剧的不二价值！

如今回想起来，我大学时的那种最初的感官印象是多么偏执而幼稚。在不断反思之后，我才逐渐意识到金湘创作思想的弥足珍贵，以至于后来我做博士论文、博士后出站报告，以及之后出版的几本书，在很多大学和剧院搞的讲座、开设的课程，甚至本学期进行的考试改进意向中，都与金湘、李稻川的作品和艺术理念产生了千丝万缕的联系。尤其是当下，在我们讨论歌剧该如何发展时，金湘的作品和他在认识论上所表达的种种设想和思考问题的高度，都依然是这一时期难以逾越的。

今生能有幸遇到金老师和李稻川老师，我该真诚地感谢歌剧导演刘烈雄博士和艺术史学者刘恒岳二位仁兄。也正是天津的那次中国歌剧论坛，我与金湘先生才结下了随后历久弥深的情谊。当然，这中间还伴随着我对他之后的几部新作歌剧抱有不同看法的小插曲。那次会后，我就随着送李晋玮等教授的车到了北京的金湘老师家中，我这个山东"自来熟"在他家"把酒临风"、开怀畅谈。也就是那次的见面交流，才使我突然意识到自己的博士论文《歌剧在中国的本土化历程研究》（后接受导师陈世雄教授建议更名为《中国歌剧的诞生》）在开题前后个问题：该用怎样的理论逻辑起点作为"第一推动力"来宏观地驾驭中国歌剧史这个当时仍处于空白研究领域。

2006年9月。金湘教授在给我的博士论文《中国歌剧的诞生》的评语中充分肯定了我对中国歌剧史研究的成果，"改写了中国歌剧史，是一个了不起的功绩"，同时我们也认识到了"歌剧思维"这个中国特殊文化历史语境下产生的概念对中国歌剧史学研究和音乐批评的重要理论价值。他认为"这一'理论的延续与共建'具有很大的开创性，它实际上从源头廓清了歌剧与戏曲、歌剧与话剧加唱等不同艺术体裁的区别，从而为歌剧创作、歌剧研究沿着'歌剧思维'所奠定并提供的理论基础与轨迹健康发展"。同时，金湘先生也对我当时在博士论文写作中有待于进一步提炼的观点和论据做了毫不含糊的指点。他认为论文应该对基于歌剧思维所产生的某些创作所特有的技法手段进一步进行分析，比如在中西方比较文化学的层面上还有必要进行更为深入的形态学分析等。尤其重要的是，他虽然也认为我国历史上的确存在着把歌剧当作戏曲思维实践的诸多现象和先例，但建议我在措辞和结论等方面，在对这些作品评价时还要留有余地，得理须饶人，不至于让学术的讨论走极端，或者让当事者出现心理反弹的偏颇。这些非常中肯的意见后来在我的《中国近现代歌剧史》一书中都一一得到了较认真的采纳。

如果当初在天津没能见到金老师，那么或者我对他只不过是神交和盲目崇敬而已。但是在我博士毕业后，上述恩师们都支持我能到歌剧较繁荣的首都工作，这样的话，那些在欧洲留学时期的积累都有可能派上用场。虽然在诸多友人和老师的帮助下我逗留于北京近两个月，但是当时的求职环境是不容乐观的。在僧多粥少、投名无着落的困境里，我经历了理想和现实的重重考验。而就在等待某校回复的焦虑之中，金老师经常背着我到处打听哪家高校我能进去，他不厌其烦地做着伯乐，到处向有关领导和老友推荐我，煞费苦心。金湘老师那发自内心的真诚与坦率是我之前难以想象的，每每说起创作和研究生培养，永远跳动着对学生求才若渴的心。金老师几乎动用了他所有的社会关系，甚至在他70岁生日的那天，他为了说通某位音乐学院的领导，不能喝酒的他竟然不顾自己的身体状况去主动请人家吃饭"拉钩",推杯换盏。而这一举动导致他患了急性肠胃炎,在医院里竟然连续打了两天的吊针,他一直对我隐瞒此事,只字未提。我从朋友那里知道这件事情的时候,已是一个多月以后了。比这更重的情分是,在各种投门未果的情况下,眼见我准备赴青岛大学任教,他和李老师及他的亲友和同道们在北京迅速注册了"欧华歌剧有限公司"并图对我委以重任,一定要我能坚持下来打持久战。

为了鼓励我留在北京,他还拿自己1959年到1979年20年间下放在新疆阿克苏时的经历来激励我。那时我才知道,过去有人说"'文革'时期由于江青在全国清一色地搞'样板戏',歌剧基本上寿终正寝"的说法不全对。金湘告诉我,1972年他正在写他的第一部自己编剧并作曲的维吾尔语歌剧《戈壁大寨人》(乌鲁木齐上演)。虽然现在没多少人知道这部作品,但这次创作却为他后来写其他戏剧作品尤其是写新疆风格的歌剧和评论新疆的本土歌剧都打下了良好的基础。

2006年12月,迫于糊口又死爱面子的我最终还是去了青岛从教。从此之后,我与金先生的往来反而更加密切了,在北京,除了工作的妻子之外,我又多了一份友情胜于亲情的牵挂。每次去北京开会、看演出,我都要去叨扰二老,也与他的爱徒们、同道们经常聚会讨教,我们以"金家"为我家,有似当年的"卡梅拉塔"。

记得某一天,我准备到他家里"蹭饭",他为了我专门出去买菜,结果路上遇到我后,立马就对我谈起了他对"音乐创作学"的设想。其实,我当时根本就没有听明白他在说啥。上桌吃饭时我对他说:"刚才您对我说的没有听明白,因为您老顾着说,我心里却只顾着想如何吃了。"他端着酒杯对我哈哈大笑,笑得跟小孩儿一样。

大约两年后,我专程从青岛去北京看他,又见到他在书房里对着打印的《音乐创作学导论》振振有词地抱怨着,说我熟悉的某个杂志的"主编大人"没能立马接受他的这个已通盘思考了多年的学科规划。他再三要求我对此提出看法,不拍马屁,能发就发,不能发还可以再放放。从那时起,我逐渐开始明白,金湘先生不是那种摆谱又强加于人的"审美顽强"型作曲家,他对学术理论虽执着,但也是非常虚心谨慎的。只要你能摆出道理来说服他，他一样是从善如流的，他爽直的一面和固执的一面并不总是对立的。

金湘先生是位多产的作曲家，而其理论水平也是国内外学人皆知的。我们之间谈论最多的话题当数多声思维和作为戏剧的歌剧情感结构张力问题。事实上，金老师给我在多声思维上的启发是非常鲜明的，我在十多年的教学实践和课程改革中，始终坚信在学习西方音乐的过程中，在做多声思维的能动性思考中，应遵从西方宗教语境及其多声部音乐生成发展的历史理论与实践线索，这样我们才能以短暂的有生之年（或近现代、当代的百余年）来努力追赶西方的这种千年优势。金湘认为，把作曲分成"四大件"的机械做法是不利于我们创作的整体性进步和需要的，应将和声与复调两门课协同起来教学，这样才是较为科学的。而我在最近几年的学习、教学摸索和反思中，也越来越意识到西方人是先有了复调，而后有了和声的史实。如果不能先从多声部的横向线条出发来审视后来的和声，那我们的西方音乐理论就极容易被当作单纯的技术，从而被割裂开来去对待。

金湘老师和李稻川老师是我这十几年学海生涯中的良师益友，他们对艺术创作的敬业精神和对后生们发自内心的关爱，已成了我们这一代中青年求知、上进的精神动力。金湘先生对我有知遇之恩，我当没齿不忘。特别是他那种与生俱来的坚韧不拔与大家风范，给我留下了难以磨灭的印象。这些年我一直在想：他作为早已功成名就的歌剧和交响乐作曲家，在迈入古稀之年的时刻本该有资格颐养天年了，为何能有这样强烈的历史抱负和文化责任心呢？而我辈人生际遇中那些许的不顺与他们这代人所遭受过的那些人生的苦难与艰辛相比，又算得了什么呢？

最真实可感的生命脉搏就是他那永恒的音符

我并非金氏弟子，但金老师对我这种性格上直来直去的晚辈，从来都以充满慈爱和宽厚的态度相待，无论在学术还是在评论上。我的性格总是"拧巴"，接触了他也就"合并了同类项"，所以有时难免也会在一些自以为是的问题上犯上争执，憋不住地要向他进言。然而，我有些话对于他，当面是虚心接受，转脸后却是坚决不干的。有次我在上海看演出后，就曾坚持认为：在并不很成熟的情况下，剧本由他挥刀上阵是有损于健康的。可常常感喟于自己"起了个早，却赶了个晚"的金老师在2009年后"勃发"了他对歌剧的永恒之恋，面对大多数作曲家都难以企及的委约，甚至连想都不敢去想的舞台诱惑，金湘老师有时的确是很感激且饥不择食的。这位不知疲倦地与生命赛跑的"虎子哥"并没意识到，要想把生命的这支蜡烛节约着用，至少也得有所取舍吧，那么他的身体也不至于消耗得如此之快，甚至还可能会像威尔第在晚年写出《法尔斯塔夫》那样，出再写出自己的巅峰之作。

我认为20世纪80年代他之所以能写出《原野》那样里程碑式的杰作，关键就在于他把自己的思考、爱和生活写了进去。

对于这一点，我曾在2008年的金华会议上因梁茂春教授评说他笔下的虎子哥写得"还不够野"时打圆场，我也半开玩笑地、武断地对他说过："金老师，我觉得你就是《原野》里的虎子，你是新疆回来的虎子，李老师就是金子。你们在生活中的哪一个不是像剧中主角的性格那样呢！？"

2011年11月的《歌剧》杂志发表了我的课题"普契尼歌剧在中国的传播与影响"的阶段性成果《当爱与生活成为歌剧的依托——趣谈普契尼真实主义歌剧的真实性程度》。我当时还没有看到杂志，正在北京参加一个研讨会。金老师看了文章后，迫不及待地打来电话向我表示祝贺，要我走出会场来和他说话。他说他与李老师都很赞同文章最后指出的这段话：

> 只有把生活和情感结合在一起，才能写出真情实感的东西，如果你不能为生活而歌唱，那么就该为艺术去呕心沥血。当我们的笔端和个人的真情融会在一起，即使不能做得到惊天地、泣鬼神，也终该让观众为你的生命历程一掬同情之泪。艺术的真、善、美最终还是来自于我们的生活，在这个现实题材歌剧不兴的时节，我们大家一起纪念伟大又真实的普契尼，就是为了让我们大家活得更加真实。普契尼和真实主义歌剧的故事讲完了，请大家记住，

> 只有把自己和时代、把生活和作品统一在一起，艺术才会成为一
> 种有尊严的人的确证。

他在那里兴趣盎然地把我"吹晕"，说我是"普契尼研究的头号专家"，我说我不过是个"挨砖头"的。其实，无论在意大利还是回国后，我在研究普契尼时经常会想到金湘，而一提到他和李稻川，也就必然想起《原野》创作过程中那些丰富多彩的生活故事，还有就是这部作品对我的学术成长提供了历练，再就是一段与金、李二老之间那种难忘的深情厚谊。有西方评论家看过《原野》后便把金湘誉为"东方的普契尼"，我对其论据不得而知，但我却有充分的理由告诉读者和观众们，至少在真情实感、真知灼见、真才实学、真文人和真性情的这些方面，这个时代最杰出的音乐戏剧作曲家金湘把他兢兢业业、苍凉多难的一生化作了音乐，为我们留下了上百部音乐作品和一系列有着重要实践价值的理论观点，尤显与众不同的是：将自己的很多眼泪与痛苦化作了永恒的旋律。

如果说他在总结《原野》的创作经验后提出了"歌剧思维"说，但这一家之言仍不过属于同人、同道们共建的一个实践命题。在这一"学说"提出之后，他又与另外三位音乐理论家一起发出了"建设新世纪中华乐派"的倡议。我对此论从不参与，但对于他只不过是倡议的这种提法，我至今也能表示理解和由衷的敬意。"敢说敢为"才是真！因为我深知金湘这个大学时就能傻乎乎地把自己关在宿舍里给自己搞什么"反右"运动的艺术家在无情的现实中面对人生的梦想时，常常虔诚得如同信徒一般。令人匪夷所思又惊叹不已的是，他既不是那种述而不作的理论家，也不是那种作而不述的艺术家。他是教授，更是个勇往直前、脚踏实地的实干家，无论是他提出的"歌剧思维"还是"中华乐派"，这都属于几代中国人的音乐梦。我们也只有不断地向他致敬和学习，才不会轻易忘掉这些过去的誓言。

亲爱的金老师，假使时光能够倒流，我倒是还想和您掰扯掰扯"歌剧思维""中华乐派"……

敬爱的金老师，倘若生命可以借用，我愿把余生换得您的健康，换来您那股长青的戏剧张力和思考力之泉。我们这个时代需要您，需要更

多的您!

真诚的金老师,您在原野中听到我们的呼唤了吗?

我忠诚的劝告对您这样一位忘年之友是徒劳的,就连您生命的最后一年,都拒绝向我透露自己的健康状况,因为您比谁都清楚下面这样一个硬道理:

一个真正的音乐家,他最真实可感的生命脉搏就是那些永恒的音符。

(原载《歌剧》2016年第2期)

凝望《原野》上那远去的背影

——为作曲家金湘病逝而作

紫 茵

最初，金湘这个名字，肯定是从《原野》走向公众视野的。1987年7月25日，中国歌剧舞剧院在北京天桥剧场举行歌剧《原野》首演时，我尚不在现场。真正走进金湘的《原野》竟已是其诞生12年的一轮之后。终于得到机会能够到现场一睹原貌。那时，我对此前读到的所有有关歌剧《原野》的评论，无不心悦诚服。

这部在1993年入选"20世纪华人音乐经典"的大作，"中国歌剧史上第一部伟大的爱情悲剧""震撼西方舞台的第一部中国歌剧"：早在上世纪八九十年代，已由《今日美国》宣称。中国歌剧《原野》在美国的成功演出，是20世纪以来世界歌剧史上最重要的事件之一；《华盛顿邮报》预言，《原野》将成为在国际保留剧目中占有一席之地的中国歌剧；德国《镜报》评论，《原野》无疑是一部激动人心的作品，其艺术成就绝不逊于意大利歌剧经典《乡村骑士》和《丑角》；《纽约时报》亦刊文评论，金湘先生曲折的创作道路，使他正好立足于当今美国占主导地位的新浪漫主义的主流中……

我曾写过数百万字的音乐评论文章，而金湘的歌剧《原野》是我第一次买了总谱、读了总谱且超过一周时间才敢下笔的一个特例。那些静态的音符活化成动态的音响，在我心海里掀起了层层波澜、激荡起朵朵浪花，无法平静、难以止息。在中国的原创歌剧里，我接触最多、了解最深的作者和作品，绝对是金湘和他的《原野》。

1999年8月6日《音乐周报》头版头条刊登文章，《原野在夏日复苏》，记者紫茵采写。现节录如下：

> 今夏，北京的高温酷热百年不遇。当逍遥的人们穿游嬉戏于碧水清池中，中国歌剧舞剧院的艺术家们，用心血汗水浸润的《原野》却已悄然复苏，正在渐渐显露生机。7月27日清晨，记者来到复排现场，身临其境地分享着艺术家们的艰辛与欢乐——
>
> 第一个撞进眼帘的是作曲家金湘先生，他在高高的指挥座椅上，挥舞着手中的小棍，也挥洒着胸中的激情。发梢凝结着晶亮的汗珠，随着他威猛的甩头溅落在谱台上……
>
> 从首演至今12年间，曾有多位中外指挥家诠释过《原野》，此次由金湘亲自指挥复排演出。音乐家一人身兼作曲、指挥二职本不算新鲜，金湘也曾多次指挥演奏自己的作品。但，挥《原野》还是第一次。
>
> 金湘认为，他过去一直是站在指挥家侧旁，间接转达自己的意图，总有隔着一层、差着一分之感。现在直接面对乐队和演员，传递信息会更加清晰完整、精准透彻。他主要还是为了解决二者相互配合的问题，要把全剧音乐和唱段的规格尺寸确定下来，做个让自己放心的"范本"，今后别人再上手就会省去很多麻烦……

那是我第一次对自己崇拜已久的偶像面对面采访。金湘那副五官清晰、棱角分明的脸庞，十分吻合我对他的全部想象。谈话间，我发现这位作曲家激情丰沛、表达酣畅，语速飞快、谈锋硬朗。这让我对即将上演的歌剧《原野》，越发充满期待、寄予厚望。

在文化部组织的1999年中直院团优秀节目展演中，金湘指挥的歌剧《原野》格外引人注目。当年的8月13日至15日北京世纪剧院的三场演出，是艺术家献给共和国 50 华诞的一份情意厚重的生日贺礼。

这是我第一次现场欣赏歌剧《原野》的全本舞台版，怎肯放弃这来之不易、弥足珍贵的机会？三场演出一路听来，听觉审美最能接受的自然是全剧那段最为经典、最受欢迎的抒情性咏唱："金子金子，你在我的心里。你是我，我是你，再不能分离……"听完第一场，我已经唱得相当熟稔了。其实，早在演出之前听完排练时已是情有独钟，留下深刻印象。而在写听后感时，这段隽永的旋律一直在我心里萦绕盘桓挥之不去。

在那日的微信里，我偶然看到金湘夫人李稻川老师的这幅手迹"你是我，我是你，我们永不分离！——稻川"，忍不住泪雨滂沱、心痛不已！歌剧《原野》，那就是金湘和李稻川爱情的结晶，他们合作的第一个最美丽的"孩子"、第一部最成功的范例。他们，怎能分离！？李稻川是这个世界上最懂金湘的那个人，她在歌剧导演艺术方面的才华与造诣，通过金湘歌剧音乐的激活、催生，借《原野》得以自觉而自由地施展与发挥。金子、仇虎等音乐形象被活化并呈现于歌剧舞台，从而散发出艺术的光彩与魅力。

但凡是第一次听歌剧《原野》的人，无不为序幕与尾声的"黑森林鬼魂合唱"所震撼。那种非同凡响的音乐笔法，形成直透心灵的巨大的视听冲击力。只听得合唱队，一阵阵鬼哭狼嚎般的"黑呀，黑呀！""天哪，天哪……""恨呀，恨呀！""冤哪，冤哪！"转而又是一声声阴风惨烈般的粗气喘息，"萨——""索索索索……""嘘——""呕呕呕呕……"还有那些如经文魔咒般语焉不详的词语，"多地夜它阿弥利都婆比……"，之后，全剧通篇没有合唱，直至最后第四幕的尾声。重现序幕的场景"黑森林鬼魂合唱"。凭着歌剧艺术严密规整的逻辑感，金湘精妙熟稔地调动现代创作观念，运用现代作曲技法，使这部作品中的大量章节并无清晰明确的音高、稳定的调性，无论听过多少遍，仍然记不住、唱不出某些旋律和片段。但歌队与乐队营造出的神秘诡异、恐怖惊悚的舞台氛围，至今仍然让我记忆犹新、难以磨灭！

2002 年，歌剧《原野》又被另一位女导演搬上了舞台：相比李稻川、陈蔚当时还很年轻，她标新立异地做了一个减重瘦身的袖珍版。在小剧场里，"黑森林鬼魂合唱"肯定听不到了。在万山红、韩延文之后，我听到了一个美声的金子崔岩光。而仇虎则为更年轻的男中音张海庆,大星则由金郑建饰演。最令人意外的是,我国天才的青年指挥家李心草,竟然在剧中客串白傻子!看那平日大燕尾服身板笔挺的指挥家派头,现在头顶一绺"冲天炮",活像天真可爱的年画娃娃,脸上却是一副憨实痴呆的木讷表情。"喊嚓喊嚓喊喊嚓嚓……",李心草起劲地模仿着火车飞驰的声音。正如德国权威乐评所言,在歌剧《原野》中,"作曲家写出了人类共同的情感,对生命的热爱和对幸福的渴望"。那就是金湘音乐强大的吸引力,吸引着指挥家甘心情愿地"玩儿了把票",抢占机会上台入戏。

光阴似箭、日月如梭,歌剧《原野》转眼之间已到了诞生20周年的纪念日,纪念演出如花开般烂漫。2007年12月9日晚,北京保利剧院人潮涌动。早已听过或从未听过歌剧《原野》原版首演的观众,满怀特殊而深厚的情结或期盼已久的心情,纷纷前往。大堂里,只见金湘老师频频颔首、欢颜绽放。李心草再度登台,这一回,他不以白傻子形象示人,而是回归本职,在中国爱乐乐团新乐季的这部重头戏里领衔担纲,全场背谱指挥。这个新版音乐会亮点众多、引人注目:经典作品本身的魅力首屈一指;其次,原版首演阵容为主力,"金子"万山红一肩挑起导演和主演两道大梁,"仇虎"孙禹领衔第三、第四幕,"焦母"张晓玲再度披挂上阵。经过《原野》舞台的"实战演练","焦大星"金郑建和小"仇虎"孙健(担纲第一、第二幕),两个年轻人表现出众、后生可畏。

这场演出应为名副其实的"彩唱"。即所有演员均按照角色要求上妆扮相。同所有音乐会歌剧一样,中国爱乐整建制乐队排列舞台。"序曲"先声夺人,这段音乐雄劲而诡异,"金湘式"的语言手段个性鲜明,彰显出十足的力度与厚度。管钟与铁链、堂鼓与板鼓,"黑呀!恨呀!""天哪!冤哪!""原版"的中国歌剧舞剧院合唱队,使出"独门秘籍"用人声的歌吟、呼喊、狂笑、悲叹……营造出特定时空、特定情绪应有的紧张度和恐怖感,令人几乎透不过气来。

我在听后感中做了如下记录:

> 李心草堪称目前国内最出色的歌剧指挥之一,他的独特优势

在《原野》中发挥得淋漓尽致，他不仅熟悉演奏，而且熟悉演唱。经过他精心梳理经纬纵横，演员唱得自由舒畅，观众听得自然悦耳。曾经模糊混沌的乐句乐段，声声入耳、丝丝入扣。在国内职业交响乐团中，演出全本歌剧数量最多、质量最好的中国爱乐，为这部中国经典歌剧所激发的内在共鸣与其投注的真挚情感，甚至超越了曾经演过的世界经典歌剧。

演出结束，金湘大喜过望，他冲上舞台紧紧抱住李心草，接着又转身向乐队、合唱队双手竖起大拇指，表情十分喜悦、激动。金湘后来对笔者坦言，《原野》演了20年，终于第一次"拨开迷雾"！这是谱面错误率最低，音乐清晰度和精确度最高的现场演出版。在作曲家心目中，李心草堪为《原野》音乐会版的"大角儿"，真正的灵魂人物。

还是2007年，在金湘早年读书的城市——天津，天津歌舞剧院将《原野》作为其歌剧团新近恢复建制后的第一部公演作品推向舞台。那一次，李稻川欣然应邀出任总导演。11月2日至4日，"开锣"重头戏荣耀亮相于天津大礼堂。高伟春指挥；李瑛、曲芮金饰金子，王虎鸣、王来饰仇虎，石广羽、王泽南饰焦大星。康凯、郭立楠饰焦母，薛跃林、边仁琪饰常五爷，张凯、米学洲饰白傻子。那一次，我欣喜而由衷地撰文赞赏：

> 导演李稻川最熟悉不过的就是歌剧《原野》的音乐，新版再次发挥其丰富的想象力。金湘作品中严谨缜密而激情四溢的歌剧思维，在舞台上得以全面实现；音乐中散射的光影色彩，在舞台上俯仰皆是、美不胜收，同导演简洁凝练、大方洒脱的艺术风格相得益彰。舞台调度自然流畅，人物关系清晰明了，情绪气氛的营造独具匠心，动静相宜、远近呼应，走位变化、定格造型均具有很美的画面感、很强的雕塑感，十分贴近现代人的审美趋向。
>
> 舞美设计突破惯常的模式，强化了视觉冲击力，从上至下悬垂着、从左至右横贯着铁锁链，这个独特而新颖的创意，可视作

2007版《原野》"挣脱桎梏、砸开铰链"思想立意的象征符号,这个象征符号深刻而准确,它隐喻着剧中人被捆绑羁绊的悲剧命运与扭曲疴结的沉重心灵。更妙的是,这些铁锁链,既可作风中飘摇的树梢枝条,又可作焦家大院的门槛窗棂,演员自由出入,观众自由想象。这也是与其他版本不一样的"亮点"。

李稻川,既是金湘的生活伴侣,更是金湘的艺术搭档。开场那段重量级的序曲合唱被导演有意识地"删除",从奔驰的火车轰鸣直接进入音乐。金湘为歌剧《原野》谱写了大量纯器乐的间奏曲,他的本心也许更情愿用这些音乐为观众留足"听"的空间。天津版歌剧《原野》第一次新添舞段,似也并无"添足"之嫌。第一间奏曲伴着一对青春男女翩然起舞,金子仇虎在野地久别重逢,深情缠绵的"爱情主题",既是恋人对昔日美好时光的追忆,又象征着情侣如痴如狂的复燃烈火般的恋情。音乐形象更加清晰而准确,歌剧的综合要素,因此也更为齐备完善。

天津歌舞剧院制作的新版,深得作曲家的认可与欣赏。从《原野》上冲出来的这匹"黑马",继续在中国歌剧艺术的舞台上留下他们奋进的足迹。他们让《白毛女》《茶花女》等中外经典重现光彩,2014年更是以金湘歌剧《八女投江》"变脸易容"的音乐会版《中华儿女》在第二届中国歌剧节引来关注与好评……

金湘生前始终关注中国原创歌剧的未来,他曾语重心长直抒胸臆:"中国歌剧,太需要经得起考验、留得下来的精品了!千万别走入'写得快,淡得快'的快餐文化误区。"1994年,他在其另一部大作《楚霸王》全剧完成脱稿并立于舞台公演的基础之上,再度历时两年,同上海歌剧院继续联手打造2009年新版《楚霸王》。金湘认为,15年前的第一版由于,历史的原因,还存在许多局限性;15年后重现于舞台,一定要有新的突破。已经年逾古稀的他,为此又专程亲赴项羽故里宿迁、刘邦故里沛县采风,在歌剧中两位主人公曾经留下足迹的土地上寻找"楚汉之声"。果然,新版新貌非同凡响。

1999年7月27日,在中国歌剧舞剧院《原野》排练现场,我第一次见到金湘;2015年9月23日,在国家大剧院歌剧院《众神的黄昏》演出现场,我最后一次见到金湘。那晚,在中场休息时,我们互相问候致意,他已经走过去了,突然又转过身来,走到我面前,问:"紫茵,我的《日出》,你看了的吧?"面对形容枯槁、已经瘦得不像样的老人,我简直不忍心直视他的脸庞,更不忍心说,我因当时不在北京没能观看《日出》。"啊?你没看啊!"他的眼睛里闪过一丝遗憾,最后,平静谈定地说了声:"那就以后吧。你以后再看,应该还会演。"我强忍着心里的痛楚,努力地向着病弱不堪的老人点头微笑。他重又转身,走远了。凝望着那强撑着坚挺而有些佝偻的背影,我泪眼婆娑……

相识16年,金湘和我之间的友谊,已然超越了一位作曲家和一个记者职务上的来往联系。2003年春天,金湘老师的专著《困惑与求索》由上海音乐出版社出版,他赶在第一时间,亲笔签名并将其馈赠予我。他的箴言犹在耳边:"在民族传统面前,在西方技法面前,不能做一个盲目的'搬运工'。要做一个善于分析思考、有自我选择的作曲家"。他的宣言发人深省:"只有作曲家心中有了当代观众,观众才会理解你。这时,只有这时,你的劳动才会创造真正的价值"。他的誓言声震云天:"我的目标是永无止境地向历史和人民奉献,直至生命的终结!"

如今,在《原野》之上,那个熟悉的背影,已渐行渐远、无影无踪;那些美丽的音乐,仍且听且感、绵延不绝……

(原载《歌剧》2016年第2期)

我记忆中的金湘先生

——纪念金湘先生逝世一周年

周 强

第一次见到金湘先生是 2005 年 1 月在硕士研究生面试考场，他炯炯有神的目光让我备感紧张，与所有在场的评委一边翻阅着有关我的资料，一边听我唱民歌、弹琴。或许因为金老师的祖籍也来自浙江的缘故，他过问了一些我在浙江以及上海求学的经历。我走出考场后，紧张之余还有些亢奋，因为考场里有两位是浙籍音乐家（还有一位是樊祖荫先生）。尽管这不代表什么，但对于一个在异乡考学，举目无亲、深感无助的学子来说，金老师与我音乐之外的点滴交流无形中祛除了我考场上的胆怯，也给了我较大的安慰与鼓励。他干脆爽朗的说话风格令人印象深刻，当时有一股想尽快考上硕士，向金老师学习作曲的冲动，因为从他很多作品流露出的真情与才气一直深入我的内心，并令我感动和仰慕，他是我追崇的主要作曲家之一。

自收到硕士研究生录取通知书后，我盼望着早点开学，除了学好复调主课，还期望与金老师辅修作曲，但入学后由于种种原因，在作曲方面未如愿以偿。在学校偶尔碰到他也只是招呼一声。后来有一次他忽然问起我姓名，说看着我很眼熟，经自我介绍，他居然可以回忆起在硕士面试考场上对我有印象，随即向我了解最近的学习情况、研究课题等。听说我硕士论文是以波兰两位现当代作曲家鲁托斯拉夫斯基和彭德列茨基的两首现代乐队赋格为研究对象,他表现出巨大的兴趣,并在当下和我约了单独见面的时间,要听我对两部作品的介绍和分析,当时不禁一阵欢喜,甚至是受宠若惊,我万万没有想到年过七旬的著名作曲家怎么乐意躬听一个不到而立之年的硕士生对先锋派作曲家及其复杂的"音色—音响"音乐的粗浅认识与分析呢?但他的邀约无疑激励了我更认真地去准备要向他"汇报"的材料与内容。记得那是2008年春节过后的一个上午,他来到我租住的陋室,非常安静地听我介绍两部作品的音高关系布局、织体技法、配器与赋格结构成分的各种变体形态及其表现功能等,我也准备了不少问题请教于他,通过一上午的交流可以感觉到金老师对波兰两位作曲家的现代作曲技法可谓了如指掌,在现代音乐分析方法,尤其是乐队作品方面,他给我提出了很多宝贵意见,也针对作品的具体部分告诉我如何分析,我们如同爷孙俩在丝竹园沐浴着从室外投射进来的初春阳光,从音乐聊到人生,从当下聊到过去,从北京聊到浙江……不亦乐乎!

记得在硕士期间,金先生开过多场讲座和音乐会,我每次都积极参加,录音、录像、做笔记,回去后又反复听他的作品,思考他讲座提及的一些观点,受益良多。他曾在一次讲座中谈到"音乐创作学导论"[①],除了对音乐创作的命题界定、哲学基础、美学理念、传统继承、体裁种类、技术构成等进行全面论述之外,在形态类别中提出不同于由苏联引入的"和声""复调""曲式""配器"的"四大件"理论学说,认为应该分为"旋律学""多声部学""织体学""结构学""载体学"五个部分。不知何缘由,我当时听了就十分赞同他的观点,尤其是他认为和声与对位可以统筹到"多声部学"之中而无须被划分成两个学科进行教与学。虽然之前并未曾接受过这类教法,但在实际作曲时感受到的正如金老师所言。后来我在2011年与2013年两次去巴黎做课题时跟随法国作曲家、理论家斯特凡·德普拉斯教授学习的过程中,以及在托马斯、文森等教授的高年级课堂里,的的确确体会过和声与对位结合起来授课的情况,相当实用,而且都由同一位老师

---

① 详文可参阅金湘:《音乐创作学导论》,《中国音乐学》,2005年第4期,p.105。

担任这类"多声部学"之课程。遗憾的是,我未曾有机会随金老师更深入地探讨、研究、体会音乐创作学导论及其实践。

在我攻读博士期间,每隔一段时间我和金老师以及他的学生们一起找个饭馆小酌,攀谈音乐创作、学术研究以及工作与家庭琐事等。他总是鼓励我不要放弃音乐创作,让我写了作品给他看,由于后来博士论文与家务繁忙,确实力不从心,现在回想起来,是第二次非常遗憾地错过了与金老师学习作曲的机会。对于我的博士论文,每次见面他总会问我的想法、选题与进程,这也无形中督促我不敢半点懈怠。记得在论文开题前夕,当他听说我将研究视角集中在西方"二战"后的"音色—音响"音乐的复调形态时,很淡然、谦逊地说,他对复调一知半解,然而随后提到利盖蒂、施尼特凯、武满彻等复杂派"音色—音响"音乐作曲家和他们作品的音响技法其实都与现代复调技法密切相关……他平常给人的印象总是说话时慷慨激昂、直截了当,不拐弯抹角,是个典型的性情中人,实际上,他谦虚、不断进取的品质向来显著。还记得在歌剧《红帮裁缝》首演于国家大剧院不久后的一次聚会上,他问我对这部歌剧创作的看法,我赞赏的言辞刚开始两句,个人观点还没来得及表露,他便反感道:"别总说好话,我要听你谈谈不足之处……"金先生在年轻人面前的这种开诚布公的真性情,在当时让我始料不及,这种品质是出于他对歌剧艺术完美追求的一种敏感与憧憬,他不愿意自我沉浸在潮水般的赞赏声中,乐意听取反面的声音继而为更好绽放他歌剧创作的艺术之花而努力,难能可贵!

金老师的作曲课一贯严谨治教、精益求精,如同对待作曲那般一丝不苟。从他家到学校路途遥远,但每周都会给学生们上课,是一位非常负责任的好老师,有口皆碑!在我印象中,2010年冬天的一个下午,因为学校琴房爆满,金老师是在男生宿舍坚持给学生上作曲课的。记得他住院期间,还继续给学生看作品,依旧心系于学生们的学业、论文和音乐创作等。我每次去医院看望他,他依然会关心我的工作和学术研究,并嘱咐说在繁忙的工作之余要注意保重身体,善待身体!几次在金老师病重阶段,我静静地坐在他的床边,在他微弱的呼吸声中不停回忆着自认识金老师以来和他相处的一幕幕:考学现场第一次听到他那浓重浙江乡音的普通话;他富有激情而又有见地的演讲以及不同凡响的作品音乐会之声响在耳边萦绕；曾经对我论文提出许多宝贵的意见与建议；在我硕士毕业面临职业选择时，多次劝我放弃某音乐学院的邀职，肯定我在专业方面的潜力，袒露对我在未来学业上的信心与更高的期望，铸就我继续深造的信念和勇气；写推荐信让我报考博士，而且向院方极力推荐我留校任教……这一切都历历在目。我坐在他床边，看着他日渐消瘦的脸庞，轻抚着他的手心手背，即使无法帮助他减缓病痛，也要让他体味到晚辈内心始终对他充满着暖暖的敬爱与仰慕，看到他于病魔摧残之下的挣扎，我多次暗暗潸然泪下……然而，他仍然用微弱的声音关切我的方方面面。在与金老师临终前最后一次告别时，他紧紧拉着我的手，虽然未能听清他的话语，但我深深感到一位伟大作曲家对后生的关怀，对生命充满着寄望，因为，他还寄望继续凭音乐去诉说、表达他一生未完成的故事、思想、美学和哲学。

早年被下放至新疆达20年之久，五十多岁学英文，近六旬从美国访学4年后归来，七旬之后才在作曲教学中遇上音乐中的知己……这一切是多么具有传奇意义。他的大型歌剧、交响乐、协奏曲、大合唱、各种室内乐直至影视音乐，共近百部优秀的作品成功地谱写了他辉煌的作曲人生，《作曲家的困惑》（1990）与《探究无垠》（2014）两本著作书写了他穿梭于音乐、艺术与人生之间的感怀、思索、感悟与评议。在教学上兢兢业业，对学生在专业上的严格要求及各方面的关怀与关爱，让受教于他的学生们获益终生，而且他的大部分学生在作曲方面硕果累累，包括对他作曲理论的传承方面都有脉可循、有向可去。总之，金湘先生跌宕起伏的一生，历经艰难险阻，却在音乐界留给后人多方面的巨大影响与贡献。在此不妨引用一下杨通八先生曾经在一次研讨会上对金老师简练而贴切的评价"勇者——金湘、智者——金湘、乐者——金湘、情者——金湘"，可谓实至名归！

金老师的背影已离我们远去，我们都很怀念他，我也常梦见他。他留给世人的音乐作品、音乐思想、歌剧思维、音乐评论、音乐故事是无价的财富与精神食粮。时值金湘先生逝世一周年，随性而发，书写一念及他的回忆小文，意表追忆与追思，愿金老师在另一个世界一切安好！

看！金湘先生正徜徉于美丽而富有诗意的江南湘湖湖畔，安静地与大自然同呼吸。他，面带微笑，仿佛在故乡追忆着自己的童年、亲人和那些匆匆流逝的岁月……

2016 年 12 月 23 日
于北京德外丝竹园

我与金湘老师

王 珏

与金湘老师相识于中国音乐学院的教师招聘会上,当我走进招聘会的时候,前面坐着一排老先生,里面就坐着歌剧《原野》的作曲者——之前只闻其声不见其人的作曲家金湘老师;招聘会结束后,金老师走到我面前说:"我欣赏你和你的作品,因为你和你的作品感动了我,很棒。"然后,他给我留了电话,并让我给他打电话。第二天,我打了电话,金老师让我去了家里,聊了一会儿后,到家附近的一个小馆子吃饭,喝酒聊天,谈天说地,这时我感觉到这个七十几岁高龄的作曲家身上的那孩子一般的纯真和耿直,这让我想到了我那九十几岁才去世的爷爷,亦是一个孩子一般可爱顽皮的老人。从此以后,我每一次从德国回北京,都会去看望金湘老师,每一次都是先到家里坐坐,然后,楼下吃个便饭,每一次都是我请他喝德国啤酒,他请我吃中国饭菜,而聊的话题却只有一个,就是音乐。他说:"我这个人最不懂的就是人际关系,我们作曲家要靠作品说话。"

系里老师们知道了金湘老师因为病重而要支付昂贵的医疗费用,大家便自发主动地给金老师捐款以示感激,随后由系主任高佳佳和书记高缨老师把钱送到医院病房金老师床前,我作为"保镖"也一同前往,当我们把钱拿出来,还没来得及说话,金老师直接说:"我知道你们要干什么,拿回去,我是不可能要的,你们的心意我领了。"当时,金老师那毋庸置疑的语气让我们立刻知道,这个钱金老师是不会收下了。尽管我们又说了些劝他的话，但结果就是我们又原封不动地把钱拿了回去，退回给各位老师，并代金老师："表达了感谢。在病房中，我告诉金老师，您的下一部歌剧如果写不动了，就找我来帮你配器吧，别客气，咱俩也合作一把，相信会合作得很愉快的。"因为我知道，金老师懂我，我也懂金老师。然后，我给他按摩，希望让他饱受病魔折磨的身体能舒服一点，他笑了，家人说："很久没有见到金老师这么开心地笑了，看到你，金老师真的很高兴，他喜欢你，你们感觉就像亲人一样，不只在音乐上相互欣赏，惺惺相惜，而且，在做人上也很相似，气味相投。"走出病房前，我是那么的依依不舍，因为，我感觉到了我和金湘老师之间那莫大的缘分，但是，时间不够了，不够我们在今生把这段缘分好好地延续下去，不够时间让我们好好地相处，不够机会让我们好好地再聊聊音乐，聊聊人生，聊聊我们之间那相见恨晚又弥足珍贵的缘分。

2015年12月23日，我和罗麦朔在中国音乐学院国音堂音乐厅举办的民乐专场音乐会上，我为埙乐团而作的《回》世界首演，在演出间歇，为了不冷场，我上台简短地即兴说了几句话，在我简单介绍完作品《回》的创作过程之后，站在台上的我，不知为何突然想到了远在医院病床上的金湘老师，然后我说："这个作品《回》的首演也献给此时此刻身在远方的金湘老师……"音乐会结束后，我得知，金湘老师刚刚走了。我想，我感觉到了他，我用音乐送走了他。谢谢您，金湘老师！

金老师走后不久，系里打电话告诉我，当金湘老师还在病床上的时候就告诉系里，"走后"，把他自己门下还未毕业的本科学生转给王珏接着带，研究生转给秦文琛接着带，这是他生前的遗嘱。我感到莫大的荣幸，这是老一辈作曲家金老师对我莫大的信任，是我一生都会铭记的嘱托与责任。

由于长期从事作曲工作，须要长时间静坐，所以，肩颈一直不好，须要时常按摩放松。一日，经朋友介绍到学校附近一盲人按摩院找到了金牌按摩师李大夫，按摩期间闲聊，当他听说我是中国音乐学院的老师，便说，之前有一老师常来，但是，最近很久不来了，不知为何。我问其名字，答曰：金湘。于是，我们就开始聊上金湘老师了。他说：这老头好有意思，嗓门大，性格直，说话底气足，脾气不太好。又说：一日他说特别喜欢音乐，但是因为是盲人，所以，从来没有去现场听过音乐会，很遗憾。金湘听罢便说：那有何难，下周国家大剧院就有我的歌剧演出，我请你来，到时候我在门口接你。就这样，李大夫真如约前往，金湘老师在门口等候，并带他到座位上，让李大夫听了人生中的第一场音乐会——还是由作曲家亲自送票迎接！

  这就是我眼中的金湘老师，一个让人尊敬的老师，一个让人敬重的人，一个永远有一颗童心的可爱而倔强的老头。

2016 年 12 月 21 日

想念金湘老师

马学文

金湘老师对我有恩,我永生难忘!

第一次拜访金老师,他赠送给我歌剧《原野》的票,他说:"你大老远从广西来听我的歌剧,我应当送票给你。"我当时计划考博,金老师知道我要报考樊祖荫老师的博士,他对我说:"樊老师要是不收你,你来考我的。"这句话给了我莫大的鼓励。

我发表在《中国音乐》上的文章就是研究金老师的室内乐作品《冷月》的。文章写完之后在第二届全国音乐分析学会议上宣讲,我清楚地记得,在郁金香酒店停车场,金老师对我说:"魏扬发现你是对的。"(魏扬是金老师的学生,是魏扬邀请我参加他的课题,令我完成这篇文章的)这句话给了我很大的鼓励和信心!后来文章也是由金老师推荐才得以顺利刊发。

第一年我没有考上博士,第二年考试之前我去看望金老师,他对我说:"你要是考上了,我要去一趟广西。"不知道为什么,这句话我一直放在心里,当时仿佛给我了一针强心剂一样,我暗自下决心,为了实现金老师的这个愿望,我也得努力。三个月后,当我得知我被录取时,金老师生病了!在金老师重病期间,我干了件很愚蠢的事:《金湘室内乐作品选集》出版了,我要写一篇文章。魏扬老师告诉我说金老师生病了,我只有一次去打扰的机会,我必须把文章写好了才能去。于是,我顶着巨大的压力,整个2014年下半年,也就是金老师生病期间,我竟然都没有去看望老师。

直到 2015 年的 1 月 3 号，我才拿着初稿，带着马靖修（我儿子）去拜访金老师。那时金老师大病初愈，他是躺在沙发上看完了我的文章初稿的。当时他老人家躺在沙发上，头朝天，张着嘴，看到金老师消瘦的身形，当时我就流下了眼泪。读完后，金老师又鼓励我说，写得不错！让我比较忐忑不安的地方在于文章对金老师的作品提出了一些批评意见，如"民乐版的《杜鹃啼血》张力不足"云云。后来专门对张力进行研究后，发现我当时的结论是有问题的。但是金老师毫不介意我的这些负面评价。他说他不喜欢那些喊口号式的褒扬，能够把事情说清楚最重要。后来文章又经过了一年的修改才敢投出去，但当时金老师对文章的肯定奠定了我敢写下去的信心，知道自己的路子是对的。在金老师重病期间，我怕他烦闷，还给他读过文章的第一部分和第三部分。

后来，在纪念安波先生的会议结束后第二天，我去了医院。那是 12 月 20 日，金老师已经说不出话，连睁眼都很困难。我和任晨（金老师的学生）多次呼唤他，他都不睁眼。我说："金老师，我写您那篇室内乐的文章……"他立马睁开了双眼。我告诉他文章的主旨，金老师瞪大双眼望着我，当时我心里都有些害怕，不知道是不是自己又说错了话。但我知道，金老师最看重的就是音乐作品的创作和研究，那是他付出毕生精力所投注的，也是他最看重的事业。

2015 年 12 月 23 日，那天晚上我心神不宁，拨打了费鹏（金老师的学生，金老师病重期间一直是他陪在老师身边）的电话，电话无人接听。我发信息问：金老师身体怎么样？十分钟后，费鹏回信：金老师走了。

金老师从生病到如今离我们而去，前后有一年半。我目睹了金老师逐渐消瘦，深受病痛折磨，感受了他坚强抵抗的顽强意志力。这个病很痛苦，消化不了食物，也就没了体力。躺在病榻上的他，身体的折磨在他看来都不算什么。真正痛苦的是，什么也做不了。有一次，金老师生气地推开病床前的小桌子，发脾气坚持要回家写作品。十一期间，金老师说："人啊，光屁股来，光屁股走。"守护在旁的刘老师当时就唱出了这句金老师歌剧的选段。我感觉金老师逐步舍弃身外之物——在最后的三天里，我甚至感觉金老师连自己的身体都不在乎了，痛不痛也不管了——当一个人逐步抛弃身外之物，最后留下的是什么？不就是精神吗！作曲家的精神在哪里？在他的作品里，融入生命力的一部部歌剧不正是金老师在歌唱吗？金老师没有离开我们，他仍在我们的身边。

金湘,永远守望于日出

胡 娜

与金老师因《日出》结识是 2014 年的事情,那时候不熟,觉得这老头除了倔没有什么其他鲜明个性了,尽管那时已经知道我眼前的金湘是中国音乐史上一个不可或缺的人物。

日子不紧不慢地过去,金湘老师身患重疾,工作过程中的痛苦可以想见。我第一次自己悄悄擦眼泪,是在看着金湘老师全身插着管子在琴房给女中张卓做音乐作业时,那会儿他吃饭已经不怎么好,常常怀里揣着一杯绿豆汤,在很热的夏天他也要穿很厚的衣服才行。

2015 年的春节,金湘老师跟我之间的短信往来没有一句是如"新年快乐"云云,都是关于《日出》的一切愿望,他发信喜欢用谦辞、古字,搞得我常常时空错乱,不知言语。我有一次实在接不下去还得翻出古汉语词典才勉强找到一个字跟他回应。金老师回我:"嗯,这个字用得可以。"那会儿,他用老式手机,经常听不到电话,你找他时常常一时无复,但他若是找你须得全天候随时"伺候"。我那时常常在没有信号的排练厅区域活动,有时半晌跟外界失联。信号复活,金老师已经恨不得打来一箩筐的电话找你,后来他说:"我好容易有个想法儿,你不接着,我忘了怎么办?再想不出来了……"我说那您先记在本子上,等联系上了再说也不会忘,他笑了说:"还是你们年轻人聪明。"但其实,后来关于工作上的一切交流,金老师都尽可能发短信给我了。我换了手机,但旧手机还在,翻看过往的短信，我知道手机再也不会收到那头一个叫金湘的人发来的信息了。

在歌剧《日出》公演倒计时的日子里，金老师已经住进了医院，开始了又一次与病魔的斗争，日日排练结束，他总会很焦灼地这样那样问排练的情况，问演员的表现。后来，为了让他安心，每天夜里我都以日志的形式跟他汇报一遍当日排练情况，早晨就看到他的批复。他不喜欢别人问他身体好些了吗，就好像一个常年生病吃药的人看到药瓶子会先天排斥一样。所以每次六乙导演带我去看他，我们几乎很少问他身体病痛，只谈工作和未来，他为此觉得快乐和高兴，导演常常用大人世界的玩笑"骗"金老师："先生你赶紧的，咱们还得再做一部呢，得三部曲呢！"可是，谁都知道这再也不可能了。《日出》首演的那天，很多人在看到关于金先生的视频片段和已经不能独自站立的金老师发表感言的时候，哭了——我没有落泪，不是因为不感触，而是那一幕幕比起台下实实在在的金湘，又实在是很少很少的镜头了。

6月20日，是《日出》的第四场演出，那天金老师来得很早，观众席没有什么人，他也穿一身红衣，他唤我去帮他接人，他说："这人拜托你一定亲自去接，是我的老师苏夏先生。"苏夏老师来了，和蔼，说话慢条斯理，却保持微笑。当晚，郭文景老师到后，他们跟六乙导演共四人让我拍下一张合影，现在看，这张照片是历史的一部分了。那天，当年唱过金老师《热瓦普恋歌》的歌唱家迪里拜尔也来了，演出结束，观众散去，舞台光收起，两人坐在偌大的歌剧院观众席里聊天，除了忆往昔峥嵘，金老师对拜尔老师说："迪里拜尔，你说咱们多幸福，赶上了想做事儿能做事儿的时候，这么好的剧院，这么好的陈平，他信任我，你能唱，我能写，这么多人支持我们做事情，没有这些人我们就跟没打灯的舞台一样，啥也不是。我就是老了，如果还行，我真得再干一场。"这大概是金老师和迪里拜尔的最后一次对话。

最后一次见到金湘老师是12月6日的早晨，在友谊医院的高护病房里，他插着氧气袋，连睁开眼睛也费力气，导演跟我进去的时候他还一直在睡，沙发上放着一本节目单，是前几天中国音乐学院给金湘老师办的音乐会。我们等到他被轻轻唤醒，他执意要坐起来，那时候已经需要两个中年护工一起帮衬他才能勉强靠起，右侧监视器上是各种指标，坐起后有个数字"噌"的就蹿高了，护士闻声赶来劝慰金老师平静，赶快躺下，他只剩下骨头的大手拉着我，很费力地说："人一辈子不讲空话""好"……他想活下去，跟我们所有人一样每天看日起日落，他一直都想做些实实在在的事情，在弥留的时候，他能给我的训诫也依旧是"不讲空话"，而这最后一个"好"字，我却很难去拆解，言少却意深。哪能有谁没有一点不好呢？我不了解金老师从前的过往，一点也不了解，是只能从这些少有的轮廓中勾勒出他模糊的影像，但好像又很清楚明了。

看金老师时，我带去了一个相夹，是他往来工作的照片，也是他两年来生命一路绽放的轨迹。我希望，他在世界的另一端也能够记得他曾经和我们的过往，还能看到太阳初生时的那片通红。我们所怀念和铭记的，并不是一个躯体，是灵魂的又一种存在。

我仍清楚地记得，那是个美丽的清晨，我穿过东单熙攘的小路，去协和医院看金老师，他手舞足蹈，跟我讲《日出》里的遐想，再怎样怎样那就太好了……

2015 年 12 月 24 日

暨志介而不忘

——忆金湘先生

肖 玛

结识金湘先生，是通过2013年他的贵阳之行。虽说这个时间不算太早，但在此之前，自学生时代开始，由他所创造的歌剧《原野》等优秀艺术作品对我而言早已如雷贯耳。我也数次在演出排练时，看到金老师忙碌的身影。

与金湘先生初次见面，我有幸为先生即兴清唱了一曲。幸得赏识，一年之后我们合作录制了先生的歌剧《杨贵妃》中的唱段《华清池沐浴》。这次愉快的合作，是我非常珍惜的宝贵经历，先生真诚、率直的个性和对艺术精益求精的态度给我留下了深刻的印象，他对于高男高音声部在国内原创歌剧中的大胆起用，令我十分钦佩。

每一次与先生的相遇都有惊喜，弥足珍贵。2014年先生和我都受邀参加了在福州举办的"中国歌剧论坛"。我在论坛中的歌剧演出得到了先生的肯定，之后的交谈中先生提到他正在创作国家大剧院版本的歌剧《日出》，他萌生了在这部原创歌剧中起用富有戏剧张力和独特艺术感染力的高男高音声部担任剧中"胡四"一角的想法。后来在国家大剧院成功上演的原创歌剧《日出》中"胡四"一角，正是金老师以我的演唱为参考，为中国高男高音声部创作的。

歌剧《日出》的整个创作持续了近两年的时间，创作期间金先生不辞辛劳，多次与我通过电话和邮件沟通修改。这时金先生已近80岁高龄，通过克兰老师我也得知金先生的身体大不如从前，常常奔波在医院与家之间，但创作却没有因此而中断。2014年的上半年《日出》初步定稿，先生希望我能赴京现场试唱，再度微调，力求达到更好。在国家大剧院的试唱时，出乎我意料的是，先生亲自向国家大剧院相关负责人士说明这个角色是专门为我和高男高音声部所创作的，并力荐我担任这个角色。这令我十分感动，在深感肩负重任的同时，我对演绎这个角色更加充满了热情。这时我已发现，相较于上一次见面，金先生消瘦得厉害。不久之后，我便从克兰老师那里得知了金老师病情确诊不乐观的消息。正在积极筹备排练的我，犹如一下子掉入冰窟。同一时间段里，金湘先生给我带来"冰火两重天"的感受，让我内心备受煎熬的同时更加坚定了用最大的努力来完成好这个角色的决心。

四十余日的排练是紧凑而充实的，金先生说"胡四"这个角色是整个歌剧中一道不一样的色彩。为了将"胡四"这个角色演得更鲜活，先生在这个角色的唱腔中加入"京剧"元素，并且完全采用京剧戏曲表演的身段来演绎。这对于我是非常大的挑战。为了更好地掌握剧中"胡四"角色的戏曲身段，我在安凤英老师的悉心指导下进行了高强度的练习，有时甚至一天练习达11小时，其间金先生经常关心我的练习进度，并多次与我讨论角色的细节处理。虽然按理说，这个时候作曲家的工作已经告一段落，但是为了这一部作品更加完美，金湘先生仍然带着病体坚持完成交响乐总谱的修改工作，我真是又着急又敬佩。

在一次交谈中，金湘先生问我："你认为的音乐精神是什么？"我已记不清我自己的原话，只记得表达的关键是"虔诚、率真、执着"。金湘先生在"虔诚、执着"上与我不谋而合。在了解了我的一些经历之后，先生似乎也回忆起了他曲折而又精彩的过往。一路走来，先生其实一直是在用行动诠释这两个方面。随后，先生又问我："你觉得我的音乐给你什么样的感受？"我回答："在富于变化的音乐中，带着甜蜜的苦涩。"这是我最直观的感受，金湘先生的音乐是"接地气"并且富含哲理的，所有成功都有之前的努力与等待，为了获得喜悦我们也曾付出同等的眼泪。与金先生共同塑造这一个个歌剧角色，让我充分地感受到我与先生共同经历的生命时光因为艺术而重叠。记得在探望金先生时，先生因为疾病而产生疼痛，不得不蜷缩在床上，即使我和克兰老师买来特效止疼药也不能有效地缓解他的疼痛。从先生的眼睛里，透露着强烈的生存欲望。为了完成这部作品，金先生用坚强的毅力与病魔抗争，而他用生命来谱写的这部歌剧，最终也将先生的音乐精神永存。

与金湘先生相识的时间太短，我们还来不及有更多的相遇，金先生已身患重疾，但通过音乐与金湘先生相知已让我知足，更加庆幸有先生留给我们的宝贵精神财富，也惋惜一位音乐的精神领袖和我的忘年挚友的离去。

2016年9月于贵阳

金湘教我唱翠喜

张　卓

我与金湘老师结缘于国家大剧院制作的歌剧《日出》。那是在2014年5月，我收到了国家大剧院《日出》中"翠喜"试唱的邀请。为此，金湘老师给我发了一首咏叹调的乐谱，曲子的名字是《哦，我的妹子哟》，谱面虽不长，但是每次的改动都很细致严谨，有时候是个别音的改动，有时候是个别节奏的调整，有时候是个别表情符号……稍不注意可能就会被忽略了。我之前没有演唱过金湘老师歌剧的角色，所以无法理解为什么金老师会对这么一小段音乐的个别音或个别节奏进行很细致的调整和改动，但我仔细地校对每一稿，按着金湘老师给我的最新稿进行准备。从宣叙到咏叹，唱段的结构十分完整，遗憾的是，我对人物性格以及演唱时的戏剧情境还不是太了解。

把握人物性格

6月6日，我得知金湘老师为了对作品进行进一步的审定，要亲自来琴房做音乐作业；同时得知金湘老师刚刚查出患有晚期胰腺癌，只是他本人并不知情。想到金老师病得那么重仍在继续创作，我的心情不免有些沉重，虽然当时并不了解整剧音乐结构但我还是尽力把这段音乐的谱面准备得相对充分些。于是，在金老师来琴房之前，我事先进行了开声练习，又对旋律努力地进行熟悉和巩固。过了一会儿，金湘老师来了，那是我第一次见到金老师，我感觉他的精神很好，戴一副眼镜，披一件外套，脖子上挎着一个医用仪器，手上戴着一个医用手环，精神矍铄，散发着学者的睿智光彩。经过制作人胡娜的简单介绍后，金老师说："你唱翠喜？——那你唱，我听一下。"我开始有些紧张，但当我看到金老师慈祥的目光后，紧张感减轻了些许，并很快进入了音乐。第一遍试唱过后，金老师站了起来："这个翠喜是一个悲剧人物，她的这段道出了她的一生。要抓住人物，就要用说话的语气来唱开头，说得多一些，唱得少一点，音乐再慢一点。再来一遍，金老师拿起一支铅笔打着节奏："'天生的牛马，我的妹子哟，再苦也只有忍哦！'要用说话的语气，这个'忍'字要强调，'咱们啊心里明白，就是个活命，啊我的妹子哟'真是唱到了声泪俱下啊！'太阳西边落下'开始就须要递进了，到'妹子啊听我话'的时候情绪逼近高潮，'咬咬牙'这里的高音要站定，坚定中伴着无奈，同时也有内心的顽强不屈，为的是要'活命啊'。你看这个情绪：所有的苦难你都要忍着，因为最重要的是要活着，要活命。'咬咬牙吧，就当是铁蚕豆往肚子里咽'，要劝，又是说话的感觉。接下来的'啊'要用哭腔，第一句与第二句还要哭得不一样。'哎'是哀叹，是无奈，是内心的呐喊，但不能绝望到寻死，因为翠喜家里还有孩子和瘸腿的丈夫，她在下等妓院卖身赚钱养家，她还得赖活着，何等现实，所以不能死。你再试一下。"跟着金老师的情绪，根据谱面的音高、延长间和滑音记号，我尝试着哭了出来，这一下我真哭了，我也跟着金老师走近了"翠喜"……

发挥声音技巧

讲讲唱唱，这首曲子竟然用了近一小时，金老师和我都忘记了他身体上还插着管子。一旁的老师走过来说"金老师您休息一下"，金老师这才坐了下来。我听得很投入，希望把金老师讲的每一个字都记下来，可看着他手背上的针管我不忍心再请教。接下来又是好几轮的试唱，最后一次试唱时，金老师和李六乙导演一起坐在排练厅，我再一次仔细地按照金老师之前的音乐要求演唱。最终定下来所有的演出日程时已近年关,这时听说金老师已经开始进行保守治疗,但他仍不知疲倦地进行相关的配器工作,而这些工作都只能在病床上进行。

  第二年4月,我们的剧目开排。我的音乐只有这一段,我想,那就把所有的精力都集中在这一段音乐上。此时金老师的病情又恶化了,大剧院要求尽量让金老师看到首演。但有一天,吕嘉正在执棒音乐联排,金老师居然来到了现场。此时金老师已不似一年前那般模样,身形消瘦得不只是一点点。我不忍心打扰金老师,只是我的段落,谱面上最后结尾处标注着两排旋律。我对金老师说我自做调整,练习了上面一行音区偏高的备用旋律。唱完此处,金老师说:"你唱了上面这个,很好,如果音区没有问题,你就唱这个,你可以把这一句唱得再独立一些,活一些,声音的技巧发挥出来,刚才听你的高音很好,节奏上要前慢后紧,最终要'叹'到'为了活命',还是要活命……"此时的他仍是对错音、错节音、情绪不到位等问题一如既往的严格要求,这使得我对他无比尊敬。

  2015年6月17日,歌剧《日出》在国家大剧院首演,金湘老师亲临现场并走上舞台谢幕。现在翻开当初的乐谱,那是多么珍贵的资料。它不仅记录着金湘老师对音乐的要求,也记录着一个一丝不苟、尊重艺术工作的长者的工作历程。他兢兢业业,用音乐塑造人物,他想用他的音乐语言给我们留下更多有价值的东西。旋律是否好听已经不是他的追求,他更希望用音符来阐释世人的内心世界。我觉得他的音乐是有哲思的,他给我的指导从来不局限于发声的方法,他要求我们用声音来塑造音乐人物的戏剧情感,而他则是用自己一生的思考来撰写这些音符。

  有幸首演金湘老师的最后一部歌剧,并受到金老师的悉心教诲,是我莫大的荣幸。感谢金湘老师!

(原载《歌剧》2016年第2期)

深圳首演歌剧《原野》的感想

杨 阳

2015年10月30日，在北京友谊医院的病房里，经刘克兰老师的引荐，我终于见到了金湘先生。耄耋之年，柔软蓬松的银发下，刚毅方正的脸庞仍透着金老对歌剧事业执着追求的信念之光。

不知是因为今天有客来访，还是出于一贯穿着，金老披着灰色羊毛针织衫，高挺的鼻梁上架着棕色全框的眼镜，靠坐在病床头上，显现着一个饱经世事沧桑的老人的耐心，更闪露出一个参透人生的智者的熠熠光芒。

2015年年初，在排演自己的封笔之作——歌剧《日出》时，金先生的身体已饱受癌症折磨。在11月举办的"金湘作品音乐会"上，金老选择用自己创作的《诀别》来告别这个舞台，可内心，还不甘心就这样地为自己追求一生的歌剧事业画上句号。

这次见金老师，我心中有一个酝酿已久的想法，就是想凭借深圳本土的力量，制作新版的金老师代表作歌剧《原野》，使其作为深圳青年歌剧中心的创团制作和深圳首演。

我与金老的交谈非常愉快，表达了自己最初的想法，获得了金老极大的肯定。"你们做了一件非常有意义的事情，请转达我本人对你的各位同人的问候。"金老拖着饱受折磨的病体，用尽全力，一笔一画写下对我本人，对那个在深圳努力筹备着的团队的期待和祝福。

> "祝愿深圳青年歌剧团之创团歌剧制作《原野》演出成功，并在深圳这片土地上再创辉煌，为深圳的歌剧文化事业贡献一份力量。"

每当看到这则寄语，我都更加坚定自己的理想。因为有一位老人，用颤抖的双手，却坚定地写下了对深圳、对中国歌剧的最美好的祝愿。

2016年4月13、14日，深圳青年歌剧中心的创团制作，中国歌剧《原野》在深圳保利剧院演出获得了巨大的成功！

时至今日，当我回忆起从排练到演出结束的全过程，我觉得这简直就是"完成了不可能完成的任务"，我们面对和克服了太多的困难。这部歌剧在深圳的首演所获的成功离不开很多前辈和朋友的大力支持和帮助！每一个感动的画面都将成为我这辈子最宝贵的精神财富。

一个人的幸福再大也是微小的，许多人的幸福再小也是巨大的。有个词叫"痛并快乐"，之所以"痛"是因为歌剧的呈现须要费时费力费心，之所以"快乐"是因为能有一群人陪着你共同参与，为歌剧事业的发展一起努力！

歌剧《原野》在深圳的首演将是青年歌剧中心为歌剧事业发展迈出的第一步。我们能迈出这一步，决不会忘记金湘老师。没有他创作的《原野》，我们压根就不可能用这部世界重量级的歌剧作为我们深圳青年歌剧中心的创团制作。没有他的慷慨授权和全力支持，我们也不可能在深圳首演。金湘老师已经远去，我们要走的路还很长。我们永远记得这位长者在我们起步时给予的激励和扶携，我们将继续努力前行！

歌剧《原野》的成功,展望中国歌剧的未来

——纪念中国杰出的作曲家金湘先生

李成柱

"歌剧《原野》的成功,展望中国歌剧的未来",是本人在波兰肖邦音乐大学完成声乐歌剧博士学位论文的标题,将作为留在肖邦音乐大学第一本反映中国歌剧的博士论文,也是第一部用中英文完整解析歌剧《原野》的写作背景、人物关系、音乐戏剧、创编特点、演出过程等的专著,本人不仅要用英文完成这篇论文应对答辩,还要亲自主演这部歌剧中的男主角——仇虎,用亲自演出整部歌剧的经历来诠释中国歌剧《原野》的成功性,并将其与西方歌剧作比较,再附上中英版歌剧《原野》演出 DVD,连同论文交到学校教授委员会评审通过。

面对这一浩大的工程,集策划、制作、出品、主演、写作为一体的我,必须是一个力大无比且无所不能的"超人",才能将其实现!

我曾多次问自己:"能行吗?"

奇迹发生了,我们成功了!我与一个国内最优秀的团队——厦门歌舞剧院的同人们——共同创造了奇迹,完成了这一历史性艺术创作!是上天创造了奇迹,也是我们创造了人间的新奇迹!

我们遇到了有史以来最强大的 17 级台风,遇到了水、陆、空交通全部关闭的限制,又面临几个月前才定下的演出日期已然逼近——7 月 10 日带

妆演出录像，11日正式带观众演出录像，而回顾从7月4日到9日那几天，我们全体演员与80人的交响乐团在舞台上整天联排，正在这节骨眼上，超强台风于7月6日登陆了台湾岛，并以翻江倒海之势把火车铁轨都掀翻了！之后的8日它又以不可阻挡的气势直面冲向了厦门！这个时间正是我们迎接四方客人汇集厦门的时候，我们专门邀请的从欧洲飞来的专家教授们还在航班上……

我的天！望着天空，我只有默默地祈祷，默默地……

冥冥之中，我时常感受到一种神奇的力量在帮助我，一双巨手默默地在扶持我前行！果不其然，奇迹发生了！那势不可挡的强台风，在离开台湾扑向厦门的途中竟然拐了一个弯，走开了！啊，我的天，这不是奇迹吗？如果没有亲身经历这些，哪能让人相信这是真的呢？这是真的，这绝不是故事，这就是发生在一个月前的厦门，我们演出歌剧《原野》的那几天……

演出成功了，在观众们热烈的欢呼声中，我们拥抱在一起流泪了！我也没想到会获得这么大的成功，会有这样好的强烈反响。尽管还有许多不足，尽管有更多的完善可能，但我已经非常非常知足了！

回想起来，真让我感慨万千，感激千万——

首先，厦门歌舞剧院院长王福立先生，以艺术家的真挚情怀和审时度势高瞻远瞩的领导能力，大胆地联合肖邦音乐大学和国际声乐歌剧研究协会，拉起了排演歌剧《原野》清唱剧的帷幕！

歌剧《原野》作曲家金湘先生经纪人刘克兰老师，伸出了热情的援助之手，给了我们莫大的希望和力量！

接下来，我和扮演金子的张蓓、演焦母的许君、演大星的旺财多吉、演常五爷的石磊、临时替代演白傻子的大罗、钢琴伴奏刘文，在最炎热的五、六月，开始了每天的摸爬滚打似的排练，他们的热情坚定了我的信心；他们的真诚时时感动得我忘记了酷热和身心的疲劳，后来特约扮演白傻子的梁彬加入来排练，指挥孙莹站在前面一排就是一天，导演马列的聪明和智慧的调度，使歌剧表演变得流畅完整了……

随着对大片唱段、复杂对白、戏剧冲突、音乐发展、独唱、二重唱、三重唱、合唱的越来越熟，我体觉到我们演员之间的心连在了一起，当交响乐队一声奏响，我预感到了成功的到来！

这几个月来与厦门歌舞剧院的朝夕相处中，我已深深地爱上了他们！扮演金子的张蓓是国家一级演员，主演过几部大型音乐话剧，她的睿智宽和、美丽端庄以及对待事业兢兢业业，正代表着厦门歌舞剧院的一种精神，她对金子的忘我投入和与虎子的完美搭戏，增强了整个歌剧的艺术效果；扮演焦母的许君，富有舞台表演经验的优秀女中音歌唱家，正如她是歌剧团团长一样，时时处处表露出年长者的爱心和责任心，舞台上成功刻画出焦母的形象，加强了人物戏剧的冲突性；扮演大星的李俊财（旺财多吉），是来自西北的身上充满了激情的藏族青年歌唱家，第一次排演歌剧并担任重要角色的他，经得住这么大的压力和考验成功完成演出，真是难得的一个好演员，值得好好培养；常五爷扮演者是本团青年歌唱演员石磊，踏实认真的小伙子，稳健地扮演出一个年长的常五爷，值得称道，当然这与他平常的努力是密不可分的；白傻子的扮演者梁彬是此次特邀来的演员，一个西北汉子，毕业于上海音乐学院的硕士研究生，现任上海歌舞团独唱演员，实实在在是一个值得赞美的好演员，舞台上把白傻子演得是活灵活现，台下是踏实做人的好青年！担任乐队指挥的是旅法著名指挥家孙莹先生，这位才华横溢的年轻指挥家，发挥出精湛的指挥艺术能力，带领乐团一次次把歌剧《原野》推向了高潮。

此次专程从波兰飞来的肖邦音乐大学声乐歌剧学院院长理查德·切斯乐教授和钢琴与室内乐系主任贝塔教授，看完两场后激动地说："我们看懂了歌剧《原野》，听懂了中文演唱，更加了解了作曲家金湘先生！"理查德教授是世界著名的歌唱家、声乐教育家，在欧洲享有盛名并担任多项国际音乐节的艺术总监，他高度评价了我们的演出，称赞中国歌剧《原野》让他看到中国歌剧的未来。

一个多月前的我，每天数着歌剧《原野》的拍子兴高采烈地到剧院，喝上王福立院长泡好的热茶去排练，投身到充满热情的团队里面；到了晚上，我哼着《原野》的咏叹调在祈祷，我时常感觉金湘老师在天上看着我们，微笑着鼓励我们排好他的歌剧《原野》……

"精诚所至,金石为开",这是我从小就坚信的名言;"人在做,天在看",这个"天"里面,一定有一位面部威严内心却温柔的老人在看着我们,这位老人应该就是金湘老师吧……

感谢,感谢所有!

2016 年 8 月

于厦门、北京、三亚

怀念金老师

李建军

昨天下午，我从北京飞向美国洛杉矶，航程中一直在怀念被誉为"东方普契尼"的金湘教授；今天上午他的追悼会将在北京八宝山举行。

金湘教授仙逝那天的清晨，我接到他助理刘克兰老师的电话，说金湘教授不行了，危在旦夕。我赶到医院后，立即安排刘老师和金湘教授的另外两个学生一起做最后的努力。从医院方面来看，不治之症，早已放弃了一切抢救的可能，但从我的眼光看，此时金湘教授恰处在生死一线之间，以我对金湘教授的感情和敬意，必须竭尽全力地去挽回他的生命，希望用他最挚爱的音乐来拉住他。上午十点，弥留间的金湘教授似乎稍有好转，但是到了下午就开始了高烧，病情急转直下，午夜，刘克兰老师在微信上给我留言，她最敬爱的金湘教授走了。

今年5月5日，金湘教授与他的助理刘克兰老师来我办公室。"路漫漫兮其修远兮，吾将上下而求索。"这是金湘教授经常挂在嘴边的一句话。自20世纪后半叶直到今天，在中国专业音乐进程中，金湘教授是这一代作曲家里承前启后的一个典型代表。他的创作在很大程度上折射出曲折、艰辛、伟大的时代特征。他以中国知识分子的良知和对音乐的深爱，困惑于音乐界的现状，求索着音乐界的未来。"2015年12月23日23时21分，金湘教授因病在京去世，享年80岁。"他是中国著名作曲家、指挥家、音乐评论家、音乐教育家，中国音乐学院作曲系教授、中国艺术研究院博士生导师，他的人生就此画下了句号。

金湘不仅是当代中国乐坛重要的作曲家、理论家和评论家，也是一位推广中国音乐文化的重要活动家。早在20世纪80年代，他就呼吁新时代的中国作曲家能够形成文化上的合力，通过音乐创作来体现具有典型中国气质和品位的技法、内涵与观念的作品。2003年第8期的《人民音乐》刊载了《新世纪中华乐派——四人谈》一文，这篇文章吹响了"中华乐派"的号角。金湘老师发起的"中华乐派"凝聚了整个中国乐坛对于新世纪中国音乐文化事业的赤诚和对祖国音乐艺术发展的深厚感情，为学院派音乐家走出一条属于自己的路子指明了前进的方向。

金湘一生共创作作品近百部，体裁广泛，风格多样，从大型歌剧、交响乐、协奏曲，到大合唱、室内乐与影视音乐等都有所涉及。代表作有歌剧《原野》《杨贵妃》《日出》，交响大合唱《金陵祭》，交响组歌《塔西瓦依》等。其中，歌剧《原野》是第一部被搬上国外舞台的中国歌剧，被评为"二十世纪华人经典"。

我认识金湘教授整整一年，一年中，我目睹了他与病魔顽强斗争的经过。他是在去年5月被医院诊断为胰腺癌的。根据医院的判断，他的生命最多还能维持三至六个月，与我认识时，金湘教授已经活在医院断定的生命极限时段。我不断地用金湘教授的音乐和他喜欢的乐章去对他的身体进行调理。中国自古就有五音疗疾的学说，人体工程学是研究五音适用源的范围，所以用金湘教授音乐作品中的五音去调理他自身的疾病，应该是最为有效的。起初，金湘教授感受到这种调理的益处时，很好奇，之后，当他读到我写的《音乐与人生》书稿后，他理解了其中的原理，由好奇而感到震撼，他感叹一个音乐的外行竟然对音乐有如此深的造诣，他问我为什么，我给他讲了五音对五行的原理，他很认同，音乐能作用到人的生理是他既意外又认可的事情。他带病给我《音乐与人生》一书写了序。金湘教授对我的认可——他在病床上给我写序——是我一直非常感恩的事儿。

在过去的一年中，我陪他跨过了不少生命的坎，从很多大大小小的事儿中体会到他的学生们对他的敬爱之情，其中有个学生，利用她的音乐和气的糅合，不断地补养着金湘教授，他所带的博士生，也用自己的能量输送给了导师，特别是金湘教授的助理刘克兰老师，几乎比他自己亲生女儿还尽力地照顾他，不分白天黑夜，一直守护在金湘教授身边。刘克兰老师的付出深深感动了我，一日为师，终身为父，刘克兰老师是我们所有信奉中国文化者的楷模。

金湘教授曾发愿要写一部大型交响乐《天·地·人》，但只完成了《天问》，今年6月在大剧院演出的《日出》却成了绝响！我和刘克兰老师以及金湘教授的学生们，都尽了我们最大的努力——却终究没有回天之力，这是我们最大的遗憾，也是中国音乐界最大的损失。

2015年12月29日
于北京至美国洛杉矶的航班上

你永远活在我心中

刘克兰

一位真正的艺术家就这样带着酸甜苦辣的人生，带着他未谱写完的音乐，带着他对音乐的一片赤诚，带着他对学生的牵挂与期望离开了所有关爱他的朋友，离开了他用生命谱写的音乐。

这就是他在我生命中的形象。他永远是一位忙忙碌碌，觉得时间不够用的人。他对音乐是那么的执着，他对自己提出的理论观点是那么的坚定。他总是在不断地学习各种知识进行自我充电，不断地在教学（建立"双栖"学科），在创作（建设"中华乐派"，歌剧创作中要有歌剧思维）和理论方面（提倡"三个层面"）等都提出建设性的建议，这些建议在实践中得到验证，是正确的。

记得2014年4月底，明显消瘦的他，在很多人的劝说下才去了医院检查。当我拿到检查报告回来时，他正在给学生上课。他很敏感地捕捉到我的神情并问我是什么情况？我告诉他说，血的指标不正常，可能有问题。他笑道："你看你这人被医生吓得，可能是检查结果错了，我能吃能喝还能写东西（当时正在写国家大剧院委约的歌剧《日出》唱段）怎么会有问题。"随后继续给学生上课。谁想到，过了两天再继续检查，被告知可能患有壶腹癌，需要马上手术。经过反复检查，与医生多次谈话沟通，最后请他自己决定是否手术。他考虑到，万一手术出问题，就无法完成《日出》的创作，毅然决定选择保守治疗——从此开始了他最后艰难的人生。

那是6月初，为了进一步确认检查，在大剧院陈平院长的帮助和陪同下，他住进了协和医院。但还没做完检查，他就要求请假出院为演员辅导唱段并去剧院听试唱。医生多次劝他休息，他总跟我说："我休息了谁替我写？"6月中旬检查结果出来，医生跟他谈了几种治疗方案。他决定出院保守治疗，说："这样我还能写东西。"6月底因胆道堵塞，须要做微创手术而再次住院，谁知术后出现感染，两次被送进手术室。但还未等痊愈出院，他就在病床上写《日出》唱段。完成了整部歌剧的钢琴谱后，他的健康状况继续恶化，经和大剧院领导商量，请他的博士生魏扬协助配器。魏扬专程来到北京，他拿着钢琴谱每小节每段地讲如何配器，让魏扬记下来。讲累了，他就去睡会儿，随后再讲。后经魏扬的帮助，终于在2016年2月完成了这部歌剧的创作。

进入演员排练阶段，他还是要坚持去剧院为演员辅导。随后又和吕嘉指挥一起讨论如何修改配器。到中午，他已经累瘫了，身体虚弱的他先要躺在椅子上休息一阵，才能吃饭。剧院的工作人员都感慨地说："老爷子真敬业！"接送的司机师傅说："像这样的老艺术家如今太少了！"最艰难的是在最后修改配器的阶段。为了节省他的体力，剧院安排他住在剧院附近的宾馆，那时上午去剧院听了排练中的问题，下午回到宾馆就修改配器，每次改一段胃肠就痛得难忍。有一天歌唱家肖玛到房间来，正遇上金老师胃痛发作，他马上为金老师买药并劝他不要写了，当他吃了止痛药后，疼痛减轻些就又开始修改。

历经病痛的折磨，在大家共同努力下，歌剧《日出》终于在2015年6月17日与观众见面了。他在《日出》演出前说："有音乐，就有希望。""太阳出来了！——我权且将歌剧《日出》的唱词作为演出的贺词！"

歌剧《日出》首演的当晚，观众的掌声、叫好声证明了这部歌剧的成功。演出结束后，在国家大剧院副院长邓一江和艺术总监、指挥家吕嘉的搀扶下，他迈着颤颤巍巍的步伐走上了舞台，与演员们一同向观众致谢。这也是他的人生和舞台生涯同观众的诀别。但他的音乐将永远活在世人心中！

歌剧《日出》首演后，他对我及他的学生魏扬说："这次写歌剧我没用一下钢琴，音乐都在我脑子里，这次我才感觉到音乐游刃自如地写出来，感觉真正进入了'自由王国'，一切因'人'而起，一切为'乐'而生！"随后他又感叹地说："晚了！没时间了！"就这样他用生命谱写了他人生最后一部歌剧《日出》。

在他病重住院的最后阶段，中国音乐学院作曲系领导为他安排学生轮流看护。学生来了，他不让学生为他做事，而是问学生："你这学期打算写什么作品？想怎样写？你们来医院看我，就是要我给你们上课，你们来才有意义。"他平时总是跟学生说："要先学会做人，才能写出无愧于社会、无愧于历史、无愧于自己、无愧于大众的音乐。"这也正是他在创作中历来追求的观点。此期间，他用仅存的一点精力还是重复着上面的话。学生们离开病房后都流下了眼泪。

他不让别人因他病痛为他做事，甚至不让人知道他的病痛。2010年他全身心投入歌剧《热瓦普恋歌》的创作，就连出分谱都亲自操劳，当他刚交了所有乐谱，晚上又想加写一部唱段时，眼睛突然看不清了，他给我打电话说，第二天早上去医院，检查结果是眼底出血（黄斑变性），尽管经过多方努力，却终于宣告不治，右眼彻底失明。就是这样他还继续坚持写作，出版乐谱及文集，为了不耽误学生上其他课的时间，他到学校琴房给学生上课，坐在琴房的小椅子上，一坐就是一下午。他不让我跟任何人说他眼睛的事，他说："不要用我靠一只眼睛工作及写作来唤起人家的同情，要用作品说话。"他常跟学生说："曲子是写出来的，事情是干出来的，不是说出来的，我最讨厌的就是夸夸其谈。"他就是凭着这种信念坚持到生命的最后还在写作，还在给本科生、研究生、博士生上课。所有这一切是他仅用一只眼睛顽强地完成的，这是他生前一直保守的秘密。

正如他所说："我曾作为政治异类而受磨炼，因不被理解而感困惑。我也因成功而喜悦并坚定我的自信，这些经历造就了我的为人：除了音乐，我无所求；为了音乐，我无所惧。对于音乐创作，我一直在努力探索与追求，我的人生全部都寄托于音乐中，这就是我的生活。"

2015年12月23日晚11点23分，我和他的女儿金列及他的学生费鹏，还有照顾他的两名护工，亲眼看着他离开了我们大家。我难以接受这样的现实，但只能默默地压抑着内心的苦楚，尽管我知道整个过程的来龙去脉，尽管无法接受这个结果，但我们还能做的，就是默默祝福他在天国一切都好！我只有默默地告诉他，你放心吧，我会尽我最大的努力完成你托付我的事，要把你的作品整理好，传承下去。我会和关心你的朋友及学生一起完成你未完成的心愿。

病魔无情，人间有爱。他在与疾病的斗争中，耗尽了最后的精力，离我们而去了，但他那积极乐观的生活态度，豁达宽厚的仁爱之心，亲切而令人熟知的微笑，他那动听的旋律，将永远留在我们的心里。我们为失去你而感到深深的惋惜，但我们都会为曾经拥有幽默、豁达、耿直、顽强，用自己的生命换来大众的欢乐的你而骄傲，而自豪。

永远怀念你！

2016年8月15日于北京

悼金湘

金 陵

金湘终于走了。他患胰腺癌一年又八个月,已算迁延较久。在他生命的最后几个星期,我常陪伴在病榻旁,眼见他逐日消瘦、衰弱,对于这一结局已经有了预感。但是一旦他真的离去,忽然觉得一个生灵就此永远消失——一个如此熟悉的生灵,一闭眼就能想起童年他跟着我嬉闹,青年他奋发上进令我窃喜(却不当面夸奖),盛年直至暮年同我倾心交谈,一个这样的兄弟,竟然再也不能见面,我仍不免怅然。到这时我才懂得,他在我心底有多重要。

金湘自幼与音乐结缘。湘湖师范以其浓烈音乐氛围的熏陶,点燃了他的音乐热情。湘湖师范喜爱音乐的学生大哥哥大姐姐们,发现了他的音乐禀赋。1942年3月29日,他还不满7周岁,就在湘湖师范学生的独唱比赛会上登台献艺,表演童声独唱《四月大麦遍地黄》。那是在临时校址广因寺前师生们自己开辟的操场上,用汽灯照明。当天他有些伤风,唱得不如平日,但依然赢得了热烈的掌声。为他风琴伴奏的是李小玉(肖远),在幼儿园里就教他唱歌的音乐启蒙者(肖远还培育了另一位知名作曲家,即她的儿子陈其钢)。肖远说,金湘"那瞪着大眼睛,歪着大脑袋,毫无惧色的"演唱的神情,至今犹在眼前。她一面伴奏,一面"掉下了激动的眼泪"。①

---

① 肖远:《从金湘在歌剧〈原野〉创作上的成功所想起的》,《困惑与求索——一个作曲家的思考》,上海音乐出版社2003年版,上海,p.478。

1946年9月，金湘11岁，我陪他从萧山到上海。这月15日，他参加了国立音乐院幼年班（解放后为中央音乐学院少年班）的入学考试。同年12月底，接到了入学通知。对于他投考幼年班，母亲，甚至父亲，都很犹豫，主要是不放心他年幼离家远行。他的身体确也不好，等候发榜和入学通知期间在浙大附中就读，寄居杭州仙林桥小学（校长是湘湖师范校友徐世绍），夜间常尿床，屡遭校工白眼和责骂，幼小的心灵备受伤害（这次病中金湘却说，他给徐世绍"找了许多麻烦"）。但是他上幼年班的决心很大，我和妹妹（金湘的姐姐）以及湘湖师范喜好音乐的学生们，都竭力支持他，劝说我父母，希望不要埋没他的音乐才能。他终于能够从幼年就接受音乐的专业训练了。

　　以后，我离家远走，同他有两年多断了音讯，解放以后恢复联系。通信中得知，1952年他从少年班毕业后进入中央音乐学院民族音乐研究所，到河套收集、整理民歌，又到淮河参加修建佛子岭水库劳动。从他寄自佛子岭的照片看，他已长成身材魁梧的青年，父亲说他"真是一个'丈夫'（古制一丈高的男子汉）了"。对于当时的环境，包括政治环境、业务环境以至生活环境，他都非常满意，情绪高昂，自己觉得从民族民间音乐中获得了丰润滋养。1954年他又被保送进入中央音乐学院作曲系。我很为他高兴。

　　直到此时，他的发展堪称顺利。他在音乐学院学习期间创作的一些作品，已使他的音乐启蒙老师觉得"是那么宏伟、那么有气势"而感到他"后生可畏"[①]了。其实，在进幼年班以前，即1946年12月26日，他已经向我展示他写的曲子。不过这首曲子似乎没有收入后来他自己编定的作品目录。

　　不幸，1957年他被错划"右派"，1959年音乐学院毕业后被贬至新疆基层文工团20年，与国内特别是国外的音乐发展主流隔绝，音乐才华无从施展。但是他这一期间给我的信，却不曾流露过抱怨或悲观的情绪。由于

[①] 肖远：《从金湘在歌剧〈原野〉创作上的成功所想起的》，《困惑与求索——一个作曲家的思考》，上海音乐出版社2003年版，上海，p.478。

他的决不言弃的生活信念和顽强性格,政治辛酸和底层冷暖的磨练,反而不期然地提供了生活积累和感情凝聚,为他日后创作打下了坚实基础。

1979 年他改正后回到北京,我们的接触增多了。他先后在北京歌舞团、中国音乐学院任指挥和副教授、教授、博士生导师,兼任中国艺术研究院博导,其间 1990 年至 1994 年在美国华盛顿歌剧院、纽约茱丽亚音乐学院等处任驻院作曲并考察访问。在摆脱政治重压以后,他的创作热情无抑制地迸发。我近距离地感觉到,他如何争分夺秒追赶 20 年被迫与世界音乐拉下的距离,又如何在知天命之年从零开始学习掌握英语这项国际文化交流的必备工具。做这两件事极费时间精力,他的百余部作品却与此同时井喷似地涌现。音乐界的同行们认为,这些作品不但数量"惊人",而且内容丰富,包括歌剧、交响合唱、交响乐、民族管弦乐、协奏曲、室内乐、艺术歌曲、影视音乐等,"几乎涉及音乐所有体裁"[①]。

金湘的作品极具特色,音乐界对此有许多专业的分析评论。我,一个鉴赏力不高的外行普通听众,只能说:好听,确实好听,听的遍数越多越觉好听。不像某些前卫作曲家的作品,听了不知所云。(当然,金湘某些作品我也接受不了。)其实,专家们也有这类简单明了的说法。严良堃就说:《诗经五首》"唱得人爱唱,听得人爱听"[②]。我还可以补充一句,就严良堃而言,还有"指挥的人爱指挥"。这也许是金湘"为当代人写作"[③]的创作理念所决定的。金湘的作品还极具个性,一听就能听出是金湘而不是别人的作品。作品在海内外上演,赢得了听众热烈的欢呼,也博得多项官方的或专业的荣誉。

歌剧被认为是音乐创作最复杂和最高级的形式之一,难度最大也最能代表作曲家的水平,金湘在不到 30 年的时间里创作了 11 部歌剧,"这在中

[①] 汪毓和:《序一》,《探究无垠——金湘音乐论文集之二》,人民音乐出版社 2014 年版,北京,p.9。

[②] 严良堃:《〈绿色的歌——金湘合唱作品选〉序》,《探究无垠——金湘音乐论文集之二》,人民音乐出版社 2014 年版,北京,p.655。

[③] 金湘:《作曲家的困惑》,《困惑与求索——一个作曲家的思考》,上海音乐出版社 2003 年版,上海,p.11。

国作曲家中应该是绝无仅有的"[1]。歌剧《原野》更被评论界认为在"中国音乐史上具有开创性"[2],"有中国歌剧史以来在严肃歌剧领域里最好的一部"[3],它被誉为"中国歌剧史上新的里程碑"[4]。在美国、德国、瑞士等国和台湾演出,也都产生广泛影响。《华盛顿邮报》称,"它将成为在国际保留节目中占有一席之地的第一部中国歌剧"[5]。

　　金湘自己当然也看重《原野》这部歌剧。它1987年首演之际,他尤其兴奋。但是,当我在他最后的病室中问他自己最满意的作品是哪部,他却回答:《金陵祭》。声音已很微弱,但却毫不迟疑。我确实也深为这部交响大合唱所震撼,但是这个回答却出我意料。他那时已很虚弱,讲话乏力,我不忍再追问为什么。我想了想,觉得这部大合唱祭奠南京大屠杀30万同胞的亡灵,以此"揭露残暴,鞭笞丑恶,伸张正义,挽救文明",实际上参与了"人类的生存与毁灭之间的巨大的搏斗与较量"[6],这一深刻严肃的主题以"具有'宏大叙事'性质的历史壁画一般的史诗性交响乐"[7]表现,完全吻合金湘关于作曲家"应具有社会责任感和历史使命感"[8]的一贯主张。另外,大合唱的词也是金湘写的(这也展现他在音乐才华之外的文学才华),使得作品创作过程中能够将音乐和文字统一同步考虑而将它们融合为

---

[1] 王次炤:《序二——金湘老师的情怀》,《探究无垠——金湘音乐论文集之二》,人民音乐出版社2014年版,北京,p.15。

[2] 乔羽:《演出者言》,《探究无垠——金湘音乐论文集之二》,人民音乐出版社2014年版,北京,p.432。

[3] 居其宏:《"歌剧思维"及其在〈原野〉中的实践》,《探究无垠——金湘音乐论文集之二》,人民音乐出版社2014年版,北京,p.361。

[4] 管桦:《歌剧史上的一座里程碑》,《探究无垠——金湘音乐论文集之二》,人民音乐出版社2014年版,北京,p.449。

[5]【美】约瑟夫·麦克里兰:《歌剧〈原野〉怨恨的旋律》,《困惑与求索——一个作曲家的思考》,上海音乐出版社2003版,上海,p.415。

[6] 金湘:《大合唱〈金陵祭〉随想》,《困惑与求索——一个作曲家的思考》,上海音乐出版社2003年版,上海,p.339。

[7] 梁茂春:《寻找史诗》,《人民音乐》2006年第7期,p.19。

[8] 金湘:《建设中华乐派的理论探究与创作实践》,《探究无垠——金湘音乐论文集之二》,人民音乐出版社2014年版,北京,p.105。

交响大合唱的整体。金湘曾经向我抱怨，他在歌剧的音乐创作过程中屡屡遭遇文学剧本掣肘而深感苦恼。也许在《金陵祭》的创作中他就感到轻松而更能自由施展了。

金湘是个感情热烈的艺术家，同时又是爱好思考、勤于思考、善于思考的思想者（我不说"思想家"）。他思维之冷静，从他对自己时间的支配上也可看出。上世纪50年代我在北京工作，他在天津上学，有时来京见面，常见他自己做的日程安排，蝇头小楷写在旧信封的反面或随便一张破纸上，但是精确到了几点几分，真所谓分秒必争。肖远曾经对我感叹说，一个搞艺术的人，怎么这么冷静？那时，他是个真诚的青年团员，对学院里的政治课很认真，而且有兴趣，读马列主义的著作勾勾画画，还有眉批。曾经写过一篇论战性的文章，征求我的意见（不记得后来发表了没有）。记不清是1956年下半年还是1957年上半年，他同我讨论个人迷信问题，质疑有些现象也属个人迷信。我感到难以回答，曾请教一位老同志。他大概也觉得为难，告诉我有些事儿是不能想的。我知道这也不是答案，所以没有转告金湘。1957年反右开始，他正在杭州家里养病，匆匆主动赶回天津，就是希望通过运动弄清自己思想上的这类问题，不料因此戴上了右派帽子。从此以后，我注意到（主要是他从新疆回京后我注意到），他就刻意同政治保持距离了。

他的思索并未停止，而是集中到音乐问题上。一面创作，一面思索创作实践中的规律性的问题，结合乐坛的普遍现象，大胆地鲜明地提出自己的理论见解。30年下来，陆陆续续提出了音乐创作"五学科"、歌剧思维"四体现"、东方美学"五原则"、民族传统"三层面"、建设"中华乐派"等创造性的思想。他的先后三本文集我收到时未曾细看，他去世后翻阅了一部分，觉得他的音乐思想俨然已经渐臻自成体系之境，深感过去对他的理论建树了解太少，估计严重不足。懊悔未能在他生前同他细谈，而他是明显地愿意向我鼓吹他的见解的。

金湘的音乐实践还涉及指挥、教学、国际交流合作。金湘担任过中国音乐家协会理事、中国音乐评论学会副会长、中国电影音乐学会特邀理事、国家文华大奖评委、国家精品工程评委等社会职务。不过就他而言，比起他的作品来，这些头衔显然并不重要。

金湘一生奔跑在音乐的道路上。确实是奔跑，而且是没有喘息的奔跑。不断为自己设置新的目标，不断开拓新的领域，不断尝试新的探索。就像他自己说的，"探究无垠"。这种执着使他有时忘却了、牺牲了对于家庭的关照，也使他忠实于自己的信念而有时口无遮拦影响了人际关系。常年的紧张辛劳还逐渐地消耗了他的健康。他得知身患绝症时拒绝手术，后来我才知道，居然是因为担心因此影响完成《日出》的创作。他果真难以想象地在令人闻之色变的恶性肿瘤中最致命的胰腺癌的折磨下最后完成了（在助手的帮助下）这部歌剧，而且看到了它在国家大剧院完满演出。这部歌剧，照我看，在《原野》开创的金湘风格歌剧中，堪称最成熟的一部，是金湘完美的人生谢幕。但是，他并不甘心就此谢幕。在病榻上，他说，他留下了不少遗憾，还有许多想法没有实现。到生命的最后，他的声音微弱到难以听清了，他还几次挣扎地说：我在这里做什么？我要回家工作，我要讲学，我要写东西。此情此景，令人撕心裂肺，我无法强词安慰。

金湘最后的那些日子，是我们离家后面对面相处时间最久的一段日子。我在病榻旁往往要坐上几个小时，但是，他已无力交谈了，甚至睁眼也吃力。开始一段，他躺在床上闭着眼细声说，他不说话，要我说。后来，连听的力气也没有了。我总想趁他在世时讲一些赞扬的话（过去当他面讲得太少了）。那天，我终于在他耳边说，你现在可以放下了，健康的人到这个年龄也该休息了，何况你的成就已经很大。我转述了一些人的赞美之词。他说，都是好话，要听坏话。脑袋耷拉在枕头上，闭着眼，声音微弱如丝。忽然又问，你对我有什么意见？声音依然微弱如丝，腔调之严肃倒与当年的生活检讨会相仿。我笑了：我有什么意见？你什么都好，就是脾气太大，叫人下不了台。他未睁眼，也未再作声。关于人际关系，显然他有许多苦恼。他的《自勉》有句："注意人际关系……以何为准？难！"[①]他也曾困惑地问我："你的人际关系怎么这么好？"明显地试图努力解决这一问题。但

[①] 金湘：《三"自"歌》，《探究无垠——金湘音乐论文集之二》，人民音乐出版社2014年版，北京，p.684。

是此时他已经无力同我探讨了。这是12月13日，他去世前10天，我们的最后一次谈话。

金湘的成功来自于天分（这是不少评论家提到的。我直接听说金湘是"天才"，是从旅美歌唱家邓韵口里。她曾参与《原野》在美国演出，这次前来病房探望金湘，不断对我重复此话）、机遇（反右以前，金湘的音乐环境是得天独厚的）、勤奋（这更是有口皆碑）。我还想强调一点：家庭影响起了极大作用。我家并不是音乐世家。但是父母亲的处世为人却在言传身教中潜移默化地影响了我们。金湘自称做人远不如父亲。然而父亲的爱国主义、民主主义立场，为国家民族命运担当的胸怀，与底层百姓休戚与共的情感，不事权贵保持独立人格的士林精神，以及积极进取、艰苦奋斗的风格，无不在金湘的人生道路、创作道路上留下了浓重的投影。请看金湘的创作方向：始终坚持音乐不能脱离社会，要为当代人创作，始终坚持创作必须植根于民族音乐传统，继承和弘扬民族音乐传统，一心推动当代中国音乐的发展，乃至为建设新世纪中华乐派奔走呼号。请看金湘的生活态度：在严酷的政治风暴和艰苦的生活环境下决不放弃，没有被击倒；改正后自感业务落后而急起直追，决不自怨自艾，也不怨天尤人；乐坛获得盛名后不稍止步，奋斗直至最后一息。再请看金湘的处事风格：率真坦诚，做自己认定正确的事，讲自己想讲的话，决不隐瞒自己的观点，不怕被孤立，不怕得罪人。我觉得，金湘真是金海观的儿子。

金湘非常爱父母，不是在言语上，而是从心底。1955年我离家八年后回家探亲，看见那张旧藤躺椅上铺了一张皮褥子。母亲颇带些夸奖的神情说，是阿湘买来的。阿湘那时不过是个十六七岁的大孩子，可能刚进民族音乐研究所，可能刚有那么一点不知是供给制或工资制的收入。

父母亲也非常喜爱、看重金湘。1971年父亲病危，金湘远在新疆，比我晚个把星期回到杭州。预计到家的那天，父亲在病榻上默算时间，不时询问火车何时可以到达。见面第一句话，父亲说，你一生总算还有成绩的。他在弥留之际满意地认可自己的幼子，觉得多年的殷切期许没有落空，可惜他未能看到金湘后来真正的辉煌。父亲那时已很虚弱，讲完这句话不久便又昏睡，此后未再清醒，次晨便驾鹤西去。

金湘是父母亲抚育成长的音乐人,是从湘湖师范走出的音乐人。对父母亲,对母校,他的深情随岁月流逝而益发不能自抑。2009年,他创作了《湘湖情》(弦乐队与竖琴)。也许是犹感乐曲不足,他又写下了题记:

> 一首心灵深处的歌。
> 谨将它献给爱国的民主的乡村教育家金海观先生——我深深敬仰的父亲!还有长期默默贡献于我国乡村教育事业的、浙江湘湖师范的几代校友们。
> 一缕情思从记忆深处飘来——
> 空濛山色 潋滟水光
> 儿歌清脆 书声朗朗
> 布衣一身 清风两袖
> 赤胆报国 呕心育人
> 民族魂魄 湘湖精神
> 融入历史 光照后人[①]

金湘曾同我相约,要合写一本纪念父母亲的书。可惜,这也成为他的一项遗憾了。

金湘去世后,湘湖师范许多校友来电话、邮件,表示吊唁。最早来电话的是桑叶舟——湘湖师范音乐"掌门人"桑送青老师的长公子,同属从湘湖师范走出的音乐人中的佼佼者。金湘去世仅几小时,他就从网上得知噩耗了。告别会上,湘湖师范原教导主任周汉老师的女儿周玲玲、周新华和一些校友送了花圈。我在此向他们和所有对金湘怀有兄弟之情的校友们表示深深的感谢。

金湘告别会前,我写了几行字,原想挂在花圈上,因为嫌长未用。[②] 录在这里,悼念先我而去的弟弟,我的骨肉至亲。

[①] 据《龙声华韵——金湘交响乐作品音乐会节目单》刊印,与收入《探究无垠》(263页)的本子略有不同。

[②] 挂在花圈上的字换为:探究无垠,一生奔跑;华夏赤子,家族骄傲。

受众因你沉醉、痴狂

同行送你掌声、鲜花

爸爸临终称许你而后瞑目

我们同胞手足视你为家族骄傲

你却永不止步，永不满足，探究无垠，一生奔跑

你累了，生命的曲谱中也要有休止符

但我不会阻拦，也阻拦不了

你在那个世界继续追寻、奔跑

2016年1月14日稿，

2016年1月22日改

（原载《人民音乐》2016年第3期）

思念之二

感恩久远

——缅怀金湘老师

崔炳元

金湘老师是我所敬爱的老师。有人说,教作曲就那么回事——"师傅引进门,修行在个人",上满四十五分钟即可,学生能学到什么,那是他自己的事了。这种说法无大错,亦无大意义。但我遇到的不是普通的作曲老师,而是以传道、授业、解惑为宗旨并将作曲理论与实践高度结合的大家,著名的作曲家金湘老师,能成为金湘老师较早的学生,跟他学作曲,感受深切、感悟良多。

掌握不同的乐器"语言"

记得刚进师门,金湘老师让我分别为中外各种乐器写50—60个主题。我曾在民乐队中拉过二胡,在管弦乐队中拉过中提琴,因而完成这样的作业并不难。一周后去回课,金老师看完后没有给予我所期待的夸奖,也没有批评,而是问我,高胡、京胡、板胡的性格有什么区别,小提琴、长笛的气质有什么不同等,而后对逐个乐器进行介绍与分析,让我知道,它们的"语言"各不相同,当然修辞风格也就完全不同了,应该"各说各的话"。这让我想起一位非职业作曲,试图写一首长笛独奏曲,写着写着就超出了长笛的最低音,于是乎就改成单簧管独奏了,出来的效果也许还凑合,但仔细琢磨，就不够讲究了。有一次上课，在处理一个连接部分时，金湘老师问了我好几次问题出在哪儿，我都说不知道。金老师生气了，让我去洗菜，他接着去给另一位同学上课。我在洗菜时突然想到，可能是那个 $^\sharp f$ 的时值不妥，于是回答老师，他会心地笑了，并留我在家里吃饭。从金湘老师这里，我深深感受到：学习作曲是个艰难复杂的过程，多细都不为过。

注重建立"多声思维"

跟金湘老师学作曲最重要的收获，是他帮助我建立起了"多声思维"。从那 50 多个中外乐器的主题中，筛选提炼出了 8 个，又从这 8 个主题中选了 3 个，从单三部的前奏曲直至写到复三部和奏鸣曲，整个过程就是打碎原有的平面概念，逐步建立起多声、立体、乐队的思维。应该说专业作曲与非专业作曲的分界线在很大程度上取决于掌握的"多声思维"是否丰富。1984 年，我去西藏采风后向他说起收获与心得，并想写点什么，后来在金湘老师的悉心建议与潜心指导下，我写出了钢琴组曲《西藏素描》。在这首组曲的写作过程中，金湘老师不厌其烦地多次帮助我修改与调整，使其趋于成熟，后来，该曲在全国第四届音乐评奖中获奖，并被鲍蕙荞、李民铎、陈崇学等钢琴家们作为保留曲目经常上演以及录制 CD 并出版。这部作品正是在金湘老师给我进行了大量的"多声思维"训练后的结果。

由微观到宏观，金湘老师将他的"多声思维""立体结构"等观念，在他的《原野》等优秀的歌剧作品中做了更加充分和恰当的展现，如刘烈雄说的："他以《原野》的创作实现了中国歌剧思维由'平面'向'立体'的复述转变，使得戏剧性、交响性和民族性有机地渗透和交融，形成浑然一体的复述语言体系，使得声乐、器乐、戏剧动作、民俗语音乐体例等都成为歌剧的语汇元素，并协调而交错，形成一种强大的歌剧功能，为歌剧所表达的思想、主题及戏剧的最高任务服务。"

让总谱充满阳光和空气

从学校毕业后，我和金湘老师见面的机会随之减少，但每次我拿着总谱去找他，金湘老师仍然热情满满、兴致勃发。我曾经写了一个圆号与乐队的《西志哈志》交与他看，他仔细看了总谱后大发议论，除了表扬外，他建议我进行修改补充的地方多达十几处，其中最让我心服口服的是对第一乐章乐队呈示部的织体处理，弦乐如何递次加厚，打击乐如何进行点描，他都讲解得很是精到。金老师在指导的过程中似乎总在提醒我们：不要以为你什么都考虑到了，什么都能记住，写总谱要全面地推进，速度记号、强弱记号、表情记号都要写一遍即过，否则，某一小节上的特别想法与处理就会转瞬即逝。同时，鉴于对我早期写的一些乐队作品比较满意，金湘老师多次向我提醒："总谱里要充满阳光和空气"，现在回想这句话的韵味：真是形象而生动的比喻！

2006年，山西运城曾找金湘老师创作音乐剧《娘啊娘》，他推荐我来作曲，这是我第一次与师母李稻川导演合作，大家合作得都很愉快。2012年，我的作品集准备付梓出版，金湘老师非常热情地为我写了跋，并对我鼓励有加："作曲家出版自己的作品集是大事，也是喜事，随着音乐教育的普及与提升，相信会有越来越多的人阅读总谱，阅读中国作曲家的总谱，包括崔炳元的。"

金湘老师的歌剧音乐会、交响音乐会、《原野》的两个版本我都欣赏过，《日出》上演前，我探望老师时看到钢琴谱，后来陪同金湘老师看了B组的《日出》。听音响与看总谱的"感官互换"（或者叫"通感"）正是在金湘老师指引下逐步培养出来的。

恩师外表的坚硬，此刻回想起来都是亲切与温暖；恩师内心的柔软，此刻更是让人备感心酸；恩师的独立自持，是我精神上的旗帜；恩师的谆谆教诲，更让我不敢懈怠、缓缓向前。能有幸成为金湘的学生，感慨万千，感恩久远！

（原载《歌剧》2016年第2期）

迎着《日出》走向天堂

——痛悼恩师金湘教授

徐文正

今早（2015年12月24日）一睁开眼，就接到师母李稻川的微信：金老师昨晚走了。短短七个字，我竟然呆呆看了五六遍，真的不敢相信自己的眼睛：金老师，那么坚强的一个人难道就这么离开了我们？离开了他如此深爱的音乐？然而我不得不接受这个残酷的现实：金老师，昨晚走了，真的走了，迎着《日出》走向了天堂！

无语凝噎泪千行，思绪如羽跨时空。二十年前第一次见到金老师时的场景恍如昨日：

1995年春天的一个下午，我拿着自己的习作——《小白菜变奏曲》（钢琴独奏）怀着忐忑的心情敲开中央歌剧院金老师家的门，迎接我的是师母和蔼可亲的笑脸，让我的紧张感缓解了好多。在客厅沙发刚坐下，一位身穿白色圆领秋衣，走路稳健有力的中年男子走了进来，我那颗刚刚放下的心又提了起来——这就是那位大名鼎鼎的作曲家金湘教授？资料上显示他今年已经六十高龄，可眼前这位分明看上去只有三十来岁？是啊，当年的金老师是那样高大魁梧，充满活力。他简单问了问我的情况就拿过谱子看了起来，看得非常仔细，一会儿他抬头问我："这个作品是谁指导你写的？"当时，年轻的我就是怀着一颗冲动的心创作的这首钢琴曲，是我的钢琴处女作，为了表达小白菜悲惨的一生，用了很多现代技法——多调性、无调性，还用了音块。由于对现代技法没有系统学习过，所以我局促不安，不知老师为何有此一问，因此只能如实回答："没人指导我，是我自己写的。"金老师听后站起来拿着谱子走到钢琴边，一边视奏一边给我讲解，首先他对我的创作初衷给予了充分的肯定，使我一颗悬着的心落了地，然后他对我的作品从结构到细部进行了详细的指导，不知不觉天色已晚（一节课竟然上了一个下午）。当我站起来要走时，师母说已经做好了晚饭，让我一起吃，师母知道我是北方人，特意做了炸酱面。吃饭时，金老师又谈起我的习作，他说："从你的作品可以看出你具有一定的功底和才华，但是缺乏完整的、系统的组织。现代技法的音乐作品有着自己独特的发展逻辑，如果组织不好就会成为一盘散沙，你对现代音乐的创作有兴趣，可以从这方面多加练习。"老师的鼓励如汩汩清泉滋润着我的心田，增加了我从事音乐创作的决心。

  金老师关爱学生，视我们如同亲人，在他严肃的外表下是一颗火热的心。上学期间，每周一首曲子的作业是固定的，每周一次改善生活的机会也都是在老师家中。久而久之，上作曲课就成了我最大的期盼：不仅可以学到知识，还可以改善伙食。大多数情况下是师母掌厨，有时师母不在家，金老师就亲自做。令我惊讶的是，金老师做菜手艺也是了得，色香味俱佳，他曾说过，做饭和作曲是一个道理，都需要灵气儿。有一次上完课后，金老师走进厨房，我跟了进去看能否帮上什么忙，金老师说："你不用管，自己去书房看看书，也可以将刚才的曲子在钢琴上弹一遍，将修改前后做一下比较，仔细体会一下。"在老师家中，我就像在父母身边的孩子，享受着老师和师母的教导与呵护。

  上学期间，每个圣诞节我们几个学生都会聚集到金老师家，一起布置好圣诞树，然后就去老师的卧室中观看歌剧录像（那时还没有DVD，是那种老式的录像带），金老师和师母就在外面准备晚餐，大家就像在自己家中一样，非常随便：有的坐在床上，有的坐在椅子上，有的甚至干脆席地而坐。那种其乐融融的氛围至今记忆犹新。金老师也偶尔走进来看两眼，我记得很清楚的一次就是观看《原野》，第二幕开始时金子和仇虎的爱情场面，金子唱出那首著名的咏叹调《啊！我的虎子哥》，随后仇虎唱出《你是我，我是你》，我们都激动不已，金老师站在门口静静地看完这个场面就冲我们笑了笑离开了。等到第三幕，焦母误杀小黑子后唱出一首咏叙调，金老师又走了进来，紧紧盯着屏幕，焦母唱完后，老师离开时我发现了他眼中的泪水。时隔多年之后，有一次金老师给我们讲解《原野》的创作时，特意着重提到了焦母这个人物的创作，他说："都认为她是个恶人，但我从他对小黑子的态度上发现了她人性的一面，从某种角度来讲，她也是个受害者。因此，不能将她脸谱化，而是要完整地塑造这个人物的各个方面。误杀小黑子促使她人性复苏，是全剧中她的人物形象最闪光的一个场面，也是我倾尽全力着重创作的一个部分。"当时我们理解得不深刻，现在回过头来再一想，才逐渐体会到这是一位作曲大师之笔：对人性的终极关怀。

金老师为人正直，不了解的人总说他爱发脾气，但是在我们面前他很少动怒，使我们这些刚开始很紧张拘束的学生逐渐都会放得开，而且有时会"放肆"。在我和金老师相处的二十多年中，金老师有数的几次发脾气，令人印象最深的就是在我读硕士的时候：有一次金老师要去美国讲学，带着好多乐谱，一个很沉重的行李箱，去机场之前还给我上了一次课，下了课马上要赶往机场。当时我坚持要去送他，起初他说什么也不同意，后来在我的坚持下答应了。等到了机场，我抢先付了车费（记得当时是四十多块钱），金老师顿时生气了，下车后甩手给我扔下五十块钱转身就走，我第一次发现他发这么大的火，吓呆了。愣了一会儿赶紧追了上去，金老师说："告诉你不要付钱你为什么不听呢？我答应让你来送我，因为我确实有那么多东西，我很感谢。但是你为什么要付车费呢？你还是学生，哪有老师让学生付车费的？你这么做太让我生气了！"当时，我的眼泪止不住地流了下来。我赶紧解释说："我已经工作了，有工资，送您来机场付车费也是应该的。"可是金老师就是不答应。过了一会儿金老师又跟我说："对不起，刚才不该发火，你也是好意，但是也请你理解我的心情，你是学生，无论如何我也不会让你付车费的……"这件事让我又一次感受到了老师那高洁的人品和对学生深深的爱，这种精神也一直深深影响着我。

我的学术研究生涯也是在金老师的指导下开始的。记得我在读硕士时,《作品分析》课结业,要求写一篇当代作曲家音乐作品的分析研究文章,并提供乐谱。当时我马上想到了金老师的民族交响合唱《诗经五首》,因为我们隔壁声歌系的同学经常谈起这部作品,且经常哼唱。当我把我的想法讲给金老师时,得到了他的大力支持。他说,研究生阶段就要多锻炼综合思维能力,发现问题,总结问题,解决问题。他不仅赠给了我台湾出版社刚刚出版的《诗经五首》钢琴谱,而且还让我复印了总谱,翻录了磁带(当时还没有CD)。在他的鼓励下,我开始了我平生第一次的学术研究。因为金老师的和声并非像传统的和弦结构,而且作品的结构以及配器都很新颖,所以有时觉得无从下手。遇到不理解的地方我就打电话向金老师请教,他总是耐心给予回答,有时候他自己也说不清(作曲家的内心感觉到了以后就自然出现了一些结构的和弦,并没有现成的理论体系),他就鼓励我大胆假设然后求证。文章写好后,交给金老师看,他一针见血地指出了文章存在的问题,我当时记得最清楚的一句话就是:"文字一定要精练,去掉废话,句子不能攥出水来。"经过几次的修改,文章无论从结构上还是文字表达上都有了很大改观,已经达到了一篇学术论文的要求,于是金老师就推荐给了《音乐研究》杂志社,转过年来就发表了(这是我发表的第一篇学术论文)。金老师扶我在学术研究的道路上迈出了最艰难、最难忘的第一步,他曾语重心长地对我说:"你懂作曲,而且具备一定的文字功底,以后可以从事音乐作品的研究和评论。这样你就会两条腿走路,既可以创作,又可以写评论文章。中国还是特别需要这样的人才。"这句话对我的影响是深远的,参加工作后,我将主要精力放到了音乐研究和评论方面,相继在《音乐研究》《人民音乐》《中国音乐》等刊物发表了学术论文,其中几乎每一篇文章都会先让金老师看,听听他的意见和建议,他总是会从一个艺术家的角度给我提出中肯的意见和建议,使我受益匪浅。

毕业后同老师见面的机会少了。但总是听到他的作品不断演出的消息,每逢这个时候我就会去北京看演出,同时也借机会看看老师。金老师总是首先问我听了音乐会的看法,我会坦诚说出自己的观点,有时会与老师争执。随着自己年龄的增长和研究的深入,对老师创作技术以及创作思想的理解逐渐加深,尤其是他提出的"一个作曲家,首先是个思想家"的观点是贯穿他全部创作的理论基石。金老师的每一部作品都具有深邃的思想性,是对宇宙、人生、社会思考的结晶。歌剧是他的挚爱,也是他为之奋斗了一生的事业和追求,尽管创作演出歌剧困难重重,遭遇过无数的挫折——金老师曾经伤心地说过再也不写歌剧了,可是他却一次次地食言,因为他太爱歌剧了,这种结构复杂、容量巨大、情感变化丰富的艺术形式是如此强烈地吸引着他。

《原野》是金老师的成名作,也是中国歌剧史上一部伟大的作品。我们提起这部作品以及它的世界影响时,金老师总是表现得很淡然,当提到外媒将他比作"东方的普契尼"时,老师的表现有些出乎我们意料,他激动地说:"不要认为外国人说什么就是什么,我就是我!现在有个倾向,好像外国人承认了就是好的,一切都要仰洋人鼻息。其实中国传统文化博大精深,好多人看不到自身的优势,还需要我们努力去发掘、整理。如果将自己的一切都寄托在让外国人承认上那就太可悲了,所以,外媒称我为'东方的普契尼',我并不会因而受宠若惊,反而会秉持我自己的观点,我是中国作曲家金湘!"

《日出》是金老师的最后一部歌剧,是他战胜疾病的折磨、以顽强的毅力完成的"天鹅之歌"。演出后,2015年6月20日中午,我跟金老师边吃饭边进行了一番长谈,较为深入地谈到我对他歌剧的认识,涉及美学追求、歌剧结构、人物形象塑造以及音乐技术等各个方面。我认为:歌剧《原野》是金老师的成名作,在中国乃至世界歌剧史上的地位是得到公认的。从《楚霸王》开始,金老师对歌剧创作有了新的认识,这种认识是基于歌剧本体、中国传统文化以及当代人的审美取向三个方面的,其中最重要的是,他把对中国传统文化的思考融入歌剧创作之中。《楚霸王》是金湘歌剧乃至其全部音乐创作的一个里程碑,从那以后的每一部歌剧都体现着新的探索和追求,个人风格日渐突出。《日出》的思想性和艺术性已达到高度统一,无论从立意、结构还是细节都具有鲜明的金湘风格,是他歌剧创作的最高峰。金老师听完我的话,表示赞同我的观点,同时他再次强调坚持自己的创作观念的重要性,走自己的路,不随波逐流,《日出》是他倾注心血最多的一部作品,凝聚着自己全部的美学和技术的追求,他很感谢国家大剧院能够尊重他的意见完成这部作品……我们谈得兴起,不觉近两小时过去了,当时老师已经非常虚弱,身上还带着导流管,由于怕他太累,所以尽管觉得还有许多话要说但还是不得不停止了交谈。临别时,金老师坐在床上向我挥手:"下次来北京请你吃饭。"——没想到这次竟成了我与恩师的最后一次学术交流。

《日出》成功了!得到了演员、普通观众以及大剧院领导的一致赞扬。尤其是金老师独具慧眼地将结尾进行的改动:"太阳出来了,太阳是我们的!"将整部歌剧的主题进行了升华。

是的,太阳出来了,可是,恩师却走了,带着对他热爱的歌剧事业的忠实信仰,带着对他毕生从事的音乐事业的不懈追求,带着对美好人生的无尽眷恋,在日出之前,他悄悄地走了,迎着日出,走向了天堂……

金老师热爱生活,尽管生活给了他那么多不公平,还是满腔热情地为之讴歌。他用一颗纯真的心去感悟人生,用内心真情流露出来的音乐来讴歌人性的真善美,鞭挞人性的假恶丑。如今,他走了,给世界留下了巨大的精神财富,也给我们留下了无尽的思念……恩师,一路走好!

(原载《歌剧》2016年第2期)

"太阳出来了！"

——忆恩师金湘先生

刘 青

2015年12月24日，是个伤心的日子。不知不觉距离金老师离开我们已经过去快一年的时光。这一年中，他所热爱的音乐还在我们耳边响起，他所关心的学生正在不断进步成长，他所牵挂的中国音乐体系的建设也在摸索前行。金老师，他还有太多未完成的事业，他离开得太过匆匆……

时光倒流到1998年，因我的硕士导师张韵璇教授的建议，我有幸开始跟随金湘教授学习作曲。记得第一次我战战兢兢地去这位大作曲家的家中，他跟我深谈了很久，谈得最多的就是关于音乐创作中美学观念的问题。他的思想和主张无比清晰与坚定：作为一个中国人，一个中国的作曲家，没有深厚的中国传统文化和中国传统美学的根基，是不应该的。当时的我还只是懵懂，但事实上，他说的话一直滋养了我十几年，并还将继续影响我的创作。

至真至纯是金老师的做人品格，亦是他的音乐信仰。金老师是一个有情有义，并且敢说真话的人，这在当今更显得弥足珍贵。他的人格魅力投射到他的音乐中，反之，他讴歌真、善、美的音乐又沁润了他的人生。音乐无法说谎，只有动了真心，用了真情，才能感动人。金老师一生都在用他的真性情谱写音乐，诉说人生。听他的音乐，会让人流泪，原因只有一个，他是流着泪在写！他曾饱含深情地说："作曲家只有纯而又纯、真而又真才能写出无愧于社会、无愧于历史，也就必然无愧于自己、无愧于大众的音乐。"

金老师的音乐是深厚的，因为在他的音乐背后有中华民族几千年的文化根基来支撑。对于自己的母语文化，即东方音乐文化的优秀传统，金老师是无比珍视与爱护的。早在1993年，他在美国波士顿召开的第二届国际中国音乐研讨会上，就提出了作曲家的美学观、创作观是决定音乐作品成败的重要根本。并且用他的理论家思维将东方音乐的特质高度精妙概括成了"空，虚，散，含，离"五个字。这精练无比的五个字包罗万象，将中国音乐从形到神，从技法到美学，都逐一囊括，让人无比叹服金老师对中国音乐的通达，与他理性思维的高度凝练。在他的音乐中，我们随处可见这五个字的精神，同时这五个字也为我们晚辈的音乐创作提供了哲学与美学的重要借鉴。

金老师的胸怀是博大的。应该说金老师是中国作曲家中最早"走出去"的那一拨人。早在1990年金老师就走出国门，远赴美国西雅图华盛顿大学任访问学者，随后辗转到纽约茱莉亚音乐学院考察，直到1994年回国。这期间正是西方现代音乐方兴未艾、蓬勃发展的时期。因此，金老师也接触到很多西方现代音乐的观念与技法。可贵的是，他丝毫不排斥，完全本着学习的心态来鉴别、吸收与消化，并将其中的优秀元素创造性地运用于自己的音乐创作中。他曾说："所有的技法都为我所用，无论是古代、现代，无论东方、西方。"融贯东西，这才是一位作曲大师所必备的素质与精神。同时这也使得金老师的音乐既充满了中国文化的深厚底蕴又不陈腐，时刻闪耀着现代人的创新精神。

在与金老师学习了数年之后，我留校任教，因此我们又成了同事与朋友。在与他的相处中，他对我会掺杂着师生关系的关心爱护与同事关系的平等交流与探讨。记忆中非常深刻的一次是，他得知我在跟中央音乐学院的复调教授于苏贤先生攻读博士，就跟我说："复调在音乐创作中很重要啊，我很想再去跟于老师学习复调，你帮我问问她可否给我上课。"当时他已经是七十多岁的老人，并且是知名的大作曲家，这样的学习精神震撼到了我的博士导师于苏贤先生，也深深震撼了我。金老师真是一位可敬可爱的作曲家，一个可敬可爱的人！

  一幕幕的回忆是那么清晰，似乎就在昨天，情感依旧温暖，但斯人已逝……即将完成这篇小文时，东方已露出鱼肚白，太阳又将升起了吧，金老师心中的太阳就是音乐，他曾说："有音乐，就有希望。"希望在每天日出时，都能感受到金老师的温暖，都能铭记金老师给我的人生与音乐的指引。

恩师播撒桃李爱，孺生感恩涕零情

李昕艳

　　2015年12月23日，噩耗从北京传来。得知恩师金湘教授永远离开了我们，作为他的弟子，我悲痛万分。金老师是除了我父母之外对我影响最大的人，也是我一生中最重要的人之一。他倾注了大量的心血栽培我，是我永远尊敬的导师，在我心中有着举足轻重的地位。没有金老师的培养就没有我的今天，也不会有我的未来。生命中如此重要的人突然离去，我不能立刻接受这残酷的事实，失声痛哭，脑子里一片空白，许久说不出话来。

　　金老师是我就读中国音乐学院本科时的作曲导师，和他学习作曲的四年（1995年—1999年）是我作曲上突飞猛进的四年。是他，用极其慷慨的鼓励和赞扬帮助我建立了对作曲浓厚的兴趣和真正的自信，使我完全爱上了作曲并把它作为终生的职业，在后来遇到挫折时我也不忍心放弃而是选择坚持；是他，为我打下了扎实的作曲基本功，帮我树立了作曲要扎根民族音乐的审美观，为我后来顺利留学美国并一步一步赢得国际音乐界的认可打下了良好的基础；是他，鼓励我赴美留学开阔眼界，不拘泥于国内的音乐环境，而是放眼国际。赴美留学的经历改变了我的整个人生轨迹，使我获得了很多的发展机会。我经常觉得自己好幸运，在我十七岁时遇到了如此精心雕琢我这块璞玉的人生导师，用他丰富的经验和国际的眼光指导着我的前程。若不是当年遇到了金老师，我的人生很可能远不如现在这么多姿多彩，有滋有味。

读中国音乐学院本科一年级时，我对作曲有些不自信，总觉得自己缺少创造性，不太适合学作曲。第一次见到金老师以前，我有些紧张。因为附中高三那会儿，我曾经看过金老师的代表作歌剧《原野》，也知道他被西方权威媒体誉为"东方的普契尼"并在国际音乐界享有盛誉，我担心自己的作品不够优秀，被老师批评。记得第一次上金老师的作曲主课时，我把附中期间写的三首毕业作品拿出来给他看。金老师边听录音边看总谱，和蔼可亲地微笑着对我说："小姑娘这几个曲子写得很不错，很有才华嘛！基础很好，音乐想象力也挺丰富的！我觉得你很有潜力！"我当时激动极了，心想我耳朵没听错吧，国际上享有极高知名度的金老师在夸奖我呢！心中顿时感到无比温暖，至今难忘第一次被金老师赞扬的情景。之后的每周主课我拿给他看作品时，他都会把我作品中的闪光点挑出来，毫不吝啬地对我大大表扬一番，似乎鼓励学生是他的一种习惯。对于需要改进的地方他总是幽默而轻松地指出来，从不指责我。金老师真诚的表扬和鼓励的确起到了非常积极的作用，我大一的第一学期不仅对作曲信心大增，写曲子的热情也异常高涨。每天都特别想写，每周最盼望的就是上金老师的作曲主课。他越鼓励我就越有信心，越有信心思路就越放得开，写得也就越精彩。第一学期结束的时候，我已经从开学时对作曲持有一定程度的担忧变成了非常自信，从对作曲的不即不离变成了疯狂地迷恋。我知道，金老师发自内心的鼓励帮助我彻彻底底爱上了作曲。也就是在那个时候，我下了决心，把作曲作为自己终生的职业，并计划要为心爱的作曲事业奋斗终生。

作为我本科阶段的作曲导师，金老师为我打下了非常扎实的作曲基本功，帮我树立了作曲要扎根民族文化土壤的审美观。在他的指导下我创作了多部具有竞争力的作品，也积累了丰富的作曲经验。这些帮助我顺利获得赴美攻读密苏里大学堪萨斯分校作曲专业博士学位的全额奖学金，也为我的作品日后在国际上逐步获得认可打下了坚实的基础。从我读大一开始，金老师就教导我作曲要扎根于民族，要让音乐从自己民族文化的土壤里衍生出来，而不是盲目地模仿西方的古典音乐和西方的现代音乐。他用自己从小接受西方音乐教育后来又到民族音乐研究所做民间音乐整理的亲身经历给我详细讲解了他是如何把西方传统和东方神韵结合到一起的，以及东方精神对于华人作曲家的真正意义。这让当时在西方音乐体系下接受系统训练而对中国民族民间音乐领域知之甚少的我逐渐意识到,学习巴赫、贝多芬、肖邦、德彪西等大师的作曲手法固然重要,但我须要寻找华人自己的音乐语言,要让西方的乐器演奏出中国的声音来,让我的作品具有东方的韵味。记得大一第二学期的一次主课上,金老师对我说:"在加拿大班斧音乐节,我自豪地说,我是一个中国人!中华民族是我音乐的根基。"他常常跟我讲在新疆生活的20年对他民族之根的形成与发展起到了多么重要的作用。他还鼓励我深入民间去采风,从真正的民间生活中学习民族音乐的精髓。为了避免我误解扎根民族音乐的本意而忽略作曲技巧,金老师还特别强调我一定要重视作曲的四大件,一定要打牢基础认真学。他的原话是:"四大件极其重要!真要学好学活可太有用了!"

我主要从三方面将扎根民族音乐的审美观与作曲实践相结合,通过几年的辛苦拼搏终于取得了显著的成果。第一,在作曲的曲式结构上、乐思展开手段上、节拍节奏的运用上、音色的挖掘上和配器的安排上我尽量跳出西方音乐的框架而运用民歌、戏曲和民族器乐中蕴含的思维去写作品。比如运用民族器乐中衍生发展的手法而不是西方式动机发展的手法来展开乐思,比如受汉族山歌和苗族飞歌的启发而运用大量的散节拍和散节奏来体现中国音乐的弹性美,比如受了古琴音乐的启发运用了声少韵多的旋律写作手法,比如受了京剧花脸、小生、老旦等不同音色的启发而挖掘了弦乐器和木管乐器的特殊音色,比如运用了苏南十番锣鼓的"鱼合八"和"金橄榄"结构写了一部作品,比如配器中用了国画中的留白以创造出意境和想象的空间。第二,我从四大件入手,不仅扎实学好西方体系的和声课、复调课、曲式课和配器课,还如饥似渴地阅读了大量有关中国音乐的作曲理论书籍,并且把这些运用到我的创作中。记得大二时我最着迷的作曲理论书包括:《和声的民族风格与现代技法论文集》、朱世瑞老师的《中国音乐中复调思维的形成与发展》。这些养料对我的创作实践有较大的指导作用。第三,我不仅努力学好学校开设的民歌、戏曲和民族器乐等民间音乐课程,还跑到中国戏曲学院看京剧排练和演出,旁听京剧锣鼓课,向青衣、老旦、花脸,和老生等行当的学生虚心请教。另外,除了在我的家乡齐齐哈尔达斡尔族采风，我还坐火车专门去中国侗歌之乡——贵州省黔东南从江县高增乡小黄寨以及广西三江侗族自治县采风。这些深入学习民族民间音乐的经历让我的作品脱胎换骨，东方神韵在我的作品中逐渐显露了出来。

金老师为我打下的扎实的作曲基本功以及帮我树立扎根民族音乐的审美观，就像他在中华民族的土壤里精心种了一棵中国小树并不断地茁壮成长。在我2004年赴美留学以后，这棵中国小树越长越高，慢慢地开花结果了！从2005年开始，我陆陆续续在国际作曲比赛中获了一些奖，我的多部作品被全球著名的演奏家，室内乐团和交响乐团在多个国际音乐节和国际性会议上演奏并且获得高度好评，我还收到了一些来自世界顶级交响乐团的首席们的作曲委约。例如，我2006年获得许常惠国际作曲奖，2007年获得美国作曲家、作者、出版家协会(ASCAP)Morton Gould青年作曲奖以及美国作曲家交响乐团新作品阅读奖，2011年获得美国国家艺术基金会委约和希腊国际杰出作曲奖，2016年获得国际双簧乐器协会Schwob作曲大奖；2007年和2015年我两次受邀担任美国阿斯本国际音乐节客席作曲家；我的多部作品在阿斯本音乐节、第44和45届国际双簧乐器协会年会、第19届北欧国际大管研讨会、中国国家大剧院、美国作曲家协会年会、法国九月音乐节演奏；我的六部作品及人物专访被瑞典国家广播电台广播于2011年。除此之外，我和我的作品还获得了很多国际知名的作曲大师们、演奏家们以及西方主流媒体的赞扬。美国艺术暨文学学会前主席，耶鲁大学音乐学院前院长，著名作曲家EzraLaderman教授评价我具有"罕见及非常特殊的才能"。普利策奖和格莱美奖得主，在哈佛、耶鲁、康奈尔等多所大学任教的著名作曲家Yehudi Wyner教授评价我："植根于中国传统音乐，她有机地结合了东方音乐与西方音乐又不失自己的创作个性，作品令人信服。"美国作曲家交响乐团前艺术总监、茱莉亚音乐学院作曲系主任，著名作曲家Robert Beaser教授赞扬我的乐队作品《山祭二号》"以高度的原创性，排山倒海的力量和细腻的情感表达令人折服"。另外，纽约时报音乐评论家Steve Smith先生在纽约时报的乐评中赞扬我的木管五重奏《摩梭奇葬》"生机勃勃"，底特律交响乐团首席黑管演奏家Theodore Oien先生也赞扬这部作品是"木管五重奏文献中的重要成果"，"其意义之深远如同

Samuel Barber 1956 年创作的《夏季音乐》和 György Ligeti 1953 年创作的《六首小曲》"。这些国际上的认可不仅折射了我在作曲方面多年坚持不懈的努力，也反映了金老师指导我作曲的卓越成果。没有金老师在我本科期间打下的坚实基础，我几乎不可能在国际音乐界崭露头角。中国小树上结出的累累硕果是对金老师这位辛勤的种树人最好的回报。

金老师对我的另一个至关重要的影响在于他一直鼓励我赴美留学继续深造，他认为，我发展自己的作曲事业一定要放眼国际，而不是拘泥于国内的音乐环境。他对我寄托厚望，给予我很大的精神力量。大一快结束的时候，有一次上主课，他对我说："你以后应该出国读书，我觉得你有这个条件，不论英文还是专业基础！""你应该去国外开开眼界，我很希望你今后能够成为一个世界级的作曲大师。当然，作为一个女作曲家太难了，往往要比男作曲家付出得更多，奉献得更多。""技术、才华和思想，一样都不能少。我不担心你别的，我很相信你的能力，以后在技术上不会有问题。你很有灵气也很有悟性，这对学作曲太重要了。但是，影响你今后能否成为世界级作曲大师的最关键的一条就是：作曲家的思想深度，知识广阔程度和历史高度！""你是个很好的苗子，一定要好好长，要不就可惜了。你要和金老师比一比！""你今后会遇到各种各样的困难，我希望你能够克服困难，坚持作曲，永不放弃。去美国留学锻炼一下，这样可以丰富你的人生阅历和经验。"言教加上身教，金老师在美国华盛顿国家歌剧院任驻院作曲家以及在华盛顿大学和茱莉亚音乐学院做访问学者的经历激励着我勇敢地走出国门。

2004 年夏，我辞去了中国音乐学院附中和声教师的职务，登上了飞往美国密苏里州堪萨斯市的国际航班。作为当年作曲专业唯一一位获得全额奖学金入学的博士生，我正式开启了攻读密苏里大学堪萨斯分校作曲专业博士学位的新篇章，也开始了我人生第一次异国生活。我的留学生活忙碌而充实，辛苦而快乐。不记得多少次，为了赶上比赛的截止日期，我写曲子写到天都快亮了，然后拖着疲惫的身体匆匆睡几小时就赶紧爬起来去上早上八点钟的早期音乐史课；不记得多少次，我在学校图书馆津津有味地边听录音边研究大师们的作品总谱，竟然忘记了吃晚饭；还有几次，是突然在期末考试的前几天或期末论文上交的前一周接到了某作曲比赛或某音乐节获选的通知，主办方要求我立刻上交作品分谱。时间非常紧迫，学校的课程和作曲的机会同样重要，为了不放弃任何一方，我明知熬夜有害健康也不得不熬通宵把分谱赶紧做出来并尽快发给主办方。这样的留学生活虽然比较辛苦，但我因此获得的成就感和幸福感也是无与伦比的。现在想起来，本科期间金老师指引我赴美留学的决策真有眼光，这条道路非常适合喜欢不断自我否定、不断迎接挑战的我。留学的经历改变了我的整个人生轨迹，我的提高是综合性、全方位的提高，我在作曲事业上的收获是无法具体计算的。

首先，我得到了众多世界一流的作曲大师们的指导，使我的写作思路更加开阔，创作手法更加娴熟，对音乐的认识也深刻许多，作曲综合实力大大提高了。这些指导来自我的博士导师陈怡教授、周龙教授、James Mobberley 教授和 Paul Rudy 教授，还来自给我上过作曲大师课的 Steven Stucky 教授, George Tsontakis 教授, Yehudi Wyner 教授, John Corigliano 教授, Ezra Laderman 教授, Tania Leon 教授等。其次，我结识了很多国际知名演奏家和演奏团体并与他们有着愉快的合作，他们精彩地演奏了我的作品并不断更新着我的简历。例如挪威贝尔根爱乐乐团首席大管演奏家 Per Hannevold 先生委约并首演了我为大管、弦乐四重奏和打击乐而作的六重奏《蒙古印象》，再如获过四次格莱美奖的"第八只黑鸟"室内乐团成员首演了我的室内乐《苗岭的绿色》。另外，在各种音乐节和工作坊与来自世界各地不同族裔、不同国籍的作曲同辈们的交流也让我扩大了自己的视野，而不是仅仅局限于华人作曲家内部的切磋。当我与欧美的白人作曲同行们一起讨论音乐时，我更能感受到自己作为一个东方人，作为一个华人作曲家的文化归属感，也因此更加珍视自己民族的文化瑰宝和创作的源泉。除此之外，留学美国还给予了我很多提高和发展的机会，例如，参加各种音乐节、工作坊和研讨会，参加各种比赛、讲座和论坛，上作曲大师课，看不同类型的音乐会，申请基金会赞助等。而且，在信息和资料的摄取上也很丰富。比如，Facebook 是我最常登录的网站之一，上面很多作曲家和演奏家会贴出他们的音乐活动近况；美国作曲家协会（SCI）

也会定期发通讯给协会会员，上面有众多比赛和音乐节等信息。关于想研究学习的总谱，有的可以从图书馆借，有的可以在出版商网站上在线浏览，还可以联系出版商租或者买。

总之，留学的经历大大地丰富了我的人生阅历，全面地提高了我的作曲实力，给予了我开阔的视野和大量的发展机会，同时也磨炼了我的意志，锻炼了我的身心。可以这样说，现在的我比出国以前更加热爱作曲了，我非常享受作曲的过程。拥有创作的动力和能力，我感到自己特别幸福。金老师在我本科期间为我指引的出国之路让我受益终生，我心中充满着对他的感激。很难想象如果当年的我没有遇到金老师，现在我还会不会继续在作曲的道路上奋勇攀登。

2004年出国以后，我一直和恩师保持着电子邮件和电话联系，定期向他汇报学习成果。在我遇到学业和生活上的困难时，他一如既往地鼓励我要克服困难，持之以恒，就如我当年跟他学作曲时一样支持我。2009年7月，我和恩师重逢于美国纽约。五年未见，师徒相谈甚欢。我请他在曼哈顿的中餐馆吃了晚饭，并向他汇报了我几年以来的学习和生活近况。金老师说，那是他特别难忘的一顿饭，因为是他的爱徒请客的。2011年9月，金老师又一次来到纽约，我和老公一起去看望了他。他说："我很高兴看到你这么多年一直一步一个脚印踏踏实实地往前走。你现在的状态很好，希望你坚持下去，永不放弃。"2013年4月，我回国探亲，专程拜访了恩师金老师和师母李老师。78岁高龄的金老师看上去依然神采奕奕，笑容可掬，就如当年我第一次见到他时一样乐观、自信、热情、和善。我们在一起畅谈音乐，畅谈人生，畅谈作曲的酸甜苦辣。那一天，我至今都非常难忘。

事情的转折发生在2015年11月16日晚6点40分。当时，我正在赶往曼哈顿去看一场新作品音乐会，突然接到了中国音乐学院作曲系高缨老师的微信。她通知我，金老师已经胰腺癌晚期，身体非常虚弱。如同晴天霹雳，我吓了一大跳！我根本就不知道恩师身患重病，而且已经到了癌症晚期！金老师特别为他人着想，为了不让周围的人为他担心，每次我和他联系，他都说自己挺好的。若不是高老师及时通知，我根本就不知道金老师身患重病了！得知此消息，我顿时泪如雨下，到了音乐会现场什么都没听进去，中途就离开了。从高老师那儿我得知金老师的助理刘克兰老师在医院照料金老师，我就立刻联系了刘老师并询问金老师的身体状况，心中焦急万分。回到家之后，我立刻买了一张第二天早上飞往北京的机票，连夜收拾好行装，将一岁的女儿交给老公和妈妈照顾一周。11月17日早上7点钟，老公开车送我去了纽瓦克机场。经过14小时的长途飞行，刚刚抵达首都机场的我就和前来接机的师哥徐文正以及师妹任辰直奔天桥的友谊医院医疗保健中心。那时，我的爸爸也从北京的家中赶到了医院大堂与我们汇合。见到病榻上的恩师，非常消瘦，非常憔悴，令人心疼不已。他得知我专程从美国飞回来看望他，心中甚是欣慰。由于我临时回国时间太紧，没有来得及买什么礼物送给他，我就把自己博士学位证书的复印件、获奖证书的复印件、作品演出的节目单和照片、音乐节的海报以及一些媒体的报道送给了恩师当礼物。金老师把一生都贡献给了音乐事业，他当然希望自己的弟子们也能在作曲事业上卓有建树。我相信，我在外面能够买到的任何礼物都不会比我送给他自己的作曲成果更让他欣慰和喜悦。金老师仔细地看着这些证书和照片，嘴角扬着一丝满意的微笑。这个微笑如此的熟悉，似乎时光瞬间倒回了20年前。记得那是1995年11月11日，刚读大一的我和几位师哥一起，在金老师东四十条的家中与金老师夫妇一同观看了他的代表作歌剧《原野》的录像。中午，在他家附近的朝鲜酒家的饭桌上，金老师边吃火锅，边鼓励我不仅要学好作曲，还要扎实地学好每一门基础课以及英语。言罢，他慈祥地看着我，嘴角的那丝微笑和眼前的一模一样。20年前的画面和眼前的画面瞬间重叠了，我的眼眶湿润了！当年恩师栽下的那棵小树已经长大并开始开花结果了，但种树的恩师却被病魔缠身，身体虚弱。恩师播撒桃李爱，孺生感恩涕零情！正值母校中国音乐学院作曲系为80岁高龄的金老师举办作品音乐会和研讨会，我有幸在19日晚上和我的爸爸一同前往国音堂音乐厅观看了"砥砺前行——金湘作品音乐会"；20日上午，在西藏大厦，我参加了金老师的作品研讨会；下午，参加了第四届"新世纪中华乐派"论坛并作为金老师的海外学生代表发言。通过现场连线，我看到了病榻上的恩师强忍病痛却微笑着向与会人员问好，他的坚强和乐观令人敬佩不已。在北京的那几天，我每天都和在病房辛苦照料金老师的刘老师微信沟通，在金老师体力允许的时间段尽量到医院病房多陪伴他一会儿。我很珍惜与金老师在病房的每一次见面，每一分，每一秒。能够为恩师端端水，能够陪恩师说说话，我感到很幸福。想想恩师培养我一场，师徒俩这样在一起的温馨时刻又能有多久呢？就像父母把子女培养成人，子女永远都报答不完父母的恩情一样，恩师付出了很多心血培养我，我这一辈子都报答不完他对我的恩情啊！

2015年11月22日，在返回美国的前一天，我又一次去病房看望恩师。当时，他的哥哥、嫂子和女儿列列也来看望他。他说："昕艳，用你的手机给我和哥嫂还有列列照个相。"给大家照完相之后，我也和他留了张影。那是我今生和恩师的最后一张合影，当日的见面也是我今生和恩师见的最后一面。当时，我多么希望时间能够凝固，让我再多陪伴恩师一会儿。但是，重病的患者是没有那么多的体力可以长时间连续接待一拨又一拨前来探望他的人的。离开病房前，我恋恋不舍，但还是强忍着泪水和恩师拥抱告别。我默默地祝福他老人家战胜病魔，早日康复。最后看了他一眼，我轻轻地关上了病房的门。和培养我四年、认识长达二十年并影响我一生的恩师深情地告别，我是多么不舍得他啊！心中无比哀伤，无比难过。走出病房，我的泪水止不住地往下流。再坚强的人在影响她整个人生的恩师病重之际，都会控制不住感情。一个月之后，也就是2015年12月23日，噩耗从北京传来，我悲痛万分。我为恩师最终被病魔夺去生命感到心痛，也为他用自己的音乐为人类社会、为人类历史做出了重大贡献感到骄傲。和他在一起所有的点点滴滴都将成为我一生中永久的珍藏，铭刻在我脑海中的，是他教给我的要为心爱的作曲事业奋斗终生的座右铭。在金老师作品音乐会的节目单上，他写道："音乐是生命的希望，音乐是生命的延续。"恩师虽然离开了，他的众多作品还在全球各地不断上演并影响着一代又一代人；他培养的弟子们发扬着他的精神，正在音乐道路上奋勇拼搏。我希望凭借自己坚持不懈的努力创作出更多的优秀作品，让中国的音乐在世界的舞台上绽放得更加绚丽多彩！我希望音乐神奇的力量能够延续恩师的生命，能够带给更多人正能量！！愿天堂里的恩师笔耕不辍，继续为人类谱写爱的篇章！！！

戏剧人生　中华交响

魏　扬

2015年12月23日23点21分，深受中国和世界乐坛敬爱的金湘先生逝世，享年80岁。中国音乐界都沉浸在无尽的悲痛之中，中国国家大剧院于24日发表第一篇祭奠文章《金湘，永远守望于"日出"》。12月29日上午10点，北京八宝山殡仪馆兰厅举行"沉恸哀悼著名作曲家金湘教授"告别仪式，各大音乐协会、歌剧院、音乐学院敬献花圈，各地作曲家、理论家、表演艺术家等200余人奔赴仪式现场送别，笔者泣写悼文和挽联："戏剧人生先生金钟鸣千古，中华交响后继杏坛永垂青！"

戏剧人生

受众因你沉醉、痴狂

同行送你掌声、鲜花

爸爸临终称许你而后瞑目

我们同胞手足视你为家族骄傲

你却永不满足，永不止步，探究无艮，一生奔跑

你累了，生命的曲谱中也要有休止符

我们不会阻拦，也阻拦不了

你在那个世界继续追寻，奔跑……

——萧扬[①]

[①] 萧扬为金湘兄长金陵别名。

金湘，浙江诸暨人，著名作曲家、音乐评论家、音乐教育家、指挥家。中国音乐家协会理事、中国电影音乐学会特邀理事、国家文华大奖评委、国家精品工程评委、政府特殊津贴获得者、中国音乐评论学会副会长。1989年被《中国音乐年鉴》评为"中国音乐名人"，1992年被"英国剑桥国际名人传记中心"评为"1991—1992年度世界名人"，同时被收入《世界杰出人物录》和《美国2000位名人录》。他戏剧性的人生经历、鲜明独特的人格魅力、独树一帜的音乐风格以及创建"中华乐派"的宏大构想所转化成的百部伟大的作品，震撼着中华儿女的心灵。

1935年4月20日，金湘出生于南京成贤街，父亲金海观是中国教育先行者陶行知的学生，全国人大原常委会副委员长雷洁琼评价金海观是"爱国的、民主的乡村教育家"。1936年10月，金湘随父迁居浙江萧山，7岁开始学习钢琴。1946年9月，11岁的金湘考入常州国立音乐院幼年班，接受了极其严苛的专业基础训练，解放后全班并入天津中央音乐学院，成为该院少年班学生，15岁的金湘在少年班主修钢琴和大提琴，得到马思聪夫妇的言传身教，奠定了坚实的音乐功底。1952年，17岁的金湘在吕骥的教导影响下到中央音乐学院做民族音乐研究工作，担任见习研究员。他走遍祖国的千山万水，搜集、整理了上千首民间音乐，其中的一首山歌《三天路程两天到》被广泛传唱。一起工作的张鲁（民研所主任）、杨荫浏、黄翔鹏、简其华、晓星等音乐学家也潜移默化地影响着金湘，黄翔鹏更是成为了他终身的良师益友。在此期间，他接触、学习和研究了大量的民间音乐，这种植根于民间音乐与传统文化的音乐美学观也在这一时期初步形成。1954年9月，19岁的金湘被保送到中央音乐学院作曲系，开始全面系统地学习作曲技术。1959年7月，24岁的金湘以优异的成绩毕业。但因1957年被错划为"右派"，从而被下放新疆20年，虽然"苦其心志、劳其筋骨"地体验了生活的万千百态，阅尽了人间的苦辣冷暖，他依然长期坚持学习维吾尔族民间音乐，特别是刀郎木卡姆，为中年之后爆发式的创作积累了丰富的生活素材。

1979年2月，44岁的金湘平反后回到北京，担任北京歌舞团指挥兼作曲，此后在新疆、北京、广州、上海、长春等地巡回演出，并在国际乐坛执棒演出自己创作的作品。1984年12月，49岁的金湘调到中国音乐学院，担任作曲系副教授、作曲教研室主任。1985年，由中央民族乐团委约金湘创作的民族交响组歌《诗经五首》获全国音乐作品最高奖，从此，50岁的金湘开始受到中国"严肃音乐界"的关注。1986年，金湘创作的民族交响音画《塔克拉玛干掠影》成为20世纪80年代具有代表性的民族交响乐作品。1986年夏，金湘开始着手歌剧《原野》的创作，1987年9月，歌剧《原野》在首届"中国艺术节"成功上演。1988年应美国邀请，金湘率中国歌剧代表团赴康州沃特福特市的尤金·奥尼尔戏剧中心参加歌剧《原野》的排练演出，这是歌剧《原野》第一次走出国门，并获得美国音乐家的高度赞誉。

1990年7月，55岁的金湘远赴美国西雅图，在华盛顿大学做访问学者一年，1991年9月，金湘在华盛顿歌剧院任驻院作曲；1992年1月，歌剧《原野》在美国华盛顿肯尼迪中心艾森豪威尔剧院连演11场，创造了在没有政府资助的情况下中国歌剧国外商业演出的奇迹，美国《纽约时报》《华盛顿邮报》等媒体对歌剧《原野》的演出给予了高度评价，认为其演出具有历史性意义。1992年9月，金湘到美国纽约茱莉亚音乐学院考察访问一年半。他在洞察国际音乐发展趋势的基础上更加重视本民族音乐传统的整理与挖掘，在1993年波士顿第二届国际中国音乐研讨会上发表了《空、虚、散、含、离——东方美学传统在音乐创作中的体现与应用》一文，是他这一时期美学观的集中体现。除此之外，金湘还在国外生活与学习期间创作了9部作品，其中的歌剧《楚霸王》于1994年在上海连演7场，获得了上海歌剧界和观众的广泛赞誉。

1994年，金湘回到中国音乐学院作曲系并担任教授一职，2004年、2006年，金湘分别任中国艺术研究院、中国音乐学院博士生导师。1996年，金湘在纽约建立"东西音乐交流协会"并担任主席。1996年12月，金湘在北京音乐厅举办民族交响乐作品音乐会，展示了他多年以来在民族交响乐上所做的努力与探索。1997年，为纪念南京大屠杀60周年而作的交响大合唱《金陵祭》由全球300位华人在美国纽约卡内基音乐厅进行首演，引起巨大反响。2003年，金湘、赵宋光、乔建中、谢嘉幸共同发表《"新世纪中华乐派"四人谈》,此后,金湘推动了一系列"建设中华乐派"的活动,使中国音乐界形成了一股发展民族音乐的思潮。

2003年11月,68岁的金湘开始创作歌剧《杨贵妃》,2004年5月30日,歌剧《杨贵妃》由中国歌剧舞剧院在北京天桥剧场首演,2005年,歌剧《杨贵妃》被国务院选中参加东京举办的"走进中国"大型系列文化活动。2005年6月,歌剧《八女投江》在天桥剧场首演,这部歌剧采用了重唱(美声、民族、通俗三种唱法)等前无古人的歌剧表现形式与创新手段,是社会化程度较高的一部作品,深受大众喜爱。2008年8月,金湘完成的交响曲《天》是作曲家心灵与宇宙的对话,表现了中国传统文化"天人合一"的思想。2010年8月,由金湘作曲、李稻川编剧的歌剧《热瓦普恋歌》在国家大剧院成功首演,该剧是中央歌剧院第三部反映新疆题材的歌剧作品,荣获文化部主办的"2010国家艺术院团优秀剧目展演"最佳编剧奖和最佳音乐创作奖。2013年5月22日,中央歌剧院委约创作的歌剧《红帮裁缝》在宁波大剧院首演,该剧以宁波味浓郁的马灯调作为发展素材结构全剧,深受观众欢迎,在全国演出近百场,2014年荣获第13届全国"五个一工程"优秀精品剧目奖。2014年9月,金湘出版《绿色的歌——金湘合唱作品选》,收录了他1982年至2009年间创作的主要合唱曲。2015年6月17日至21日,国家大剧院委约金湘创作的歌剧《日出》在国家大剧院歌剧厅首演五场,引起轰动,该剧音乐注重整体的宏观概括性、主题的统一贯穿性与交响性发展,同时注重对不同人物进行细致的刻画,使之成为一部融民族性、独特性、戏剧性和交响性于一体的史诗性音乐巨著。

中华交响

> 天生我材必有所用,
> 探索开拓道远任重;
> 奉献华夏终生无悔,
> 谱就乐章天摇地动!
>
> ——金湘

金湘的作品体裁广泛，风格多样。从大型歌剧、交响乐、协奏曲、大合唱、各种室内乐直至影视音乐，共有百余部作品问世，在各大歌剧院、音乐会、电台、电视台多次演出、播放。他的作品将东方优秀的美学传统与西方近现代作曲技法相结合，以其独特鲜明的个性、浓厚强烈的当代审美意识赢得了广大中外观众的赞赏。主要代表作有：歌剧《原野》《楚霸王》《杨贵妃》《热瓦普恋歌》《红帮裁缝》《日出》，琵琶协奏曲《琴瑟破》，钢琴协奏曲《雪莲》，音诗《曹雪芹》《红楼浮想》，交响组歌《诗经五首》，交响大合唱《金陵祭》，交响叙事曲《塔克拉玛干掠影》，小交响曲《巫》，交响曲《天》等。

1987年7月25日，由万方改编、金湘作曲的歌剧《原野》在北京天桥剧场进行首演。该剧重点放在展示人物的心灵和深层感情上，更借助音乐把剧情推入更高的诗的意境，以泼墨的诗情渲染了仇虎的怨恨与复仇。继1987年9月在北京第一届中国艺术节上演并获得巨大成功后，又于1988年8月在美国康涅狄格州奥尼尔戏剧中心以"舞台阅读"的形式演出并获成功；1989年12月，该剧在联邦德国慕尼黑第三届国际音乐戏剧研讨会上荣获"特别荣誉证书"奖；1992年1月至2月，该剧在美国首都华盛顿肯尼迪艺术中心由华盛顿歌剧院进行美国首演；1993年2月至3月在台湾公演；1997年8月在德国、瑞士等欧洲各国首演；均获得一致好评："中国歌剧《原野》在美国成功的演出，是20世纪以来世界歌剧史上最主要的事件之一。"（《今日美国》）"作曲家写出了人类共同的情感，对生命的热爱和对幸福的渴望。"（德国媒体）"音乐是没有国界的，《原野》的音乐让我们的心灵相通，《原野》征服了瑞士。"（瑞士古典音乐节主席阿兰奇）"《原野》将成为在国际保留剧目占有一席之地的中国歌剧。"（《华盛顿邮报》）美国乐坛最具权威的《纽约时报》亦刊登了一篇题为《来自中国的普契尼的回声》的文章，文章中写道："金湘的曲折经历的创作道路，使他正好立足于当今在美国占主流的新浪漫主义洪流中。他运用美妙的技术，细腻地将这些不同风格结合成为另一个自己民族特有的东西。"

在出国巡演的日子里，歌剧《原野》引发了众多观众的热切欢迎，广大华人观众和剧组的全体华人艺术家，更是一直沉浸在民族情感的迸发、交汇与满足之中！这些都深深感动着金湘，使他更加坚定了为自己的理想而奋斗的决心，也更加确定了自己所选择的——走中西合璧的创作道路。

从此，金湘开始了国际音乐与文化的交流活动。他先后到德国、美国、苏联、加拿大、墨西哥、希腊、法国、荷兰、比利时、瑞士、奥地利、意大利、日本、新加坡、马来西亚等众多国家以及中国香港、澳门、台湾等地区参加各种艺术节及创作中心的活动，以讲学及在报刊上发表文章等方式向世界人民宣传中国音乐文化之精粹及建立新一代华夏文化的意愿。金湘本人亦被誉为"跨文化事业的先锋""一代旋律大师""东方的普契尼""当代东方新浪漫主义的代表"。在国内，《原野》1993年被评为"20世纪华人经典"，1999年获文华大奖。

1979年之后，金湘还发表和出版了数百万字有关音乐创作思想与理论的著述，从实践提升到理论，再从理论回归到实践进行验证。1990年，金湘出版《作曲家的困惑》，2003年出版《困惑与求索——一个作曲家的思考》，2014年出版《探究无垠——金湘音乐论文集》。金湘的这种"双栖"性理论探究具体表现在"歌剧思维"观、音乐创作学、东方音乐美学、建设中华乐派等多个方面。其"歌剧思维"观已成为歌剧界广泛接受的金科玉律。并先后发表了对谭盾、杨立青、何训田、周龙、陈怡、陈其钢、叶小纲、朱世瑞、秦文琛等人的评论性文章。

听金湘的音乐，第一时间感受到的是和声色彩，无论何时何地，只要音乐响起，听众立刻就能辨认出是他的作品。有人说他的音乐可听性极强又极具现代感，也有人说他的音乐美中带"刺"，众说纷纭。但金湘作品独一无二的和声色彩及在此基础上形成的鲜明独特的个人风格却是公认的，这种听"一耳朵"就能辨认出来正是最伟大的作曲家及其作品所具有的特点之一，也是众多作曲家毕生追求的目标。有人说金湘的音乐听起来色彩感浓郁，但翻看总谱满眼都是纯五度，听觉与视觉形成强烈反差，而这也正是金湘创作中独具特色的个性化与和声语言，历经了数十年探索和实践，已形成系统化的和声"词汇"和"语汇"，成为发展完善的纯五度复合和声体系。

金先生立足于中华民族传统，大胆地、创造性地吸收现代音乐创作技法，不仅以其"可听性"吸引着当下的音乐爱好者，而且将以其"创造性"昭示着中国现代音乐创作的发展路向！他是一个雄心勃勃的作曲家：在技术上"大破"，创建民族和声体系并在几十年探索过程中不断发展和完善；在音乐上"大立"，感人至深、催人热泪。"金湘的音乐以音程结合做基础的泛调性写法为主，其中渗透着东方哲学的大气而悠长的深远意境，具有深刻的哲理性、强烈的悲剧性和宏伟的史诗性，产生了强大的震撼力和感染力，是中国式的新浪漫主义乐风。"

金先生在教学上认真、严谨，教学方式极富拓展性。他总结了16字的教学方针："功底扎实，思维活跃，根系中华，视野开阔。"一方面要求学生掌握扎实、全面的基本功，另一方面注重学生对中华民族优秀传统的继承和发扬，在30多年的教学生涯中培育了一大批活跃在中外音乐界的作曲精英。

探究无垠，一生奔跑。华夏赤子，民族骄傲！斯人已逝，艺术常青，唯愿先生西行之路平坦，学术光辉永恒闪耀！

（原载《歌剧》2016年第2期）

民族根　中华情

——《探究无垠·金湘音乐论文集之二》书评

魏　扬

作曲家金湘的新著《探究无垠·金湘音乐论文集之二》于2014年1月由人民音乐出版社发行，这是他继《困惑与求索——一个作曲家的思考》[①]之后的又一部论著。由汪毓和、王次炤和赵塔里木分别作序，包含"理论篇、创作篇、回响篇、其他篇"四章以及"金湘作品分类目录"，从约五十万字的文集中读到的是这位勤勉创作的作曲家、执着探求的理论家十余年来的技术追求、哲理思考和心路历程。

一、"理论篇"的中华情怀与国际视野

（一）理论探究的中华情怀

金湘的理论观点主要集中于五个方面：

1. 作曲技术理论的学科应该划分为旋律学、多声部学、结构学、载体学和织体学五类，替代传统的和声、曲式、复调与配器"四大件"分类。

---

① 金湘:《困惑与求索——一个作曲家的思考》，上海音乐出版社2003年版，上海。

多声部学是和声与复调的综合,并相应增加现代和声与对位及民族和声与对位的内容;结构学是在曲式学基础上相应增加现代结构分析及民族乐种学的内容;载体学是在配器学基础上相应增加现代配器法及合唱、民族乐队、爵士乐队和电声乐队配器的内容。将作曲教学所忽视的旋律、织体写作各单列学科:旋律学是将传统与现代的旋律分析法相结合,对古今中外的音乐旋律进行分类研究的学科;织体学是对古今中外各种音乐体裁的织体和各种类型织体进行分类研究的学科。

2. 歌剧创作区别于其他音乐体裁的"歌剧思维"及其在结构、语言、技术和观念上的体现。即剧作家写作歌剧剧本要具有音乐化的剧本结构、音乐化的剧本语言、音乐化的写作技术和音乐化的创作观念。而作曲家创作歌剧音乐要具有戏剧化的音乐结构、戏剧化的音乐语言、戏剧化的作曲技术和戏剧化的创作观念。

3. 东方音乐美学的五种特色。即音乐空间、时间上的"满"与"空",音乐本质的"实"与"虚",音乐结构的"规"与"散",音乐能量的"宏"与"含",音乐音响的"合"与"离",并侧重于每一对美学特征中后者的音乐表现力,以区别于侧重前者的用"场"和"域"(例如德国哲学家马丁·海德格尔)或者"力"(例如德裔美籍美学家鲁道夫·阿恩海姆)来阐释的西方艺术美学观。

4. 民族音乐传统的"上层"形态学、"中层"结构学和"底层"美学／哲学三个层面。强调对代表民族音乐创作思想"灵魂"的中华音乐美学和哲学的重视与研究。

5. 建设中华乐派的愿景与设计。从创作、表演、理论、教育四部分着手,建设一个中华音乐的完整系统,包括中华音乐创作体系、表演体系、理论体系、教育体系及其评价标准。金湘说:"这五个方面的理论综合在一起,就是中华乐派的完整理论框架。"

(二)理论探究的国际视野

金湘在日本接受 NHK 记者宝田俊幸和裕香贯奈采访时,被问到对日本作曲家武满彻创作风格的感受,他总结:"东方哲学／宗教的神秘性与当今世界人性复苏的原动性的结合;大气而悠长的深远意境与细致入微的音乐脉动的结合;横向线条的起伏缠绕与纵向结构的散状自为的结合;日本本土乐器特征的音色描绘与偶然音乐的洒脱浑然一体;张力极强的和音结合与无重音轨迹节奏的反差;开掘并运用大量新的音源、音块;调性、泛调性与无调性,民族性与世界性非常自然地融为一体。"① 这一评价准确而具体地表达出了"武满彻音乐中的'灵性'"② 特征。"理论篇"还收录有:金湘与美籍学者、诗人邹长华探讨歌剧的文章,在香港中国歌剧论坛上的发言稿,在台北室内合唱团的讲座提要,对美籍作曲家谭盾歌剧《茶》的评论,对美籍作曲家周龙交响乐作品音乐会的评论等,体现出金湘理论探究的高屋建瓴和国际视野。在《音乐是歌剧的灵魂,旋律是音乐的灵魂》一文中金湘谈道:"正是因为我有清醒的认识,并且能够坚持己见,才能够在西雅图华盛顿大学讲学,在华盛顿歌剧院担任驻院作曲。从1990年到1994年在美国的经历给我最大的收获就是:在完成了多层面纵向和横向的了解与比较之后,我真正看清楚了自己应该走什么样的路。"③ 而他所主动选择的,是一条以仁德大爱的正能量教化大众、温润心灵的"人民作曲家"之路。"在创作中澎湃着激情并着力表现人性之美是金湘作品给人的第一印象,所以,只要他的音乐一响起,立刻就揪住人心,富有强烈的艺术感染力。"④ 这种特色在他的歌剧作品中尤为突出。美国理论家肯特·威廉姆斯在其著作《二十世纪音乐的理论与分析》⑤中将音乐作品划分为三种类型:Tonal、Neotonal 和 Atonal,即调性类、新调性类(等同于"Pantonal",

---

① 金湘:《探究无垠·金湘音乐论文集之二》,人民音乐出版社2014年版,北京,p.126。
② 魏扬:《武满彻〈诗篇幻想曲〉和声排列的三维构架》,《音乐研究》2012年第2期。
③ 魏扬:《武满彻〈诗篇幻想曲〉和声排列的三维构架》,《音乐研究》2012年第2期,p.151。
④ 金湘:《探究无垠·金湘音乐论文集之二》,人民音乐出版社2014年版,北京,p.32。
⑤ J. Kent Williams, Theories and Analyses of Twentieth-century Music. Harcourt Brace & Company. 1997. p. 1.

即泛调性）和无调性类。这种划分方式同样适用于中国当代歌剧创作：

1. 以调性创作为主（见图1）。例如：肖白的《霸王别姬》、徐占海的《苍原》、莫凡的《雷雨》、郝维亚的《一江春水》和《大汉苏武》、雷蕾的《西施》《赵氏孤儿》和《冰山上的来客》等。民族歌剧如新版《白毛女》、新版《洪湖赤卫队》和印青的《运河谣》等。占新创作歌剧的绝大多数，有利于歌剧的普及。

图1

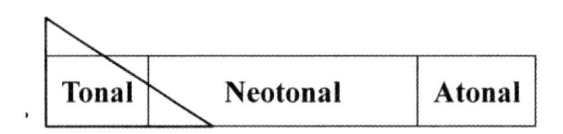

Tonal	Neotonal	Atonal

2. 以无调性创作为主，部分音乐渗透到泛调性领域（见图2）。例如：郭文景的《狂人日记》、周龙的《白蛇传》、温德青的《赌命》、叶小纲的《咏·别》和《永乐》等。虽然数量少，但有利于歌剧事业的发展，应该积极地鼓励与提倡。

图2

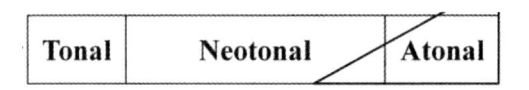

Tonal	Neotonal	Atonal

以上两种歌剧创作类型在图示上各"执其一端"，主要原因大致有二：作曲家个人的学习经历、技术风格、美学观念与艺术追求；并力求避免在所有音乐体裁中演出时间最长的歌剧中风格不能保持统一。

3. 以泛调性创作为主，部分音乐渗透到调性、无调性领域（见图3）。例如：谭盾的《马可·波罗》和《茶》，金湘的《原野》《楚霸王》《杨贵妃》《热瓦普恋歌》《红帮裁缝》和《日出》等，属于中间类型。

图3

Tonal	Neotonal	Atonal

这一类歌剧以泛调性为主基调,在唯美的场景和纯情的咏叹中出现调性段落,在戏剧性场景和情绪激愤的宣叙或咏叙中出现无调性段落。而金湘将之称为进入"自由王国"的歌剧作曲技术风格,是"歌剧思维"观在创作观念和作曲技术上的鲜明体现。当然,这三种类型并没有高雅、低俗或先进、落后之分,关键在于作曲家能否创作出优秀的经典传世之作。

二、"创作篇"的民族根基与艺术创新

(一)民族音乐的浸染与滋养

儿时吸引金湘的浙南乡村的山歌、渔歌和插秧歌,中央音乐学院少年班学习阶段吕骥的引导,中国艺术研究院音研所收集整理河曲民歌的工作经历都"在他的血肉、情感中,深深地扎下了民族的根!"[①]。下放新疆期间他坚持采风,为了去塔里木学习刀郎木卡姆,搭上拉棉花的卡车,去程是空车,返程时装满棉花,就在棉花堆里掏一个洞钻在里面,随时有坠落的危险。1979年回到北京之后,他仍然有意识地到民间采风。金湘在作品中直接引用民歌的例子如交响大合唱《金陵祭》中《孟姜女》的旋律,将民歌进行修改并加以发展的例子如歌剧《红帮裁缝》中《马灯调》的素材,运用民间音乐的气质特色的,如民族交响组歌《诗经五首》中的刀郎木卡姆的以及歌剧《楚霸王》中的湖北兴山三度音调元素,自己创作民歌风格旋律的如歌剧《原野》中的《大麦黄》等。

(二)民族作曲技法的探索与创新

金湘在对民族结构逻辑的探索方面,有如运用"凤点头""龙摆尾""蛇脱壳"和"鱼咬尾"等民族音乐乐思发展所特有的逻辑思维方式。在民族性和声语言的探索方面,有从"五正声纯五度复合和声"(见其艺术歌曲、合唱作品)、"七声性纯五度复合和声"(见其交响组歌、歌剧、音乐

---

① 魏扬:《武满彻〈诗篇幻想曲〉和声排列的三维构架》,《音乐研究》2012年第2期,p.308。

剧作品)到"现代性纯五度复合和声"①(见其室内乐、交响合唱、歌剧、交响乐、民族交响乐作品)的创举。在民族性对位手法的探索方面,有如运用民族七声性旋律的多调性对位,而双调性和三重调性在他的歌剧重唱与合唱中很常见,较为极端的例子有如歌剧《楚霸王》第二幕中的六重唱,六个对位声部分别在 C 宫、G 宫、D 宫、A 宫和 E 宫系统调上依次进入,推动戏剧性场景达到高潮。

(三)"歌剧思维"在创作中的应用

笔者作为歌剧《日出》的配器助理,有幸见证了金湘创作歌剧的全过程,从开始构思到作品首演,他既没有使用电脑,也没用使用钢琴,只是有时唱一唱,无论是调性段落还是无调性段落,都完全靠自己的内心听觉去寻找音高与和声。金湘说:"在歌剧创作状态中,十二个半音都是我的创作材料,它们的地位是平等的。根据剧情的发展需要,我的音乐感觉到哪个音就用那个音,无论是无调性段落、泛调性段落还是调性段落,我不会受任何束缚,完全根据剧情、根据音乐感觉进行结构构思和音乐创造。"也就是在调性、泛调性和无调性领域自由穿梭,他超强的音乐感觉毫无羁绊地贴合剧情发展。正因如此,观众既可以听到他脍炙人口的调性唱段(如《原野》第二幕金子的咏叹调《啊!我的虎子哥》),也可以听到他极富戏剧性的泛调性唱段(如《红帮裁缝》第二幕男声合唱《海盗之歌》),还可以听到他充满张力的无调性唱段(如《楚霸王》第一幕混声合唱《我们胜利了》)。即使是调性唱段,也因为这种特殊的创作方式而带有极其鲜明的个人特色。在他的作品中听不到很刻意的各种创作观念和作曲技法的痕迹,形成了以泛调性为主、兼具调性和无调性的歌剧作曲技术风格。

这样,就出现了一种特殊的现象:金湘的歌剧演出时很多人都在抹眼泪,或者哽咽、抽泣,散场时观众久久不愿离去,歌剧厅中许多观众在哼唱着作品中的曲调,连洗手间的口哨声都是剧中的音调。但随后就会有评论文章或委婉或直接地批评作品中不协和因素太多,甚至刺耳。这些评论

---

① 魏扬:《五正声纯五度复合和声的和弦体系》,《音乐研究》2014 年第 1 期。

家从他们接受的教育和审美习惯出发感受到的"刺耳"的音乐,大多数观众似乎并没有感觉到。究其缘由,正在于以上提到的金湘歌剧的戏剧化结构、戏剧化音乐语言、戏剧化作曲技术和戏剧化创作观念。还因为有为数不多但"美丽诱人"的调性唱段如"草蛇灰线"般迂回穿插于整部歌剧之中,成了"可听性"的支持。这就像我们研究瓦格纳的总谱时觉得非常复杂、不协和,但观看瓦格纳歌剧演出时感受到的却是传统、保守的功能和声音响一样;也体现出金湘"既有群众性、又有专业性"的歌剧创作理念而从来没有人批评金湘歌剧唱段的风格不统一,保持风格一致的根源是他所运用的纯五度复合和声,通过复合纯五度底音数量的增减和关系的变化,音乐自由地穿梭于调性、泛调性和无调性领域。他彻底抛弃了功能和声,作品中没有"I—IV—V—I"和声进行,没有大小七和弦(V_7),因而也就没有"V_7—I"的终止式。其民族性纯五度复合和声"在历史性和逻辑性的基础上对似乎已形成定式的民族和声研究现状寻找到一点突破,使其更接近民族传统音乐的精神和风貌"[①]。

(四)东方音乐美学在创作中的体现

金湘民族交响音诗《曹雪芹》中纵向音乐空间与横向音乐时间上的"空灵"气韵,为箫与室内乐队而作的《冷月》中音乐本质的"虚清"抽象,琵琶协奏曲《琴瑟破》中音乐结构的"散逸"精琢,为中胡与民族乐队而作的《花季》中音乐能量的"含微"缠绕,歌剧《热瓦普恋歌》中音乐音响的"离远"穿越等,无不渗透着东方音乐美学的深刻影响。

三、"回响篇"的碰撞争鸣与艺术提炼

(一)思想的碰撞与争鸣

金无至纯,在"回响篇"中收录了对金湘音乐实践和理论进行"探讨、直言与争鸣"的文章。有明言《对〈困惑与求索——一个作曲家的思考〉

---

① 魏扬:《金湘创作中的纯五度复合和声体系探究》,《音乐研究》2013年第3期。

的批评》、石惟正《歌剧〈原野〉的音乐创作对声乐表演的良好导向》、黄晓和《歌剧〈八女投江〉观后感》、周勤如《重振阳刚，直虑血性》和《歌剧〈八女投江〉座谈会记录》等。还收录有曹禺、乔羽、万方、周小燕、黎英海、严良堃、朱践耳、苏夏、张国勇和程大兆等剧作家、词作家、教育家、作曲家、指挥家和理论家与金湘进行探讨的信件。其中的批评意见对于80岁仍孜孜不倦探究求索的作曲家金湘而言是非常好的提醒与激励，大家爱其乐、爱其才、爱其人，愿助其一臂之力。从而形成完整的"创作—演出—研讨—求索—再创作"的良性互动、螺旋上升的创造过程，也使金湘的思想境界在汇聚"大家"智慧的基础上不断提升。

（二）作曲技法和美学理念的提炼

"回响篇"中对金湘作曲技法进行提炼的文章有：冯广映《论金湘音乐语言》、魏扬《金湘创作中的纯五度复合和声体系探究》、徐文正《金湘〈第一弦乐四重奏〉分析》、赵冬梅《金湘交响作品音乐会观感》和刘诚《金湘〈国画集·松、竹、梅〉和声技法解析》等。总结出音乐结构上的创新，如"凤点头""龙摆尾"的结构构思，又如《琴瑟破》以两个核心音程向位为中心，11种旋律音程向位颠倒变幻连接成章，并借鉴琴、瑟、琵琶等乐器的特有意韵和唐大曲'破'部的结构特色，创造出跌宕起伏、引人入胜的音乐情境"[1]。在民族和声技法上的创新，如纯五度复合和声"在不同纯五度结合的过程中自然产生许多不协和音程，它们既不属于西方传统和声中需要'预备、解决'的不协和音程，又不属于现代音乐各门各派和声体系中的不协和音程，它们完全建构在纯五度基础之上，其中蕴含着深厚的东方美学、哲学思想"[2]。

"回响篇"对金湘美学理念进行提炼的文章有：居其宏《歌剧思维及其在〈原野〉中的实践》、崔宪《金湘歌剧创作的又一个里程碑——听中央歌剧院原创歌剧〈热瓦普恋歌〉》、李稻川《歌剧思维体现下的现代审美意识》、梁

---

[1] 魏扬：《论金湘琵琶协奏曲〈琴瑟破〉"旋律音程向位"的结构力》，《中国音乐》2010年第1期。

[2] 魏扬：《金湘民族交响乐作品的文化思考》，《人民音乐》2011年第11期。

茂春《寻找史诗——评金湘交响合唱〈金陵祭〉》、周勤如《在中国音乐评论学会第三届年会上参加金湘歌剧〈原野〉对话的发言》、孙禹《歌剧思维下的导演行为》、满新颖《金湘歌剧思维论观产生的背景、实质及其价值》和曹桦《歌剧史上的一座里程碑——写于〈原野〉诞生20周年纪念之际》等。

结 语

在文集"其他篇"中金湘抒发了对人生、恩师、亲朋的感怀。如《往事三则》回忆抗美援朝时期彭德怀看望少年班给每个人题字的情景，回忆与巴金的交流，回忆与美国著名作曲家弥尔顿·巴比特的畅谈等。这些史料能够帮助我们理解金湘成长的心路历程，理解这位一生在实践与理论探求中的双栖音乐家的人生观、世界观和创作观的形成过程。文集最后附"金湘作品目录"，是研究金湘创作的史料参考。《探究无垠》必将成为中国近现代音乐史非常重要的一卷书，更留待后人评说。

借用金湘2012年创作的歌剧《红帮裁缝》中一段唱词来看金湘："世界潮流浩浩荡荡，顺之则昌逆之则亡。振兴吾土吾族，崛起世界东方。一腔热血为信仰，'中华'太阳光芒万丈。"金湘对中华民族深沉的爱、炙热的情，毫不掩饰地在文章和作品中表露出来。在党和政府大力提倡民族创新精神的今天，金湘音乐理论在民族音乐"上层"形态学、"中层"结构学和"底层"美学三个层面上的创新与成就，值得中华音乐人学习与发扬。对金湘音乐理论和作品的研究方兴未艾，"到底其音乐结构的'内核'是什么样的？其深层的结构规律又有着怎样的逻辑性？这就须要借助更为微观的分析方法进行研究。"[①] 老骥伏枥，志在千里。值此国家大剧院委约的歌剧《日出》连续5场成功首演之际，祝金湘身体健康，在迈入作曲"自由王国"的成熟期再创作几部巅峰力作，福泽后人。

（原载《人民音乐》2015年第12期）

---

① 魏扬:《鲁托斯拉夫斯基〈第四交响曲〉双主题群交替衍展的"透视性"结构》,《南京艺术学院学报：音乐与表演版》2013年第2期。

长电话

——怀念恩师金湘先生

魏 扬

金湘是中国歌剧创作的先锋,是我的恩师,受教八年,金先生对我寄予厚望重托,在创作上继承金氏歌剧艺术,在思想上建设"中华乐派"。

2016年5月,金先生辞世半年之后,我赴上海朱践耳先生家,请朱先生为纪念文集题词:

> 戏剧人生,中华交响!
> 坎坷人生路,痴狂作曲情。
> 原野望日出,诗经祭金陵。
> 宏扬华乐派,天地侠客行!

94岁高龄的朱先生手微微颤抖,写歪了一点,又重写一张,从上午11点多一直到下午接近2点才写好。我大气都不敢出,安静地等待,朱先生写完马上去休息,没有多说几句话,但那份浓浓的情却是满满的,装在我们的心里……

隔几天通一次长电话,短则半小时,长则三小时,是我拜金先生为师约一年半之后逐渐形成的默契,这种默契一直持续到2015年9月,金先生已经病重说不出话，手机也从那时起再也没有接通过了。算下来，这种默契持续了6年零3个月，已经成了生活中的习惯，直到今天，我还会拨打金老师的电话，然后跟他说说我的作品，我的文章，我的心得……

（回忆）2009年9月的一天，金老师晚上10点打电话来，想让我给他带的所有研究生单独开设《二十世纪作曲技法》课程，并讨论课程内容。第一学期：（1）勋伯格十二音体系（运用《乐队协奏曲》中的十二音序列作钢琴曲）。（2）艾伦·福特的音级集合理论（并运用[4-Z29][4-Z15][8-Z29][8-Z15]四个集合创作钢琴曲）。（3）民族化的"辅曾体系"十二音序列（创作钢琴曲）。（4）梅西安有限移位调式（运用两种有限移位调式创作钢琴曲）。（5）"音程向位"作曲法（运用金湘《琴瑟破》中的音程向位创作钢琴曲）。（6）鲁托斯拉夫斯基"有控制的偶然对位"作曲法（运用鲁托斯拉夫斯基《第四交响曲》中的编制创作"有控制的偶然对位"片段）。（7）鲁托斯拉夫斯基十二音和弦中的十个传统和弦配置。第二学期：（1）缩谱写作与结构创新（本学期作品创作必须先写完缩谱，并在作品结构上探索完全属于自己的新型结构。可用刘金宁和任辰的作品举例）。（2）民族音乐创作中的色彩性三度叠置和声（运用色彩性三度叠置和声为民歌编配）。（3）基因线条与民族音乐的线性特征（只使用基因线条将民歌改编成钢琴曲）。（4）质数魔方（创作钢琴曲）。（5）简约派"和弦低音"十二音和声（创作钢琴曲）。（6）毕达哥拉斯定理音高魔方（创作钢琴曲）。（7）武满彻作品和声分析。第三学期：（1）由同主音五声调式生成的民族九声音阶及其在创作中的旋法与和声运用（创作钢琴曲）。（2）由同主音七声调式生成的民族九声音阶及其在创作中的旋法与和声运用（创作钢琴曲）。（3）巴托克调式半音体系（创作钢琴曲）。（4）新浪漫主义手法分析。这电话打到半夜1点，金老师要的是中西结合，这个设计他很满意……

（回忆）每周金老师带我看3场左右交响乐、民族管弦乐、歌剧作品音乐会，有古典、现代和新作品首演，紧跟着时代的脉搏。2010年5月的一天，与金老师一起看完歌剧，拐到胡同里吃夜宵，向金老师请教该部歌剧的优劣得失，金老师侃侃而谈，分别时已是12点，刚刚分手，金老师的电话就打来了，继续……

（回忆）2012年3月的一天，金老师晚上3点打电话来，兴致勃勃地跟我讲交响三部曲《天·地·人》之《地》的创作构思："地心的火焰从低音区慢慢蒸腾……"这通电话打到清晨6点，金老师讲完了整部交响曲的创作构思，觉得很满意，并决定近期动笔。可接下来歌剧《红帮裁缝》的委约创作中断了交响曲《地》的创作时间，一直到生命的最后，金老师还觉得非常遗憾，交响曲《地》没能写出来，要我能将这个创作构思用在我的第三交响曲中，将之实现。

（回忆）2012年11月的一天，金老师早上8点打电话来，谈歌剧的创作构思和配器构思，我认真倾听着、记录着，金老师说："作曲的第一要务就是感人，打动人的心灵，首先是要感动自己，然后才能感动听众。你对我的创作风格已经非常了解了，我对你的作曲技术也很有把握，我授权给你，你可以调整我的作品，包括今后整理和出版我的作品。"

（回忆）2014年4月，单位组织部的部长打电话给我，让我隔天去见广东省文联书记，我不知道所为何事，见面才知道是广东省人事厅筛选干部，广东省音乐家协会专职副主席一职，需要45岁以下博士、教授、作曲家，文联书记很和蔼，召集文联领导们见我，让我回学校就办手续，下个月到文联上班。我一介书生，穷困潦倒，自然感激涕零。出门一阵凉风迎面吹过，脑袋清醒了一点，马上给金老师打电话，他还没听完就狠狠地批我："你的作曲才华和理论功底非常难得，如果从政，将失去人生的黄金阶段，等退休再创作就晚了……"接下来一周，金老师打了无数个电话，生怕我签协议，每隔两三个小时打一次。最终，一周之后，我给文联书记打电话，表示放弃。回过头看，每个人都是不同的材料，适用于不同的位置，我感谢金老师在关键时刻的强力阻拦，我注定要与金老师一样走创作的道路。印度特蕾莎修女有一人生信条："即使把你最好的东西给了这个世界，也许这些东西永远都不够，不管怎样，把你最好的东西给这个世界。你看，说到底，它是你和上天之间的事，而绝不是你和他人之间的事。人格、精神力量，以及纯粹的心灵，早就超越了任何文化属性和人性的存在，是全世界所有爱与美的化身！愿我们终有一天能为他人贡献我们全部生命的价值，找到生命的意义……"金老师就是这样的人，创作到生命最后，为世界奉献出又一部惊世力作歌剧《日出》，直到自己已经拿不起一支小小的铅笔……而我，能够给这个世界的最好的东西只有才华，我要珍惜金老师八年呕心沥血传授的歌剧创作经验，珍惜自己的才华，把我最好的东西给这个世界。

我带的四位研究生全部研究金先生的歌剧艺术，其中，曾婀娜的论文《金湘歌剧〈原野〉咏叹调音乐语言的多样性与贯穿性》发表在《吉林艺术学院学报》，《金湘歌剧〈原野〉中合唱的戏剧性功能》发表在《歌剧》，《歌剧思维与东方美学传统——金湘歌剧〈原野〉美学观与创作观》发表在《艺术探索》。何华茂的论文《歌剧思维映射下的复合曲式结构特征——以歌剧〈茶花女〉与〈楚霸王〉为例》发表在《音乐探索》，《金湘歌剧〈楚霸王〉重唱中的多重复合手法研究》发表在《歌剧》，《金湘歌剧〈楚霸王〉分层结构场域中的纯五度复合和声》发表在《南京艺术学院学报》。唐贤美的论文《简析金湘歌剧〈杨贵妃〉咏叹调中的中华美学传统》发表在《音乐探索》，《给世界一个震撼的传奇——金湘歌剧〈杨贵妃〉首演十周年回望》发表在《歌剧》，《五部中国经典歌剧的复排与歌剧思维观》发表在《吉林艺术学院学报》。马琳的论文《金湘歌剧〈热瓦普恋歌〉中的维吾尔族调式特征》发表在《歌剧》，《金湘歌剧〈热瓦普恋歌〉旋律中的辅助音》发表在《交响》等。共30余篇学术论文，对研究金湘歌剧艺术起到了一定的积极影响。魏扬、徐文正（师兄）、吕欣、杨金子、曾婀娜、何华茂、唐贤美、马琳等人可以组成"金湘歌剧艺术"研究团队，为建设金湘歌剧研究院，为弘扬中国歌剧艺术奉献一分力量。

在运用"音程向位"分析法研究金湘作品时，我发现了其创作中大量使用的纯五度复合和声，在进行理论学术规范后提出"纯五度复合和声体系"，获2012年国家社科基金艺术学青年项目立项。论文《金湘民族交响乐作品的文化思考》《饱含真情、品质高洁、成熟自信——记金湘2009交响乐作品音乐会》《金湘创作中的纯五度复合和声体系探究》（2万余字）、《五正声纯五度复合和声的和弦体系》（约2万字）、《单音程与其复音程的协和度差异及纯五度复合和声排列》（2万余字）等一批文章在《音乐研究》等核心期刊上发表。另外，还有课题组成员马学文的论文《金湘室内乐创作中的传统与现代、东方与西方》发表在《音乐研究》,《金湘室内乐〈冷月〉中的纯五度复合和声探究》发表在《中国音乐》。温辉明的论文发表在《中国音乐》,王硕的论文发表在《南京艺术学院学报》等。在国家社科基金项目课题研究过程中,我发现纯五度复合和声体系中的"五正声纯五度复合和声"可以成为民族和声学的基础(中国目前没有民族和声学),魏扬、马学文、何华茂、温辉明、王硕可以组成"民族和声学"研究团队,为民族音乐技术理论基础研究奉献微薄力量。

有人说:"你为什么只研究金湘?"我回答:"我还研究武满彻、卢托斯拉夫斯基、施万特纳,这些研究成果也刊登在《音乐研究》等刊物上,我的专著是研究《音程向位》,人民音乐出版社已经出版发行。"但金老师的音乐强烈地吸引着我,每次音乐会的火爆场面都历历在目。如果看好某位同行,想让他加入项目,无须多言,只要请他看金老师的音乐会,看完就会折服。这也是为什么金老师无钱无权无势,艰难孤独前行,却有着从黄翔鹏到刘再生、杨通八、梁茂春、崔宪、宋瑾、甘壁华等大批的学者研究金老师的创作,在中国知网上一搜,就有两百多篇文章,今年深圳、福建、天津等地还自发排演了金老师的歌剧。人的一生精力有限,只有对认定是好的、卓越的、能够流传的优秀作品和技法,才会拿出自己生命中的一个月或两个月来研究。所谓爱人者,兼其屋上之乌,也有恨屋及乌,人世间的事情,从来都是说不清、道不明的,我也不会因为各种外界干扰的言语而停下脚步。

2015年12月23日晚23点21分,敬爱的金湘先生逝世,享年80岁,音乐界人士都沉浸在无尽的悲痛之中,国家大剧院于24日发表第一篇祭奠文章《金湘,永远守望于"日出"》。按照中国的传统习俗,我在北京友谊医院为金先生守灵7天,24日晚上,我梦见金老师来见我,我们说话一直说到天亮,我问金老师:"您走的时候有没有痛苦?"金老师说:"我没有痛苦,我看到上面有光,我跟着光走上去了!"我说:"您创作了一百多部大部头的作品,其中的多数是可以青史流芳、几百年流传下去的,您这辈子活得太有价值了!"金老师说:"我这辈子分为两段,50岁以前是在为创作做准备,50岁以后可以自由地创作了,所以我就不停地写、不停地写、不停地写……一直到最后。生活上的事情我都不管,专业上的事情今后就交给你了……"第二天之后,金老师就再也没有走入我的梦中。12月29日清晨,我与王喆、柳进军等四位师兄弟一起,从友谊医院将金老师搬上灵车,我们四人坐上灵车,护送金老师走。下了一周的雪,这时停了,太阳出来了,照得北京城暖暖的,我沿路给金老师念着路名,送到八宝山的小房间,让入殓师化妆。上午10点,北京八宝山殡仪馆兰厅举行"沉恸哀悼著名作曲家金湘教授"告别仪式,各大音乐协会、歌剧院、音乐学院、期刊等机构敬献花圈,各地作曲家、理论家、表演艺术家二百余人奔赴仪式现场送别,我泣写悼文和挽联:"戏剧人生先生金钟鸣千古,中华交响后继杏坛永垂青!"

金先生立足于中华民族传统,大胆地、创造性地吸收现代音乐创作技法,不仅以其"可听性"吸引着当下的音乐爱好者,而且将以其"创造性"昭示着中国现代音乐的发展路向!他是一个雄心勃勃的作曲家,在技术上"大破",创建民族和声体系并在几十年探索过程中不断发展和完善之;在音乐上"大立",感人至深、赚人热泪。"金湘音乐中渗透着东方哲学大气而悠长的深远意境,以音程结合做基础的泛调性写法为主,具有强烈的悲剧性、宏伟的史诗性和深刻的哲理性,产生了强大的震撼力和感染力,是中国式的新浪漫主义乐风。"

金先生在教学上认真、严谨,教学方式极富拓展性。他的16字教学方针"功底扎实,思维活跃,根系中华,视野开阔"一方面要求学生掌握扎实、全面的基本功,另一方面注重学生对中华民族优秀传统的继承和发扬,在30多年的教学生涯中培育了一大批活跃在中外音乐界的精英作曲人才。探究无垠,一生奔跑。华夏赤子,民族骄傲!斯人已逝,艺术常青。愿先生西行之路平坦,艺术的光辉永恒!

忆恩师金湘教授

柳进军

不知不觉间,恩师金湘教授离开我们竟有一些日子了。

金老师病后,我第一次去北京看他是在 2014 年 7 月,那时先生比较消瘦。那天,老师说的让我印象最深的一句话是:"要像重视作曲一样,重视我们的健康啊。"典型的"金氏逻辑"。我至今清楚地记得他在说"作曲"时,高高地平平地举起他的左手掌;在说"健康"时,以同样的姿势,举起他的右手掌。

那天,我看见先生的书桌上,还放着没写完的乐谱。

以前每次去看望老师,他都会让我带着我新作品的乐谱和录音,每次,金老师都会针对我的作品做一些评论,或者提一些建议,更多的时候是鼓励。不过,这次,我没有从箱子里拿出乐谱和录音。

2015 年 11 月底,在北京友谊医院看望和陪护金湘老师的那段日子,可能在我和金老师独处的机会中时间不是最长的,但却是最单纯和最安静的——印象中,在这之前,金老师像是永远不知疲倦一样,总在忙碌着音乐创作、演出和教学。但这一次,先生虚弱得说话都比较困难,我们只能两手相握、心照不宣。

那是老师生前,我们见的最后一面。

和金老师的结缘,是在 1999 年。那时我在福州听了万山红的独唱音乐会,音乐会下半场为歌剧《原野》选段——凭直觉我就深深喜欢上了这部歌剧的音乐，作曲"金湘"的名字就这样深深地刻进我的脑海里。

2002年，我在北京为报考硕士做准备。我原本是计划报考另一个院校的。就在我填报名表那天，我从中国音乐学院的招生简章上蓦然看见金湘教授的名字。

报名的前一刻，在报名表导师姓名那一栏，我用签字笔端正地写上"金湘教授"四个字，尽管我们素未谋面，也没有任何联系，就这一笔，把我与金湘老师紧密联系在了一起。几经周折，这份师生缘竟得以成就，而这个缘分，也从我读硕士，延续到博士，延续至今。

金老师在创作上功力深厚，才华横溢，而在作曲主课上，金老师主要是启发、调动和引导，他在给我的作品提出建议的同时，更多的是明确指出作品的闪光点，更多的时候是鼓励。他从不把自己的观点强加给我，更多给我充足而自由的空间。

毫无疑问，与金老师的这份师生缘对我的人生意义重大。它不光让我获得由先生手把手教授作曲技法的机会，而更多的是，在先生的引导下，挖掘并释放了自己的作曲潜能，同时，在先生的熏陶中，越加坚定自己的独立人格意识，更加确信，在扩大视野、敞开胸怀面对古今中外的同时，纵然步履蹒跚，也要走自己的路。

2008年12月28日，春城昆明的气温并不低。晚上7点，当我的同事把金湘老师接到云南师范大学艺术学院学科音乐会（我作品的音乐会）现场的时候，金老师还穿着他从北京穿来的米色羽绒服。看到风尘仆仆赶来的导师，我的眼眶不禁湿润。能够想见，金老师直奔剧院而来，而省去了在酒店换衣服的时间——或者是根本没有想到要换衣服。

据我所知，在这期间，金老师本来是与从国外赶来的指挥家邵恩在北京一起忙碌着，他们在为2009年3月9日在北京音乐厅上演的"金湘交响乐作品音乐会"做着紧锣密鼓的准备，金老师的这场音乐会是中国国家交响乐团2008—2009音乐季"龙声华韵"系列之一。根据日程，他们交流的时间很紧张，但是，即使如此，金老师也把其间的两天拿出来，专门飞到昆明，去参加我作品的音乐会。

12月29日上午的研讨会上，金老师对我们扎根传统、兼收并蓄的学科和创作方向及成果给予了充分肯定和祝贺，同时对作品一一进行了评论。

午餐后，我们送先生去机场。过了安检，金老师微笑着向我们挥挥手，在他转身向登机口走去的刹那，我看着金老师米色羽绒服的背影，眼泪禁不住掉了下来。

2012年5月28日，博士毕业前夕，我的作品《引子·赋格·傩》在中国音乐学院作曲系研究生作品音乐会暨第四届中国交响音乐季作品音乐会中上演。这是当晚音乐会最后一个作品，当交响乐团在指挥的手势中干净果断地奏完最后一个和弦，现场响起听众长时间的热烈掌声和喝彩声。在向大家致谢时，我看到金老师神采奕奕、脸上浮现着骄傲的笑容。

音乐会后大约一周，我和两个师妹打车去参加一个活动，她们说起当晚音乐会中我的作品，两个师妹给我说，她们看到金老师走上台时，神情显得比自己的作品上演成功还要高兴和激动！

我回想起当晚金老师脸上的样子——有点像我小时候考试得了满分，父亲以我为傲而流露的笑容。

如今，记忆中常浮现出老师那欣慰的笑容。这个笑容，也是我奋斗的一个内在动力。

往事历历在目，老师的话语犹在耳边，他给予我的精神力量，将继续鞭策和指引我。

和老师一样，如今我也在作曲和教学的道路上前行，这是一份延续，也是一种传承。

我和老师

吕 欣

"老师您是1935年生的啊?"
"是啊!"
"我姥姥也是。"

简简单单的对话其实对我来说很亲切,那时候老师还很矍铄,那时候老师也很风趣,那时候老师会因为对学生写的作品不满意而耐不住性子地说上几句,那时候老师也会可爱得像个孩子……那么多个"那时候"如今已经不再了。

初见老师

2011年我参加中国音乐学院的博士研究生入学考试,面试的考场上初见老师,当时对老师并没有那么多了解,只知道作曲系有三位老先生,老师就是其中一位。我弹完琴走到各位老师面前,等着老师们的提问。开始我都没有注意到这位老先生,他坐在最右边,默不作声,也不显眼,只听见突然一句洪亮的操着江浙口音的普通话"琴弹得不错",感觉在这个极其安静的考场,把人都穿透了。那声音很硬朗,乍一听还带着点威严,在这种本来就会有点紧张的场合更让人心头一紧。我把目光转向这个中气十足的声音,偷偷打量了下,七十多岁的老人,微靠在椅背上,一张棱角分明的脸，稍扬，目光坚定，看得出是个有性格的人……还没等我缓过神来，老师又开口了："看你这谱子写得很规范，基础打得很好啊，你是在哪儿学的"……几番对话下来，我整个人倒放松了不少，老师的语气虽然有些急，问题也最多，但他的问话并不会让你很难作答，大多是开放的，以一种探讨的语气，有时问完了他会直接说出他心里的想法，偶尔还穿插下对我学习经历的了解……让人很舒服的聊天。

居庸关之行

2011年6月，刚知道能被录取的结果，就等着发录取通知书了。

一天老师打来电话："有个活动在居庸关长城山脚下，是关于中国传统文化和古琴的'琴诗会'，会有很多前辈、专家到场，你有时间吗？有时间跟我去吧，要住两天。"我当时还很惊讶，没想到还没有入学老师就关切地问我去参加活动，当然很开心也很兴奋地答应了。

初到学校，我对于新学校、新环境还没有完全熟悉，说实话这次出行也是我第一次有机会长时间、近距离地接触老师。从初见到考前辅导，老师给我的印象都是很严肃的，自然也就会在老师面前有些拘谨。

6月的北京，春天的和煦已经洒开，山里却还是有一点凉。我们一行三人沿着八达岭高速驱车前往居庸关，一路上金老师非常健谈，开始我只是听他和刘克兰老师聊些日常的事情——刘老师是金老师的助理，一直陪着金老师出席各种活动和讲学——没有插话，偶尔问到我就回答，但越发觉得老师有时候说的话、问的问题还真有些可爱，就像平时最简单的交流、对话，他都会问刘老师"我这样好不好""那个我那样说可以吗？"……完全没有上课时的锋芒，反倒让人觉得眼前这个可爱、有趣的老人，偶尔像个孩子似的天真地问一些做事的方法、与人交流的方式、生活的种种，等等。虽然接触老师的时间并不长，但我也听说过，包括老师自己也说过一些关于他与别人接触的过程中，因为想得不周全，或是心直口快，容易造成一些误会之类，所以总担心再出状况，才经常虚心地向刘老师"请教"这些事情。慢慢地我一点点地越发放松了，也主动加入了谈话，还会问一些老师的事情，老师也很风趣地回答我。没过多长时间，就觉得跟老师很近了，像是认识很久，也很亲切，突然感觉老师很真实，无须雕琢，更无矫饰，古稀之年，历经沧桑，还能持着一份童真的心，好奇地看着世界，虚心接受他所不知的事情，让我对眼前这个人也充满了好奇。

——这也是我唯一的一次与老师一同出行。

学生时光

"以后学生上课时间都由你来安排吧。"

作为学生，面对老师我一直是有点惭愧的。老师是一个非常认真和敬业的人，当然，他怎么要求自己，也会怎么要求学生。刚入学没多久我就怀了我的女儿，记得要跟老师说的时候其实很忐忑，我是老师唯一的女博士生，因为知道老师招来一名博士生也是倾注许多期望的，心里多多少少会有些难为情，脑子里也想象了好多种老师听我说后会有的反应……出乎意料，老师竟然很平静："那就安排好自己的时间，别太累了。"这句话让我之前想的各种怎么回复、怎么解释都显得那么多余。后来从刘老师那儿知道，其实老师强悍硬朗的形象下藏着一颗非常细腻的心，他会担心我晚上看完音乐会大着肚子回家不安全，每次都会多给我一张票让我找人陪着去；有什么活动也会先问刘老师这种情况应不应该叫我，怕我不好意思拒绝；会怕我不方便因而好多时候都尽量减少我的任务和工作……但我知道这些的时候，老师已身患重病了。

老师虽然快八十岁的人了，但爱吃肉、爱喝酒就从来没变过，有时还会有那么一点小贪杯，你不喊停他就不声不响地又倒了一杯。一次在学校附近跟老师吃晚饭，刘克兰老师和一个师妹也在，那天老师很有兴致，点了几个总爱吃的菜，要了一壶黄酒。可是我开了车，老师就让我喝着白水陪他喝酒，他才不在乎你喝的是什么，就算是白水，他也举杯像模像样地要碰一下。其间我们从学校聊到家庭，从专业聊到"八卦"，也不知道时间过得真快还是聊得起劲，只觉没一会儿工夫一壶黄酒就见底了。老师还想再要呢，被刘老师劝阻了，看着老师微红的脸上漾着笑容，皱纹在泛黄的灯光下也显得和蔼,听着他有点带着老小孩儿口气说"没事儿,我再喝点也没事儿",那一刻还真有幸福的感觉,超越前辈、超过师生,像爷爷,像外公,好想画面能停在那个时刻,停在老师嘴角上扬、谈笑风生的美好光阴中……

现在的我见不到老师了,其实真心觉得,只是空间里见不到了,但从来没觉得他已经不在了,就像是放了一个很长很长的暑假,最遗憾的是还没来得及带老师到我的家乡泡一次温泉,因为老师说过曾经很多次在汤河休养过,说那的温泉水多么好,好多年没去过了,他很怀念,等等。

在准备毕业答辩的那段时间,总不定时地到学校对面的丝竹园跟老师修改论文。也是一天下午,还在上课,刘老师开门进屋,看了我们一下,就躲进厨房,半天没有进来,我出去倒水,看见刘老师在擦眼泪。我已经突然感觉到什么了,但是没有多说。后来,就是已经发生的事情,有时候你不愿承认、不愿接受的,就会主动去逃避,但现实不会因为你的逃避改变它本来的样子。老师走得很安详,他也一定在某个我们看不见的地方继续写着他未完成的音符……

想念老师!

餐桌旁的金老师

任 晨

"来，小任晨，吃鸡蛋。"金老师把家里仅有的两个鸡蛋分给了我和师母。

在我大一时，每周专业课前都有例行早餐。早餐很丰盛，有粥、豆腐脑、油条、切好的新鲜蔬菜瓜果、各类坚果和白煮鸡蛋。我还记得油条每次都吃不完，鸡蛋每次都按金老师的嘱咐，切开后滴两滴鲜酱油。每每想到这里，总觉得这十多年前的事儿就跟昨天似的一样鲜活。

大多数人提起金老师，想起来的场景可能都是在课堂中、讲座中、研讨会中、排练中以及音乐会中等。但在我的印象中，金老师为人大气直爽，也爱吃好吃的，招呼人也爱用"来，一起大口吃肉，大口喝酒"的豪爽语气。所以在我这个小吃货的记忆中，和金老师吃吃吃倒是成了仅次于上课频次的事儿。在生活中，金老师和学生们的相处，亲切得就像家里的老爷子一般，所以私下里"老爷子"这个昵称也被大家用了起来。

那时，老爷子的学生还很少，不过三两之数，大家都会去处于光华里老师的公寓上课，遇上饭点儿总能蹭上一顿好吃的美食。某次，我也从师母那儿知道了和馄饨馅的"小秘方"：纯肉馅的话，就要加些水，鲜肉吃起来的时候会更鲜嫩。

每年的圣诞夜，学生们都早早地到老爷子家中聚会，客厅中摆着一棵装饰好的圣诞树。那个时候还没有微信，聚会也不是无非大家换个地方玩手机的那种状态。我们会一起聊天、弹琴，甚至给在外地和国外的同门们打电话轮流问好，到了晚上，便是传统例餐——吃火锅！整个晚上，学生们的脸上都带着对于自己未来的美好憧憬，老爷子则是我们的策划师，为每个人的梦想提供建议和帮助。

无论是在紧张的备考中，还是庆祝某个学生取得了阶段性的成果，金老师都会组织三两学生一起吃饭庆贺。金老师爱吃日料和新疆回族美食，不过大多数时候为了学生们的就近方便，会选择去离校不远的合川酒楼。饭店里的粉蒸排骨、猪肘子、扁豆茄子煲和鱼汤，这几样菜的味道一直盘旋在舌尖。现在回想起来，在这个饭店里，我们讨论如何作曲、如何做人；每个人的下阶段规划，学业上的、事业上的、感情上的，甚至生活中的方方面面都会和老爷子聊，唯独从来没人和老爷子讨论老师自己的健康计划、旅行计划，或者是其他生活方面的规划，想来真的是惭愧得很。如今这家饭店，我也是不会再去了，里面充满了对老爷子的记忆，想到斯人已逝，就很伤感。

最后一次和金老师在外吃饭是在德川家，当时金老师的身体已经不是特别好，在郊区别院里休养，一边吃饭还一边感慨，"我现在已经是需要人服侍的人了"，大有英雄迟暮之感。我也没有想到这次饭毕几个月后，金老师会病危。待再次见到金老师的时候，金老师已经开始吃以前不喜欢吃的各种稀稀的粥。每每老师病危，我都希望并觉得老师可以撑过去的——他已经撑过去好几次了，与自己的命运几番争斗，我们可以期待！但在最后一次病危后，病魔似乎抽走了金老师的最后一丝精力，这次病危，我去看他，老师已经只能勉强喝米汤了。

最后一次见金老师时，没想到离别会来得这么快。那个时候，金老师只能靠注射营养剂了，整个人也睡得昏昏沉沉。当我在他耳边说到"金老师，我是小任晨，您好好睡觉，我下次再来看您"时，老师突然清醒了过来，目不转睛地看着我，并且艰难地伸出手来摸摸我，眼睛里满是不舍。我没来由的，就觉得心里一紧，难受得很，莫名的，就好怕这是最后一次见面。两天后，噩耗传来。

直至今日，我时不时地还会想起金老师，想到他和我们聊天的场景，他在指挥乐队的场景，更多的时候是在餐桌旁说，让我们几个学生好好吃饭，增强体魄，不要老想着减肥的叮嘱。老师在我的生活中承担了太多的角色，既是老师又是家长，有时也像一位年长的朋友，虽然至今还是很难接受老师已经不在的这个事实，但我会带着老师的教导和叮嘱继续生活、工作，将他的作品、思想传承下去。

故事很长，还有以后

费 鹏

亲眼看着一个人健康每况愈下，是极残忍的事，像被处以凌迟之刑，痛彻骨髓却又毫无抵御之力。

在医院陪护的日子漫长而温馨，课余时我会到医院接替刘克兰老师照顾金老师，让她可以有片刻的休息。因此，我可以有比其他师弟师妹们更多的时间与老师共处，谈谈学业，讲讲学校的新鲜事。老师精神好的时候，会与我探讨专业。老师因消瘦面容变得愈加棱角分明，眼神却依旧灵动、神思敏捷。除了一如既往的钦佩，更多的是不忍：一位八十岁重病的老人，会因为他挚爱的专业和心爱的学生而忘却了病痛，仿佛初见时的老师，健步如飞，精神矍铄。

初识老师时，常会被他冷峻的面庞和对学生高标准的要求"吓"到——因为老师的严谨，因为对学生作品质量一针见血的评价，因为不会有丝毫保留的悉心教导。上专业课前心里总是压力很大，总会担心得不到老师的肯定。初到金老师班上时，写作品甚至到了蹑手蹑脚无从下笔的程度。慢慢地，老师似乎读懂了我的内心，总是鼓励我多听多看，视野要宽，视角要新，立意要深，最重要的是要遵从自己的内心，按着自己的想法大胆去写。老师只要有机会就会带我去欣赏各类音乐会、排练，听到某首作品的感人处，他就会对我说："作品要想感动别人，首先要感动自己，音乐要从内心流淌出来才行。"都说在金湘的音乐里可以感受到他刻骨的爱恨情仇，大概也正因如此。

老师爱惜他的每一位学生，有师弟师妹来医院探望时，老师总会首先询问他们的创作近况，生活得好不好。可当学生们问及他的病情时，他总是会轻描淡写地回答说："我还好。"师弟妹们来探望的请求也并不是每次都会被准允，老师总会对他们说："你们在学校好好学习，如果有作品需要我看或者有问题再来，不要特意来看我。"对老师来说，他最怕的就是因为自己而耽误学生的时间，会担心学生路上的安全。每次我在医院陪护时，老师对我说过次数最多的话恐怕也是"你回去吧"。

2014年，老师病倒了，我几乎全程见证了老师最后一部歌剧《日出》的创作、排练、演出等工作。那时，正处于创作最关键的阶段，老师由于病痛的原因不得不频繁出入医院，这令一向要强的老师产生巨大的挫败感，苦不堪言。病痛渐渐加深，让老师不能再亲自执笔配器，他便请来了远在广州的博士生魏扬，由我们两个一起，经老师口述，我们记录、整理，再由老师一一亲自过目审稿，反复修改。这种工作形式持续了一段时间，哪怕疼痛变本加厉地折磨着老师，他也会用热水袋敷着疼痛的部位，坚持着把需要当日他做完的工作完成，就这样一个音符一个音符艰难地完成了《日出》的配器。《日出》日趋完整，老师的健康却每况愈下。

到了排练阶段，老师从未缺席过一次，除了个把次会被医生明令禁止不能走出病房。他还会亲自到琴房帮助演员做音乐功课。《日出》中翠喜的扮演者张卓说，听完自己演唱的第一遍"翠喜"唱段后，老师对她说："抓住人物，这个翠喜也是一个悲剧人物，她的这一段道出了她的一生，要说话，要用说话的语气来唱开头，说得多一些，唱得少一点，再来。"还用一根铅笔挥着手中的节奏，"'天生的牛马，我的妹子哟，再苦也只有忍哦！'要用说话的语气，这个'忍'字要强调。'咱们啊心里明白，就是个活命，啊我的妹子哟'这里真是唱到了声泪俱下啊！"跟着金老师的情绪，本想尝试着"哭"出来的张卓真的哭了，在老师的细致分析下，她很快走近了"翠喜"。

每次排练结束，我都会记下老师与指挥、演员讨论后的修改意见，回到宾馆再与老师一个音一个音地讨论哪种处理方式更好，而后进行修改。

有时老师突然有什么想法会立刻叫我过去记录下来,觉得满意时会露出如孩子般的笑容。有时也会因一个音的斟酌而迟迟难以下笔。就在这样的循环往复中,《日出》完成了。

《日出》中的每一个音符都凝结了老师的心血,感人至深。每一个音符的背后,都有着令人流泪的故事。为《日出》,老师放弃了至关重要的手术;为《日出》,他熬尽自己的心血;为《日出》,他用强大的精神支撑坚持着。因为音乐是他的信仰,为信仰,纵然荆棘遍野,头破血流,他也甘之如饴,痴迷不悔。当老师处在人生最黑暗的境遇时,他仍然相信有音乐在守护他,不管人们怎么说,也不管需要多长时间。"音乐是生命的希望,音乐是生命的延续。"

2015年11月19日、20日,"砥砺前行——金湘作品音乐会"、金湘作品研讨会暨第三届中华乐派论坛,是中国音乐学院为金老师80岁生日准备的礼物。老师因为身体的原因不能亲自来到音乐会和研讨会的现场,学校联合北京电视台采用网络直播的方式,让老师在病房里也可以看到现场的情况。音乐会上,当音乐响起第一个音符的时候,老师的眼神里充满了期待和欣喜,那种眼神让人感到心疼,老师是那么渴望可以去到音乐会的现场,可是身体不允许,医生也担心老师会过于激动,身体吃不消,也明令禁止。在研讨会上,老师倚靠在病床上,透过镜头对与会代表说:"祝你们健康!好好工作!谢谢你们来!"看到这一幕,我只能握紧拳头强忍住眼泪,那是一位迟暮老人最简单也是最真切的祝福。

老师想活下去,想如我们一样继续看着每天的日出日落,伸手就可以触摸到万物,感受到阳光的温度,想继续做他未竟之事。于是老师勉强自己吃大把的药,勉强自己吃东西,寻尽各种办法来治病,这一切的一切归根结底只有一个目的——活下去,为了音乐。老师弥留之时留给后辈的训诫依旧是"人一辈子不讲空话",老师的一生都是这样做,也是这样教育、影响着他身边的每一个人。

2015年12月23日,老师走了,亲眼看着一个生命在眼前就这样永远消逝,那种巨大的悲恸反而会让人感到麻木。亲手将老师推进太平间,直到关门的最后一刻也没觉得老师走了。之后一直帮忙处理老师身后事,去医院办理出院手续时，会下意识地望望老师住过的病房，走过的长廊……这时才恍惚意识到老师已经不在了。直到在八宝山兰厅看到躺在棺椁里的老师，化过妆的样子显得那么熟悉却又陌生，恍如隔世，老师真的走了，永远。老师就静静地躺在那儿，到场的悼念者们即使有满腔的不舍，却也只能将其凝结成挽联上短短两句。师母的挽联写着："你是我，我是你，我们怎能分离。"满溢着道不尽的情深义重，令人动容。创作完《日出》后老师对我说："创作上我更加自如了，现在还有好多音乐好多想法想写想去实现，可，太晚了……"

南方的清明似乎总与雨水相伴，看到老师依山傍水的坟冢被蒙蒙烟雨所笼罩，我感受到一丝心安。许是因为时隔这么久终于又这么近地感受到老师的存在，抑或是因为老师在这片挚爱的故土，身边是至亲至爱的父母，老师终于可以心无旁骛地创作。就像《日出》首演那晚，老师在舞台上说："我还要再干一场！"现在，在这里，老师可以如愿，再好好地"大干一场"！

老师走了，已是毋庸辩驳的事实。但老师的音乐还在，对我的影响也还在，这些都会如磐石一般，不会被时间的洪流冲走。

故事很长，还有以后……

2016 年 9 月 1 日

守 望

杨金子

2016 年 4 月 20 日，诸暨，生忌，雨。

滂沱的大雨，总想把时间的指针冲回 2015 年 12 月 23 日，那时，您还在。

如今，在这靠山面水的静谧小城，您长眠于此，青山有幸。

初见老师时，他有着如雕塑般分明的棱角，高大的身躯，坚定的眼神，讲话时一口江浙方言的味道。在他身上不仅有着江南小生的儒雅，更有着北方大汉那样历尽沧桑而洗练出的坚毅与洒脱，交谈时也丝毫没有高高在上的姿态，他只把自己视为一位亲切的长者，一位愿意无条件帮助任何需要他帮助的年轻人的长者。2015 年秋，依旧是雕刻般分明的棱角，老师却已是形销骨立。他瘦伶伶地倚靠在病床上，却依旧在意自己示人的形象，悉心地打理自己。后因病势逐渐加重，老师已没有过多的气力去与我们交谈，偶尔有气力说话时，也是出声轻哑，但依旧目光温润，面容慈祥。稍有起坐，也必须有刘克兰老师和护工在左右搀扶。

最近的两年，几乎所有对于老师的记忆都是在病房里，即使以往看起来冰冷无生气的病房，在此刻的记忆中却也显得那么温存。至少，那时，您还在。

老师还在，执着于他挚爱的事业

"你叫杨金子？《原野》里面那个'金子'？"

"对，老师，我叫金子。"

"哈哈，《原野》里的金子姓花，你姓杨。"

那是在428琴房的第一堂专业课。老师要我弹一段曲子给他听，弹罢，他一本正经地跟我说："你弹琴像个男孩子，钢铁女战士。"当时在场的同门的师哥师姐们都笑了，只有老师一脸严肃地说："这样很好，女孩子也要有大气魄。"

经常会在周末一大早接到老师电话，有时会因为贪睡漏接，回给老师后他的第一句话一定会是："你怎么还在睡觉？！……"依旧睡眼惺忪的我，还没来得及反应，老师紧接着说："我一会儿会来学校，把上周那个作品带来，你周末抓紧时间改一下，上课的时候改好给我。"那时，老师已经76岁了。后来，要毕业了，毕业作品成了重中之重，我们一直顾虑老师生病的身体，不太敢给老师打电话约时间上课。可老师却会在他身体稍有好转的情况下第一时间给我们上课，老师刚刚从海南疗养回京，下飞机后凌晨发信息给我："明早十点和陈诺来城里上课。"后来，因为马上要上交作品，跟老师说："老师，我们要交作品了，您什么时候方便？我们想找您上课。"老师的信息一分钟便回复过来："现在马上来。"此时距离上次专业课仅过了3天，老师距刚从朝阳医院出院也只有不到一周的时间。我跟随老师学习的近六年时间，老师从不会因为自己的私事而耽误上专业课，当时75岁的他每周依惯例会来学校给学生上专业课，一上就是六七小时，因为他怕学生去家里上课会耽误学生的时间，他也担心他们在路上的安全。就这样老师一直坚持到80岁，直到他的身体状况不允许他再亲自到学校来。为数不多的几次到老师家里上课，老师也都会把我们留在家里吃饭，师母会做满满一桌的菜，生怕我们会吃不饱。老师会因为我们写出了很好的音乐而发自内心地感到欣慰，笑得很甜；也会因为我们偷懒逃课，写得不好而恨铁不成钢，眉头紧锁。但这一切，现在都显得弥足珍贵。至少，那时，您还在。

现在，每每走过428琴房的时候，都会习惯性地向里面望望。眼前恍若我们同门一起在琴房里聊天——总会有一个在门口"放风"，一句"金老师来了！"就会让我们瞬间安静下来或者让"拉家常"变成了聊专业的场景。随着这句"金老师来了"，心里产生的感觉从不带有一丝恐惧，满满的都是尊重和安全感，因自己作品的上演而产生的不安和紧张感也会因为老师来了而烟消云散，心里总想着："老师在，不怕。"多希望，您还在。

那是不在病房上的最后一堂专业课，老师仔细地看着我的每一页总谱，居然为其中一句音乐流下了眼泪，像个孩子。当时我吓坏了，没想到一位赫赫有名的作曲家会为一个甚至还未出茅庐的本科生的音乐流泪，也正是因为老师这样用心体会每位学生的每首作品，根据他们的想法"修剪枝叶"，门下的每一位学生才会养成各自的风格特色，就像老师所希望的那样，学生们像一座花园，里面有各种各样的花。也是后来才知道，那天老师晨起胃痛得厉害，但他依旧不顾劝说吃了止痛药后坚持给我们上课，师母说："你们来了，你老师就像没病一样，就又有劲儿了。"后来，我们毕业了。那时老师的身体已经不允许他亲自到毕业典礼的现场来与我们合照留念，我们就带着学士服到老师的工作室与老师合影，起初老师还像以往一样很严肃，后来他就像我们同龄人一样，举着自拍杆跟我们合照，还要检验照片的质量。那天，您还在，笑得那么灿烂。

2015年下半年，我成了老师最后一位硕士生。学期初，我对老师说要写歌剧《日出》的分析文章，但苦于没有谱例，老师毫不犹豫地说："你写吧，需要什么我全力支持。"之后，老师却没有力气再亲自执笔帮我修改，但每次去医院探望他，他都会要求我跟他口述文章的进展，即使他累得没力气睁开眼睛，也执意要我把最新的文章读给他听。那篇文章，是老师给我上的最后一次专业课。那时，您还在。

《日出》是老师的最后一部歌剧，凝结了他最后的心血，也汇聚了他一生的希望和信念。如果说《原野》是金湘前半生的写照，金湘就是虎子；那《日出》就仿佛是对他后半生的描绘，诗人和陈白露两人间纯美的爱情就像他和他所挚爱的音乐一样，最后的终曲是那样的沉静。那些音符中有老师对美好的向往和生命的希望，纯净的音响更体现了音乐之于老师的持守如一信仰般的存在。这也深深地影响着老师身边的每个人和他所教授的每位学生。

老师走了，留下了他的音乐和未竟的事业

最后一次去医院探望是2015年12月20日，像每次去医院一样，跟老师讲文章的进展，讲讲这一周学校发生的新鲜事，只是这次聊天多了一句："老师，今天是我生日。"老师虚弱地冲我笑笑，却没有多余的一丝气力说出那句"生日快乐"。23日晚上的音乐会，王珏老师在台上说《回》这首作品，献给躺在病床上的金湘先生。我私下想着，要把录音在圣诞节那天带去医院给老师听。回到宿舍，窝在椅子里回顾自己在整个一年里所经历的事情的时候，接到了费鹏师哥的信息："金老师23点21分走了。"那一瞬间，感觉心里很深的那个位置被抽空了，不敢相信，更不愿意相信。但又因为屏幕上实实在在摆在那儿的几个字，而不得不信。那一瞬间，我就像是一个不满六岁的孩子，没了妈妈，没了依靠。那晚，哭着睡着了，在梦里打电话去跟师哥求证，师哥安慰我说，老师没走，老师还在，只是我做了噩梦。醒来的那一瞬间多希望梦是现实，而现实是梦。打开手机，满屏的悼词和讣告瞬间打碎了那不堪一击的梦，老师真的走了……

那天，突然觉得手机屏幕变得那么可憎，因为是它不断地提醒我，老师不在了。

"音乐是生命的希望，音乐是生命的延续"

29日，是老师的告别仪式，只一眼，看着静静躺在那里的老师，心里充斥着的都是"这不是我熟悉的金湘老师，他不是这样！"。现实却像一个冷眼的旁观者，不断地敲击着我的感官，提醒着我："躺在那里的就是你的老师，不容置疑。"今天，脑海里对那一日老师的样子已经很模糊了，因

为不愿意记住，只想把记忆停留在老师生病之前的样子：红色的外套，衬得老师格外有精神。哪怕停在拍毕业合照那天也好。至少，那时，您还在，笑得像个孩子。

可毕竟一切有关您的记忆都在那一刻戛然而止了，无可辩驳地完结。眼睁睁地看着老师躺在那看似温暖的棺椁中，一动不动，听着他最喜爱的歌剧《杨贵妃》选段，接受着悼念者们的眼泪和惋惜。这时候多想对您说："老师，您起来吧，我们还像在医院走廊里那样，我陪您走走，这次我一定不喊累。"可所有的话都被泪水淹没，耳边也只剩下那低声的吟唱："春寒赐浴华清池，温泉水滑洗凝脂。侍儿扶起娇无力，始是新承恩泽时……"想对老师说的话只变成了挽联上简单的两句"念恩师教诲箴言，今永别泪染红桃"。

老师走了，但他的音乐还在……

音乐在，希望就在，老师一定也还在……

"那时，您还在……"

2010年9月21日，"金老师，您好！我是作曲系新生杨金子，想选您做我的主课老师。"

"好，周四下午两点来428琴房……"

那时，您还在……

先生之风，山高水长。

2016年7月20日

行者无疆

陈 诺

山水有幸

2016年4月20日,我们于大雨中来到了浙江诸暨。黛山怀抱,绿水围绕,金老师长眠于此。

现在想起来,仿佛依然能够感受到当天氤氲的雨气,能听到山中脆生的鸟啼。由于车程短,我先到达了诸暨,也因此,能够在绵绵的山雨中,独自与老师的墓碑静静相对。

这是种微妙的感觉。在我心中,金老师的形象向来伟岸,南方的温雅和北方的直爽在老师身上融合无间。我的文笔不足以表达这个"妙",这两种性格就像两股洋流,在海面上没有分界,但在深海处相互环绕彼此推退。老师教导我六年,即便是在最后的时光中,即便老师已是垂垂老矣,我只要一想起来,脑海中依然是他当年精神矍铄的样子。他包容我的懒怯,指出我的不足,跟他交流不须要斟词酌句,很是坦然轻松。在我很久都无法写出喜欢的音乐时,他让我觉得我还能在这个专业上继续前行。无论老师是何种样子,我都觉得他亲切。但是眼前的墓碑下,沉睡着我的老师,旁边安葬的是他的父母。我有些出神,这种角色的移位,让我觉得,这一刻,老师不再是那个身材高大的慈祥老人,而是一个小小的南方孩子。他从烟雨笼罩的墨色山群中走了出去，身旁是南方的雨，北方的雪。他去北京，去新疆，去国外，最后又回到中国。这种想法之后是越发苦涩。

先生之风

我最后一次在医院看望老师时，他已不能说话，也难以进食。整个人都很瘦很憔悴，身上插满了各种导管，病痛侵袭时会哼一两声。一直在照料他的刘克兰老师出门接电话时，老师突然张嘴发出很大的声音，我和师妹当时感到慌张，只能一人抓住他一只手，安抚他的手背，轻顺他的胸口，安慰他没事，我们都在他身边陪着他。那一刻我忽然就想起来老师以前的样子。之前，他还在学校里给我们上课，讲到有意思的事情，他会开怀一笑，圈点我们作品时，会挥舞着手好让我们有更直接的感受。之后，老师身体渐渐难以支撑，我们就去他家里上课。无论什么时候，他都要起来，戴上眼镜，披上外套，拿着笔，一行一行地看我们的作品。师母告诉我们，我们来上课，老师就会好一些，看我们的作品时，他的力量好像就回来了。我记得在老师家上的最后一节课，他穿着灰色毛背心，身形瘦削，扶着老师走路，能感到他手中刚硬的力量。他低着头弯着背，笔尖颤抖，一点点地指着我们的音符。天寒，孱弱的日光从窗户外透进来照在老师脸上，这样脆弱的老师是我从来没见过的，看得人想哭但是又只能忍住。老师自己说过，他觉得自己现在在可以提笔就流淌出音乐时，身体却已经不允许了。但即便是这样，老师最后一部歌剧《日出》依然取得了巨大的成功。这是老师最后的心血，也是他一生信念的写照。音乐是老师的支柱，是他的魂与灵。那时，我真正能体会到一些，作为一个艺术大家，眼望八荒、心怀四海的精神。

行者无疆

北京的冬天，在医院的室内，并不冷。当时我给老师剥了一些柚子肉，果肉冰凉所以手有些冷。老师当时能坐着吃些东西但没什么力气说话，我把果肉放到他手心，他轻轻朝我笑了一下，说了句话，我没有听清，他又大声了一点："你的手很凉。"这次我听清了，但很难描述我当时听到这句话的心情。每次去看老师，我们都会哽咽，但从没在老师醒着的时候流泪过。这次我也没有哭，但是眼泪就在眼眶里，我赶紧低头往手里找了点东西攥着。这一幕我一直都记得，尤其是后来，意识到这是我最后一次见到清醒时的老师后，我更加不能忘怀。

在我心里，金老师已不仅仅是一位老师，他更是我的一位长辈，一位亲人，他是我们学习上的导师，也是我们精神上的明灯。他永远顶天立地。行者无疆，厚德载物。他对未知没有疑惑的恐惧，对过往没有无尽的哀怨。就算是孑然一身走在无限萧瑟的路上，金老师都会是一个勇敢的实践者和领路人。这样的坚韧和勇气感染着我们。这不是言语的鼓励，却比言语更加深刻。

星辰之辉

我记得从诸暨祭完老师，坐车回去的路上，车里被夕阳余晖染金，天空越往南走越呈金红色，飞鸟和烧云交织，在我放空时无声浸没成深蓝色，最后能看到遥远的星光。我相信，如果灵魂能化成星辰，那天上的星星会安慰我们，照着我们，那金老师也一定会看到我们在想他。

2016 年 8 月 15 日

印象中的金老师

周可夫

著名作曲家金湘教授，是我大学时光中非常重要的导师。

时光飞逝，转眼间，2016年已经到来，回想10年前第一次与金老师相识，记忆中充满了美好，同时，此刻的心中一种隐隐的痛楚油然而生。

记忆里的金老师，总是那么严厉。记得大一刚一入学半个月，我就写了一部小型交响作品，结果还记得在当时上课的二楼东侧琴房，我被老师大骂一顿。其实，金老师是真诚的，虽然当时老师的批评很严厉，或者，甚至是过于严厉，但是下课前，老师似乎心软了，他大概想用一个细微的举动告诉我，其实他是关心我的。其实，当时，我懂得。随着对老师的了解不断深刻，我发现，金老师其实是一个很虚心的人，虽然他是一个著名的作曲家，但是他从来不摆架子，甚至有的时候还会请教学生一些小问题。记得那时候上专业课，可能前面十几分钟老师在给我的作品提建议，后面的一小时，我们都在聊天，聊聊生活，聊聊理想，当然也聊聊我的学习计划。

后来，在记忆里，金老师是和蔼的。记得有一段时间，因为创作，老师大部分时间都要待在家里。那个时候每周最有意思的事情就是去金老师在光华路的家上专业课。记得那个时候北京地铁五号线还未开通，从位于北四环健翔桥的中国音乐学院去一次永安里须要坐很久的车到二号线积水潭站，接着坐到建国门站，然后换乘一号线到永安里站下车，最后从贵友大厦出口出站，再穿过秀水一号、秀水二号步行到光华路老师的家。虽然过程有些"艰难"，但是印象中，从来没有觉得远过，每次老师和师母都热情地留我们这些学生在家吃饭。后来，老师的学生多一些了，记得那个时候地铁五号线也开通了，一到节日，金老师和师母总是组织大家聚餐，而且，他从来都是不准我们买单，必须由他出钱。那个时候我们的师兄师弟师姐师妹应该是最团结的，因为我们都紧紧团结在无私奉献的金老师的周围。

2010年，我大学毕业了，虽然很不舍，但这就是现实，不过因为我还在北京，所以依然跟金老师还有同门之间保持着联系，但是因为平时工作太忙，只能在老师开音乐会以及讲座时有机会见面。

后来，听说老师住院了，我一直问师兄师姐，问金老师的好朋友刘老师，老师在哪里住院，我想去看看他，但是那个时候，老师告诉我们，不要去，不要影响我们工作，后来我才知道，老师是不愿意我们看到他而难过。

后来，我和我的妻子请金老师和刘老师吃过一次饭，到现在还记得，那天，金老师的脸上，仿佛失去了曾经那种威严，仿佛成了一个需要保护的小朋友，记得他想喝啤酒，但是我们没有允许他喝，因为知道这会伤害他的身体。再后来一次，见到金老师，是在他的作品音乐会上，那时他的身体已经日渐消瘦。

记得2015年年底，我收到同门的电话，得知，老师在住院，很严重，中国音乐学院要给他举办一场作品音乐会，那个时候金老师的状态很不乐观，刘老师说他不一定可以去到现场，当时，我赶紧召集我们电视台一帮好兄弟架设一个直播线路，让金老师在病房里就可以看到自己的音乐会，并且可以和第二天作品研讨会现场的各位专家一起通过双向直播进行互动。真的很感谢当时帮忙的这些同事，记得研讨会这天，我一直在金老师的病房里陪着他，后来这段时间，我只要有时间，就去陪着金老师，看着昔日帅气威风而此刻骨瘦如柴的我最尊敬的老师，我一次一次地流泪，在我们一直盼望着奇迹出现的那个寒冷的冬天，金老师，永远地离开了我们，那一刻，是那样的措手不及，是那样的憾然。

时间仍然马不停蹄地向前行进着,金老师把他最美好的留给了我,留给了我们,他教给我们知识,同样教给我们做人的道理,我们爱金老师,虽然有那么一丝遗憾,但是回忆中的他,永远带着那可爱的慈祥的亲切的笑容。愿老师安好!

2016 年 8 月

怀念金老师

李 雯

第一次见金老师,是在南琴楼的428琴房。当时我还是刚入学的大一新生,而金老师早就是中国赫赫有名的大作曲家了。之前就听说金老师为人严厉,不苟言笑,可在第一节课上,金老师却对我们这些学生特别和蔼。当时金老师已有七十几的高龄,却还每周都坚持来学校给我们上专业课,他对待教学负责任,对待学术一丝不苟。这种精神也确实影响了金老师的几代学生。

金老师在教学上从不刻板,他总是根据学生自身的情况和风格来进行指导,也很尊重我们的意见,从不强行让我们写哪一风格或流派的作品,在这样的教学理念下,金老师学生的创作风格也非常的自由多样,不受拘束。

我在考学之前就听过金老师的作品,旋律优美,意境悠长。难以想象金老师的人生在经历过那么多的苦难之后,仍把希望寄托于音乐之上,创作出如此多优秀的作品。而他也从来没有跟我们谈起过那二十年的经历,好像苦难于他,不过只是一种磨砺罢了。

最后一次再近距离地跟金老师接触,是在金老师的八十华诞音乐会之前,当时音乐会的节目单已经印刷完毕,我去到北京友谊医院把节目单给金老师过目。那时候金老师的状况已经非常不好,看见我到了,却非常高兴,虽然还是卧床不起,但精神状态明显好了不少。后来我们聊到了我最近的学习与创作情况，金老师竟激动得从床上坐了起来，拉着我的手，让我好好写。老师早就瘦得不成人形，手上也只有一层皮包骨，拉着老师的手，我心里早就有万千感慨，眼泪差点止不住，但又不敢表露太多，怕影响了老师的情绪。

再之后，就是金老师的学术研讨会了。当时金老师的身体状况无法支撑他来到会场，所幸能通过网络连线跟金老师交流。刚接通时，能看得出金老师十分高兴，但会场的网络信号实在太差，最后金老师只草草跟大家说了几句，便一声长叹坐回到病床上……金老师向来是个对学术研究非常认真的人，我想，不能参加自己的作品研讨会也许也是金老师自己的一大遗憾吧。

转眼间，金老师离开我们已有半年多，回想起来，金老师的音容笑貌仿佛还在眼前。斯人已逝，弦歌犹存。学生也将永远记住金老师的教导。怀念金老师！

2016 年 8 月

怀念金老师

于 洋

学校南琴楼那一间简单素朴的小琴房里,仿佛还回荡着大学三年以来金老师对我的谆谆教诲,满溢着对创作永不褪色的激情,更充斥着我对金老师深深的感激与怀念。

上大一的时候,我怀着紧张而憧憬的心情第一次见到了金老师,那时,我是个内向的女孩,见到任何老师,几乎都紧张得不知说什么好,但不知道为什么,见到不苟言笑的金老师,竟感到一种意外的平和与亲近。

金老师双眼中透着一种摄人心魄的深邃,他并不高大的身躯却好像时刻能迸发出撼天动地的力量。金老师对我说的第一句话是:"你为什么学作曲?"当时我蒙了,学习了多年音乐的我面对这种看似最普通的问题却无言以对,现在才渐渐领悟到,这问题的答案是源于热爱。记得那次,我小心翼翼地拿出高中时自己的习作,金老师看后直言不讳地指出我的作品没有突破,语言缺乏新意等问题,并严肃地与我探讨当今音乐美学趋向与他本人多年来从痛苦的实践中得出的创作经验。但开始的那几节课,仅仅是个大致方向罢了,对于曲子怎么写,我脑子里一片混沌。那时去上专业课,我们进了琴房坐定,老师就让我自己讲我作曲的思路。我仅仅有个想法或者一个画面罢了,没有什么清晰的思考和谋篇布局,就边想边说,磕磕巴巴,金老师不发一言,静静地听,静静地思考。等我讲完了,他便告诉我现阶段应该看哪些书,研究哪些作品,说:"回去看这些书和作品,考虑得再严谨一些。"这些宝贵的建议，使我懂得了研究型学习的可贵，也为我提供了通往人类上层建筑中最高精神财富之门的钥匙。

之后的课上，金老师仔细逐一地给我讲解各种现代作曲技法，引导我一点点做笔记，带领我一个方法一个方法地进行创作实践，仔细推敲我每个小节中的精妙与不足之处。时间慢慢流逝，上课时的老师仍是很严肃，而我在课下意外听闻金老师对我一点点的进步非常欣慰，还向刘老师夸奖了我，金老师高兴地露出难得的笑容。那时，我心里的暖流夹杂着一直以来付出努力的辛酸之感，一同化作眼泪夺眶而出。我一点点成长起来，而金老师的身体渐渐承受不住时间的折磨，病情也在来回往复中不断恶化，就在这样的情况下，老师仍在给我发信息，提醒我去上课，我多想对老师说您千万要保重身体啊，可我知道金老师一定会驳回我的话，因为在他的心里，培养我们比他自己的身体重要很多。在这间琴房里跟金老师上的最后一节课，如烙印一般刻在我心里，也是我单独见金老师的最后一面：我坐在金老师对面，他沉默着、沉思着，一页接一页地斟酌着我的习作，好一会儿，他抬起了眼，看着我，像一位慈父，几乎一字一顿地说："不管什么情况下，一定不要放下笔，可能一首没有效果，两首也没有效果，但写得多了，你就会跟别人不一样了，一定不要停止钻研。"

今天，半年过去了，教师节又快到了，远在天国的金老师啊，作为您的最后一个学生，我用一颗虔诚的心对您老说："祝您节日快乐！"金老师，您老在天国能听到吗？想起金老师的面容，我的眼睛发潮，鼻子发酸，金老师对我教导和期望的话语时刻在耳边回响。但现在，已经是阴阳相隔。

在时间面前，一切都显得那么无力，却又能被打磨出最闪亮的光辉。"逝者如斯夫，不舍昼夜"，也许我们能做的，就是珍惜现在的每一天。

——谨以此文纪念金湘老师。

在金湘遗体告别会上宣读的悼词

中国音乐学院院长　王黎光

金湘，1935年4月20日出生于南京。7岁开始学习钢琴，1947年进入"国立"音乐院幼年班（南京），至1952年7月毕业于中央音乐学院少年班（天津），前后5年，主修大提琴和钢琴，开始接受专业基础训练，奠定扎实的技术功底。1952年9月，到中国音乐学院民族音乐研究所任见习研究员，广泛搜集、整理和研究民族民间音乐两年，开始接触大量民间音乐，根植于中华美学传统的美学观逐步形成。1954年9月保送进入中央音乐学院（北京）作曲系，5年本科学习时间全面掌握作曲"四大件"技艺，1959年7月以优异成绩毕业于该系。但因1957年被错划为"右派"，随即下放新疆20年——劳其筋骨、苦其心志，饱尝人间冷暖、洞悉社会百态，为中年后开始的创作奠定了坚实的生活基础。1979年2月"平反"后任北京歌舞团交响乐队指挥5年，重新开始中断了20年的音乐生涯。1984年起，走出国门访问考察，1990年7月赴美国西雅图任华盛顿大学访问学者一年，1991年9月转至美国首都华盛顿歌剧院任驻院作曲一年，1992年转至美国纽约茱莉亚音乐学院考察访问一年半。1994年起任中国音乐学院作曲教授，2004年、2006年起分别任中国艺术研究院、中国音乐学院博士生导师。

金湘的音乐实践广泛而丰富，在近60年的音乐生涯中，其活动涉及音乐创作、音乐指挥、音乐评论、音乐教育等各个领域。

金湘的作品体裁广泛，风格多样。从大型歌剧、交响乐、协奏曲、大合唱、各种室内乐直至影视音乐，共有一百余部作品问世，并在各大歌剧院、音乐会、电台、电视台多次演出和播放。他的作品以其鲜明的个性，强烈的当代审美意识，以及东方优秀的美学传统与西方近现代作曲技法有机结合，赢得了广大中外观（听）众的赞赏，拥有大量金湘"粉丝"（乐迷）。主要代表作有：歌剧《原野》《楚霸王》《杨贵妃》《八女投江》《热瓦普恋歌》《红帮裁缝》《日出》，交响三部曲之一《天》，交响大合唱《金陵祭》，交响组歌《诗经五首》，小交响曲《巫》，交响叙事曲《塔西瓦依》，第一钢琴协奏曲《雪莲》，琵琶协奏曲《琴瑟破》，大管协奏曲《幻》，交响音画《塔克拉玛干掠影》，音诗《曹雪芹》《红楼浮想》，弦乐队与竖琴《湘湖情》等。其多部作品已被灌制激光唱盘，并出版了《金湘艺术歌曲集》《原野》《天》《金陵祭》《诗经五道》《琴瑟破》《金湘合唱曲集》《湘湖情》《歌剧情》和《金湘室内乐选集》等。

特别是歌剧《原野》，是中国当代歌剧具有里程碑意义的、最具影响力的剧目之一，继1987年9月在北京第一届中国艺术节上首演获得巨大成功后，又于1988年8月在美国康涅狄格州尤金·奥尼尔戏剧中心以"舞台阅读"形式演出再获成功。1989年12月，又在联邦德国慕尼黑第三届国际音乐戏剧研讨会上获"特别荣誉证书"奖；而在1992年1月至2月在美国首都华盛顿肯尼迪艺术中心由华盛顿歌剧院进行的美国首演及随后于1993年2月至3月在台湾的公演，1997年8月在德国、瑞士的欧洲首演，更获得国际上一致好评。（美国媒体高度评价："歌剧《原野》震撼了美国乐坛，是第一部叩开西方歌剧宫殿大门的乐方歌剧。""歌剧《原野》的诞生与登上世界舞台，是20世纪末叶歌剧史上最重大的事件之一。"金湘本人亦被誉为"当代东方新浪漫主义的代表"）。与此同时，在国内，1993年被评为"20世纪华人经典"，1999年获文华大奖。

金湘的指挥富有激情，结构感强。从20世纪70年代起，他即在新疆、北京、广州、上海、长春等地与各交响乐团、歌剧院、电影乐团、歌舞团合作，进行了大量演出及录音活动。20世纪90年代期间，更多次在国际乐坛指挥演出其本人作品。

金湘的音乐评论文风犀利，见解独到，观点鲜明。1990年由北京中国文联出版社出版的《作曲家的困惑》一书，辑有其80年代音乐论文代表作近20篇。2003年由上海音乐出版社出版《困惑与求索——一个作曲家的思考》，在前书基础上增录其90年代以来音乐论文代表作约30篇，近40万字。2014年由人民音乐出版社出版的《探究无垠》，辑录其自2000年以来的论文约30篇，近50万字。

金湘教学严肃认真，极富开拓性。对学生既坚持基本功的全面扎实训练，又坚持对中华优秀传统的继承学习。金湘提出"功底扎实，思维活跃，根系中华，视野开阔"十六字与学生共勉。金湘尊重学生个性，开掘学生才能，因材施教，博采众长。20年来培养了一大批优秀作曲人才，活跃在国内外乐坛。

20世纪90年代以来，金湘更致力于国际音乐文化交流，多次在世界各地考察、访问、演出、讲学。参加艺术节、歌剧节，足迹遍及欧洲、美洲及亚洲等十余个国家和地区。特别自1996—1999年任纽约东西方音乐交流协会主席期间，多次在纽约、华盛顿、新加坡，及中国香港、台湾等地举办各种类型的作品音乐会（歌剧、交响乐、室内乐、民族交响乐）和报告会，不遗余力地推进东西方音乐交流。

金湘在推动东西方音乐交流的同时，更致力于"中华乐派"理论之建设，积极推动"新世纪中华乐派论坛"之召开。

金湘曾任中国音乐家协会理事、中国电影音乐学会特邀理事、国家文华大奖评委、国家精品工程评委，他是政府特殊津贴获得者，中国音乐评论学会副会长。金湘于1989年被《中国音乐年鉴》评为"中国音乐名人"，1992年被"英国剑桥国际名人传记中心"评为"1991—1992年度世界名人"，同时被收入"世界杰出人物录"和"美国2000位名人录"。

探究无垠，一生奔跑。华夏赤子，民族骄傲。斯人已逝，艺术常青，唯愿先生西行之路平坦，学术光辉永恒！

后　记

今年 12 月，金湘先生去世将届两周年。为了纪念这位为中国音乐事业做出了突出贡献，并广受尊敬和喜爱的作曲家，中国音乐学院、中国文联出版社联合编辑出版了本书。

本书分为三部分。第一部分《金湘文稿》，收集了金湘生前出版的两本文集《困惑与求索——一个作曲家的思考》《探究无限》所不曾收录的文稿，包括前述两本文集漏收和出版以后写作的文论，以及早年未曾公开发表的书信、创作提纲和采风笔记等。这些文稿反映了金湘创作和理论活动的发展历程，特别是早年踪迹和晚年发展。第二部分《思念之一》收录的是曾与金湘合作、共事、交往的音乐界、演艺界等各界人士对金湘的追忆和评论。第三部分《思念之二》是金湘不同时期的学生们对老师的怀念。本书正文前收录了金湘生平重要的影像资料，基本依时间先后顺序编排，又因事件主次等因素而有所调整。书后所附数据光盘，收集了金湘一生重要的代表作，如歌剧《原野》《杨贵妃》选段等，另一方面亦纳入作曲家生前未曾出版的音乐作品录音。

金湘作为音乐界的"双栖"人物，其音乐作品和音乐文论都产生了广泛影响。从他病重到去世后的不到两年间，仅《原野》就在国内外上演了七次，包括 2015 年 2 月民乐版在新加坡首演（叶聪指挥），2016 年 3 月中国音乐学院与美国密歇根州立大学音乐学院在北京联合演出，2016 年 4 月深圳青年歌剧团在深圳首演（杨阳主持，胡咏言指挥），2016 年 7 月清唱剧版在厦门演出（李成柱主持），2016 年 8 月民乐版由天津歌舞剧院在天津演出（李稻川导演，徐尚誉指挥），2017 年 4 月和 5 月，改编版和徽派精华版由安徽艺术职业学院（张静导演）和安徽歌舞剧院（孙禹导演）相继在合肥演出。关于金湘创作思想的研究论文和作品分析也络绎不绝,"中华乐派"的讨论持续展开。我们希望,本书的出版在纪念、缅怀作曲家的同时,也能为研究他的音乐思想、了解他的音乐实践,以及感受他的为人和精神世界,提供多方面的视角和若干生动画面。

本书的编辑出版得到了业内许多前辈、金湘的同行和学生们的响应,他们热情地题词、撰文,中国音乐学院、中国文联出版社和有关部门给予了大力支持。中国音乐学院院长王黎光、科研处处长王萃、作曲系书记高缨以及中国文联出版社社长朱庆、音乐分社总监陈若伟自始至终关注本书的编辑工作进展情况,帮助解决工作中的具体问题。金湘的哥哥金陵、挚友刘克兰提供了大量珍贵的图文资料并做了很多具体的编纂、修订工作。值此书稿付梓之际,谨向所有为本书赐稿的作者们,以及为本书的编辑出版付出努力的单位和个人,表示诚挚的感谢和敬意。

本书由刘克兰、吕欣统筹负责,杨金子、魏扬、费鹏、陈诺、李雯参加了整理工作。曹军军担任责任编辑。

由于水平有限,本书编辑工作中难免错讹和疏漏,敬请读者批评指正。

编者

2017 年 4 月